KB236784

韓國口碑文學 Ⅱ

－琵瑟山 지역을 중심으로 －

金 光 淳 著

韓國口碑文學 Ⅱ

－琵瑟山 지역을 중심으로 －

머리말

　구비문학(口碑文學, oral literature)이란 말로 된 문학이다. 그래서 문자로 표기된 기록문학(記錄文學, written literature)과는 구별된다. 구비문학을 구전문학(口傳文學), 유동문학(流動文學), 적층문학(積層文學), 표박문학(漂泊文學), 민속문학(民俗文學) 등으로 부르기도 한다. 대대로 전해 내려오는 문학이라는 공통점이 있으나 여기서는 구비문학이란 용어를 쓰기로 했다.

　구비문학은 대대로 구전되는 문학이기에 항상 가변적이면서 유동적이고 쉽게 소실될 수 있는 말로 된 예술작품이다. 특히 구연자의 노령화, 자료에 대한 인식 부족 등으로 구비문학의 소실은 가속화되고 있는 실정이다. 그래서 필자는 오래 전부터 구비문학 자료 수집에 심혈을 기울여 왔다. 디스켓과 녹음된 테이프만도 수백 개를 소장하고 있다. 이를 모두 문자화하여 연구자료로 활용할 수 있게 할 예정이다.

　이 책에 수록된 것은 비교적 최근에 채록한 것이다. 『韓國口碑文學Ⅰ』에 수록된 작품은 컴퓨터에 쉽게 입력 저장시킬 수 있었던 90년대에 채록한 것이 주류를 이루고 있다. 최근의 자료부터 정리한 것은 채록하면서 바로 디스켓에 자료를 저장해 두었기 때문이다. 앞으로도 컴퓨터에 저장

된 것은 물론, 녹음 테이프에 있는 것까지 문자로 옮기는 작업을 계속할 생각이어서 이 책의 표제를 『韓國口碑文學Ⅱ』라고 했다. 다만 이 책에서는 필자가 소장한 자료 가운데 주로 琵瑟山 지역 주변의 구비전승 자료를 대상으로 편집하였기에 부제를 『琵瑟山 지역을 중심으로』라고 한 것이다.

이 책의 편집 체제는 총론에서 구비문학을 개관하고, 비슬산 지역과 비슬산의 명칭에 대한 유래를 밝혔다. 다음 장에서 비슬산 지역의 민속과 민속놀이를 살펴보았다. 그리고 설화, 민요 등은 행정 구역에 따라 수록하였는데, 설화는 각 구·군에 따라 분류하되 신화, 전설, 민담의 하위 장르별로 분류하여 수록하였다. 민요도 행정 구·군의 민요자료 제공자에 따라 분류 정리하여 수록하였다.

마지막으로 이 책을 간행하면서 교정을 맡아 수고한 방동수, 박진아, 김민지, 김진동, 권유은 제자들에게 고마운 뜻을 전하고 출판을 맡아준 국학자료원 정찬용 사장에게 감사의 뜻을 표하는 바이다.

2002. 4. 25.

김 광 순

일러두기

1. 이 책은 설화, 민요, 민속과 민속놀이에 국한시켰다.
2. 전설의 경우 그 증거물로서 사진을 각 작품마다 첨부했다. 다만 유사한 작품의 경우는 어느 한 작품에만 사진을 수록했다.
3. 본 자료는 현지에서 채록한 것만 수록했다.
4. 한글로 표기하는 것을 원칙으로 하되, 이해가 어려운 단어나 지명, 인명은 괄호 안에 한자를 써서 독자들의 편의를 도모했다.
5. 이 책의 편집은 장르별로 분류하되, 다시 행정구역을 중심으로 작품을 정리함으로써 이해를 돕도록 했다.
6. 작품 말미의 괄호 안에는 제보자의 주소, 성명, 나이, 직업을 밝히고, 채록한 날짜도 함께 밝혔다. 제보자가 앞 작품과 동일할 경우는 상동이라 표기했다.
7. 제보자의 정보에 따라 문장 수식을 제외하고 제보자의 의견에 따라 충실하게 서술했다. 민담의 경우는 제보자의 방언 그대로를 옮긴 것도 있다. 이는 국어학, 특히 지역 방언연구에 도움이 되도록 배려한 것이다.
8. 전설의 경우, 같은 제목의 작품이라도 제보자가 다른 경우는 내용에 변별성이 없어도 함께 수록함으로써 연구자들에게 도움이 되도록 했다.
9. 민요의 경우는 음보에 따라 띄어쓰기를 했고 제보자의 방언이나 발음대로 표기하는 것을 원칙으로 했다.
10. 본서에 사용된 기호 및 기재 용례는 다음과 같다.
    1) 줄임표(생략표)는 …로, 말없음표는 ……로 표기했다.
    2) 시가의 장음 표시는 ~로, 대화상의 장음표시는 --로 표기했다.
    3) 주는 각주를 원칙으로 하되 간단한 것은 괄호 속에 넣어 설명했다.
    4) 조사자의 의견과 분위기 설명이 필요할 경우는 작품 말미에 활자를 작게 하여 첨부했다.
    5) 설화, 민요, 민속, 민속놀이 등은 1, 1), (1), ①로 표기했다.

차 례

제1장　총론

제2장　비슬산 지역의 민속

제3장 남구 지역의 구비문학

1. 전설

2. 민담

제4장 달서구 지역의 구비문학

1. 전설

2. 민담

제5장 수성구 지역의 설화의 구비문학

1. 전설

2. 민담

제6장 달성군 지역의 설화

1. 전설

2. 민담

제7장 청도군 지역의 설화

1. 전설

2. 민담

제8장 경산군 지역의 설화

1. 전설

제9장 창녕군 지역의 설화

1. 전설

총 론

1. 구비문학(口碑文學) 개관

구비문학(口碑文學, Oral Literature)이란 말로 전승되는 문학으로서 문자로 표기되는 기록문학(記錄文學, Written Literature)과는 구별된다.

구비문학은 구전문학(口傳文學), 유동문학(流動文學), 적층문학(積層文學), 표박문학(漂泊文學), 민속문학(民俗文學) 등으로 불려 왔는데 이 가운데 구비문학과 구전문학이란 용어를 가장 많이 쓰고 있다. 구비문학과 구전문학은 거의 같은 의미를 갖고 있지만 구비(口碑)는 '대대로 전하여 내려오는 말'인데 비해 구전(口傳)은 '말로 전함'이란 뜻이니 구전문학보다는 구비문학이 더욱 적당한 용어라 생각되어 구비문학이라는 용어가 학계에 널리 통용되고 있다.

구비문학을 유동문학, 표박문학, 적층문학이라 부르기도 하는데, 이들 용어는 구비문학이 지닌 한 가지의 특징, 다시 말하면 구비문학은 계속 변화하기 때문에 계속된 변화의 누적으로 개별적인 작품들이 존재한다는 특징을 적절히 지적함으로써 구비문학을 대신할 수 있다. 그러나 구비문학 전부를 일컫기는 다소 부족하다.

민속문학이라는 용어는, 구비문학을 민속(民俗)의 하나로 민속학적인 관점에서 살펴본다면 합리적일 듯 하나, 문학연구의 관점에서 다루고자 한다면 역시 미흡한 점이 없지 않다. 그래서 여기서는 구비문학이라는 용어를 쓰기로 했다.

구비문학이란 문자 그대로 말로 된 문학이며 또한 구연(口演)되는 문학이다. 그리고 구비문학은 말로 구연되기 때문에 단지 있는 것만의 전달이 아니며, 구연자(口演者)는 자신이 기억하고 있는 그대로 나타내려고 한다. 그러나 구연자는 때에 따라 수시로 보태기도 하며 개작하기도 한다. 보태고 고치는 것은 구연자 나름대로의 개성이나 의식에 따라 결정된다. 그러므로 개작(改作)이 의식적이든 무의식적으로 시도되든 구연자의 창의성이 가미되어 창작문학으로서의 개성을 지닌다.

그리고 구비문학은 오랜 세월 동안 구연(口演)을 통해 전승되어 왔기 때문에 공동작의 문학이고, 단순하면서도 보편적인 문학이므로 형식이나 내용이 매우 단순하다. 설화와 소설, 가면극과 현대극을 비교해 보면 이러한 성격이 극명하게 나타난다. 그래서 구비문학의 경우 인물의 성격, 구성, 주제 등은 기록문학에 비해 단순할 수밖에 없다.

또한 구비문학은 전문적인 작가가 창작한 것이 아닐 뿐만 아니라 소수의 독자만 향유하는 것이 아닌 민족적, 민중적인 것이어서 누구에게나 개방되어 있다. 그래서 구비문학을 공동의 문학적 광장이라 할 수 있으며 민중의 문학이라고 한다. 양반 소수의 지배층을 제외한 농민을 중심으로 하는 대다수의 민중은 일상생활을 통해서 구비문학을 창조하고 즐겨 왔던 것이다.

구비문학은 기록문학에 비해 단순하면서도 개방적인 만큼 구비문학의 범위는 매우 광범위하다. 우리 주위에서 흔히 접할 수 있는 설화, 민요를 비롯하여 판소리, 민속극, 무가(巫歌), 속담, 수수께끼 등이 구비문학의 범주에 속한다.

본서에서 채록된 것은 설화, 민요, 민속놀이가 주류를 이루고 이 외에 지명연기설화가 가미된 자연부락 명칭의 유래 등이다.

이 가운데서도 설화는 구비문학의 중심 장르로서 매우 중요한 것이어서, 설화가 소설로 변해간 것은 말할 것도 없고 후대 서사문학 발달에도 큰 영향을 미쳤다. 그러므로 설화에 대해 좀더 구체적으로 살펴보자.

설화란 문자 그대로 이야기를 뜻한다. 그렇다고 역사적인 기록이나 현재 진행되고 있는 이야기까지 설화로 간주하지는 않는다. 설화는 일정한 구조를 가지고 꾸며낸 이야기라야 한다. 설화는 이야기이면서도 사실이 아닌 이야기이며 사실 여부보다는 문학적인 흥미와 교훈이 담겨 있어야 설화로서의 가치를 지닌다. 그래서 설화는 꾸며낸 이야기라는 점에서 서사문학의 장르에 속한다.

설화는 구전되는 특성을 지니고 있다. 이런 특성 때문에 보존과 전승 상태가 작품마다 가변적이고 유동적이다. 따라서 설화의 전승은 일상적인 말로써 평범한 표현 영역을 벗어나지 않는다. 핵심되는 구조를 기억하고 여기에 화자 나름대로의 수식을 가하여 형성된다. 설화는 서사문학으로서 산문성을 지니고 있다. 설화는 평범한 말로 형성되며 규칙적인 율격을 가지지 않는다. 설화는 반드시 화자와 청자의 관계에서 청자의 반응을 의식하면서 구연된다. 그러므로 상대방의 반응에 따라 기본 틀을 제외하고는 항시 가변적이고 유동적이다. 설화를 정착시켜 기록문학적 복합성을 가미하면 소설로 변모되기도 한다.

설화는 구비문학 가운데서도 지금까지 가장 활발하게 연구되어 왔다. 서구에서는 그림(Grimm) 형제에 의해 구비문학에 관한 학문적인 연구 성과가 나온 후 주된 연구 대상이 설화였고 여기서 얻은 이론적인 성과를 가지고 다른 여러 장르에 이용하기도 했다. 더구나 설화는 국제적인 유사성이 크다는 사실을 고려한다면 한국의 설화는 물론 비슬산 지역의 설화 연구도 거시적인 안목에서 천착되어야 할 것이다.

설화는 신화·전설·민담으로 나누는 것이 국제적인 통설이다. 이들 삼자는 뚜렷한 차이가 있는 것은 아니지만 몇 가지의 기본적인 태도에서 보면 대체적인 차별성을 지니고 있다.

신화·전설·민담의 차이를 전승자의 태도에서 보면, 신화의 전승자는 신화를 진실되고 신성하다고 믿고 있다. 일상적인 경험에 비추어 꾸며 낸 이야기라고 할 수 있어도 신화의 세계는 일상적인 경험 이전에 또는 일상적인 합리성을 넘어서 존재하고 그 진실성과 신성성을 의심하지 않을 때 신화는 신화로서의 생명을 가진다. 만약 진실성이 손상되지 않더라도 신성성을 상실하면 그 신화는 신화로서의 생명을 잃게 된다.

전설은 신화처럼 신성하다고 생각하지는 않으나 진실되다고 믿고 있는 이야기이다. 전설은 일상적인 경험을 떠나 별도로 존재하지 않으므로 전설의 진실은 끊임없이 의심된다. 그래서 흔히 일컫기를 사실이 아니고 전설일 따름이라는 말이 가능해진다. 전설은 증거물이 있어서 사실로서의 근거를 완전히 부인할 수 없다. 민담의 전승자는 민담이 신성하다고 생각하거나 진실되다고 생각지도 않으며 사실이 아닌 꾸며낸 이야기임을 화자가 먼저 선언한다.

시간과 장소의 시각에서 신화·전설·민담을 구분해 보면, 신화는 아득한 옛날 일상적인 경험으로 헤아릴 수 없는 태초에 일어난 것으로 간주하고 신성한 장소를 무대로 등장시키는 것이 통례이다. 한편, 전설은 구체적인 시간과 장소를 가지고 있다. 그래야만 전설이 가지는 진실성을 뒷받침하게 된다. 민담은 뚜렷한 시간과 장소가 없는 것이 상례이다. '옛날 옛적에 누가 ~ 라고 하더라'는 기본 틀을 지니고 이야기 내용에 책임을 지지 않는 자유분방한 흥미로운 이야기이다.

증거물의 시각에서 본다면, 신화의 증거물은 매우 포괄적인 데 반해 전설의 증거물은 특정한 지역의 개별적인 증거물을 가지는 것이 다른 점이다. 민담은 증거물에 호소하지 않으며 이야기 그 자체로서 완결된다.

주인공 및 그 행위의 시각에서 보면, 신화의 주인공은 신이며 그 행위도 신이 지니고 있는 능력의 발휘인 데 비해 전설의 주인공은 한정될 수 없는 여러 종류의 인간이며 그의 행위는 인간과 인간 또는 인간과 사물 사이에서 일어나는 특이한 사건들이 대부분이다. 민담의 주인공은 일상적인 인간이며 그의 행위는 일상적인 행위에서 크게 벗어나지 않는다.

전승의 범위에서 보면, 신화는 민족적 혹은 씨족적 범위에서 전승되는 데 비해, 전설은 증거물이 알려져 있는 지역으로 한정된 범위에서 전승된다. 그래서 민담은 민족적 혹은 씨족적인 유형은 있어도 어느 씨족이나 민족으로 한정되지 않는다. 따라서 설화라는 상위 개념에서 신화·전설·

민담의 하위 개념으로 세분화될 수 있다.

2. 비슬산(琵瑟山) 지역의 영역과
비슬산 명칭의 유래

　대구를 에워싸고 있는 명산(名山)으로는 북쪽의 팔공산(八公山)과 남쪽
의 비슬산(琵瑟山)을 들 수 있다. 팔공산은 신라 때에는 부악(父岳)이라
불렸으며 명산 중의 명산으로 화랑도(花郎徒)들이 이 산을 중심으로 심신
을 수련하여 삼국통일의 기반을 닦은 곳이기도 했다. 또한 이 산은 고려
의 건국과 관련하여 많은 역사적 사실이 존재하고 전설이 배태된 산으로
도 유명하다. 비슬산도 팔공산처럼 수많은 유물과 역사적인 사실이 숨쉬
고 있지만 구체적이고 종합적인 연구가 제대로 이루어지지 않았다. 그래
서 비슬산은 가까운 주위의 사람을 제외하고는 널리 알려져 있지 못한 것
도 사실이다. 대구 사람들까지도 비슬산이라고 하면 대구 남쪽에 있는 조
그마한 앞산 정도로 생각하는 사람이 대부분이다. 비슬산은 산괴나 산높
이로서 보면 팔공산과 거의 같다. 팔공산이 1192.9m인 데 비해 비슬산은
1083.6m이다. 이 두 산은 거의 같은 높이의 명산 중의 명산이다. 비슬산
을 현풍 쪽에서 보면 기묘하게 금강산에 비유할 만하고 청도 쪽에서 보면
웅장하기가 팔공산처럼 장엄해 보인다. 그래서 대구는 북으로 팔공산, 남
으로는 비슬산이 감싸고 있어 이 고장에서는 예로부터 큰 인물이 많이 난
다고들 한다.
　비슬산 지역을 구체적으로 보면 북위 35°40´에서 35°50´사이와 동경
128°31´에서 128°42´사이의 지역에 위치한다. 현재는 대구 광역시 남쪽
에 위치하고 행정구역으로는 대구 광역시 수성구, 남구, 달서구와 달성군

의 화원읍, 논공읍, 현풍면, 유가면, 구지면, 가창면 그리고 경상북도의
청도군의 각북면, 풍각면, 이서면, 화양면과 경산시의 고산면, 남천면 그
리고 경산남도의 성산면에 각각 속하고 있다. 비슬산 일대의 지형은 태백
산맥의 지맥으로서 대체로 장년기의 지형을 이루고 있다. 최북단은 앞산
(659m)과 산성산(658m)이 위치하여 대구분지와 접하여 있는 고산지대이
며, 동북단과 서북단에서는 구릉이 발달하는 노년기 지형을 이룬다. 따라
서 고저의 차가 극히 심하여 표고 30m에서부터 1083.6m에 이른다. 높은
고산지를 형성하는 산은 비슬산(1083.6m)을 비롯하여 최정산(915m), 청
룡산(793m), 앞산(659m), 병풍산(568m), 대덕산(602m) 등이 있다. 이들
높은 산들은 대체로 지역내에서 중서, 남부에 편재해 있으며 불규칙적인
분포를 보여준다. 그중 앞산, 최정산과 청룡산은 화산의 뿌리라고 생각되
며 풍화와 침식에 대한 저항력이 강한 안산암질 각력암의 침식노출부이
다. 이 안산암질 각력암을 중심으로 하여 북부와 동부에서는 주변 암석들
과의 차별 침식에 의하여 돔상의 지형을 이루고 있다. 일반적으로 안산암
질 암류의 분포지역이 고산지를 형성하고, 침식에 대한 저항력이 약한 화
강암류의 분포지역에 큰 계곡들이 발달하여 작은 곡상분지를 이룬다. 동
남부에서 팔조령-산성산의 산릉은 화산암층의 주향에 따라서 발달되어
있다.

　이와 같은 비슬산은 수많은 유적과 유물 등 유형, 무형의 문화재들이
산적해 있다. 그러나 비슬산은 최근까지 대구시와 경상북도의 중간 경계
지점에 위치하여 지정학적인 면에서 양쪽 모두로부터 홀대를 받아온 것
도 사실이다. 그래서 수많은 유형, 무형의 문화재가 산적해 있지만 제대
로 조사한 일이 거의 없었다. 다만 수년 전에 경북대와 대구시가 조사한
『비슬산(毖瑟山)』에서 종합적인 연구가 있었고 동시에 지표조사도 처음으
로 이루어졌지만 제한된 시간과 예산 관계로 구체적인 연구가 이루어지
지 못했다. 이를 늦게나마 깨닫고 대구시와 경북대학교가 공동으로 『비슬
산(毖瑟山) 속집(續集)』을 시도하게 된 것이야말로 만시지탄은 있지만 매

우 다행한 일이라 생각된다.

비슬산은 대구광역시 일부와 달성군, 청도군, 경산시, 창녕군 등 광역시와 시(市), 군(郡)을 아우르는 넓은 지역을 차지하고 있기 때문에 이 산의 특징과 면모를 간단하게 일반적으로 말할 수는 없다. 어느 한 지역에서 본 것만을 가지고 그것이 이 산 전체의 특징이나 면모라고 말한다면 마치 장님이 코끼리를 만져보고 제각기 이게 코끼리라고 말하는 것과 같은 어리석음을 범하고 말 것이다. 따라서 관련되는 지역 전반에 대한 총체적이고 종합적인 조사·연구가 수반되어야 비슬산의 전모가 드러날 것이다.

주지하다시피 비슬산은 명칭부터 다양한 주장이 있다.

『신증동국여지승람(新增東國輿地勝覽)』을 보면 비슬산은 일명 '포산(苞山)'이라고 하였다. 또 『달성군지(達城郡誌)』에 의하면 비슬(琵瑟)이란 말은 본래 범어의 발음을 그대로 음으로 표기한 것이고 비슬의 한자 뜻이 포(苞)라고 하여 일명 포산이라고도 하는데, 포산이란 수목이 덮여 있는 산을 뜻한다고 기재되어 있다. 한편 달성군에서 1981년 편찬하여 간행한 바 있는 『내고장 전통 가꾸기』에서는 비슬산을 소슬산(所瑟山)이라고도 하는데 이것은 인도의 범어로 비슬산을 부를 때 일컫는 말이며 중국말로는 포산이란 뜻이라고 역시 기술되어 있다. 또 신라시대에 천축국(天竺國)의 승려가 우리나라에 놀러왔다가 이 산을 구경하던 중 「비슬(琵瑟)」이라고 명명하였는데 그들의 인도식 발음을 그대로 적었기 때문이라고 하기도 한다. 이상의 관련 기록을 보면 비슬산의 명칭이 인도식 명칭과 중국식 명칭에서 유래한 저간의 사실을 알 수가 있다. 이것은 국내의 다른 유수한 명산과 봉우리, 이를테면 가야산(伽倻山), 비로봉(毘盧峯) 등의 이름에 인도식이나 중국식 명칭이 들어간 경우처럼 일반적인 현상이다.

또한 이 외에도 비슬산의 명칭에 대한 유래로 천지가 개벽할 당시에 세상이 온통 물바다로 변했는데 비슬산은 매우 높아서 천지가 물에 다 차고도 남은 곳이 있어서 이곳에 배를 매었다는 배바위전설과 그 배를 맨 곳에 있던 바위의 형상이 마치 비둘기를 닮아서 「비들산」이라고 부르다가 뒤에 「비슬산」으로 부르게 되었다는 배바위전설에서 유래한 명칭이 있어 또한 흥미를 끈다.

그리고 『유가사창설내력(瑜伽寺創設來歷)』이란 책에서 보면 신라 흥덕왕(興德王) 원년인 병오년 5월 상완(上浣)에 도성국사(道成國師)의 문인인 도의(道義)가 쓴 「유가사사적(瑜伽寺事蹟)」이란 글에 산의 모습이 거문고와 같아서 비슬산이라고 하였다는 기록이 있고, 일설에는 비슬산 꼭대기에 있는 바위의 모습이 마치 신선이 거문고를 타는 모습과 같다고 하여 비슬산이라 했다고 한다.

이와 같이 비슬산에 대한 명칭은 인도식 차음과 중국식 명명, 전설에 의한 순수한 우리말 명칭, 그리고 불가에서 유래한 명칭 등 다양한 면모를 보이고 있다. 이렇게 비슬산이 다양한 명칭을 가지게 된 것은 그만큼 비슬산에 대한 선인들의 관심과 애정이 깊었던 증거라고 하겠다. 선인들의 산에 대한 이런 관심과 애정이 이 산을 지금의 비슬산으로 지켜온 비결이 아닌가 한다. 아울러 선인들의 이러한 국토사랑의 의지를 오늘에 되살려 남개발(濫開發)로 인한 환경파괴를 날로 심화시켜 가는 오늘날 우리들의 무분별한 태도를 반성하고, 인간과 자연이 더불어 공존할 수 있는 방법의 모색에 박차를 가하는 계기가 되었으면 한다. 이것이 선인들이 비슬산을 비슬산으로 지켜온 각고의 노력에 대한 보답임과 동시에 오늘을 사는 우리 후손들의 당연한 임무가 아닌가 한다.

그리고 「한국구비문학 I」은 팔공산 지역을 중심으로 사라져가고 있는 이 지역 구비문학 자료를 집대성하여 간행함으로써 이 분야의 전공자들에게 기여한 바 있다. 이번에 간행되는 「한국구비문학 II」는 비슬산 지역을 중심으로 구비문학 자료를 현장에서 직접 채록정리하여 한국문학 특히 한국구비문학연구에 크게 기여할 것으로 확신한다.

제2장

비슬산 지역의 민속

1. 세시풍속(歲時風俗)

1) 정월(正月)

(1) 원단(元旦)

음력 1월 1일은 설 또는 설날이라 부르고 한문으로는 원단(元旦) 또는 세수(歲首), 연수(年首)라 썼다. 세수, 연수란 말은 한 해의 머릿날 즉 첫날이란 뜻이고, 설 또는 설날은 한문으로 신일(愼日)이라 쓰는데 한 해가 시작되는 첫날이니만큼 근신하여 경거망동을 삼가야 한다는 뜻이다. 『설』이라는 어원에 대해 일부 지방에서는 한살을 더 먹게 돼 『섦』다는 뜻의 『섧』에서 나왔다는 주장도 있으나 국시석인 해석이다. 제석(除夕)을 마지막으로 묵은 해를 보내고 설날로부터 새해가 시작되니 일년의 운수는 그 설날에 달려 있다고 생각한 옛 사람들은 새로운 정신과 몸가짐으로 한해가 운수대통하기를 빌었던 것이다. 농업을 천하의 대본으로 삼았던 우리 조상은 설날 아침 일년동안의 평안과 풍년을 비는 제사로 이 날을 시작했다.

· **설빔** : 설날 아침 일찍 일어나서 세수를 한 후 미리 마련해 놓은 새옷으로 갈아 입으니 이것을 설빔이라 한다. 설빔은 남녀 노소, 빈부 귀천없이 살림 정도에 따라 준비했다. 집안 형편이 어려운 경우 어른들은 입던 옷을 깨끗이 빨아 입었지만 어린이들에겐 모두 새옷을 마련해 주었다.

· **정조차례(正朝茶禮)** : 설날 아침 일찍 세찬과 세주를 사당에 진설하고 제사를 지내는데 이것을 정조차례라 한다. 사당은 맏아들이 모시는 바 부

모, 조부모, 증조부모, 고조부모까지의 4대조 신주(神主)를 모셔두고 차례로 제사한다. 4대조 이상의 신주는 각기 묘소 옆에 묻어 집에서는 지내지 않고 10월에 있는 시제(時祭)때 제사를 지낸다. 오늘날도 설과 추석에 고향을 찾는 귀성객이 끊이지 않는 것은 이 차례를 위한 것이다.

·**세배**: 돌아가신 조상에 대한 차례가 끝나면 살아 계신 어른에 대한 새해 첫인사를 큰 절로 드리는 바 이것을 세배(歲拜)라 한다. 집안에서 세배가 끝나면 차례지낸 세찬과 떡국으로 아침 식사를 마치고 일가친척과 이웃 어른을 찾아다니며 세배를 드린다. 사당이 있으면 먼저 사당에 절을 한 다음 세배를 드리는데 세배를 받는 측에서는 어른에겐 술과 음식을, 어린이에게는 과자와 돈을 마련했다가 주고 덕담, 정담을 나눈다. 일가 어른이 먼 곳에 살 때에는 수십리 길을 찾아가서라도 세배를 드리는 것이 예의였고 이 때 한가족이 친척을 찾아 논밭길을 걷거나 여행을 하는 것은 아주 아름다운 풍속이었다.

·**덕담(德談)**: 세배를 할 때나 새해에 어른 또는 친구를 길에서 만났을 때 말로써 새해 인사를 교환하니 이것을 덕담이라 한다. 윗사람에게는『과세 안녕하셨읍니까』『새해 복 많이 받으시기 바랍니다』라고 하며 아랫사람에게는『새해 소원성취하게』『새해에는 아들 쑥 낳게』 등으로 처지와 환경에 알맞은 말을 했다. 덕담은 새해를 맞이하여 서로 복을 빌고 소원이 이루어지기를 바라는 뜻으로 옛사람들은 언령신앙(言靈信仰)이라 하여 사람의 말에는 신령한 힘이 있다고 믿었었다.

·**성묘**: 설날 조상의 무덤을 찾아가서 성묘를 한다. 묵은 해를 보내고 새해를 맞아 새해 인사를 하는 것이다. 한가족이 산소를 찾아가는 길에 어른들은 어린이들에게 조상의 충효담 같은 가문의 정신, 자랑거리를 얘기해 주었다.

·**세찬, 세주**: 설날 차례를 위해 여러 가지 음식을 만드니 이를 세찬이라 한다. 세찬은 살림의 빈부와 차례를 지내는 집과 안 지내는 집에 따라 다르다. 즉 부유한 집에서는 음식을 많이 장만하지만 가난한 집은 그렇지

못했다. 그러나 가난한 집도 차례를 지내는 데 필요한 최소한의 음식은 꼭 마련했다. 세찬 중에서 어느 집에서나 만드는 것은 떡국이다. 떡국은 맵쌀을 가루내어 쪄서 떡판에 놓고 메로 찧은 다음 손으로 길고 둥글게 만든다. 그리고 적당히 말랐을 때 썰어서 국을 끓여 먹으니 떡국이다. 요즘은 모든 작업이 기계로 처리된다. 떡국은 차례상에도 올리지만 설날 아침은 꼭 이것을 먹는 풍습이 있다. 그래서 떡국을 먹으면 나이를 한 살 더 먹었다고 했다. 떡국은 쇠고기 또는 닭고기 국물에 넣어서 끓이지만 원래는 꿩고기 국물에 끓였다. 그러나 꿩은 잡기가 쉽지 않아 일반적으로 집에서 기르는 닭을 꿩 대신 잡아 사용했다. 속담의 『꿩 대신 닭』이란 말은 여기에서 유래한 것이다. 흰떡은 가족들도 먹지만 물에 담가 두었다가 손님이 오면 떡국을 끓여 대접했다.

　·**복조리**: 섣달 그믐 자정이 지나면 복조리를 팔러 다닌다. 그러면 각 가정에서는 자다 말고 일어나 1년 동안 쓸 조리를 산다. 밤이라 미처 사지 못한 사람은 이른 아침에 산다. 일찍 살수록 좋다는 속신이 있어 서로 남보다 먼저 사려고 하며 설날 이른 새벽에 복조리를 사두면 일년동안 복이 끊이지 않고 들어온다 해서 복조리라 불렀다.

　·**원일소발(元日燒髮)**: 남녀가 일년간 빗질할 때 빠진 머리카락을 모아 빗상자 속에 넣었다가 설날 황혼에 문밖에서 태웠다. 이렇게 해야 나쁜 병을 물리친다고 믿었다.

　·**십이지일(十二支日)**: 설날인 초하루부터 보름까지는 평소의 노동을 쉬고 한 해를 위한 신성한 제사에 참가하는 기간으로 축제적 의미를 가졌다. 원래는 보름까지 일을 쉬었겠으나 중국의 간지(干支)영향으로 십이지(十二支)에 따라 12일간을 노는 것으로 바뀌었다. 한 해의 첫날은 일진(日辰)에 의해 털있는 짐승날인 유모일(有毛日)과 털없는 짐승날인 무모일(無毛日)로 나눈다. 즉 쥐, 소, 호랑이, 말, 염소, 원숭이, 닭, 개, 돼지날인 자, 축, 인, 묘, 오, 미, 신, 유, 술, 해일은 유모일이며, 털없는 동물인 용, 뱀날인 진, 사일은 무모일이다. 설날이 유모일인 해는 그해 농사가 풍년

이 든다고 믿었고 무모일인 해는 흉년이 든다고 꺼림직하게 여겼다.

· **상자일(上子日)** : 정월 들어 첫 번째 맞는 자일(子日)을 상자일이라 하는 바 쥐를 없애기 위해 이날 농부들은 들에 나가 논과 밭의 두렁을 태우니 이것을 쥐불놀이라 부른다. 쥐가 많으면 농사지은 곡식을 도둑맞게 되는데 그 피해를 줄이려는 지혜에서 나온 것이다. 이렇게 상자일에 놓던 쥐불놀이는 차츰 보름날 달불놀이와 겸해서 하게 되었다. 또 밤 자시(子時)에 방아를 찧으면 쥐가 없어진다고 해서 부녀자들은 밤중에 방아를 찧었다.

· **상축일(上丑日)** : 정월 들어 첫 축일을 상축일이라 하는 바 소달기날이라고 한다. 이날은 말과 소에게 작업을 시키지 않고 쉬게 했으며 나물과 콩을 삶아주어 살이 찌게 했다.

· **상인일(上寅日)** : 정월 들어 첫 인일을 상인일이라 하는 바 호랑이 날 또는 범날이라고도 한다. 이 날은 남과의 왕래를 삼가며 특히 여자는 외출하지 않는다. 만일 이 날 남의 집에 가서 대소변을 보면 그 집 식구 중에 호환(虎患)을 입는 사람이 생긴다고 믿었다.

· **상묘일(上卯日)** : 정월 들어 첫 묘일을 상묘일이라 부르는 바 토끼날이라는 뜻이다. 토끼날에는 남자가 먼저 일어나서 대문을 열어야 좋다는 풍속이 있다. 집의 제일 어른이 열면 가장 좋지만 가장이 출타하고 없을 때에는 식구 중에 누구든지 남자가 먼저 대문을 열어야 한다. 그렇게 해야 1년 가운이 융성해진다고 믿었다. 반대로 여자가 먼저 대문을 열고 밖으로 나가면 불길하다고 믿었다. 이것을 잘 지키는 집에서는 남자가 대문을 열고 밖에 나간 다음에야 여자가 방문을 열고 나와 밥을 지었다. 토끼날은 장수를 비는 날이기도 하다. 이 날은 남녀 구별 없이 명사(命絲)라 하여 명주실을 청색으로 물들여 팔에 감거나 옷고름에 매달거나 또는 문돌쩌귀에 걸어 두었다. 그렇게 해야 명이 길어진다고 믿었다. 또 토끼날에 실을 잣거나 옷을 지으면 장수한다고 해서 부녀자들은 실을 잣고 옷을 기우며 베틀이 있으면 베를 짠다.

· **상진일(上辰日)** : 정월 첫 진일을 상진일이라 하는 바 용날이라는 뜻이다. 용날 이른 새벽에 주부들은 물동이를 이고 샘으로 물을 길러간다. 전설에 의하면 용날 전날 밤에 용이 하늘에서 내려와 우물 속에 들어가 알을 낳는데 그 알은 우물물을 남 먼저 길어가는 사람이 길어가기 때문에 서로 용알을 건지려고 이른 새벽에 물길러 가는 것이다. 용알이 든 우물물을 길어다 밥을 지으면 그 해 그 집 식구의 운수가 좋고 그 집 농사가 대풍작한다고 믿었다. 용알을 먼저 떠간 사람은 그 표시로 짚을 잘라 우물 속에 띄운다. 그러면 뒤에 온 주부는 용알이 남아 있을 다른 우물을 찾아가기도 한다. 용날 머리를 감으면 머리털이 용과 같이 길어진다고 해서 부녀자들은 이 날 머리를 감았다.

· **상사일(上巳日)** : 정월들어 첫 사일을 상사일이라 하는 바 뱀날이라는 뜻이다. 뱀날에는 남녀 할 것 없이 머리를 빗거나 깎지 않는다. 만일 머리를 빗거나 깎으면 그 해 뱀이 집안에 들어와 해를 입힌다고 생각했다. 뱀은 생김새도 징그럽거니와 집념이 강한 동물이라 누구나 싫어했다. 죽은 뱀이 보복하는 민담이 많은 것은 우리 조상이 뱀을 그만큼 싫어했음을 입증하는 것이다.

· **상유일(上酉日)** : 정월 첫 유일을 말하는 바 닭날이라는 뜻이다. 상유일에는 부녀자의 바느질을 금한다. 만약 이 날 바느질을 하거나 길쌈을 하면 손이 닭다리처럼 보기 싫게 된다고 믿었다. 그래서 이 날 하루 부녀자들은 밥짓는 것 말고는 될 수 있는 한 아무 일도 하지 않았다.

· **상해일(上亥日)** : 정월 들어 첫 해일을 상해일이라 하는 바 돼지날이라는 뜻이다. 이 날 얼굴이 검거나 피부 빛깔이 검은 사람은 콩깍지로 문지르면 희고 고와진다고 믿었다. 돼지의 살결이 검고 거친 것에서 그 반대의 뜻으로 이런 민속이 생긴 것이다.

(2) 상원일(上元日)

새해 들어 첫 만월이 되는 날을 상원일이라 부른다. 대보름이다. 이 날 아침에 일찍 일어나 밤, 호두, 잣, 은행 등을 깨무는데 이것을 『부럼깨문다』고 한다. 과실은 자기 나이대로 깨무는 것이 원칙이지만 노인들은 이가 단단치 못하기 때문에 몇 개만 깨문다. 과실을 깨물 때는 여러 번 깨물지 말고 단번에 깨무는 것이 좋다고 하며 부럼깨문 과실은 껍질을 벗겨 먹거나 첫째 것은 마당에 내버리기도 한다. 깨물 때는 『일년동안 무사태평하고 만사가 뜻대로 되며 부스럼이 나지 말라』고 기원을 한다. 부럼을 깨면 한 해 동안 부스럼이 나지 않을 뿐 아니라 이가 단단해진다고 믿었다. 상원날 부럼을 위해 14일 밤에는 땅 속에 묻었던 밤을 파내 깨끗이 씻어둔다.

·**이명주(耳明酒)** : 상원날 이른 아침에 술을 마시면 귀가 밝아진다고 해서 모두 술을 한 잔씩 마시니 이명주 즉 귀밝이 술이다. 귀밝이 술은 뜨겁게 하지 않고 냉주로 마시며 일설에는 귀가 밝아질 뿐 아니라 1년 동안 좋은 소식을 듣는다고 한다. 귀밝이 술은 부녀자도 마신다.

·**약밥** : 상원날은 약밥을 해 먹는다. 이 날 약밥을 해 먹는 유래는 신라 소지왕(炤智王) 때 왕이 신하들과 더불어 사냥을 가는데 까마귀가 위험한 사실을 알려주어 왕이 위기를 면했다는 고사에서 유래한다. 즉 소지왕이 사냥을 가는데 까마귀 한 마리가 날아와 시끄럽게 울더니 소지왕 앞에 종이 한 장을 떨어뜨리고 갔다. 왕이 신하를 시켜 주워보니 봉합 겉봉에 『뜯어보면 두 사람이 죽고 뜯지 않으면 한 사람이 죽는다』고 쓰여 있었다. 두 사람보다는 한 사람이 죽는 게 낫다 싶어 왕이 그 종이를 버리려는데 신하들이 한 사람은 필시 귀인일 것이니 뜯어보는 것이 좋겠다고 해서 그 봉함을 뜯었다. 그랬더니 그 속에는 『거문고 갑』을 쏘라는 한 마디가 쓰여 있었다. 이상히 생각한 왕과 신하들이 사냥을 중지하고 궁으로 돌아와 왕의 방에 있는 거문고 갑을 쏘니 비명소리와 함께 거문고 갑 속

에서 궁중을 무상으로 출입하던 중이 화살을 맞고 쓰러졌다. 왕비가 이 중과 내통해 오던 중, 이 날 왕이 사냥으로 내전을 비운 사이 중이 왕의 방에 숨어 들어 거문고 갑 속에서 기다렸다가 왕이 사냥에서 돌아와 피곤해 깊이 잠든 틈을 타 왕을 죽이려 계획했던 것이다. 결국 음행을 하던 왕비도 처형당했다. 까마귀의 편지로 목숨을 구한 왕은 그 뒤 상원일만 되면 까마귀가 잘 먹는 약밥을 만들어 지붕 위에 올려 놓았는데 그것이 차츰 민간에 퍼져 오늘날까지 내려오는 것이다. 약밥은 14일 밤이나 15일 아침에 만드는데 찹쌀, 대추, 밤, 꿀, 잣을 섞어 쪄서 만드니 검붉은 빛이 나고 단맛이 있어 오래 두고 먹어도 상하지 않는다.

· **오곡밥**：상원일은 다섯 가지 이상의 곡식을 섞어 밥을 지어 먹으니 오곡밥이다. 쌀, 보리, 콩, 조, 팥 같은 것을 섞어 짓는다. 또 이 날 성(姓)이 다른 세 집 밥을 얻어 먹으면 건강하고 운이 좋다 해서 사람들이 서로 이웃을 오가며 밥을 먹었다. 또 평상시에는 하루 세 번 먹는 밥을 이날은 아홉 번 먹어야 좋다고 해서 틈틈이 여러번 먹는다. 집집마다 다니며 남의 성밥을 먹으려다 보니 그럴 수밖에 없지만. 또 상원날에는 밥을 김이나 취나물에 싸먹으면 복이 온다고 해서 『복쌈』이라 불렀다.

· **더위팔기**：상원날 아침 일찍 일어나 더위를 판다. 될 수 있으면 해가 뜨기 전에 일어나서 이웃을 찾아가 이름을 부른다. 부름을 받은 친구가 『왜 그러느냐』고 대답하면 『내 더위 사게』 또는 『내 더위 네 더위 먼데 더위』라고 하면 더위를 판 것이 되어 더위 판 사람은 1년 동안 더위먹지 않고 지내나 멋모르고 대답한 사람은 그 사람 몫까지 더위를 먹는다는 속신이다. 그래서 상원날 아침에는 누구가 이름을 불러도 대답하지 않고 때로는 미리 알아차리고 대답 대신 『내 더위 사가게』라고 하여 되려 덮어씌우기도 한다. 그러면 더위를 팔려 했던 사람이 오히려 더위를 먹게 된다.

· **지신밟기**：대보름날 대구를 비롯한 영남지방 일대에서는 지신(地神)밟기가 특히 성했다. 지신밟기란 지신을 위로하는 민속놀이다. 마을 청장년이 모여 사대부(士大夫) 팔대부(八大夫) 포수로 꾸며 포수는 짐승털로 만

든 모자를 쓰고 총을 메고 등뒤에 멘 망태에는 꿩을 잡아넣고 총쏘는 시늉을 하고, 사대부와 팔대부는 관을 쓰고 점잖게 행렬에 앞서간다. 농악대는 징, 꽹과리, 장구, 북 등을 치면서 그 뒤에 동리사람들이 줄줄 따라다닌다. 지신밟기패는 동리 집집마다 다니며 지신을 밟는다. 대문 앞에 가서 『주인 주인 문여소, 나그네 손님 들어가오』 소리치고는 일행이 문안으로 들어가 농악을 치면서 마당 뒤뜰, 부엌, 광 등을 돌아다니며 춤추고 논다. 집주인은 지신밟기 일행이 찾아오면 즉시 상을 차려 음식과 술을 내오고 때로는 곡식이나 돈을 주는데 이렇게 모인 곡식이나 돈은 그 마을의 공동경비로 사용했다. 지신밟기는 일년동안 그 집의 행운을 비는 민간신앙에서 우러나온 것이다.

· **달맞이**: 대보름날 저녁 달이 동쪽에서 솟아오를 때면 사람들은 달맞이하기 위해 높은 곳으로 올라간다. 한겨울이라 춥긴 하지만 달을 먼저 보면 좋다고 믿었기에 서둘러 산으로 오르는 것이다. 동쪽 하늘이 붉어지고 큰 대보름 달이 솟을 때는 일제히 들고 간 횃불을 땅에 꽂아두고 합장하며 소원을 빈다. 농부는 풍년들기를 빌고 선비는 과거급제를 빌고 총각처녀는 장가들고 시집갈 것을 빈다. 대보름날은 달의 색깔과 떠오르는 모습으로 1년 농사를 점치기도 한다. 달빛이 희면 그해 비가 많이 오고 붉으면 가문다고 믿었다. 또 달빛이 밝으면 풍년이 들고 달빛이 흐리면 흉년이 든다고 생각했다. 또 달이 남쪽으로 치우치면 해변이 풍년들 징조이고 북쪽으로 치우치면 산촌이 풍년든다고 믿었다.

· **산제, 동신제**: 산제는 마을의 수호신인 산신을 제사하는 것인 바 산제가 바로 동신제로 불리는 경우도 많다. 산제는 정월 대보름날 또는 대보름을 전후한 길일을 택해 지냈다. 마을 진산(鎭山)에 단을 쌓거나 집을 지어 이곳에서 제사를 지낸다. 이 날 제사를 담당할 제주(祭主)집에는 설날 미리 농기(農旗)를 세워둔다. 제주는 부정이 없어야 하고 목욕 재계해서 몸을 깨끗이 가지고 마음가짐도 선량해야 한다. 제사에 사용될 우물 둘레에는 황토를 깔아 악귀나 마음 더러운 사람의 출입을 막고 우물은 멍

석을 덮어 함부로 사용하지 못하게 했다. 제삿날이 되면 농기를 앞세우고 농악대와 동민이 뒤따라 제사 장소로 간다. 밤 자정이 지나 첫 닭이 울면 산제를 올리는데 제사에 쓰일 음식은 제주집에서 장만한다. 축관(祝官)의 독축(讀祝)이 끝나면 집집마다 호주가 나와 소지를 올리며 소원을 빈다.

· **줄다리기** : 주로 대보름날을 전후해서 벌어진다. 마을과 마을, 크게 할 때는 면(面)과 면, 군(郡)과 군이 두 패로 갈라져 대대적으로 벌이기도 한다. 줄다리기에 쓸 줄은 정초에 집집마다 짚을 내어 만드는데 큰 것은 직경이 30-80cm, 길이는 100m가 넘는 것이었다. 줄다리기는 워낙 많은 사람이 모이기 때문에 강변이나 넓은 밭에서 행해졌는데 대구에서는 신천에서 자주 열렸다. 양편은 제각기 농악대를 앞세우고 줄을 메고 결전장으로 나와 양쪽 줄을 서로 연결시켜 다리기를 하는데 출전한 청장년 외에 온 마을 사람이 주위를 둘러싸고 농악을 울리며 응원한다. 줄다리기의 승부로 농사의 흉풍을 점치기도 하는데 이긴 편 마을이 풍년든다고 믿었고 이긴 편 줄을 썰어서 논에 거름으로 쓰기도 했다.

· **횃불싸움** : 대보름날 저녁 청소년들은 횃불싸움을 했다. 이 싸움을 위해 대보름을 며칠 앞두고 청소년들은 횃불싸움을 위한 홰를 만든다. 홰는 헐고 낡아빠진 마당비를 그대로 사용하기도 하나 대나무 싸리 등을 묶어 새로 만들어 쓰기도 했다. 대보름 둥근 달이 동녘에 떠오르면 미리 양편으로 마주보고 서 있던 싸움꾼은 갖은 욕설로 상대방을 약올린다. 이때 농악대는 농악을 울려 자기편 사기를 돋운다. 한바탕 농악이 끝나는 것과 동시에 함성과 함께 횃불을 든 채 상대방을 향해 내다른다. 미리 머리에 수건을 질끈 동여맨 수많은 사람이 횃불을 휘두르며 혼전하는 모습은 일대 장관이다. 횃불을 빼앗거나 힘에 부쳐 달아나는 쪽이 지게 되는데 이 싸움은 단결력과 용감성을 기르는 놀이라 할 수 있다.

(3) 나무시집 보내기

설날이나 보름에 과실나무가 있는 집에서는 그 나무 두 가지 사이에 돌을 끼워주는데 이것을 나무 시집보내기라 한다. 이렇게 하면 그 해 과실 농사가 잘 된다고 믿었다. 시집보내는 나무는 대추나무, 감나무, 배나무 등이다. 사람도 혼인을 해야 자식을 낳는 것처럼 나무도 시집보내야 많은 열매를 맺는 것으로 믿었던 것이다.

(4) 점복(占卜)

연초에 1년 신수가 어떨지 궁금한 마음에서 점을 치는 습관이 있다. 사업이 번창할런지 시험에 합격할 수 있을지, 직장에서 승진하고 가족들이 무병장수할런지를 알고 싶은 것이 사람의 마음이다. 미리 알면 어떤 재앙이 오더라도 거기 대처할 수도 있는 것이다. 연초에 제일 많이 보는 점복은 토정비결이다. 가정이나 어디를 가나 토정비결을 보는 광경을 볼 수 있다. 심지어 먼 데 여행을 떠났거나 출가한 딸의 것까지도 본다.

(5) 입춘일(立春日)

입춘일은 천세력에 정해 있는데 연초인 경우가 많다. 입춘일에는 도시나 시골 할 것 없이 각 가정마다 대문기둥, 대들보, 천장 등에 좋은 뜻의 글귀를 써붙인다. 이를 입춘축 또는 입춘방이라 하는데 글씨를 쓸 줄 아는 사람은 자기가 쓰지만 쓸 줄 모르는 사람은 남에게 부탁해 붙인다. 입춘축은 상중(喪中)에는 붙이지 않는다. 입춘축은 사람에 따라 좋아하는 글귀가 각각 다르나 널리 쓰이는 입춘축은 다음과 같다. 입춘대길 건양다경(立春大吉 建陽多慶), 국태민안 가급인족(國泰民安 家給人足), 부모천년수 자손만세영(父母千年壽 子孫萬世榮), 소지황금출 개문만복래(掃地黃金出 開門萬福來), 호납동서남북재(戶納東西南北財) 문영춘하추동복(門迎春

夏秋冬福) 등이다. 입춘축은 여염집 뿐 아니라 궁중에서도 붙였는데 대궐에는 내전기둥과 난간에다 붙였다. 궁중에 붙이는 것은 위의 입춘축 외에 신하들이 지은 시 중에서 좋은 것을 가려 붙이기도 했는데 이것을 춘첩자(春帖子)라 했다.

(6) 안택(安宅)

각 가정에서는 안택을 지낸다. 안택이란 집에 탈이 없게 하기 위해 제사하는 개인 제사의 한 형식이다. 안택은 무당이 맡아서 하는데 터주대감을 비롯하여 조왕(竈王), 동신(洞神) 등을 제사한다. 안택은 가을 추수 후와 정초에 하는 바 재앙, 질병, 화액을 쫓고 집안의 평안을 비는 것이다. 이 때 차렸던 제물은 이웃과 나누어 먹는다. 새해를 맞아 나쁜 것을 물리치고 좋은 일을 부르는 뜻으로 하는 만큼 정성껏 올리는데 마땅한 무당이 없을 때는 주부에 의해 식구끼리 지내기도 한다. 안택을 고사라고 부르기도 하는데 농가뿐 아니라 사업을 하는 사람도 사업의 번창을 위해 지내기도 하고 연초에 하는 것은 기원제, 가을에 하는 것은 감사제의 성격을 띤다.

(7) 낟가릿대

농촌에서는 음력 14일 낮에 소나무를 베어다 마당 가운데 세우고 그 위에 짚을 묶어 뭉치를 만들고 거기다 벼, 조, 피, 기장 등의 이삭을 꽂아 두고 목화를 늘어놓으니 이를 낟가릿대(木竿)또는 볏가릿대라고 부른다. 이렇게 쌓은 낟가릿대는 2월 1일 아침 일찍 헐어 버리는데 곡식이 이것처럼 주렁주렁 달리라는 기원이다. 낟가릿대를 헐기 전에 섬이나 가마니 같은 것을 가져다 대고 곡물을 쓸어 넣는 흉내를 하면서 『벼가 몇 만섬이오 콩이 몇 백석이오』『팥도 몇 백석이요』라고 큰 소리로 외친다. 말에 힘이 있다고 믿는 언령신앙에서 나온 것이다.

(8) 복토훔치기

음력 14일 밤 가난한 사람은 동리 부잣집에 몰래 들어가 마당이나 뜰의 흙을 파서 자기네 집 부뚜막에 바른다. 이것을 복토훔치기라 하는데 그렇게 하면 부잣집 복이 모두 따라와 부잣집처럼 잘 살게 된다고 믿었다. 이 날 밤 부잣집에서는 복토를 도둑맞지 않으려고 불을 환히 밝히고 지키게 한다. 흙에는 터주신이 있어 그 덕으로 많은 재록을 누리고 있는데 그 흙을 도둑맞으면 재록도 함께 옮겨갈 것으로 염려한 것이다.

(9) 나무 조롱

나무로 만든 조롱이나 또는 박으로 만든 조롱을 세 개 만들어 청, 홍, 황색을 칠해 어린 아이들이 차고 다니는데 재앙과 질병을 쫓는다고 믿었다. 겨울 동안 차고 다니던 이 조롱을 음력 14일 밤에 떼어 돈 한 푼을 매단 다음 길바닥에 버리면 그 해 1년 동안 악을 면한다고 믿었다. 조롱을 차는 것은 단순한 장식이 아니라 민속적으로 방퇴귀(防退鬼)의 주술적 효과를 가지고 있는 것이며 청, 홍색은 양색(陽色)이란 데서 채택된 것이고, 황색은 중풍을 상징하기 때문에 음귀(陰鬼)를 퇴치한다고 믿은 것이다.

(10) 제웅

음력 14일 밤에 직성(直星)이 든 사람은 짚으로 사람 형상을 만든 것을 길이나 강에 버리는데 이것을 제웅이라 한다. 직성(直星)이란 액년이 든 것을 말하는데 남자는 11, 20, 29, 38, 47, 56세이고, 여자는 10, 19, 28, 37, 46, 55세에 해당한다. 직성이 든 해는 액운이 있어 만사가 여의치 않을 뿐 아니라 병이 들고 큰 화를 입거나 기타 불행을 당한다고 생각했다. 따라서 직성이 든 사람은 어떤 방법으로건 그 재앙을 버리려 애를 쓰는데 이때 제웅을 이용하는 것이다. 제웅을 이용하는 방법은 짚으로 사람 모양 인형을 만들어 그 배나 허리부분을 헤쳐 그 속에 돈과 쌀을 넣고 액년이 든 사람의 생년월일시를 적어 넣은 다음 짚으로 동여매고 14일 밤에 길에 버린다. 이렇게 버린 제웅을 줍는 사람이 있으면 그 사람에게 액운이 넘어간다고 생각했다.

(11) 농점(農占)

14일 저녁에 1년 농사를 점치는 여러 방법이 있었다. 농사일은 봄에서 가을까지가 주기이니만큼 그 사이 고른 비가 내려 농작물을 키워주어야 한다. 이런 것과 관련해 1년 열두달 일기를 알아보는 방법으로 콩불리기가 있다. 사발이나 종지 같은 그릇 12개(윤년이 든 해는 13개)에 물을 붓고 콩을 하나씩 담가 며칠이 지난 후 그 부푼 상태를 보아 비가 많고 적은 것을 추측한다. 즉 다섯 번째 그릇의 콩이 크게 불었으면 5월에 비가 많이 내려 농사의 출발이 좋으나 여섯 번째 그릇 콩이 크게 불지 않았으면 6월에는 비가 많지 않아 물 곤란을 겪는다. 이렇게 해석하는 것이다. 콩불리기 농점은 가장 소박하고 원시적인 농점으로 대부분 농가에서 흔히 하는 방법이다. 이것을 다른 말로 달불이(月滋)라고도 한다.

2) 이월(二月)

(1) 머슴날

농촌에서는 2월 1일을 머슴날이라 한다. 가을 추수가 끝난 뒤부터 오랫동안 머슴이 쉬었으나 이제 2월이 되면 농사준비를 해야 하니 머슴을 위로한다는 뜻이다. 이 날 주인은 술과 떡 등 음식을 내고 동리 머슴들은 한자리에 모여 노래와 춤으로 하루를 즐긴다. 그 해에 20세가 된 머슴아이는 이 날 어른 머슴들에게 술을 한턱 낸다. 일종의 성인식(成人式)이다.

20세된 아이는 어린이로 취급하여 어른과 동등한 『새경』을 받지 못하지마는 이 날부터 어른 대접을 받아 성인과 같은 새경을 받는 것을 자축하고 신고하는 뜻이다. 지방에 따라서는 나이가 많아도 2월 1일 머슴의 날 한 턱을 내지 않으면 성인 취급을 받지 못하는 곳도 있다.

(2) 콩볶기

2월 1일에 콩을 볶아 먹는다. 솥에 불을 지피고 콩을 넣은 다음 주걱으로 타지 않게 젓는다. 볶은 콩은 식구들이 나누어 먹는데 아이들은 주머니 가득 넣어 다니며 자기도 먹고 또래에게 나누어 주기도 한다. 콩을 볶아 먹으면 노래기 벌레가 없어진다고 믿었다. 콩을 볶을 때에 주걱을 저으며 『새알 볶아라, 쥐알 볶아라, 콩볶아라』 노래하며 볶는데 일종의 주언(呪言)이다. 이 날 콩을 볶으면서 가을 수확을 점치기도 한다. 그 방법은 콩과 약간의 보리를 섞어서 정확히 한 되를 볶는 것이다. 다 볶은 다음 다시 되에 담아 한 되가 더 되면 풍년이 들고 한 되가 못 되면 흉년이 든다고 생각했다.

(3) 대청소

2월 1일 농촌에서는 대청소를 한다. 집 안팎을 깨끗이 쓸고 닦으며 거미줄을 털고 가축우리의 거름도 치운다. 2월 초면 노래기가 나온다. 초목의 썩은 부분에서 더욱 심한데 노래기는 방에까지 기어들어오므로 노래기를 막는 부적을 써 붙인다. 이 부적은 백지에 『향랑각씨 천리속거』(香郞閣氏 千里速去) 또는 『노낙각씨 천리속거』라고 써서 기둥벽 서까래에 거꾸로 붙인다. 노래기로 하여금 빨리, 그리고 천리나 먼 곳에 가라고 명령하는 것이다. 부적을 거꾸로 붙이는 것은 저주의 뜻이다. 부적은 원래 붉은 글씨가 원칙이지만 이 부적만은 검은 먹으로 쓴다.

(4) 풍신제

　하늘에 사는 영등할머니가 2월 1일 땅 위에 내려왔다가 20일에 승천한다고 한다. 이 영등할머니 전설은 주로 영남지방에 많이 퍼져 있다. 2월 1일 아침 일찍 새 바가지에 물을 담아 장독대, 광, 부엌 등에 올려놓고 소원을 빈다. 이때 여러 가지 음식을 마련해서 풍년들 것과 가내 평온을 빌며 가족 수대로 소지(燒紙)를 사른다. 영등할머니가 땅 위에 내려올 때는 며느리나 딸을 데리고 오는데 딸을 데리고 올 때에는 날씨가 좋지만, 며느리를 데리고 올 때에는 비바람이 몰아치고 농촌이 피해를 입는다고 한다. 인간 관계에 있어 친정 어머니와 딸은 사이가 좋으나 시어머니와 며느리 사이가 나쁜 것을 미루어 풀이하는 것이다. 영등할머니가 땅 위에 머물러 있는 동안은 거친 바람이 일어 바다에서는 난파선이 생긴다고 한다. 그래서 어촌에서는 이 기간에 출어를 하지 않고 쉰다. 영등할머니는 풍신이기 때문에 바람을 몰고 온다. 그래서 농촌이나 어촌에서는 풍재(風災)를 면키 위해 영등할머니와 그 며느리에게 고사를 지내는데 이것을 『바람올린다』고 한다.

(5) 경칩일(驚蟄日)

　경칩 무렵에는 날씨가 따뜻해 초목에 싹이 돋고 동면하던 곤충들도 땅 속에서 나온다. 이 날 농촌에서는 논에 물이 괸 데를 찾아가 개구리 알을 건져 먹는다. 개구리의 정충이 몸에 좋다고 생각한 것이다. 또 이 날 흙일을 하면 탈이 없다고 해서 벽을 바르거나 담을 쌓는 등 흙일을 한다. 경칩일 흙일은 한겨울 꽁꽁 얼 때는 흙일을 할 수도 없고 혹시 따스한 날을 골라 했더라도 다음 추위에 얼어 아무 쓸모가 없지만 이때부터 날씨가 풀리니 한겨울 동안 무너지거나 금간 벽과 담을 마침 농사일도 바쁘기 전에 미리미리 해두는 것이 좋을 거라는 생활의 지혜라 할 것이다. 일설에는 경칩일에 벽을 바르면 빈대가 없어진다고 했다. 이 날 보리싹이 난 모양을 보아 그해 농사의 풍흉을 점치기도 하고 단풍나무를 베어 거기서 나오는 물을 마시기도 했다. 이 물은 위장병과 성병에 좋다고 생각했다.

(6) 한식(寒食)

동지 뒤 1백 5일째 되는 날을 한식이라 하는데 3월에 드는 때도 있으나 2월에 드는 해가 더 많다. 한식날 조상의 산소를 찾아가 음식을 차려 놓고 차례를 지내는데 이것을 한식차례라고 한다. 이 날 조상의 분묘가 헐었을 때는 잔디를 다시 입히는데 이것을 개사초(改沙草)라 한다. 묘 둘레에 식목을 하는 것도 한식날이다. 이 날은 더운 밥을 먹지 않고 찬밥을 먹는데 이것은 진(晉) 나라의 충신 개자추(介子推)의 영혼을 위로하기 위한 것이다. 개자추는 간신에게 모함받아 금산에 숨었는데 진나라 문공(文公)이 개자추의 충성을 뒤늦게 알고 그를 찾으러 갔으나 개자추는 산에서 나오지 않았다. 문공은 그를 나오게 하기 위해 산에 불을 질렀는데 개자추는 불에 타죽고 나오지 않았다. 그 뒤부터 사람들은 그의 충성을 기리기 위해 이 날은 불에 데운 음식을 먹지 않았다. 한식날 농촌에서는 한 해 농사를 준비하는 바 식목을 하거나 채소씨를 뿌린다. 한식날 천둥이 치면 흉년이 들고 불행한 일이 생긴다 하여 매우 꺼렸다.

3. 삼월(三月)

(1) 삼짇날

3월 3일을 삼짇날이라 부른다. 이 날은 따뜻한 곳을 찾아 강남갔던 제비도 돌아온다. 산에 만발한 진달래꽃을 뜯어다 쌀가루에 반죽하여 참기름을 발라 지져 먹으니 이것이 꽃전(花煎)이다. 꽃전은 봄의 미각을 한껏 돋워주는 시식(時食)으로 풍류있는 별미이다. 또 녹두가루를 반죽하여 익힌 다음 가늘게 썰어 꿀을 타고 잣을 넣어 먹으니 화면(花麵)이라고 한다.

또 진달래꽃을 따다가 녹두가루와 반죽해서 먹기도 하고 혹은 수면(水麵)
이라 해서 붉게 물들여 꿀을 섞어 만들기도 한다. 삼짇날에는 나비도 나
온다. 이때 사람들은 나비를 보아 점을 치기도 하는데 노랑나비나 호랑나
비를 먼저 보면 소원이 이루어지고 길조나 흰 나비를 먼저 보면 부모상
(喪)을 당한다고 생각하여 흉조라고 싫어했다. 삼짇날 머리를 감으면 물
이 흐르는 것처럼 머리카락이 소담하고 아름답다고 해서 부녀자들은 머
리를 감는다.

(2) 곡우(穀雨)

24절기의 여섯째 절기로 백곡을 기름지게 한다는 날이다. 황해에는 조
기가 많이 잡힌다. 흑산도 부근에서 겨울을 보낸 조기는 곡우 때 북상해
서 충청도의 격렬비도(格烈飛島) 쯤에 올라오니 이때 잡는 조기를 곡우
사리라고 한다. 곡우 사리는 아직 살은 적지만 연하고 맛이 있어 서해 어
선은 물론 남해에서까지 어선들이 몰려든다.

(3) 초희(草戲)

봄에는 여러 풀들이 새로 솟아나 풀을 가지고 풀놀이를 한다. 소녀들은
울타리 밑에 나는 각씨풀을 뜯어 실로 묶은 다음 나무가지를 꺾어 그 끝
에 매고 머리를 땋듯이 따아서 마치 소녀의 댕기 머리처럼 만든다. 땋은
머리는 댕기를 들이거나 틀어올려 낭자를 만들고 고운 천조각으로 치마
와 저고리를 만들어 입히니 이것을 각씨놀이라 부른다. 때로는 풀각씨(草
人形)외에 병풍, 이불, 요, 베게 등을 만들어 방을 꾸며 놀기도 한다. 장
난감이 없던 옛날에는 이렇게 자기 손으로 인형을 만들었으니 풀각씨는
인형극 놀이의 시초라 할 수 있겠다. 또 소녀들은 냇가에 가서 버드나무
가지를 꺾어 비틀어 호드기를 만들어 분다. 봄철에는 나무에 물이 많이
오를 때이므로 껍질이 찢어지지 않고 잘 빠진다. 호드기 소리는 단조로우

나 잘 불면 처량하고 맑은 소리를 내어 소년 소녀들의 설레는 마음을 달래준다. 호드기는 원시적인 취악기(吹樂器)라 할 수 있다. 어린이들은 여러가지 풀을 뜯어다가 누가 많이 모았나 내기도 하고 질경이 풀을 뜯어다 서로 얽어서 잡아당겨 누구 풀이 끊어지는가 내기를 했는데 이것을 풀싸움(草戲)이라고 했다. 또 산에 가서 진달래꽃 수염으로 겨루기도 했다.

(4) 궁술회(弓術會)

3월에는 여러 활터에서 궁술대회를 가진다. 활쏘기는 장년 이상 사람들이 즐겨 했는데 겨울 내내 방안에 갇혀 있어 답답한 몸과 마음을 활터에 나와 단련하는 것이다. 청명한 날을 골라 활터에 궁사들이 모여 대회를 열 때면 구경꾼들이 인산인해를 이룬다. 궁사의 쏜 화살이 과녁에 맞으면 기생들이 대기하고 있다가 『지화자』 노래를 부르며 흥을 돋우웠다. 궁술은 무술이자 가장 인기있는 스포츠의 하나였는데 대구에는 달성공원과 범어동에 활터가 있었다.

(5) 삼월(三月)의 시식(時食)

3월은 양춘이라 각종 채소가 나고 따라서 여러 시식이 있다. 옛날에는 봄철에 마실 술을 각 가정에서 솜씨껏 빚었다. 술은 쌀로만 빚는 것이 아니라 향료 약재를 써서 기호에 맞고 몸에도 좋은 것을 만들었으니 두견주, 도화주, 과하주, 소면주, 이강주 등이 그것이다. 향을 내고 약효를 내기 위해서 재료의 가감이 있으며 이름 있는 술일수록 오래 두었다가 먹으니 백일주(百日酒)같은 것은 술을 빚어 술독을 대문간에 묻어두었다가 백일 되는 날 파내어 마신다 해서 붙은 이름이다. 대문간은 늘 사람이 드나드는 곳이니 남몰래 파낼 수도 없거니와 오랫동안 땅 속에 묻혀 있기 때문에 특히 진미라 전한다. 봄떡으로는 산떡과 흰떡이 있다. 산떡은 찹쌀을 가루내어 흰떡을 만들고 빚어 내어 다섯 개를 포개서 구슬처럼 꿴다.

혹은 청백(靑白)의 두 가지 빛을 내어 송편처럼 반월형을 만들어 먹으니 쑥과 소나무 속껍질을 찧어서 넣기도 한다. 3월 들에는 어디를 가나 쑥이 많다. 연한 쑥을 뜯어다 국을 끓이니 애탕(艾湯)이라고 하며, 또 녹두로 청포를 만들어 미나리와 김에 무쳐 돼지고기와 함께 먹는데 이것을 탕평채(湯平菜)라 불렀다. 탕평채는 차게 해서 먹을수록 맛이 좋다. 봄철에는 강에서 잉어 등 고기가 많이 잡혔다. 그것을 잡아 날고추장에 찍어먹는 생선회 또한 봄철의 빼놓을 수 없는 별미이지만 요즈음은 무서운 간디스토마 때문에 날회를 먹지 못하게 된 지 오래이다.

4) 사월(四月)

(1) 연등(燃燈)놀이

4월 8일은 석가모니 탄생일이라 하여 초파일 또는 욕불일(浴佛日)이라고 불렀다. 초파일엔 절을 찾아 제를 올리고 연등하는 풍속이 있었다. 연등의 연원을 찾아보면 신라 때 간등(看燈)한 사실이 있고 고려 때도 이것이 계속돼 오다가 현종(顯宗)때 연등회란 이름으로 고쳐 불렀다. 연등회는 한때 정월 대보름날로 바뀐 적도 있었으나 초파일 연등이 원칙이다. 조선시대에는 초기에 왕가에서 연등회를 베푼적이 있긴 하나 고려시대처럼 공식적으로 열지는 않았다. 그 대신 그 풍속은 민간 사이에 세시풍속으로 남아 오늘까지 내려온 것이다. 고려 때 궁중에서 공식으로 벌인 연등회는 크고 호화로왔다. 조선시대도 4월 8일은 민간의 큰 축제일이었고 이날 자녀의 수대로 등을 달았는데 그 등이 크고 밝을수록 좋다고 믿어 다투어 크게 단다. 등간 위에는 꿩깃을 끼우고 울긋불긋한 천을 매달거나 둥근 모양으로 다듬어 달았는데 이것이 바람에 휘날리는 모양은 현란하기 짝이 없었다고 전한다. 등의 종류도 다양했는데 연꽃등, 수박등, 마늘등 같은 과실이나 채소의 모양을 본뜬 것이 있는가 하면 학, 잉어, 자라,

거북 같은 동물 형상등, 병, 항아리, 배, 북 같은 기물 모양등, 칠성(七星), 수(壽)와 같은 글자들이 있었다. 연등놀이에는 낙화희(落花戲)가 곁들였는데 낙화희는 오늘날 불꽃놀이와 비슷한 것이다. 낙화희는 창호지를 둥글게 말아 원통형을 만든 후 그 속에 숯과 소금, 사기, 파편 등을 섞어 넣어 그것을 군데군데 잘록하게 묶어서 만든다. 한쪽에 불을 붙이면 불꽃이 탁탁 튀는 것이 장관을 이룬다.

(2) 사월(四月)의 시식(時食)

4월의 시식으로는 화전(花煎), 어채(魚菜), 미나리강회, 파강회, 증병(蒸餅) 등이 있다. 화전은 찹쌀가루에 장미꽃을 섞어 반죽해서 원형 또는 반원형으로 만들어 기름에 튀긴다. 기름에 튀긴다고 유전(油煎)이라 부르기도 한다. 어채는 생선을 익히지 않고 날것으로 썰어 파, 석이(石耳)버섯, 전복, 달걀을 부쳐 국화잎을 가늘게 썰어 버무린 다음 기름과 초를 쳐서 시원하게 먹는다. 파강회는 파를 삶아 생육(生肉)을 속에 넣고 감아서 초간장에 찍어먹으며 미나리강회는 미나리를 데친 다음 속에 생육을 넣고 파강회처럼 만들어 먹는다. 이때 쇠고기인 경우는 생육을 쓰지만 돼지고기는 삶은 것을 쓴다. 시식(時食)은 가문과 솜씨에 따라 양념과 맛이 아주 달랐다.

5) 오월(五月)

(1) 단오(端午)

5월 5일은 단오, 수리, 수릿날 또는 천중절(天中節)이라 부른다. 각 가정에서는 맛있는 음식을 마련하여 단오 차례를 지내고 새옷으로 갈아입고 하루를 즐긴다. 우리 풍습은 3월 3일, 7월 7일, 9월 9일 등 홀수가 겹치는 날을 좋은 날로 여겼지만 그 중에서 단오를 가장 큰 명절로 쳤다.

그것은 5월 5일이 가장 양기가 강한 날로 여겼기 때문이다. 수리 또는 수릿날이라 부르는 것은 이 날 쑥을 뜯어 떡을 만들어 먹는데 그 떡 모양을 수레바퀴처럼 둥글게 만들었기 때문에 그런 이름이 붙게 됐다.

· **창포**：단오날은 창포 삶은 물에 머리를 감는데 그렇게 하면 머리카락이 빠지지 않고 윤기가 나며 소담하다고 해서 남녀가 모두 머리를 감았다. 또 창포 뿌리를 잘라 비녀를 만들어 꽂았는데 비녀에는 수(壽), 복(福) 두 글자를 새기고 인주(印朱)나 연지를 발라 붉게 만들기도 했다. 붉은 색은 양색으로 나쁜 것을 물리치는 기운이 있다고 믿었기 때문이다. 창포를 삶을 때는 창포만 삶기도 하지만 쑥을 넣기도 했다. 또 단오날 벽사(辟邪)풍속으로 호리병 박이나 작은 인형을 만들어 허리에 차기도 했는데 모두 질병을 막기 위한 것이다.

· **익모초와 쑥**：단오날 익모초와 쑥을 뜯는 풍속이 있다. 약으로 쓰기 위한 것이다. 특히 단오날 오시(午時)에 뜯은 것은 약효가 제일 강하다고 믿었다. 익모초는 이름 그대로 모체에 이롭다고 하며 여름철에 익모초 즙을 내어 마시면 식욕이 난다. 농부들은 야외 작업을 할 때 약쑥으로 긴 홰를 만들어 불을 붙여두면 하루종일 타므로 담배불 등에 이용했다. 또 농촌에서는 단오날 이른 아침에 쑥을 베어다가 묶어서 문 옆에 세워두는데 집안에 재앙이 들어오지 못하게 하는 것이다. 쑥은 단군 신화에도 나오듯 우리 민족이 옛부터 신성하게 여긴 식물의 하나이다.

(2) 단오제(端午祭)

단오날을 기해 향토제사를 지내는 곳이 많으니 강원도 강릉과 삼척이 그 대표이다. 그렇지만 경상도 지방에도 규모는 적으나 제사를 지내는 곳이 있었다.

6) 육월(六月)

(1) 유두(流頭)

6월 15일은 유두일이라 부른다. 유두란 동류두목욕(東流頭沐浴)이란 말
에서 나온 약자이다. 유두일에는 동쪽으로 흐르는 맑은 개울을 찾아가서
목욕하고 하루를 청유했다. 그렇게 하면 여름에 더위를 먹지 않는다고 믿
었다. 동쪽으로 흐르는 물에 머리를 감는 것은 동쪽은 맑은 곳이요, 양기
가 가장 왕성한 곳이기 때문이다. 유두날 선비들은 술과 안주를 장만해서
계곡이나 물가 정자를 찾아 시문을 읊으며 하루를 즐기는데 이것을 유두
연(流頭宴)이라 했다. 유두 무렵에는 햇과실이 나기 시작한다. 오이, 참외
등 햇물을 따고 국수와 떡을 만들어 사당에 올리고 제사를 지내는데 이것
을 유두천신(流頭薦新)이라고 했다. 조상을 생각하고 섬기는 사상이 강했
던 우리 선조들은 햇과일이라도 자기가 먼저 먹지 않고 조상에게 먼저 올
린 다음 먹었으니 아름다운 풍속이라 하겠다. 유두날 음식으로는 유두국
수, 수단(水團), 건단(乾團), 연병(連餠) 등이 있다. 유두국수를 먹으면 장
수하고 더위에 걸리지 않는다고 해서 많이 먹었다. 또 밀가루를 반죽해서
구슬처럼 만들어 오색으로 물들여 세 개씩 포갠 다음 실로 꿰어 허리에
차거나 대문 위에 걸어두기도 했는데 잡귀의 출입을 막고 액을 쫓기 위한
것이다. 찹쌀가루를 쪄서 손으로 비벼 구슬처럼 만들어 빙수에 넣어 꿀을
타서 먹는 것을 수단, 빙수에 넣지 않고 먹는 것을 건단이라 했다. 찹쌀
이 없을 때는 멥쌀로 만들 수도 있으나 찹쌀로 만든 것이 매끄럽고 맛이
좋았다. 연병은 밀가루를 반죽해서 판 위에 놓고 방망이로 밀어 넓게 만
든 다음 기름에 튀기거나 깨와 콩을 묻혀 꿀을 발라서 만든다.

(2) 삼복(三伏)

하지(夏至)로부터 세째 경일(庚日)은 초복, 네째 경일은 중복, 입추 후 첫째 경일은 말복이라 하여 일년 중 더위가 가장 심한 때이다. 여기서 삼복더위란 말이 나왔는데 복중에는 더위를 피하기 위해 술과 음식을 마련, 계곡이나 정자를 찾아 하루를 청유했다. 복중에 햇병아리를 잡아 인삼과 대추, 찹쌀을 넣고 삶아 먹는다. 이를 삼계탕이라 하는데 복중은 땀을 많이 흘려 원기가 약할 때이니만큼 그를 보충하기 위한 것이다. 보신탕은 복중의 대표적인 서민 음식인데 복날에 보신탕을 먹어야 몸이 좋고 부정까지 쫓는다고 믿었다. 옛날 보신탕은 개를 잡아 통째로 파를 넣어서 삶는데 이렇게 삶아야 냄새가 없고 이것에 보리밥을 말아 먹었다. 복날에는 팥죽을 먹는 곳도 있으니 팥죽의 붉은 빛이 벽사(辟邪)의 힘이 있다고 생각했기 때문이다. 동지 때 팥죽을 먹고 그것을 대문이나 문설주에 뿌리는 것과 같은 발상이다. 팥죽에는 찹쌀가루로 빚는 새알심을 넣어 먹었다.

7) 칠월(七月)

(1) 칠석(七夕)

7월 7일은 칠석이라고 부른다. 이 날 저녁 처녀들은 직녀성에 바느질 솜씨가 늘기를 빌며 공부하는 소년들은 직녀성과 견우성 두 별을 제목으로 시를 지었다. 견우, 직녀성은 소년, 소녀들의 소원성취와 관계가 있다고 믿었으니 그것은 다음과 같은 전설 때문이다. 견우성과 직녀성은 은하수를 사이에 두고 동서로 갈라져 있다. 두 별의 딱한 사정을 알고 해마다 칠석날이 되면 지상의 까치와 까마귀가 하늘에 올라가 머리를 맞대 다리를 놓으니 이것이 오작교(烏鵲橋)이다. 견우와 직녀는 일 년에 한 번 소원을 푸는 것이다. 그러나 사랑의 회포를 다 풀기도 전에 다시 헤어져 또 다시 일년을 기다려야 하기 때문에 눈물을 흘리는데 이것을 칠석우(七夕

雨)라 한다. 칠석날 지상에는 까치 까마귀가 한 마리도 없으며 어쩌다 있는 것은 병이 들어 하늘에 올라가지 못하는 것이라 생각했다. 칠석에는 폭의(曝衣) 폭서(曝書)하는 풍습이 있다. 여름 장마철에 장롱에 들어 있는 옷가지는 습기가 차고 책도 습기가 차면 벌레가 생겨 상하게 되기 때문에 햇볕에 내어 말리는 것을 폭의 폭서라 한다. 장마도 지난 칠월 맑은 햇볕에 옷과 책을 말리면 좀도 먹지 않을 것이니 과학적인 생활의 지혜라 할수 있다.

(2) 백종일(百種日)

7월 15일을 백종일 또는 백중절이라기도 하고 망혼일(亡魂日)이라고도 부른다. 승려들은 사원에서 재를 올려 부처에게 공양하고 민가에서는 조상 사당에 천신하며 맛있는 음식과 술로 하루를 즐겼다. 농촌에서는 백종날을 전후해서 『백종장』이 서는데 머슴을 둔 가정에서는 머슴을 쉬게 하고 돈을 주어 장에 가서 필요한 물건도 사고 하루를 놀도록 한다. 그래서 백종날을 전후해서 여러 곳에서 씨름판이 벌어지기도 했다. 망혼일이라 하는 것은 백종일 밤에 술과 안주 밥, 떡, 과실 등을 차려놓고 망친(亡親)의 혼을 불러들여 제사를 지내기 때문이다. 이 무렵에는 과실과 갖가지 채소가 많은 때라 백 가지를 차린다 해서 백종이라 부르기도 했다.

(3) 호미씻기

호미씻기는 초연(草宴) 또는 머슴날이라고도 부르는데 7월 15일을 전후하여 어느 날이건 그 마을의 형편을 따라 정한다. 각 가정에서는 술과 음식을 장만해 산과 계곡을 찾아 노래와 춤으로 하루를 즐긴다. 농부들의 휴일인 만큼 농악을 치며 즐겁게 하루를 지낸다. 이 날 마을에서 농사가 가장 잘된 집의 머슴을 뽑아 일을 잘했다고 칭찬하며 술을 권하고 삿갓을 씌워 소에 태워 마을을 한 바퀴 돈다. 그러면 그 집 주인은 마을 사람에게 술과 음식을 대접한다. 호미씻기란 말은 이제 바쁜 농사일도 거의 끝나 호미가 필요없게 되었으니 호미를 씻어 둔다는 데서 나온 이름이다.

8) 팔월(八月)

· **벌초**: 추석 2, 3일 전에 조상의 묘를 찾아 풀을 베니 이것을 벌초(伐草)라 한다. 낫을 잘 들게 간 다음 낫날에 새끼를 감아 들고 다녀도 다치지 않게 한 후 묘지가 수십 리 떨어져 있더라도 그곳까지 가서 벌초했다. 조상의 묘에 잡초가 우거진 것은 자손의 수치로 여겼다.

· **추석**: 8월 15일을 추석 또는 가배일(嘉俳日)이라고 한다. 추석철이 되면 농사일도 거의 끝나 햇곡식을 먹을 수 있는데다 과일도 풍성하고 날씨 또한 춥지도 않고 덥지도 않아 일년 중 가장 지내기 좋은 때이다. 사람들은 새옷으로 갈아입고 햅쌀로 떡도 하고 술도 장만, 차례를 지낸 후 이웃과 나누어 먹으며 성묘를 한다. 5, 6월 염천 아래 땀흘린 보람을 만끽하니 오월 농부 팔월 신선(五月農夫 八月神仙)의 경지가 된다. 각곳에 흩어져 살던 가족도 추석에는 고향에 가서, 가족이 한 자리에 모여 조상의 사당에 차례를 올린다. 차례는 설날과 마찬가지 절차에 의한다. 다만 추석에는 햅쌀이 나올 때이니만큼 할 수 있는 한 햅쌀을 구해 음식을 장만한다. 낮에는 조상의 묘를 찾아 성묘하는데 그 묘가 멀든 가깝든 빼놓지 않고 성묘를 한다. 묘소를 찾아가며 어른이 청년과 어린이에게 조상의 효열담(孝烈談)을 들려주는 것은 가족의 뿌리를 일깨우는 훌륭한 교육이 되는 것이다.

· **팔월의 시식**: 추석에는 햅쌀을 비롯한 풍성한 과실이 있는 때이므로, 시식도 변화가 있다. 추석에는 햅쌀로 밥을 지으며 떡을 하고 술도 빚는다. 햅쌀은 무논벼가 아니라도 산도(山稻)가 있으므로 쉽게 구할 수 있다. 햅쌀로 만드는 떡에 송편이 있으니 이것을 『오려송편』이라고 부르는데 신도 송편이란 뜻이다. 송편에는 햇콩, 햇동부, 밤 등으로 속을 넣는다.

햅쌀로 빚은 술을 신도주(新稻酒)라 한다. 추석에는 차례 때에 신도주를 쓰고, 음복하고, 손님을 대접하니 시식으로 없어서는 안될 존재이다. 실과로는 밤, 대추, 감, 배, 사과 등이 제철이다. 밤은 알밤을 삶아 먹기도 하거니와 떡이나 밥에 놓아 먹기도 하니 진미이다. 대추는 지붕 위에 멍석을 펴고 말리니 가을의 정취를 한결 북돋운다. 감은 아직 충분히 익지 않았기 때문에 며칠 전에 따서 동이에 넣은 다음 소금 탄 물로 떫은 맛을 가시게 삭혀서 먹지만 서리가 와서 빨갛게 익으면 홍시를 만들거나 깎아 말려 곶감을 만든다. 또 썰어 말렸다가 뒤에 떡에 넣어서 감떡을 만들기도 한다. 팔월은 채소도 풍성하다. 머지않아 닥칠 겨울에 먹기 위해 호박과 무우를 썰어 말랭이를 만드는데 겨울철에 없어서는 안 될 기본 반찬이 된다.

· **두레길쌈(共同績麻)** : 두레길쌈은 7월에서 8월에 걸쳐 부락의 부녀자들이 일정한 장소에 모여 공동으로 길쌈하는 것인데 경상도 일원이 가장 성했고, 다음이 전라도 충청도 강원도 등이다. 늦은 여름밤 뜰에 모여 생소나무 가지를 태워 모기를 쫓으며 마을 부녀자가 공동 길쌈을 하는데 이때 우스개 소리도 하고 재미있는 옛날 애기를 하고 노래도 부른다. 이렇게 함으로써 노동의 고됨을 잊는 것이다. 8월 보름날 밤에는 그동안 노고를 털어버리기 위해 많은 음식을 준비하여 함께 먹으며 노래와 춤으로 한껏 즐긴다. 경우에 따라서는 양편으로 갈라 경쟁적으로 베를 짜게 해서 그 성적에 따라 상벌이 있는데 진 편이 음식을 준비해서 대접토록 하는 것이 그것이다. 이 같은 경쟁적인 길쌈 풍습은 신라 초기 유리왕(儒理王) 시대부터 내려오는 것이다. 즉 신라 유리왕이 6부를 둘로 갈라 왕녀 두 사람으로 각 편의 지휘자로 삼은 후 7월 보름부터 8월 보름까지 길쌈 내기를 하게 했다. 이렇게 겨뤄 추석날 그 많고 적음에 따라 승패가 결정되는데 진 쪽에서 음식을 준비해 대접하고 이때 노래와 춤을 추는데 진 편의 여자가 일어나 춤을 추며 회소(會蘇)회소하고 노래를 불러 그 노래를 회소곡이라 했다. 대구는 경주와 가까운 곳에 있었기에 두레길쌈의 풍속이 마

을마다 있었다.

9) 구월(九月)

9월 9일을 중구(重九) 또는 중양(重陽)이라 부른다. 중구란 말은 9가 겹쳤다는 뜻이며 중양이란 양수(陽數)가 겹쳤다는 것이니 홀수는 양수이다. 이 날 가정마다 국화꽃잎을 따서 찹쌀가루에 섞어 단자를 만들어 먹는데 이것이 국화전이다. 봄 진달래 화전과 함께 계절 시식으로 잘 알려진 것이다. 또 국화꽃을 술에 넣어 그 향기를 우려 먹으니 이것을 국화주라 한다. 사람들이 시를 짓고 남녀 노소 동락하니 각급 학교의 가을 소풍은 그 유래가 깊다 하겠다.

10) 시월(十月)

· **마일(馬日)** : 말을 소중히 여기고 때로 제사도 지낸다. 이것을 마일(馬日)이라 하는데 이날은 팥떡을 만들어 상에 차려 마굿간 앞에 놓고 고사(告祀)를 지냈으니 말의 무병 건강을 기원하는 것이다. 말은 소와 함께 노동력이 될 뿐 아니라 장거리 여행이나 전쟁에 없어서는 안될 동물이기 때문이다. 10월의 오일(午日)중에 무오(戊午)일을 상마일로 치는 것은 무(戊)와 무(茂)가 음이 같으므로 무성(茂盛)해서 병이 없기를 기대한 것이다. 같은 이치로 병오일(丙午日)에는 고사를 지내지 않는다. 병(丙)과 병(病)이 음이 같기 때문이다.

· **성주제(城主祭)** : 시월인 『상달』에는 어느 가정에서나 성주께 제사를 지내는데 오일(午日)이나 다른 좋은 날을 가려 지낸다. 햅쌀로 술을 빚고 시루떡을 하며 여러가지 과일을 장만하여 성주신(城主神)께 제를 지내는 바 성주신은 집안의 안녕을 담당하는 신의 이름인 만큼 일가의 평안을 비는 뜻이다. 성주제는 부엌에서 간단히 끝나는 수도 있지만 크게 할 때는

무당을 불러 굿을 한다. 성주제는 지방에 따라 성주굿, 성주받이굿, 또는 안택이라고 부르기도 한다.

· **시제(時祭)** : 10월 15일을 전후하여 시제가 있다. 조상신은 5대까지만 사당에서 제를 지내고 그 이상 조상들은 가을에 한꺼번에 제를 지내니 이것이 시제이다. 시제 때는 원근의 후손들이 모두 묘 앞에 모여 지낸다. 제물은 후손들이 만들어 오거나 혹은 묘소를 관리하는 산지기가 있어 재실에서 장만키도 한다. 시제용 경비 충당을 위해 묘에 소속된 묘답을 마련하고 그 수확을 경비에 쓴다. 시제 때 많은 후손이 모여들수록 그 문중의 자랑으로 여겼고 묘 자리가 명당일수록 후손들이 발복한다고 믿었다.

· **시월의 시식(時食)** : 10월에는 강정을 만들어 먹는다. 찹쌀가루를 물과 술로 반죽하여 원형 또는 네모지게 만들어 기름에 튀겨 꿀을 발라 먹는다. 강정은 꿀을 바른 위에 깨, 콩, 잣 등을 묻히기도 하는 바 거기 따라 이름이 깨강정, 콩강정으로 달리 불린다. 10월에 쑥을 뜯어다 국을 끓이기도 한다. 10월에 들면 추위가 시작되기 때문에 음식도 뜨거운 것을 많이 먹는다. 불을 피우고 전골틀을 놓고 쇠고기, 달걀, 파, 마늘, 고추가루, 당근을 다져넣고 지지니 열구자탕(悅口子湯) 또는 신선로라 부르기도 한다.

11) 십일월(十一月)

· **동지(多至)** : 하지(夏至)가 낮이 가장 길고 밤이 가장 짧은 데 비해 동지는 일년 중 밤이 가장 길고 낮이 제일 짧은 날이다. 11월을 『동지달』이라 부를 만큼 11월은 동지로 대표되고 세시 풍속도 이 날에 모여 있다. 동지는 아세(亞歲)라고 부르기도 한다. 혹은 『작은설』이라 부르기도 하니 옛날 동지를 설로 삼았던 데서 나온 것이다. 동지를 설로 생각했던 것은 동지에 태양이 죽었다가 다시 살아난다고 믿었기 때문이다.

· **동지팥죽** : 동짓날은 어느 집이나 팥죽을 만들어 먹는다. 팥을 삶아 으

깨거나 체에 거른 다음 그 물에다 찹쌀로 단자를 새알만한 크기로 만들어 넣어 죽을 쑨다. 이 단자를 『새알심』이라 한다. 동지팥죽은 먼저 사당에 놓아 차례 올리고 다음 방, 마루, 광 같은 데 한 그릇씩 떠다 놓으며 대문 벽에 뿌렸다. 팥죽의 붉은 빛이 액을 막는 힘이 있다고 믿었기 때문이다. 팥죽에 액을 막는 힘이 있다고 믿는 것은 중국 고사에서 유래한 것이다. 즉 공공씨(共工氏)가 불초한 아들을 두었는데 동짓날에 죽은 다음 역귀(疫鬼)가 되었다. 그런데 이 아들이 살았을 때 팥을 무서워했고 동짓날에 죽었으므로 동짓날에 팥죽을 대문과 담장에 뿌려 귀신이 그 집에 오는 것을 막는 것이다.

· **동짓날 시식**: 겨울에 먹는 별미는 동치미이다. 동치미는 김장할 때 담그기도 하지만 겨울에는 언제든지 담가 먹었다. 무우를 큼직큼직하게 썰어 국물을 많게 하는 것이 특징인데 겨울에 온돌방에서 시원한 국물을 마시는 것은 별미이다. 또 수정과도 겨울 시식이니 곶감을 꿀물이나 설탕물에 담그고 생강, 잣, 계피 등을 넣어 차게 해 먹는다. 겨울 생선으로 명태가 있다. 명태는 동해에서 많이 잡히는데 언 것은 동태(凍太)라 했다. 동태는 겨울 식탁의 빼지 못할 반찬인데 맛이 탁하지 않고 상쾌한 것이 특징이다.

12) 십이월(十二月)

· **납향(臘享)**: 12월은 섣달 또는 납월이라 부른다. 이 달에는 납향이 있다. 납향은 동지로부터 세 번째 말일로 정해져 있으나 이 날 묘(廟)와 사(社)에서 대향사를 지냈다. 납향일 밤에 농촌에서는 새잡기를 한다. 두서너 사람이 패가 되어 어두운 밤에 그물을 가지고 새가 사는 지붕추녀를 찾아다니며 새를 잡는다. 그물을 새집 있는 곳에 대고 막대기로 지붕을 호되게 치면 새가 놀라 날아오르다가 그물에 걸린다. 또 새가 많이 잠자는 숲에 살금살금 다가가서 같은 방법으로 새를 잡는다. 납향일 새고기는

새 몸속에 벌레가 없을 뿐 아니라 맛이 있어 어린이에게 먹이면 병없이 자란다고 해서 새를 열심히 잡았다. 남향에 내린 눈은 약이 된다고 해서 눈을 곱게 받아 독에 담아 둔다. 그러면 눈이 녹아 설수(雪水)가 되는데 이것을 두었다가 김장독에 넣으면 맛이 변하지 않고 옷과 책에 바르면 좀이 쓸지 않는다고 믿었다. 또 이 물을 두었다가 환약(丸藥)을 만들 때 사용하고 이 물로 눈을 씻으면 안질에 걸리지 않을 뿐 아니라 눈이 밝아진다고 생각했다.

·**제석(除夕)** : 1년의 마지막 날인 12월 30일을 섣달그믐 또는 제석(除夕), 제야(除夜)라고 부른다. 1년 중에 있었던 모든 거래를 깨끗이 끝막음하니 빚이 있는 사람은 해를 넘기지 않고 이 날 모두 청산했다. 그래서 남에게 돈을 빌려 주었거나 물건값을 받을 게 있는 사람은 이 날 밤 늦도록 찾아다니며 수금했다. 만일 자정이 넘도록 받지 못한 빚은 1월 15일까지는 독촉을 하지 않았으니 요즈음의 각박한 상거래에 비겨 아름다운 풍습이라 하겠다.

·**구세배(舊歲拜)** : 섣달 그믐날 저녁에 사당에 절하고 또 설날 세배하듯이 어른에게 절을 하는데 이것을 구세배, 즉 묵은 세배라 한다. 1년이 다 지나가는 마지막 순간에 1년이 무사히 지나간다는 인사를 드리는 것이다. 또 조상의 산소를 찾아 성묘를 한다. 그믐날 밤에는 밤 늦도록 등불을 밝히고 묵은 세배군들이 골목을 오가며 일가친척을 찾아가는데 묵은 세배는 가까운 사이에만 했다.

·**대청소** : 섣달 그믐날 밤에는 집 안팎을 깨끗이 청소한다. 실내청소는 부녀자가 하지만 집 주변을 쓸고 치우는 것은 남자의 일이다. 높은 곳을 깎고 얕은 곳을 메우고 외양간도 치우며 거름도 퍼내어 새해 맞을 준비로 대청소를 하는 것이다. 이렇게 하면 묵은 해의 잡귀와 액은 모두 물러가고 신성한 가운데 새해를 맞이하게 되는 것이다.

·**수세(守歲)** : 섣달 그믐날 밤은 방, 뜰, 부엌, 곳간, 변소 할 것 없이 집 안 구석구석에 불을 밝혀놓고 잠을 자지 않은 채 밤을 새우니 이것을 수

세라 한다. 불을 켜는 것은 잡귀의 출입을 막기 위한 것이며 부뚜막 솥 뒤에도 불을 켜는데 조왕신을 위한 것이다. 속설에 조왕신은 12월 25일 말미를 받아 천제(天帝)에게 가서 자기네 집에서 1년 동안 있었던 일을 모두 보고하고 그믐날 제자리로 돌아온다고 한다. 섣달 그믐날 밤 잠을 자면 눈썹이 희어진다고 했다. 그래서 자지 않으려고 밤 늦도록 윷놀이를 하거나 옛날 이야기 또는 책을 읽는 등으로 잠을 쫓았다. 그러다가 잠자는 사람이 있으면 눈썹에 백분을 묻혀 설날 아침에 눈썹이 세었다고 놀려 주었다. 수세풍속은 한 해가 마지막 가는 날 한 해 동안 있었던 일을 정리, 반성하고 새로 맞을 한 해를 계획, 설계하라는 뜻이 그같은 풍속을 낳은 것 같다.

13) 윤월(閏月)

·**윤달** : 윤달은 음력에서 4년마다 한 달이 가외로 더 있는 달이니 따라서 이 달에는 무슨 일을 해도 지장이나 부작용이 없다고 믿었다. 집을 수리하거나 이사를 해도 좋고 혼례를 올리고 수의(壽衣)를 만들어 두면 좋다고 해서 나이 많은 어른이 있는 집은 이 달에 수의를 마련했다.

·**성돌기** : 성돌기 또는 성밟기라 하는데 고성이 있는 근처 마을 사람들이 성터에 올라 성줄기를 따라 열을 지어 도는 것이다. 성돌기 일행이 돌아오는 길에는 가족과 친지들이 기다리고 있다가 준비해 둔 음식을 나누어 먹으며 즐겼다.

2. 민속놀이

1) 윷놀이

우리 나라 거의 전역에 퍼져 있고 남녀노소 구별없이 즐기는 놀이는 윷놀이다. 윷놀이는 4철 어느 때나 하지만 가장 많이 하는 것은 정월 한 달이다. 윷의 어원은 아직 분명하지 않으며 윷의 종류는 싸리윷, 장작윷과 밤윷이 있다. 싸리윷은 싸리나무, 장짝윷은 길이 15-20cm 직경 3-5cm 정도의 둥근 나무를 반으로 쪼갠 것 4개를 쓰는데 나무는 결이 여물고 고른 박달나무, 밤나무를 썼다. 박달나무윷은 주로 여자용으로 썼는데 따라서 비교적 잘 다듬어 채색하는 경우도 있다. 밤나무윷은 남자용으로 크고 무겁게 만들었다. 밤윷은 작은 밤알만한 크기의 나무토막으로 만든 것인데 장작윷은 네 개비를 높이 던졌다가 바닥에 요란스럽게 떨어뜨리는 데 비해 밤윷은 조그만 공기 따위에 넣어 흔들다가 바닥에 휙 던지는 방법으로 놀았다. 밤윷의 변형으로 나무조각 대신 팥알이나 검은 콩알을 쓰기도 한다. 윷놀이 방법은 소정의 윷판을 놓고 쌍방이 각각 윷을 던져 나온 결과대로 말 4개를 진행시켜 4개가 모두 최종점을 먼저 통과하는 편이 이기는 것이다. 말이 윷판을 진행하는 과정에는 여러 가지 규칙이 있어 단순히 높은 끗수만 나온다고 이기는 것이 아님에 윷의 묘미가 있다. 말 하나가 출구를 나오면 『한동났다』고 하는데 4동이 나면 이기는 것이 된다. 윷판에는 자리마다 하나하나 명칭이 있어 능숙한 사람은 윷판이 없어도 머리 속으로 말을 움직이기도 한다. 윷놀이는 오락을 벗어나 도박성을 띄기도 한다. 4동 먼저나기로도 돈을 거는 일이 있지만 도박용 윷으로는 『덕대놀이』 또는 『모다먹기』가 있다. 덕대놀이는 한 사람의 덕대를 정하고 나머지는 제각기 돈을 건 다음 덕대가 먼저 윷이나 모가 나면 판돈을 모두 가지고 그 이하일 때는 돈 건 사람과 각각 윷을 놀아 승부를 결정하는 방식이다. 이 밖에 윷놀이에는 모가 나면 엄지를 윷이 나면 검지를, 걸이면 가운데 손가락, 개면 약 손가락, 도면 새끼손가락을 곱는 식으로 먼저 다섯 손가락을 모두 꼽는 편이 이기는 단순한 내기도 있다. 윷을 던져 나오는 수에 의하여 1년 신수를 점치는 것을 윷점(柶占)이라 한다. 윷점 방법은 윷을 세 번 던져 나온 수를 가지고 미리 마련된 64괘에 맞추어 점을 치는 것이다. 윷을 던져 나온 수의 명칭은 도, 개, 걸, 윷, 모라고 부르는 것이 표준이지만 도를 토, 또는 돼지라고 하기도 하며 윷을 숭 또는 중이라고 부르는 사람도 있다. 이 말에 대한 확실한 어원은 밝혀지지 않았으나 돼지(도), 개(개), 소(윷), 말(모) 등의 가축을 뜻하는 것으로 추측한다. 윷놀이의 유래나 기원에 대해서도 명확한 정설은 없다. 나뭇개비를 던져 승부를 다투는 유희로서 가장 오래된 것은 중국의 격양(擊壤)이 있으며 저포(樗蒲)도 있으나 윷의 원형이라 단언할 수 없는 형편이다. 또 몽고의 살한(撒罕)은 윷놀이와 매우 비슷한 성격을 갖고 있다. 민간 속설로는 신라시대 궁녀들이 새해 초에 즐기던 놀이라기도 하고 백제의 관리명인 저가(猪加), 구가(狗加), 우가(牛加), 마가(馬加), 대사(大使)에서 유래된 것이라 한다. 또 고구려의 5가(加) 즉 동, 서, 남, 북, 중앙에서 나온 것이라기도 한다. 그리고 옛날 어느 장수가 적과 대치해 있을 때 적군의 야습을 경계하여 병사들의 잠을 쫓기 위해 이 놀이를 고안했다는 설도 있다. 윷판은 항우(項羽)의 마지막 결전장이던 해하(垓下)의 진형(陣形)을 본뜬 것이라는 말도 있으나 어느 것을 정설이라고 정하기는 어렵다. 윷놀이는 다른 민속놀이와 한가지로 그 초기에는 신앙적인 요소를 가지고 있었다. 즉 정초에 농민들이 한편은 산간지방, 한편은 평야지대에 사는 사람으로 편을 갈라 서로 윷놀이를 한 후 그 놀이 결과에 따라 어느 편 농사가 잘될지 점쳤던 것이다. 그러나 이같은 농점(農占)요소는 시대가 내려오면서 차츰 사라지고 오늘까지 오락으로 남아 있는 것이다. 윷놀이를 할 때는 윷을 던져 나오는 수에 따라 도가 나오면 도송(頌), 개가 나오면 개송 등 노래를 부르는데 상대방 말을 잡거나 결정적인 순간에 승기(勝機)를 잡는 등 신이 나면 놀이를 하다 말고 일어나 노래를 부르며 덩실덩실 춤을 췄다.

2) 연날리기

연날리기 또한 우리 나라 거의 전역에 퍼진 놀이 중의 하나이다. 지방에 따라 섣달 중순부터 연날리기를 하는 곳도 있으나 대구지방에서는 설날부터 보름 사이에 많이 했다. 연은 창호지나 백지와 대나무로 만든다. 연은 그 모양에 따라 반달연, 눈썹연, 치마연, 꼬리연, 솔개연, 흰연, 먹꼭지연 등 여러 가지가 있는데 만드는 방법은 대나무로 살을 만든 후 그 위에 종이를 발라 연을 만들고 살대에 실을 묶어 땅 위에서 조작했다. 연은 공중에 떠야하므로 바람을 가장 잘 탈 수 있게 가운데 뚫은 구멍과 연줄을 매는 위치에 솜씨를 부렸다. 연을 아름답게 하기 위해서 색칠을 하거나 그림을 그리기도 하며 점을 찍고 종이를 오려 붙이기도 한다. 또 종이로 꼬리를 달아 바람에 나부끼게 하는 수도 있으니 그 모양과 빛깔에 따라 이름이 결정되는 것이다. 연이 언제부터 놀이되었는지 모르나 삼국사기에 김유신이 연을 이용해 민심을 수습했다는 기록이 있는 것으로 미뤄 신라시대부터 연놀이가 있었음을 알 수 있다. 즉 647년(眞德女王 1年) 비담(毗曇)과 염종(閻宗)이 여왕으로서는 나라를 다스리기 부족하다는 구실을 내걸고 반란을 일으켰다. 반란군은 명활성에 진을 치고 왕을 지키는 군대는 월성에 방어진을 치고 대치했는데 10여 일간 승부가 나지 않았다. 그러던 어느 날 밤중에 큰 별똥이 월성 안으로 떨어졌다. 이것을 본 비담의 무리는 저것은 여왕군사가 패하고 우리가 이길 징조라고 군사와 백성을 선동했다. 이 선동이 그럴듯하게 먹혀들어 반군사기가 충천하고 반대로 여왕군의 사기가 떨어지자 김유신은 한 꾀를 생각했다. 김유신이 부하들을 시켜 큰 연을 만들게 한 다음 거기 커다란 인형을 매단 다음 캄캄한 밤에 인형에 불을 질러 연을 띄워 올렸다. 마치 떨어졌던 별똥이 하늘로 되솟는 것같이 보였다. 김유신은 어제 저녁 떨어진 별이 다시 하늘로 올라갔다고 큰 소리를 치니 군사들의 사기가 올라가는 한편 반란군의 사기가 떨어졌다. 이 때를 이용해 김유신이 군사를 이끌고 나가 반군을 토벌했다. 연은 이처럼 군사적인 목적에도 사용되었는데 최영장군의 이야기도 두고두고 전해지고 있다. 고려말 명장 최영장군이 제주도를 정벌할 때 일이다. 섬 주위에 가시덤불이 무성하여 병사가 진군할 수 없으므로 최영장군은 묘안을 생각했다. 즉 연에 갈대씨를 담은 주머니를 매달아 그 연을 높이 띄워 섬 주변 가시밭에 그 연을 떨어뜨렸다. 그해 가을 섬 주위는 마른 갈대로 뒤덮였고 여기 불을 질러 가시밭을 태운 후 섬을 점령하게 되었다. 연날리기는 요즘은 오락적인 요소 뿐이지만 옛날에는 액을 띄워 보내는 민간신앙이 있었다. 즉 연에다 생년월일시를 써서 하늘 높이 날린 다음 실을 끊으면 한없이 날아가는데 그때 연이 그 사람의 액을 모두 가지고 간다고 믿었다. 연은 그냥 날리기도 하지만 여럿이 무리지어 날리기도 하고 이때 연싸움을 한다. 연싸움은 연줄을 서로 걸어 잡아당겨 끊어지는 사람이 지는 놀이이다. 이때 상대줄을 잘 끊기 위해 사기그릇 깨어진 것을 부수어 가루로 만들어 아교풀에 섞어 연줄에 먹였다.

3) 널뛰기

널뛰기는 설을 비롯하여 5월 단오, 팔월, 한가위 등 큰 명절에 행해지는 놀이로 부녀자들의 놀이이다. 널뛰기의 유래에 대해 확실한 것은 밝혀지지 않았으나 고려 때부터 내려오는 것으로 추측된다. 옛날 여성들은 말타기나 격구 같은 활달한 운동도 즐겨 했다는 기록이 있는 걸로 미뤄 당시 여성들이 즐겼을 것으로 보인다. 속설은 옛 여인들이 항상 울타리 안에서만 생활하기 때문에 바깥 세상을 구경할 기회가 없었는데 이 놀이를 창안하여 높이 올라갔을 때 바깥 세상을 구경하고 지나가는 남자의 모습을 엿봤다고 한다. 또 다른 일설은 높은 담장 저편 옥중에 갇힌 남편을 보려는 아내가 다른 죄수의 아내와 의논한 후 둘이서 이 놀이를 하면서 보고 싶은 남편의 얼굴을 보았다고 하지만 모두 뒤에 지어낸 말일 것이다. 길다란 나무의 가운데를 받친 후 양쪽에서 서로의 무게를 이용해 올라갔다 내려갔다 하는 것은 서양의 시소와 비슷하지만 우리 널뛰기와 시소가 서로 연관이 있다는 문헌 기록을 찾기는 어렵다. 다만 유구국(琉球國)에 판무희(板舞戲)라는 우리 널뛰기와 비슷한 놀이가 있고 우리 나라와 유구는 사신이나 표류 등 서로 왕래가 빈번했으므로 이 둘 사이에는 연관성이 있다고 볼 수 있을 것이다. 고려 말과 조선 중엽 사이 특히 교류가 활발했던 만큼 우리 널뛰기가 유구에 전파되었으리란 추측도 있다.

4) 씨름

씨름은 남자들만의 스포츠 겸 오락으로 우리나라 전역에서 성행했다. 씨름은 5월 단오, 정월 대보름, 3월 삼짇날, 4월 초파일, 7월 백종날, 8월 한가위, 9월 중양일 등 여러 명절날은 물론, 농한기에 전국 방방곡곡에서 벌어졌다. 확실한 기원은 알 수 없으나 고구려 고분 벽화(角抵塚)에 이미 씨름 그림이 있는 걸로 미뤄 일찍부터 씨름 놀이가 있어온 것으로 보인다. 씨름은 한문으로 각저(角抵), 각력(角力), 상박(相撲) 등으로 부르는데 각(角)은 겨룬다는 뜻이요 저(抵)는 달려든다는 뜻이다. 우리말 씨름의 어원에 대해서는 대구를 중심한 영남 일원에 퍼져있는 『씨룬다』에서 찾는 견해가 있다. 씨름을 하는 방법은 샅바를 매고 서로 상대방의 허리와 다리를 잡아쥔 다음 경기 시작 후 상대방의 복숭아뼈 이상 부분이 땅에 먼저 닿게 하면 이기는 것이다(옛 씨름은 샅바를 잡을 때 서로 한 쪽 무릎을 끓었다). 씨름은 바른 씨름과 왼씨름 띠씨름이 있으니 바른 씨름은 오른손으로 상대방의 허리를 쥐고 왼손으로 상대방의 샅바를 잡는 것이고, 왼씨름은 반대방법으로 잡는 것을 말한다. 띠씨름은 허리에다 띠를 맨 후 그걸 잡고 하는 것이다. 씨름기술은 안걸이, 밖걸이, 배지기, 둘러치기, 무릎치기, 꼭뒤잡이 등 수십가지가 있다. 안걸이는 상대편 가랑이 안으로 발을 넣어 걸어 넘어뜨리는 기술이다. 밖걸이는 상대의 두 다리 밖으로 걸어 넘어뜨리는 방법이다. 배지기는 이쪽 배를 상대편 배에 바짝 붙이면서 번쩍 들어 메어치는 것이고, 둘러치기는 상대를 빙빙 돌리다가 메어치는 것이며, 무릎치기는 상대 무릎을 쳐서 넘어뜨리는 기술이다. 꼭뒤잡이는 상대 머리를 이쪽 겨드랑 밑으로 집어넣고 꼭뒤를 잡아 쓰러뜨리는 기술을 말한다. 지금은 씨름도 유도와 같이 매트 위에서 하는 수도 있지만 원래 씨름은 개천가 모래밭에서 하는 것이 원칙이다. 씨름판 규격은 일정치 않고 적당한 넓이의 원형을 이루었다. 씨름은 남자만의 놀이이자 스포츠로 씨름판의 최우승자에게는 황소를 상으로 주는 것이 관례였고 천대받던 무명 청년이 씨름을 통해 이름을 드날리는 일도 자주 있었다.

5) 그네뛰기

그네뛰기는 씨름과 더불어 대표적인 단오 놀이이다. 남성놀이인 씨름과 달리 그네뛰기는 여자들 사이에서 성행했으나 청소년들도 더러 했다. 넓은 강변 모래사장이나 마당에 높다란 그네를 달아놓고 5월의 훈풍을 박차며 허공에 몸을 밀어 올리는 더없이 상쾌한 것이다. 굳센 체력, 고도의 긴장감, 기민성, 그리고 박진감으로 하여 그네뛰기는 얌전하고 곱상하기만을 강요당하던 우리 나라 여성들이 마음껏 젊음과 활동의 미를 구가하는 놀이라 할 수 있다. 그네뛰기는 그 놀이 성격으로 보아 북방 유목민 사이에서 연유한 것으로 추측되는데 중국 문헌 형초세시기(荊楚歲時記)에 다음과 같은 내용이 나온다. "북방민족은 한식날 그네뛰기를 하여 가볍고 날랜 몸가짐을 익혔다. 그 후 이것으로 중국 여자들이 배웠다. 나무기둥을 세우고 그 위에 나무가지를 가로질러 맨 다음 물감 들인 줄을 매달고 선비와 부인들이 줄 위에 앉거나 서서 밀고 당기며 놀았다. 이 놀이를 추천(鞦韆)이라 한다.” 중국의 그네뛰기는 북방에서 퍼졌고 이것이 우리 나라에 들어온 것으로 보인다. 우리 나라 기록으로는 고려 고종 때 최충원이 가끔 궁전 뜰이나 자기집 정원에서 추천놀이를 했다는 내용이 있고, 한림별곡(翰林別曲)에도 추천에 대한 노래가 있다. 그네줄은 새끼로 만드는 것이 보통이나 색실이나 노를 꼬아 만들기도 한다. 그네는 흔히 동네 어귀에 서 있는 큰 느티나무나 버드나무의 가지에 매달지만 따로 큰 기둥 두 개를 세워 그 위에 가로 지렛대를 고정시킨 다음 거기 줄을 매어 만들기도 한다. 그네놀이는 여러 명절에 하였지만 특히 단오 때는 경연대회를 열었다. 경연방법은 높이 올라가는 것을 기준하는데 그네가 앞으로 나가는 자리에 높이를 재는 장대를 세우고 때로는 그 위에 방울을 매달아 뛰는 사람의 발이 방울을 차서 울리도록 한 후 방울 울리는 회수에 따라 승자를 결정하기도 한다. 그네는 혼자 뛰기도 하고 두 사람이 마주서서 뛰기도 한다. 어떤 지방에서는 낮에는 남자들이 뛰고 밤에는 부녀자들이 차지한다. 그네는 그 명칭이 그네, 그늘, 그놀, 근네, 근데, 근디, 근지 등이 있고 구네, 군네, 구누, 군두, 군대, 군지라고도 한다. 『근』은 끈의 뜻으로 쓰인 듯하니 끈의 놀이임을 나타낸 것이라 할 수 있다.

6) 농악

농악은 농촌의 가장 대표적이고 보편적인 놀이이다. 농악 또한 전국적인 분포를 보이지만 특히 영남 지방이 성했다. 농악의 기원에 대해서는 상고시대 전쟁 때 진군악으로 군사들의 사기를 높이기 위한 것이라는 속설이 있으나 노동에 따른 노고를 위로하고 능률을 올리기 위한 것이라고 보는 것이 옳을 것이다. 농악은 풀뽑기나 모내기 등 일할 때만 베풀어지는 것이 아니라 설, 단오, 백종, 추석 등 명절 때도 행하여 풍장, 풍물두레, 매굿 또는 매기굿이라고도 부른다. 농악에 사용되는 악기는 꽹과리, 징, 장구, 북, 소고, 호적 등이 있고 악곡으로는 행진악, 무용악, 답중악(沓中樂), 축악(祝樂), 제신악(祭神樂) 등이 있고 가락은 주로 자진 가락을 쓴다. 농악대는 부락의 상징인 『농자천하지대본야』(農者天下之大本也)라고 먹으로 쓴 농기를 앞세우고 그 뒤에 영기(令旗) 한 쌍, 그리고 춤추는 무동과 포수, 말뚝이 등 흥을 돋우는 사람과 악기를 구사하는 사람들로 구성된다. 꽹과리를 치는 사람은 농악대의 지휘자가 되는데 이를 상쇠라한다. 상쇠는 항상 대열의 선두에 서서 악대의 전형을 원형, 일렬종대 등 여러 형태로 변형시키며 악곡의 변화도 그에게 달렸다. 상쇠는 머리에 전립을 쓴다. 전립의 꼭대기는 끈을 달고 그 끝에 털뭉치로 장식을 한다. 이것을 앞뒤로 흔들기도 하고 뱅뱅 돌리기도 하며 춤을 춘다. 이것을 상쇠놀음이라 한다. 소고수(小鼓手)는 4-5명에서 10여 명에 이르며 역시 전립을 쓰고 그 꼭대기엔 긴 종이 조각을 달아 손에 든 작은 북을 치며 머리를 흔들면 긴 종이끈이 멋지게 원을 그린다. 이것을 상모돌리기라고 한다. 징, 장구, 북을 치는 사람과 농기, 영기를 든 사람들은 조화(造花)로 장식한 종이고깔을 쓴다. 농악은 농사일에 따른 피곤함을 달래고 능률을 높이는 구실을 하지만 명절에는 최고로 신명나는 농촌 오락이기도 하다. 뿐만 아니라 갖가지 신앙적 행사의 구실도 겸하는 바 설에서부터 보름까지 집집마다 돌아다니며 지신 밟기 등 액막이굿을 하고 우물에서도 이른바 샘굿 같은 것을 했다.

7) 그림자 놀이

전기불이 없던 옛날에는 기름불이나 촛불로 밤을 밝혔다. 달빛보다 좀 더 밝은 불빛을 밝혀놓고 손으로 갖가지 모양을 지어 벽에 비추어 보면 벽에는 손모양에 따라 개, 토끼, 사람 등의 모습이 그럴싸하게 나타난다.

이와 같이 여러 가지로 손모양을 바꾸어 불빛에 비추어 벽에다 그림자로 동물이나 사람 형상을 나타내는 것을 그림자 놀이라 한다. 한 손 또는 두 손으로 형태를 만들지만 종이나 나무막대기 등 소도구를 사용하는 경우도 있다. 그리 밝지 않은 방안의 벽에 나타난 여러 가지 모양 그림자는 어린이들에게 환상의 나래를 달아 준다. 이것은 영화의 원시적 형태라고도 할 수 있겠는데 인도에서는 오늘날에도 손가락 예술이라 하여 전문적인 수련을 쌓은 예능인에 의하여 그림자 놀이가 행해지고 있다. 인도의 그림자 놀이는 단순한 형태 묘사를 벗어난 상당한 예술적 수준을 보여준다. 전기의 보급 후 그림자 놀이가 사라졌지만 아무 기구 없이 손만으로 여러 형태를 만들 수 있는 그림자 놀이는 부활되어도 좋을 것 같다.

8) 인형극

꼭둑각시극 또는 박첨지극이라고 불리는 인형극은 그 내용에 있어 양반, 승려 등에 대한 야유가 짙게 깔려 있는 서민들의 놀이이다. 이 놀이의 기원은 주인공격인 박첨지의 첨지(僉知)라는 관명(官名)으로 추측한다면 조선시대 생긴 것이라고 볼 수 있으나 그 성인 『박』인 것과 꼭두각시의 『꼭두』 등에 주목하면 기원이 좀더 올라갈 것 같다. 즉 박은 표주박의 그것을 뜻한다고 볼 때 신라시대 원효(元曉)가 만들었다는 무애희(無碍戲)를 그 기원으로 보는 견해가 있다. 꼭둑각시의 『꼭둑』은 허수아비라는 뜻이니 중국의 괴뢰희(傀儡戲)에 그 연원을 찾을 수도 있는 것이다. 인형극 비슷한 것에 만석중놀이라는 것이 있다. 이것은 대개 4월 초파일에 행해졌는데 사지가 움직이도록 되어 있는 인형, 즉 만석중과 사슴, 노루, 잉어, 용 따위가 등장하는 것으로 별 내용은 없으나 다만 인형의 팔다리가 음악에 따라 움직이는 것이 특징이다. 만석중놀이는 지족선사(知足禪師)와 황진이의 고사에 비기는 견해도 있으나 학계에 공인받은 것은 아니다.

9) 땅재먹기

땅재먹기는 어린이 놀이 중 아주 보편적인 놀이이다. 둘 또는 서너 명의 어린이가 짝을 지어 땅바닥에 적당한 크기의 원 또는 네모를 그리고 각기 한 모퉁이를 자기 집으로 정한다. 서로 교대로 『가위 바위 보』를 해 가며 이긴 편은 자기집에서 한 뼘씩 원을 그려 집을 넓혀 나간다. 이같이 하여 땅을 많이 차지한 편이 이기는 것이다. 또는 조그만 돌멩이 등을 말로 삼아 손가락 끝으로 튕겨서 상대방 말을 맞춰 한 뼘씩 재어 먹기도 한다. 땅재먹기는 땅바닥과 돌멩이 그리고 이를 재먹거나 튀기는 손이 놀이의 전부이기 때문에 언제 어디서나 할 수 있는 간편한 놀이라 할 수 있다. 사람은 땅에서 나서 다시 흙으로 돌아가는 존재이기 때문에 땅은 바로 삶의 터전이다. 땅재먹기 놀이는 흙과의 친화력을 길러주고 토지에 대한 소유 의식을 높여 준다. 보다 넓은 토지는 바로 풍요한 생산과 직결된다. 땅을 넓히자, 그래서 생산을 많이 하자는 의식을 이 놀이를 통해 어려서부터 갖게 되는 것이다.

10) 술래잡기

술래잡기는 별다른 도구나 기술이 필요 없이 누구나 즐길 수 있는 놀이기 때문에 가장 보편화된 어린이 놀이의 하나라고 할 수 있다. 여러 명이 모여 『가위 바위 보』로 술래를 정한다. 술래는 기둥 또는 나무나 벽 등 적당한 곳을 집(陣)으로 달려가 손을 짚으면 다음 번에 또 숨을 자격을 얻고 술래가 그 어린이 이름을 부르고 먼저 짚으면 술래를 면한다. 이때 이름을 불린 어린이가 술래가 되는데 이렇게 발각된 어린이가 여러 명일 때는 그들끼리 가위 바위 보를 해서 새 술래를 정한다. 만일 술래가 숨은 어린이를 한 사람도 찾지 못하거나 숨었던 어린이가 모두 술래보다 먼저 짚으면 다시 술래를 해야 한다. 술래잡기는 추운 한 겨울만 빼고는 일년 어느 때나 할 수 있고 요즘도 어린이들 사이에 자주 행해진다.

11) 자치기

자치기는 어린이 놀이로 적당한 길이의 긴 막대기와 짧은 막대기 2개를 가지고 논다. 자치기는 이렇다 할 장난감이 없던 옛날에 어린이들이 어울려 손쉽게 벌일 수 있었던 놀이이다. 둘 또는 그 이상의 어린이들이 편을 지어 땅바닥에 원을 그려놓고 긴 막대기로 짧은 막대기를 쳐서 날려 보낸다. 또는 땅바닥에 홈을 판 다음 그 홈 위에다 짧은 막대기를 가로로 얹어 놓고 긴 막대기로 날려 보내기도 한다. 원 또는 홈 앞 적당한 거리에서 이것을 받거나 받지 못하면 주워서 원과 홈으로 던진다. 서로 정한 약속에 따라 긴 막대기로 짧은 막대기를 쳐올려 한 번 또는 그 이상 튕겨서 날려 보낸다. 이것을 상대방이 잡으면 편을 바꾸고 못잡으면 날아가 떨어진 짧은 막대기와 원 또는 홈까지의 길이를 긴막대기로 한 자 두 자 재어서 자수(백자)내기를 한다. 자치기는 놀이도구와 방법이 단순하여 어린이들에게 널리 퍼졌는데 특히 남자 어린이들 사이에 성행했다. 땅바닥에 금을 긋거나 구멍을 파서 나무막대기로 노는 것은 넓은 마당만 있으면 되기 때문에 아주 손쉬운 놀이였던 셈이다. 나무막대기로 노는 놀이는 막대로 칼싸움을 하는 것 말고도 막대로 돌을 치거나 나무공을 치는 것이 있다. 자치기에서 한 가지 교훈을 찾는다면 아무리 하찮은 나무막대기 하나라도 사람의 생각이 가미되면 훌륭한 놀이도구가 될 수 있다는 점이다.

12) 제기차기

남자 어린이들의 옥외 놀이로 주로 음력 정월초를 전후한 겨울철에 성행했다. 놀이 방법은 엽전이나 구멍 뚫린 주화의 구멍을 중심으로 종이나 포백(布帛)을 여러 갈래로 싸서 너풀거리게 만든 다음 서서 발로 차올리는 것이다. 구멍 뚫린 엽전이 성했던 옛날과 달리 요즈음은 구멍가게에서 파는 플라스틱 제기를 가지고 놀기 때문에 요즘 어린이는 제기를 만들 줄도 모르고 그 만드는 재미도 맛보지 못하는 셈이다. 제기차기는 혼자서 놀 수도 있으나 대개 상대와 경쟁하는데 많이 차는 것이 이기는 것이다. 제기차기는 1대 1로 겨룰 수도 있지만 편을 짜서 놀기도 한다. 제기차기는 어린이들의 정신집중력을 길러주며 아울러 좋은 운동이 된다. 한 번이라도 더 차올려야 이기게 되므로 무슨 일을 성취하기 위해서는 그만한 노력을 기울여야 한다는 것을 가르쳐 주는 것이다. 또 제기차기는 약삭빠른 눈속임이나 어떤 편법이 통하지 않는 실력위주의 놀이기도 하다. 제기차기의 유래에 대해서는 옛 중국에서 병사들의 체력을 단련하고 무술을 연마시키기 위해 행해졌던 축국(蹴鞠)에서 시작됐다고 보는 견해가 지배적이다. 축국의 놀이 기구인 국(踘, 鞠)은 가죽 주머니 속에 털 또는 헝겊같은 부드러운 물건을 채워서 만들었는데 이것을 여러 사람이 다투어 차서 그 공을 미리 가설한 망 위에 얹어 승부를 가리는 것인데 오늘의 축구와 비슷한 것이라 할 수 있다. 우리 기록으로는 고구려인이 축국에 능했다는 기록이 있고 신라의 김유신은 축국을 하다 짐짓 김춘추의 옷고름을 밟아 그것을 달아 준다는 이유를 붙여 누이동생 문희와 사귀게 만든 고사도 있다. 조선시대에 와서 축국에 우리말 음을 붙여 『적이』라 했다. 그후 『적이』란 말이 『제기』로 바뀌고 놀이 방법도 공을 차는 대신 오늘의 제기차기로 변했으리라 보는 것이 일반적인 견해이다. 제기차기 승부 때 진 사람은 이긴 사람에게 종들여야 한다. 종들이기는 진 사람이 이긴 사람 앞 적당한 거리에서 이긴 사람에게 제기를 던져주는 것을 말한다. 던져주는 것을 차기도 하고 안 차기도 하는데 헛발질을 하면 종들이기가 끝난다.

13) 장치기

장치기는 여러 사람이 편을 갈라 각기 1.5-2m가량의 장대를 가지고 공을 쳐서 적진에 들여 보내는 놀이이니 지금의 필드하키와 비슷한 것이라 할 수 있겠다. 경기에 쓰는 장대는 일정한 규격이 있는 것이 아니고 공도 적당한 크기의 나무토막이나 양철통 같은 것을 이용했다. 장치기 기원은 거란, 여진 등 북방 민족의 무예적 놀이에서 시작했다고 보는 것이 통설이다. 즉 중국이나 우리 나라의 격구(擊毬)라고 하는 것이 그것인데 격구는 원래 금(金), 요(遼)나라에서 성행한 것이다. 격구의 방법은 넓은 구장에 문을 세우고 막대기를 든 선수가 말을 타고선 일정한 거리를 말로 달리며 막대기로 구(毬)를 몰고 가다 이것을 문으로 통과시키는 것이다. 고려, 조선 양조의 궁중무악인 포구락은 여기서 유래한 것이다. 말타고 하는 기마격구 외에 걸으면서 하는 도보격구가 있으니 이것을 타구(打毬)라 하고 또 봉희(棒戱)라고도 불렀다. 기마격구를 서양의 폴로(Polo)에 비긴다면 도보격구는 필드하키나 골프에 비길 수 있겠다. 격구나 타구는 궁중 내지 상류층 놀이였으나 조선 중엽 이후 쇠퇴했는데 그 연류가 민간으로 흘러 장치기라는 서민 오락으로 남았다고 볼 수 있는 것이다.

14) 고누(꼰)

고누는 가장 소박하고 원시적인 놀이인데 대구를 중심으로 한 경북 일원에서는 꼰이라 불렀다. 놀이 방법이 단순하여 누구나 쉽사리 익힐 수 있고 또 도구래야 땅바닥이나 종이에 말판을 그리고 돌멩이나 나무토막으로 말을 삼으니 아주 보편적인 놀이가 된 것이다. 고누란 말의 어원은 아직 알려진 바 없고 지역에 따라 꼬누, 꼬니, 꿘, 고니 등으로도 불리는데 한자로는 지기(地碁)라고 쓴다. 고누는 아무 때 어느 곳에서나 별다른 준비없이 놀 수 있기 때문에 어린이 뿐 아니라 어른들도 일손을 멈추고 잠시 쉴 때 논두렁이나 나무 그늘진 곳에서 놀았고 군사들도 진중에서 즐겨 놀았다. 고누는 이보다 더 복잡하고 짜임새 있는 장기나 바둑의 원초적 형태로 생각된다. 주로 흙바닥에 말판을 그려서 두어 온 고누는 이제 도시에서는 거의 자취를 감췄고 농촌지방에서는 일부 청소년들 사이에 두어진다. 고누의 종류와 놀이방법은 지역에 따라 다소 차이가 있으나 대개 다음과 같이 나눌 수 있다.

·**우물고누** : 샘고누, 강고누 등으로 불리는데 고누놀이 가운데 가장 단순하고 따라서 많이 두는 것이다. 말판에 우물이 있어 거기 걸리면 지는 것이다.

·**네줄고누** : 4마(馬)고누, 정자(井子)고누라고도 부른다. 말판에다 말을 배치한 후 진행시키는데 한 선 위의 상대편의 두 개의 말과 만나면 죽게 된다. 이리해서 말이 전멸하는 쪽이 지는 것이다.

·**곤질고누** : 참고누, 곤지고누, 꽂을고누, 짤고누 등으로 불린다. 말판을 그린 다음 가위 바위 보를 해서 이긴 사람이 말을 교차점에 하나씩 놓아서 한 선 위에 세 개를 가지런히 놓으면 이것을 『곤』이 되었다 하여 상대방 말 하나를 제거하고 ㄱ 자리에는 x표를 질러 말을 놓지 못하게 한다. 이리하여 말 놓을 자리가 없어지게 되면 그 다음에는 놓인 말을 움직여 상대편 말을 『곤』을 만들 수 있는 숫자인 세 개 이하가 되도록 하면 이기는 것이다.

·**호박고누** : 말판 위에 양 편이 각기 발 4개씩 놓고 둔다. 호박고누는 상대방 말을 따내지 않고 서로 발을 한 칸씩 움직이다가 한편이 길이 막혀 더 움직일 수 없을 때 지는 것이다. 말의 움직임(앞으로만 가기, 또는 뒤로만 가기)은 미리 정한다.

고누에는 위의 네 가지 말고도 다섯줄 고누, 여섯줄 고누, 패랭이 고누, 자동차 고누 등 여러 가지가 있다.

15) 공기놀이

옛부터 전해오는 어린이 놀이를 지금도 도시 시골 할 것 없이 볼 수 있는 것이 공기놀이다. 공기놀이는 별다른 도구가 필요 없고 아무 곳에서나 공기돌만 있으면 놀 수 있고 또 특별한 기술도 필요 없기 때문에 널리 유행했었다. 또 공기놀이는 좁은 공간에서도 여러 어린이가 둘러앉아 손바닥과 손등을 뒤집고 젖히면서 놀기 때문에 뜀뛰기 등과 달리 체력 소모가 적다. 따라서 힘이 세고 약한 것에 관계없이 누구나 즐길 수 있는 놀이이다. 두 사람 또는 그 이상의 어린이가 편을 갈라 놓는다. 5개의 조그만 공기돌을 땅바닥이나 마루바닥 등 평평한 곳에 놓고 공기돌 하나를 던진 다음 그것이 내려올 동안 처음엔 한 개씩, 다음엔 두 개씩 그 다음엔 세 개와 한 개 이렇게 차례로 받아나가는 것이다. 이렇게 4개를 다받으면 이번에는 다섯 개의 공기돌을 손등으로 받아 그것을 다시 던져올려 손바닥으로 받아 그 받은 수로 해(年)를 계산해 50년 또는 백년 등 미리 정한 수에 먼저 다다른 편이 이기는 것이다.

16) 줄타기

줄타기는 서역(西域)에서 들어온 것이라 생각되는데 서역의 잡희는 수당(隋唐)나라 때 많이 들어와 그것이 다시 우리 나라에 들어왔다. 줄의 높이는 약 3m쯤이며 이 줄 위에서 사람이 갖가지 재주를 펼친다. 줄타는 사람은 남자가 원칙이나 여자도 더러 있으며 한 손에 부채나 양산을 들고 균형을 잡는다. 줄을 타는 동안 밑에서는 장구, 해금, 피리 등 악대가 음악을 연주해서 흥을 돋운다. 줄타기 놀이는 이처럼 고도의 기술을 요하는 것이기 때문에 보통 사람은 잘 하지 않고 전문적인 사당패가 했다. 줄타기는 초파일, 단오, 추석 등 명절에 공연됐는데 개인 초청에 의해 공연하기도 한다. 개인 초청은 환갑잔치 등 개인 집의 잔치가 있을 때 하는데 땅재주 등을 곁들이는 경우가 많았다.

17) 숭경도(陞卿圖)

숭경도는 종경도(從卿圖) 또는 숭경도라고도 하는데 주로 양반가문의
젊은이들이 하는 실내 오락이다. 숭경도의 놀이판은 시대에 따라 차이가
있는데 조선시대 것은 조선왕조의 관직명을 나열한 그림판을 사용했다.
이 관직판은 중앙에 경관직(京官職)을 변두리에는 외직(外職)을 배치했다.
놀이방법은 주사위나 윷을 던져 나온 수대로 승진하는데 문과 코스로 돌
면 영의정, 무과 코스로 들면 도원수(都元帥)를 거쳐 사퇴하는 것으로 끝
난다. 만일 계속 『도』 즉 1이 나오면 점점 강등되어 파직되고 최악의 경
우에는 사약(賜藥)을 받는 경우까지 있다. 이 놀이는 입신출세를 꿈꾸는
젊은이들의 공명심을 자극해 열심히 공부를 하고 또 관직의 높낮이, 조정
기구 등을 익히게 하는 장점이 있다. 서민적 놀이와는 달리 상당히 공리
적인 놀이라 할 수 있다. 숭경도와 같이 종이 위에 간격을 긋고 관등을
표시한 다음 주사위를 던져 승진하여 최고 관직을 따는 것으로 승부를 결
정하는 놀이는 중국 당나라 때 시작되어 우리 나라에 들어온 것이다.

18) 쌍륙

쌍륙도 서역에서 중국에 들어온 놀이의 하나로 추정된다. 우리 나라에
서 중국 당나라 때 들어온 것으로 보는 것이 통설이다. 사대부 등 유식층
남녀들이 놀던 놀이인데 특히 중류 이상 가정의 부녀자들이 즐긴 놀이이
다. 놀이 방법은 안팎 각각 6간살로 된 진마판(進馬板)을 놓고 쌍방이 15
개 또는 그 이상의 말을 준비한 다음 1에서 6까지 수를 가진 주사위 두
개를 던져 나타난 수대로 말을 진행시켜 상대방보다 먼저 중점에 도달하
면 이기는 것이다. 말의 진행에 있어서는 도중에 상대편 말 두 필과 마주

치면 죽거나 후퇴해야 하는 등 여러 가지 규칙이 있다. 이 규칙은 지역에 따라 약간씩 차이가 있고 말수도 틀린다. 이 놀이는 1년 어느 때나 할 수 있지만 대개 정초에 많이 놀았다.

19) 투전

투전은 오락이라기보다는 일종의 도박이며 화투나 트럼프가 들어오기 전에는 가장 대중적으로 행해지던 도박 겸 놀이이다. 패는 가로 약 1.4cm 세로 14cm의 나긋나긋한 유리로 만드는데 1에서 10까지 수와 그림도 아니고 글자도 아닌 괴이한 모양을 먹으로 표시한 것 4쌍 모두 50매를 사용한다. 놀이방법도 여러 가지가 있지만 갑오잡기(돌려태기)가 가장 보편적인 것이다. 투전도 중국에서 들어온 놀이인데 어느 시대 들어온 것인지는 확실치 않다.

20) 투계(鬪鷄)

수탉끼리 만나면 싸우는 습성을 이용해서 특별히 길들인 수탉을 싸움시켜 구경거리를 삼고 돈내기도 하는 놀이다. 닭싸움은 우리 나라 뿐 아니라 동남아 여러 곳에서 볼 수 있는데 우리 나라에서도 전국적인 분포를 보이고 특히 경상도 일원이 성했다. 싸움닭의 종류로는 인도 원산의 『샤모』, 일본산인 『한두』 그리고 한두와 한국 재래종의 잡종인 『우두리』 등이 있으며, 이들의 힘과 투지를 기르기 위해 미꾸라지, 달걀 등을 먹이고 독사를 잡아 먹이기도 한다. 싸움닭의 특징은 목이 길고 동작이 민첩한 것인데 주둥이로 쪼고 발로 차면서 싸우는데 앞치기, 뒤치기 등의 명칭이 있으며, 주저앉거나 주둥이가 땅에 닿거나 하면 진다. 1년생이 가장 투지가 왕성하며 죽을 때까지 싸우는 경우도 있다.

21) 투우(鬪牛)

소싸움 또한 우리 나라 전역에 퍼져 있지만 경남북 지방이 특히 성했다. 우리 나라 투우는 사람과 소가 싸우는 서양의 투우 경기와 달리 소와 소끼리 싸우는 소박한 것이다. 우리 나라 소는 원래 유순하여 싸움이 그리 격렬하지는 못하다. 그러나 싸움 전에 소주 등을 먹여 홍분시키면 평소 유순했던 소들도 사나워져 날카로운 대결을 벌인다. 싸움장은 모래를 깔고 적당한 넓이를 둥글게 새끼줄로 둘러 구획을 정한다. 그 가운데 마을에서 뽑힌 싸움소 두 마리를 세워 놓고 소 사이는 포장으로 가린다. 포장을 걷는 것과 함께 싸움이 시작되는데 서로 뿔을 맞대어 상대방을 떠받고 머리로 밀친다. 이때 부락의 농악대는 자기편의 소가 이기도록 요란하게 농악을 울리고 부락민들은 함성을 지른다. 승부는 무릎을 꿇거나 넘어지는 것으로 결정짓는데 소가 크게 상하거나 죽는 일까지 있다. 여러 마리 소를 차례로 대결시킬 경우에는 시간제한을 하고 단판치기 싸움인 경우에는 승부가 날 때까지 계속한다. 한국의 소싸움은 스페인 등지의 투우와는 달리 농촌생활의 여가에 손쉽게 벌일 수 있는 오락이다. 뿐만 아니라 소싸움은 농촌 노동력의 주종을 이루고 농가 경제의 큰 보탬이 되는 소를 좀더 잘 먹이고 거두도록 하는 효과도 있어 단순한 오락을 넘는 권농축산 장려의 의미도 있다.

22) 팽이치기

겨울철 남자어린이의 놀이이다. 팽이(대구에서는 『핑딩』이라 부른다)는 단단하고 둥근 나무를 10cm정도로 자른 다음 그 한쪽 끝을 뾰족하게 깎아 만든다. 이 뾰족한 끝 부분에는 팽이가 마찰을 덜 받고 잘 돌아가도록 자전거 바퀴 속에 들어가는 철환(鐵丸)을 박기도 한다. 이렇게 만든 팽이는 팽이채에 감아 땅위로 선회시키며 던지면 팽이는 땅위에서 팽팽 돌아간다. 얼음 위에서 팽이놀이를 하면 미끄럽기 때문에 더욱 잘 돌아간다. 팽이채는 그냥 긴 끈만 사용하는 것과 나무막대기에 끈을 연결한 두 가지가 있는데 나무 막대기에 매단 채로 팽이가 돌아갈 때 자주 쳐 주면 팽이가 계속 돌아간다. 팽이는 돌리는 것만으로 즐거운 놀이가 되지만 때로는 팽이끼리 서로 부딪쳐 어느 것이 힘이 센지 내기도 한다. 팽이를 두 사람 또는 그 이상이 함께 돌리기 시작해서 팽이가 힘차게 돌 때 자기 팽이를 채로 쳐서 다른 팽이에 부딪치는 것이다. 팽이가 부딪치는 순간, 힘이 센 팽이는 그냥 돌아가지만 약한 팽이는 쓰러지고 만다. 팽이치기는 아직까지 즐겨하는 놀이 중의 하나이다.

23) 딱지치기

소년들의 놀이다. 딱지(대구에서는 『때기』라 부른다)는 두꺼운 종이를 접거나 판지를 오려서 만든다. 딱지를 무겁게 하기 위해 종이를 몇 겹으로 하거나 종이 속에 판지를 넣기도 한다. 놀이 방법은 선으로 일정한 구역을 정한 다음 딱지를 선 안에 놓아두고 가위 바위 보로 선후를 정한 다음 선수자가 먼저 제 딱지로 땅을 치거나 바람을 내어 상대방 딱지를 뒤집거나 선 밖으로 날려 보내면 따먹게 되는 것이다. 딱지치기는 승부가 따로 있는 것이 아니고 딱지를 많이 따고 잃는 것으로 끝난다. 딱지치기는 딱지를 치는 각도, 내려치는 힘의 강약 기술이 중요함으로 좋은 운동이 된다.

24) 풀싸움

남녀 어린이 때로는 부녀자들 사이에 행해지던 놀이이다. 풀싸움은 어디고 지천으로 나는 풀이 재료의 전부이기 때문에 가장 손쉽게 할 수 있는 소박한 놀이 중의 하나라 할 수 있다. 풀싸움은 두 가지 방법이 있다.

하나는 제각기 시간을 정해 많은 종류의 풀을 뜯어놓고 하나씩 같은 종류의 풀끼리 대조하여 골라낸다. 가짓수가 적어 일찍 떨어지는 사람이 지는 것이다. 다른 하나는 길 옆에 자라는 질경이 등 질긴 풀을 뜯어 서로 건 다음 잡아당겨 끊어지는 사람이 지는 것이다. 봄철에 풀 아닌 진달래 꽃수염을 뜯어 서로 얽은 다음 잡아당겨 겨루기도 한다.

25) 낫꽂기

머슴과 풀베는 소년들 사이에 성행한 놀이이다. 여름철 산으로 꼴을 베러 가거나 겨울산에 나무를 하러 가서 또래끼리 내기하는 것이다. 낫꽂기는 풀단이나 나무단을 묶은 다음 10보쯤 떨어져서 차례로 나뭇단을 향해 낫을 던져 꽂힌 사람이 이기는 방법이다. 낫을 잘 던지면 꽂히지만 잘못 던지면 빗나가거나 땅에 떨어진다. 낫꽂기에 진 사람은 이긴 사람 몫의 풀이나 나무를 해 주어야 한다. 따라서 이긴 사람은 패자가 풀과 나무를 다할 때까지 낮잠을 자거나 놀고 있으면 된다. 낫꽂기는 나뭇꾼이 심심해 고안해 낸 놀이라기보다 낫 다루는 법에 숙달해지고 때론 짐승이나 침입자를 만났을 때의 전투수단으로 쓸 수 있는 유용한 스포츠라 할 수 있다.

제 3장

남구 지역의 구비문학

남구 지역의 구비문학

1. 전설

(1) 삼봉산(三鳳山)

수도산의 원래 이름은 '삼봉산' 또는 '기린산'이라고 하였다. 삼봉산은 세 마리의 봉황이란 뜻으로 봉황은 길운을 상징하는 신비스러운 새의 이름이다. 옛날 신라 진성여왕 때 수년간 계속된 흉년으로 나라 사정이 어려워지자 이 동네에 살고 있던 태줏대감이라는 노인에게 어린아이와 거지가 찾아와서 하는 말이 "저 산 뒤쪽을 파서 못을 만들면 나라가 태평성대하리라."고 말해 주었다고 한다. 이튿날부터 못을 팠으나 물이 나지 않

현재의 삼봉산

아 노인은 매일 그 자리에서 소원을 빌었더니 어느 날 노인이 나타나서 "저 기린산에 노인이 갓을 쓴 형상을 한 바위가 있으니 그곳에 정성을 들이면 소원을 이룰 수 있으리라."하므로 그곳에다 지극한 정성을 드렸더니 열흘 지난 후 다시 노인이 나타나서 "기린산 기슭에 있는 웅덩이 물을 저녁마다 떠서 봉황이 마시도록 부근에 놓아 두거라."하고 일러 주었다. 터줏대감은 며칠 동안 시키는 대로 하였더니, 기린산 위로 큰 새(머리는 닭, 몸은 뱀)가 날아갔다고 한다. 그 이튿날부터 물줄기가 잡혀 훌륭한 저수지를 만들어 해마다 풍년이 들게 되었다고 한다. 그후 터줏대감 맏아들 대봉(大鳳)이는 국사를 결정하는 요직인이 되었고, 둘째 봉덕(鳳德)이는 지방 관리가 되었고, 막내 봉산(鳳山)이는 큰 벼슬을 하였다고 한다. 터줏대감은 아들 삼형제에게 근처 논밭을 물려주어 살게 한 곳이 바로 대봉동, 봉덕동, 봉산동이며 이 이름을 따서 삼봉산이라고 한다고 한다.

(제보자 : 대구봉덕초등학교 하쌍식 교사. 삼봉산의 전설, 보성주택(주), 1986.10. pp2-28)

(2) 오포산(午砲山)

'오포(午砲)'는 정오를 알리는 대포라는 뜻으로 붙여진 이름이라 한다. 옛날 그 산에는 대포가 하나 있어 정오만 되면 포를 울렸는데 그 소리가 사방 15리까지 들렸다고 한다. 시계가 흔치 않았던 그 시절에 사람들은 일을 하다 포소리가 들리면 "오포 놓았다"고 하여 점심때를 챙겼다는 것이다. 후에 그 자리에 소방서가 생겨 사이렌으로 비상사태를 알리곤 했는데 그 소리가 2, 30리까지 퍼져 나중에는 시끄럽다고 하여 사이렌을 울리는 일이 없어졌다고 한다. 그 소방서가 지금의 중부 소방서라 하며 오포산은 수도산 옆에 있는 산이다.(후에 들은 바에 의하면 오포 대신 사이렌으로 정오를 알리는 일은 6.25 이후에 사라졌다고 한다. 그 이유는 정오를 알리는 사이렌과 공습경보 사이렌의 구별이 없어 사람들이 불안해했기 때문이라고 한다.)

현재의 오포산(왼쪽)

(제보자 : 대구광역시 남구 이천동 293-9번지, 이곤환, 65세, 남, 대졸(성균관 전학).)

(3) 용두산 토성(龍頭山 土城)

　바로 눈아래 신천을 굽어보는 용두산 정상에 테뫼형으로 둘러싸여 있는 용두산 토성은 4세기-5세기 경인 삼한시대에 축성된 것으로 추정된다. 사학자들은 한민족으로부터 영향을 받은 것으로 보고 있으며 한반도에서 제일 처음 토성이 축성된 것은 위만조선을 멸망시킨 한나라가 4군을 설치한 것에서 비롯된다고 한다. 용두산 토성은 규모가 작은 점과 전투 능력이 빈약했던 상태에서만 방어가 가능했던 야산의 구릉(성의 높이 최고 해발 180m, 최저 120m)에 축성한 것으로 보아 그 시기를 삼한시대로 본다. 당시 영남지방에는 진한과 변한이 있었고 이들은 각각 12개국으로 이루어졌다고 기록에 남아 있다. 위치상으로 보아 진한 12개국은 신라의 모체가 되었고, 변한 12개국은 가야의 모체가 되었으며 달구벌이 낙동강과 그 지류인 금호강 유역에 위치했으므로 가야권에 더 가깝다는 추정을 하고 있다. 이러한 사실을 뒷받침해 주는 것으로는 대구와 그 부근에 산재해

용두산 토성

있는 고분의 묘제가 신라보다는 가야시대의 것과 흡사하며 부장품 역시
가야 문화에 더 가깝다는 사실이다. 따라서 당시 변한에 속해 있던 12개
국 가운데 어느 한 세력이 달구벌 소국을 형성하던 과정에서 축조한 것으
로 보인다. 대명동 고분과 동일 묘제인 석곽묘의 부장품에서 다량의 철을
사용한 무기류가 출토된 점을 볼 때 용두산 토성은 비록 규모는 작고 야
산에 축성되었다고는 하나 당시로서는 상당한 세력 집단이 축성한 것으
로 보인다. 일명 봉덕토성이라고도 하며 도벽은 흙과 돌을 섞어서 쌓았으
며 남북의 길이는 150m, 최대폭 50m, 둘레 400m이다.

(제보자:대구광역시 서구 성당동 487-15, 대구효명초등학교, 오좌승, 교사. 이수열, 48세,
심신수련장 관리직원.)

(4) 장등산(長嶝山)

장등산은 성당못 앞 달성군 교육청이 위치한 곳으로부터, 카톨릭 병원,
성명 국민학교, 심인중·고등학교, 영남대학 병원까지 넓게 야산으로 분
포되어 있다. 본래는 동서로 뻗은 산의 길이가 진등산으로 불려 왔으나,

장등산으로 그 이름이 변형되었다고 한다. 그러나 현재에는 안지랑이쪽에서 두류공원까지, 두류공원로가 신설되어 장등산의 줄기가 끊어져, 달성군 교육청이 있는 지점으로부터, 카톨릭 병원에 이르는 산만이 잔솔과 잡목이 남아 있어, 그 곳을 장등산으로 부르고 있으며, 해발 101.7m의 봉우리가 있다. 한편, 장등산에는 성황당이 있어 장등산을 당산이라 부르기도 했다고 한다. 또, 두류공원로의 세종 맨션 건너편 20m 지점 성황당이 있었던 자리에 몇 백년 묵은 거목 한 그루가 지금도 시멘트 울타리로 보호되고 있다.

(제보자:대구광역시 달서구 두류 1동 777-7, 대구성명초등학교, 조광일외 8명, 교사. 김원오, 53세, 두류공원 관리실.)

장등산

(5) 물베기

물베기는 현재의 경북예고, 경북여상 자리로, 당시에는 주위의 논밭 가운데 솟아 있는 암석투성이의 작은 봉우리였다고 한다. 남쪽에는 논으로 지금의 교육대학이 들어선 자리이고 영선못에서 나오는 물이 이쪽으로 흘러 수로가 되었다고 하며 현재 경상중학, 남도여중, 남대구초등학교가 있는 작은 등성이는 당시 새못안 동네의 뒷산으로 불리어진 야산으로 일본인들에 의해 개간되어 밭이나 과수원으로 이용되다가 현재의 학교들을 설립할 당시 산을 깎아내고 정지하였다고 한다.

 (제보자:대구광역시 남구 대명 2동 1901-1, 남대구초등학교, 최상기, 교사. 이길웅, 46세, 마을금고 이사장. 남구 대명 2동 1826-17 이종억, 47세, 마을금고 상무.)

물베기 옛터

(6) 앞산과 비슬산

우리 고장 사람들이 즐겨 찾는 앞산을 흔히 '비슬산', '대덕산', '초정산' 등으로 부르고 있으나 사실 옛 이름은 '성불산'이었다. '성불산'은 대구시의 남쪽 10리에 있는 관기 안산으로 비슬산에서 비롯되었다고도 한다. 관기 안산이란 관청터의 맞은편에 있는 산을 말하고 관청이란 지금의 중앙공원 자리에 있던 대구 감영을 말한다.

따라서 앞산이라고 부르게 된 것은 대구의 앞쪽에 있는 산이기 때문에 붙여졌거나 안산이라는 말이 앞산으로 되었을 것으로 본다.

비슬산은 꼭대기에 있는 바위의 모습이 신선이 거문고를 타는 모습과 같다고 하여 붙여진 이름인데 대구의 지형을 만들고 있는 주산(主山:도읍터의 운수의 기운이 매여 있는 산)이다.

태백산맥이 남쪽으로 쭉 뻗어 내려오다가 서쪽으로 방향을 돌려 가지산과 운문산을 거쳐 비슬산을 이루어 놓았다. 이 비슬산은 북동쪽으로 최정산을 만들어 놓고 북쪽으로는 청룡산을 거쳐 달비고개→산성산→앞산→대덕산에서 멈추었다.

그리고 주산인 비슬산에서 내려온 산줄기가 산성산에서 북쪽의 용두산이 되어 멈추었다가 다시 북쪽으로 뻗어 중구 대봉동의 수도산을 지나 지금의 제일여자중학교 자리에 있는 연귀산으로 이어져 중구 포정동에 있는 중앙공원에서 펼쳐졌다. 이 중앙공원 자리가 우리 고장의 명당이어서

앞산

약 400년 전에 경상도 감영이 이곳으로 옮겨왔다. 그 뒤로 이곳이 영남의 중심부가 되었다.

앞산에는 동구 지묘동에서 후백제의 견훤에게 패한 왕건에 얽힌 전설이 서린 곳이 많다. 이 전설이 담긴 곳으로는 큰골의 은적사, 안지랑이골의 왕건굴, 왕정, 안일사, 달비골의 임휴사 등이 있다. 앞산에는 용두골, 고산골, 큰골, 안지랑이골, 매자골, 달비골 등 깊은 골짜기가 있다. 또 골짜기마다 약수터가 있어서 우리 고장 사람들의 좋은 휴식터로 사랑을 받고 있다. 또 앞산에는 충혼탑, 낙동강 전승 기념관 등이 있다.

(제보자:대구읍지, 팔공산 참조, 경북대 인문대 국문과, 금은경, 김미경, 김은아, 최은진, 편지원.)

(7) 탑동네의 유래

대구시 남구 대명 8동 현 부녀 복지회관(제보자의 말에 따르면 부녀 복지회관이나 최근에 노인 대학으로 바뀌었다)과 남흥 교회가 위치한 일대

탑동네

의 마을을 탑동네(탑마을)라고 불러오고 있다. 이 지역은 이 일대에서는 가장 높은 곳으로 참나무가 많아서 참나무배기라고도 불렀다고 한다. 제보자의 말에 의하면 이 지역에 진씨 성을 가진, 가히 천석꾼이라 이를만한 부자가 정자도 지어놓고 잘 살았다고 하나 지금은 그 터가 하나도 남아있지 않다고 한다. 보조 제보자는 진씨가 고산골에 살았다고 주장하는데 아마 진씨라는 인물이 꽤나 알려진 사람이 아니었나 싶다. 이 산마루에 일본인들이 말탑, 개탑 그리고 큰탑이라는 세 개의 충혼탑을 세웠다고 한다. 특히 큰탑에는 일본군 전사자의 위령을 두었는데, 신사 참배의 일종으로 일본 제국주의에 충성을 강요하는 장소가 되었다고 한다. 그로부터 사람들의 발길이 뜸해지고 해방이 되자 이 충혼탑은 없어졌고 그 터가 지금은 남아 있지 않다.

(제보자 : 대구광역시 수성구 상동 정화여고 뒤 빌라 102-302, 박인호, 남, 78세.)

(8) 탑마을

대구광역시 남구 대명 8동 현 경북 잠업 검사소와 남흥교회가 위치한 일대의 마을을 탑마을(탑동네)이라고 불러 오고 있다. 이 지역은 이 마을이 형성되기 전에는 야산으로 이 일대에서는 가장 높은 곳이었다. 그 후 영선못이 만들어지고 주변 경치가 아름답게 되자 영선못둑에 활을 쏘는 사선이 만들어지고 이 언덕배기(현 남흥교회 자리)에 과녁판이 설치되어 궁사들이 과녁을 꿰뚫기 위한 시선의 촛점이 되기도 하였다. 이 산마루에 일본인들이 충혼탑을 세워 일본 제국주의에 충성을 강요하는 장소가 되면서부터 사람들의 발길이 뜸해졌다고 한다. 해방이 되자 이 충혼탑은 없어지고 6.25때 현재 경북 잠업 검사소 자리에 UN군으로 참전한 미군(美軍) 통신소가 주둔하였다가 휴전 후에 철거하였다. 1956년경 도시 계획에 의해 남문시장에 형성되었던 판자촌이 철거되면서 철거민들의 임시 이주지로 이 동네가 형성되었고, 옛날 충혼탑이 있었다고 하여 탑마을(탑동네)이라는 이름으로 불리게 되어 지금도 탑마을로 통하고 있다.

(제보자:대구영선국민학교 대명8동 사무소, 박두봉, 50세, 공무원.)

(9) 야시골

대명 2동과 5동 사이에 자리잡고 있는 현 대구교육대학과 남대구 우체
국 일대의 마을을 야시골이라고 불렀다고 한다. 약 200여년 전 이 일대는
소나무 등이 우거진 골짜기를 이루어 여우, 늑대, 토끼들이 많이 살았고
인근 동네로 여우가 자주 출몰하였다고 한다. 자료에 의하면 인근 마을
사람들은 어린아이들의 시체를 여기저기에 묻어 애총을 마련했는데 여우
들이 이 무덤을 파헤치려고 몰려들어 '야시골'이라 이름붙였다고 한다.

(제보자:대구광역시 수성구 상동 정화여고 뒤 빌라 102-302, 박인호, 남, 78세.)

현재의 야시골

(10) 호곡(狐谷)

현재의 호곡

    대명 2동과 5동 사이에 자리잡고 있는 현 대구교육대학과 경상중학교,
남도여자중학교, 남대구 우체국 일대는 해발 85m 정도인 그 남쪽 언덕받
이의 대구고등학교와 영남대학교 부속병원 쪽을 향하여 몇 개의 톱니바
퀴 모양인 골짜기를 형성하고 있다. 약 2백여년 전의 이 일대는 소나무
등이 우거진 울창한 잡목림을 이루어 여우, 늑대, 토끼들이 많이 살았고,
최근까지 '긴등골' 이라 불리고 있었으며, 인근 마을 사람들은 어린 아이
들의 시체를 여기저기에 묻어 애총을 마련했는데 여우들이 이 무덤을 파
헤치려고 몰려들어 '야시골(호곡)' 이라는 이름도 붙였다고 한다. 한편 이
곳에 살던 한 여자 몽유병 환자가 밤만 되면 나타나 무덤 사이를 여우처
럼 헤매고 다녔기 때문에 사람들은 밤에 지나가기를 두려워하였고, 이로
써 '야시골' 이라는 이름이 붙여졌다는 일설도 전해지고 있으나, 일반적
으로는 새못 동남쪽에 있는 골짜기로 여우가 살았다고 알려지고 있다.

(제보자:대구광역시 남구 대명동 39-1 서원교, 76세, 상업. 중구 남산동 606-4 윤영기, 80세, 상업. 한국지명총람 5 (경북편)2, 한글학회, 1978. 대구남도초등학교, 윤동수, 교사.)

(11) 야시골에 얽힌 이야기

'야시골'은 현재의 대구직할시 남구 남대구 우체국 건너편 일대를 일컫는 것으로서 원래 이름은 여의곡(如意谷)이었다고 한다. 여의곡(如意谷)이라는 이름은 양녕대군이 대구에 왔을 때 "뜻대로 되는 마을"(왜 그렇게 말했는지는 확인이 되지 않음)이라는 뜻에서 지은 것이라는데 그러던 것이 말이 변해서 야시골이 되었다는 것이다. 경상도 사투리로 야시란 여우를 말하는데 유래를 모르는 많은 사람들은 여우가 많은 동네라는 뜻으로 알고 있으나 '여의'가 세월이 흐르면서 '여의-여수-여시-야시'의 형태로 변한 것이 아닌가 하고 전해진다 한다.

(제보자:대구광역시 남구 대명동 2013-286, 이원혁, 남, 78세, 전직 공무원.)

(12) 고산골 I

고산골은 지금 봉덕 2동에 위치하고 있다. 내가 특히 그곳에 관심을 가지게 된 이유는 내가 어릴 때 그곳에 소풍을 많이 갔었기 때문이다. 이 지명에 관한 설화는 전설인데 다음과 같이 전해지고 있다. 신라시대에 한 임금이 왕자가 없어서 걱정하던 중에 꿈에 한 신령이 나타나서 그곳에서 불공을 드리면 된다고 해서 그곳에 고산사라는 절을 지어서 불공을 드린 결과 왕자를 둘이나 얻게 되었고 이를 기뻐한 임금은 고산사에 석탑을 세웠다고 한다. 그리고 당시 고산사가 있었다고 하여 지금의 그 장소를 고산골이라고 부르게 되었다고 한다. 그런데, 고산사는 임진왜란 때 왜병에 의하여 부서지게 되었고 이때 왜병이 석탑 속에 있던 보물을 훔치려고 하다가 갑자기 벼락이 떨어져서 왜병은 즉사하고 탑의 상층부 일부가 부서지게 되었다고 한다. 그래서 그 후에 법장사를 다시 짓게 되었다. 또한,

고산골 I

탑동네라고 불리는 곳은 옛날 그 장소에 돌탑이 있었기 때문이라고 전하고 있다.

(13) 고산골 II

신라 말엽 왕실에는 임금의 대를 이을 왕자가 없어 걱정이 컸다고 한다. 애가 탄 왕은 각지의 용한 의원을 모두 부르고 좋은 약을 다 썼지만 왕비의 몸에는 태기가 없었다. 그러던 중 어느 날 꿈에 백발 노인이 나타나 서쪽으로 수 백리 되는 곳에 산 좋고 물 맑은 곳이 있으니 그 곳에 절을 짓고 정성을 다하면 소원을 이룬다고 말하고 사라졌다. 이튿날 왕의 명을 받은 신하는 경주 서쪽 지방을 돌아다닌 지 보름만에 다다른 곳이

고산골 II

이곳 고산골이었는데 앞뒤가 산으로 포근히 둘러싸인데다, 사시사철 옥
같이 맑은 물이 흐르는 산세가 절 짓기에 안성맞춤이었다. 왕은 곧 이곳
에 절을 짓고 이름을 고산사라 했다. 왕비는 이 절에 와서 백일기도를 드
렸는데 곧 태기가 있어 옥동자를 낳고 이듬해 또 왕자를 낳았다. 임금은
대단히 기뻐하여 전국의 죄수를 석방하고 큰 잔치를 여는 한편 고산사에
3층 석탑을 기념으로 세웠다. 그 뒤 고산사에는 자식 없는 부녀자들의 백
일기도 행렬이 끊어지지 않았다. 이 전설은 어디까지 믿어야 할지 알 수
없으나 고산골이란 이름은 고산사에서 나왔을 가능성이 크다고 볼 수 있
다.

(제보자 : 대구광역시 남구 봉덕동 1239번지, 최이부, 47세, 제 2석굴암 주지. 우리고장, 대구
광역시 교육위원회, 1983. 대구효명초등학교, 정주근, 교사.)

(14) 고산 약수터

지금부터 약 25년전인 1960년경 산수회(山水會) 모임에서 등산길 갈증을 면하려고 샘터를 찾던 중 이곳을 발견하였다. 그후 영수회(嶺水會)에서 이 곳을 보수하여 샘터로서의 면모를 갖추게 되었다. 약 10년 후 1970년 초반에 이르러 차츰 조기 등산을 비롯하여 시내 여러 곳에서 등산행로로 적격함이 인정되었고 용두조기회가 앞장서서 이 곳 샘수터를 확장 축조하고 주위의 조경정화에 적극 힘쓴 나머지 많은 등산객들의 애호를 받게 되었다. 1980년대에 이르러서는 하루 평균 400명을 넘는 사람들이 이 샘을 이용하게 되었고, 특히 봄부터 가을까지는 더 많은 사람들이 이용하고 있으며 심지어는 가정에까지 운반하여 식수로 사용하고 있다.

(제보자:대구광역시 남구 봉덕 2동 1204-10, 정흥수, 53세, 상업.)

고산 약수터

(15) 영선못과 영선시장

대봉동 영선시장과 그 부근 주택가는 옛날에는 못으로 영선못이라 불렀다. 영선못은 시가지에서 가까운 데다 물이 많고 주변 경치가 좋아 이 부근 논밭에 물을 대는 동시에 여름에는 낚시와 수영, 겨울에는 얼음타기로

영선시장

대구 시민들의 휴식처로 시민들의 사랑을 받았다. 도시가 발전함에 따라 이곳 물을 끌어다 쓰던 농토에 집들이 들어서자 못은 더 이상 필요가 없어 메워진 후 그곳에 시장과 주택이 들어섰는데 도시가 팽창하기 전까지는 이 영선못 물을 끌어다 농사를 짓는 논이 아주 넓었다. 이 못을 만들게 된 데는 다음과 같은 얘기가 따른다. 조선시대 말엽 이 부근에 한 고관이 살았다. 어느 날 도사 한 사람이 이곳을 지나며 유심히 지세를 살펴더니 고관집에 들어가 「나으리, 저기 보이는 저 넓다란 터에는 절대로 집을 세우지 마십시오. 그곳에 집을 지으면 나라에 근심될 일이 생깁니다. 그곳에 12년을 걸려 큰 못을 만든다면 거꾸로 나라에 큰 경사가 생길 것입니다.」고 일러주고는 사라졌다. 고관은 처음에는 믿지 않았으나 워낙 백성을 아끼고 나라를 사랑하는 사람이라 나라에 좋은 일이 생긴다면 재산을 아끼고 수고를 사양할 수 없다고 생각하여 곧 사람을 모아 못 파는 작업을 시작했다. 이 공사는 나랏돈으로 하는 것이 아니라 고관이 자기 개인 재산으로 일삯을 주며 시키는 것이었다. 수백 명의 일꾼이 눈비를 가리지 않고 땅을 파고 흙을 모아 못둑을 만들었다. 도중에 쓰러지는 사람도 생기고 필요없는 못을 파서 뭘하느냐 불평하는 사람도 많았지만 고관은 속 짐작만 할 뿐 왜 파는지 아무런 설명없이 12년을 끌어 커다란 못을 완성했다. 못이 완성되자 대덕산 등 주위 산에 흘러내리는 물을 잡아 가둠으로 여름 장마철에는 홍수를 면하게 됐고 가물 때는 그 물로 농사를 지을 수 있게 됐으니 국가적으로 경사스런 일이 생긴 것이 사실이었다. 결국 이 전설은 농업을 위해 못을 만들며 그냥 단순히 농사만을 구실로 내걸어서는 사람들이 호응하지 않을 것이기에 그럴듯한 구실을 붙이기 위해 지어낸 애기인지도 모른다. 아무튼 영선못은 그 뒤부터 대명동 일대 수십만 평 논밭의 수원지 구실을 했고 장마철에는 홍수조절 역할을 했다. 대구시가 팽창하여 이 못을 농업용수로 사용하던 논밭이 모두 택지로 바뀌자 더 이상 못은 필요없게 돼 매립공사가 시작됐고 시장, 주택아파트가 들어선 것이다. 못은 없어졌지만 영선(靈仙)이란 이름은 오래도록 남아 있을 것이다.

(제보자 : 대구영신초등학교, 김운재, 교사. 남구 대명 8동사무소, 박두봉, 50세, 공무원. 대구의 향기, 대구광역시, 1982.)

(16) 영선못에 관한 이야기

영선못이 있던 자리는 현재의 대구광역시 남구 대명동 소재의 영선시장과 그 일대 주택가(대구교육대학교 맞은편)로 이 자리는 불과 몇십년 전만 해도 19,400여 평이나 되는 대규모의 못이었다.

이 못의 최초 주인은 현재의 약전골목에 살았던 석차규라는 사람이었는데 이 못을 그 뒤에 마산 세무서장이었던 김기덕이라는 사람이 사서 그 아들인 김일두에게 물려주었다고 한다. 그 당시 못 주변에는 매우 넓은 논과 밭이 있어서 이 못에서 물을 끌어다 농사를 지었다고 한다. 그러던 것이 김일두 씨 대에 와서 차츰 주택들이 들어서고 농사를 짓지 않게 되자 못도 쓸모가 없게 되어 매립하고 장을 세웠다고 한다. 처음에는 우시

1924년의 영선못

장으로 시작했는데 서문시장과의 경쟁으로 인해 장사가 되지 않자 김일두 씨는 대구시에 기부체납한 후 야반도주하고 그 뒤 공설시장인 영선시장이 되었다고 한다. 그러나 지금은 그 과정은 알 수 없으나 모두 상인 개인 소유의 사설시장이 되었다고 한다.

(제보자 : 대구광역시 남구 대명동 2013-286, 이원혁, 남, 78세, 전직 공무원.)

(17) 영선시장, 탑동네, 야시골, 참나무배기, 돌무덤동네, 산대못, 새못

1970년도에 영선못을 헐어 물을 빼고 메워서 된 영선시장은 원래 김일두 씨의 개인소유였다. 처음에는 우시장을 했으나 경영이 잘 안 되자 대구시에 기부체납을 했다. 그래도 잘 되지 않아 일반 시장으로 바꾸어 공공시설화하였다. 옛날 영선못에서는 보트도 탈 수 있었고 못 위에 있는 관덕정에서 활을 쏘는 등 위락시설로 이용되었다.

현재의 대명 8동의 노인회관 부근을 탑동네라고 했는데 그 배경은 다음과 같다. 일정 때 일본인들이 언덕을 중심으로 충혼탑, 개탑, 말탑, 비둘기탑을 세우고 사람들로 하여금 충혼탑에 참배하도록 했다. 대동아전쟁 때 일본이 패전하자 미군이 탑들을 모두 폭파시켰다. 그 자리에, 당시 남문시장, 명덕국민학교 뒤로 가건물을 짓고 살던 피난민들(북에서 넘어온 사람들, 일본에서 건너온 사람, 만주서 온 사람)을 집단거주시킴으로써 탑동네라 불리었는데 지금은 대규모 빌라가 들어선 문화촌이 되어 있다.

그리고 충혼탑 근처에는 굴이 있었는데, 여우가 드나들었기 때문에 그 부근을 야시골, 혹은 여이골이라 불렀는데 탑동네와 비슷한 위치로 현재 대명 8동 남대구 우체국이 있는 자리이다. 또, 대명 8동 2013번지에는 참나무, 솔이 많아서 참나무배기라 했는데 지금은 지번이 700여 번지로 확장되어 있다.

현재의 영남대학병원 남쪽편을 돌무덤 동네라 했는데 영대병원 정문 부근에 돌로 만든 무덤과 밭이 있었기 때문이다. 또한 영남대학병원 남쪽편, 영대로타리 일대가 산대못이 있었고 영남대학병원 북쪽편, 경북여상 자리에 새못이 있었는데 새못은 산대못보다는 크고 영선못보다는 작았다고 한다.

(제보자 : 대구광역시 남구 대명 5동 199-8번지, 황규석, 남, 62세.)

(18) 삼정(三井)골

예전에 봉덕 3동 마을에 우물이 2개 있었는데 우물이 말라 버리자 새로운 우물을 파게 되었다. 우물자리를 고르던 중에 어른(제보자의 부친)이 놋양동이에 물을 받아놓고 놓으면 별이 3개 비치는 자리에 우물을 파면 물이 좋다는 말씀을 하셨다. 실제로 그렇게 했더니 별이 3개 들어오는 곳이 있었다. 하지만 별 두개는 제대로 비쳤으나 하나는 제대로 비치지 않았다. 그래서 할 수 없이 그곳을 파내려 갔다. 8m쯤 파도 보송보송한 흙이 나왔다. 그러던 중에 청석이라는 암반이 나와 더 이상 파내려 갈 수 없었다. 포기하려 했으나 파내려 온 것이 아까워서 끝까지 파기로 했다. 혼자 힘으로 안되니까 머슴이나 마을 친구들을 모두 불러서 팠다. 그래도 안되니까 포기하려고 하는데 갑자기 틈이 갈라지면서 맑은 물이 분수처럼 솟아져 나왔다. 그 물이 하도 맑고 맛있어서 인근 미군부대에서까지 물을 가지러 올 지경이었다. 가물거나 홍수가 져도 물의 양은 항상 일정했다. 지금은 수도가 널리 보급되어 우물물은 더 이상 먹지 않고 우물을 보존하기 위해서 뚜껑을 덮어서 봉해버렸다.

(제보자 : 대구광역시 남구 봉덕 3동 1384, 손종대, 남, 78세.)

(19) 삼정곡(三井谷)

삼정골은 대구광역시 남구 봉덕 3동 대덕산 푸른 숲 계곡에 있는 마을 이름이다. 지금으로 부터 70여년 전(당시 경북 달성군 하수면)에는 10여 채 정도의 가옥이 자리잡고 있었으며 주민은 농업에 의존하고 살았다. 당시 이 마을에는 두 개의 우물이 있었는데 점차 주민이 늘어나면서 식수 해결의 어려움이 많았다. 그래서, 지금부터 40여년 전 주민들이 식수 해결을 위해 여러 곳에 우물을 파 보았으나 물이 나오지 않거나 물이 나더라도 금방 말라 버려 여러 번 헛수고를 하였다. 그리하여 주민들 중 가장 웃어른이 백일 기도를 드리게 되었다. 백일 기도가 끝날 무렵 어느 날 밤 꿈에 수염이 허옇고 긴 지팡이를 짚고 대덕산 꼭대기에 나타난 산신령이 이르기를 "숭늉물에 먹을 풀어 양동이에 담아 한밤중에 별 셋이 양동이에 들어오는 곳을 찾아 우물을 파라"고 하여 이에 온 주민이 힘을 합하여 제사를 드린 후 숭늉물에 먹을 푼 양동이에 별 셋이 들어오는 장소를 찾아 우물을 파니, 이 우물은 아무리 가뭄이 심해도 물이 마르지 않았으며 물맛이 매우 좋아 이 마을 사람의 새 젖줄이 되었다고 한다. 그 이후에 원래 있던 두 개의 우물에 한 개의 우물이 더 생겨 우물이 세 개 있는 골

삼정곡

짜기 마을이라 하여 마을 이름이 삼정곡으로 붙여졌다. 그러다가 20여년 전부터 상수도 시설로 인해 원래 있던 두 개의 우물은 메워다.

(제보자:대구광역시 남구 봉덕 3동 1384, 손종대, 남, 78세. 채록일자:1994. 12. 24.)

(20) 새못, 물베기, 야시골, 종지골, 비슬산, 나환자촌

새못 – 지금 영선시장 있는 곳이 영선못이었데 그 뒤에 새로 생긴 못이라 해서 새못이라 불렸다.

물베기 – 폭포처럼 물이 내려왔는데 아무리 날이 가물어도 물이 안 내려온 적이 없었다는 곳 – 현재 경상중학교 담쪽.

야시골 – 여우가 많이 나온다고 해서 붙여진 이름 – 현재 대구교대 남쪽.

종지골 – 동네가 산으로 둘러싸여 자그마하게 몰려 있는 모양이 종지모양으로 생겨서 붙은 이름 – 계명대학 뒤쪽으로 현재도 그렇게 불리고 있

새못 · 야시골 · 종지골 옛터

음.

비슬산 – 천지개벽할 때, 물에 잠겨서 비둘기 한 마리만 앉을 정도로 남았다고 해서 비슬산이라 불림 – 현재 대구에서는 앞산이라 불림.

계명대학 주변이 옛날에는 나환자촌이었음 – 옛날에 색시가 애기를 업고 친정 간다고 재를 넘어가다가 문디들 세 명을 만나서 붙잡혔거든. 색시가 죽었다는 생각으로 있는데 어떤 남자 하나가 재를 넘어 오더란 말이지. 여자가 '아이고, 오빠 이제 오십니꺼' 카니까 문디들이 놀라서 뒤에 물러 앉으니까, 그 남자가 '오냐, 그래' 그랬으면 같이 잤을 낀데 '내가 왜 당신 오빤교' 카고 가뿟거든. 문디들도 몸이 환자라서 그렇지 마음은 다 사람인데, 그 남자가 쾌씸하거든. 그래 가지고 여자는 보내고 그 남자를 잡아먹어뿟다.

(제보자 : 대구광역시 남구 대명 2동 1904-23, 서암우, 남, 80세.)

(21) 이천동(梨泉洞)

　노인이 가장 먼저 들려준 이야기는 배나무샘에 관한 이야기였다. 현재 수도산 밑에 자리잡고 있는 ‘이천동’의 지명에 얽힌 이야기인데, 글자를 보면 이천동의 ‘이(梨)’는 배나무를 뜻하고 ‘천(泉)’은 샘을 뜻하므로 배나무밭에 있는 샘이란 뜻으로 ‘이천(梨泉)’이 된 것이라고 한다. 수도산이라는 이름도 옛날 그곳에 배수지가 있어 붙여진 것이라 하는데, 지금도 그 자리에 수도공장이 있다. 예로부터 수도산 밑의 배나무밭 가운데에 위치한 그 샘은 수원이 그렇게도 좋았다고 한다. 물도 많고 보조 수원지도 많았으나 지금은 모두 폐지되고 배나무샘 하나만이 유지되고 있는데 현재도 물이 하루에 만통씩 솟는다고 한다.(어느 정도 크기의 통을 뜻하는지는 확실치 않으나 노인은 물이 많다는 것을 강조했다.) 이리하여 원래는 대봉동에 속해 있던 그 지역이 ‘이천동’이 된 것이라 한다.

(제보자 : 대구광역시 남구 이천동 293-9번지, 이곤환, 남, 65세, 대졸(성균관 전학).)

이천동

(22) 이천동(梨泉洞)

　　이천 1동 440번지 일대를(지금 미팔군 병영과 외인 아파트 등이 있는 곳) 배나무부터 흐르던 곳을 구내라 불렀다 하며 신천이 생기기 전에는 물론 생긴 후에도 약 30년 전까지 수도산 동쪽에서 건들바위 일대까지 배나무샘에서 흘러나오는 물로 미나리꽝을 만들어 대구시민에게 미나리를 제공하였고 현재는 주택지가 되어 있다. 또 다른 이야기로는 옛날 강물이 흘러가던 이곳에 배를 묶어 두는 나루터가 있었다는 이야기도 전해지고 있으며, 조선 초기 한문학을 집대성한 석학 사가(四佳) 서거정(徐居正)선생이 대구십경(大邱十景)을 노래하였을 때 '삿갓바위에서 고기 낚기'(笠巖釣魚)란 제목으로 시를 읊었다 하나 지금은 건들바위 홀로 묵묵히 서서 시끄러운 자동차 소음 속에서 옛 자취만 간직하고 있다.

(제보자 : 대구영신초등학교, 황진수 · 김기식, 교사. 대구의 향기, 대구광역시, 1982.)

(23) 교동(校洞)

　　'교동(校洞)'이라는 말은 '교육동'이라는 뜻을 함축하고 있다. 따라서

지금의 교동

교동은 향교가 있는 곳을 부르던 말이었다고 한다. 지금 시내의 '교동'도 마찬가지로 약 62년 전에 향교가 그곳에 있었다는 것이다. 그래서 그 지역이 교동이 되었고, 그 후 향교는 현재의 위치로 옮겨졌다 한다. 노인의 말에 의하면 어느 도시에나 교동이라는 곳이 있는데 그 곳엔 반드시 향교가 있거나 예전에 있었던 곳이라는 것이다.

(제보자:대구시 남구 이천동 293-9번지, 이곤환, 남, 65세, 대졸(성균관 전학).)

(24) 대명동(大明洞)

대명동이라는 동명은 명나라 장수 두사충(杜師忠)에서 연유된다. 두사충은 임진왜란이 일어나자 명나라 제독 이여송과 함께 우리나라를 도우러 왔다. 그는 이여송의 일급 참모로서 작전 계획 수립에 항상 참여했고, 조선군과의 합동작전을 할 때도 우리 조선군과 전략 전술상의 긴밀한 협의를 하는 아주 중요한 위치에 있는 장수였으며 그의 활동과 공적은 높이 평가되고 있다. 임진왜란이 평정되자 고향으로 돌아갔다가 정유재란이 발발하자 다시 우리나라로 왔다. 그 후 정유재란도 평정되자 고국에 돌아가

대명동

지 않고 조선에 귀화했다. 두사충이 귀화하자 조정은 그에게 대구 시내 중앙 공원 일대를 주고 거기서 살도록 해주었다. 그 뒤 두사충이 받은 땅에 경상 감영이 옮겨오게 되자 그는 자기가 받은 땅을 모두 내어놓고 계산동으로 옮겨 편안한 생활을 계속하게 되었다. 그러나 수만리 떨어진 타국에서 누리는 행복이었기에 고향에 두고 온 부인과 형제들 생각에 눈물 흘린 적이 한두 번이 아니었다. 이에 두사충은 최정산(最頂山)(현재의 대덕산) 밑으로 집을 옮겨 고국인 명나라를 생각하는 뜻에서 동네이름을 대명동(大明洞)이라 붙이고 단을 쌓아 매월 초하루가 되면 고국의 천자를 향해 배례를 올렸다고 한다.

(제보자 : 대구영신초등학교, 서성훈, 교사. 대구의 향기, 경북인쇄소, 1982.)

(25) 두사충(杜師忠)과 대명동(大明洞)

대구시내에서 경산으로 통하는 대로변 동북쪽 형제봉 기슭에 자리잡고 있는 모명재는 임진왜란 때 우리 나라에 원병으로 왔던 명나라 장수 두사충의 후손이 선조를 위해 세운 것이다. 두사충은 중국 두릉 사람으로 임난이 일어나자 명나라 제독 이여송과 우리 나라를 도우기 위해 나왔다. 그가 맡은 일은 수륙지획주사라는, 지세를 살펴 진지를 펴기 적합한 장소를 잡는 임무였다. 따라서 그는 이여송의 일급참모로서 항상 군진을 펴는 데 조언해야 했고 조선과의 합동작전을 할 때 조선군과도 전략 전술상의 긴밀한 협의를 했다. 이러한 인연으로 그는 당시 우리 나라 수군을 통괄하던 충무공 이순신 장군과도 아주 친했다. 임란이 평정되자 두사충은 고향으로 돌아갔는데 정유재란이 발발하자 그의 매부인 진린 도독과 함께 다시 우리 나라로 나왔다. 이때 두사충은 충무공과 다시 만나게 되었다. 충무공은 우리 나라 장수도 아닌 외국 사람이 수만리 길을 멀다 않고 두 번씩이나 나와 도와주자 감격하여 두사충에게 한시를 지어 마음을 표했다. 한문으로 쓴 그 시의 뜻은 다음과 같다.

두사충 후손이 세운 모명재가 있는 형제봉

북으로 가면 고락을 같이 하고
동으로 오면 죽고 사는 것을 함께 하네.
성남쪽 타향의 밝은 달 아래
오늘 한 잔 술로써 정을 나누세.

시의 내용을 보면 충무공이 두사충을 아낀 내용이 잘 드러난다. 이후 정유재란도 평정되자 두사충은 압록강까지 매부 진린을 배웅한 후 자기는 조선에 귀화했다. 두사충이 귀화하자 조정은 두사충에게 대구시내 중앙공원 일대를 주고 거기서 살도록 했다. 두사충이 받은 땅에 경상감영이 옮겨오게 되자 두사충은 그 땅을 내어놓고 계산동으로 옮겼다. 이때부터 계산동 일대는 두씨들의 세거지가 되었는데 두씨들은 계산동으로 옮기자마자 주위에 많은 뽕나무를 심었고 그 때문에 이 일대를 "뽕나무 골목"이라 부르게 됐다. 그러나 사람이 늙으면 누구나 고향이 그리운 법, 수만 리 떨어진 타국에서 편안한 생활을 하는 두사충이었지만 고국에 두고 온 부인과 형제들이 생각나지 않을 수 없었다. 이에 두사충은 최정산(最頂山)(현재의 대덕산) 밑으로 집을 옮겨 고국인 명나라를 생각하는 뜻에서 동네 이름을 대명동이라 붙이고 단을 쌓아 매월 초하루가 되면 고국의 천자 쪽을 향해 배례를 올렸다고 한다. 이후 나이가 더 많아지자 어느 날 자기가 젊었을 때 대구 근교를 샅샅이 뒤져 잡아둔 묘터를 아들에게 알려 주기 위해 가마를 타고 묘터가 있는 고산으로 향했다. 고산에 도착했으나 이미 주춧돌이 놓여 있어서 다른 곳을 찾아야 했다. 그러나 워낙 쇠약한 몸이라 도저히 고산까지 가지 못하고 담티재에서 되돌아오게 되었다. 돌아오는 길에 두사충은 아들에게 오른편의 형제봉을 가리키면서 저 산 아래 계좌정향으로 묘를 쓰면 자손이 번창할 것이라 예언했다. 두사충은 이 고개를 넘어오다가 담이 심해 숨을 거두었으니 이 고개를 지금도 '담티고개', '담티재'라 부르고 있다. 그래서 자손들은 두사충이 잡아둔 고산의 명당까지 가지 못하고 묘소를 형제봉 기슭에 쓰게 되었으며 두사충이 잡아둔 묘터에는 나중에 고산서원이 들어섰다.

(제보자 : 대구광역시 남구 대명2동 1901-1, 이길웅, 46세, 마을금고.)

(26) 대명 10동의 회화나무

대명 1동 동신점보맨션에서 카톨릭 병원쪽으로 가다가 보면 세종맨션 서쪽의 야산이 장등산(長嶝山)이다. 도로변에서 왼편으로 굽어 이 산의 입구에 들어서면 노거수가 한눈에 들어온다. 이 나무는 회화나무로서 수령이 230년, 나무 높이 16m였으나 현재는 크게 훼손되어 나무 높이는 약 12m에 불과하며 약 10m 길이의 옆가지 2개가 앙상하게 남아 있을 뿐이다. 그나마 밑부분은 온통 껍질이 벗겨지고 나무의 기력이 다하여 언제 부러졌는지는 모르나 땅바닥에 나뒹굴어 있는 옆줄기의 길이가 약 10m로서 마치 허물어진 고층 빌딩을 방불케 하고 있다. 옛날에는 대명 10동의 수호신인 당산목(堂山木)으로 동민의 추앙을 한 몸에 받았으며 매년 음력

회화나무

정월 14일 동민들이 나무 아래 모여 제수를 차려 놓고 그 해의 풍년과 동민들의 무병식재(無病息災)를 비는 동신제를 지내 왔으나 1985년을 끝으로 폐지되었다고 한다. 당시 당산제를 주도했던 유일한 생존자인 도원도(都元道) 씨는 그 때의 동민들의 단합과 인정미를 지금은 도저히 찾을 수 없게 되었다며 못내 아쉬워하였다.

(제보자:대구광역시 달서구 감삼동 567-1, 대구대명초등학교, 신이견, 교사, 도원도, 76세, 대구의 향기, 대구광역시, 1981.)

(27) 대명물산주식회사

대구광역시 남구 대명 6동 1040번지의 1-80 일대로서 대명국민학교 정문에서 남쪽으로 약 1000m 지점에 위치하고 있는 대명중앙시장은 1971년 3월에 설립되었으며 그 당시의 이름은 대명 물산 주식회사였는데 시조례에 의해 설립되었다고 한다. 현재까지 16년의 역사를 가졌으나 영세 상

현재의 대명물산 주식회사

인들에 의해 운영되고 있는 실정이며, 시장이 성시를 이루지 못한 원인은 주민들이 백화점이나 중앙통, 서문시장 등의 타시장을 주로 이용하기 때문이라고 한다. 본 시장의 발전을 위한 활동을 목적으로 시장 번영회가 조직되었으나 상품 거래가 부진하고 시장의 기능이 활발하지 못한 까닭에 별도의 사무실도 없고 제반 장부를 비치하지 않은 상태이지만 회장 1명, 총무 1명, 이사 7명으로 조직하며 그 임기는 1년으로 정하여 활동하고 있다고 한다. 본 시장 번영회에서는 앞으로 좀더 활발한 상거래가 펼쳐지도록 힘쓰는 한편 화재 예방과 소방 교육에 힘쓰고 있기도 하다.

(제보자:대구광역시 남구 대명 6동 1040-7번지, 대구대명초등학교, 김병두, 교사, 장상원, 51세, 상업, 시장번영회 회장.)

(28) 봉덕동(鳳德洞)

봉덕동은 원래 대구부상수서면(大丘府上守西面)의 지역이었는데 1914년의 행정구역 폐합에 따라 봉산동(鳳山洞)과 덕산동(德山洞)을 병합하여 봉덕동이라 하고 달성군 수성면에 편입시켰다. 1918년 지방행정구역 변경

에 따라 대구부에 편입되는 동시에 일부를 떼어 대봉동(大鳳洞)에 넘겨
주었다. 이곳은 큰골의 동편으로 앞산공원(大德公園)의 일부와 고산골(高
山谷) 그리고 대구 가톨릭대학교 및 화교학교, 봉덕시장, 남구청 등이 있
다. 예전에는 앞산 밑에 이 부근에서 으뜸가는 마을로 삼정골(三汀谷)이
있었고 용두동(龍頭洞) 부근에는 용두산 (龍頭山)과 토성이 있었다. 큰골
의 동편에는 대명동의 서괘진(西掛津)과 산록부에 나란히 동괘진(東掛津)
이란 마을이 있었다. 앞산공원 깊숙이 들어가면 은적사가 있고 안지랭이
골의 안일암과 함께 고려왕조를 창건한 왕건의 이야기가 전해지고 있다.
봉덕동은 3개의 행정동으로 구분되어 1, 2, 3동이 있다. 봉덕 1동 부근은
1929년경 대구중학교 동남편 일대에 대구지역 최초의 능금과수원이 있었
는데 그 후 인근 경산 하양 등지로 재배면적을 넓혀 나갔다고 한다.

  (제보자:대구대봉초등학교, 박종기·신재한 교사. 한국지명요람, 건설부국립지리원, 1987.
대구광역시, 대구시지명유래조사, 1980.)

봉덕동

(29) 장전(長田)

진밭 (장전:長田)은 걸(내) 서쪽의 대명동에서 가장 큰 마을이었던 서괘진(西掛津:서꺼리) 북동쪽에 있는 마을로 긴 밭이 있었던 데서 유래된 지명이다. 서괘진과 진밭 사이에 다른 마을이 없었던 당시 이 마을에는 동서 방향으로 사래가 긴 밭들이 펼쳐져 있었다고 한다. 그 보리밭은 매우 넓어 아낙네들이 한 사래의 김을 매는 데 한나절이 걸렸다고 한다. 그래서 '진밭'이라 불렀으며 현재 이곳은 대명 5동의 일부로 농토나 공지는 전혀 없는 밀집된 주택지를 이루고 있다.

(제보자:대구광역시 남구 대명 5동 241-2, 최창윤, 교사. 한국지명총람5(경북편)2 한글학회, 1978. 한국지명요람 건설부국립지리원, 1984. 대구남도초등학교, 설윤덕, 교사.)

(30) 서괘진(西掛津)

대명 9동의 옛 이름은 서괘진(西掛津)이라고 한다. 괘진이란 지명은 이곳을 세거지(世居地)로 정한 두사충(杜師忠)이 이곳이 강가는 아니지만 모양이 흡사 강의 흐름과 같고 나룻배가 닿는 곳과 같다고 해서 괘진(掛津)이라 이름을 붙였다고 한다. 서괘진(西掛津)과 동괘진(東掛津)의 분기점은 현 앞산공원으로 올라가는 현충로를 기점으로 서편이 서괘진이요, 동편이 동괘진에 해당되는 곳이다. 서괘진은 옛날 안지랑골 또는 안지랑이로 불리는 곳이었으며, 고려 태조 왕건이 견훤에게 패한 후 이 골짜기에 안심하고 숨어 지내다가 갔다는 데서 고려 때부터 안지랑이골로 불리어졌다는 이야기가 전해오고 있다. 그 옛날의 서괘진(西掛津)인 이곳은 앞산의 울창한 숲과 맑은 공기를 품고 있어서 대구 시민들의 휴식처로 널리 이용되고 있다.

(제보자:대구광역시 남구 대명 9동 916-8, 도상구, 前 대명 9동 동장. 한국지명요람, 건설부국립지리원, 1982. 대구의 향기(3.조상의 얼과 슬기), 대구광역시, 1982. 우리고장(3.조상의 발자취), 대구광역시교육위원회, 1983.)

지금의 서괘진

(33) 현충로(顯忠路)

현충로는 계대 네거리에서 남쪽으로 삼각지 로타리, 대구지방 보훈청 앞, 앞산로타리를 지나 앞산 순환도로(대덕로)변의 현충탑 입구에 이르는 2.68km길이의 도로를 가리키는데, 1974년 5월 1일 대구시 고시 제 5호로 제정된 36개 가로명 중의 하나이다. 대구광역시 지명위원회가 이 길을 현충로라 이름 지은 까닭은 그 종착점인 앞산공원 기슭에 충혼탑이 위치하고 있기 때문이다. 이 탑은 1971년 4월 20일 도시계획에 의해 수성구 두산동 수성못 가에서 대구시의 전경이 한눈에 내려다 보이는 전망좋은 이곳으로 옮겨졌으며, 1983년 11월 현재 4,864위의 영현을 안치하고 있다. 한편, 현충로변의 대구지방 보훈청(구 대구지방 원호청)은 1961년 8월 중

현충로

구 동성로 1가 34번지에서 문을 열어, 1969년 대명동 26부록 14놋트로 옮겨져 있고 앞산공원의 큰골에는 1979년 6월 25일에 개관된 낙동강 승전 기념관이 자리잡고 있기도 하다.

(제보자 : 대구남도초등학교, 교사, 임덕규. 매일연감, 1985년 제 2호 대구매일신문사, 1985. 우리고장('83.장학자료7), 대구광역시 교육위원회, 1983. 대구시사 제 3권, 대구시사 편찬위원회, 1973.)

(32) 삼각지(三角地) 네거리

대구광역시가지에 산재하는 70여 개소의 로타리나 네거리의 이름들은 대체로 동명(洞名), 지명(地名)을 딴 것, 혹은 그 넓이를 상징하는 것, 행정 편의상 부여된 번호에 의해 붙여진 것이 대부분이다. 그러나 '삼각지 네거리'는 유일하게 이 네거리의 모양에 의해 이름지어진 것으로, 남북으로 뻗친 현충로가 북으로는 계대 네거리, 남으로는 앞산로타리를 지나 앞산 순환도로인 대덕로에 이어지고, 서로는 성당시장 앞까지의 양지로, 동

삼각지

으로는 남도여자중학교 앞을 지나는 소로가 갈라지고 있다.

(제보자 : 대구남도초등학교, 이재락, 교사. 대구광역시가지 안내도(s=1 : 10,000), 대구지도센타, 1985)

(33) 성당시장(황색못)

　현재의 성당시장이 생기기 전에는 그 자리가 못이었으며 못의 이름은 '황색못'이라 불렀다고 한다. 그 못의 크기는 약 660제곱미터 정도가 되었으며 그 당시 동네 아이들이 목욕을 하였으며 그 물은 부근 농토의 농업용수로 사용되기도 하였다. 못을 중심으로 남쪽은 비스듬한 언덕으로 공동묘지였고, 서쪽 편은 농사를 지을 수 있는 땅이었다. 30년 전에는 주택이 도로 (국도)주변에 10호 정도 있었으며 대명동, 성당동, 두류동에 있는 주민들이 와서 농사를 지었는데 자작농, 소작농이 반반쯤 되었다고 한다. 못 주변의 마을이름을 '남산 갈림'이라 불렀으며, 공동묘지가 부근에 있어서 영구차가 겨우 다닐 수 있을 정도의 울퉁불퉁한 길이 나 있었고,

그 외에는 사람들이 논둑길로 걸어다녔다고 한다. 못이 매몰되자 농사를 지을 수 없어 점차 주택지로 변해 성당동으로 되었다가 행정구역 변경으로 대명 11동(72년)으로 되었으며, 다시 대명 4동(76년)으로 바뀌었다. 성당시장은 70년도에 신설되어 71년 6월에 개설, 이 지역이 차차 주택수가 늘어나게 되어 시장이 확장되었으며 일상생활에 필요한 물건들이 모두 구비되어 이용객이 늘어나고 있다.

(제보자:대구광역시 남구 대명 4동 3010-7, 대구성명초등학교, 홍정근, 교사. 김동학, 66세, 대구광역시 남구 대명 4동 11통 4반, 통장, 조선제, 43세.)

(34) 남부시장

1971년 2월 11일 대명 1동에서 개설된 남부시장은 토지 개발 공사가 구획 정리를 하기 이전에는 콩밭이었다. 시장 안에 살고 있는 노인들의

남부시장

이야기에 의하면 점포를 운영하고 있는 가구 중 누군가가 정이월 간에 꼭 지신에 대한 제사를 지내고 있는데 만약 이 제사를 스스로 지내는 집이 없는 해에는 장사가 잘 되지 않고 반갑지 않은 일이 일어날 것이라고들 이야기하고 있다.

(제보자 : 대구남도초등학교, 조원분, 교사.)

(35) 도촌

대명 10동의 옛이름을 도촌이라고 하는데 이 지명은 임진왜란 때 원병 온 두사충(杜師忠)이 명명했다고 한다. 장등산(長嶝山)이란 현 카톨릭 병원의 남쪽 야산을 지칭하나 원래는 영남대학교 병원 산줄기를 시발점으로 하여 서쪽까지 길게 뻗어 있었다. 두사충은 장등산을 멀리서 보았을 때 마치 큰 배와 같이 길쭉하게 생겼으며 카톨릭 병원의 남쪽 산의 높은 지점은 마치 배의 돛을 높이 달아 놓은 것 같이 보였다고 해서 도촌이라 하였다고 한다. 다른 구전(口傳)에 의하면 옛날 대홍수시 이 지점이 낙동

도촌

강의 지류로서 배가 닿았다고 하여 도촌이라고 불린다고 하며 또한 '돛 대가 많이 닿으면 부자가 된다'는 말이 함께 전해진다. 한국지명(경북편 11권)과 한국 지명 요람에서도 도촌을 '掉村'으로 명기하고 있으나 '掉 : 흔들 도, 두를 도, 떨칠 도'로서 이는 위 구전의 내용과 일치하지는 않는 다. 도상구(都相九) 씨는 '掉'가 아니고 '棹'라고 하며 '점대 도'라고 한 다. 점대 도란 돛대란 뜻으로 쓰인다고 하며 이곳의 주민들도 모두 '점대 도'字라고 알고 있다. 그러나 大漢韓辭典에는 '棹'가 '노도 도'로 적혀 있으며, 그 예로서 '棹歌 : 뱃노래 ; 棹唱 : 뱃노래, 상앗대로 배를 저어 가면 서 부르는 노래'와 같이 사용되고 있다. 비록 '棹'자가 '점대 도'는 아 니지만 구전의 내용을 뒷받침하는 것으로 '掉'자 보다는 '棹'가 더 적합 하지 않을까 생각되기도 한다.

(제보자 : 대구대명초등학교, 신이견, 교사. 한국지명요람, 건설부국립지리원, 1982. 대구의 향기(제2편. 조상의 얼과 승리), 대구광역시, 1982. 대구광역시 대명 9동 916-8, 도상구, 62 세, 前 대명 9동 동장. 대구광역시 달서구 감삼동 567-1, 도원도, 76세.)

(36) 종지골

현재 대명 7동 2254번지 부근을 종지골이라고 한다. 아마 산의 모양이 종지같이 생겼다고 하여 붙여진 이름인 것 같다. 이 주위에는 새모당 또 는 새못(깊이 15m 정도 추정)이라고 불리는 저수지가 현 놀이터 부근에 있었는데 이 저수지의 수원은 남구 봉덕동의 용두천의 물이었다고 한다. 어느 해 겨울 눈이 왔을 때 노루가 지나간 발자국을 따라 수로를 만들었 는데 못 밑 300여 두락 논은 가뭄 걱정 없이 농사를 지을 수 있다고 한 다. 종지골 부근에는 공동묘지가 많았는데, 이 공동묘지는 남산국민학교 가 개교하면서 현재의 대명 7동으로 이전하게 되었고, 도시의 번창에 밀 려 대명 7동의 공동묘지를 다시 이전할 때 숫자를 파악할 수 없을 정도로 묘가 많아 묘마다 산대를 꽂아 그 수를 세어 묘지의 수를 확인하고 주인

없는 묘지는 뼈를 전부 모아 한 곳에 이장하였다고 한다. 이 곳 주변은 큰 소나무 숲이 우거져 있었고 감나무도 많았으며, 밤이 되면 도깨비가 나왔다는 이야기도 있다. 또 부근에 여회골이 있었는데 이 여회골은 고려 태조 왕건이 전쟁으로 앞산까지 왔다가 군사들이 종지골에서 승리를 거 두고 난 뒤 왕과 재회하고 축하연을 가진 곳으로 전해지고 있다.

(제보자:대구광역시 달서구 두류 1동, 이용조, 77세. 대구광역시 남구 대명 7동 2235-17, 박순조. 성남초등학교, 이중호, 교사.)

(37) 강당골

대구광역시 남구 봉덕 3동 미리내 아파트 남쪽 도로에서 효명초등학교 정문을 지나 신천에 닿는 도로를 따라 흘러내리는 계곡을 강당골이라 부 르는데 지금은 아스팔트로 깨끗이 포장되어 계곡의 흐르는 물을 찾아볼 수 없다. 그러나 미리내아파트와 효명초등학교를 짓기 전에는 계곡의 윤

강당골

곽이 완전히 드러나 지금의 효명초등학교 운동장에 있는 소나무 부근에
서 맞은편 산과 연결시켜 저수지 비슷하게 만들어 그 아랫쪽에 있는 토지
에 관수를 시켰으며 앞산의 푸른 숲과 골짜기의 맑은 물의 풍치를 살려
제방 주위에 ㄴ자 모양의 누각이 있었고 이 누각을 관리하는 별동의 건물
이 있었는데 지금부터 약 40년 전부터는 이 별동의 건물을 강당이라 불렀
다. 그리고 명절에는 윷놀이 등 민속놀이의 공연장으로 이용되고 평상시
에는 노인들의 휴식처로 사용되었다. 이 계곡의 하류에 있는 누각과 별동
의 건물의 명칭을 본따 이 계곡을 강당골이라 하였다고 한다. 하류에 있
었던 누각은 모습을 볼 수는 없어도 그 자취만은 엿볼 수 있으나, 상류의
누각은 미리내 아파트가 들어섬으로 흔적마저 찾아볼 수 없게 되었고 골
짜기의 물 또한 시멘트 배수관을 이용하여 완전히 땅속으로 묻어 신천으
로 바로 연결시켜 주고 있다.

(제보자:대구광역시 달서구 죽전동, 이근우, 67세. 대구광역시 남구 봉덕 2동 1270-112, 이
상남, 42세, 대구효명초등학교, 박회술, 교사.)

(38) 매화골

현재 남구 봉덕 1동 743번지 일대는 주택가로서 대구시의 중심부에 속
해 있으나 지금부터 3, 40년 전만 해도 과수원과 농지가 주를 이루고 있
었다. 특히 743번지(신일교회 근처) 일대는 몇 채의 집들이 모여서 부락
을 형성하고 있었는데 이 마을 주변에는 매화나무가 많아 경치가 아름답
기로 이름이 나서 사람들은 그 곳을 매화골이라 불렀다고 한다. 그러나
차츰 대구의 규모가 커짐에 따라 과수나무는 물론 오랫동안 많은 주민들
의 사랑을 받아오던 매화나무들도 한 그루 두 그루 절단되었고 그 자리는
주택이나 도로로 바뀌어 그 옛날의 모습은 흔적조차 찾아볼 수 없게 되었
다.

(제보자 : 상동)

현재의 매화골

(39) 공무원 아파트

대명 4동 구릉지의 '공무원 아파트'는 인근에 '로얄 하이츠' '정우 맨션' '유성 맨션' '통일 아파트' '경북 주택' 등이 계속 들어서고 있음에도 이 일대를 가리키는 대표적 지명으로 정착되어 가고 있다. 이 아파트는 1930년 서울 내자동(內資洞)의 '삼국 아파트'와 2차 대전 후인 1956년의 성북구 종암동(鍾岩洞)의 '종암 아파트'가 우리나라 아파트의 시초를 이루고 부산은 1941년 남포동(南浦洞)의 '소화장 아파트'가 최초였음에 비하여, 1966년에 비로소 주택 공사가 무주택 공무원에게 주거의 안정을 도모해 주려는 의도로 건립하여 대구 아파트의 효시를 이루었다. 12평형 72가구와 15평형 24가구로 비록 오늘날에 비교하면 소규모이나 1969년 당시 16평형 이하가 대구시 전 주택의 80.1%를 점하고 있었고 각종 도시 시설이 미미했던 시기였음을 감안하면 시민 주택 이상의 주택으로

공무원 아파트

인식될 수 있었으며, 그후 대구시 주택 구조의 고층화, 대형화, 대단지화의 발단이 되었다고 볼 수 있다. 무주택지였던 대명 4동에서의 공무원 아파트 건립은 이와 같은 내력으로 인하여 이후 이 일대를 가리키는 비공식 지명이 되고 있으며, 앞으로 이 아파트가 없어진다 하여도 '공무원 아파트' 라는 지명은 살아남을 가능성을 지니고 있다.

(제보자:대구남도초등학교, 김만곤·이면의, 교사. 한국주택 건설 총람, 한국주택은행, 1975. 한국지지지방편2,건설부국립지리원, 1985. 대구의 고층집합주거지역 형성과정과 분화에 관한 연구, 경희대학교 문리대 지리학 연구보고서 11, 1986.)

(40) 장기(長基)

대명 배수지에서 영남대학교 의과대학 부속병원에 이르는 일대를 '장기터' 라 하였는데 여기에는 다음과 같은 이야기가 전해오고 있다. 어느 때 이곳에는 백만장자가 살고 있어, 과객은 물론 거지들이 너무나 많이 몰려오게 되었다. 그러자 며느리는 밥을 해 주기가 귀찮아졌다. 그러던

현재의 장기터

어느 날 스님을 만나 시주를 많이 할 테니 손님이 적도록 하는 방법이 있겠느냐고 묻자 노승은 지금의 미군 부대 '캠프워커'의 앞산 비행장 관제탑 부근인 산대지(山垈池)를 가리키며 '저곳에 무덤 여섯을 쓰는 것이 비법'이라고 대답하였다. 이에 그 며느리는 하인들을 시켜 누구든 죽으면 그곳에 무덤을 쓰게 했더니, 드디어는 집안이 망해 버리고 손님이 적어졌다는 것이다. 한편 4,500평의 산대지를 구획 정리할 때는 무덤으로 보이는 곳에서 숯이 나왔다는 말도 전해지고 있다. 그 자리에 세워진 대명 배수지는 1959년 8월 24일에 준공되어 낙동강 및 다사 저수지를 수원으로 대명 2, 5, 7동 지역의 급수를 담당하고 있다.

(제보자:대구광역시 남구 대명 5동 39-1, 서원교, 상업. 대구광역시 남구 대명 5동 335-21, 김석수, 공무원. 한국지명요람(경북편)2, 한글학회, 1978. 한국지명요람, 건설부 국립지리원, 1982. 대구남도초등학교, 교사, 우기영 · 최경순.)

(41) 긴등골과 솔밭모랭이

지금의 남구 대명 5동 영남공업전문대학과 영남대학교 의과대학 부속 병원 일대는 해발 70-90m의 야산으로 '긴등골'이라 불려 왔으며, 인근에 인가가 적었을 때까지만 하여도 울창한 소나무 숲으로 낮에도 여우가 나타날까봐 사람들이 지나다니기를 꺼려한 곳이었다고 한다. 한편 현재의 남도국민학교 동쪽 새한맨션아파트와 가톨릭 신학원 쪽으로 돌아서 다니는 길이 있어 이곳을 '솔밭모랭이'라고 불렀으며 봄 가을로 부잣집 하인들이 이 솔밭에서 떼를 지어 놀았는데 워낙 놀이터로는 멋진 장소여서 힘센 패거리들이 다른 집 하인 패거리들과 세력 다툼을 벌이는 곳이기도 하였다. 그런데, 일제 시대의 어느 부잣집 하인들은 항상 음식을 푸짐하게 장만해 와서는 자기들의 주인이 힘이 세어 일본인들도 무시하지 못한다고 자랑하며 거들먹거리므로, 어느 날 인근 여러 집 하인들이 합세하여 이들을 실컷 두들겨 패자, 그 힘세다는 부잣집 주인이 당장 달려 나와 순식간에 힘센 하인들을 굴복시켜 이때부터 이 솔밭 모랭이는 그 부잣집 하

현재의 긴등골과 골밭모랭이

인들의 전용 놀이터가 되었다고 한다. 이 솔밭은 대명 3동 '종자골(정자골)' 로도 이어져 있었으며 정자골에는 소나무가 울창한 숲속에 정자가 있어 역시 좋은 놀이터였다고 한다.

(제보자 : 상동)

(42) 장천 만데기

현재 영남대학 병원 영안실 부근의 높은 지역을 장천 만데기라 했다고 한다. 당시 사람들이 장천 만데기라고 부른 것은 인동 장씨 성을 가진 도사라고 불리우는 한 노인이 이 산을 관리하며 살았고 실재로 인동 장씨 문중의 선산으로 여러 개의 무덤이 있었기 때문이라고 한다. 정상 부위엔 고려장이 2개 있었는데, 그 고려장을 이룬 바위가 엄청나게 컸다고 하며 주위의 어린이들(당시)이 그 곳에서 토기 등의 유물을 발굴했다고 하나 지금은 바위도 무덤도 없게 되었다. 당시 장천 만데기 주위의 야산에는 도토리 나무와 장씨 노인이 거주하던 일대에는 감나무들이 많았으며 남

현재의 장천 만데기

부초등학교(지금의 명덕초등학교)와 남산초등학교 학생들의 소풍지로 해마다 어린이들이 꿀밤 줍기, 밤 줍기로 법석을 떨던 놀이터이기도 하였다고 하나 지금은 모두 주택이 들어서서 흔적도 없게 되었다.

(제보자: 남대구초등학교, 최상기, 교사. 대구광역시 남구 대명 2동 1901-1, 이길웅, 46세, 마을금고 이사장. 대구광역시 남구 대명 2동 1826-17, 이종억, 47세, 마을금고 상무.)

(43) 천왕당

지금으로 부터 약 80여년 전 현 삼우 주유소 자리에 성황당이 있었는데(덕버들나무 그루를 중심으로 돌담을 쌓음) 여기에는 여러 가지 전설이 구전되고 있다. 당시 주민들은 미신을 많이 숭배한 나머지 여기서 일어난 많은 기적같은 영험은 오늘날까지도 의아심을 남기고 있다. 당시는 본 내당동 일대가 산재 부락을 이룬 농촌 모내기, 김매기를 마치면 자연 마을 단위로 농악대를 구성하여 놀며 민속 경기(주로 씨름)를 하였는데, 당시 두산동 마을 고용인들이 소를 타고 농악을 울리면서 이웃 마을 안지랑이 골에 출전하기 전 이 성황당에 와서 고제를 올리고 출전하면 환자 또는 사고가 생기거나 패배하고 돌아왔다고 한다. 또 득남을 못한 부녀자가 이 성황당에 정중히 기도를 올리면 필히 득남을 한다는 전설이 유포되어 기도하는 부녀자들로 항상 문전성시를 이루었다고 한다. 이와 같은 기이한 전설을 담은 성황당도 도시의 번창에 밀려 일제시대에 많은 무당을 초청하여 굿을 올린 뒤 두류산으로 옮겨 돌담을 쌓고 정중히 모셨으나 당시 이웃 나병환자들의 자녀들이 장난삼아 돌담을 훼손하고 나무를 베는 등 하여 약 30여년 전 종적을 감추었다고 한다.

(제보자: 내당초등학교, 이문주, 교사. 대구광역시 남구 대명 4동 3319번지, 박우덕, 82세. 대구광역시 달서구 두류 1동, 이용조, 77세.)

(44) 앞산공원

　1970년부터 개발한 앞산공원은 대구 최대의 자연 공원으로 총규모는 5,000,000평이다. 케이블카를 타고 정상의 전망대에 오르면 대구시가지가 한눈에 보인다. 대구시 대명동(大明洞)과 봉덕동(鳳德洞), 파동(巴洞)지역과 송현동(松峴洞)일원에 걸쳐 있는 앞산공원을 1981년부터 다시 10개년 계획으로 자연공원으로 개발하고 있다. 앞산공원은 도시공해가 없는 대구의 산소공급원이자 허물어지지 않고 남은 대구의 마지막 녹지 중의 하나이다. 계곡마다 녹음이 장관을 이루고 있다. 대구시는 표고 150m 이하 지역 850,000평에 대해 민간자본을 유치하여 조경, 휴양, 유희, 편익, 운동, 교양 등 각종 시설물을 적정하게 배치키로 한 것이다. 세부적으로 보면 대구시와 대덕개발(大德開發)회사가 개발한 제 1지구(큰골)는 두고 고산골(2지구)엔 동화의 집, 과학의 집, 인형극장, 요술의 집 등 어린이 유희 위주의 시설을 배치하고 안지랑골(3지구. 안일사 입구-송현동) 일대에는 도서관, 박물관, 청소년회관, 야외음악당, 식물원, 정구장, 사격장 등 교양과 운동시설물을 둘 계획이다. 용두골(4지구)에는 신체장애자와 성인 유희를 위한 관광농원 등 제반시설을 갖출 계획인데 이같이 시설물을 계곡별 기능에 따라 집단화함으로써 시민들이 자유롭게 시설물을 선택하여 유쾌한 하루를 즐길 수 있도록 한다는 것이다. 지구별 면적을 보면 앞산공원 전체면적 5,128,092평 가운데 큰골이 421,685평, 고산골 292,215평, 안지랑골 276,788평, 용두골 209,632평, 달비골(5지구) 496,402평이며 나머지 3,431,370평은 보존 녹지로 가꾼다. 앞산공원은 1965년 2월 2일 건설부 고시 제 1387호로 결정 고시되었고, 1969년 10월 4일 건설부 고시 제 548호로 지적(地籍)이 고시되었다. 1976년 2월 21일 제 1지구 시설 결정이 승인(경북도 고시 제 20호)되어 본격적인 조성에 들어갔었다. 대구시는 진입, 순환, 지선, 유보, 산책 등 공원내 도로를 5종으로 구분해서 도로 개설을 할 계획이며 현재의 공원 순환도로는 차량전용으로 돌리고

앞산공원

별도로 폭 5-6m의 유보(遊步)도로를 순환도로 위에 설치할 계획이다.
5,000,000평 면적 가운데 케이블카는 색도(索道)길이가 795m이며 탑승정
원은 52명이다. 1974년 8월 17일 준공되어 운행을 시작했다. 유기장(遊技
場)은 면적이 857평으로 회전비행기, 회전그네, 회전목마, 동물가족, 허니
문카, 팽이놀이, 전자오락실 등이 있다. 1978년 9월 30일 준공되었다. 낙
동강 승전기념관(洛東江勝戰紀念館)은 2,500평의 터에 세워진 건평 620평
의 4층 건물이다. 1978년 6월 25일 개관되었다. 수영장은 전체 면적
4,780평으로 풀장 4개소(598평)가 있다. 실내수영장은 1동 660평이다. 수
영장의 수용능력은 1,500명이다. 골프연습장은 34,000평의 잔디밭이며
1971년 12월 26일 조성을 마쳤다. 궁도장은 국궁장(國弓場) 1,315평, 양
궁장(洋弓場) 816평이며. 1975년 9월 30일 조성을 마쳤다. 승마장은
1,428평으로 1975년 9월 30일에 준공되었다. 공원으로 개발을 기다리고
있는 용두(龍頭)골이나 고산(高山)골, 안지랑이골은 대구시민에게는 짙은

향수를 갖게 한 곳이다. 용두골의 용두방천, 신천(新川)이 파동(巴洞)에서 시내 쪽으로 S자형으로 크게 휘면서 하류로 150여m 떨어진 곳에 제1용두바위가 있다. 용두바위와 맞붙은 대덕산(大德山)쪽 계곡이 고산골인데 제1용두바위에서 신천과 합류한다. 이곳도 1960년도부터 옛 모습을 잃어가고 있어 안타깝지만 공원개발로 옛 정취를 되찾을 것으로 기대된다. 30여 년 전만 해도 맑은 물이 굽이치던 대구의 명소였다. 집이라곤 고산골에 2채, 용두방천 부근에 서너 채가 있는 그야말로 동양화의 산수도와 같은 곳이었다. 용(제1용두바위)이 거북(제2용두암 또는 거북이 대신에 용밥이라고도 함)을 한 입에 삼키려는 지세이기 때문에 대구가 길지(吉地)라 했다는 옛날 지관(地官)의 말이 전해오고 있다. 또한 제1용두바위 밑은 얼마나 깊었던지 명주실꾸리를 다 풀어도 끝이 닿지 않는다는 옛말이 전해져 오고, 제2용두바위에는 이무기(용이 되려다가 어떤 저주에 의해 용이 되지 못하고 물 속에 산다는 전설적인 큰 구렁이)가 살고 있다는 것이다. 그래서 여름이면 하동(河童)들이 이무기를 잡는다고 굴을 작대기로 들쑤시며 야단을 치기도 했다. 특히 제2용두 바위는 낮에는 꼬마, 밤이 되면 어른들의 수영장으로 그 장쾌한 맛이 오늘날의 인공수영장과는 비교가 되지 않았으며 용밥으로 불리던 돌출바위가 다이빙대였다. 그러나 이곳은 매년 제물 바치듯 5-6명의 꼬마가 익사하여 소문을 듣고 나온 시민들로 방천이 인산인해가 되기도 했다. 이곳 노인들은 신천에 큰물이 나면 곧은 줄이 선 하얀 자갈이 강바닥에 쫙 깔림을 보고 금이 나는 곳이라는 믿음을 갖게 되었으며 1980년에 외지 사람들이 와서 산삼 3뿌리를 캤다는 소문과 함께 이곳에 깊은 애착을 갖고 있었다. 이처럼 훌륭한 지리적 여건 때문에 1960년대 초까지 시민들의 발걸음이 끊이지 않았다. 학생들의 소풍터, 부인네들의 계모임, 천렵, 빨래터, 데이트 코스로서 항상 생동감이 넘쳤다. 1950년대 초까지만 해도 미 8군에서 고산골에 이르는 일대는 채마밭이 이어져 있었으며 도보는 효대(曉大) 뒤쪽 또는 중동교 입구에서 방천둑을 따라 이곳을 찾았다. 지금도 용두바위를 경계로 상, 하류의 물

빛이 다르지만 신천은 빨래터로서도 유명했다. 제1용두바위에서 제2용두
바위에 이르는 신천은 100여 명씩의 부인네들이 강변에 가마 솥을 걸고
빨래를 삶아가며 가락맞춰 두드리는 빨래 방망이 소리가 요란했다. 그물
로 고기를 잡거나 즉석 보신탕 장소로 안성맞춤이던 제1용두바위 상류가
화제의 장소로 지금은 흘러간 낭만이 되었다. 대구의 비대화와 함께 용두
방천도 옛 정취를 차츰 잃어가고 있다. 이미 앞산으로 빠지는 순환도로가
완성돼 제2용두바위 일부가 깎여 나갔으며 다이빙대 구실을 하던 돌출바
위도 찾을 길이 없다. 깎아지른 벼랑이던 제1용두바위 밑은 제방 축조공
사 덕분으로 500평의 공터가 생겨 노인들의 휴식처로 이용되고 있다. 한
때 중절모와 파라솔이 어울려 꽃처럼 수를 놓던 제2용두바위 윗동산도 지
금은 중턱까지 주택이 들어서 있다. 안지랑이골, 안지랑이 또는 안지랭이
라 불리는 곳. 남구 대명동(南區大明洞 255)이 현 주소이다. 안지랑이골
은 고려 태조 왕건이 견훤에게 패한 후 이 골짜기에 숨어 편안하고 안일
하게 지내다가 갔다는 데서 고려 때부터 불린 이름이라고 전해져 오고 있
다. 안지랑골은 요즘 대구의 새벽 등산코스로 그리고 옻닭요리로 널리 알
려지고 있다. 그러나 1960년대까지만 해도 대구 안지랑골이라면 땀띠를
낫게 하는 약수로 유명, 땀띠 등 피부병 환자들이 물맞으러 가는 곳으로
소문이 나 있었다. 또한 울창한 숲, 깊은 계곡, 시원한 물로 여름이면 많
은 대구 사람들이 즐겨 찾는 여름 피서지였다. 땀띠나 부스럼, 더위를 먹
는 사람에게는 안지랑골 물이 특효라는 소문이 퍼져 여름이면 대구는 물
론 칠곡, 고령, 현풍, 영천 등지에서도 많은 사람들이 찾아 들었다. 특히
해방 전후와 1950년대의 여름철 안지랑골은 수백 명의 피서객들이 친 흰
광목포장이 온 계곡을 뒤덮을 정도로 붐볐다. 안지랑골이 땀띠치료 장소
로 유명했던 것은 안지랑골의 약수와 계곡의 물이 차고 시원했기 때문인
것 같다. 물이 얼마나 차고 시원했던지 약수 한 사발 먹고 계곡에 발만
담가도 등줄기의 구슬 같은 땀방울이 단번에 씻겨 내린다고 전해오고 있
다. 이런 소문으로 옛날에는 양반집 부인네들까지 가마를 타고 드나들었

으며 대구를 찾는 외인들도 여름철만 되면 이곳을 찾아와 물을 맞고 더위도 식혔다고 한다. 안지랑골 약수를 감천수(甘泉水)라고도 한다. 지금의 안일사(安逸寺) 밑에 있는 약수터가 아니고 안일사가 약수 집수정으로 만들어 놓은 곳(현 안일사 위쪽 동편 100m지점)이 원래의 약수터라고 한다. 당시 그곳에는 트럭만한 바위가 있었는데 그밑에서 약수가 흘러나왔다고 한다. 시멘트로 둘러쳐진 그 바위 모퉁이에 한자로 감천수라 쓴 것이 지금도 있는데 50대 이상의 사람들은 '안지랑골 약수' 보다 '안지랑골 감천수' 로 알고 있다. 그러나 이러한 천년의 약수터요 피서지였던 안지랑골도 세월따라 변모, 날로 옛 모습을 잃어가고 있다. 안지랑골이 달라지기 시작한 것은 1960년대 중반부터이다. 1967년 구획정리로 안지랑골 아래는 모두 주택지로 바뀌어 현재는 대명 6동과 9동이 되었다. 그 많던 해송과 참나무의 숲도 없어지고 계곡의 물도 겨우 새벽 등산객이나 행락객들의 목축임 정도로 양이 줄었으며 심산계곡의 자연경관도 날로 훼손, 오염되고 있어 안타까울 뿐이다. 하지만 안지랑골은 1971년 앞산 순환도로가 뚫리면서 새로운 명성을 얻고 있다. 대구의 최대 새벽 등산코스라는 것과 몇년 전부터 생겨난 옻닭요리가 그것이다. 새벽이면 수천 명의 등산객들로 붐비고 자가용 승용차가 줄을 잇는다. 옻닭집은 1973년 처음 생긴 뒤 날로 번창하여 현재는 15개소가 있다. 땀띠 하면 대구 안지랑골로 불렸던 것이 이제는 옻닭 하면 안지랑골로 알려지고 있다. 오늘의 안지랑골이 시대를 따라 변모, 가마 대신 자가용이, 땀띠꾼 아닌 등산객들로 붐비고 있다. 그 옛날 부인네들이 노랫가락처럼 전하던 「안지랭이서 물맞고 돌아가다 비맞고 집에서 도둑맞고 남편에게 매맞는다」는 말은 찾을 길이 없다.

(제보자 : 대구의 향기, 대구광역시, 1982.)

(45) 새못

  일제 초기 농업 용수를 얻기 위해 지금의 대명 2동 1881-2 번지 일대
와 대명 7동 1899번지인 삼각로타리와 경상중학교 사이에 약 만여 평 규
모의 저수지로 당시 주위의 논에 물을 공급해 주던 못이 있었다고 한다.
새로 만들어진 못이라고 해서 '새못'이라 불렸고 못의 남쪽에 새못안 동
네가 있었다고 하며 지금의 대명 2동 경상중학 남쪽 주위에 100여 호의
초가집과 3호 정도의 기와집이 있던 영세 마을이었다고 한다. 1955년경
대구시의 주거 지역 확보를 위한 구획 정리로 쓰레기와 주위 야산을 깎아
내린 흙으로 매립, 지금의 주택지가 되었으며 현재는 못의 흔적을 찾을
수 없게 되었다.

  (제보자:남대구초등학교, 최상시, 교사. 대구광역시 남구 대명 2동 1901-1, 이길웅, 46세,
마을금고 이사장. 대구광역시 남구 대명 2동 1826-17, 이종억, 47세, 마을금고 상무.)

(46) 쪽박샘

  쪽박샘은 옛날 자식이 없는 사람이 와서 공을 드리고 물을 마시면 자식
을 얻을 수 있었다는 속설로 매월 음력 보름날이면 골짜기가 꽉 차도록
여인들이 몰려와 조그만 쪽박으로 샘물을 마셨던 곳으로 특히 정월 대보
름이면 촛불을 켜고 공을 드리는 여인들이 일년 중 가장 많이 모였다고
한다. 더구나 쪽박샘 바로 인근에 사유 사찰(정상적인 사찰이 아니었다고
함)이 있었고 점치는 사람도 있어 굿풀이하는 무당들도 많이 찾아왔다고
한다. 위치는 남대구초등학교 서북쪽 담장 밑(대명 2동 1820번지)이라고
하며 지금은 주택이 들어서 있다. 옛날 경주 지방에서 이동하는 군졸들이
앞산에 있는 대덕산성으로 갈 때 이 쪽박샘이 있는 골짜기 언덕길로 다녔
으며, 그때 군인들도 이 물을 마시고 갈증을 해소시켰다는 이야기가 나돌
고 있다.

  (제보자:남대구초등학교, 최상기, 교사. 대구광역시 남구 대명 2동 1901-1, 이길웅, 46세,

새못과 쪽박샘이 있었던 곳

마을금고 이사장. 대구광역시 남구 대명 1동 1826-17, 이종억, 47세, 마을금고 상무)

(47) 안지랑이의 유래

대구광역시 남구 대명 6동 현 앞산 공원 입구, 안일사 일대의 골짜기를 안지랑골이라고 불러오고 있다. 이 지역은 예로부터 앉아서 물 맞고 앉아서 비 맞고, 앉아서 놀기 좋다라는 뜻에서 안지랑이라는 명칭이 붙여졌다고 한다. 산중턱의 안일사 역시 안지랑골에 있다고 붙여진 절의 이름이다. 골짜기의 물은 당시 효험이 뛰어나서 부스럼, 헌디, 두드러기 등은 찬물에 씻기만 하면 다 나았다고 한다. 옛 사람들은 광목 등으로 만든 홑이불을 가져다가 바위 사이로 걸쳐 놓고 그 속에 들어앉아 놀다 갔는데 옆길로 사람이 지나다녀도 몰랐다고 한다. 34년 전까지만 해도 이 풍경은 흔히 볼 수 있었고 목욕하는 사람들도 많았다. 후에 행락질서 정화를 위해 천막은 다 철거되고 앞길로는 지금의 도로가 나고 다만 공원으로서 자

안지랑 입구

리잡았다고 한다. 이 골짜기는 비가 자주 왔는데 대신 비가 안지랑골 밑에까지는 안 왔고 비가 오다가 중도에 그쳤다고 한다. 그래서 예로부터 사람들이 이르기를 안지랑이 가서 물 맞고, 오다가 비 맞고, 집에 와서 남편에게 뺨 맞는다 라고도 전한다. 좌우로 무당골과 서당골 등도 위치하고 있다.

(제보자:대구광역시 대명 9동 563-8, 유감만, 남, 72세, 산불조심 및 행락질서 감시위원.)

(48) 안지랭이에 관한 이야기

대구광역시 남구에 위치한 안지랭이 사거리 일대를 일컫는 말로 '안지랭이'의 원래 이름은 안좌령(安座嶺)이었다고 한다. 이곳은 양녕대군이 피난와서 머무르던 곳이었는데 살펴보니 대구가 살기 좋은 곳이고 자신이 편히 있었다고 해서 이런 이름을 붙였다고 한다. 그러던 것이 세월이 흐르면서 말이 변해 지금의 안지랭이가 되었다고 한다.

(제보자:대구광역시 남구 대명동 2013-286, 이원혁, 남, 78세, 전직 공무원)

안지랑 네거리

(49) 안지랑이

①안지랑이 계곡 속에 철분이 많아서 피부병이 있는 사람이 이 물에 씻으면 고름이 툭툭 터지고 가려움증이 가신다고 한다. 심지어 좋다는 약을 다 써도 고치지 못한 병도 안지랑이 계곡에 와서 씻고 나은 사람도 있다고 한다. 옛날에는 백리 밖에서도 가마를 타고 와서 씻고 가기도 하고 정말인지 거짓말인지는 몰라도 앉은뱅이도 나아갔다고 해서 안지랑이라 불린다고 한다.

(제보자:대구광역시 남구 대명 9동, 신광사, 구보해, 스님, 83세.)

②안지랑이 계곡의 물이 특이하여 1921년대까지는 용천수(龍泉水)라는 글씨가 새겨져 있었다고 한다. 물이 그 밑에서 솟아나서 그 물을 바르면 피부병이 금방 나을 정도로 신기한 물이었다고 한다. 그후 천구백 몇 년 도인지는 확실하지 않으나 엄청난 홍수가 나서 갑자기 개울물이 불었다고 한다. 그 개울물 가에 스님들이 기거하는 집이 있었는데, 개울물이 그 집을 덮치기 몇 분 전에 법당에서 기도하는 소리가 들려서 그 집에 있던

식구들이 모두 법당으로 왔다고 한다. 불과 몇 분 차이로 집을 덮친 난을 피할 수 있었던 것이다. 그때 그 솟아나는 물에 묻혀서 지금까지 그 흔적을 찾을 길이 없다고 한다. 2, 30년 전까지만 해도 안지랑이 계곡에 천막을 치고 목욕을 하는 사람이 많았다고 한다. 그만큼 이 골짜기에서 나는 물이 좋고 신비한 효험이 있었기 때문이다. 안지랑이 계곡의 물이 좋아서 그런지, 물안개가 피어서 그런지 확실하지 않으나 대구 중심가에서 이 계곡을 보면 아지랭이가 가득 피어난 것처럼 보인다고 한다. 그런 이유에서 안지랑이라는 명칭이 생긴 것이라고 추측하기도 한다.

(제보자 : 대구광역시 남구 대명 6동 산 225번지, 안일사, 석시진, 스님.)

(50) 안지랑 시장

안지랑 시장은 1971년 9월 21일에 163개의 점포를 갖추고 대명 9동의 중심지인 현재의 장소에 세워졌다. 설립 당시에는 여러가지 문제가 있었지만 지역주민의 편의 제공으로 무사히 세워지게 되었으며 2층으로 되어 있는 당초의 설계를 변경하여 세웠다고 한다. 개장 후 5년까지는 성시를 이루었고 그 다음 7, 8년간은 평형 상태를 보이다가 최근에는 시장 기능이 떨어지고 있는 실정이다. 처음은 160여 점포가 문을 열어 성시를 이루었으나 영세 상인들의 욕구를 충족시켜 주지 못하였기에 주민들은 시내 백화점 및 큰 시장을 찾게 되니 상인들이 줄게 되고 가게는 폐점이 늘어 주택용으로 개량되어 가고 있다. 지금은 160여 점포 가운데 100여 점포가 주택용으로 개량되었고 시장 규모는 차츰 줄어들어 쇠퇴 일로에 있다. 오래 전 이곳 안지랑골은 울창한 숲, 깊은 계곡, 차고 시원한 약수물로 이름났던 천연의 약수터와 피서지였던 이곳이 모두 주택지로 바뀌어 안지랑 시장 주변을 메꾸었다. 그러나, 시장 운영은 점포가 개인 앞으로 등기되고, 시장 번영회는 있으나 시장 발전에는 큰 도움을 주지 못하는 실정이며 점포 소유자들은 상권이 번영하기를 고대하고 있다.

(제보자 : 대구대명초등학교, 이용환, 교사. 대구광역시 남구 대명 9동 872-1, 최용달, 49세,
대구의 향기 제 1장 명승과 경관, 대구광역시, 1982.)

(51) 안지랑이골

지금부터 천여 년 전, 싸우다가 도망가던 고려의 왕건이 기진맥진한 채
비슬산 기슭에 이르러 바위 틈에서 흘러 나오는 물을 마시고 기운을 차렸
다는 전설이 있는데 이 바위가 대구 앞산 안지랑골에 있다. 약수터로 알
려진 이곳의 이 전설은 거짓말인 것이 거의 분명한 것이, 역사를 보면 고
려 군사가 대구 근방에서 싸운 것은 왕건과 견훤의 싸움 뿐인데 이때 패
주한 왕건은 비슬산 쪽으로 간 것이 아니고 경산 쪽으로 갔다고 했기 때
문이다. 어쨌든 이런 전설을 안고 있는 안지랑이 4, 50년 전에는 대구 제
일인 여름 안식처였었다. 당시 그곳은 지금과 같이 메마르지 않고 산림이
울창했고 중턱에 있는 안일암과 더불어 절경을 이루고 있었다. 대구 시민

안지랑이골

은 연중행사처럼 여름철이면 거기를 찾아 들었다. 광목이나 삼베로 개울에 천막을 치고 약수에 목욕을 하는 것이 시민의 그지없는 낙이었다. 더구나 엉성한 가설 천막 사이로 벌거벗은 여인들이 물을 덮어쓰며 시원해하는 광경들은 오랫동안 시민들 사이의 화제로 남아 있었다. 그때 시민들은 약수터에 가는 것을 일종의 레크리에이션인 동시에 보건하는 한가지 방편이라고 생각했다. 무더운 날이면 솥과 냄비와 반찬을 준비한 가족 야유회가 이곳을 중심으로 벌어진다. 좀 넉넉한 사람들은 산 밑까지 마차를 타고 가기도 했다. 마차는 지금 대신동 파출소 있는 곳에서 출발했는데 전세와 합승마차(?)의 두 가지 종류가 있었다. 부자나 상급 관리들은 그 당시로는 최고급인 '하이야'를 타고 안지랑이골에 가기도 했다. 저녁 노을이 질 듯한 저녁때가 되면 안지랑이골 밑에 70여 대의 마차가 줄을 지어 서고 몇 대의 하이야까지 끼어 일대 장관을 이루었다. 이곳은 특히 가정 주부들이 좋아했던 것인지 많은 여인들이 한둘 혹은 몇 사람이 어울려서 수십 명씩 모여들었다. 그들은 가끔 비난의 대상이 되기도 하며 '안지랑골서 물 맞고 오다가 길에서 소나기 맞고 집에 와서 남편한테 매 맞는다'는 말까지 떠돌았다. 해가 기울어지면 이 번잡한 야외 향연도 시들해지고 여기저기 노랫소리와 함께 술에 취하고 물에 취한 남녀들이 비틀거리며 내려온다. 특히 수십 명씩 떼를 지어나온 여인들이 장고를 치고 춤으로 너울거리면서(20여년 전에는 없었지만) 대명동 공동묘지 길을 넘어오는 광경은 기이했다. 여기저기 긴 그림자를 몰고 솟은 무덤사이로 흥겨워서 노래를 부르며 비틀거리는 여자들의 모양은 인생무상을 그대로 말해주는 것만 같았다. 약수터는 이곳뿐 아니라 영천의 황토물터, 가창의 약수터, 칠곡의 나박탕 등이 인기가 있었다. 특히 옥포 용연사 약수터는 제일 인기가 있었다. 이곳은 일본 사람이 관리를 하고 있어 막대한 돈을 벌었다고 한다. 그 일인은 지독한 구두쇠라 한 푼도 에누리를 하지 않았다는데 한국 땅에서 나오는 한국인의 물을 왜놈이 돈받고 판다고 해서 비난이 높았다. 마침내 그런 꼴을 보고만 있던 그 왜인의 고용인이었던 한 한국청년이 그 자를 찔러 죽여 버렸다. 일본 경찰은 이 민족적 살인범을 찾으려고 무진 애를 썼으나 찾지 못하고 말았다. 그 용감한 청년은 오늘 날까지 이름이 밝혀지지 않았다. 어쨌던 일본의 억압과 학대 속에서도 대구 시민은 이런 약수터를 그들의 유일한 휴양처로 삼고 즐겨 왔다.

(제보자:대구 백년(대구는 이렇게 변해왔다) 우동호, 추교광, 1981.)

(52) 은적사(隱跡寺)와 안일사(安逸寺)의 유래

은적사는 대명 6동 앞산 공원에 위치하고 있다. 옛날에는 잘 찾지 않았으나 앞산이 공원화되면서 유명해졌다고 한다. 이에 비해 안일사는 은적사와 함께 유서가 깊고 예로부터 많은 사람들이 찾아들었다 한다. 요즘은 절의 중축 공사로 한산하다. 이 두 절은 고려 태조 왕건과 연관이 있다. 신라 말 후삼국 때 후백제의 견훤이 신라를 침범하였다. 나라가 위태롭게 된 신라는 고려 왕건에게 도움을 청하게 되었다. 이에 왕건은 신라를 돕고자 군사를 이끌고 적과 맞섰으나 의외로 대패하고 은적사에 몸을 숨겼다. 견훤의 추적을 피해 왕건은 당시 안일사까지 피신하였으나 그 곳에서

은적사내 왕건이 숨었던 굴

잡혔다고 한다. 안일사 뒤에 있는 큰 굴에 피신하기도 하였고 왕이 머물 렀다 해서 왕굴이라 부르고, 그와 함께 조금 아래에 장군들이 머물렀다 하여 장군굴이라고 한다. 또 그 밑에는 물을 마신 샘이 있다 하여 장군수 라고 불린다. 그 뒤 왕위에 오른 왕건은 처음 몸을 숨겼던 곳에 절을 세 우게 하고 절의 이름을 은적사라 하였다.

(제보자:대구광역시 남구 대명 1동 1764-27, 조태규, 남, 66세.)

(53) 은적사(隱跡寺)

은적사는 서기 926년 신라 경애왕 3년에 창건된 절로서 은적사란 이름 이 생기게 된 연유는 신라말 후삼국 때 후백제 견훤이 신라를 침공하자 신라 경애왕이 고려 왕건에 구원을 요청했다. 구원병과 대구에 온 왕건은 견훤의 공격에 팔공산 동화사 방면으로 가다 산기슭에서 견훤 군대에 포 위당했다. 이에 왕건은 부하 신숭겸의 계책으로 탈출했다. 그 계책은 신 숭겸이 왕건의 옷을 입고, 팔공산 중턱으로 가 신숭겸이 체포되는 순간

은적사 대웅전

왕건이 탈출하는 것이었다. 현재 당시에 계책을 세웠던 곳에 신숭겸의 후손이 사당을 지어 그를 추모하고 있다. 또 묘하게 지혜를 썼다 하여 현재 지묘동이란 동명이 생겼다. 탈출한 왕건은 현재 은적사 대웅전 우측의 대나무 숲속에 있는 자연동굴에 숨었다. 왕건이 굴에 숨자 왕거미가 출입구에 거미줄을 쳐 견훤의 추격병들로부터 위기를 모면하였다. 이 굴에서 3일간 머물고, 현재 안일암이 있는 곳에서 3개월 쉰 왕건은 김천 황악산을 경유해 철원으로 회군했다. 그 뒤 왕위에 오른 왕건은 자신이 숨어 3일간 보낸 굴이 있는 곳에다 당시의 고승 영도대사에 명해 숨을 은자 자취 적자로 은적사라는 절을 짓게 했다. 이것이 은적사가 생긴 연유이다.

(54) 안일사(安逸寺)

지금 안일사 절이 옛날에 어느 임금님이 가다가 물 좋고 정자 좋고 해서 앉았다 간 자리라 해서 안일사라 불렀다고 한다. '안지랑이'의 경우도

안일사

이와 마찬가지로 그 임금님이 앉았던 자리라 해서 안지랑이라고 불렀다
고 한다. 또한 이곳의 물이 참 좋아서 땀띠를 씻으면 다 나았다고 한다.

(제보자：대구광역시 남구 대명 1동 경로당, 이임달, 여, 68세.)

(55) 안일사(安逸寺)

팔공산과 비슬산으로 둘러싸인 대구의 남쪽, 비슬산 기슭에 자리한 안
일사(安逸寺)는 특이한 사명(寺名)으로 영남불자와 시민들의 관심을 끌고
있다. 안일사의 창건과 절 이름에 얽힌 역사는 이 사찰이 범상한 곳이 아
님을 밝혀주고 있으니 그런 것일 것이다. 안일사는 창건 이후 우리 나라
의 모든 명산대찰이 그러하듯 전란을 거치면서 불에 타거나 파괴되어 창
건 당시의 모습을 지키지 못하였다. 지금 남아 있는 건물은 일제 시대 독
립운동가이며 3·1운동을 주도한 33인 중의 한 분이신 백용성 스님께서
중창하신 것으로 대웅전, 해탈문, 종각, 산신각, 요사채 등이 있다. 안일
사의 외양은 비록 오랜 세월에 걸쳐 풍상을 겪으면서 퇴락해 졌으나 아름
다운 산, 깊은 계곡, 맑은 물과 함께 중생을 구제하는 자비정신만은 세월
이 갈수록 더욱 빛을 발했다고 자랑한다. 일제 시대인 1915년에는 윤상
태, 서상일, 이시영 선생 등이 모여 국권회복을 위한 조선국권회복단 중
앙총부를 결성하는 장소로 사용하였으며, 3·1운동 이후에는 독립 운동가
들을 위해 자금을 모으고 은신처를 제공하는 등 민족의 수난에 함께 동참
하였다. 다음은 구보해 선사가 안일사의 명칭에 얽힌 이야기를 들려준 것
이다. 비슬산 위쪽으로 올라가면 안일사라는 절이 있다. 그 절은 원래 안
일사가 아니고 옛날에는 유성사라고 불렀다. 안일사, 그리고 안일사 골짜
기에 있는 왕굴, 팔공산 염불암 뒤에 있는 일인석(一人石)이라는 큰 바위,
반야월, 안심 등의 명칭이 모두 고려 왕건 태조와 관련된 것이다. 왕건
태조가 고려 창업 당시에 하양과 반야월에서 쉬고 가고, 은적사에서 몸을
숨기고 왕굴에서 피난을 했다. 그래서 그 옆에 있던 유성사를 편안히 피

난하고 쉬어갔으니 편안할 안(安), 편안할 일(逸)로 하여 안일사라 명하였다고 한다.

(제보자:대구광역시 남구 대명 9동 신광사, 구보해, 스님, 83세.)

왕굴 I

(56) 왕굴(王窟)의 명칭에 관한 유래

태조 왕건이 장수로 있을 때 후백제 견훤의 난을 막으러 갔다가 팔공산 전투에서 대패하여 혼자서 비슬산으로 피난을 왔다고 한다. 은적사에서 3일 동안 피신해 있다가 왕굴에서 피신하고 쉬어 갔다고 한다. 피신 중 견훤의 부대가 근처에까지 와서 왕건을 찾으려고 하자 갑자기 운해(雲海)가 가득하고, 왕거미줄이 쳐져서 크지 않은 굴인데도 사람이 피신했는지 안했는지 흔적조차 알 수 없었다고 한다. 그래서 무사히 그 난을 피하고 고려 창업을 위해서 기도정진할 수 있었다 하여 왕굴이라는 명칭이 생겼다고 한다.

(제보자:대구광역시 남구 대명 6동 산 225번지 안일사, 석시진, 스님.)

왕굴 II

(57) 왕건(王建)에 얽힌 사실과 전설

역사상 대구지방을 무대로 벌어졌던 큰 싸움을 든다면 신라말 왕건과 견훤이 동구 지묘동 일대에서 치열한 접전을 벌였던 공산 싸움을 빼놓을 수 없다. 따라서 대구지방 일대에는 이 전투에 얽힌 역사적인 유적과 또 사실이 확인되지 않는 전설이 많이 전해온다. 역사적인 사실에 근거한 유적으로는 지묘동에 있는 표충단과 평광동에 있는 신숭겸 유허비각을 들수 있고 왕건에 얽힌 이 일대의 지명 동명은 사실과 상상의 합작으로 볼수 있으며 사실 여부를 전혀 확인할 수 없는 전설 또한 적지 않게 전해온다. 공산싸움은 927년 후백제 견훤이, 신라 서울 경주를 침범해 왕을죽이고 왕비를 겁간한 후 많은 재물을 뺏어 회군한다는 소식을 듣고 급히신라를 도우기 위해 출전한 왕건의 군사가 지묘동 일대에서 맞닥뜨리면서 일어났다. 견훤이 신라를 기습한 것은 삼국이 정립해 있는데 신라가북쪽의 왕건과 친밀하게 지내기 때문에 두 나라가 더 가까운 사이가 되면자기에게 불리하겠다고 생각, 경애왕이 비빈 신하들과 포석정에서 놀이에빠져 있을 때 급습한 것이다. 신라 서울을 도륙낸 후 회군하던 견훤군과왕건군사가 만난 것이 동수(桐藪), 오늘의 지묘동이다. 이때 견훤군은 신라 서울 깊숙히 들어가 그곳을 여지없이 유린하는 큰 승리를 거두고 돌아오는 때라 사기가 충천한 반면 왕건군은 먼 길을 급히 온데다 견훤군을얕보았기 때문에 왕건 군사가 견훤군에 포위당해 왕건의 생명이 위태롭게 됐다. 이때 신숭겸 등 왕건의 심복장수가 아무리 애를 써도 포위망을뚫을 수 없게 되자 왕건이나마 살리려고 모습이 왕건과 비슷한 신숭겸이왕건의 투구와 갑옷으로 위장하고 일단의 장수들과 함께 한쪽 포위망을뚫고 달아나는 시늉을 했다. 견훤군이 왕건을 놓치지 않기 위해 모두 그리로 몰리는 사이에 군졸로 위장한 왕건은 간신히 포위망을 벗어날 수 있었다. 신숭겸 등 심복은 그 자리에서 장렬히 전사했다. 심복의 희생으로목숨을 건진 왕건은 나중에 신숭겸을 위해 그가 전사한 장소에 지묘사를짓고 그의 혼백을 위로토록 했다. 그 후 오랜 세월이 흐르는 동안 지묘사는 폐사되고 신숭겸이 전사한 지 7백여 년이 지난 뒤 경상도에 살던 그의후손들이 지묘사 절터에 표충단을 쌓아 오늘까지 내려오는 것이다. 표충단 외에도 이 일대와 대구 근교에는 왕건에 얽힌 지명이 많이 있으니 왕건군사가 패했다는 파군터, 왕건이 머물고 갔다는 왕산, 왕건이 혼자 앉았다는 독좌암, 왕건이 겨우 위험을 벗어나 노한 얼굴을 풀었다는 해안,

그의 탈출로를 비춰주던 새벽달이 외로웠던 반야월, 이곳에서야 안심했다
고 안심읍, 왕건 견훤 두 군사가 강 양쪽에서 서로 대치해 싸울 때 화살
이 강을 이루었다는 살내, 포위망을 벗어난 왕건이 시장하고 피곤해 숲
속에 숨어 있을 때 나무꾼이 주먹밥을 나눠준 뒤 나무하고 돌아와 보니
사람이 없어졌는데 나중에 알고 보니 그가 왕이더라 그래서 왕을 잊은 곳
이라는 실왕, 처음 실왕으로 부르던 이곳은 차츰 발음이 어렵다 해서 지
금은 '시량'이라 불리고 있다. 왕건이 반야월에서 방향을 바꿔 대명동 안
지랑 계곡으로 왔을 때 마른 목을 축였다는 장군수, 그가 잠시 숨어 정세
를 살폈다는 은적암 등 그에 얽힌 지명, 산이름, 강이름은 대구 일대에 수
없이 많다. 그리고 평광동에 있는 신숭겸 유허비각에는 사실 여부가 확인
되지 않는 다음과 같은 전설도 전한다. 고려말 나라가 어수선해지자 개국
공신을 모셨던 지묘사에 대한 관심도 줄어져 폐사가 되고 말았다. 뒤늦게
이 사실을 안 조정은 지묘사에 있던 영정을 봉안하기 위해 태조가 주먹밥
으로 배고픔을 면했다는 실왕동네 뒷산에 대비사와 영각을 짓고 논밭을
내려 돌보게 했다. 이후 대비사는 조선 중기까지 내려오며 신숭겸 영정을
봉안했는데 그 때 대구 도호부에 김철득이란 아전이 있었다. 그는 일개
아전에 불과했지만 권세를 인용해서 백성들을 수탈, 큰 재물을 모았고 논
밭도 수백 마지기나 갖게 되었다. 김철득은 이제 돈은 어지간히 모았으니
좋은 묘터를 구해 자손대에 발복해야겠다고 생각, 명당자리를 찾기 위해
서울에서 국풍을 초빙했다. 그는 국풍을 데리고 명산으로 이름난 팔공산
을 샅샅이 뒤졌으나 좋은 터가 발견되지 않았다. 하는 수 없이 묘터 찾기
를 포기하고 내려오던 그들은 대비사에 들렀다. 그런데 승방 주위를 둘러
보던 국풍은 갑자기 손뼉을 치면서 지금 대비사가 앉아 있는 절터가 천하
의 명당이라고 말했다. 그러면서 그는 이 절은 고려 개국공신 신숭겸을
모신 절이니 어쩔 수 없지 않느냐고 아쉬워했다. 김철득도 동감이었다.
그러나 집에 돌아와 곰곰이 생각하는 동안 그의 생각은 조금씩 바뀌어갔
다. 대대로 재상이 나올 명당자리라는 국풍의 말을 도저히 잊을 수 없는

것이다. 생각 끝에 그는 대비사 주지를 찾아가 절에 불을 질러 버리기만
하면 돈을 듬뿍 줄터이니 그 돈으로 다른 곳에 가서 편안히 사는 것이 좋
지 않느냐고 유혹했다. 처음에는 주지가 펄쩍 뛰었으나 철득이 주겠다는
돈이 워낙 거금이고 거푸거푸 꾀이는 바람에 돈을 받고는 그러마고 약속
했다. 그날 밤 주지는 절에 불을 질러버리고 멀리 도망가 버렸다. 큰절이
불탔으나 대비사는 워낙 외딴 곳에 있었기 때문에 감영에서는 불이 난 사
실을 전혀 모르고 있었다. 그 후 김철득은 자기 소원대로 조상 산소를 불
타버린 대비사 빈터로 옮겼다. 그러나 비행은 언젠가는 탄로나기 마련,
어느 해 김철득이 자기 논을 소작하던 농부가 추수 때 곡수를 적게 준다
고 소작주었던 논을 빼앗아 다른 사람에게 주었다. 당황한 농부는 애걸복
걸 사정했으나 철득은 막무가내였다. 사정사정해도 철득이 들어주지 않자
악이 받친 농부는 "돈 서푼만 있으면 이 억울함을 풀겠다"고 덤벼들었다.
아무런 힘도 없는 농사꾼이 천하의 김철득에게 덤벼드는 게 가소로와 돈
서푼을 던져주며 "어디 이놈 돈 서 푼 여기 있으니 억울한 것 한 번 풀어
봐라"고 비웃었다. 돈 서푼을 챙겨넣은 농부는 아무 말없이 그 자리를 떠
나 그 돈을 노자삼아 경상감영으로 갔다. 감영에 도착한 농부는 김철득이
절터를 조상 묘자리로 쓰기 위해 주지에게 돈을 주어 절을 불사르게 했다
는 내용의 솟장을 관찰사 앞에 올렸다. 그런데 공교롭게도 그 때 경상관
찰사는 신숭겸의 후예인 '신기'란 사람이었다. 신관찰사는 솟장을 읽고
그것을 낸 농부를 불러 사실 여부를 따진 후 어느 정도 심중이 가자 군사
를 보내 현지를 조사케 했다. 현지에 간 군사가 여러 농군들의 말을 들으
니 그것은 사실이었다. 관찰사는 김철득을 초달, 자백을 받은 후 목베어
죽이고 그의 일족을 모두 멸했다. 이러한 사정으로 신숭겸 영각은 사라졌
는데 그 뒤 대비사 자리의 김철득 선조묘를 파내고 영각유허비를 세워 그
것이 오늘까지 전해온다.

 (제보자 : 상동)

(58) 대덕사(大德寺)

스 님: 그런 건 할매가 이 절 지었거든 그러니까 물어 봐요.

할머니: 뭘 물어 보노. 내가 대답 어떻게 하노. 내가 절 지었다 카까.

스 님: 언제 어떻게 지었다는

할머니: 그런 얘기는 하면 웃는다.

학 생: 할머니께서 이 절을 지으셨습니까?

스 님: 처음에 처음에

학 생: 할머니, 이 절 어떻게 지으셨는데요.

할머니: 그런데 내 과거 얘기를 하면 우습어. 이 애긴 하면

학 생: 안 웃겠습니다. 진지하게 듣겠습니다. 해 주시지요.

할머니: 우서 우서 하지마 학상들 들으면 웃어.

학 생: 안 웃겠습니다. 진지하게 듣겠습니다. 해 주시지요.

할머니: 옛날에 내가 서른 일곱에 여 들어 왔는데, 내가 아들이 없었어.
　　　　아들이 없어가지고. 허허 벌판에 여 절이 없었어. 없고 산이고
　　　　여기는 저 저 깨고락 매로 언덕이 있고, 이제 큰 바위에 여기
　　　　큰 바우 방구

학 생: 예.

할머니: 가 봐. 방구 있어.

학 생: 예 예. 바위.

할머니: 저 바위.

학 생: 예.

할머니: 내가 거서 기도를 드려서 아들을 하나 낳았어. 그래가지고 여
　　　　절이 생긴 건데 그 얘기를 어디 가서 하노. 그거 뿐인데.

학 생: 아. 할머니 성함이 어떻게 되시는데요? 할머니 성함이 어떻게
　　　　되시는데요?

할머니: 문가, 문가.

대덕사

학　생 : 문씨 십니까?

할머니 : 내가, 나는 김썬데. 여기 이 절 진으른, 우리 집 영감이 문씨라.

학　생 : 고맙습니다.

할머니 : 그래 그거 뿐이야. 그 후에 더 이야기하면 너무나 말도 말 같지
　　　　않고.

학　생 : 해 주시지요. 궁금한데.

할머니 : 건물 여 머.

학　생 : 거 그먼 어떻게 지었어요? 짓는건, 어느 이거 부터짓고, 이거부
　　　　터 짓고. 사연이 있을 거 잖아요.

할머니 : 어느거 부터 먼저 지었느냐? 인제. 대웅전 한 달 먼저 짓고, 한
　　　　달 앞에 짓고, 한 달 뒤에는 고 위에 산당 짓고 그랬지 뭐. 저
　　　　뒤에 산당 동그랗거 있잖아. 그지?

학　생 : 예.

할머니 : 대웅전 먼저 짓고, 저 뒤에 산당 짓고 그랬지 뭐.

학　생 : 오래 걸리 셨습니까, 짓는데?

할머니: 으

학 생: 짓는데 오래 걸리셨습니까?

할머니: 이거 짓는데 오래 걸렸냐고?

학 생: 얼마쯤 걸려서 다 지었어요?

할머니: 돈이 없어 가지고 짓기 때문에 한 일년 걸렸어.

할머니: 내가 여기 들어온게 제국 시대 거든. 내가 서른 일곱에, 제국
　　　　시대 때 들어 왔는데. 저 우애는 숯굽고 일본 사람이 우리 한국
　　　　사람은 저 오다가 저 오다가 이래 모두 써 붙여 놨지. 그제. 저
　　　　기 모두 써 붙여 놓고 케불카도 써 붙여논거 있잖아. 저기.

학 생: 예, 표지판요.

할머니: 그래 표지판 고개. 고고 그 쪽에 말고 고 쪽 산으로 쪼만한 못
　　　　이 있었어. 고 못가에는 우리 한국 사람이 주서다 짜 지름 내고
　　　　그 때 내가 들어 왔는데. 들어 와서 본 저 위에는 숯 굽는 사
　　　　람이 있는지도 몰랐지. 몰랐는데, 내가 일본서 좀 살았기 때문
　　　　에 일본말을 알아듣거든

학 생: 예.

할머니: 일본말 알아들의, 내가 여기서 왔다 갔다 하니 일본 사람들 서
　　　　이가 장보러 내려가면서 '야 저런 색시가 와 여 와있노?' 저거
　　　　들끼리 그리 애기 하데.

학 생: 예

할머니: 그래 애기를 한게 내가 돌아서 대답을 하께. 니호노 아는가 묻
　　　　데, 내가 니호노는 많이는 모른다 근데 일본서 살았기 때문에
　　　　쪼금은 안다 애기를 하니까 애기를 했지. 애기를 하니 처음에
　　　　들어올 때는 내가 빈 몸으로 아무 것도 안 가지고 빈 몸으로 그
　　　　냥 들왔거든. 그 보이 그사람들 밥을 갖다 주데, 먹으라고. 아
　　　　무것도 없어서 그 사람들한테 밥도 얻어 먹고, 일본 사람들 한
　　　　테. 쌀도 갖다줘서 쌀도 갖다 줘서 밥도 해먹고 그 때는 그렇게

살았는데. 그래 그래 살기를 그 숯 굽는 사람들 한테 한 밥을
서너 댓 번 얻어 먹은 게라. 댓 번은 얻어 먹고 밥도 끓여온 걸,
고 다음에는 쌀 갖다 준게 한 서너 되되. 쌀 갖다 준게 서너 되
되. 그래 끼리 먹고. 그 후로는 내가 쌀 팔아서 끼리 먹고, 그
래 이래 의지 해가지고, 처음에 는 쪼만한 바라꼴 하나 지가 있
었지. 송판 사다가 바라꼴을 지가 방 하나 정지 하나, 바라꼬를
지가 있었는데, 그라고 나서 그 이듬해 내가 대웅전을 짓고 이
듬해. 고 이듬해, 대웅전을 쪼만하이 지었다가. 그게 마지막이
여. 이제 다 지졌어요.

학　생 : 할머니 고맙습니다.

(제보자 : 대구광역시 남구 봉덕 2동, 김정순, 여, 92세.)

(59) 토굴암

할머니 : 굴도 쪼깬해예.

학　생 : 누가 여기서 공부했는데요?

할머니 : 누가 여기서 공부했는지도 모르고 옛날에 누가 공부했다카는데.
　　　　스님이 한 번 여 오셨는데 삼십 몇 살 무가 오셨다카는데 어떤
　　　　스님인지도 모르고 한 번 찾아오고 싶다 하고 왔다카드라. 우
　　　　리는 여기 온지 한 십년 밖에 안 되거든요. 별 유래 그런 것도
　　　　모르겠어요, 이건 여는 굴도이리요 올라가면 쪼매해. 여 쪽 올
　　　　라 가면 쪼매한 굴이 있는데 고거 있어가지고 옛날에 절이 없
　　　　고 거 누가 공부하니라고 굴을 해 놨는 모양이라. 자연으로 생
　　　　긴 것도 아니고, 공부하는 사람이 파고, 인제

학　생 : 직접 파 갔고예?

할머니 : 직접 파서 문을 해 달고 그 속에서 공부를 했대요.

학　생 : 무슨 공부하셨는데요?

할머니 : 맹 절 공부하셨겠지. 절 공부지 뭐. 여 산에 와 하는데 그래 해
　　　　　가지고 도인이 났다카는데, 그 분은 돌아가셨겠지 뭐.
학　생 : 도인 이름이, 성함이 어떻게 되시는되요?
할머니 : 모르겠다 카이, 나도. 그게 우리 온 지 얼마 안 되이 우린 모르
　　　　　지.
학　생 : 그게 언제쯤 이렇게 생겼는데요?
할머니 : 예?
학　생 : 저 굴이요.
할머니 : 모르지, 나도. 언제 생겼는지 모른다 카이께네. 아무것도 모르
　　　　　이 뭐. 그지요?
학　생 : 그러면은 거기 한 번 보고 올까요?
할머니 : 토굴암? 쪼맨해. 이리 여 길로 그리 올라가 보소. 바로 여 길만
　　　　　따라 올라가면 쪼금 올라가면 돼.
할머니 : 여는 누가 굴을 자기 손으로 파놓고 문을 달아놓고 그래 공부
　　　　　를 하셨다는데, 근데 산불때문에 이래 놓께네 와서 막 문을 때
　　　　　려 막아가지고 사람을 못 드가게 해 놨는데 여 인제 한 뜯은 지
　　　　　한 십년 될끼라. 다시 뚫어놓고 그래도 기도하는 사람, 보살들
　　　　　더러 가는가봐요. 난 뭐, 거 잘 안 올라가요, 다리도 아프고. 이
　　　　　래가 여 한 번 올라가 보이소. 옛날에도 여 신문기자들 와서 신
　　　　　문도 내고 찍어가고 이래드라.
학　생 : 굴은 언제 생겼는지 정확하게 모르십니까?
할머니 : 난 뭐 그거 언제 생겼는지. 굴은 이제 오래됐지 싶습니다, 그
　　　　　거.
학　생 : 어느 시댄지도 잘 모릅니까?
할머니 : 네. 어느 시댄지도 모르지 나는.
학　생 : 이 절 이 암자 같은 거는 언제 생겼는데요?
할머니 : 아이 몰라. 이 암자도 몰라. 한 30년 되는가. 모르겠어요 나는.

몇 년도에 했는 것도 모른다 난.

할머니 : 거 올라가 보이소. 거 뭐, 나는 누가 공부를 해서 도인이 났는
　　　　지도 모르고 말만 들었고 합천 해인사 계셨다카는 스님이 한 4
　　　　년 전에 당신이 여 공부를 하고 도가 터졌다 카면서 어떤 스님
　　　　인지도 모르고, 평소에 82살 먹었다 카시면서 그 분이 여기 이
　　　　절이 없고, 한 82살에 나이가 한 30살 되가지고 여기서 공부했
　　　　다 카는 거라. 절, 여를 암자를 짓는지는 모르고요 사채는 없었
　　　　다 캅니다. 그래가지고 여서 공부하고 그래 됐는데 자기가 죽
　　　　기 전에 여 한 번 와 볼라고 원을 하고 오고 싶다, 오고 싶다
　　　　카이께네. 그러이께네.

학　생 : 성함이 어떻게 되시는데요?

할머니 : 그 성함도 모르지 뭐.

(제보자 : 대구광역시 남구 봉덕 2동 산 155번지, 박종환, 남, 62세.)

(60) 칠성바위와 건들바위

옛날 지금의 칠성시장 안에 군대가 하나 있었고 도수원이라는 별장이
근처에 있었다고 한다. (지금도 있다고 한다) 그 앞에 칠성바위라는 돌이
있는데 그곳에다 빌면 아들을 낳는다 하여 찾이오는 사람이 많았다고 한
다. 그런 풍속은 향교 근처의 건들바위에도 있었다. 건들바위는 어느 때
부터 생긴 이름인지 알 수 없으나 예로부터 갓 쓴 노인 같다고 해서 입암
이라고도 불리어 왔다. 100여년 전만 하더라도 이 바위 앞에는 맑고 깊은
냇물이 흘러 낚시를 하며 즐겼던 경치 좋은 명소로 알려져 왔다. 동국여
지승람에 기록되어 있는 대구 십경(十景)의 하나로서 서거정(徐居正)선생
의 입암조어(笠巖釣魚)의 시제(詩題)가 바로 이 곳을 두고 읊었던 것이다.
한편 근세에 이르기까지 기이하게 생긴 이 갓바위에 점장이와 무당들이
몰려와 치성을 드렸는데 특히 아기를 갖지 못한 부인들이 치성을 드리러

칠성바위

많이 찾았다고 한다.

(제보자:대구광역시 남구 이천동 293-9번지, 이곤환, 남, 65세, 대졸, 성균관 전학.)

(61) 의자 이랑의 무덤

가창면 냉천동 길가에는 '의자 이랑지묘'라는 자그마한 비석이 서 있고 그 뒤에 퇴락한 무덤이 하나 있는데 여기에는 다음과 같은 애처러운 사연이 서려 있다. 지금부터 약 2백여년 전 조선 말엽의 일이다. 이 마을에 가난하지만 부부간에 금슬좋고 마음씨 착한 농부 일가가 살고 있었다. 이 부부에게는 일곱살 난 이랑과 세살 된 아들 남매가 있었다. 어느 여름 아침, 부부는 아침 일찍부터 논밭으로 나가고 집에는 일곱살 난 이랑이 세살짜리 동생을 보며 집을 지키고 있었다.

　방에서 이랑이 어린 동생과 놀고 있던 중 부엌으로부터 난데없이 불이 일어나 부엌 구석에 차곡차곡 재어둔 보리 짚단에 불이 붙기 시작하자 순식간에 온 집이 불길에 휩싸이고 말았다. 갑자기 일어난 불길에 당황한 이랑은 어찌할 바를 몰라 소리소리 외치다가 드디어 이 어린 동생을 어떻게 해서든 불길로부터 구해야겠다고 결심했다. 그러나 불길은 하늘을 찌를듯이 추녀 아래를 휩쓸

의자 이랑의 무덤비

어 창문을 통하여 방안으로 들이닥쳤다. 이랑은 생각 끝에 어린 동생을 자신의 배 밑에 깔고 엎드려 있었다. 뜨거운 불길에 누나는 타 죽게 되고 누나 밑에 깔려 있던 동생은 생명을 구했던 것이다.

　이 얼마나 거룩하고 아름다운 마음씨냐! 이글이글 타오르는 불 속에서 혼자 살 수도 있는 기회를 포기하고 사랑하는 동생을 위해 자신의 목숨을 버린 갸륵한 정신에 저절로 눈시울이 뜨거워진다. 그 후 살아남은 동생은 훌륭하게 출세하여 항상 자기를 위해 죽은 누나를 생각하는 마음으로 누님의 지하 혼령이라도 위로해야겠다고 결심하여 義姉李娘之墓라는 비석을 세웠다고 한다.

　(제보자 : 대구광역시 남구 송현동 798-7, 우억기, 67세, 남, 향교전교. 채록일자 : 1987. 5. 26.)

(62) 육지나무(신천 호안림의 팽나무)

봉덕동 2가 913번지 에덴원 안에 1그루, 남구 봉덕동 2가 1095번지 용화사 경내 1그루, 남구 이천동(구 대봉동 2가) 237번지에 1그루, 도합 3그루의 팽나무는 모두 수령 200년이 훨씬 넘는다. 이 나무들은 조선조 22대 왕인 정조 (正祖) 2년(서기 1778년)에 당시의 대구판관(大邱判官) 이서(李溆)가 시가지 중심부를 동남(용두방천)에서 서북(달서천)으로 비스듬히 가로질러 흐르면서 큰 비가 올 때마다 범람하던 하천(새내)의 수로를 지금과 같이 돌리고 연안에 3km의 제방을 쌓았을 때 호안수해방비림(護岸水害防備林)으로 조성한 이른바 새내숲(新川藪)의 일부가 오늘에 남은 것이다. 1960년대까지만 해도 용두방천에서 수성교에 이르는 사이에 10여 그루의 팽나무, 느티나무 등이 드문드문 서 있었으나 시가지의 급격한 팽창으로 주택과 공장이 들어서면서 그 대부분이 베어지거나 공해로 말라 죽고 이제 겨우 이 3그루가 남았을 뿐이다. 이렇게 사라진 나무 중에 특히 잊혀지지 않는 것은 대성고아원 옆을 거쳐 대구가톨릭대학교로 가는 지름길 동편에 서 있던 1그루의 팽나무다. 이 나무는 용두방천 가에 있던 나무 중에서 가장 크고 굵었을 뿐 아니라 균형있게 자란 그 정정한 모습은 어딘가 믿음직하고 아름다웠다. 지금 남아 있는 3그루 중 에덴원의 것은 둥치가 지상 5m에서 남북으로 나뉘어지고 나무 높이 15m, 가슴높이둘레 2.7m, 가지는 동으로 6m, 서로 5m, 남으로 11m, 북으로 12m 뻗어 있다. 용화사 경내의 것은 나무 높이 10m에 가슴높이둘레 2.2m고, 둥치는 지상 4m에서 동으로 1가지를 뻗은 다음 다시 6m쯤에서 서쪽과 북쪽으로 각 1 가지씩 뻗고 있다. 가지는 동으로 4m, 서로 3m, 남으로 5m, 북으로 5m 뻗었다. 대봉초등학교 동편 제방 위, 이천동 237번지의 팽나무(읍면나무 8호)는 나무높이 14m, 가슴높이둘레 2.3m이고 나무둘레에 보호철책이 쳐 있다. 이들 3그루의 나무는 대구시의 산 역사의 증인이므로 특히 아끼고 가꾸어 길이 보전하여 후손으로 물려주는 것이 시민으로

서의 의무라고 생각된다.

 (제보자 : 대구봉덕초등학교, 서의술, 교사. 마을상징물관리카드〈남구편〉, 대구광역시. 대구의
향기, 대구광역시, 1982.)

팽나무

(63) 고산골(봉덕 2동)

　　대구광역시 남구 봉덕 2동에 고산골이 있는데 여기에는 다음과 같은 이야기가 전해오고 있다. 신라 말엽 왕실에는 임금의 대를 이을 왕자가 없어 걱정이 컸다고 한다. 애가 탄 왕은 각지의 이름난 의원을 모두 부르고 좋은 약을 다 썼지만 왕비의 몸에는 태기가 없었다. 그러던 중 어느 날 꿈에 백발의 노인이 나타나 서쪽으로 수백 리 되는 곳에 산 좋고 물 맑은 곳이 있으니 그곳에 절을 짓고 정성을 다하면 소원을 이룰 수 있다고 말한 뒤 사라졌다. 이튿날 왕의 명령을 받은 신하는 경주 서쪽지방을 돌아다닌지 보름만에 이곳 고산골에 다다르게 되었는데 앞뒤가 산으로 포근히 둘러싸인데다, 사시사철 옥같은 물이 흐르는 산세가 절 짓기에 안성맞춤이었다. 왕은 이곳에 와서 절을 짓고 이름을 고산사라 했다. 왕비는 이

고산골 입구

절에 와서 백일기도를 드렸는데 곧 태기가 있어 옥동자를 낳고 이듬해 또 왕자를 낳았다. 임금은 대단히 기뻐하여 전국의 죄수를 석방하고 큰 잔치를 여는 한편 기념으로 고산사에 3층 석탑을 세웠다.

그 뒤 고산사에는 자식 없는 부녀자들의 백일기도 행렬이 끊어지지 않았다. 즉 고산골이라는 이름은 고산사에서 나온 것이다. 다시 말하면 신라말엽 왕실에 임금의 대를 이을 왕자가 없어 고민하던 중, 꿈에 백발노인이 나타나 서쪽으로 수백리 되는 곳에 절을 짓고 정성을 다하면 소원을 이룬다 하였는데 고산골은 이곳의 절이름(고산사)에서 붙여진 이름이다.

(제보자 : 대구광역시 남구 대명 11동, 김민자, 86세, 채록일자 : 1996. 11. 23.)

(64) 강당골(봉덕 3동)

대구 남구 봉덕 3동 미리내아파트 남쪽 도로에서 효명초등학교 정문을 지나 신천에 닿는 도로를 따라 흘러내리는 계곡을 강당골이라 부른다. 지금은 아스팔트로 포장되어, 흐르는 계곡물은 찾아볼 수 없다.

강당골 입구

이 곳에 저수지를 만들어 토지에 관수를 시켰으며 앞산의 푸른 숲과 골짜기의 맑은 물의 풍치를 살려 제방 주위에 '나'자 모양의 누각이 있었고 이 누각을 관리하는 별동의 건물이 있었는데 이 별동의 건물을 '강당'이라 불렀고 명절에는 윷놀이 등 민속놀이의 공연장으로 이용되고 평상시에는 노인들의 휴식처로 사용되었다. 이 계곡 하류에 있는 누각과 별동의 건물 명칭을 본따 이 계곡을 강당골이라 하였다 한다. 다시 말하면 강당골은 지금의 효명초등학교 앞 도로를 따라 신천에 닿는 골짜기를 말하는데 앞산의 맑은 물과 골짜기의 풍치를 살려 제방에 '나'자 모양의 누각과 누각을 관리하는 별동의 건물을 강당이라하여 이 계곡을 강당골이라 한다.

(제보자:대구광역시 남구 대명 11동, 김민자, 86세, 채록일자:1996. 11. 23.)

(65) 앞산과 비슬산

대구의 남쪽산을 앞산 혹은 비슬산이라 부른다. 우리 고장 사람들이 즐겨 찾는 앞산을 '비슬산', '대덕산', '초정산' 등으로 부르고 있으나 사실 옛 이름은 '성불산'이었다. '성불산'은 대구시의 남쪽 10리에 있는 관기 안산으로 비슬산에서 비롯되었다고 한다. 관기 안산이란 관청터의 맞은 편에 있는 산을 말하고 관청이란 지금의 중앙공원 자리에 있던 감영을 말한다. 따라서 앞산이라고 부르게 된 것은 대구의 앞쪽에 있는 산이기 때문에 붙여졌거나 안산이라는 말이 앞산으로 되었을 것이다. 앞산에는 동구 지묘동에서 후백제의 견훤에게 패한 왕건에 얽힌 전설이 서린 곳이 많은데 큰골의 은적사(왕건이 숨은 절), 안지랑골의 왕건굴, 왕정, 안일사(왕건이 도망와 안심했다는 데에서 붙여진 이), 달비골의 임휴사 등이 있다.

비슬산은 꼭대기에 있는 바위의 모습이 신선이 거문고를 타는 모습과 같다고 하여 붙여진 이름인데 대구의 지형을 만들고 있는 주산이다. 다시 말하면 앞산의 옛 이름은 성불산이었다. 성불산은 대구의 남쪽 10리에 있는 안산으로 대구의 앞쪽에 있기 때문에 붙여졌거나 안산이라는 말이 앞산으로 되었을 것으로 보며, 비슬산은 꼭대기 바위 모습이 거문고를 타는 모습과 같다 하여 붙여진 이름이다.

(제보자:대구광역시 남구 대명 11동, 신기원, 84세, 채록일자:1996. 11. 23.)

(66) 용마연 이야기

앞산에서 대구 남구 봉덕동 쪽으로 내려다 보이는 곳에 용마연이란 못이 있었다. 옛날 백 사람의 힘을 가진 장수가 살았다. 그 장수가 용마를 잡으려고 한 연못에 갔다. 용마는 영리해서 백장사가 보이면 못 속에 숨고 안 보이면 나타나고 해서 백장사는 잡을 수가 없었다. 그래서 백장사는 꾀를 내어 허수아비를 세워 용마가 허수아비와 친해지게 했다. 허수아비를 겁내지 않는 용마를 허수아비 뒤에서 기다리다가 드디어 잡게 되었다. 그래서 하늘로 올라갔다는 이야기이다.

용마연 자리

그 용마가 나온 못이 바로 '용마연'이고 '용마연'이 있던 자리가 바로 지금의 봉덕동이라고 한다. 다시 말하면 용마연은 용이 하늘로 승천한 못으로, 지금은 사라지고 그 위에 마을이 들어서 있다. 지금의 봉덕동 자리가 바로 그 못의 자리인 것이다.

(제보자:대구광역시 남구 대명 11동, 정연길, 72세. 채록일자:1996. 11. 23.)

(67) 안일사와 왕굴

대구광역시 남구 대명 6동 산 225번지에 안일사란 절이 있는데 이에 대해 다음과 같은 이야기가 전한다.

대구 시민의 휴식터인 앞산은 비슬산, 대덕산 여러가지로 불려 왔다. 그러나 원래 불교적 명칭으론 성불산(成佛山)이였다고 한다. 그 중 우리는 안일사를 찾았다. 이 절이 생긴 유래는 후삼국 시대 때 후백제 견훤의 공격을 돕기 위해 군사를 몰고 왔던 왕건이 팔공산 전투에서 총애하는 신숭겸 장군을 잃고 대패하여 도망하다 앞산으로 숨어들었다고 한다. 후대

안일사

이를 기념하기 위해 왕건이 숨어들었던 절을 은적사(隱迹寺)라 하고 마음을 풀고 안정되고 평안하게 쉬었다고 해서 안익사(安逸寺)라고 하고 끝으로 왕건이 고려 건국의 꿈을 품고 올라가면서 잠시 쉬었던 곳이라 하여 임휴사(臨休寺)라고 하였다고 한다. 안일사 위쪽에는 왕건이 숨어서 100일 동안 기도했다는 왕굴이 있었다. 성인 3명이 족히 들어갈 정도로 넓고 안에 물도 나고 있었다. 추적하던 견훤의 군사들이 이 곳을 지날 때 거미가 왕굴 입구에 줄을 치고 바람이 불어 이 줄에 낙엽이 붙어서 군사들이 이 굴을 발견하지 못하고 그냥 지나쳤다고 한다. 그래서 왕건은 무사했다고 한다.

(제보자 : 대구광역시 남구 대명6동 山 225번지, 석종운, 45세, 스님. 채록일자 : 1997. 4. 18.)

(68) 봉산동의 지명에 관한 이야기

대구시 중구 봉산동은 그 지형이 뒤쪽 산의 형태가 자라 모양과 유사하여서 이 때문에 100여년 전 쯤해서는 지금의 봉산동 일대를 〈자라방〉이라고 불렀다고 한다. 이는 전에는 산이 존재했었다는 말이 되겠는데 현재는 산의 형태가 남아 있지는 않고, 단지 그 일대를 훑어보면 전체적으로 집들의 위치가 계단식으로 지어져 있어 지대가 평탄하지 않은 산의 형태이었음을 짐작할 수만 있었다. 100여년 전까지는 이 일대를 자라방이라 부르다가 그 후 지금의 제보자가 어릴 적부터는 그 뒤산을 〈오포산〉이라고 불렀다 한다.

오포산이라는 말의 사용은 예전 오포라는 행사가 산 위에서 있어 그렇게 불렀다고 하는데 이 오포라는 행사는 낮 정각 12시에 굴뚝에다가 공을 넣고 담뱃불로 불을 붙여 노는 행사로 자라방이 오포산이라고 불리워졌음은 이 행사로 연유되었음을 알 수 있다. 그리고 이 명칭은 다시 행정구역 개편 당시에 지금의 봉산동으로 바뀌어 불리게 된 것이다. 예전에 자라방이라고 불릴 때의 흔적은 지금 제일여중에 있는 자라바위로 알려진 것에서 찾아 볼 수 있는데 제일여중의 테니스장 옆에 잘 보호되어 있다.

(제보자:대구광역시 중구 봉산동 169-24, 김종호, 76세, 전직 철도 공무원. 채록일자: 1997. 4. 27.)

(69) 은적사 · 안일사 · 임휴사에 대한 전설

신라 55대 경애왕 2년에 후백제의 견훤에 의해 대구 공산벌 싸움에서 대패한 고려 태조 왕건은 죽을 위기에 처하고 말았다.

그때 왕건의 부하였던 신숭겸 장군이 왕건의 옷으로 갈아 입고 공산 쪽으로 해서 팔공산으로 도망을 치자 견훤의 군사가 신숭겸 장군을 추적, 신숭겸 장군은 결국 잡혀서 죽게 된다.

이를 틈타 왕건은 반대 쪽인 비슬산 쪽으로 피하게 된다.

그 후 적의 군사들은 속은 것을 눈치 채고 말머리를 돌려 다시 비슬산 쪽으로 왕건을 잡으러 온다.

은적사

그때 지금의 은적사 절터에는 바위굴이 하나 있었는데 왕건이 숨자 짙은 안개가 끼기 시작하여 3일 동안 지척도 분간 못하게 되었으며 거미가 입구에 거미줄을 쳐서 사람이 다니지 않는 오래된 굴이라고 보고 추적대가 그냥 지나가게 된다.

3일 동안 바위굴에 숨어 있던 왕건은 어느 정도 기력을 회복하고 다시 철원으로 돌아간다.

그 후 왕건이 숨어 있었다 하여 은적사, 편안하게 쉬고 갔다 하여 안일사, 완전히 며칠 동안 푹 쉬어 간 곳을 임휴사라 불렀다.

(제보자 : 대구광역시 남구 봉덕 3동 은적사, 법민(법명), 40세, 스님. 채록일자 : 1995. 5. 29.)

(70) 은적사 부근 굴과 안지랭이

대구지방은 옛날 왕건과 견훤의 싸움터로서 이에 관련된 설화가 많이 남아 있으며, 그 외에도 지명유래담, 자연물 관련 설화 등의 설화가 널리 전한다.

왕건과 견훤의 싸움은 많은 유적설화로 남아 있는데, 927년 후백제 견훤이 신라를 침범해 오자 이 소식을 들은 왕건이 신라를 도우러 경주로 오던 중 지금의 지묘동에서 싸움이 일어났다.

그러나 왕건의 군사가 패하고 왕건은 겨우 생명을 유지할 수 있었다. 반야월, 파군재, 안심읍, 시량 등이 이때 유래한 지명들이다.

그리고 우리가 찾아간 신광사(新光寺)의 주지스님으로 계시는 보해(寶海)스님의 이야기도 이때 유래한 사찰설화였던 것이다.

그는 영천군에서 태어나 20세 때 영천의 칠산에 있는 수도사로 출가하여 보해란 법명(속명은 구두준이라고 스스로 밝혀 주셨다.)을 얻고 동화사 내원암, 남산동의 보현사, 안일사의 주지를 거치신 분이셨다. 1945년 지금의 신광사로 오셨고, 지금은 여든 네살의 고령에 이르신 스님이셨다.

그 분은 먼저 태조 왕건이 싸움에 패하여 동화사 염불암으로 도피하여 있다가, 앞산 자락에 묻혀 있던 은적사(隱迹寺)로 몸을 숨겼다고 한다. 이때 왕건이 쉬어갔다는 굴이 있으니, 이 굴에서 나오는 물로 몸을 씻으면 아픈 몸이 나았으며, 앉은뱅이도 걸을 수 있게 되었다고 한다. 그래서 안지랭이라는 지명이 유래하였다고 말씀하셨다. 지금은 없어졌지만 스님께서 말씀하시길 그 물에는 철분이 다량으로 함유되어 있어서 그러한 효험이 있었을 것이라고 하셨다.

마루에 앉아 스님께서 사찰설화를 애기해 주시는 동안 사찰을 휘감고 있는 녹음의 숲속에서 까치들이 울고 있었다. 스님의 법어를 까치들도 듣고 깨달음을 얻은 듯 하였다.

익숙치 못한 합장 배례를 하고 우리는 신광사를 나왔다. 그리고 비구름에 덮힌 채 안지랭이 설화를 안고 있는 그 안지랭이를 사진에 담아 보았다.

(제보자:대구광역시 남구 대명 9동, 보해스님, 84세, 스님. 채록일자:1995. 6. 3.)

(71) 안지랑골에 대한 이야기

대구 앞산 대명동 남쪽 산기슭을 안지랑골이라 부른다. 이 지명에 대해 다음과 같은 이야기가 전하고 있다. 지렁이가 인간으로 화한 무척이나 힘이 센 지렁이 장수가 있었다. 평소에는 용두산(골)에서 말을 타고 진을 치며 훈련을 하곤 하다가 꼭 안지랑골에 와서 며칠씩 자고 가는 것이었다. 그것을 본 지나가던 도인이 그 지렁이 장수가 언젠가는 큰일을 낼 것이라고 생각하고 그 배에다가 '소금 염' 자를 붙여 버렸다. 원래 소금과 지렁이는 견원지간인지라 지렁이 장수는 그 자리에서 녹아버렸다. 그곳이 바로 안지랑골이다.

(제보자:대구광역시 남구 대명 3동, 이종석, 78세, 채록일자:1995. 5. 30.)

(72) 왕굴의 유래

 1055년 전 가야난 때 가야왕이 응접사(큰골)-왕을 응접한 곳이라고 해서 응접사라고 함-로 피신을 하고 안일사에 있다가 다시 3일간 왕굴에서 피신하였다. 왕이 피신한 굴이라 하여 왕굴이라 하게 되었다. 임금이 항상 가지고 다니던 금솥을 그곳에 묻어 놓았는데 일본인들이 그 금솥만 가지고 갔고 그 뚜껑은 아직도 왕굴 주위 어딘가에 묻혀 있다고 한다.

 왕건이 동굴 속에서 피해 있을 때 커다란 왕거미가 나타나 동굴 입구에 거미줄을 쳐서 안이 들여다 보이지 않게 하여 왕이 들키지 않았다고 한다.

(제보자 : 대구광역시 남구 대명 9동, 최봉균, 57세, 사업. 채록일자 : 1995. 5. 30.)

(73) 무당골, 안일사, 은적사에 대한 이야기

 무당골·안일사·은적사는 대구의 앞산 기슭에 있는데 무당골은 무당들이 모여서 오구(굿)를 하던 곳으로 그 곳에 많은 무당들이 사당을 짓고 모여 살던 곳이라서 무당골이라고 한다.

 왕건과 견훤이 팔공산에서 전쟁을 하였는데 왕건이 패해서 비산동(인동촌)에서 안일사까지 도망왔다. 안일사 주변의 바위가 병풍처럼 되어 있어서 왕건이 무사히 갔다. 그 바위를 왕건이 한 번 앉았다 쉬어가서 안일암이라 한다. 은적사는 큰 골에 있는 은적사에서 역시 왕건이 은적하였다고 해서 은적사라고 한다.

(제보자 : 대구광역시 남구 대명 3동, 정태규, 73세. 채록일자 : 1995. 5. 30.)

(74) 비슬산의 유래

 대구에서 남쪽에 자리하고 있는 앞산, 그 꼭대기가 비슬산인데, 이 산의 명칭에 대해 다음과 같은 전설이 전하고 있다.

비슬산 정상

　첫번째로는 삼국시대에 당나라 스님이 비파 모양처럼 생겼다고 해서 비슬산이라 불렸다고 한다.

　두번째로 전하는 이야기가 있다. 삼국시대 때 변한 12개 주 중의 한 나라가 있었다고 중국 한전에 적혀 있다. 변한은 큰 곳은 2~3천 명, 작은 나라는 4~5백 명으로 이루어져 있었다. 이 지역은 일찍이 철기 문화가 발전하였는데, 예맥, 한족(삼한시대), 왜족 간의 철기 문화를 교역한 기록도 있다. 그리고 사람이 죽으면 들것에 메고 나갈 때 새의 꽁지털을 꽂았다는 기록도 있고, 남녀간에 만나면 서로 돌아서는 풍습도 있었다. 그런데 이 사람들은 비파모양의 '슬'이라는 악기를 다룰 수 있었다고 하는데, 이것은 삼국시대 때부터 이미 비슬산이라 불리우던 것이 당나라 스님에 의해 재확인된 것이 아닌가 한번 생각하게 한다.

　(제보자:대구광역시 달서구 현풍면 상리, 최수목, 64세, 국사편찬위원회 사료조사위원. 채록일자:1995. 10. 21.)

(75) 탑동네의 유래에 관한 전설

대구광역시 남구 대명 8동 현 노인회관(노인대학)부근을 탑동네 또는 탑마을이라고 불러오고 있다. 이 지역은 이 일대에서는 가장 높은 곳으로 참나무가 많아서 참나무배기라고도 불렀고 이 지역에 마을이 형성되기 전에는 야산으로, 근처에는 굴도 많았고 여우도 수시로 드나들어서 그 부근을 야시골 또는 여이골이라고도 불렀다.

조선시대 말엽에 농사의 목적으로 영선못이 만들어지고 주변 경치가 아름답게 되자 영선못둑에 활을 쏘는 사선이 만들어지고 이 언덕배기에 과녁판이 설치되어 궁사들이 과녁을 맞추기 위한 시선이 집중되는 곳이기도 했다.

그런데 이 산마루에 일제 강점기에 일본인들이 언덕을 중심으로 충혼탑, 개탑, 말탑, 비둘기탑을 세우고 사람들로 하여금 충혼탑에 참배하도록 하는 등 일본 제국주의에 충성을 강요하는 장소가 되면서부터는 사람들의 발길이 뜸해졌다고 한다.

해방이 되자 이 충혼탑은 없어지고 6.25 때 UN군으로 참전한 미군 통신소가 주둔하였다가 휴전 후에 철거하였다. 그 자리에 당시 남문시장, 명덕국민학교 뒤로 가건물(판자촌)을 짓고 살던 피난민들(북에서 넘어온 사람들, 일본에서 건너온 사람들, 만주서 온 사람들)을 집단 거주시킴으로써 마을이 형성되게 되었는데 옛날 충혼탑이 있던 마을이라고 해서 탑마을 또는 탑동네라는 이름으로 불리어지게 되었고 지금도 탑마을로 통하고 있다.

예전에 이 동네에 충혼탑이 있던 터가 지금 현재는 남아 있지 않으며 대규모 빌라가 들어서는 등 문화촌이 형성되어 있는 실정이다.

(제보자 : 대구광역시 남구 대명 7동 2140-24, 안필분, 86세. 채록일자 : 1999. 12. 27.)

(76) 영선못과 영선시장

　　대구 남구 대명 8동 2014번지의 영선시장과 그 부근 주택가는 옛날에
는 못으로 영선못이라 불렀다. 영선못은 시가지에서 가까운데다 물이 많
고 주변 경치가 좋아 이 부근 논밭에 물을 대는 동시에 대구 시민들의 휴
식처로 여름에는 낚시와 수영, 겨울에는 얼음타기로 시민들의 사랑을 받
았다. 도시 발전에 따라 이 곳 물을 끌어다 쓰던 농토에 집들이 들어서자
못은 필요가 없어 메운 후 그 곳에 시장과 주택이 들어섰는데 도시가 팽
창하기 전까지는 이 영선못 물을 끌어다 농사를 짓는 논이 아주 넓었다.
이 못을 만들게 된 데는 다음과 같은 애기가 따른다. 조선시대 말엽 이
부근에 한 고관이 살았다. 어느 날 도사 한 사람이 이 곳을 지나며 유심
히 지세를 살피더니 고관 집에 들어가 "나으리, 저기 보이는 저 넓은 터
에는 절대로 집을 세우지 마십시오. 그 곳에 집을 지으면 나라에 근심될
일이 생깁니다. 그 곳에 12년을 걸려 큰 못을 만든다면 거꾸로 나라에 큰
경사가 생길 것입니다."고 일러주고는 사라졌다. 고관은 처음에는 믿지
않았으나 워낙 백성을 아끼고 나라를 사랑하는 사람이라 나라에 좋은 일
이 생긴다면 재산을 아끼고 수고를 사양할 수 없다고 생각하여 곧 사람을
모아 못 파는 작업을 시작했다. 이 공사는 나랏돈으로 하는 것이 아니라
고관이 자기 개인 재산으로 일삯을 주며 시키는 것이었다. 수백 명의 일
꾼이 눈비를 가리지 않고 땅을 파고 흙을 모아 못둑을 만들었다. 도중에
쓰러지는 사람도 생기고 필요 없는 못을 파서 뭘 하느냐 불평하는 사람도
많았지만 고관은 왜 파는지 아무런 설명도 하지 않고 12년을 끌어 커다란
못을 완성했다. 못이 완성되자 대덕산 등 주위 산에 흘러내리는 물을 잡
아 가둠으로 여름 장마철에는 홍수를 면하게 됐고 가물 때는 그 물로 농
사를 지을 수 있게 됐으니 국가적으로 경사스런 일이 생긴 것이 사실이었
다. 결국 이 전설은 농업을 위해 못을 만든다며 그냥 단순히 농사만을 구
실로 내걸어서는 사람들이 호응하지 않을 것이기에 그럴듯한 구실을 붙

이기 위해 지어낸 얘기인지 모른다. 아무튼 영선못은 그 이후로 대명동 일대 수십만 평 논밭의 수원지 구실을 했고 장마철에는 홍수조절 역할을 했다. 대구시가 팽창하여 이 못들을 농업용수로 사용하던 논밭이 모두 택지로 바뀌자 몽리지 없는 못은 필요 없게 돼 매립공사가 시작됐고 시장, 주택아파트가 들어선 것이다. 비록 못은 없어졌지만 영선이란 이름은 오래도록 남아 있을 것이다.

(제보자 : 대구광역시 남구 대명 7동 2140-24, 안필분, 86세. 채록일자 : 2000. 5. 10.)

(77) 야시골

대명 2동과 5동 사이에 자리잡고 있는 현 대구교육대학교 남대구 우체국 일대의 마을을 야시골이라고 불렀다고 한다. 약 200여년 전의 이 일대는 소나무 등이 우거진 골짜기를 이루어 여우, 늑대, 토끼들이 많이 살았고 인근 동네로 여우가 자주 출몰하였다고 한다. 인근 마을 사람들은 어린아이들의 시체를 여기저기 묻어 애총을 마련했는데 여우들이 이 무덤을 파헤치려고 몰려들어 '야시골'이라 이름을 붙였다고 한다.

옛날 이 동네에 어느 날인가부터 밤마다 이상한 소리가 들렸다고 한다. 그래서 동네 사람들은 밤에 다니길 꺼려했다. 사람들의 이야기에 의하면 여우 울음소리가 나다가 또 그 소리가 "여시시~ 여시시"라는 귀신소리처럼 들리기도 하였다는 것이다. 그래서 여우가 나타나는 마을이라 하여 "야시골"이라는 이름이 붙여졌다는 것이다.

자료를 찾아보니 원래 이름은 '여의곡'이었다고 한다. 여의곡이라는 이름은 양녕대군이 대구에 왔을 때, 왜 그렇게 불렀는지 그 이유는 알 수 없지만 "뜻대로 되는 마을"이라는 뜻에서 지은 것이라는데 그러던 것이 말이 변해서 야시골이 되었다는 것이다. 그런데 제보자의 말에 따르면 "여의곡"의 "여의"가 "뜻대로 되는"이라는 뜻이 아니고 양녕대군이 "하루 밤을 여의고 갔다"라는 의미로 "여의곡"이라고 불렀다고 한다. 경상도 사투리로 야시란 여우를 말하는 것인데 "여의"가 세월이 흐르면서 "여의-여수-여시-야시"의 형태로 변한 것이 아닌가 한다.

(제보자:대구광역시 남구 대명 7동 2140-24, 안필분, 86세, 무직. 채록일자:1999. 12. 31.)

(78) 안지랑이

대구광역시 남구 대명 6동 현 앞산 공원 입구 안일사 일대의 골짜기를 안지랑골이라고 불러오고 있다. 현재에도 안지랑골로 불리고 있고, 안지랑골 밑으로 안지랑 시장이 있으며 그 일대의 지하철의 역 이름도 안지랑이다.

안지랑이의 원래 이름은 안좌령(安座嶺)이었다고 한다. 이 곳은 양녕대군이 피난와서 머무르던 곳이었는데 살펴보니 대구가 살기 좋은 곳이고 자신이 편히 있었다고 해서 이런 이름을 붙였다고 한다. 그러던 것이 세월이 흐르면서 말이 변해 지금의 안지랑이가 되었다고 전한다. 안지랑이에는 전해오는 이야기가 많다.

이 지역은 예로부터 앉아서 물을 맞고, 앉아서 비 맞고, 앉아서 놀기 좋다라는 뜻에서 '안지랑이' 라고도 부른다는 것이다. 옛날에 사람들은 홑이불을 가져다가 바위 사이로 걸쳐놓고 그 속에 들어앉아 놀다 갔는데 옆길로 사람이 지나다녀도 몰랐다고 한다. 산중턱의 안일사 역시 안지랑골에 있다고 붙여진 절의 이름이다. 약 삼 사십 년 전까지만 해도 이런 모습은 흔히 볼 수 있었고 목욕하는 사람들도 많았다. 후에 환경 정화를 위해 천막은 다 철거되고 앞길로는 지금의 도로가 나고 다만 공원으로서 자리잡았다고 한다.

안지랑이라는 지명에는 안지랑 계곡과도 관련이 있다고 한다. 안지랑이 계곡의 물이 특이하여 1921년대까지는 용천수(龍泉水)라는 글씨가 쓰여 있었다고 한다. 피부병이 있는 사람이 이 물에 씻으면 고름이 터지고 가려움증이 낫는다고 한다.(물 속에 철분이 들어있다고 한다.) 심지어 좋다

안지랑이

는 약을 다 써도 고치지 못한 병도 안지랑이 계곡에 와서 씻고 나은 사람
도 있다고 하여 옛날에는 먼 곳에서도 와서 천막을 쳐 놓고 씻고 가기도
했다고 한다. 그만큼 이 골짜기에서 나는 물이 좋고 신비한 효험이 있었
기 때문이다. 그리고 진짜인지는 몰라도 앉은뱅이도 계곡 물에 목욕을 하
고 나았다고 해서 안지랑이라고 불린다고 한다.

　또 다른 말로는 안지랑이 계곡의 물이 좋아서 그런지 물안개가 피어서
그런지 확실하지 않으나 대구 중심가에서 이 계곡을 보면 아지랑이가 가
득 피어난 것처럼 보인다고 한다. 그런 이유에서 안지랑이라는 명칭이 생
긴 것이라고 한다.

　그리고 다른 한가지의 안지랑에 얽힌 이야기가 있다. '안지랑에 가면
세 번 맞는다' 는 말이 있다. 이 이야기도 안지랑골과 관계가 있는데 안지
랑골에는 유난히 물도 많고 비도 많았는데 안지랑골 밑까지는 내리지 않
고 중턱까지만 비가 왔다고 한다. 세 번 맞는다는 이야기는 안지랑 계곡
물이 많아 물에 맞고, 유난히 소나기가 많이 내려 소나기에 맞고, 그러다

안지랑이 입구

가 늦으면 아낙네들은 남편에게 맞는다 해서 ‘안지랑에 가면 세 번 맞는다’ 는 말도 있다고 한다.

(제보자 : 대구광역시 남구 대명 7동 2140-24, 안필분, 86세. 채록일자 : 2000. 5. 10.)

(79) 안지랑의 유래

‘안지랑’ 이라는 지명의 유래를 알기 위해 찾아 간 곳은 남구에 위치한 안지랑이 사거리 일대이다. ‘안지랭이’ 라고도 하는데, 안지랭이의 원래 이름은 ‘안좌령(安座嶺)’ 이었다고 한다. 이곳은 양녕대군이 피난 와서 머무르던 곳이었는데 살펴보니 대구가 살기 좋은 곳이라고 자신이 편히 있었다고 해서 이런 이름을 붙였다고 한다. 이 정도의 애기가 안지랑 사거리 일대의 주민들이 알고 있는 상식이었고 다음으로는 안지랑의 유래를 더 자세히 설명하도록 하겠다.

‘안지랑’ 은 대명 6동의 현 앞산 공원 입구, 안일사 일대의 골짜기를 안지랑골 이라고 불러오고 있다. 이 지역은 예로부터 앉아서 물 맞고 앉아서 비 맞고, 앉아서 놀기가 좋다는 뜻에서 안지랑이라는 명칭이 붙었다고 한다. 산중턱의 안일사 역시 안지랑골에 있다고 붙여진 절의 이름이다. 그리고 안지랑이 계곡 속에 철분이 많아서 사람이 이 물에 씻으면 고름이 툭툭 터지고 가려움이 가신다고 한다. 심지어 좋다는 약을 다 써도 고치지 못한 병도 안지랑이 계곡에 와서 씻고 나은 사람도 있다고 한다. 옛날에는 백 리 밖에서도 가마를 타고 와서 씻고 가기도 하고 정말인지는 몰라도 앉은뱅이도 나아갔다고 해서 안지랑이라 불린다고 한다. 또 안지랑이 계곡의 물이 특이해서 1921년까지는 용천수(龍泉水)라는 글씨가 새겨져 있었다고 한다. 물이 그 밑에서 솟아나서 그 물을 바르면 피부병이 금방 나을 정도로 신기한 물이었다고 한다. 그 후 천구 백 몇 년도인지는 확실하지 않으나 엄청난 홍수가 나서 갑자기 개울물이 불어났다고 한다. 그 개울물 가에 스님들이 기거하는 집이 있었는데, 개울이 그 집을 덮치기 몇 분 전에 법당에서 기도하는 소리가 들려서 그 집에 있던 식구들이 모두 법당에 왔다고 한다. 불과 몇 분 차이로 집을 덮친 난을 피할 수 있었던 것이다. 2, 30년 전까지만 해도 안지랑이 계곡에 천막을 치고 목욕을 하는 사람이 많았다고 한다. 그만큼 이 골짜기에서 나는 물이 좋고 신비한 효험이 있었기 때문이다. 안지랑이 계곡의 물이 좋아서 그런지, 물안개 가 피어서 그런지 확실하지 않으나 대구 중심에 가서 보면 아지랑이가 가득 피어난 것처럼 보인다고 한다. 그런 이유에서 안지랑이라는 명칭이 생긴 것이라고 추측한다.

안지랑이골은 지금부터 천여 년 전, 싸우다가 도망가던 고려의 왕건이 기진맥진한 채 비슬산 기슭에 이르러 바위 틈에서 흘러나오는 물을 마시고 기운을 차렸다는 전설이 있는데 이 바위가 대구 앞산 안지랑골에 있다. 약수터로 알려진 이 곳의 이 전설은 거짓말인 것이 거의 분명한 것이, 역사를 보면 고려 군사가 대구 근방에서 싸운 것은 왕건과 견훤의 싸움뿐인데 이 때 패주한 왕건은 비슬산 쪽으로 간 것이 아니고 경산 쪽으로 갔다고 했기 때문이다. 이런 전설을 안고 있는 안지랑이는 40, 50년 전에는 대구 제일인 여름 안식처였었다.

당시 그 곳은 지금과 같이 메마르지 않고 산림이 울창했고 중턱에 있는 안일암과 더불어 절경을 이루고 있었다. 대구 시민은 연중행사처럼 여름철이면 거기를 찾아 들었다. 광목이나 삼베로 개울에 천막을 치고 약수에 목욕을 하는 것이 시민의 그지없는 낙이었다. 더구나 엉성한 천막 사이로 벌거벗은 여인들이 물을 덮어쓰며 시원해했던 것은 오랫동안 시민들 사이의 화제로 남아 있었다.

(제보자:대구광역시 남구 대명 9동 537-3번지, 양원조, 82세, 무직. 채록일자:1999. 12. 23.)

(80) 고산골의 유래

고산골은 현재 대구 남구 봉덕 2동 앞산공원 내부에 위치하고 있다. 고산골에 가기 위해서는 버스에 내려서도 약 30분 가량은 걸어 올라가야 고산골 입구에 도착할 수 있다. 고산골 주변에는 심신 수련원이 함께 운영되는 등 여러 가지 관광시설이 많이 있었다. 우리 조원들은 제보자를 찾기 위해 산을 올라가던 중 성덕사라는 절에서 한 스님을 만나서 고산골의 유래와 그에 관련된 설화에 대해 채록할 수 있었다.

고산골은 절 골이라고도 불릴 만큼 절이 많다. 입구 쪽에서 산책로를 따라 산을 올라가면 성불사를 비롯하여 위쪽에 고산사(현 법장사), 등 여러 절이 있다. 제보해 주신 스님은 성불사를 창건할 때부터 계신 스님이신 데 성불사가 창건되고 고산사가 법장사가 된 과정을 소상히 알고 계셨다. 스님께서 이야기해 주신 설화를 요약하면 대충 다음과 같다.

신라시대 때 왕실에 대를 이을 왕자가 없어서 걱정하던 시절이 있었다. 온갖 용하다는 의원을 불러오고 약을 써보아도 왕비의 몸에 태기가 없어서 왕이 근심으로 나날을 보내는데 하루는 왕의 꿈에 한 백발 노인이 나와 지금의 고산골이 있는 자리에 절을 세우고 불공을 드리면 왕자를 얻을

고산골

수 있으리라 하였다. 그리하여 그 자리에 절을 세우고 불공을 드렸더니 과연 왕비의 몸에 태기가 있고 왕자를 얻을 수 있었다. 이에 왕이 기뻐하여 그 절에 석탑을 세웠다. 그런데, 고산사는 창건 당시 모습대로 존재하지 못하고 임진왜란 때 훼손되었다. 임진왜란 당시 왜병이 고산사 석탑 안의 보물을 훔쳐 가려다가 벼락에 맞고 그 자리에 서 숨졌다는 이야기도 있다고 한다. 고산골 인근을 탑동네라고도 부르는데 이는 옛날 고산사가 있던 자리에 세워져 있던 석탑에서 연유한다고 한다.

고산사가 없어진 그 자리에 지금은 법장사라는 절이 있다. 법장사라는 절이 지어지게 된 유래는 다음과 같다.

40년 전쯤 고산사가 있던 자리에 무당이 절을 지었는데 빈대가 많아 찾아오는 사람이 줄면서 그 절을 폐쇄하게 되었다고 한다. 그 당시 무당과 교단이 절을 새로 세우는 것을 두고 다퉜는데 법장사 조계종 단이 이겨서 절을 짓게 되었고 그에 따라 법장사라는 이름이 붙여졌다 한다. 법장사를 짓는 과정에서 고산사 터에서 기왓장이나 담벼락 등이 많이 발견되었다고 한다.

이 제보자에게서 채록하기 전 고산골에 운동하러 오신 할아버지께 여쭸더니 고산골 인근을 굿동네라고도 불렀다는 이야기를 들을 수 있었다. 이는 고산사가 무너지고 나서 그 자리에 무당이 절을 지은 것 때문으로 보이지만 확실하지는 않다. 현재 고산골이라는 지명도 신라시대의 고산사라는 절이 남아 있는 것을 보고 후세 사람이 그렇게 마을 이름을 붙였을 가능성이 높다고 한다.

이 설화를 채록하고 난 후 우리 나라 구비문학 보존의 귀중한 자료가 될 수도 있는 한 문화재가 소실되었다는 점에서 안타깝다는 생각이 들었다. 그래서 고산사 기왓장이라도 보고 옛날 고산사의 모습을 상상해보고자 했으나 그것마저 먼저 채록해간 사람이 가져갔다고 하여 볼 수가 없었다. 그저, 보살 스님의 친절한 얘기에 만족할 수밖에 없었다. 그래서, 우리들은 아쉬운 마음을 가진 채 옛날 고산사를 뒤로 하고 산을 내려왔다. 산을 내려오는 길에 인근에서 유명한 고산 약수터에서 목도 축이고 왔다.

(제보자 : 대구광역시 남구 봉덕 2동 산145번지 성불사, 강을문, 65세, 승려. 채록일자 : 1999. 12. 23.)

(81) 은적사와 은적굴

은적사와 은적굴은 남구 봉덕 3동, 흔히 앞산 공원이라고 부르는 대덕산 내에 위치하고 있다. 옛날에는 잘 찾지 않았으나 앞산이 공원화되면서 유명해졌다고 한다. 910번 버스를 타면 종점지인 앞산 공원 입구에서 내려, 약 2, 30분 정도 등산길을 따라가다 보면 조그마한 암자가 보이는데 그 절이 바로 은적사이다. 해인사나 송광사 등 큰 사찰만을 보아 온 사람들에게는 절처럼 보이지 않을 수도 있겠지만, 우리 나라 어디를 가나 흔히 볼 수 있는 대웅전 하나에 요사채가 딸린 조그마한 암자이다. 그리고 은적사 대웅전 옆, 그러니까 대웅전을 바라보는 자리에서 왼쪽을 보면 조그마한 자연동굴이 하나 있는데, 그것이 바로 은적굴이다.

은적굴

이 절은 고려의 태조 왕건과 관련된 설화를 지니고 있는데, 왕건과 관련된 또 하나의 사찰로는 안일사가 있다. 우선 안일사의 배경설화를 알아보기로 하겠다.

신라 말 후삼국 때 후백제의 견훤이 신라를 침범하였다. 나라가 위태롭게 된 신라는 고려 왕건에게 도움을 청하게 되었다. 이에 왕건은 신라를 돕고자 군사를 이끌고 적과 맞섰으나 의외로 패배하고서 안일사에 몸을 숨겼다. 견훤의 추적을 피해 왕건은 당시 안일사까지 피신하였으나 그 곳에서 잡혔다고 한다. 안일사 뒤에 있는 큰 굴에 피신하여 왕이 머물렀다 해서 왕굴이라 부르고, 그와 함께 조금 아래에 장군이 머물렀다 하여 장군 굴이라고 한다. 또 그 밑에는 물을 마신 샘이 있는데 장군수라고 불린다. 그 뒤 왕위에 오른 왕건은 처음 몸을 숨겼던 곳에 절을 세우게 하고 절의 이름을 안일사라 하였다. 다음으로 우리가 채록한 은적사의 배경설화를 살펴보면 은적사(隱迹寺)는 서기 926년 신라 경애왕 3년에 창건된 절로서 은적사란 이름이 생기게 된 연유는 신라 말 후삼국 때 후백제 견훤이 신라를 침공하자 신라 경애왕이 고려 왕건에 구원을 요청했다. 구원

병과 대구에 온 왕건은 견훤의 공격에 팔공산 동화사 방면으로 가다 산기
슭에서 견훤 군대에 포위당했다. 이에 왕건은 부하 신숭겸의 계책으로 탈
출했다. 그 계책은 신숭겸이 왕건의 옷을 입고, 팔공산 중턱으로 가 신숭
겸이 체포되는 순간 왕건이 탈출하는 것이었다. 현재 당시에 계책을 세웠
던 곳에 신숭겸의 후손이 사당을 지어 그를 추모하고 잇다. 또 묘하게도
지혜를 썼다 하여 현재 지묘동이란 동명이 생겼다. 탈출한 왕건은 현재
은적사 대웅전 우측의 대나무 숲 속에 있는 자연동굴에 숨었다. 왕건이
굴에 숨자 왕거미가 출입구에 거미줄을 쳐 견훤의 추격병들로부터 위기
를 모면하였다. 이 굴에서 3일간 머물고 현재 안일암이 있는 곳에서 3개
월 쉰 왕건은 김천 황악산을 경유해 철원으로 회군했다가 그 뒤 왕위에
오른 왕건은 자신이 숨어 3일간 보낸 적이 있는 곳에다 당시의 고승 영도
대사에 명해 숨을 '隱' 자 자취 '迹' 자로 은적사라는 절을 짓게 했다. 이
것이 은적사가 생기게 된 연유이다.

(제보자 : 대구광역시 남구 봉덕 3동 1572번지, 시광, 40세, 승려. 채록일자 : 1999. 12. 23.)

2. 민담

(1) 용바우 이야기

남구 대명 6동 현 비슬산(안지랑골 길목을 따라 올라간다)의 산 중턱
어디쯤이라고 하나 정확한 위치 파악은 어렵다. 그러나 한 할아버지께서
는 신광사에서 쳐다보면 보이는 봉우리가 용바우가 있는 곳이라고 말씀
하셨다. 물론 예전에 용바우를 다녀온 노인분들은 계신다고 한다. 용바우
라는 바위에 용이 살았다고 하는데 정확한 길이와 둘레는 알 수 없다. 흔
히 용이라고도 하나, 일설에는 용이 아닌 다른 무엇이라고도 한다. 아무
튼 그 놈이 등천을 하여서 용바우라고 한다. 바위의 모양이 둥그스름한데
위에서 아래로 내려오면서 들어갔다가 다시 둥그렇게 솟아 있다고 한다.

여기에 왼쪽 손으로 돌을 던져 바위 위에 놓이면 아들을 낳고, 아래로 떨어지면 딸을 낳는다는 의미를 가지고 있다. 그런 뜻에서 용바우를 아들바우, 딸바우라고 한다는 것이다. 이 바우가 있는 굴을 왕굴이라고 하기도 한다.

(제보자 : 대구광역시 남구 대명 1동 1764-27, 조태규, 66세, 남.)

(2) 큰뱀 이야기

남구 대명 6동 현 대덕공원 입구의 6.25 참전 기념관(충혼탑) 도랑 밑을 중거물로 그 일대에서 전해져 오는 이야기이다. 대동아 전쟁 무렵 이 부근에 왜인부락이 있었다. 그 곳에 당시 일본군 24부대(현 대구중학교 부근)가 주둔하고 있었는데 군인훈련장으로 소총 사격장이 있었다. 포사격의 타겟이 은적사 뒤에 있는 바위였다고 한다.

그 당시 은적사 부근은 아름드리 솔이 울창했다. 대구시의 인구가 얼마 안 되던 까닭에 외곽지의 촌부락에 있던 사람들이 나무를 해서 장작용 연료로 시내에 공급했다고 한다. 소수 대작이나 일인들은 석탄을 사용(가스 공장의 위치는 신암 파출소, 신도극장 부근이다)하기도 하였다. 나무꾼들이 산에 나무를 하러 다녔는데 포사격시는 멀리 못 올라가고 피해 다니는 상황이었다. 그 때 타겟으로 사용된 바위 밑에 큰 뱀이 살고 있었던 모양인데 바위가 포격으로 깨지고, 뱀은 이동하다 얻어맞아 죽었다. 그 뱀의 굵기가 얼마나 컸던지 한 나무꾼이 나무 한 짐 지는 요량으로 뱀을 토막내어 등에 지었다. 그러나 그 나무꾼이 하산하던 중 미처 다 내려오지도 못하고 현 대덕식당 뒷편에서 뱀을 지게에다 지워 놓고 죽었다고 한다. 후에 처치가 곤란하여 손도 못 대다가 나무꾼의 가족에게 연락이 되어 뱀은 그대로 두고 나무꾼의 시체만 옮겨졌다. 뱀은 아무도 손을 못 대어서 악취가 그 부근에 심하게 났다. 그 이야기가 산을 다니던 사람들의 입에서 입으로 전해짐에 따라 실제 큰 뱀이 살고 있었음이 증명되었다. 이 이야기를 앞서 용바우 전설과 연관시키기도 한다.

(제보자: 대구광역시 남구 대명 1동 1764-27, 조태규, 66세, 남.)

(3) 오성대감 이야기

오성대감의 고향이 충청도거든. 오성대감이 장가를 가가 첫날밤에 아가 생겼는기라. 신부가 경박스럽게 첫날밤에 방구를 '빵' 꼈뿌는기라. 신랑이 경박스럽다고 첫날밤에 소박시켰는데, 인자 10달 뒤에 신부가 아를 낳는데 아 얼굴캉 오성대감 얼굴이 한 얼굴이라. 아를 키울 적에 서당골에서 천자문을 가르키는데 야는 한줄 가르키마 두줄아는 천잰기라. 묵을 통계라! 지 동무들이 샘을 해가 인자 "저놈의 어마이는 소박마자 저 놈은 애비없는 놈"이라 카고 산골짝에 델고 가서 실컷 패주고 왔다. 하도 원통해가 오성대감 아들이 어마이한테 묻는다.

"어무이요. 다른 아는 다 아부지가 있는 데 나는 와 없는교" "와 느그 아부지가 없어야. 내가 첫날 밤에 소박마가 카지" 친정에서 한 해 두 해 키워져 한 열대살까지 컸는데 아부지 생각이 간절해서 또 묻고는 아부지 찾으러 간다하니 어무니가

"야야 못찾는다. 너네 아부지 고향이 충청도인데 서울 장원가는 가야 잘 수 있다" 그 어마이가 아마 이 때 봄쯤이거든, 무씨를 받아다가 옛날 초창옷을 해 입힌다. "내가 무슨 수를 해서라도 아부지 찾고야 만다"카고, 초창옷에 마지저고리 입고 서울장원가에 가니 한 대감댁에 장구치고 바둑두는 점잖은 오락을 하고 있다. 그 문앞에 가서 한 물외수를 들고

"물외수 사소! 물외수 사소! 아침에 심으면 저녁에 따고 저녁에 심으면 아침에 따는 물외수 사소!"

오성대감이 저그 아들인줄 모리고

"여봐라 하인을 불러라"카고 "저 물외수 장수 불러 들라라" 카니 아가 영상 오성대감을 닮으니 다른 대감들이

"오성대감캉 저 물외수장수랑 우예 저래 닮았노"

그래 묻는다.

"야, 우에 심으면 이 물외수를 아침에 슴가가 저녁에 따묵노" "이 물외수는 사람이 방구 안뀌는 사람이라야 이 물외수를 숨가가 저녁에 따묵고 저녁에 숨가가 아침에 따묵을 수 있는기라요"

"야, 이 장수야. 천지만물, 짐승도 방귀를 뀌는데 엉? 개난 뀌면 빵-하고, 소난 피식- 거리는데"

"우리 어무니는 첫날 밤에 방귀 뀌가 소박맞아 아이 시집도 못가고 기양있소." 오성대감이 복창을 탁 친다.

"내가 너네 어무이한테 죄를 마이 짓구나. 방귀 뀐다고 집에 가라캤디마" "우리 어마이 찾을라 카거든 우리 어무이 가마태아가 가마타고 오거든 대문 확 열어 제끼고 어무니 손잡고 아주 속에 원을 풀어주소. 크게 근심하고 있으니 한을 풀어주소" 칸다.

오성대감은 전처에 죄를 지가 그 뒤에 부인이 둘인데도 아를 못낳았다. 그래, 인자 시집날받아가 가마를 타고 들어 온다. 이 마누라 손을 잡고

"내가 백배 사죄하오. 방귀 뀐다고 한 20년을 소박시키니 내가 큰 죄를 졌소. 맘을 확푸소"

오성대감 아들은 어찌나 공부를 잘해가 과거 합격해서 즈그 아부지보다 더 높은 벼슬 얻고. 끄테 장개 두 번가서 얻은 두 마누라는

"둘이 재미나게 살고 자식까지 왔으니 우리가 나가야지"카며 저 양산 통도사 절에 갔다고 한다. 본처는 아들 덕에 만수호강하였단다.

(제보자 : 대구광역시 남구 대명 6동 122-21, 89세, 박종희, 여.)

(4) 민담 1

옛날 옛날에 딸이 아홉인데 아들도 없고 딸이 아홉인데 아무데서도 중신이 안들어오는 기라. 한군데가 이래 왔는데 아무도 안갈라 카는 기라.

뭐하노 카만 저 산중에서 수껑 구워서 파는기라. 아무도 안갈라카는데 막내딸이 '내갈라 카더라'. 지희들이 둥신같은게 수껑꿉는데 말라 갈라카노 카더라. 시집을 막내딸이 가니 지희들이 빙시같은게 저 산중골짝에 가 호랑이 한테 물려죽을라꼬 갈라칸다 하고 그카이 방을 요마하게 짓고 오마시하고 둘이서 남글 비가지고 굴을 이리 지다랗게 해놓고 남글 끊어가지고는 숯을 꿉는기라. 서방이 맨날 시장에 가 싸리를 팔아가지고 오는데 색시가 가만히 보니 수껑굴 양짝에 이래 돌이 이래 있었는데, 다른 이 눈에는 그래 안비는데 지눈에는 금덩이로 비는기라.

"이상하다 저걸 갖다가 팔라면 돈이 될낀데 말라꼬 수껑꿉고 그라노 인지는 그거하지말고 돌 하나 띠가꼬 시장가져가 자" 하니,

"아이고 무거븐데 그리 못가간다", "쪼매 띠가꼬 가자" 그래 참말로 신랑이 띠가꼬 시내 가가꼬 금방에 가가 팔았다. 돈이 얼마나 많노! 만날 그거 팔로 간다. 이제. 그 팔아가지고 좋은 집사고 뭐 좋은거 사들라 놓고 번쩍번쩍 해놓고 살고 십년 이십년 가이 얼라도 낳제 시내선 고마 이 건기라. 그기 복이라. 사는 사람하고 이 처자하고는 금덩어린데, 이 신랑은 아직 독인기라. '이상하다, 독 그걸 파는데 돈을 이만큼 주이 웬일인가. 돌이기나 말기나 까지꺼 지하자카는데로 해가꼬 돈만 벌면 안되나' 한번은 얼라를 업고 신랑하고 친정집에 가는데 그희들이 시집못가고 아직 있는데 "그리 없는데 갔는데, 저리 오나 이상타!" 같이 가보이 참 어질어질하이 해봤더라. 없는데 가도 지복만 있으면 잘 사는기라.

(제보자 : 대구광역시 남구 대명 2동 1877번지, 김경환, 77세, 여.)

(5) 민담 2

옛날 아주 오랜 옛날에 한 산중에 스님이 한 분이 사셨다. 그 시절 스님들은 굉장히 많은 재물을 가지고 많은 상좌[1]들을 거느리고 살았었던 근데 이 스님은 굉장히 욕심이 많고 탐욕스러워서 상자들에게 먹을 것도

제대로 주지 않고 부려먹기만 하는 아주 지독한 사람이었다. 많은 상좌들 중의 한 상좌가 도저히 그 곳에서는 살 수 없다고 생각하고 산을 내려왔다. 마을에서 고요히 살고 있던 중 그 스님의 부고 소식을 듣게 되었다. 이 상좌는 그 스님이 분명 죽어서도 극락에는 가지 못할 거라는 생각을 가지고 산으로 올라가서 절의 창고로 들어가 보았다. 거기에는 스님이 변한 구렁이 한 마리가 있었는데 상좌가 그 구렁이에게 머리를 바위에 세 번 박으라고 이야기를 했더니 머리가 갈라지면서 그 사이에서 파랑새 한 마리가 나오는 것이었다. 그래서 상좌는 그 새를 데리고 길을 떠났다. 이 새는 스님의 혼이었는데 극락으로 가지 못하고 떠돌다가 어디든 교미를 하는 곳에 들어가면 그 짐승으로 태어나게 되었다. 상좌는 그 스님의 혼을 짐승으로 태어나지 않게 하려고 애를 썼다. 어느날 상좌가 산속을 한참 걷는데 어느 허름한 초가집에 다다르자 그 방문 틈으로 파랑새가 들어가는 것이 아닌가. 그 때 마침 부부가 한참 재미를 보고 있는 중이었다. 한참 후에 그 주인 양반이 나오자 상좌가 말했다 "아마 열달 후면 남자아이를 낳을 것이요. 그러나, 그 사내 아이는 14세가 되면 호랑이에게 물려 죽을 운명이니 7세때 내가 데리러 오겠소."하며 떠났다. 그가 말한 것처럼 부부는 사내아이를 낳았다. 상좌는 7년 후에 약속대로 그 집에 가서 아이를 데리고 길을 떠났다. 한참을 걷고 있는데 커다란 가을[2]이 나왔다. 그런데 돌연 그 중이 "이제는 이 강을 건너서 네가 갈 길을 찾도록 하여라. 14세가 되는 섣달 그믐날 밤에는 호랑이에게 물려 죽을 운명이니 그 전에 세 정승의 딸과 결혼해야 하느니라."라고 말하며 사라졌다. 그 소년은 막막하기 이를 데 없었지만 어떻게든 살아야겠기에 물을 건너 다시 7년 동안 헤매었다. 드디어 서울에 도착한 소년이 어느 커다란 기와집 문을 두드리며 "하룻밤만 묵어 갑시다."라고 말하였다. 한 노파가 그를 보고

---

1) 스님들이 도를 닦게 하며 데리고 키우는 아이

2) 강

데리고 들어와 "이 밤에 젊은 도령이 어인 일이요?"라고 물었다. 그리하여 자초지종을 다 이야기 했더니 그 노파가 "사실은 이 집이 김정승의 집이라오, 나는 그 별당아씨의 몸종이었으나 지금은 몸이 늙어 내 딸이 몸종으로 일하고 있으니 어떻게 해봅시다." 그 날밤 딸이 오자 노파가 그 얘기를 하고 어떻게 할 방법이 없을까 고민하자, 그 딸이 빳빳하게 풀을 먹인 치마 속에 도령을 숨겨서 별당아씨방까지 안내해 주었다. 밖에서 인기척 소리가 들리니 김정승의 딸이 "귀신이면 물러가고 사람이면 들어오시오."라고 말했다. 도령이 방문을 열고 들어가자 별당아씨가 몹시 놀라며 "이 곳은 나는 새도 들어 오기 힘든 곳인데 어찌 도령이 오셨소?"라고 물었다. 도령이 자초지종을 이야기하는 중에 이 정승, 박 정승 딸이 놀러 오게 되자 별당아씨는 급히 도령을 벽장에다 숨겼다. 그날 밤이 섣달 그믐날 밤이라 모두들 먹을 것을 들고 왔다. 김 정승의 딸은 옛날 이야기랍시고 그 이야기를 해주고 나서 "너희라면 어떻게 하겠니?" 라고 묻자 두 딸은 "여자 하나가 죽는게 더 쉽지, 남자 하나를 살려야 돼!"라고 말했다. 그때 소년이 벽장 문을 열고 나오자 모두들 소스라치게 놀랐는데, 결국 세 처자가 합심하여 밤이 으슥하자 소년을 벽장 속에 감추고 칼을 한자루씩 들고 범을 기다렸다. 밤이 깊어 범이 소년을 잡아먹기 위해 나타나자 세 처자가 칼을 뽑으며 범을 내쫓았다. 그리하여 소년은 목숨을 건지게 되었다. 정월 아침에 김 정승이 딸의 방을 방문하여 술을 한잔 마시고 갔는데 때마침 과거가 얼마 남지 않은 시기였다. 소년도 과거 공부를 하는지라 김 정승의 딸이 쪽지에 글을 써 주며 "이번 과거에서 이 글을 써내면 급제할 것이오."라고 일러주었다. 소년은 과거에서 그렇게 써내자 김 정승이 문득 소년의 글을 보고 놀라며 속으로 사위로 삼고 싶은 감정을 억누르지 못했다. 그런데 이 정승과 박 정승 또한 같은 마음이었다. 결국 그들은 상을 세 개 차려서 그 중 어느 것을 먹느냐로 사위됨을 결정하기로 했다. 세 개의 상을 차리고 소년에게 밥을 먹으라 하니, 소년이 한 상에서 한 개씩의 밤을 집어 세 개를 한꺼번에 입에 넣어 버리는 것이 아닌가!

　결국 정승들은 세 딸을 모두 소년에게 시집보내기로 하고 나이순으로 순서를 정하였다. 본디 소년은 덕망 있는 사대부 집안의 자제였으나 집이 망해 그런 허름한 초가집에 살고 있었던 것이어서, 소년은 3개의 사양구[3]에 아내를 태우고 많은 선물을 가지고 부모를 찾아갔다. 처음엔 의아해 하던 부모가 뒤늦게 아들인 것을 알고 기쁘게 맞이하였다. 소년이 부모를 모셔와 세 명의 아내와 평화롭게 살고 있던 어느날 이 소년을 잡아먹지 못한데 앙심을 품은 호랑이가 중으로 둔갑해 찾아와서 내기를 하자고 했다. "바둑을 두어서 내가 이기면 당신의 아내 3명을 내게 주고 내가 지면 날 죽여도 좋소." 호랑이와 그렇게 하기로 하고 생각해 보니 바둑을 전혀 둘 줄 몰라 고민하던 차에 부인이 말하기를 "내가 구멍이 있는 우산을 들고 양지 바른 곳에 서 있을 테니 햇빛이 비치는 곳에만 바둑돌을 두세요."하니, 과연 그 말대로 하여 바둑을 이기게 되었다. 그 중이 한 번 더 내기를 하자 했는데 이번엔 말타기 경주를 해서 강을 먼저 건너는 사람이 이기는 내기였다. 이번에도 부인이, "마구간에서 가장 초라한 말을 타세요. 그 말이 천리마이니 절대 다른 말은 타지 마세요."라고 말해주어 그렇게 했더니 과연 그 내기도 이기게 되었다. 그러자 그 중은 호랑이로 변해 죽고 소년은 부모님을 모시고 행복하게 살았다.

　(제보자 : 상동)

(6) 민담 3

　옛날에 한 노인 부부가 살았는데, 너무 가난한 나머지 할머니가 영감에게 베를 두필 주며 팔아 오라고 했다. 영감이 짐을 지고 육로로 가는중에 가도가도 집은 없고 그러는 사이에 해가 져버렸다. 어두운 가운데 마침

---

3)　가마

불빛을 발견하고는 그리로 갔으나, 도둑놈이 길을 막고 짐을 거기 벗어
놓으라며 돌을 들고 위협하는 것이 아닌가. 절대 짐을 뺏길 수 없는 영감
은 용기를 내어 돌을 들고 도둑의 장을 찍어 버렸다. 비명을 지르며 도둑
은 주저앉았고, 영감은 불빛이 나는 집으로 들어 갔다. 그런데 그 집은
도둑의 집으로 영감이 쉬어 가기를 청하자, 도둑의 아들이 맞아 들였다.
영감이 그에게 자신의 자초지종을 다 이야기 하자 도둑의 아들은 영감에
게 밥을 차려 주었다.

신음 소리를 내며 들어온 도둑은, 그 영감이 자기 집에 있다는 것을 듣
고는 잡아서 감나무에 묶어 버렸다. 감나무에 묶이게 된 영감이 서럽게
노래를 부르자 이를 들은 도둑의 며느리가 웬 사람이냐고 물었다. 영감이
그녀에게도 자초지종을 설명하자 그녀가 꾀를 내어, 다음날 새벽 갑자기
물동이를 내던지며 감나무에 묶인 사람은 자기 오빠라고 했다. 영감도 자
기는 베 팔러 다니는게 아니라 실은 동생을 찾으러 다니는 길이었다고 하
며 울었다.

그러자 도둑은 영감을 풀어 주고 실수했다고 사과했다. 며느리는 영감
에게 맛있는 음식을 대접하고는 도둑에게 나도 친정에 다녀 와야겠다고
했다. 도둑은 이를 허락하고 온 가족이 함께 가기로 했다. 사실은 이 며
느리도 도둑에게 잡혀와 사는 신세여서 여행길에 이들을 관아에 넘기고
는 영감과 남매의 정을 맺고 도둑의 소굴을 털어 부유하고 행복하게 잘
살았다.

(제보자:상동)

(7) 김덕령 이야기

고령 칠등에 김덕령이라는 사람이 살았다. 힘이 장사였던 그는 18살의
어느 날, 기운이 뻗쳐서 발 가는 데까지 가보기로 하고 길을 떠났다. 어
느 골짜기에 이르러 보니 기와집이 잔뜩 모여 있는 동네가 있는데 날도

저물고 해서 한 집의 대문을 두드렸다. 그러자 낭자는 나오지 않고 한 종년이 나오며 이 집은 사정이 있어 오늘 묵지 못한다고 했다. 김덕령이 날도 저물고 쉴 곳도 없다고 하소연하자 그제야 들어오라고 하며 안으로 안내를 했다.

집안을 둘러보니 으리으리한게, 잘 사는 집임이 분명했다. 사랑에 들어가니 먼지가 폭폭하게 쌓여 있어 빗자루로 이리 저리 쓸고 난 후에 저녁상이 들어와 먹었다. 그러자 바깥에서 다각다각 가죽신 소리가 들리더니 문이 열리고 종년이 술상을 들고 들어왔다. 그 뒤에 한 처녀가 따라 들어왔는데 내외가 분명하던 시대라 김덕령이 돌아 앉자 처녀는 "손님, 그러실 것 없습니다. 제가 이렇게 들어온 것은 제가 불면해서 그런 것, 손님 잘못은 없습니다. 돌아 앉으시지요."하였다. 이에 김덕령이 바로 앉자 처녀는 종더러 술을 권하라 했다. 그가 술 한 잔을 마시자 처녀가 이야기를 시작했다. "손님의 상을 보니 장군의 상이신데, 오늘 저의 원수를 갚아 주시지요." "아니, 웬 원수란 말이요?"하고 물으니 처녀의 말인 즉슨 이 근처 많은 기와집이 모두 집의 종과 친척들의 것이었는데 '이학대' 라는 힘센 종이 부모와 근방 일가 친척을 다 죽이고 처녀를 데리고 살려 하니 원수를 갚아 달라는 것이다. 술도 한 잔 걸친 뒤고, 힘이 솟는 18세라 그는 당장 그 놈을 데려오라 했다. 처녀는 그 놈은 힘이 보통 센 장사가 아니니 어려울 거라고 했다. 이에 김덕령이 밥 한 말과 술 한 말을 가져오라 해서 금세 다 먹어 보이고 다시 그 놈을 데려오라 하자 처녀는 다시 만류하였으나 소용이 없어, 종년으로 하여금 이학대를 데려 오라고 했고 김덕령에게 선조로부터 물려 받은 큰 칼을 주었다.

대청 마루에 칼을 끼고 앉은 김덕령의 눈에, 캄캄한 그믐밤에 대문을 열고 들어서는 이학대의 번쩍번쩍 빛나는 눈이 어둠을 뚫고 보였다. 김덕령은 그만 기가 질려 "아이고, 내가 저 놈을 괜히 불렀다."하고 후회하기에 이르렀다. 마당에 들어선 이학대는 "어느 놈이 와서 날 부르노?"하더니 김덕령을 보고 "이 놈이, 뭐 이런 놈이 있노."하며 달려 들었다. 김덕령이 칼을 거머쥐고 가만히 생각하니 '내가 저놈을 불렀다가 다시 가라 하진 못할 것이고, 대장부가 나서 죽으면 죽고 살면 살지.' 하며 달려들어 마당에서 싸우기 시작했다. 상대는 맨주먹이고 이쪽은 칼이 있건만 마음 대로 되지 않았다. 그러다 고웅에 날아 올라 싸우게 되었는데 한참 후에 하늘에서 뭔가가 떨어졌다. 자세히 보니 이학대의 머리였다. 김덕령이 땅 에 떨어져 한숨을 후 쉬며 지쳐있는데 이학대의 죽은 원혼이 "김덕령 이 놈, 네가 가면 어딜 가겠노."하며 달려 들었다. 놀란 김덕령은 자기가 죽 을 판이라 칼이고 뭐고 다 던지고, 여자도 생각 않고 그냥 달아나 버렸다. 가다 보니 강이 나오는데, 배가 저만치 가고 있어 배를 돌리라고 고함을 쳤지만 사공이 그 한 사람때문에 배를 돌릴 리 없었다. 급해진 김덕령은 그만 배를 향해 뛰어 내렸는데 배를 타고 있던 봉사와 부딪쳐 그 봉사의 이마가 깨지고 말았다.

김덕령이 미안하다고 하자 봉사가 "당신은 내일 오시(午時)만 되면 죽 을 사람이 봉사인 나를 왜 이렇게 무시하느냐"고 말했다. 김덕령이 이에 놀라 그 앞에 무릎을 꿇고 "아이고, 선생님 제가 참 잘못했습니다."하고 빌자, 봉사는 가만 생각하다 "장군같은 사람은 생명이 아깝고 난 이제 죽 어 봐야 나이도 많고 앞도 못 보니, 대신 아직까지 벼슬 못한 나의 세 아 들을 후에 당신이 장군이 되어 성과를 올리게 되면 벼슬이나 하나 시켜 주시오."라고 말했다. 김덕령은 그러겠다고 약속하며 목숨만 살려 달라고 했다. 봉사는, 여기서 어디로 가다 보면 한 마을이 나오는 데 그 마을에 맑은 날 우장 삿갓하고 도롱이 입은 사람이 골목에 앉아 있을 터이니 묻 지도 말고 무조건 그 사람의 뒤만 따라 가라고 했다. 그리고 자신은 김덕 령에게 살길을 가르쳐 주었기 때문에 원혼에게 죽게 될 거라고 했다. 김 덕령이 봉사가 가르쳐준 대로 가니, 한 사람이 우장 삿갓에 나막신을 신 고서 김덕령을 보더니 아무 말도 없이 가버리는게 아닌가. 김덕령도 아무 말 없이 뒤를 따라갔는데 그 사람이 어느 집에 이르러 삿갓을 벗고 안으 로 들어가기에 뒤따라 들어가자, "네가 올 줄 알았다. 여기 가만히 앉았거라.”라고 했다. 조금 있으니 이학대의 원혼이 와서 “선생님, 선생님 여기 사람 하나 안 왔습니까? 내 주이소, 내 주이소.” “이 놈아, 안 왔다. 가라!” “아이 그러지 마시고 내 주이소” “안 왔다 해도, 이 놈이!” “내 주이소, 그 사람을” 이에 그 우장 삿갓했던 집주인인 송구봉 선생이 벼루를 슬슬 내면서 먹을 갈아

“이놈이 생전 저승에 들어 가지 못하도록 염라 대왕에게 편지를 한 장 써야 되겠다.” 그러자 원혼이 가겠다고 하며 나와서는 봉사를 죽여 버리고 갔다. 송봉구 선생이 김덕령을 불러 말하셨다. “네가 죽인 그 사람은 비록 상놈의 몸에서 났지만 네 앞의 대장될 사람이고 너는 그의 아장될 사람이며 나는 모사가 될 사람인데 대장이 죽었으니 뭘 하겠나, 이제 넌 살기는 살았으니 네 갈길로 가거라. 곧 임진왜란이 날거다.” 이 말을 듣고 김덕령은 송구봉 선생과 이별했다.

말년에 김덕령은 역적으로 몰리게 되니, 예전에 역적은 그 주위에 돌아가며 철망(철퇴)를 씌웠는데 잡혀 가는 도중에 김덕령이 들판에서 좀 쉬어가자고 하며 “내가 이깟 철퇴는 마음만 먹으면 부숴 버릴 수 있나 나라의 명이니 그럴 수 없다”고 말했다. 할 수 없이 역졸들이 철퇴를 벗겨주어 김덕령은 칼을 들고 옆의 큰 버드나무를 향해 “내 재주가 아깝다.” 하며 훌쩍 뛰어 올라 칼을 뿌리매 버드나무 잎파리가 전부 끝만 날아갔다. 그리고 다시 철망에 둘러싸여 서울로 올라갔다. 그때에 김덕령의 목을 베려하니 아무리 해도 베어지지 않았다. 김덕령이 말하기를 “당신네들이 날 꼭 죽이고 싶거든 ‘만고 충신 김덕령이라’ 하는 비석만 하나 깎아 세워주면 내가 죽어 줄게.” 했다. 역졸들이 생각하니 비석이야 세웠다가 깎으면 그만이지 싶어 ‘만고 충신 김덕령이라’ 하고 새겨서 비석을 세웠더니 사정 없이 김덕령의 목이 베어졌다.

그 후에 비석에 새겨진 글을 깎아 내려 하니 아무리 깎아도 글씨가 또렷하게 나타남으로 인해 김덕령이 충신이었다는 소리를 들었다 한다.

(제보자 : 상동)

(8) 영선못 관련 전설

예전에는 영선못 주위에 활 쏘는 사장이 있어 선비들이 활도 쏘고, 배를 타고 유람선 놀음도 하고 시도 짓고 하였다. 그러다 세월이 지나면서 활 쏘는 사장은 없어지고 물만 출렁출렁 하다, 그 큰 못을 메워 영선 시장이 만들어지게 되었다. 가창면 용계동 위 다리에서 물 지킴이가 수성못으로 옮겨갔다고 하는 말이 있는데 영선못을 메울 때는 큰 구렁이가 있어저 멀리 내버렸다고 한다. 또 한 얘기로는 영선못을 다 메워갈 즈음 물이 조금 남았을 때인 아침에 큰 자라가 한마리 나왔다. 그 때 지게를 지고 일하러 나가던 사람이 자라를 보고 지게에 지고 금호강에 가서 물에 넣어주자 자라는 저만치 물에 떠내려 가다가 고맙다는 인사를 하듯 돌아 보았다. 그 사람이 "오냐, 잘 가거라."하고 돌아 오는데 오는 길에 쌀 일곱 가마니 값을 주웠다. 그래서 그 가난하던 사람은 자라를 구해 준 공덕으로 하루 아침에 쌀 일곱 가마니 값을 얻어 잘 살았다고 한다.

(제보자 : 상동)

(9) 삼정승 딸과 결혼한 이야기

옛날에 재물이 많은 한 스님이 있었는데, 이 스님은 상좌 몇명을 거느리고 있었으나 재물을 자기 손 안에 꼭 거머쥐고는 상좌들을 안 도와주니, 한 상좌가 '스님이 저렇게 무서운데 내 여기 도저히 붙어 있을 수가 없으니 내가 어디로 갈 수 밖에 없다'라고 생각하여 절을 떠났다. 이 상좌가 다른 절에 가서 공부를 하고 있는 중에 자기가 있던 절의 스님이 세상을 떠났다는 소식을 들었다. 상좌가 그 절에 다시 가서는, 스님이 세상을 버린 그 방에는 안 들어가고 창고문을 먼저 열었다. 그러자 그 스님이 아주 커다란 뱀이 되어서 창고 가운데 떡하니 앉아 있는게 아닌가. 마침 그 창고 복판에 돌이 있기에, 상좌가 "스님, 그 돌에 머리를 깨시오"라고 호통을 쳤다. 뱀이 가만히 있자, 당장 머리를 깨라고 더욱더 호통을 치니 뱀이 눈물을 뚜둑뚜둑 흘리며 그만 돌에다 머리를 세 번 때렸다. 그랬더니 머리가 쩍하고 갈라지면서 새파란 청조새가 한 마리 훨훨 날라 올랐다. 그 새는 스님 승지 있는 방으로 가지 않고 상좌의 손바닥에 날름 올라 앉아 날 데리고 어디로 가라고 했다. 가다가 개 짝 짓는데 들어가니 쫓겨나고, 소 짝 짓는데 들어가서 또 쫓겨나고 그렇게 전부 쫓겨나와 어느 어느 골짝에 들어가니 이슬비가 축축 오는데 한 집이 보였다. 그 집은 문도 다 떨어지고 구멍도 빠끔빠끔하게 뚫려진 대문도 없는 조그만 오두막집이었다. 그 집에는 예전에 정승이었으나 살림살이가 다 망해 버려서 노비종들도 다 내보낸 영감 할머니 둘이서 살았는데, 마침 심심하여 둘이 낮에 방에서 장난을 쳤다. 그 때 상좌가 처마 밑에 있었는데 이 청조새가 홀 날라가더니 그 집 문 구멍으로 쏙 들어가 버렸다. 옳지 인제 되었다 싶어 가만히 앉아 있으니, 한참 후에 영감이 문을 열었다. 이 때 "영감님 장난했지요?" 하고 상좌가 물으니, "으으응?" 하고 시치미를 떼기에 상좌가 서슴지 말고 내가 봤으니 이바구4)를 하라고 했다. 그러자 영감이 그래, 심심해서 장난했다고 말했다. 상좌가 이제 아무 달 아무 날 아무 시에 아들이 나올 것이니 그 아들을 낳거들랑 일곱 살이 되면 내가 올 것이니 자기에게 달라고 했다. 그렇게 하지 않으면 그 아들이 섣달 그믐날 밤에 호식5)하게 될 것이라고 했다. 영감이 가만히 생각해 보니 범이 물어가는 것보다 중을 주는게 낫다 싶어 그렇게 하겠다고 기약했다. 그 일이 있은 후에 할머니의 배가 또작또작 부르더니 스님이 말하던 바로 그 날짜에 아기를 낳는데 정말 아들이었다. 그 아이를 잘 키워 일곱 살이 되니 상좌가 온다고 한 날에 와서는 사리문에 서서 영감을 찾으니, "웬 대사가 이리 왔노?" 하니 "날로 모르겠는교? 아무 때 아무 년도에 온 그 대사 아니가?" 한다. 그리고 보니 맞다고 하니까, 오늘 아들을 달라고 했다. 약속을 했으

---

4) 이야기
5) 虎食(범에게 잡아 먹히는 것)

니 안 줄 수가 없어 데리고 가라고 했다. 할머니가 참쌀을 담궈 꼬들밥을 쪄 뭉쳐서 전대에 집어 넣어서는 "배가 고프거든 한 번씩 뜯어 먹으며 가거라."면서 쥐어주며 상좌와 함께 보냈다. 그렇게 어디어디로 가니깐, 큰 강이 하나 나오는데 상좌가 "니는 인제 이 걸[6]로 건너 가거라. 니를 이만치 데려다 줬으니 어디가든 니 밥벌이 하면서 가거라"면서 "니가 호식을 면하려면 삼정승의 딸들과 결혼을 해야 할것이니라"더니 어디 갔는지 혼적도 없이 사라졌다. 이 아이가 가만히 생각해 보니 가기는 가야 하고 다른 길도 없으니 죽으면 죽고 살면 살지 싶어 강을 건너 갔다. 그래서 그 꼬들밥을 배고프면 하나씩 뜯어먹고 뜯어먹고 해서 열네 살이 될 때까지 칠년 동안 이렇게 서울 장안에 갔다. 그 날이 바로 섣달 그믐날 저녁이었는데 불이 환한 집에 가서 "이 집에서 하룻밤 자고 갑시다"하니 백발 늙은이가 나와서 "아유! 웬 도령이 밤에 이리 오노?"하면서 들어오라고 했다. 도령이 들어가니 늙은이가, "어예 이리 다니노?"하고 물어서 도령이 이바구를 했다. 어느 날 우리 아버지가 나를 낳았는데 어느 상좌가 "일곱 살 먹거들랑 내게 달라 해서 안주면 섣달 그믐날 밤에 호식을 할 팔자라, 삼정승 딸한테 장가를 가야 그 운명을 모면한다해서 이렇게 찾아왔다"고 했다. 마침 그 늙은이가 옛날 정승의 집에 종으로 있다가 딸을 낳아 그 딸을 들여 보내고 물러 나온 사람이라, 섣달 그믐날이라고 딸이 집에 왔다. 그 때 저쪽 방에서 총각이 불을 켜놓고 글을 쫙쫙 읽고 있으니, 딸이 "엄마, 저 방에서 웬 도령의 글 소리가 나노?"하니 늙은이가 "아이고 야야, 니 여기 들어오너라 보자. 내가 젊은 시절에 허튼 걸음[7]을 걸어서 아들을 하나 낳았는데 나를 어마이라고 오늘 저녁에 찾아왔다."고 거짓말을 했다. "니한테는 오빠 된다. 들어가 봐라."하여 들어가서 인사하고 나오니 늙은이가 딸을 불러서 이바구를 했다. "이렇게 이렇게 해서 삼정승 딸

하고 결혼을 해야 모면할 수 있다 하니 어떻게 하면 되겠느냐?"고 물었다. 마침 그 딸이 김 정승의 딸을 모시고 있는데, 이 정승, 박 정승 딸이 늘 김 정승 집에 놀러 온다고 했다. 그러자 늙은이가 딸에게 좀 도와주라고 부탁하니 딸이 "아이고 엄마 내가 우예 그라노? 상전 방을 들어간 후에 중상전 방을 지나서 별당으로 들어가는데 내가 우예 하노?"하면서 가만히 앉아 있다가, "엄마, 여섯 폭 치마 풀 해 놓은 거 있나?"고 물었다. 늙은이가 "있다."고 하니까 그 풀을 많이 해서 뻐덕뻐덕한 치마 밑에다 총각을 집어 넣어서 정승댁으로 들어갔다. 그 딸이 종이라서 딴 사람이 별로 안 살피니 상전방을 넘은 후 처자 오라버니 방을 거쳐서 별당으로 들어갔다. 별당에 내려 주고는 "인제 오빠 재주대로 해라."면서 가버렸다. 그 때 박 정승 딸과 이 정승 딸은 저녁 먹으러 가고 김 정승 딸 혼자 있는데, 총각이 문 앞에 와서 얼렁얼렁하니깐 문에 그림자가 비쳤다. 이에 처자가 주역을 내어 읽으면서 "귀신이냐? 사람이냐? 귀신이면 바삐 나가고 사람이면 들어오너라"라고 했다. 총각인 것을 보고 처자가 어떻게 왔냐고 물으니 이렇게 이렇게 해서 삼정승 딸과 결혼을 해야 모면한다고 해서 왔다고 하니 색시가 생각해도 기가 찼다. 자기가 정승의 딸로 삼정승의 딸들과 같이 놀기는 하지만 셋을 한꺼번에 장가들게 하기가 만무했다. 처자가 가만히 생각하고 있으니 밖에서 "언니야!"하는 소리가 나서 총각을 장방에다 숨겼다. 섣달 저녁이라 놀러 왔는데 처자가 재미있는 이야기를 해준다며 "옛날에, 어느 살림살이를 다 한 정승이 늦게 아들 하나를 낳았는데, 그 아들이 섣달 그믐날 밤에 호식할 팔자라 해서 그렇게 혼자 다니다가 어디 가서 이야기를 하니 삼정승 딸하고 결혼을 해야 그 모면을 할 수 있다고 하니 너희 같으면 그 총각을 어떻게 하겠느냐?"고 물었다. 처자 하나가 "우리 같으면 처자 하나 희생시키고 남자 하나 살려주지."라고 하자 다른 처자도 "우리 같으면 총각 하나 살려 주지 그게 뭐 어렵나?"고 했다. "너희 정말 그렇나?"고 하니 정말이라고 하자 김 정승의 딸이 지금 우리 입장이 그렇다고 하며 그 총각을 불렀다. 깜짝 놀란 두 처녀에게 김 정승 딸이 우리가 이 총각을 살려주자고 했다. 그래서 셋이서 합의를 해서 살려주기로 하고 그날 밤 총각은 처자 셋에게 모두 장가를 갔다. 그리하여 처자 둘이는 가고 이튿날 아침에 김 정승이 '흠흠' 하며 "애야 니는 오늘 아침에 자나? 왜 문을 안 여노?" 하기에 처자가 총각을 벽장에 집어 넣고 아버지에게 문안을 여쭙고 술 한잔을 대접했다. 아버지가 가고 나니 별당에 누가 올 리는 만무했다. 그래서 총각이 세 여자와 사흘쯤 같이 놀고 있으니 종이 와서 이제 그만 나가자고 했다. 총각이 나가려고 할 때 그 종이 소나무더미에다 불을 지르고는 "불이야!" 라고 외쳐 모두 불 끄러 가고 아무도 없는 틈을 타서 "오빠야 인제 처남방도 구경하고 장인장모방도 구경하고 천천히 나가자"며 데리고 나왔다. 그 전날 밤 처자가 총각에게 글을 하나 지어주며 "내일 과거가 있으니 이 글을 넣어라"며 주었는데 그로부터 며칠 후 정말 과거가 있기에 과거시험에 정말 그 글을 넣었다. 시험 채점 과정에서 김 정승이 제일 위에 앉고 그 다음에 이 정승이 앉고 그 밑에 박 정승이 앉아 있는데, 김 정승이 그 글을 받아보니 그 글이 참 신기하고 좋아서 내 사위 삼아야 겠다 싶어 도포 밑에 넣어버렸다. 그것을 이정승이 보고 자기도 좀 보자고 하기에 할 수 없이 보여 주었는데 이 정승도 사위 삼아야겠다 싶어 숨기니, 박 정승이 자기도 보여 달라해서 보고는 그 글을 좋게 생각하였다. 세 정승 모두 총각이 탐이 나기에 가마 셋을 꾸며 놓고 총각이 들어 앉는 가마 주인이 사위를 보자고 했다. 가마 셋을 쭉 놓으니 총각이 이 가마 안도 들여다 보고 저 가마 안도 들여다 보더니 그만 중간에 서서 도포 자락으로 가마 셋을 감싸안고 앉았다. 흑백이 가려지지 않자, 상을 잘 차려 놓고는 어느 상을 먹는지 보고 사위를 삼자고 했다. 마침 상을 잘 차려 놓고 있으니, 이 상을 들여다 보고 저 상을 들여다 보더니 이 상에서 밤 하나 먹고 저 상에서 밤 하나 먹고 또 저 상에서 밤 하나를 먹어 또 흑백이 나지 않았다. 이렇게 되니 셋이 결국 사위를 함께 보자고 했다. 김 정승 딸이 열여덟 살 먹어서 큰어마니, 이 정승 딸이 열일곱 살이어서 둘째 어마니, 박 정승 딸이 열여섯이어서 셋째 어마니를 해서 모두 사위로 삼았다. 결국 이 총각이 알성급제 도장원[8]을 해서 도임[9]을 하며 색시를 가마에 태우고 노비 종을 데리고 내려갔다. 고향에 내려가니 총각이 떠날 때보다 어머니 아버지 살림이 더 어려워져 있었다. 총각이 집을 떠난 지 칠팔 년 후여서 늙어 꼬부라져서 얄궂고 할머니는 짚신 비비고, 영감은 짚신 삼아서 살아가고 있었다. 아들이 가서 절을 하니 "우리는 아무 죄도 없으니 제발 곱게 죽여 주이소"하기에 자기가 아들이라고 했다. 그러고 보니 아들의 모습이 있어 어떻게 된 일이냐고 물으니 어떻게 어떻게 되어서 이렇게 되었다고 하고선 가마에다 싣고는 서울로 데리고 갔다. 그래서 좋은 집에 데려다 놓고 살았는데 범이 그 총각을 못 잡아 먹어 악을 품어서, 하루는 중으로 변장을 하고 찾아와서는 그 총각에게 장기를 두자고 했다. 그러면서 장기를 둬서 자신이 이기면 총각 색시를 주고 자신이 지면 자기를 죽이라고 했다. 그런데 이 사람은 글만 읽었지 장기를 둔 적이 없어 근심을 하고 있으니, 색시가 왜 그렇게 수심하느냐고 물어 총각이 자초지종을 설명했다. 그랬더니 색시가 어렵지 않으니 걱정하지 말라고 하면서 "내가 장기 두는 데서 구멍 뚫린 양산을 들고 있을 것인데 그 구멍에 햇살이 들어와서 빛이 비치는 자리에 장기를 놓아라"면서 "그러면 걱정할 게 없다"고 했다. 정말 그날 장기를 두는데 색시가 시키는 대로 해서 장기를 이겼다. 그랬더니 그 중이 다시 이번에는 말을 타고 삼천리를 먼저 돌아 오는 내기를 하자고 했다. 총각이 또 고민을 하고 있으니 이번에는 박 정승의 딸이 그 고민을 듣고는 걱정할 것 없다면서 장인한테 가서 마굿간에서 제일 비루먹은 말을 얻어 오라고 했다. 그래서 장인한테 가서 제일 비루먹은 말을 달라고 하니 장인이 "아, 이 사람아, 왜 하필 비루먹은 말을 가지고 가려고 하는가? 이 앞에 번들번들 좋은 말 몰고 가게."라고 하는데도 저

---

8) 급제 중에서 제일 높은 장원
9) 사모관대 쓰고 큰 잔치 하는 것

말만 필요하다면서 그 비루먹은 말을 가져 왔다. 내기 날에 그 중은 번들번들한 말을 데리고 와서 그 총각의 말을 보고는 '이제는 내가 이기겠구나.' 싶어서 경기를 시작했는데, 중이 몰고 온 말은 번들번들하고 살도 찌고 키도 큰 반면, 총각이 몰고 온 말은 비루먹고 조그맣고 눈에 꼽째기도 끼고 한 것임에도 불구하고 번들번들한 말이 반바퀴도 안 돌았을때 한 바퀴 싹 돌아서 왔다. 한 번만 풀쩍 뛰니 단번에 천리를 뛰어서, 중은 아직 천리도 못 뛰었는데 단박에 삼천리를 들어 왔다. 그래서 이 총각이 이기자 중은 갑자기 사그라들면서 죽어버렸다. 그래서 모면하고 잘 살았다고 하더라.

(제보자:대구광역시 남구 대명 5동 177-8번지, 정분이, 81세, 여, 무직.)

(10) 도깨비 방망이 이야기

예전에 한 사람이 가난해서 끼니도 옳게 못 먹고 살았는데, 그는 둘째 아들이면서도 부모님을 모시고 살았다. 어느 날 이 사람이 산에 나무를 하러 갔을 때 깨구미[10]가 있는데, 그 죽은 깨금 나무의 둥치를 팍 때리니 하나가 툭 떨어지는데 '이건 우리 아버지 주고' 하면서 호주머니에 넣고, 또 한번 팍 때리니 또 하나가 떨어지는데 '이건 우리 엄마 주고' 또 툭 때리니 하나 떨어지는데 '이건 우리 아들 주고' 또 하나 떨어지니 '이건 우리 마누라 주고' 그 중 뒤에 떨어지는 것은 '이건 내 먹고.' 하며 챙겼다. 이렇게 나무를 하나 가득 해서 내려오는데 해가 저물었다. 길도 모르던 차에 저 멀리 집이 하나 보였다. 저기 들어가서 자고 갈수 밖에 없다 싶어 들어가니 집이 얼마나 넓고 잘 지어 놓았던지, 겁도 나고 해서 그 집의 높은 대들보에 올라가서 그것을 껴안고 있었다. 한참 있으니 뭐가 두런두런하더니 "인내야, 인내야, 어디서 인내가 나노?" 하는데 그곳이 바

---

10) 7, 8월에 여는 나무열매

로 토째비[11] 집이었다. 그가 겁이 나서 가만히 있으니, 이놈들이 사람을 찾다가 아무도 없는데 싶어 방망이를 가지고 탁 치며 감 나오너라, 뭐 나오너라 하니 오만 것이 다 나왔다. 한참 두드리고 있을 때 에라, "이놈의 새끼들!"하면서 고함을 지르면서 대들보를 쾅 치니 그놈들이 놀래서 도깨비 방망이를 내던지고 도망갔다. 그래서 그가 도깨비 방망이를 주워 들고 집에 와서 두드리니 부르는 대로 나와서 부자가 되었다. 이것을 형이 보니 '동생이 각중에 어떻게 부자가 되었노?' 싶어 물어 보니 동생이 "아 그거 부자되는거 일 없더구만."하면서 도깨비 방망이 하나 주어 와서 부자가 되었다고 했다. 이 말을 듣고 형도 밥을 싸서 나무하러 갔다. 그랬더니 진짜 깨금 나무 하나 죽은 것이 있어 쿵 때려서 이거 하나 내 먹고, 툭 때려서 떨어지니 이거 우리 마누라 주고 또 하나 떨어지니 이건 우리 아들 주고 또 툭 때려서 떨어지니 그제서야 이건 우리 엄마 주고 맨 마지막으로 떨어지는 것은 우리 아버지 주고 이렇게 주워서 내려오니 해가 졌다. 그래서 둘러다 보니 동생이 말하던 그 집이 있었다. 그래서 자기도 대들보에 가만히 엎드려 있을 때 뭐가 두신두신 오더니 인내야, 인내야 하면서 찾더니 또 도깨비 방망이를 두드리며 놀았다. 그러자 형도 "야, 이놈들!"하면서 고함을 질렀는데 도깨비들이 "아, 아래 저녁에 왔던 놈이 또 왔구나."하면서 끌어 내려서 얼마나 두드려 팼던지 자지가 열닷발이나 늘어졌다. 이놈을 끌고 올려고 하니 끌고 내려 올 수도 없고 해서 앉아서 상큼상큼 삼켜서 어깨에 둘러 메고 나뭇짐도 다 버리고 내려와서 동생을 불렀다. "아이고, 야야 큰일났다, 큰일났어." 하니가 동생이 그 이튿날 방망이로 줄어들라고 두드렸다. '열닷발 오그라져라, 스물닷발 오그라져라'고 하루 저녁으로 두드리니 들어갔다는 얘기가 있다. 부모를 안 챙기고 자기부터 자기 계집, 자기 자식만 챙기니 토째비도 그렇게 한 것이다.

(제보자 : 대구광역시 남구 대명 5동 177-8번지, 정분이, 81세, 여, 무직.)

---

11) 도깨비

(11) '성기 도사' 이야기

옛날에 '성기 도사'가 살았는데, 성기 도사-호가 성기-는 땅 지대도 보고 미터도 보고 지리를 잘 알아서 그렇게 불리운다. 성기 도사가 도관을 쓰고 출타를 해 길을 갈 때 어떤 총각이 지게에 짐을 지고 가는데,

"뭣인고?"하고 물으니

"우리 아버지입니다."라고 대답하였다.

"아버지를 왜 그래 지고 다니는고?"

"우린 하도 못 살아서 내 나이가 이만큼 되도록 장가도 못 가고 아버지도 남의 집에 살았습니다. 그런즉, 아버지께서 세상을 떠나도 송곳 꽂을 땅조차 없어, 아버지 묻을 자리를 찾아서 다닙니다."

"어디다 묻으려는고?"

"정처없이 지고 다닙니다."

"인간 천 명이 장사를 해야만 자손이 당대 부자가 되지, 천 명이 안 되면 아무 일 없다."

"우린 외롭고, 돈 없고, 힘없고, 올 사람도 없는데 어떻게 사람 천 명을 구합니까?"

"하여튼 목숨 천 명을 구해라. 천 명 있는데 가서 써야 되지 아니면… 만약 천 명이 있는데 가서 묘자리를 본 후, 아버지를 묻으면 당일 만석이 될 것이다."

그는 '당일 만석이 어떻게 되지?' 하며 집으로 갔다. 천 명이 나설 때까지 그냥 지고 다니라 해서 그렇게 해 보았지만 한 사람도 나서는 사람이 없었다. 그렇게 해서 지친 그는 솔밭에 들어가서 지게를 받쳐 놓고는 '아이고 이제 모르겠다. 아무데나 버리지.' 라는 생각으로, 아버지를 도르르 굴려 버렸다. 그런데 굴러가던 시체가 어느 소나무에 턱 걸리게 되었다. 그는 쉬는 게 자기 자리라 싶어서 '에라 그냥 여기 묻어 놓자' 하고는 흙을 한 줌 퍼 제꼈다. 그러자 개미 수 천, 아니 수 만 마리가 아버지 시체

를 덮는 것이었다. 그는 그 사람이 성기 도사인지도 모르고 '아까 그 어른이 천 명 있는데서 쓰라고 했는데 목숨은 한가지다. 이 다 목숨인데 천 명이 넘지' 라는 생각으로 아버지를 묻고는 지게를 집어 던져 버렸다. 성기 도사는 또한 아버지를 묻고 나서는 뒤도 돌아보지 말고 가되, 누구든지 처음에 만나는 사람을 따라가라고 했다. 냇가에 가니까 뽀하얀 소복 입은 부인이 조금 떨어진 곳에 자리를 펴 놓고 시냇가에서 빨래를 하고 있었다. 그 색시는 재산이 많은 엄청난 부자였는데 외롭고, 가장 없고 남편 없고 시아버님 없고, 어른도 없고 천지 홀로 재산뿐이니 재산 맡길 사람이 없어 재산 맡길 사람을 기다리려고 매일 자리를 펴 놓고 기다리는 중이었다. 옛날에는 젊은 부인들이 소복 입고 빨래를 하면, 남자들은 전부 피해 갔고 가까이 가지도 못했으므로 쉬라고 자릴 펴 놓으면 아무도 안 쉬어 가고 자리를 피해 가는데, 그 날은 그 색시가 앉아서 빨래를 하고 있는데, 어떤 더벅머리 총각이 수건을 들고 와서 펴놓은 자리에 턱 앉았다. 부인은 참 별일이다 싶어서 말도 안 하고 그저 앉아 있는걸 지켜보았다. 빨래를 다하고, 담아서 가려면 자리를 걷어 가야 되니 이 총각이 비켜 주기는 했다. 부인이 자리를 걷어 돌아가는데 이 총각이 줄줄 따라 왔고 부인은 오는 것을 그냥 두었다. 집에 와서 부인이,

"여봐라, 문 열어라!" 하니, 종이 문을 열어 주고 부인은 그만 싹 들어가 버렸다. 그래서 총각은 벽에 기대서 '어떻게 저 안쪽에 들어가겠는가?' 생각하다가

"여봐라, 문 좀 열어라. 대문 좀 열어라." 하니 종들이 와 가지고,

"마님, 마님. 어떤 거지가 와서 대문을 열어 달라는데 열어 드릴까요?" 라고 물으니

"열어 드려라." 해서 총각이 들어왔다. 마님이 종에게 사랑방에 모시라 해서 총각은 사랑방에 들어가 앉아 있었다. 그때 저녁이 만반 진수로 잘 차려 들어 와서 잘 먹었다. 그렇게 저녁을 먹고 앉아 있을때 마님이 가마 솥에 물을 대고 사랑방 손님을 목욕시키라고 하니 종들은 물을 가득 대고

손님을 목욕시켰다. 성기 도사가 한 말대로 그는 하라면 하고 말라면 말
고 목욕을 했다. 색시가 장문을 여니 옛날에 영감이 입은 옷이 많이 있어
서 그 중 가장 좋은 것만 다 싸 가지고 종들을 앞뒤에 세우고 사랑방에
가서 손님에게 이것을 입으라 하였다. 거지같던 총각은 목욕했지 그 좋은
옷을 입었지 갓망건까지 썼지 해서 과연 인물이 참으로 가관이었다. 색시
는 그렇게 하고는 큰 방에 가서 촛불을 밝혀 놓고, 사랑방에 계신 손님을
큰 방으로 모시고 자신이 매일 시냇가에 있었던 이유를 말하기 시작했다.
 "그래 이제 설명을 하겠는데 정신없이 있지 말고, 내 말을 익히 들으
소. 내가… 인데 우리집 시부모님, 부모님도 다 돌아가시고 남편도 죽었
소. 결국 우리 집안에는 남편도 세상 버리고, 부모님도 세상 버리고 혈연
닿는데는 내 뿐이니, 재산이 아무리 있어도 차지할 사람이 없어서 재산을
맡을 사람을 구하기 위해서 내 매일 시냇가에서 빨래를 했소. 자리를 펴
놓고 빨래를 하고 백년 부부를 만나려 해도, 자리 펴 놓으니 괜히 앉지를
못하고 전부 그 자리를 피해 가니, 내가 어떻게 해도 안되고 오늘 당신을
만났소." 이리하여 둘이 동거지약을 하여, 살자 하니 총각에게는 더없이
좋은 일이었다. 그래서 그날 밤 동품을 하고 자고 나니 만석꾼의 재산이
모두 총각의 것이 되었다. 이렇게 성기 도사는 총각이 당일 만석꾼될 것
을 미리 알고 있었던 것이다.

(제보자:대구광역시 남구 대명 1동 경로당, 이임달, 68세, 여.)

(12) '고려 행장' 폐지의 배경

 옛날에는 임금이 70만 되면 고려 행장하라고 명령을 내렸는데 중간에
고려 행장이 끝났다. 왜 끝이 났는가? 옛날에 가난한 효자가 살았는데 뭐
든지 모르면 어머니께 물어서 해결하였다. 대국의 천자가 조선을 손에 넣
고 마음대고 하려고 하나 조선이 대국의 뜻에 거스리는 일이 없었다. 그
래서 트집을 잡으려고 굵기가 같은 통나무를 구해 세토막 내서 윗 토막,

가운뎃 토막, 아랫 토막에 자기들끼리 암호를 하고, '이 것은 조선에서 모를 것이다.'하고 보냈다. '너희 나라에서 이 것을 못 맞추면 끝이다.' 임금이 고을마다 방을 붙여도 나서는 사람이 없었다. 그런데 한 고을의 원님이 하겠다고 나서도 할 수가 없어서 어느 고을의 어떤 총각이 잘 안다는 소리를 듣고 쪽지를 보냈다. 받아 보니까 총각이 기가 찼다. 모든 걸 어머니와 상의해서 해결했는데 이제 어머니가 안 계시니 어떻게 할까 생각했다. 그때 어머니를 고려 행장한지 한 달이 지났는데, 아직 양식이 남아 어머니가 죽지는 않았다. 묘 밑에 들어가 있는 어머니를 찾아가 '어떻게 하면 좋겠습니까?'라고 물었다. 그러자 어머니는 '큰 통에다 물을 가득 부어서 하나 하나씩 넣으면 하나는 푹 가라앉고 하나는 중간쯤 뜨고 하나는 물 위에 뜰거다. 푹 가라앉는 놈이 밑 둥치고, 가운데 가라앉는 놈이 가운데 둥치고, 뜨는 놈이 윗 둥치다.'라고 말씀하셨다. 어머니 말씀대로, 하나 던지니 가라앉고, 또 하나 던지니 뜨고, 하나 또 던지니 가운데 떴다. 그 다음에 건져서 표를 다 붙여서 나라에 보냈다. 천자가 보니 자기들이 암호해 놓은 것하고 딱 맞았다. 그래서 천자는 '아, 조선이란 나라를 참으로 무시 못하겠구나!'라고 생각했다. 그 일로 헤서 우리 나라의 위치가 높아지게 되었고, 이에 임금이 이 문제를 푼 사람을 불러와서 어떻게 이 문제를 풀었는가를 물었다. 그러자 그 효자는 고려 행장으로 묘 밑에 계신 자기 어머니께 물어 봤다고 말했다. 그래서 임금은 나이 많은 사람이 없으면 정치를 못 한다는 것을 깨닫고 고려 행장을 폐지할 것을 명령했다. 그때부터 생사람을 묘 속에 잡아넣는 일이 없어지고, 노인들이 제 명대로 살게 되었다.

(제보자:대구광역시 남구 대명 1동 경로당, 이임달, 68세, 여.)

(13) 홀아비와 곡괭이

한 마을에 어린 아이와 함께 사는 홀아비가 있었는데, 어느 여름 장마에 그 아이가 죽고 그 아버지는 아들의 원통한 죽음에 어쩔 줄을 몰랐다. 그래서 그 아이를 들쳐 업고 마을의 한 스님을 찾아서 모든 이야기를 했다. 그러자 스님이 "그 아이의 죽음은 너무나 원통하여 수 천명을 함께 묻어야만 그 영혼이 편히 잠들 수 있고 또한 그게 자네 사는 길이네."하고 말했다. 그러나 그는 한 뼘의 땅도 없는 가난뱅이였기에 아이를 들쳐 업고 먼길을 떠났다.

어느 산을 넘을 무렵 그는 돌부리에 걸려 아이를 떨어뜨리고 말았다. 떨어진 아이는 한동안 구르다가 산비탈에 멈추었다. 아비는 너무나 미안해서 그냥 그 곳에 주저 앉아 한참 운 뒤 그 곳에 아이를 그냥 묻기를 작정하고 곡괭이로 땅을 팠다. 그 때 땅 밑에 수 천마리의 개미가 살고 있는게 아닌가! 그 홀아비는 목숨은 같아서 수천 마리의 개미도 스님의 말에 맞는 수 천명의 목숨과 같은 것이라 생각하여 그 자리에 아들을 묻었다. 다 묻고 곡괭이를 던지고 한참 주저앉아 운 뒤 산을 내려 가려고 곡괭이를 잡았을 때 그 밑에서 산삼 3뿌리를 발견하게 되었다. 홀아비는 그것을 팔아 한평생 넉넉하게 잘살다 죽었다고 한다.

(제보자:대구광역시 남구 대명 10동 경로당, 김금순, 68세, 여.)

(14) 훈장딸과 암행어사

어떤 고을에 한 유명한 서당 훈장이 살고 있었다. 그에게는 처가 없었지만 어여쁜 딸이 한 명 있었고 그는 그의 딸에게 비록 가난한 살림이지만 모든 애정을 쏟았다.

역시 그 마을에는 한 한량이 살고 있었는데, 집도 부유하고 집안도 유서깊지만 그의 행실은 마을에서 좋은 평을 받지 못했다.

그러던 어느 날 훈장집 예쁜 딸이 이 한량의 눈에 띄었다. 물론 처음에 몇 번 접근해 보았지만 예쁘고 지조있는 훈장집 딸에게는 통하지 않았다. 그래서 이 한량은 훈장네의 옆집에 사는 할머니를 매수하여 그 딸의 모든 것을 알게 되었다. 그리고 그 할머니로 하여금 몰래 그 딸의 방에 자기 대님을 놓아 두도록 시켰다. 다음 날 한량은 서당집에 들어 가서는 훈장에게 어제 따님과 잠자리를 함께 했는데 대님을 두고 와서 찾으러 왔다고 말했다. 그 집이 발칵 뒤집힌 것은 두말 할 나위도 없었다. 딸은 집에서 쫓겨날 운명인지라. 너무나도 억울하고 아버님께 죄송하여 이 사실을 관가에 고하여 원님에게 판결을 부탁했다. 그러나 이 한량은 이미 원님에게 까지 수를 쓴 상태였다. 판결이 있는 날 그 마을 사람들이 모두 모여 아수라장을 이루었다.

원님은 그 한량에게 만약 잠자리를 같이 했다면 그녀의 몸의 특징을 알 것이니 그것에 대해 소상히 말해보라 했다. 그래서 한량은 그녀의 가슴에 사마귀가 있다고 말하였다. 모두 이미 짜여진 각본대로였다. 그 딸은 아무말도 못하고 가만히 있었다. 이에 원님이 한량에게 죄가 없다는 판결을 내릴 찰나에 그 딸이 앞으로 나서서 옷고름을 풀어 헤치고 대담하게 사람들이 보는 앞에서 앞가슴을 드러냈다. 그리하여 그 딸은 누명을 벗었다.

이들 인파 속에서 몰래 이 사건을 지켜보고 있는 사람이 있었으니 바로 암행어사였다. 후에 이 암행어사는 그 한량과 원님을 엄히 처벌하였고, 처녀의 그 대담한 행동과 수려한 용모에 반한 암행어사는 뒤에 그녀를 아내로 삼아 행복하게 잘 살았다.

(제보자 : 대구광역시 남구 대명 10동 경로당, 이옥자, 74세, 여.)

(15) 소금장수 이야기

옛날에 소금을 가지고서 이곳 저곳의 장을 찾아다니며 도보 행상을 하던 한 사람이 있었다고 한다. 그날도 여느날과 같이 행상을 나갔다가 날이 저물어 하룻밤 묵어갈 집을 찾았으나 찾지 못하고 한참을 헤매다 산

속 깊은 곳에서 불빛이 새어 나오는 큰 기와집을 발견하고 주인에게 하룻밤 묵어가기를 청했다 한다. 그러나 주인은 근심스러운 표정을 하고서 말하길 "참으로 미안하나 묵어갈 수가 없습니다."하자 소금장수가 한사코 사정했다. 그러자 주인은 또 말하길 "당신이 우리 집에서 묵어가면 큰 일이 일어납니다. 해마다 저 산 너머에 있는 호랑이떼들이 찾아와서 한 해에 한 명씩 물어 갑니다. 이제 다 호랑이에게 물려가고 혼자 남았으니 오늘밤 호랑이가 오면 그대가 죽음을 당할지도 모릅니다. 그러니 속히 떠나십시오."했다. 그러나 소금장수는 괜찮다면서 묵어가기를 청하였기에 주인은 하는 수 없이 소금장수를 방에 들이고 진수성찬을 차려 먹였다. 소금장수가 밥을 다 먹고 난 후 주인은 소금장수를 시켜 누룽지와 소금을 자루에 가득 넣게 하고는, 그 자루 속에 소금장수를 넣어 묶어서 호랑이가 오는 길목 큰 바위 위에 있는 나무 위에 자루를 매달았다. 큰 바위 아래에는 깊고 깊은 못이 있었다. 소금장수는 이제 꼼짝없이 죽게 되었음을 슬퍼하며 계속해서 흐느껴 울고 있었다. 드디어 깊은 밤이 되자 산 너머의 호랑이떼들이 그 기와집을 향해 왔다. 호랑이들이 오다가 사람이 구슬피 우는 소리가 들려 귀를 기울이니 큰 바위 위의 자루 속에서 소리가 나는 것이 아닌가. 대장 호랑이의 명령으로 그 자루를 내리기 위해 한 마리씩 뛰어 올랐으나 모두 자루에 미치지 못하고 바위 아래에 있는 못에 빠져 죽어 버렸다. 마지막으로 대장 호랑이도 자루를 향해 뛰어 올랐으나 미치지 못한 채 빠져 죽었다. 날이 밝아 주인장이 그 곳에 와 보니 소금장수는 여전히 자루에서 울고 있고 물 위에는 죽은 호랑이 떼들이 둥둥 떠 있었다고 한다. 주인장은 자루를 열고서 소금장수를 나오게 한 후 죽은 호랑이들을 건져 장에 팔아서, 주인과 소금장수가 반반씩 나누어 가지고 행복하게 살았다고 한다.

(제보자 : 대구광역시 남구 봉덕 2동 1265-30번지, 노욱도, 64세, 교사, 남.)

(16) 맏이 중시 민담

　옛날에 두 형제가 살았는데, 형이 가난하고 동생이 다소 부유하여 항상 동생이 돈을 대고 형집에서 제사를 지내다가 한날은 동생이 어차피 자기가 돈을 대고 지내는 것이니 번거롭게 형집에서 하지 말고 자기집에서 제사를 지내자고 하여 형도 동의하였다. 드디어 제삿날이 되어 형수가 제사를 지내러 동생네 집에 가기 전에 고추밭에 있는 나물로 나물국을 끓여 요기를 하고 남은 한 그릇을 상에 올려놓고 동생네로 갔다. 가보니 시어머니가 말하기를 시아버지께서 당연히 맏이집에서 제사를 지내는 줄 알고 맏이 집에 가서 나물국을 드시고는 배가 부르시다고 하면서 정작 제사를 지내는 동생집에 오셔서는 음복도 하지 않고 돌아가셨다는 것이다.

　(제보자 : 대구광역시 중구 남산동, 최덕용, 77세, 남, 상업, 양순남, 70세, 여, 가사.)

(17) 굴비 장수와 동네 아낙들

　옛날에, 근처에 샘이 없는 마을이 있었다. 그래서 밖으로 나가서 샘을 파서 그 곳을 이용했다. 그 때 그 시절에 있었던 이야기이다.

　마을 밖의 샘에서 마을 아낙들이 모여서 보리쌀도 씻고 물도 길러 갔다. 그 곳에서 시어머니 흉도 보고 신랑 흉도 보면서 동네 아낙들이 이야기꽃을 피웠다. 그 때 어떤 남자가 "굴비 사이소, 굴비 사이소." 라고 하면서 이 아낙들이 있는 곳으로 왔다. 당시 촌에서는 굴비 살 돈이 없었다. 그래서 굴비 살 돈이 없다고 얘기하자 그 굴비장수가 하는 말이 "앞으로 주면 두 드름, 뒤로 주면 두 드름." 이라고 해서 한 아낙이 가만히 듣고서는 이왕 주는 것 앞으로 주고 두 드름을 받았다. 그 여자가 집으로 돌아와서 굴비 반찬을 해 놓고 나무하러 간 신랑을 기다렸는데, 그 신랑이 돌아와서는 자초지종을 묻자 아낙이 샘에서 있었던 얘기를 해주었다. 그랬더니 신랑은 잘했다며 자신의 아내를 칭찬했다고 한다.

　(제보자 : 대구광역시 중구 남산동, 최덕용, 77세, 남, 상업, 양순남, 70세, 여, 가사.)

(18) 과부와 동네 머슴들

어떤 마을에 과부가 살고 있었는데 생전에 남자들이 감히 그 과부에게 말을 건네지를 못했다. 어느 날 초당방에 머슴들이 모여 앉아서 그 과부에게 말을 건넬 수 있는 사람에게 한 잔 내겠다는 내기를 했다. 애기를 듣던 한 머슴이 그렇다면 내가 한 번 해보겠다면서 그 과부집으로 찾아갔다.

그 때 과부는 마당에다 멍석을 펴 놓고 이불을 꿰매고 있었다. 이 싱거운 머슴이 와서 그 과부에게 가위를 들어서는 이 가위를 가지고 무엇이라고 하느냐고 물었다. 그러자 과부가 '가시개'라고 한다고 하자 그 머슴은 아니라면서 자신의 마을 사람들은 그것을 '십실개'라고 한다고 했다. 또 멍석을 보고는 '하던 방석'이라고 한다고 말하고는 과부가 당신의 성(姓)이 무엇이냐고 묻자 '내 가(哥)'라고 말하고는 과부가 쓰던 가위를 멍석 밑에 숨겨놓고 가 버렸다. 그 여자가 이불을 다 꿰매고나서 가위를 찾는데 가위가 없자 자신의 집을 나가는 그 머슴을 불러 "저기 가는 내 서방, 십실개 어디 있소!" 하고 묻자, 그 싱거운 머슴이 "하던 방석밑에 넣어 두었다."하고 대답하고 갔다고 한다.

그러자 동네에서 머슴들이 그 머슴보고 이겼다면서 초당방에서 술을 한 잔 사줬다고 한다.

(제보자:대구광역시 중구 남산동, 최덕용, 77세, 남, 상업, 양순남, 70세, 여, 가사.)

(19) 죽음에 대해서

옛날 절에서 어떤 대사 한 분이 마을에서 시주를 얻고, 해가 저물어 산 등성이로 올라가고 있었는데 어디선가 우는 소리가 나서 우는 소리를 따라가 보았다. 외딴 집에 불이 환하게 비쳐 있기에 그 집으로 들어가니 바로 그 울음소리가 나던 집이었다. 대사가 들어가니 노인이 죽은 시체를 눕혀 놓고 울고 있었다.

그 때 대사가 들어가니 노인이 반갑게 맞아들이면서 "내 아들이 나하고 둘이 살다가 죽었으니 어떻게 하면 우리 아들을 살릴 수 있습니까?"하면서 울었다. 대사가 가만히 듣고 있다가 죽은 사람은 살릴 수가 없으니 노인을 위로하기 위해서 진정하라고 하면서 살릴 수 있는 방도를 가르쳐 주겠다고 했다. 그 노인은 희색이 만면하여 살려준다면 무엇이든지 시키는 대로 하겠다고 했다.

그러자 대사가 하는 말이 사람 사는 마을에 내려가서 사람이 한 명도 안 죽은 집을 찾아 그 집에서 물을 한 그릇 얻어오면 살려주겠다고 했다. 그 노인은 기뻐서 '그거야 어렵지 않을 것이다'라고 여겨 마음을 먹고 마을로 내려가 집집마다 물어보면서 사람 안 죽은 집을 찾아 물을 한 바가지 얻으려고 했다. 그러나 윗대 할아버지, 조상들 등등 사람이 죽지 않은 집은 없었다. 그 노인이 아들을 살리기 위해서 집집마다 돌아다니며 사람 안 죽은 집에서 물을 얻으려고 했지만 모두 사람이 죽었다고 했다.

그제서야 노인은 깨닫고 뉘우치며 '아, 나만 자식이 죽은 줄 알았는데 집집마다 사람이 안 죽은 집이 없구나. 이것이 사람의 인생이구나!' 하면서 마음을 돌려 집으로 와서 대사와 함께 아들 장례를 치루었다고 한다.

(제보자 : 대구광역시 중구 남산동, 최덕용, 77세, 남, 상업, 양순남, 70세, 여, 가사.)

(20) 양반의 이중성

옛날 어느 정승집과 인연을 맺은 색시가 혼사를 치루어 그 집으로 시집을 갔다. 그런데, 첫날 밤에 잠을 자다가 색시가 방귀를 뀌게 되었다. 순진한 아가씨가 첫날 저녁에 방귀가 나와 방귀를 뀌게 되니 신랑되는 사람이 요망하다 하여 쫓아내 버렸다. 그래서 쫓겨난 여자는 자신의 집으로 돌아와 1년 후에 자신을 쫓아내었던 그 신랑의 아이를 낳게 되었다.

아이가 커서 서당에 다니게 되었는데, 서당에서 매일 아버지 없는 아이라고 놀림을 받게 되자 아이가 어머니에게 아버지가 누구냐고 물었다. 그

런데도 어머니는 가르쳐 주지 않자 어느 날 아이가 단단히 마음을 먹고는
어머니에게 오늘도 가르쳐 주지 않으면 죽겠다고 하면서 가르쳐 줄 것을
요구했다. 그러자 어머니도 더 이상은 어쩔 수가 없어서 예전에 자신의
결혼 첫날 밤에 있었던 일을 이야기해 주면서 어디 어디에 가면 그 정승
집이 있는데 그 곳에 너의 아버지가 계신다고 일러 주었다. 아들이 듣고
는 알겠다고 하면서 오장망태에 외씨를 넣어 메고서는 그 대가집 담 주위
를 빙빙 돌면서 "아침에 심으면 저녁에 외를 따먹을 수 있는 외씨 사오."
하면서 고함을 질렀다. 사랑에서 들으니 아침에 심어 저녁에 먹을 수 있
는 외씨가 정말 있는가 싶어 아이를 들여 보내게 해서는 외씨를 사면서
만일 그것이 거짓말이면 어떻게 하겠느냐고 물으니, 아이가 하는 말이 그
러면 내 목숨과 바꾸겠다고 하면서, 그러나 조건이 있는데 절대 방귀를
뀌지 않는 사람이 심어야만이 외가 열리지 그렇지 않은 사람이 심으면 안
된다고 했다. 그렇게 해서 아이는 자신의 아버지를 만나게 되었는데 그
말을 듣자 그 아버지가 "이놈아, 사람으로 나서 방귀를 뀌지 않는 사람이
어디 있느냐. 어른을 농락하지 말아라!"하고 아이를 꾸짖었다. 그러자 그
아이가 "그러면 당신은 첫날 밤에 방귀를 뀐다고 해서 아내를 쫓아낸 일
을 알고 있습니까?"하고 물으니 그때의 일을 상기하고 그런 일이 있다고
대답하자 아이는 "그 사람이 바로 우리 어머니입니다."했다. 그 아버지가
그제서야 납득을 하고는 그 아이의 어머니를 찾아 아이와 함께 단란하게
살았다고 한다.

(제보자:대구광역시 중구 남산동, 최덕용, 77세, 남, 상업, 양순남, 70세, 여, 가사.)

(21) 불교 관련 설화 1

보경사에 새로 주지 스님이 오셨다. 그래서 주지 스님이 상좌 아이를
데리고 보경사를 휘둘러 구경을 하고 계셨는데 그 절의 뒷부분에 7개의
작은 구멍이 나 있는 것을 발견하고는 괴이하게 여겨 상좌 아이에게 이

구멍이 웬 구멍인지 물어 보았다. 상좌 아이가 하는 말이 이 구멍은 역대 주지 스님들이 죽어서 뱀이 되어 들어간 구멍이라고 말했다. 다시 스님이 그럼 마지막 구멍은 누구의 것이냐고 물었더니 마지막 7번째 구멍은 바로 지금 오신 주지스님이 들어가실 구멍이라고 답했다.

즉 스님이라도 알면서 죄를 짓게 되면, 죽어서 뱀이 되어 그 구멍 속으로 들어간다는 것이었다. 주지 스님은 어떻게 하면 뱀이 되지 않느냐고 상좌에게 물어 보았다. 상좌는 주지 스님이 돌아가실 때까지 늘 함께 있을 수 있다면 상좌가 어떻게 해 볼 수 있지만, 주지 스님은 다른 절로 가야하므로 어떻게 할 수 없다고 하였다.

드디어 주지 스님은 돌아가시어 뱀이 되었는데, 동자가 복숭아 나뭇가지를 꺾어 그 뱀을 쫓아 다니자 그 뱀이 마침 아기를 낳지 못하고 있던 어느 집으로 들어갔다. 그 후, 그 집 아낙이 태기가 있게 되었고, 상좌는 그 집의 아낙을 불러서 이 집에 삼신이 입했으니 아이를 낳을 것인데 라고 하면서 나뭇가지를 부러뜨려 그 한쪽을 아낙에게 주면서 말하기를 "아이가 태어난 후 7살이 되면 아이를 절로 보내야 살 수 있습니다. 제가 7년 후 다시 찾아 올테니 이 나뭇가지 반을 잘 간직하고 있다가 그때 나뭇가지를 맞춰보고, 그 아이를 제가 절로 데리고 가겠습니다." 라고 하였다.

열 달이 지나 그 집에 아이가 태어났고, 7년이 지난 후 그 아낙은 그 사실을 까맣게 잊고 있었는데, 어느 날 상좌가 찾아와 7년 전의 일을 말하고, 아낙이 농안에 두고 있던 나뭇가지와 맞춰보니 딱 맞았다. 그래서 상좌는 그 아이를 데리고 다시 절로 들어갔고 뱀이 되었던 주지스님은 다시 사람으로 태어나 절로 들어가게 되었다.

(제보자 : 대구광역시 중구 남산동, 최덕용, 77세, 남, 상업, 양순남, 70세, 여, 가사.)

(22) 불교 관련 설화 2

해인사가 세월이 오래되어 단청이 헐어지게 되었다. 그런데도 그 단청이 너무 높았기 때문에 아무도 다시 색칠을 할 엄두를 내지 못하고 있었다. 그런데, 어느 날 한 사람이 나타나서 자기가 그 색칠을 하겠다고 나서면서, "내가 방 안으로 들어가서 단청에 색칠을 할 때 절대로 들여다봐서는 안되오."라고 말했다. 그러나 그 말을 그 절의 동자가 엿듣게 되었다.

방안으로 들어간 사람은 몇 날 며칠을 그 방에서 나오지도 않고, 먹지도 않고, 자지도 않는 듯 해서 호기심 많은 동자가 드디어 그 방을 몰래 엿보았다. 그런데 놀랍게도 그 방에서 단청에 색칠을 하고 있는 것은 사람이 아니라 한 마리 새였다. 새가 포로록 포로록 날아다니면서 단청에 색칠을 하고 있는 것이었다. 단청 색칠이 거의 다 끝나갈 무렵에 동자가 엿보고 있음을 알아채버린 그 사람(새)은 그만 그 일을 그만두고 날아가 버렸다.

그렇게 해서 그냥 무심히 볼 때는 아무런 흠도 없는 것 같은 해인사 단청에는 미처 완성되지 못한, 알지 못하는 흠이 남아 있다고 한다.

(제보자:대구광역시 중구 남산동, 최덕용, 77세, 남, 상업, 양순남, 70세, 여, 가사.)

(23) 인간으로 환생한 꿩

스님이 불경을 읽고 있는데 어디선가 꿩 한마리가 날아와 먼 발치에 내려 앉아 그 불경 읽는 소리를 들었다. 그 다음 날에도, 다음 날에도 꿩은 계속 날아 왔고 어느 순간에 꿩은 스님의 어깨 위에 무릎 위에 앉아서 그 불경 읽는 소리를 들었고, 그 스님도 개의치 않고 꿩을 귀여워 해 주었다.

그 즈음 마을에는 아기를 낳지 못하는 아낙이 공덕을 드리려고 그 절을 드나들면서 스님과도 인사를 하고 지냈다. 어느 날 꿩은 불경을 읽고 있던 스님 옆에서 죽었고 거의 비슷한 때에 그 아낙은 애기를 배게 되었다.

아기를 낳고 스님께 인사를 드리러 온 아낙에게 스님이 아기 이름을 지어 주었다. 백일 잔치가 되어 스님도 아기의 백일 잔치에 초대되어 아기이름을 다정하게 부르면서 안으려 하자 아기도 얼른 기어와서는 스님에게 안겼다. 그 아기를 받아 안은 스님은 그 아기의 겨드랑이 아래에 꿩의 깃털이 하나 붙어 있는 것을 발견했다.

한낱 미물에 불과한 꿩이지만, 꿩으로서 스님의 불경 소리를 계속 들으면서 깨달음을 얻게 되었고, 그래서 사람으로 이 세상에 다시 환생하게 되었던 것이다.

(제보자 : 대구광역시 중구 남산동, 최덕용, 77세, 남, 상업, 양순남, 70세, 여, 가사.)

(24) 소가 된 스님

도를 닦으러 가던 두 스님이 계셨다. 너무나 허기지고 지친 상태에서 무밭을 발견하게 되었다. 한 스님은 그냥 참고 지나쳐 갔으나, 한 스님은 허기진 김에 무 하나를 뽑아 먹어 버렸다. 그 순간, 그 스님은 소로 변해서 3년간 소가 되어 힘겹게 일만 하다 죽었다고 한다.

도를 닦으러 가는 사람이 중생이 힘들여 농사해 놓은 무를 아무 보상도 없이 뽑아 먹은 벌을 받은 것이었다.

(제보자 : 대구광역시 중구 남산동, 최덕용, 77세, 남, 상업, 양순남, 70세, 여, 무학, 가사.)

(25) 며느리 이야기

옛날 어떤 마을에 아들을 못 낳는 여자가 있었다. 그 마을의 다른 집에는 다 아이가 있는데, 그 집만 아이가 없었던 것이다. 몇 년을 그렇게 아들 없이 지내다가 나중에는 고생 끝에 아들을 낳게 되었다. 그 집에는 부부와 시어머니가 살고 있었는데 이제 4식구가 된 것이다.

그런데 아들을 낳은 뒤로 며느리의 행동이 달라졌다. 예전에는 시어머니 봉양이 극진하여 1주일에 한 번씩은 닭을 삶아서 시어머니께 드리곤 하였으나, 아이가 생긴 후로는 집안에서 닭을 고는 냄새가 나는데도 시어머니는 닭을 먹지 못했다. 며느리는 음식도 소홀히 해 드렸을 뿐만 아니라 고생끝에 낳은 아들을 시어머니가 만지지도 못하게 했다.

집안에서 늘 닭을 삶는 냄새는 나는데 닭을 못 먹자 이상하게 생각한 시어머니가 어느날 뒤뜰에서 이상한 것을 발견하고 그것을 파 보았다. 그러자 거기에서 닭뼈가 나왔고 그제서야 아들 내외가 자신 몰래 닭을 먹은 사실을 알게 된 그 시어머니는 한참을 멍하게 서 있다가 그 닭뼈를 신문지에 싸들고 그 마을의 지서로 갔다. 그리고는 그 지서에 있던 순경에게 가지고 간 닭뼈를 보여주며

"순경 나으리요, 우리 집에서는, 며느리가 일주일마다 한 번씩 닭을 고아 주니더. 우리 집에 한 번 가 볼라요?"

라고 말했다. 그 닭뼈를 보고 대강의 사정을 눈치챈 순경은

"그래, 한 번 가 보십시다."

라고 말하며 따라 나섰다.

시어머니와 순경이 집으로 들이닥치자, 아들 내외는 놀라서 어쩔줄 몰라했다. 방안으로 들어선 순경이 신문지에 싸인 닭뼈를 내놓자, 아들 내외는 당황하여 얼굴이 붉으락푸르락해졌다. 그 당황한 모습을 보고 있던 순경이 점잖게 두 사람에게 충고를 했다.

"지금도 두 분이 어른을 잘 모시고는 있지만, 하지만 지금보다 조금만 더 잘 모셔주십시오."

하고는 돌아갔다.

그 일이 있은 후부터는 아들 내외는 아이도 시어머니에게 맡기고, 닭도 일주일에 한 번씩 삶아 드리는 등 예전보다 더욱 더 지극 정성으로 시어머니를 모시면서 행복하게 잘 살았다고 한다.

(제보자:대구광역시 남구 대명 11동, 정연길, 72세, 채록일자:1996. 11. 23.)

(26) 할머니 이야기

옛날에는 모두 가난하게 살았다. 밤에 잠을 자려고 하면, 배가 고파 잠이 잘 오지 않을 정도였다. 옷도 풀을 먹여서 뻣뻣한 베치마만 입었던 시절이었다.

어느 마을에 서로 사이좋게 지내는 다섯 할머니들이 있었다. 어느 날 이 할머니들이 서울로 놀러 가기로 했는데, 그 다섯 할머니들 중에서도 굉장히 사정이 어려운 할머니가 한 사람 있었다. 그 할머니는 돈도 없고 놀러 갈 때 입을 옷도 없었기 때문에 가지 않으려고 하였는데, 다른 할머니들이 돈은 없어도 되고 옷도 입고 있던 뻣뻣한 베옷이면 되니 같이 가자고 하였다. 그래서 한참을 망설이던 할머니는 결국 따라 나서기로 하고 다른 할머니들이 기다리고 있을 약속 장소로 갔다. 그러나 다른 할머니들은 벌써 떠나고 난 뒤였다. 낙심하면서 돌아온 할머니를 보고 그 할머니의 며느리가 말하기를,

"어머니, 그러면 이거라도 여비로 가지고 가세요."

하며 집에 있던 베 한 필을 여비로 주었다. 착한 며느리가 내미는 그 베 한 필을 받아든 할머니는 그 베를 들고 다른 할머니들을 찾아 나섰다.

서울로 올라가는 길에서 다른 할머니를 찾지 못한 그 할머니는 결국 서울의 정류장까지 가서도 친구들을 찾지 못해 애태우다가 '언젠가는 오겠지' 하는 마음으로 거기서 기다리기로 작정을 하고 한참을 기다리고 있었다.

할머니가 계속 친구들을 기다리고 있는데, 40대 쯤으로 보이는 남자가 다가오더니,

"어디서 오신 할머니시고, 여기서는 뭐하세요?"

라며 말을 걸었다. 할머니는 자초지종을 말하고는 그래서 여기서 친구들을 기다리고 있노라고 말했다. 그러자 그 남자가 할머니의 손을 잡으면서

"할머니, 그러면 저희 집에 가세요. 저희 집에 가셔서 쉬시면서 식사도 하시고 주무시면 제가 내일 서울 구경 시켜드릴게요."

라고 하는 것이었다. 그러나 할머니는 겁을 먹고서는 따라 나서려 하지 않았다. 그리고는 거기에서 밤을 새겠다며 자리를 펴는 것이었다. 그래서 하는 수 없이 그 남자는 같이 온 젊은 사람과 함께 할머니를 억지로 모셔 갔다.

할머니가 따라가 보니, 아주 으리으리한 문이 수십 개나 달려있는 큰 집으로 들어가는 것이었다. 그 집에 들어서서 할머니를 모시고 온 남자는 편히 쉬시라면서 저녁상을 차려오는데, 산해진미로 가득찬 잔치상같은 밥 상이었다. 그러나 할머니는 자기를 어떻게 하려는 줄 알고 겁을 먹고서는 식사를 하지 않으려 했다. 그래서 그 남자가 겨우 할머니를 달래가면서 식사를 다 하시게 하고는 목욕까지 하게 하고, 새 한복까지 주면서

"할머니, 이 방은 저희들이 자야 되는 방이니까, 할머니께서는 다른 방 으로 옮기시지요."

하며 할머니를 다른 방으로 모셔갔다. 할머니가 따라 가서는 그 방에 들어서려고 보니까 그 방에는 신수가 훤한 할아버지가 한 사람 있었다. 겁이 난 할머니가 들어가지 않으려고 하자 할머니를 모셔온 그 남자가 괜 찮다며 들어가시라고 했다. 어쩔 수 없이 들어간 할머니는 그 할아버지랑 밤새 애기도 하고 하는 동안 하룻밤 사이에 정이 들고 말았다.

할머니가 그러고 있는 동안 할머니의 집에서는 난리가 났다. 겨우 베 한 필을 들고 나선 할머니가 다른 할머니들이 다 돌아왔는데도 돌아오지 않으니, 필시 객사한 것이라고 생각한 것이다.

집에서는 난리가 난 줄도 모르고 할머니는 할아버지와 함께 구경을 다 녔다. 구경을 다니다가 할아버지께서 물건을 사야 할 것이 있다며 할아버 지 소유의 가게로 들어가려 하자 그 새 정이 든 할머니가 자신이 대신 다 녀오겠다며 나섰다.

할머니가 가게로 들어가서 물건을 사다가 보니 한 쪽 구석에 서 있던

남자가 꼭 자기 아들같은 것이었다. 행여나 실수를 하면 어쩌나 하는 마음에 쳐다만 보다가 물건만 사서 나오고 말았다. 그리고는 다시 할아버지와 함께 서울 구경을 하러 다녔다.

그런데 그 가게에서 할머니가 보았던 남자는 할머니의 아들이었다. 행방불명이 된 어머니를 찾기 위해 나선 그 사람은 어떤 할머니가 갑자기 나타났다고 하는 소문을 듣고서는 그 가게를 찾아온 것이었다.

며칠 뒤 다시 가게를 찾은 할머니는 이번에는 자기 아들임을 알아보았으나, 할아버지도 있고 해서 모르는 척 하고는 그냥 가게를 나와버렸다.

세 번째로 가게를 찾은 날에는, 아들이 가게방에 있다가 어머니를 발견하고서는 집으로 가시자며 할머니를 모셔가려 했다. 그러나 할아버지와 이미 정이 든 할머니는 가지 않으려고 하고 할아버지도 보내려 하지 않았고, 그래서 하는 수 없이 아들은 할머니를 그 집에 머무르시게 했다. 그래서 할머니는 그 집에서 살게 되었고, 할머니의 아들도 마치 그 집을 자기 집인양 드나들게 되었고 그 할아버지를 아버지로 모셨다.

몇 년을 그렇게 보내다가 할아버지가 돌아가시게 되었다. 그 할머니의 아들은 상주 노릇을 했고, 그 후에 그 집 아들이 이 할머니네에 돈을 주어서 그 돈으로 땅 30마지기와 집을 살 수 있었다.

이제 큰 부자가 된 할머니네와 서울의 부잣집은 서로 큰집, 작은집하며 사이좋게 살았다고 한다.

(제보자 : 대구광역시 남구 대명 11동, 정연길, 72세. 채록일자 : 1996. 11. 23.)

(27) 찰흙 인형을 모신 이야기

옛날 어느 작은 마을에 다른 집에는 다 아들이 있는데, 아들도 딸도 없는 집이 있었다.

그래서 하루는 그 집의 남편이 우리는 아들도 없고 딸도 없으니 어디가서 왜 그런지 물어나 보자고 했다. 싫다는 부인을 데리고서 점집을 찾아

갔는데 점쟁이가 말하기를

"당신들 팔자에는 애가 없어!"

라고 하였다. 그래서 그 두 사람은 그러면 어떻게 하냐고 방법이 없겠느냐고 점쟁이에게 사정을 했다.

"그냥 살아야지 뭘 어떻게 해. 그래도 정 서운하면 집에 가서, 찰흙으로 사람도 만들고 집도 하나 만든 다음에 마을 사람들에게 마음이 있으면 요 대기를 하나씩 깔아 달라고 해. 그러면 마을 사람들도 잘 살고, 당신들은 아들도 얻고, 부자가 될테니까."

이 말을 들은 남편은 망설이는 부인을 설득하여 점쟁이가 말하는 대로 해보기로 했다.

마을로 돌아와 마을 사람들에게 이러한 얘기를 하니 모두들 도와주었고, 마을 사람들과 함께 그 부부는 찰흙 인형을 정성스럽게 모셨다.

삼 년 동안을 지극정성으로 모시던 그 부부가 하루는 둘이서 같이 꿈을 꾸게 되었는데, 꿈에 그 찰흙 인형이 나와서

"아버지, 어머니께서 저를 잘 섬겨 주셨으니, 제가 두 분의 자식이 되겠습니다."

라고 말하는 것이었다. 꿈 속에서도 그 부부가 고마워 하며

"우리가 이렇게 공이 있는데, 너도 공이 있어야 하지 않느냐?"

하자, 찰흙 인형은 자기를 섬기면 두 사람을 부자가 되게 해줄테니 몇 해가 흐르더라도 한치의 의심도 없이 지극정성을 다하여 자기를 섬기라면서 그렇지 않을 시에는 부자가 되기는 커녕 도리어 망하게 될 것이라 하였다.

그래서 그 부부는, 마을 사람들이 이제 그 찰흙 인형은 죽었다고 그만큼 했으면 됐다고 하여도 괘념치 않고 오직 그 찰흙 인형만을 지극으로 모셨다. 그래서 나중에는 결국 그 부부는 큰 부자가 되었다.

(제보자 : 대구광역시 남구 대명 11동, 정연길, 72세. 채록일자 : 1996. 11. 23.)

(28) 도깨비불

옛날에 밤중이 되면 개똥벌레처럼 생긴 불이 반짝거렸다.

이것은 사람을 홀리는데 다음날 가보면 빗자루나 사람뼈로 밝혀지곤 한다.

저녁 먹고 시장에 가서 밤중에 돌아올 때 도깨비를 볼 수 있다. 그 동네 사람이 안와서 찾으러 가면 어떤 영감이 바위에 숨어 죽은 사람처럼 떨고 있다. 그래서, 그 영감의 짚신을 가지고 그의 뺨을 쳐 깨우니 아무 것도 없고 단지 빗자루만 있다는 것을 알게 되는데 이것이 바로 도깨비이다.

7월달 쯤 삼을 짤 시기에 불이 번쩍번쩍 지나가는데 이것이 도깨비라는 것을 알 수 있다. 산으로 가면 불이 여기 저기 보이는데 이것은 나중에 알고 보면 빗자루나 사람뼈 등이 도깨비로 나타난 것이다.

비가 부슬부슬 올 때 아이가 집으로 오는데 그 어린 아이의 등 뒤에서 불이 덩실덩실 춤을 춘다. 아이가 이것을 어른이나 어머니에게 말하여 함께 가보면 불덩이가 덩실덩실 춤을 추다가 한 덩어리씩 떨어져 나갔다가 다시 모이곤 한다. 이것은 위는 불덩이이고 아래는 사람의 아랫도리 모양이다. 그리하여 저녁을 먹고 자다가 모기장을 통해 도깨비가 갔는지 확인하려고 내다 보다가 밤을 지새우곤 한다. 그 다음날 나가 보면 사람의 뼈가 있는데 이것이 바로 도깨비로 나타나는 것이다.

(제보자 : 대구광역시 남구 대명동 1181-10, 임대생, 66세. 채록일자 : 1995. 5. 28.)

(29) 은혜 갚은 호랑이

옛날에 어느 사람이 첩첩 산중으로 시집을 갔는데 친정에 가지 못했다. 옛날에는 무명으로 목화를 따서 길쌈을 했었는데 시집간 딸이 그 베를 못 짜므로 베를 풀칠하여 삶아 두루마리로 감아 가서 엄마가 주곤 했었다. 엄마는 딸집에 가려고 하나 해 가지고 갈 게 없어 묵을 가지고 이고 걸어서 산골로 산을 넘고 넘어 가니 호랑이가 나타났다. 그 호랑이가 입을 벌리고 "묵 한 그릇 주시오."라고 하니 그 엄마가 "호랑아, 니가 나를 잡아 먹을 것 같으면 잡아먹어라." 하였다. 그리고 그 엄마는 기겁을 하였는데 호랑이는 묵을 달라는 것이었다. 그리하여 묵을 잘라 주었다. 또 넘어가는데 또 호랑이가 나타나 묵을 달라고 하니 반을 다주고 딸집에 간다고 가는데 그 호랑이가 곁에 와서 입을 쫙 벌리고 또 있는 것이었다. 이번에는 어찌된 일인지 입이 벌겋게 되어 있었다. 그래서, 그 엄마가 "호랑아, 왜 자꾸 나보고 입을 벌리느냐? 나를 잡아 먹고 싶으면 잡아 먹어라."하니, 그 호랑이는 눈물을 뚝뚝 흘리면서 '그게 아니다.'라는 듯이 서 있는 것이었다.

그 호랑이는 사람을 잡아 먹었는지 그 사람의 머리를 먹었는지 비녀가 호랑이 입에 걸려 있었다. 입은 가로로 찢어져 있는데 비녀는 세로로 걸려 있었다. 그 엄마는 기겁을 하며 뒤로 자빠질 듯이 놀랐으나 다시 정신을 차리고 가만히 말하기를 "비녀를 빼 달란 말이냐." 하니 호랑이는 그렇다고 눈물을 흘리며 말한다. 그리하여 손을 넣어 비녀를 잡아 당겨서 비녀를 빼 주니 호랑이가 발로 그녀를 쓰다듬으려고 하니 그 엄마는 기겁을 하였다. 그런 연후에 엄마는 딸네 집으로 가 고생도 하고 정신도 없어 고생을 하여 쓰러져 자리에 누워 잤는데, 그 다음날 호랑이가 그랬는지 누군가가 소(牛)다리 커다란 것을 마당에 가져다 놓았다.

마당에다 은혜를 갚는다는 의미로 던져 놓았던 것이다. 그 호랑이는 '나에게 놀랐고 나의 목에 있던 비녀를 빼주었으니 몸보신하라고 갔다 놨다.'는 것이다. 그것으로 동네 잔치를 하여 동네 사람과 나누어 먹었다.

그 다음날 보니 또 다시 보자기가 마당에 던져져 있었는데 그 보자기에는 돈이 한 뭉치 있었다. 이 호랑이는 그만큼 은혜에 감사하여 이것을 주었던 것이다. 사람은 사람을 아무리 도와줘도 은혜를 모르는데 짐승은 사람을 해치지 않을 뿐만 아니라 은혜를 갚을 줄 안다는 말이다.

(제보자 : 대구광역시 남구 대명동 1181-10, 임대생, 66세. 채록일자 : 1995. 5. 28.)

(30) 뱀이 된 처녀 귀신

옛날 옛적에 처녀 총각이 서로 마음이 있었는데, 처녀가 먼저 죽어버렸다. 그래서 총각이 다른 여자와 결혼하게 되었는데, 혼인식하기 전 함을 지고 갈때 (깨끗한 사람이 함을 받아야 함, 그래야 첫아들 낳고, 좋은 사람이 자리 피고 술 마셔야 됨.) 처녀의 원이 뱀이 되어 쑥 기어들어왔다. 그때는 잘 빌어서 "좋은 데나 가라."해야 되는데, 때려서 쫓으니 아내 집으로 갔다. 처녀의 귀신이 뱀이 되어 "나도 한 번 혼례할 때 와 봤다."하고 갔다. 그래서 물어보니 신랑이 손톱 발톱과 속적삼(혼인식 때 썼던 물건)을 벗어서 빌어 주면 좋은 곳으로 가는데, 원수가 되면 안된다고 했다. 그대로 빌어주었는데도 밤만 되면 귀신이 되어 머리 풀고 울고 그 모습이 총각의 눈에 훤하여 섬뜩하니 무서웠다. 총각이 무서워서 어떤 아주머니에게 하소연했다. 그러나 결국 어려운 고비를 넘기고 무사하게 되었다. 아마도 처녀 귀신인 뱀이 그 총각을 용서해 주었는가 보다. 사람의 마음이 용서를 해준 게 아닐까 하는 추측이 간다.

(제보자 : 대구광역시 남구 대명동 1181-10, 임대생, 66세. 채록일자 : 1995. 5. 28.)

(31) 외기러기 똥 바르면 털도 안난다.

옛날 들판에 참나무가 한 그루 있었다. 그 위에 까치 한 마리가 둥지를 틀어 알을 세 개 낳았다. 어느 날 토끼 한 마리가 지나다가 까치를 보고 알 하나를 달라고 조른다. 까치가 거절하자 토끼는 나무 위에 올라가서 너까지 잡아먹겠다고 으름장을 놓는다. 겁먹은 까치가 알 하나를 내어 주었다. 그러자 그 다음날 알 하나를 잃은 까치가 둥지에서 울고 있을 때 지나가던 외기러기가 우는 이유를 묻는다. 이야기를 들은 외기러기가 토끼는 나무 위에 올라 올 수 없으며 토끼 아버지는 가시나무에 올라가다 죽고, 토끼어미는 고추나무에 올라가다 떨어져 죽었다는 이야기를 해준다. 잠시후 다시 나타난 토끼가 나머지 알 하나를 요구하자 까치는 이번

에는 내어줄 수 없다고 얘기한다. 화를 내는 토끼에게 외기러기 얘기를
해주고 기러기를 부른다. 나타난 외기러기가 토끼에게 똥을 누는데 그 똥
이 콧등에 떨어지게 되었다. 그때부터 토끼 코에는 털이 나지 않았다.

(제보자:대구광역시 남구 대명 9동, 김두난, 80세, 무직. 채록일자:1995. 5. 30.)

(32) 죽음을 면한 신랑

옛날 옛적에 어느 한 도둑이 도둑질을 하러 갔는데 중이 담장을 넘어
오는 것을 보았다. 도둑이 이것을 보고 중을 따라 갔더니 중은 별당 안에
처녀가 있는 곳으로 갔다. 중이 처녀에게 너는 이제 시집을 가는데 나는
어떡하냐고 물었다. 그러자 처녀가 첫날 밤에 장농안에 숨어 있다가 신랑
을 죽이고 나와 함께 살자고 말했다. 이 얘기를 엿들은 도둑이 신랑집에
밥 한술 얻어 먹으러 왔다며 찾아왔다. 신랑집은 으리으리한 진사집이었
으므로 스스럼없이 밥을 주었다. 도둑이 그 집에서 말하기를 '아들이 아
무날 아무시에 장가를 가지 않습니까?'라고 하자 '우리 3대 독자가 장가
를 간다.'고 하며 어떻게 아느냐고 물었다. 그러자 도둑이 그 총각을 보
고 싶다고 하니 총각이 왔다. 도둑이 보니 아주 잘 생기고 건장한 총각이
었다. 다시 도둑이 말하기를 잘난 총각이 안됐다고 말하며 장가갈 때 자
기를 데리고 가 달라고 했다. 그리고 그간의 사정을 알려 주었다. 이 얘
기를 듣고 혼인날이 되어 장가를 가는데 밤에 신랑이 활옷과 족두리를 벗
기지 않고 자는 척 하였다. 그러자 처녀가 족두리를 벗고 베개 돋움을 하
고 장농문을 열려고 하였다. 신랑이 기지개를 켜는 척 하자 처녀가 놀랐
다. 신랑이 일어나 열쇠로 장농을 열려고 하자 처녀가 놀라며 열쇠를 주
지 않았다. 신랑이 장모를 불러 열쇠를 뺏아 장농문을 열어보니 아무것도
없고 시뻘건 중이 양 손에 칼을 들고 서 있었다. 신랑은 말없이 다시 장
농문을 잠그고 다음날 중을 궤짝에 넣어 물에 던졌다. 신랑이 장인에게
잔치를 열어 달라고 하여 잔치를 열고 처녀는 신랑집으로 가게 되었다.

그리고 3년간 신랑은 처녀를 혼자 있게 하고 고생을 시킨 후 약을 먹여 죽게 하였다. 그 후 신랑은 다시 장가를 들어 행복하게 잘 살았다.

(제보자 : 대구광역시 대명 7동 앞산 아파트 28호, 이복년, 83세, 무직. 채록일자 : 1995. 5. 28.)

(33) 의로운 신부

옛날 옛적에 12 살짜리 어린 신랑과 처녀가 어렸을 때부터 혼약이 결정되어 있었다. 신랑이 납채할 때가 되어 잔치를 벌이기로 되어 있었는데 철없는 신랑이 준비하고 있던 고기 구이를 먹다가 체해서 죽게 되었다. 이 이야기를 들은 신부가 죽은 신랑의 얼굴이나 보고 자기도 죽으려고 신랑의 집에 찾아갔다. 그 집에 가서는 의원이라 속이고 모두 내보내고는 방에 들어가보니 어린 신랑이 입을 벌리고 죽어 있었다. 어린 신랑이 가여워 죽으려고 준비했던 독약을 '이것이라도 먹으소.' 하는 마음으로 떠 넣었다. 그 바람에 고기가 독한 약에 녹아서 어린 신랑이 살아나게 되었다. 이를 본 다른 사람들이 모두 기뻐하고 처녀는 다시 집으로 돌아가 혼인을 하게 되었다. 그런데 혼인식을 마치고 신랑이 하룻밤도 묵지 않고 자기를 살린 의원을 찾으러 돌아가려고 하였다. 그러자 처녀는 그 의원이 자기임을 밝히고 이에 신랑이 기뻐하여 행복하게 살았다.

(제보자 : 대구광역시 대명 7동 앞산 아파트 28호, 이복년, 83세, 무직. 채록일자 : 1995. 5. 28.)

(34) 정진사전

옛날 옛적 한 마을에 정진사, 최승지, 박춘천이라는 3정승이 함께 살았다. 정진사는 정귀봉과 정창인이라는 쌍둥이 남매가 있었고 나머지 두 명은 딸이 하나씩 있었다. 어느 날 박춘천이 집을 비우자 그 딸이 정진사와 최승지의 딸을 불러 함께 놀고자 했다. 그런데 정진사의 딸 귀봉이 아파

가지 못하게 되자 동생 창인이 이를 안타깝게 여겨 스스로 여장을 하고
어머니 장부인도 속이고 박소저의 집으로 갔다. 박소저와 최소저는 창인
을 귀봉으로 착각하고 진실한 놀음이 되겠다고 기뻐하였다. 창인은 두 여
인과 함께 있어 심신이 산란하였는데 두 여인은 귀봉이 아프다는 것인 줄
알고 좋은 인삼주를 주어 약으로 삼고자 하였다. 이에 창인이 한 모금에
들이켰다. 한참을 놀다가 가사를 짓고자 하였는데 먼저 두 소저가 짓고
창인이 지을 차례가 되자 창인이 필체가 다른 것을 숨기려고 병중 정신이
휘황하니 장작글(장작으로 땅에 그냥 쓰는 글)을 지으리라고 하며 가사를
지었다.

　　　모르도다 모르도다 세상일 모르도다
　　　바람도 구름되고 구름도 바람되고
　　　좌편에는 꽃이 피고 우편에는 달이 밝다

이렇게 글을 짓자 두 소저가 창인임을 알아 채고 귀봉이 자신들을 속였
다고 생각하고 이렇게 글을 지었다.

　　　자라서 친구라고 서로믿고 지냈더니
　　　이다지 속을 줄은 꿈에도 몰랐더라

이러고 두 소저가 나가 버리자 창인이 홀로 남아 다시 말하기를

　　　주인이 손을 마다하니 가기는 가지마는
　　　일후에 서로 볼때 무슨 면목으로 나를 대할라냐

창인이 집에 돌아오니 누나가 깨어 있어 어떻게 된 일이냐고 묻자 창인
이 설명하였다. 귀봉이 설명을 듣고 다른 두 소저에게 사실을 얘기했으나
믿지 않았다. 어쩔 수 없이 부모에게도 얘기하니 오히려 인연이라고 기뻐

하여 창인은 두 소저를 부인으로 맞게 되었다.

어느 날 창인이 과거길에 오르는데 도둑을 만나 죽게 되매 일지라는 기생이 살려주어 일지 또한 그 공로로 부인이 되었다. 창인이 다시 과거길에 오르는데 일지가 못된 마음을 먹어 두 부인과 자녀를 없애려고 하였다. 먼저 박씨 부인을 광대패를 시켜 업고 가도록 했으나 산신령이 박씨를 천불사로 옮기고 오히려 일지가 대신 잡혔다. 자신이 박씨가 아니라 했으나 광대는 '박씨가 아니면 호박씨는 못 심느냐' 하며 잡아갔다. 다시 일지가 모략을 꾸며 최씨도 어느 절로 가게 되고 박씨의 아들은 3냥에 팔아 넘겼다. 사람들이 이 아들을 물에 던지려고 돌을 묶는데 천불사 주지가 이를 보고 3냥에 아들을 사서 천불사로 가니 박씨 부인과 만나게 되었다. 이에 박씨가 놀라 슬픈 심정으로 가사를 지었다.

> 큰방마님 벽장문을 열어보소
> 유리병에 술이나 들었는가

한 여승이 이 가사를 듣고 몰래 훔쳐 다른 절에 가서 애기해 주었는데 최씨 부인이 듣고 박씨 부인이 지은 것임을 알아챘다. 일지는 쫓겨나게 되었다. 창인이 과거에 급제하여 6대 진사 집안이 되어 돌아오는데 꿈에 가화가 일어나 박씨는 천불사에 있고 최씨는 어느 절에 있다는 것을 알려주었다. 그래서 창인은 두 부인과 아들, 또 일지를 찾아 돌아오니 그 어머니가 놀라며 기뻐했다. 그래서 이 가문은 6대 진사 9대 한림집이 되어 행복하게 잘 살았다.

(제보자:대구광역시 대명 7동 앞산 아파트 28호, 이복년, 83세, 무직. 채록일자:1995. 5. 28.)

(35) 남편을 버린 아내

옛날 옛적에 어떤 처녀가 시집을 가게 되었다. 이전에는 신랑의 얼굴조차도 볼 수 없던 시절이라 시집가서야 보게 된 그 신랑이, 아내는 나 몰라라 하고 매일 공부만 하고 천날만날 글만 뚫어져라 들여다 보니 답답해진 이 여인은 날이 갈수록 고민만 늘어갔다. 각시가 하루는 가만히 생각해보니 저런 남편을 평생 데리고 살다가는 혼자만 죽어나니 고생할 것임은 당연한 지라.

'천날만날 보리를 방아로 찧는 줄을 알까? 보리가 없으면 없는 줄을 아나?'

고민하면서도 혼자 방아를 찧으며 참고 있었다.

그러던 어느 날, 소나기가 얼마나 오던지 마당에 널어 놓은 멍석이 둥둥 떠내려 가서는 삼나무밭에 가려져 있는 것을 겨우 찾아내고는 분에 쌓여 마당을 이리저리 왔다 갔다 하면서 생각하기를

'저런 영감을 데리고 살다가는 내가 평생을 하녀처럼 고생만 하다가 늙어 빠지겠다. 내가 무엇이 아쉬워서 이렇게 사는가?'

하면서 그만 신랑을 버리고 돈 많은 집에 새로 시집을 가 버렸다. 그래도 그 여자의 인물이 괜찮았던지 그 새로 맞은 남편은 그녀에게 지극 정성으로 잘해 주어 그녀는 새로 시집 간 것을 다행으로 여기고 있었다.

근데 세상은 그녀의 편이 아니었던지 그 집은 쫄딱 망해버리고 그녀는 길게 쭉 뻗은 논에 엎드려서 피를 훑는 처지로 변해버리고 말았다.

한편 매일 글만 들여다 보던 전 남편은 과거를 보러 한양에 올라가 장원급제로 금의환향을 하게 되었다. 그런데 망태기 하나를 만들어 가지고 신 하나 달아 허름하게 내려오던 차에 도망간 그의 마누라와 마주치게 되었다. 그는 대뜸

"마누라야, 마누라야 너는 오나가나 창피로구나. 너는 나에게 와도 창피요, 가도 창피요, 날 버리고 가더니 요모양 요꼴이구나. 나는 지금 과거

에 급제해서 내려오는데……"

"웃기지 마라. 너는 아무리 과거해도 달라질 것 없이 거지밖에 더 되었
냐?"

"행색을 거지라 해도 나는 과거해서 내려온 것이다."

마누라는 이에 대답은 않고 여전히 그를 무시하면서 하던 일을 계속하
였다. 그의 전 마누라가 피만 계속하여 훑자 그 신랑은 잠시 쳐다보다가
조용히 내려왔다. 그리고는 과거에 급제한 글을 내어보이고 옷을 갈아 입
고서는 그 고을의 원님이 되어 더욱 어여쁜 아내를 얻어 아들 놓고 딸 놓
고 아주 잘 살았다.

이에 오늘날까지 도망간 마누라는 와도 그만 가도 그만 달라질 것 없이
매 한가지이지만 남편은 새 장가를 가서 잘 살 수 있다고 하더라.

(제보자 : 대구광역시 중구 봉산동 230-1, 배용순, 73세, 무직. 채록일자 : 1997. 4. 27.)

(36) 경우 없는 호랑이

옛날 어느 옛날에 어느 한밤중에 골짜기를 지나가던 나그네가 저 멀리
불이 켜져 있음을 발견하고 쉬어가고자 그리로 찾아 한 집을 보고 들어가
니 한 여자가 소복을 하고 앉아 들어오라고 했다.

그 여자는 남편이 죽어 영장을 지키고 있는데 지금 장례를 위해 장을
보러 간 사람이 있는데 마중 갈 사람이 때마침 필요하다며 도움을 요청했
다. 그러면서 장을 보러 간 사람을 마중갈 것인지 아니면 영장을 대신해
지켜줄 건지 물었다. 그러나 이 나그네는 장 보러 간 사람을 마중가기에
는 너무 어두워서 나가기가 겁 나고, 집을 지키기에는 산골짜기 외딴 집
에 혼자라 무서웠다. 이래저래 겁이 난 그는 어차피 죽은 사람은 혼자 있
어도 괜찮을 것이라며 그 여자와 함께 장 보러 간 사람을 마중가자고 꼬
셨다. 그래서 둘은 먼저 장 보러 간 사람을 마중가기로 하였다. 한참 무
서운 밤길을 이런 저런 얘기를 하면서 걸어가고 있는데 저 멀리 언덕 위

에서 호랑이 한 마리가 마침 식사를 끝낸 뒤인 듯 입을 닦아내고 있었다. 정황을 살펴보니 아마 장 보러 간 사람이 당한 듯 싶었다. 그 상을 당한 여자는 호랑이가 장 보러 간 사람을 잡아먹은 것을 확인하고는 크게 울부짖으며

"이 짐승아, 이 짐승아. 아무리 배가 고파도 사람이 죽어서 장 보러 간 사람을 잡아 먹어서야 되겠느냐? 이 경우없는 짐승아……"

하니 그 호랑이가 느끼는 바가 있었던지 한숨을 내어 쉬더니 꼬리를 떨어뜨리고는 숲으로 얼른 사라졌다.

오열하는 여자를 가까스로 부축하여 돌아온 나그네는 죽은 사람의 장례를 그만그만 하니 치르고서 돌아서는데 갑자기 뒤에서 뜨거운 열기가 미쳐 돌아보니 집은 불에 휩싸여 있고 그 여자는 그 옆의 나무에 목 매달아 죽어 있었다. 그 억울함을 이기지 못한 여자가 세상을 등지고 말았던 것이라고 하더라.

(제보자:대구광역시 중구 봉산동 917-1, 서계난, 68세, 무직. 채록일자:1997. 4. 27.)

(37) 고양이와 쥐가 원수가 된 내력

아주 먼 옛날에는 모든 짐승들과 사람들이 언어가 통하였다. 그러나 이로 인하여 생활이 문란하고 질서가 없어져서 하늘의 신이 내려와 말하기를,

"오는 아무 날 아무 시에 아무 산 위에서 생활질서 또는 모든 상하관계를 명하여 지키게 하겠노라."

하기에 이르렀다.

모든 동물들이 이를 명심하고 기억하였는데 유독히 고양이는 밤, 낮 가리지 않고 노는 것만 좋아해서 날짜를 잊어버렸고 영악한 쥐는 자기 자손을 후세에도 남기기 위해 그 날을 잊지 않고 기억하고 있었다. 하루하루 그 날이 다가오던 중 고양이는 쥐에게 가서

"저기, 이번에 신이 내려오신다는 날이 언제인지요?"

하고 물으니 왠지 샘통이 난 쥐는 그 날짜를 하루 미뤄 가르쳐 주었다.

그러던 차 드디어 아무 날이 되었다. 새벽이 밝자 마자 출발한 쥐는 작은 덩치로 산을 오르니 시간이 아주 경과한 뒤에도 조금밖에 오를 수가 없었다. 너무 힘이 든 쥐는 때 마침 앞에 가던 소에게 도움을 요청했다.

"소님, 제가 작아서 그런지 열심히 뛰어 왔는데도 아직 요기까지 밖에 못 왔습니다. 근데 힘은 없고……, 조금만 태워주시면 안 될까요?"

허락을 얻어 낸 쥐는 소의 머리 위에 타고 산꼭대기에 이르게 되었다. 신이 기다리는 것을 본 쥐는 냉큼 소 머리에서 뛰어내려 가장 먼저 도착한 것이 되어 버렸다. (그리하여 오늘날도 쥐띠가 가장 먼저인 것이다.)

차례 차례 동물들이 도착하고 순서대로 신의 지시를 받고 있는데, 세 번째로 올라온 호랑이에게 신이 명하고 있던 차였다. 호랑이는 힘이 세니까 3년마다 새끼를 낳을 수 있도록 하니 다른 동물과의 차이를 느껴 화가 난 호랑이가 달려들려고 하였다. 신은 호랑이가 매해 새끼를 치게 되면 세상에 살아 남는 것은 없다며 그 조항을 바꾸어 주지 않으셨다. 그제서야 늦잠을 자던 인간들이 급히 올라와

"우리 인간들은 어찌 살아야 합니까?"

하자 신은,

"너희는 만물의 영장이니 마음대로 하여라."

하여 인간들은 때를 타지 않고 마음대로 아이를 낳고 기를 수 있게 되었다.

한편 그 날에 산에 이르지 못한 고양이는 죽을 때가 되어 유언을 할 때에

"쥐는 멀리서 보기만 해도 잡아서 꼬리, 머리 할 것없이 보이는 족족 다 먹어치워라. 그 쥐란 놈들이 우리를 속였다."

하니 그 자손들은 쥐는 보이기만 해도 잡아 먹기에 이른 것이다. 쥐는 고양이가 멀리 있어도 지레 기가 죽어서 도망가는데 이는 쥐가 고양이에

게 거짓말을 하여 그 잘못으로 인한 것이다. 그 뒤로 이후 아직까지 고양이와 쥐는 앙숙이 되어 먹고 먹히는 관계가 되었더라.

(제보자:대구광역시 중구 봉산동 169-24, 김종호, 76세, 무직. 채록일자:1997. 4. 27.)

(38) 해와 달, 꿈 이야기

옛날 어떤 총각이 어머니도 죽고 아버지도 죽고, 고아로 컸는데 한 열대여섯살 먹도록 밥을 얻어 먹고 다니다가 열 대여섯살이 되자 누가 남의 집에서 살라고 했다. 그래서, 머슴으로 사는데 하루 아침에는 꼴을 베러 일찍 들에 두루밑에 나가 있으니까 노곤해서 두루밑에 앉아있으니까 꿈이 하나 꾸이는 거라. 어떤 꿈을 꾸었는가 하면 어디서 해하고 달하고 내려오더니만 자기 입으로 쏙 들어 오는 기라. 그래서, 그 총각이 어떻게 좋고 기쁘든지 마음이 밥을 안 먹어도 거득해서

"에이 그 꿈 좋다! 에이 그 꿈 좋구나!"

자꾸 이러면서 저녁에 빈 지게를 지고 주인집에 들어가니까 주인이

"너 오늘 아침에 일도 안하고 빈 지게 지고 왔노."

그러니까 그 머슴이 "그 꿈 좋거든."

주인이

"니 무슨 꿈을 꾸고 꿈이 좋다고 하노."

하니까

"에이 그 꿈 좋거든."

만날 이 소리만 하고 일도 안하고 돌아다니거든. 주인이 이래서는 안되겠다고 옥에다가 가두어 놓아 버렸어 옥에 들어 앉아 밥도 먹지도 아니하고 해, 달을 먹었으니 배가 이만치 불러

"에 그 꿈 좋거든, 그 꿈 좋거든."

만날 이 소리만 하고 앉았더라. 한 날은 저 옥의 구석에서 쥐가 커다란 게 한 마리 나오더니만. 또 한 마리가 나오더니만 요리 조리 싸움을 하다

가 서로 물고 찢고 하다가 한 놈이 죽어 버렸어. 죽은 쥐가 퍼드러져 있으니까 살아 있는 쥐가 구석에 들어 가더니만 이만한 침을 하나 가지고 나왔어. 그게 이름이 '은침'인데 은침을 가지고 나와서 죽은 쥐 코 밑에 콕 찌르고 궁둥이에 콕 찌르니 죽은 놈이 살아났어. 살아나니까 두 놈이 또 싸움을 하고 장난을 했어. 그 총각이 가만히 있다가 일어서면서 고함을 질렀더니 쥐 두 마리가 구석에 들어가 버렸어. 그래서, 총각은 그 침을 거머 쥐었어. 그래서, 그걸 보고 난 후 총각이

"그 꿈 좋다."

소리가 그쳐진 거라. 그리고, 옥에서 나와서 집에 있으니까 나라 임금 딸이 병이 들어서 죽어 간다고 그래. 세상 약방에 좋은 약이 있으면 구해 달라는 방이 붙었어. 그래서, 이 총각이 있다가

"임금 딸을 내가 대번에 병 고치겠다."

고 하거든.

"그러마 니가 한 번 가봐라."

그래 임금한테 불려 가서 말했는거라. 임금이

"죽은 사람을 살릴 수 있냐?"

고 했더니 총각이

"죽은 사람도 살릴 수 있다."

고 말했어. 임금이

"그러면 병을 좀 고쳐 달라."

고 부탁을 했어. 총각이

"병을 낫게 하려면 좀 어려운데 어려워도 이해를 해 주겠냐?"

고 물었어. 임금이

"그래 해 주겠다. 사람을 살리는데."

총각이

"그러면 문을 닫아 놓고 처녀의 옷을 벗겨 놓은 후에 나가라."

고 했어. 그래서, 처녀의 옷을 벗겨 놓고 전부 나가 버리니깐 옥에서

얻은 침을 처녀 코 밑에 하고 엉덩이에 콕 찌르니까 처녀가 살아나버렸
어. 임금이

"내가 천상 저 사람을 사위로 삼아야 되겠다. 옷을 벗겨 보여 놓았으니
까 사위 안 삼고는 안되겠다."

그래서 총각이 임금 딸에게 장가를 갔어. 그리고, 잘 살고 있는데 중국
에서 임금 딸이 죽었다고 통지가 왔어. 한국에 임금 딸이 죽었는데 살린
사람이 있다는 소문으로 이 총각이 또 중국으로 뽑혀 갔어. 중국에서 총
각이

"어려운 일이 한 가지 있는데 소원을 하나 들어 주어야 한다. 방에다가
문을 딱 닫아 두고 처녀의 옷을 벗기고 이불을 덮어 놓고 나가라."

고 했다. 그래 놓고 그 침을 가지고 코 밑에 찌르고 궁둥이에 찌르니까
그 처자가 살아났어. 중국 임금 처녀도 이 총각한테 시집을 온 거라. 해,
달 꿈이 그렇게 좋은 거라. 그래, 장가를 그렇게 잘 간 기라. 얻어 먹고
살던 총각이 중국 부자, 한국 부자가 된 거라.

(제보자 : 주소미상, 조갑시, 연령 미상. 채록일자 : 1995. 5. 7.)

(39) 최고은전

경주 최씨 최선장이라는 사람이 있었어. 부모가 있을 때 글을 배우다가
부모가 일찍 죽어서 글도 못하고 일도 못하는 반 거지가 되었어. 장가를
갔는데 먹고 살 길이 없었어. 그 때에 거창 산골에 새 사또가 오면, 오던
첫날 밤에 마누라가 사라지는 사건이 연속적으로 생겼어. 그래서 한동안
거창 사또가 없었어.

최씨는 마누라와 배를 곯느니 차라리 거창에서 사또로 살자고 의논을
했어. 거창에 갈 때 명주꾸리를 갖고 갔지. 최씨 마누라 저고리에 바늘로
명주꾸러미를 연결했어. 밤에 기다렸고 밤새도록 지키다가 꼬박 잠든 새
마누라가 사라졌어. 그런데 새벽 닭 울 때까지 명주꾸리가 도는 거야. 나

졸에게 명주꾸리를 감아가면서 어디로 갔는지 알아보라고 보냈지. 나졸이 돌산 사이에 명주실이 들어간 걸 발견했어. 사또가 명주꾸리를 따라 그 돌산으로 갔는데 돌에 '밤 12시에 돌문이 열린다.'고 적혀 있더라고. 밤 12시까지 기다리자 돌문이 열렸어. 돌문 속에 동네가 있고 식수가 하나 있고 옆에 수양 버들이 있었어. 수양 버들 위로 사또가 올라가서 마누라 를 기다렸어. 이때 마누라가 물을 길러 식수로 오는 거야. 마누라와 최씨 의 3일 만의 만난거지. 마누라가 "금돼지에게 업혀왔는데 금돼지는 새마 누라를 얻으면 전의 마누라는 집을 줘서 동네에 살게 하고 새 마누라와 산다"라고 하니까 사또는 부인을 시켜 금돼지에게 독주를 먹여 취하게 한 후, 가장 무서운 것이 무엇인지 물어보게 했어. 그래서 물어보니까 금돼 지는 청삽살개와 백마피를 보면 죽는다고 하는 거라. 사또부인이 열쇠고 리가 백마피로 만든 것인 것을 알고 돼지에게 독주를 먹인 후, 잠을 재운 다음 백마피를 씹어서 그 침을 돼지에게 뿌리니까 돼지가 죽어버렸어. 그 래서 사또가 마누라를 찾아서 거창으로 왔지.

그 달부터 태기가 있어 10개월 후에 아들을 낳았는데 사또는 아이를 죽 이려고 했고 사또 부인은 살리려고 했어. 할 수 없어 사또부인이 나졸을 시켜 애를 산에다 버렸지. 사흘이 지난 후 사또부인이 그 자리에 애를 찾 아보니, 애가 소나무에 올라 앉아 노래를 부르고 있는거라. 그래서 애를 사또집으로 데리고와서 이름을 최고은이라 했어.

최고은은 모든 것을 타고났어. 하루는 물을 통해 자기를 들여다보고는 자신의 상은 공주에게 장가를 가야 장수한다는 것을 알았어. 그래서 서울 로 상경해서 대궐을 돌아다니며 패경을 고치라고 외쳤지. 마침 임금이 가 지고 있던 깨진 패경이 있어서 고치라고 최고은에게 주었어. 그런데 최고 은은 패경을 고치지 못하고, 패경을 완전히 깨버려서 죽을 위기에 처하게 된 기라.

이 때 중국 사신이 어려운 문제를 들고 우리 나라에 와 있었는데 한국 에는 이 문제를 풀만한 인재가 없었어. 최고은이 이 문제를 해결하고 공주와 결혼을 한 후, 중국으로 사신 갔어. 이 때에 옷을 해 입었는데 오색 가지 물을 들인 수 자 길이의 옷과 수 자 크기의 갈모를 만들어 중국으로 갔어.

의주 압록강 주변에 가는 도중 3년 6개월 비가 안 온 것을 알았어. 산천초목이 말라 비틀어진 것이 안타까워 용을 불렀어. 용에게 비를 오게 하라고 하니 비를 내리면 하나님이 죽인다고 해. 그래 용을 살려줄 것을 약속하고 비를 내리게 한 후, 하나님의 벼락을 용에게 피하게 했지.

다시 중국에 들어가, 천자의 궁 앞에서 수 자의 옷과 수 자의 갈모를 쓰고 궁 대문에 걸려서 못 들어간다고 엄포를 놓았어. 중국에서 한국의 인재를 잡기 위해서 그 대문 아래에 창칼을 깔아놓은 것을 최고은은 알고 있었던 거야. 또 두 장정이 최고은을 죽이려고 칼을 들자 팔이 굳어 움직일 수 없게 되었고 다른 장정 둘이 참나무 방망이로 최고은을 잡아 죽이려고 했으나 팔이 움직이지 않았어. 그래서 중국 임금이 한국에 이만한 인재가 있었는지 몰랐다고 하고 물러가라고 했지. 한국에 오니 임금이 벼슬을 내리는데 거창 사또 벼슬을 받기를 희망하고 거창에서 살았어.

한번은 최고은 어머니가 칡덩쿨에 걸렸다는 이야기를 듣고 최고은이 칡덩쿨은 나지 말라고 하자, 거창 아무 골짜기에는 칡덩쿨이 안난다고 해. 또 개구리가 개골거려 시끄럽다고 하여 개구리 입이 붙으라고 하자 입이 붙어 거창 개구리는 개골거리지 않는다고 해.

어느 날 최고은은 합천 해인사로 들어갔어. 해인사 전나무를 꺾어서 거꾸로 심었더니 나무가 자랐지. 만약 전나무가 살거든 내가 산 줄 알고, 전나무가 죽으면 내가 죽은 줄로 알라고 말하고 어디론가 사라졌어. 지금도 현재 해인사 전나무 잎이 거꾸로 자라고 있어. 이건 역사 속의 최고은 이야기야.

(제보자 : 주소미상, 조갑시, 연령 미상, 채록일자 : 1995. 5. 7.)

(40) 호뱅이 복

옛날에 어떤 마을에 농사꾼이 있었는데 그 농사꾼은 아내와 아들 둘과 함께 나무를 해서 팔아가며 어렵게 살아가고 있었다.

그런데 하루는 가난을 견디지 못하는 작은 아들이 그 농사꾼에게 "아버지, 우리는 왜 매일 죽만 먹어야 해요? 이렇게 사느니 차라리 저 혼자 나가서 살아볼래요."라고 말을 하고는 집을 나가버렸다. 그렇게 집을 뛰쳐나온 아들은 어느덧 시간이 흘러 저녁이 되자 잘 곳을 찾기 시작했는데 마땅한 곳이 없어 할 수 없이 바위 위에서 자기로 했다.

다음 날 아침 잠에서 깨어난 아들은 다시 길을 가기 시작했는데 한 10리쯤 걸었을 무렵 허연 노인을 발견하게 되었다. 아들이 물었다. "할아버지 정처 없이 길을 걷다보니 어디가 어디인지 잘 모르겠습니다. 여기가 어디쯤입니까?"

할아버지가 대답했다. "여기는 복을 태워주는 곳이니라."

아들이 놀라 다시 물었다. "그래요? 그럼 제 복은 어디 있습니까?"

할아버지가 손가락으로 어느 한 곳을 가리키며 대답했다. "너의 복은 저기 있느니라."

아들은 얼른 할아버지가 말한 곳으로 가 자기의 복 주머니를 따 보았다. 그러나 불행하게도 그 주머니는 비어 있었다. 실망한 아들은 주변의 주머니들을 살펴보았는데 곧 복으로 가득 찬 것을 하나 발견하게 되었다.

아들은 할아버지께 물었다. "이 주머니는 무엇입니까?"

할아버지가 대답했다. "저것은 호뱅이 복이니라."

대답을 들은 아들은 "이 복 좀 저한테 빌려주세요."라고 말하며 할아버지께 사정하기 시작했다.

처음엔 남의 복은 함부로 빌려줄 수 없는 것이라며 완강하게 거절을 하던 할아버지는 결국 아들의 간곡한 부탁에 "잠깐만 빌려가라."며 허락을 하고야 말았다.

드디어 허락을 받게 된 아들은 너무나 기쁜 나머지 자리에서 껑충껑충 뛰었다. 그런데 그 때, 아들은 그만 다리가 돌부리에 걸려 넘어지고 말았다. 잠시 후 다친 곳이 너무나 아파 일어나 보니 이럴 수가 할아버지는 안 계시고 복 주머니도 없는 것이었다.

모든 것이 꿈이었다는 사실을 알게 된 아들은 잠시 실망하긴 했지만 그래도 꿈 내용에 기분이 너무나 좋아 곧장 고향으로 향했다.

그리고는 집에 도착해 어머니를 보자마자 "엄마 저 지금 복을 가져왔거든요. 아마 이제부턴 잘 살게 될 거에요."라고 말하고는 열심히 나무를 해다 팔았다.

아니나 다를까 그 날부터 이상하게도 너무 장사가 잘 되기 시작하더니 아들집은 금방 부자가 되었다. 그렇게 행복하게 잘 살고 있던 어느 날 그 집으로 거지 한 가족이 찾아오게 되었다. 밖으로 나와 아들이 보니 한 여자는 곧 아기를 낳게 생겼기에 아들은 그들을 곧 집 안으로 데려왔다. 방으로 들어가라는 부탁을 거절한 여자는 방앗간에서 자리를 펴고 아기를 낳았는데 그 아기는 그만 태어날 때 호방 안으로 들어가 버리고 말았다. 이 소식을 들은 아들은 자기가 잠시 빌렸던 호뱅이 복의 주인은 바로 이 거지 부부라는 생각을 하게 되었다. 그리고는 거지부부를 불러 자신의 꿈 애기와 부자가 된 사연을 말하고는 자신의 모든 재산을 그들에게 주려고 하였다. 거지 부부는 황당하여 아들의 부탁을 거절하고 다시 길을 떠나려고 했으나 아들이 계속 막고 대접도 잘 해주며 부탁하기에 결국은 승낙을 하게 되었다. 그 뒤로 거지부부도 잘 살게 되었고, 아들도 행복하게 살게 되었다고 한다.

(제보자:대구광역시 남구 대명 3. 7동 동사무소, 김순조, 71세, 무직. 채록일자:1999. 12. 27.)

(41) 부처가 된 도적 떼

옛날에 아주 유명한 도적 떼가 있었다고 한다. 그 도적 떼의 우두머리
는 부리부리한 눈과 검은 얼굴, 큰 키 등 아주 거대한 몸집을 가지고 있
었고, 성격 또한 호탕하기로 소문난 사람이었다. 처음엔 혼자 도적질을
하였는데 그의 소문을 들은 많은 도적들이 그의 밑으로 모여 들었다고 한
다.

이렇게 하여 그들이 무리를 이뤄 도적질을 하게 되었는데, 날이 갈수록
도적들은 행동이 과감해지고 과격해졌다. 그리하여 이들이 마을을 돌아다
니며 도적질을 하니 마을사람들은 두려움에 치를 떨었고, 심지어 이들이
마을에 들어온 날에는 집 밖에 나가기를 꺼렸다고 한다. 또한 도적들은
물건을 훔친 마을에서 며칠 간을 머물며 사람들에게 함부로 대하기도 하
였다. 이렇게 하여 그들은 사람들에게 아주 무서운 도적 떼로 소문나게
되었다.

그러던 중 한 마을에서 이들 도적들이 곧 그 마을에 도착할 거란 소문
을 듣고, 도적들의 횡포를 조금이나마 막아 피해를 줄이고자 스스로 도적
들에게 바칠 물건을 꺼내 놓았고, 노석늘이 먹을 많은 음식과 잠자리, 오
락거리 등을 준비해 두었다고 한다.

이윽고 도적들이 그 마을에 도착하자 마을 사람들은 기다렸다는 듯이
그들을 반기며 평상시와 같은 모습으로 행동하였다. 도적들은 뜻밖의 환
대에 놀라 앞으로 그들이 하게 될 도적질에 대해 심히 미안해하고 있는
데, 마을 사람들이 스스로 준비한 물건들을 가져다 주며 음식을 준비하였
으니 잠시 마을에서 쉬었다 가라고 청하는 것이었다.

이렇게 해서 도적들은 몇 달을 그 동네에서 머물게 되었는데, 날이 갈
수록 도적들은 마을 사람들에게 고마움을 느꼈고 그들이 이제까지 해온
행동에 대해 부끄러워하였다. 마을 사람들 역시 무섭기로 소문난 도적들
이 그들과 같은 사람이란 것을 깨닫게 되었다.

그러던 중에 도적떼의 우두머리가 스스로 느끼는 감정에 마음이 불편하여 길을 떠나려고 하였는데, 그 사이 도적들에게 정을 느낀 마을 사람들이 진심으로 섭섭해하며 좀더 머물러 있으라고 청하였다. 그 모습을 본 도적떼의 우두머리는 눈물을 흘리며 부하들과 함께 그 마을에 있는 큰 연못으로 가 빠져 죽어 부처가 되었다고 한다.

(제보자 : 대구광역시 남구 대명 7동 2140-24번지, 안필분, 86세, 무직. 채록일자 : 1999. 12. 31)

(42) 복된 며느리 이야기

옛날 어느 마을로 한 여인이 시집을 가게 되었는데 신랑집이 가난해 세 끼 밥은커녕 한끼 죽도 못 끓여 먹을 형편이었다. 얼마나 가난했던지 초가집 지붕을 새로 이을 짚도 구할 수가 없었다. 시집와서 첫날, 단칸방에 시부모님과 시누이, 그리고 부부가 잠들게 되었다. 그런데 밤이 깊어도 시누이가 잠을 자지 않는 것이었다. 의아하게 생각한 며느리가 왜 잠을 자지 않느냐고 물었다. 그러자 시누이는 새 언니가 시집을 왔는데 당장 내일부터 아침 죽 끓일 것도 없으니 어찌할 줄을 몰라 잠을 자지 못하고 있다고 말했다. 그러자 며느리는 이 마을에서 가장 부자가 누구냐고 물었다. 그러자 시누이는 이웃에 사는 부자가 있는데 마을에서 가장 부자지만 너무 인색하고 인심이 사나운 사람이라고 가르쳐 주었다. 그러자 며느리는 시누이에게 내일 아침 끼니는 내가 어떻게 해서든지 해볼 터이니 너무 걱정하지 말고 어서 자라고 말했다. 이 말에 시누이는 새 언니가 시집오면서 양식이 될 뭔가를 가지고 온 줄 알고 안심하고 잠이 들었다.

다음날 새벽에 일어난 며느리는 잠자던 시누이를 깨워 부자네 집으로 가자며 졸랐다. 시누이가 그 집의 인심은 너무 인색하니 가지 않는 것이 좋겠다고 말했지만 새 며느리는 바가지와 소쿠리를 하나씩 들고 나와 시누이를 재촉했다. 며느리는 할 수 없이 따라나온 시누이와 함께 그 부잣집으로 향하였다. 주인 인심이 사납다더니 주인 닮아 개 인심도 사나운 지, 며느리와 시누이가 그 집 앞에 당도하자 집안에서 개가 시끄럽게 짖어대는 게 아닌가. 개 짖는 소리에 행랑어멈이 나가보니 어제 시집온 윗집 색시였다. 행색을 보아하니 바구니를 끼고 온 것이 밥을 얻으러 온 것 같았다. 시끄러운 소리에 안채에서 마님이 행랑어멈을 불러 무슨 일이냐고 물었다. 그러자 행랑어멈은 "어제 시집 온 윗집 색시인데 아침거리가 없어 밥을 얻으러 온 모양입니다."라고 말했다. 그러자 안 주인은 며느리와 시누이를 불러 방안으로 들어오게 한 후 행랑어멈에게 밥상을 차려 오라 하였다. 차려진 밥상 위의 밥을 보고 며느리가 바구니에 담자 안주인은 상에 차려진 것은 요기하고 다 먹고 나면 시부모님 드릴 것은 따로 해줄 터이니 안심하고 먹으라고 하였다. 이 말에 안심한 두 사람은 밥을 맛있게 먹고 새로 지은 따뜻한 밥을 가득 얻어 집으로 돌아왔다.

그 날 부자 영감이 소작지를 둘러보고 저수지 옆 논두렁길을 따라 집으로 오고 있던 길이었다. 길 한가운데에 한 여인이 머리를 풀어헤치고 주저앉아 울고 있는 게 아닌가. 그 여인이 길을 가로막고 있어서 비켜 가지도 못하고 있던 부자 영감은 왜 그리 슬피 울고 있냐고 여인에게 물었다. 그러자 그 여인이 그 부자 영감을 쳐다보면서 하는 말인 즉 "내가 이 못에 빠져 죽은 귀신인데 당신이 평소에 인색하고 인심을 잃어 당신을 이 못에 빠뜨리고 내가 나오려 했건만 오늘 당신 집에서 적선한 게 있어 내가 다시 못 안으로 들어가게 되니 원통해서 우는 것이오."하며 치마를 뒤집어쓰고 못 안으로 뛰어 드는 게 아닌가? 이에 놀라 황망히 못만 바라보던 부자 영감이 황급히 집으로 돌아와 부인을 찾았다. 그리고 오늘 적선한 게 있냐고 물었다. 남편의 성격을 잘 아는 아내가 그런 일없다고 하였다. 그러자 그 영감은 자초지종을 설명하며 오늘 내가 죽을 뻔했는데 적선한 게 있어서 살았다니 그 사람이 내 생명의 은인이 아니냐며 빨리 말을 하라고 하였다. 그러자 부인은 어제 시집온 윗집 새댁이 아침에 시부모님 드릴 아침거리가 없다고 해서 밥을 주었다고 하였다. 배고픈 사람에게 먹을 것을 준 것만큼 큰 적선이 어디 있는가? 영감은 그 색시에게 감사의 인사를 해야한다며 광을 열고 쌀과 피복을 꺼내 소등에 쌓기 시작했다. 그리고 자신이 가진 땅문서의 반을 가지고 나와 소들을 끌고 그 집으로 향하기 시작했다.

아침을 먹고 부지런히 일을 하던 시누이와 며느리는 자신들의 집 쪽으로 오고 있는 부자 영감을 보고는 아침 얻어먹은 것을 알고 갚으라고 오는가보다 하며 탄식하고 있었다 그러나 부자 영감이 집으로 들어서자마자 절을 하며 고맙다고 하자 어리둥절해졌다. 영감은 오늘 있었던 일을 말하며 오늘 이 댁 며느리가 우리 집에 오지 않았다면 내가 죽었을 것이라며 소에 싣고 온 재물을 내리고 땅문서를 주었다 그 동안 마을 사람들에게 인색했던 것을 반성하고 자신의 목숨을 구해준 데 대해 고마움의 표시라고 하였다.

이후 부자 영감은 남에게 베풀면서 살게 되었고, 가난하던 이 집도 며느리가 들어온 지 하루만에 엄청난 부자가 되었다. 이 며느리야말로 복을 안고 들어온 며느리가 아닌가? 그 후로 이 두 집은 오랫동안 큰 부자로 남에게 베풀면서 사이좋게 살았다고 한다.

(제보자:대구광역시 남구 대명 3·7동 명동 경로당, 김순조, 71세, 무직. 채록일자:1999. 12. 27.)

3. 민요

1) 모내기 노래

(1) 모내기 노래

이물고 저물고 다 헐어 놓고
물점북은 손에 신고
일월 동풍에 궂은 비 오고
월백 설백은 천지백하니
남산 봉황은 여의주를 물고
정든 님이 오시는 담문을 보니
호박 넝쿨 울방 넝쿨

이전의 한량은 어디로 갔노?
저부방에 놀러 갔나?
아씨와 염동은 님섞어 논다.
산심 야심이 객수심이라.
호동숲으로 들어 온다.
오라는 정든님은 아니 오고
담을 넘어 들어 온다.

(2) 모내기 노래

이 논베미야 모를 숨어(심어)
우리야 부모님 산소등에
이물기 저물기 다 헐어놓고
문어야 대전복 손에 들고
모시야 평상라 반적삼은
많이야 보면은 병이 되고
고향아 양상로 큰줄기에

잎이며 허허라 장할소냐
솔을 심어서 정자로다
주인이 양반이 어델 갔노
첩의야 방에 놀러 갔다.
분통같은 젖을 보소,
담배씨 만치만 보고가소,
열아들 처녀가 나누었네

(제보자 : 대구광역시 남구 봉덕 3동 143-12번지, 최인혁, 남, 65세, 중졸.)

(3) 모내기 노래

① 선산 해평

모야 모야 노랑모야
이달 크고 후달 크고

니 언제 커서 열매 열래
칠, 팔월에 열매 열지.

② 고령

애와 내자 이와 내저어이
이 못자리 서마지기 반달같이도 이와내자.
이 모 한강수에다 모를 부어 모찔 일이 난감하다

③ 논공

서마지기 이 논배미   반달같이도 떠나간다
니가 무슨 반달이고   초승달이 반달이지.
(선창)   (후창)

(제보자:대구광역시 남구 대명 5동 경로당, 김점분, 여, 74세.)

(4) 제목미상

물고이야 철철철 흘려 놓고   주인네 양반 어디로 갔노
문어야 전복을 손에 들고   첩야방에 놀러를 갔네.

(제보자:상동)

(5) 제목미상

서마지기 저 논배미   모를 심는 것이 영화로다.
어린 자식을 업어 키워   가르치는 것이 영화로다.
우리야 어머님 산소둥이에   소를 쓰는 것이 영화로다.

(제보자:대구광역시 남구 대명 5동 경로당, 정준이, 86세, 여.)

(6) 모내기 노래

서마지기 내 논뺌에   모를 쏯가 정잘는가
올해야 부모님 산소둥에   소를 쏯가 정잘는가

(제보자:상동)

(7) 모내기 노래

(선창)

서마지기 논배미   저 반달만큼 심고 가네
네가 무슨 반달인고   초승달이 반달이지

(선창을 받아 이어서 부르는 노래)
상조함창 공갈못에   헤이, 저 밤따는 저큰아가
여름밤, 겨울밤 내 따줄게   헤이요, 내품에 잠들어라.

(제보자 : 상동)

(8) 모내기 노래

이 논베미야 모를 숨어(심어)   잎이며 허허라 장할소냐
우리야 부모님 산소등에   솔을 심어서 정자로다
이물기 저물기 다 헐어 놓고   주인 양반이 어델 갔노
문어야 대전복 손에 들고   첩의야 방에 놀러 갔다.
모시야 평상라 반적삼은   분통같은 젖을 보소,
많이야 보면은 병이 되고   담배씨 만치만 보고가소,
고향아 양상로 큰줄기에   열아들 처녀가 나누었네

(제보자 : 상동)

(9) 모내기 노래

서마지기 여논 베니   모를 숨가서 정잘래라.
아픈 몸이니 산신뜨니   소를 숨가가 정잘래라.
서 마지기 여논 베니   반달같이 떠나온다.
지가 무슨 반달이고   초승달이 반달이지.
능청능청 비끗이   무정하다 울오라바.
나도 죽어 후승가서   낭군부텀 심길래라.

(제보자 : 대구광역시 남구 대명 2동 1904-23, 서암우, 80세, 남, 국졸.)

10) 모내기 노래

해 다 지고 저문 날에
이태백이 본 저 두건 보니

우연히 장이 떠나온
무얼해 장이 떠나온

이 물개 저 물개
바쁘게 모 숨구는데

다 헐어놓고
꽃 지네야 다 어데 갔노

문어야 대전복 손에 들고
이 모판이 다 저라도

첩의야 방에 놀러 갔네
첩의야 양석이 반지를 내라

능청능청 저 비리 끝에
나도 죽어 후생가서

야속하다 울 오빠
낭군님부터 생겨볼네

성주야 삼각산 흐르는 물에
그 때 꽃잎 다시 지고

해삼초 심는 저 처녀야
호수에 송잎을 나를 주소

초롱아 초롱 청사초롱
너도 눕고 나도 눕고

님의 방에 불 밝혀라
저 초롱불을 누가 끌꼬

해 다 졌네 해 다 졌네
방긋방긋 며늘애기

영산땅에 해 다 졌네
많다 오호호 해 다 졌네

(제보자 : 대구광역시 남구 대명 1동 경로당, 강만연, 72세, 여.)

(11) 모내기 노래

① 모내기 노래(아침)

선창 : 능청 능청 저 비륵(벼랑)끝에   무정하다 저 오라바
화답 : 나도 죽어 후생가서   낭군 한 번 생겨볼래

(벼랑 끝으로 밥을 이고 시누이와 월계(올케)가 가다가 떨어져서 강에 떠내려
가는데 모심고 있는 신랑이 올케는 건졌으나 시누이는 떠내려 가고 말았다. 이에
한이 맺힌 누이가 죽어서라도 낭군과 같이 지내고 싶다고 노래함.)

② 모내기 노래(해가 질 무렵)

선창 : 해가 지고 다 저문 날에   골골 마중(마다) 연기 난다.
화답 : 우리 님은 어디 가고   연기 낼 줄 모르는고.

(모내기를 다 한후 시장한 농민이 부르는 노래)

③ 모내기 노래(점심이 안 올 때)

선창 : 찹쌀 닷말 밉살 닷말   이니라고 더디던가
화답 : 아창 아창(아장아장) 걷는 아기   젖주니라(젖주느라) 더디던가

(점심을 기다리는데 점심이 오지 않을때 부르는 노래)

④ 모내기 노래(참이 오지 않을 때)

선창 : 담박 담박 수지비   사윗상에 다 올랐네
화답 : 노랑 감태 젖작군   말국 먹기 섧어라

(딸이 요리해서 사위만 먹고 아버지는 먹지 못했다는 노래)

⑤ 모내기 할 때 부르는 노래(지겨울 때)

서울 이를 우달하게   금빛 알을 낳네
서울 가신 선보님(선비님)은   우리 선보 안오시오
우리 상 올지라도   칠성판[12)에 실리오요

(과거보러 간 낭군을 기다리며 부르는 노래)

(제보자:상동)

(12) 모내기 노래

낭짱낭짱[13] 베로끝에[14]	우정우정 저 오라비
난도죽어 남자되어	안해[15]부터 섬겨볼쎄[16]

(큰물이 져서 주인공과 올케가 떠내려가고 있었는데 오빠가 올케만을 구해줘서 이런 노래를 불렀다고 한다.)

(제보자:대구광역시 남구 대명 5동 177-8번지, 정분이, 81세, 여.)

(13) 대명동 모내기 노래

해 다지고 저문 날에	웬 여느 행상 떠나가노
이태백이 먼저 죽어	님의 행상 떠나가네

해도 지고 저문날에	줜네 양반 어디갔오
문이 대장보 손에 쥐고	첩의 방에 놀러갔네

서울이라 연등못에	풀풀뛰는 저 금붕어
금붕어 잡아 회쳐 놓고	줜네 불러서 술 부어라

하늘에다 목화 숨겨	목화 딴 이가 전혀없네
한강에다 모를 벗어	모찌는 이가 전혀 없네

---

12) 서민들이 죽어서 염할때 송장이 똑바로 있도록 받쳐주는 판
13) 물이 넘출거리며 흐르는 모양
14) 강가에
15) 아내
16) 생각한다

유자탱주는 은은이 맛어
신랑각시에 은은이 좋아

한 꼭대기 둘이여네
한 베게에 둘이 눕네

능청능청 저 벼리 끝에
나도 죽어 후생가서

무정하다 우리오빠야
낭군 한분 섬겨 볼까

밀양 삼동아 궁노-숲에
연밥 줄밥 다 딴다나

연밥따는 저 큰 애기
월순을랑 까지 마소

상처야 상간에 흐른 물에
겉에 겉이불 재치놓고

백사 새는 저 큰 애기
저배 저배를 나를 주오

진주야 단상 안사랑에
버주월색 널은데
아가야 도랑에 병이 들어
순금씨야 깍은 배는

바닥 또는 친암손아
만고여운 나를 주소
순금씨야 배 깎아라
연하고도 맛이 좋아

서울이라 남정자에
찹쌀 닷말 밉쌀 닷말이

전시에 재회 늦어오네
이미하고 드리오네

이산 저산 양 산중에
태산을랑 어디두고

슬피우니 성악새야
야산에서 슬피우노

(제보자 : 대구광역시 남구노인회관, 석소방, 83세, 여. 채록일자 : 1987. 5. 23.)

(14) 이천 2동 모내기 노래

농창해창 저 벼루끝에
나도 죽어서 후세상가

무정하다 저그 오라바이
낭군부터 섬길라네

서마지기 이 논떼기
지가무슨 반달인고

반달반달 떠나가네
초생달이 반달이지

저녁울 먹고서 씩나서니
술치는 데는 낮에 가고

건네야 산에서 손을치네
손치는 데는 밤에 가지

서마지기 이논빼기
니가 무슨 반달이고

반달같이도 떠나가네
초승달이 반달이지

모야모야 노랑모야
이달 크고 후달 커서
울도 담도 없는 집에
누구의 간장을 녹힐라꼬

니 언제 커서 열매열래
칠팔월에 열매맺지
명주베 짜는 저 처녀야
저다지 곱게도 생겼느냐

해다지고 저문날에
첩의 집에 갈라하마는

고깔쓰고 어디가노
나 죽는 꼴을 보고 가소

첩의 집은 꽃밭이고
연못의 붕어는 사철이고

나의 집은 연못이라
꽃과 나비는 봄 한 철이라.

(제보자:대구광역시 남구 이천 2동, 서택암, 남, 69세. 김막내, 여, 67세. 채록일자:1987. 7.
15.)

(15) 상주함창(상주모내기)

· 상주함창 공갈못에　　　연밥따는 저 큰아가
　연밥 줄밥 내따주마　　우리 부모 섬겨다오.

· 문어야 대전목 손에들고　친구집으로 놀러가세
　친구야 벗님은 간곳없고　조각배만 놀아난다.

· 능청 능청 저 베리 끝에　시누 올케 마주앉어
　나도야 죽어 후생가면　　낭군 삼길라네.

· 이뺌이 저뺌이 다　　　심어 노니 또한 뺌이가 남았구나
　지가야 무삼 반달이냐　초생달이 반달이지.

· 고초 당초 맵다해도　　시집살이만 못하더라
　나도야 죽어 후생 가면　시집살이는 안할라네.

(제보자 : 대구광역시 수성구 지산동 1263-9번지, 정순화, 23세, 여, 학생, 대졸.)

(16) 민요와 그 배경설화

① 민요의 유래 I

　옛날에 어떤 사람이 시집을 갔는데 남편이 너무 게으르고 일은 전혀 하지 않고 공부만 해서 천지간 아무 것도 먹을 것이 없었다. 그래서 배가 고픈 부인은 촌에서 농사 지을때 나는 누런 피섞인 나락을 훑어다가 먹고 살았다. 어느 날 부인이 피를 훑어다가 널어 놓고 또 훑으로 간 사이에 비가 와서 널어놓은 피가 비에 떠내려 가버렸다. 그렇지만 남편은 방에 있으면서 마당에 널린 피를 덮지도 않고 그냥 떠내려 가도록 내버려 두었다. 이 일로 부인은 애가 타서 이 남자 밑에서 살다간 평생 골병만 들고

말겠다는 생각에 그만 자기 남편을 두고 떠나가 버렸다. 그후 남편은 여자 없이 공부를 열심히 해서 과거를 봤는데 장원급제를 했다. 장원급제를 하고 돌아오다보니 자기를 떠난 부인이 신령 영천이라는 들에서 또 피를 훑고 있었다. 그 때 그 남자가 부인을 보고 복잡한 것은 할 수 없구나 하고 논둥천에서 글을 지으면서 다음에 나오는 노래를 불렀다.

신령 영천 너른 들에   갱피훑는 저 마누라

날마다 하고 가더마는   간데마중 갱피훑다

여자가 이 소리를 듣고 돌아보니 전 남편이 서 있는 것이었다. 그만 피를 던지고 남편을 따라가려고 했지만 남편은 신을 한 번 돌려 신었으면 다시 올 수 없다고 했다. 그래도 따라가려고 하니 남편이 모래를 조금 모아놓고 여기에 물이 고이게 할 수 있으면 따라오고 고이게 할 수 없으면 따라올 수 없다는 불가능한 제안을 했다. 그리고는 남편은 가버리고 부인은 답답하고 못견디어서 뛰다가 울다가 나무 위에 올라가 남편이 가는 것만 지켜 보았다. 그리고 부인은 할 수 없게 되어 나무에서 떨어져 죽었다. 그래서 여자는 물에 띄어져 모기와 거머리가 되었다. 7월달이 되면 매미는 매이웽 하고 우는데 매웅 매웅하고 우는 것은 맹맹 너는 맹 잘 살까봐 나는 장17)이덥나라고 자기를 데려가지 않는다고 악담하는 것이다.

② 민요의 유래 Ⅱ

옛날에 시누 올케가 물을 건너오다가 둘 다 떠내려 가게 되었는데 오빠가 자기 부인만 건져서 동생은 떠내려가 죽게 되었다. 이 죽은 것이 동생에게 원한이 되어 다음과 같은 노래를 부르게 되었다.

---

17) 늘, 또는 항상이란 뜻.

능청 능청 저 비리 끝에	무정하다 울 오빠
난도 죽어 후생가서	낭군부터 섬길레라

③ 모내기 노래

서마지기 이 논배미	반달같이 떠나간다.
니가 무슨 반달이고	초승 일색이 반달이지.
서마지기 이 논배미	모를 숨거 장할레라.
우리야 부모님 성산등18)에	솔을 숨거 장할레라.

(제보자 : 대구광역시 남구 대명 4동 3033-5, 우기향, 80세, 여, 무직.)

2) 베틀가

(1) 베틀가

앞 두다리는 높이 놓고 뒤 두다리는 낮게 놓고

안질 깨끄친 양은 나소 깊은 물에 지렛대를 건는 듯고

부티락 들은 양은 우리 나라 금상님이 임뼈 우라 자신 듯고

막호라 차신 양은 우리 나라 금상님이 임뼈 우라 자신 듯고

부티락 들은 양은 금강산 반중어리 흐량제 들은 듯고

구양진 님은 어찌 그리 잘났던고? 풍라 드는 양은 베운간의 기러기라.

알을 안고 넘노난 닷 바디질 치는 양은 백력조례 같은지라

벌어졌다 버기민은 홍문연의 잔치런가? 흐늘젓기 벌어졌네.

누르고 떼는 홀애비 이애떼 삼연지난

오백민 치를 잡고 만경 창파에 오라.

나풀 나풀 나부손은 날오라고 손을 치고

용두머리 우는 양은 벗을 잃고 벗을 찾아

가는 지상 홍칠 콩 도투마리 정칠콩 넘어 간다.

---

18) 묘 무덤

대따위 지는 양은 구시월 시단풍에 낙엽지는 소리로다.

(2) 베틀노래 1

베틀난네 베틀난네 오난강에 베틀난다
베틀 달이 니 달이요 없다 디어 도디 놓고
빗가 들랑 나리 놓고 어와 짖뚱 저데 놓고
가릴 지야 징징 나완 천년 황후 저런
득공 무테야 드린 향후 오난강에 베틀났네

(3) 베틀노래 2

달안에 기수나무 등축으로 뻗은 가지 베틀 한 쌍 모아 내니
베틀 놀 곳 전에 없어 사방 상천 돌아보니
연주 충신 노던 곳에 풍난 강이 여기로구나
베틀다리 사다리데 뒷다리는 높디높고 앞다리는 낮디낮다
비읍 자를 갈라놓고 베틀다리는 사다리네
큰 애기 다리는 단두다리 월복에 노던 선녀 침향 한 쌍을 잊었구나
안질께랑 안진남은 우리나라 강산남은 영산자구 안직득구
부태나 두레랑은 탕개 삼을 삼는 득고 충근 충근 베틀소리
명월 산천 휘랑하네 비단 짜는 소리같네 풍랑 듯는 치상버섯
큰 애기 속곳 손친듯네 절루국은 생나무는 헛신짝에 목을 매어
들락날락 활보하네 암쿵암쿵 출랑대는 수비 서산에 새빌인가
누비동산 새빌연가 푸기빌은 화병지화 어릴때는 상경지묘
늙을 때는 호굴애비 자불대는 거동보소 우짜랗고 도두마리 숭근 떠븐
빗디리노
배때기 널찌는 소리 감꽃끝이 쏟아지네 도두마리 팔자보소 범섯 옷도
입을소냐

(4) 베틀노래(논공)

하늘에라 옥황선녀 지하에 내려와서
금자 한편 놓자하니 베틀 놓을 데가 전혀없네
사방을 둘러보니 옥란강이 비었구나
앞집에 김대목아 뒷집에 박대목아
베틀 한 상을 모아두게 담배 한 대 피어 물고
굽은 거는 굽다던고 곧은 거는 곱다던고
뚝딱 뚝딱 다듬어서 베틀 한 상을 모았고나
뒷다리는 낮게하고 앞다리는 높이하네
(제보자 : 남구 대명 5동 경로당, 이명원, 80세, 여.)

(5) 베틀노래

오늘도 하다 심심하여
베틀이나 모아볼까
에헤야 아~ ~ ~
베짜는 아가씨
벼틀노래수
내사랑 만지노라
에헤야 아~ ~ ~

(6) 베틀가

무산선녀 할일없어
지하를 둘러보니
옥란간19)이 비었도다.

---

19) 옥란간(玉欄杆):옥으로 만든 난간으로 현실에는 없고,하늘 나라의 선궁(仙宮)에 있
  는 것이다.

앞집에 김대목20)아
뒷집에 이대목아
베틀 한 쌍 지어주소
베틀짓기는 어렵잖지만
남긔없어 못 짓겠네
달안에 계수나무
동쪽을 뻗은가지
금도끼로 찍어내고
남쪽으로 뻗은가지
옥도끼로 찍어내고
베틀한쌍 모았도다
베틀놓자 베틀놓자.
베틀다리 네다리요,
앞두다리 도디21)놓고
뒷두다리 낮게 놓고
그 가운데 가리새22)
지린양은 세월이다
대들보 걸친듯고
앉친23)을 도디 놓고
부톄24)라 두린양은
절로 솟은 밑짓이래
허리앉게 두린듯고

---

20) 대목:목수(木手)
21) 도디 : 높게
22) 가리새→가로대 : 베틀의 두 누운다리 사이에 가로지른 나무
23) 앉친(할) : 앉는 곳(앉을깨)
24) 부톄→부티 : 베를 짤 때 허리에 대는 나무

말쿼25)라 넣은양은
무산선녀 애기 앉고
젓멕이는 지상이요.
바대집26)한쌍 치는양은
노성번개 치는듯고
물쳤다 저질게는
강태공의 낚실런가
앙콤장콤 절어간다.
북27)이라 나드는 양은
하늘의 봉학이가
베호가28)를 품에 품고
날아들고 날아든다.
앙콤장콤 쵀하래기
앙콤장콤 걸어가고
이앳대29)는 샘형제요,
눌림대30)는 호부래비
호부래비 눌림대는
올러가매 혼자섧고
내려가매 혼자섧다.
사침사침 사치미는
사실사침 올라간다.

---

25) 말쿼→말코 : 짠 베를 감는 베틀의 한 부분
26) 바대집 : <옛>ㅂㄷ집 *바디 : 베틀에 딸린 물건의 하나로, 대오리로 만들어 베실을
    낳낳이 꿰어짜는 구실을함.
27) 북 : 날큼으로 왔다갔다하여 씨를 풀어주는, 베틀에 딸린 기구
28) 베호가(할) : 실
29) 이앳대→잉앗대 : 위로는 눈썹줄에 아래로는 잉앗실을 거는 나무
30) 눌림대 : 베날을 누르는 잉아 뒤의 막대

비개미[31] 여은양은
우리나라 금조애미
용산자회 하신듯고
애고불쌍 신나무는
나부손에 넘나든다.
쿵절쿰 도틈아리
정절쿰 뒤놓는다.
베테한쌍 떨어진 양은
세월이란 자완날에
억만군사가 희롱한다.
마흔닷밭 낙숫대[32]에
쉰닷발 낙숫줄[33]에
우수강에 던져놓고
굴렁고기[34] 낚어다가
생신한들[35] 베릴쏘냐
잔고기는 낚어다가
회를 친들 베릴쏘냐
알쏨달쏨 무자줌치[36]
인지주까 전지주까
닭울어도 아니주네.

---

31) 비개미→비겨미 : 쟁기 따위의 봇줄이 소 뒷다리에 닿지 않도록 두 ㄱ이 턱이 지게
    하여 봇줄에 꿰는 막대
32) 낙숫대 : 낚싯대
33) 낙숫줄 : 낚싯줄
34) 굴렁고기(휠) : 큰 고기
35) 생신 : 굽는 것
36) 무자줌치(할) : 주머니

간다간다 내사간다
가소가소 자네가소
자네가면 내못사리
하윗상 대들보에
뿌꿈새가 홀로사리
하늘밑에 차일치고
장닭암닭 마주놓고
동백이다 송죽이다.
좌우전을 갈라놓고
청실홍실 뜨다놓고
향로촛대 마주놓고
목지다 황새병에
목자리다 자리병에
눌리떴다37) 금청주요
도디떴다38) 은정주요
병병이도 자려노코
은잔이디 금잔이다
잔진이도 부어노코
백년자사 기약할 때
너없어도 내못살고
내없이도 너못산다.
가기는 어데로 간단 말이냐
이별석자 누가냈노
이별석자 막을라꼬

---

37) 눌리떴다 (할) : 숲이 빽빽한 것
38) 도디떴다 (할) : 말간 술

칼을 써도 몬막으니
후장39)쳐도 몬막으니
이별석자 몬막아서
천하태평 초패왕도
이별석자 몬막어서
황천객이 되었구나.
삼천갑자 동방석40)도
이별석자 몬막어서
삼천갑을 몬채웠네
천날효녀 심청이도
이별석자를 몬막아서
황천객이 되었도다.
만고열녀 성춘향도
이별석자 몬막아서
황천객이 되었구나.
천하일색 양귀비도
이별석자 몬막아서
황천객이 되었도다.
우리인생 이가다가
이별석자 몬막으면
어느누가 막을쏘냐

(제보자:대구광역시 남구 대명 5동 177-8번지, 정분이, 81세, 여.)

---

39) 후장→차일 : 햇빛을 막기 위해 천으로 쳐놓은 것
40) 삼천갑자 동방석이 있었으나 그가 누구인지를 몰랐다. 그를 찾기 위해 여우가 숯을
    갖고 있었다.동방석이 지나가다 왜 숯을 가느냐고 묻자, 여우가 희게 할려고 간다고
    했다. 이에 동방석이 웃으며 내 삼천 년을 살아도 숯이 희게 된다는 얘긴 처음 들었
    다고 하자 여우가 사람모습에서 다시 여우로 되어 동방석을 죽였다고 한다.

3) 물레소리

어랑어랑 물레야 빙빙돌아라
두살물레는 내가 잡고
시살물레는 너가 잡지
어랑어랑 둘러라
〈대사〉
얄구지라 눔물내고 와빙이났노
오불서도 안되고 쪼불서도 안된다
아이고 우야노
엄마엄마 울엄마야 물레뒤야 병이나서
오불서도 아니되고 쪼불서도 아니된다
엄마가 하신 말씀 아가아가 내딸이야
금지옥엽 너를 길러 성씨가문 출가시켜
글이사 못 할 망정 물레질이 웬말이고
물레시하 병났거던 오불시고 쪼불시고
깨워주물 귀머리에 발러봐라

(제보자 : 대구광역시 남구 봉덕동 거주, 박옥순, 69세.)

4) 삼 삼는 노래(처자들이 삼을 삼으면서 부른노래)

천두미랑의 진산까래 너무 지려도 못삼겠네
와룡산 높은 징계 너무 높아 못삼겠네
얼무산의 관솔가지 너무 밝아 못삼겠네
자인 정산 위시 경기리 너무나 참해 못삼겠네

5) 꽃밭가

(1) 꽃밭가

반달 같은 처녀가 꽃밭을 매는데

온달 같은 총각이 교란에서 목을 잡잔다 쪼이나 쪼이나

야 이 총각아 그 소리 말아라.

호랑이 같은 우리 오빠가 망보고 있노라 쪼이나 쪼이나

야 이 처녀야 그 소리 말아라.

호랑이 같은 너거 오빠가 도량에서 내처남 된단다. 쪼이나 쪼이나.

(2) 꽃밭매는 노래(동촌)

반달같은 처녀가 꽃밭을 매는데 쪼이나 쪼이나

온달같은 총각이 고호라 내 손목을 잡잔다 쪼이나 쪼이나

야이 총각아 그 소리 말아라

호랭이같은 우리 오빠가 고호라 망보고 있노라 쪼이나 쪼이나

야이 처녀야 그 소리 말아라

호랭이 같은 너의 오빠가 고호라 내 처남이 된단다 쪼이나 쪼이나

(제보자 : 대구광역시 남구 대명 5동 경로당, 이모금, 78세, 여.)

6) 삼삶는 노래

얼시구 좋네 절시구 좋네

청두밀안 진산꼴에 너무 질여도 못살게네

와룡산 높은 곳에 눈에 높아 못살게네

얼무산 관솔가지 너무나 밝아 못살게네

이팔청춘 소년들아 백일 석달 열흘 매일 무공하덧 말고

서산에 지는 헤는 앙뉴 설음 머치어 주고

동래 동산에 뜨는 달은 기슴 날 것을 멈추어 주고

아깝다 우리 청춘은 멈출 줄은 왜 모르노

(제보자 : 상동)

7) 창부타령

(1) 창부타령

① 아니 노지는 못하리라, 아니 서지는 못하리라.
어지러운 사바세계 의지할 곳이 바이 없어
모든 미련을 다 떨치고 강산 벽개를 들어가니
송죽 바람은 솔솔한데 두견조차도 슬피우네.
곁에 있는 구러기야 너도 울고 나도 울고
심령 세계 깊은 밤에 같이 울어서 세워 볼까.

얼씨구나 좋구나 지화자 좋네
아니 노지는 못하리라.

② 아니 노지는 못하리라.
화료춘풍 변화시에 애를 끓던 저 두견아
고대 강산은 어디다 두고 내 청춘에서 왜 우느냐
밤중이면 니 울음소리에 억지로 든 잠이 다 깨었네.

얼씨구나 좋다 지화자 좋아
아니 노지는 못하리라.

③ 아니 노지는 못하리라.
초가월색 달 밝은 밤에 가이없는 이내 몸이
어슴 침침 빈 방안에 외로이도 홀로 누워
밤은 적적 야심한데 진불한석에 잠 못 이뤄

몸부림에 시달려서 옥저달큰 울었건만
오늘 저녁도 뜬 눈으로 새벽 맞이를 올렸구나

얼씨구나 좋다 지화자 좋아
아니 놀고서 무엇하리

이카다가 죽어지면 싹도 없고 꿈도 없다
그렇기 전에 많이 노자.

(제보자:대구광역시 남구 대명 9동 경로당, 김이금, 78세, 여.)

(2) 창부타령

아어아 아니 노지는 못하리라
장인장모가 좋다한들 장인장모를 바래 내가 갔나
처남처제가 좋다한들 처남처제가 되서 내가 갔나
억만마다의 내가 간것은 비온 갠날 봉숭아꽃같은
마음을 바래 내가 갔나
얼씨구 절씨구 좋을 씨구나 거드렁 거리고 놀아보자

(제보자:대구광역시 남구 대명동 거주, 윤헌식, 남, 63세.)

8) 능청휘청(고령)

능청휘청 저 벼랑 끝에 무정하다 울 오라바
나도 죽어 후승가서 우리 낭군 섬길레라
오빠는 죽어 개구리나 되고 나는 죽어서 배암 되자
명년 춘삼월에 미나리강에서나 만나보자

(제보자:대구광역시 남구 대명 5동 경로당, 정준이, 여, 86세.)

9) 자장가(동촌)

자장자장 우리자장 우리 애기 잘도 잔다.
머리끝에 맺힌 잠이 눈에 삼삼 귀에 쟁쟁
어허 잘도 잔다 우리 애기
명도 길고 복도 많다

(제보자 : 대구광역시 남구 대명 5동 경로당, 이모금, 여, 78세.)

10) 놀고 놀고 놀아 보자

진나라 진시황도 세월은 못 잡는다.
허들거리고 놀아 보자.
한나라 한 행공도 세월은 못 붙든다.

(제보자 : 상동)

11) 늙음을 한탄하는 노래

서산에 지는 해는 양뷰살을 멈춰주고
풍휘 동산 붉은 달은 기수낭글 멈췄는데
아깝다, 우리 청춘은 멈출 줄을 왜 모르노

(제보자 : 상동)

12) 산중의

산중의 귀물은 모래달에
수중의 귀물은 황해에서요
총각의 귀물은 경상도로
양반의 귀물은 김도롱에

지상의 귀물은 내로구나

(제보자 : 상동)

13) 꽃은

꽃은 꺾어선 머리에다 꽂고,
잎은 따서 입에 물어
산에 올라 들구경하니
길가는 행인이 길 못간다
아마도 천하일색은 내로구나
보거던 꺾지를 말고 꺾거들랑 버리지 마라.
보고 가고 보고가 버리니 장부할 일이 그뿐이냐
아마도 길가에 선 꽃이라 누구를 원망하리

(제보자 : 상동)

14) 귀신쫓는 노래

초질귀신 쫓는 노래-오홈대불 경년에 오만년이 밧세라
　　　바니반도니밥세라 비소지비라 오홉도로 사바라.
임병귀신(장질부사)쫓는 노래-나무대방 광불 화엄경에 이용여지
　　　삼체일체불염광 법괴선 일체 우심조 파지 옵기논 오홈가라지야
　　　사바라.

(이상 제보자 : 대구광역시 남구 대명 6동 122-21, 박종희, 남, 89세.)

15) 봄노래

앞뜰에도 울긋불긋
뒷동산도 울긋불긋

행화도화 만발한데
춤을 추는 저 나비야
노래하는 이 벌 저 벌
서로 섞여 왔다갔다
맑고도 푸른 반공중에
종달새는 비비베베
버들 장막 깊은 속에
금빛 옷을 걸쳐 입고
꾀꼴 꾀꼴 우는 꾀꼴
봄을 혼자 즐기난다.

(제보자 : 상동)

16) 상추밭 노래

아적이슬 채전밭에
부루대 꺾는 저 큰 아가
누 간장을 노킬라고
몸매조차 저리 곱노

아침이슬이 미처 가시지 않은 채소밭에
상추대 꺾는 저 아가씨
누구 간장을 녹일려고
몸매조차 저리 고울까

(제보자 : 상동)

17) 일제시대 부르던 창가가사

대동강변 부벽루에
산보를 하는
이수일과 심순애는
연인이어라

학생온정 하는 것도
오늘 뿐이오
부부행진 하는 것도
오늘 뿐이라

(제보자 : 상동)

18) 양산가

(1) 양산가

에헤이 에이요
양덕 맹산 흐르는 물은
감돌아 든다하고 부벽루하로다
삼산은 반락에 푸른 봄이요
이수중분에 능라도로다

(2) 양산도

어허헤이요 양도 명소 흐르는 물은
감돌아 든다하고 부벽루로라
상산은 밝은데 모란봉이요
이소 정평이 넘나도라

(제보자 : 대구광역시 남구 대명동, 강상수, 남, 81세, 중졸.)

19) 국문 뒷풀이

가갸거겨 가성우에　　거룩한 색자를 싸게 보세
거겨구규 고락간에　　구원의 복음을 전해 보세
나냐너녀 나아갈 길　　너무나 머다꼬 생각마라
너녀누뉴 너와 댁에　　누구라 방주를 비방한네
다댜너녀 달음박질　　더디게 하면은 떨어진다
더뎌두듀 도를 듣고　　두말을 말고서 주를 믿네
라랴러려 나팔소리　　여러번 주재림 생각하소
러려루류 노상 행인　　누락질 말고서 타파하라
마먀머며 마귀 전에　　머물지 말고서 나아가세
머며무뮤 모진 광풍　　무서운 바람이 앞을 막네
바뱌머며 바라보니　　버러지 형상을 뉘가 썼노
버벼부뷰 법에 패와　　부활과 성천은 우리 구주
사샤서셔 사랑하세　　서양과 동양을 사랑하세
서셔수슈 소나무는　　수절에 천하에 제일이다
아야어여 아해들아　　어려서 예수를 굳게 믿세
어여우유 오양육주　　우애와 친목이 제일이다
자쟈저져 자랑하세　　적십자 공로를 자랑하세
저져주쥬 조롱말고　　주리던 영혼아 생수 먹세
차챠처쳐 차세상에　　처하야 살기가 어려워라
처쳐추츄 초록인생　　추풍에 낙엽이 언제될꼬
카캬커켜 칼을 걸어　　커질러 가인아 아별추야
커켜쿠큐 코를 골고　　쿠르렁쿠르렁　자지마라
타탸터텨 타세상 타락말고　　터닦은 우에다 집을 짓세
터텨투튜 토객질과　　투기와 새기는 장래멸망
파퍄퍼펴 파도같이　　퍼져서 가는 주의 복음

퍼퍼푸퓨 폭퐁 속에   푸르던 초모가 생수 먹게
하햐어여 하는 우에   호락한 천국에 들어가세
허혀후휴 허허탕탕   후일의 천국은 우리의 것

(제보자 : 대구광역시 남구 봉덕 3동 659-5, 권을련, 여, 80세.)

20) 시골여자 이혼가

후원초당 봄이 드니   마른 잎에 속잎 나고
꽃피는 따신 바람   사람간장 흐텨내고
반쪽 팔 의지하고   하렴없이 앉았으니
일천간장 매친 설움   서울 낭군 그리워라
무정하다 우리 낭군   그연 여름 한번 간 후
문산천리 멀리 막혀   편지조차 한장 없네
삼월 삼짓 강남으로   일년일도 오난 여자
옆집을 찾아들어   들보에 마주 앉아
                                     쌍울음을 울리니

구곡간장 이 심사를   어디 가서 소개할꼬
마음하도 답답하야   광주리 옆에 끼고
                                      나물캐러 동산가니
산에 들에 꽃이 피서   꽃동산이 되었도다
꽃보고 오난 나비   향내 맡고 오난 벌이
                                      서로 섞여 오락가락
높이 나는 종달새는   지지배배 지저귀고
듣고 보고 하난 거시   가지가지 각색으로
동동으로 가진 고통   마디마디 어니난들
스물 두 해 내 봄철이   무감하게 가련하다
넋을 잃고 구경타가   종일토록 뜯은 나물

한 광주리 못 채우고

일보이보 맺힌 눈물
백과대천 굴뚝마다

이내간장 타는 데는
구곡간장 이심사를
사정 없난 시아버님

만득애자 경성유학
혀끝에 붙은 습관
규중여자 신분으로
사정없난 시어버님

일촌에 누기누기
시속에 청년색시
봄이 오면 꽃이 설움
춘하추동 사시절에
구십대 우리들고
애정 한 번 못 이루로
근 십년 아니와도
이렇듯이 허허하니
못 잊을세 우리 생친

사람도 차세상에

육축이 되었던들

인력이 더 없어서
돌아갈 길 바쁘도다
방울방울 임이로다
무럭무럭 검은 연기
제멋대로 나건마는
연기 없이 재만 되고
어느 뉘게 이해할꼬
신부에 처첩심경
기막히고 애달하다
영어 일어 복습해도
한옆에 붙여 놓고
외출한다 걱정하며
석반이 늦었다고
무수히 걱정하며
몇몇이 갔다더니
몇명이 다 흐른가
여름 오면 잎에 설움
설움고초 무서워라
입문한 지 수십일만
척짐지고 절간가서
그다지 탄식할까
가련하다 이 생애야
어서 나를 다려다가
평화를 안겨주소
사람이 되지 않아
초목금수 부러워라
만사에 자유하여

기타 낙을 구할 것을   사람이 왜 되었던고
봄밤이 짧다캐도   임생각은 함께 기다

(제보자 : 대구광역시 남구 봉덕 3동 659-5, 권을련, 여, 80세.)

21) 만고강산

만고강산 유람헐제 삼신산이 어디메뇨.
죽장짚고 풍월실어 봉래산을 구경갈제
일봉래 이방장과 삼영주 이아니냐
경포동정호 명월을 구경허고
청간청 낙산사와 총석정을 구경허고
단발령을 얼른 넘어 봉래산을 올라 서니.
천봉만학 부용들은 하날같이 솟아 있고
백절폭포 급한물은 은하수를 기울인듯
잠든 구름 깨어리고 맑은 안개 잠겼으니
선경일시가 분명쿠나
이 때 마참 모춘이라
붉은꽃 푸른잎과 나는 나비 우난 새난
춘광 춘색을 자랑헌다 봉래산
좋은경치 지척에 더져두고
못본지가 몇 해련고!
다행히 오날날은 만고강산을 유람헐제
이곳을 당도허니 옛일이 새로워라.
어화세상 벗님네야. 상전벽해를 웃들 마소
엽전화락 뉘 없을까?
서산에 지난 해난 양류사로 잡아매고
동녁에 걸린달은 계수야 머물러라.

한 없이 놀고 가자 어이하면 잘놀손가
젊어 청춘을 일 많이 허고 늙어지면서 놀아보세.
(제보자 : 대구광역시 수성구 지산동 1263-9번지, 정순화, 여, 23세, 학생, 대졸.)

22) 함양 양잠가

(후렴) 에야 디야 에헤야 에- 두견이
　　　　울음운다. 두둥가 실실 너 불러라.

・너는 죽어 만첩청사에 고드름 되거라
　나는 죽어서 아이 갸이갸 봄바람 될꺼나. (후렴)

・어여 밭가에 섬섬 섬섬 뽕나무 심어라
　아버지 어머니 명주나 옷감이 분명타 (후렴)

・너는 죽어 푸릇푸릇 봄배추 되거라
　나는 죽어서 아이갸 이갸 밤이슬 될꺼나. (후렴)

・우리집 뒤안에 뽕을 심어 뽕잎 돋아나면
　처녀들 모이어서 아이갸이갸 누에를 먹여라. (후렴)

・너는 죽어 만경창파의 황하수 되거라.
　나는 주죽어서 아이갸이갸 돛대선 될꺼나 (후렴)

(제보자 : 대구광역시 수성구 지산동 1263-9번지, 정순화, 여, 23세, 학생, 대졸.)

23) 남원산성

· 남원산성 올라가 이화문전 바라보니
　수진이 날진이 해동청 보라매 떴다
　봐라 저 종달새 석양은 늘어져 갈마가 울고
　능수버들가지 휘 늘어진데
　꾀꼬리는 짝을 지어 이산으로 가면
　꾀꼬리 수리룩
(후렴) 음- 어허야 에헤야 디여 둥가
　　　허허 둥가 둥가 내사랑이로구나.

· 니가 나를 볼라면 심양강 건너와
　이친구 저친구 다정한 내친구 설마
　설마 설마 서설마 니가 내사랑이지 (후렴)

· 옥양목 석장 없다고 집안에 야단이 났는데
　새버선 신고 속없이 뭣하러 또 내집에 왔나.(후렴)

· 사랑도 거짓말 옛날 사랑도 거짓말
　꿈에 와서 보였다는 것도 그도 또한 거짓말 (후렴)

· 앞집 큰애기 시집을 가는데 속없는
　노총각 생병 났다더라. (후렴)

(제보자 : 대구광역시 수성구 지산동 1263-9번지, 정순화, 여, 23세, 학생, 대졸.)

24) 사철가

· 저 내에 눈이 녹아 이 땅에 속잎나고
　꽃피고 새노래에 이때가 봄이라네.
　봄이라고 일러주니 봄인줄로 알것네다.
　나무아마타불.

· 녹음은 우거지고 녹수에 매암울제
　뻐꾹새 뻐꾹 뻐꾹 뻐꾹
　소쩍새가 슬피우니 이때가 여름이라.
　여름이라 일러주니 여름인 줄
　알것네라. 나무아미타불.

· 산꼴짝에 단풍들고 국화피면 나비들로
　눈물겨워 헤메이니 이 때가 가을이라
　가을이라 일러주니 가을인줄 알겠네다.
　나무아미타불.

　　　　(자진머리)
　곳곳마다 설화로다 아~ 아~ 아~
　온세상이 온세상이라 아~ 아~ 아~
　음음 아~ 아 인경소리도 차가운데 차가운데
　음~ 이때가 겨울이라 아~ 아
　이 때가 겨울이라
　춘하추동 사시절에 춘하추동 사시절에 부르면서
　선경노래 부르면서 합장으로 도를 닦네. 나무아마~타~불~

(제보자 : 대구광역시 수성구 지산동 1263-9번지, 정순화, 여, 23세, 학생, 대졸.)

25) 성주풀이

(후렴) 에라만수 에라데신이야
　　　데활연으로 설설히 나리소서.

· 이댁성주는 와가성주 저댁 성주는 초가성주
　한테간에 공댁성주 초년 성주 이년성주
　스물일곱에 삼년 성주 서른 일곱 사년성주
　마지막 성주는 쉬흔 일곱이로다 데활~

· 성주야 성주로다 성주근본이 어디메뇨.
　경상도 안동땅에 제비연의 솔씨받어 봄동산에 던졌더니
　만은 그솔이 점점 자라나서 황장목이 되였구나 도리 기둥이 되었네.
　낙락장송이 쩍벌어 졌구나 데활~

· 반갑네 반가워 서리추풍이 반가워
　더디도다 더디도다 한양행차가 더디어
　남원 옥중 춘향이 들어 이화 춘풍이 날 살렸구나
　에라~

· 낙양성 십리허에 높고 낮은 저 무덤은
　영웅 호걸이 몇몇이며 절대가인이 게 누군가
　오락 춘풍 몇백년 소년행락이 편시춘 아니놀고 무엇하리
　한송정 솔을 베어 조그맣게 베를 모아
　한강에 띄어 놓고 술이며 안주 많이 실어
　술렁술 배 띄어라 강릉 경포대로 가자 에라만수~

(제보자 : 대구광역시 수성구 지산동 1263-9번지, 정순화, 여, 23세, 학생, 대졸.)

26) 야월삼경

(후렴) 에에루화 성화로구나 음음음
　　　성화로구나
　　　밤깊은 이한밤이 이히이
　　　큰 성화로구나

· 야월삼경 달 밝은 밤 온다 온다
　말만하고 밤은 창창 다 새는디
　님의 소식 돈절하네 (후렴)

· 촛불같이 타는 가슴 혼자서만 눈물짓고
　설움많은 이 신세가
　혼자서만 구슬푸네 (후렴)

· 열무김치 담글 때면 님 생각이 절로나네
　한양 낭군 기다리다
　뜬 눈으로 밤세웠네 (후렴)

(제보자 : 대구광역시 수성구 지산동 1263-9번지, 정순화, 여, 23세, 학생, 대졸.)

27) 독수공방

· 독수공방 찬 자리에
　임은 어이 아니오나
　밤은 창창 깊어가니
　훨훨 벗고서 새우잠이나 잘까
(후렴) 아~혜 폭주대우는 주루루루루
　　　뇌성벽력은 우루루루루

어떠한 벗님이 나를 찾아오나

· 수심겨워 깊이든잠
  꿈속에서나 찾아온 님.
  밤은 창창 깊어가니
  외로운 이밤을 어이이 지낼까 (후렴)

· 촛불 밝혀 임오시나
  오매불망 기다려도 밤은 창창 깊어가니
  우리 벗님은 어데서 밤을 지샐까. (후렴)

(제보자 : 대구광역시 수성구 지산동 1263-9번지, 정순화, 여, 23세, 학생, 대졸.)

28) 둥둥게타령

(후렴) 둥둥게당 둥둥게 당 둥게 둥게
     둥당가 둥당가 둥당가 둥게 둥게
     둥당가.
· 사~사람을 칠라면 요~요렇게 친당가
  요내 무삼 걱정이
  육신의 심신을 다 녹인다. (후렴)

· 새~옥양목 속곳이 새~옥양목 속곳이
  입을 줄 모르는 치마끝에
  입었다 벗었다 구김이 구긴다. (후렴)

· 요~요리로 가면서 저~저리로 가면서
  날만보면 눈을 끔쩍

끔쩍 끔쩍 거리네. (후렴)

(제보자 : 대구광역시 수성구 지산동 1263-9번지, 정순화, 여, 23세, 학생, 대졸.)

29) 호망질소리

대구 영천 도문에 호맹이 손을 놀려라
업치는 잡히고 대구야 잡어다 밀쳐라
황새야 덕새야 니 어디 자고서 여기 왔나
수양청천 버들숲에 이가지 저가지 자고 왔다

(제보자 : 대구광역시 중구 남산 3동 2120-11번지, 유성준, 남.)

30) 시벌 논매기 소리

(다같이) 아 - 이에 - 에에
(선창)　　에 헤이 올라가자 올라가자
(후창)　　상 --- 사
(다같이) 아 - 이에 - 에에
(선창)　　에 헤이 시금털털 개설구나
(후창)　　상 --- 사
(선창)　　에 헤이 맛도 좋고 연할래라
(후창)　　상 --- 사
(다같이) 아 - 이에 - 헤헤
(선창)　　에 헤이 찌그덕 찌그덕
　　　　　용두마리
(후창)　　상 --- 사
(선창)　　에 헤이 올라가매 한숨 짓고
(후창)　　상 --- 사
(선창)　　에 헤이 내려오매 눈물 진다

(후창) 상---사
       잘한다
(다같이) 이 후후후후
(다같이) 이 후후후후

우야절사 우야허허
우야절사 우야허허
우야절사 우야허허
우야허허 우야허허
우야허허 우야절사
우야허허 우야절사
우야허허 우야절사
어 - 잘한다
(제보자:대구광역시 남구 대명 2동 1959-34번지, 김경애, 여, 국악가.)

31) 까치가

까치까치 요술까치
선화당에 집을 짓고
그 집 짓고 3년 만에
우리 오빠 장에 가서
등사 댕기 떠온 댕기
한 번 다시 드려보고
줄때꼬리 메어 놨디
우리 엄마 병이 들어
담은 닷 냥 받어 가고
달쏭달쏭 수박사고

동글동글 참외사고

수박에는 수를 꽂고

참외에는 칼을 꽂고

빈초당에 앉어 정장할라 캤디

늙어 정장 하얐드라.

(제보자 : 대구광역시 남구 대명 1동 경로당, 강만연, 여, 72세.)

32) 장고타령

얼씨구나 기화자 좋네 아니 놀지는 못하리라

봄이 왔구나 봄이 왔구나 삼천리 우리 강산에 새봄이 왔네

꽃은 피어서 화산이요 잎은 피어서 청산이로다

화란춘성 만화방창 백녹창 노천이로구나

붉은 꽃 푸른 잎과 나는 나비 우는 새는

춘락춘색을 자랑하고 녹우지리는 신지를 띄고

종달새는 슬피울제

청춘 가수 거동을 보소

갈팡질팡 하다걸랑 단봇짐을 싸느구나

늙은 가수도 거동을 보소

안절부절 하시다가 한숨만 길게 쉬는구나

얼씨구 절씨구 기화자 좋네 태평성대가 오늘이네

일년삼백 육십오일에 춘하추동 사계절도

일년이 다가면 다시 오건만

우리 인생은 한번 가면은 돌아올 줄을 왜 모르나

이월이라 한식절도 계자추의 넋이로구나

북만산천을 걸어가서 임 죽은 무덤을 어루만지며 애통하며 울었건만

무정하고도 야속한 님은 왔냐는 인사도 한마디 없이

잠만 깊이 들었구나

얼씨구 절씨구 기화자 좋네 아니 놀지는 못 하리로라

(제보자:대구광역시 남구 대명동 거주, 강상수, 남, 81세, 중졸.)

33) 청춘가

(1) 청춘가1

천지가 무정키는 세월보다도 또 있느냐

청장 세월 인장수에 춘만건곤이 북만거러

어제 청춘홍안 백발이 생각할수록 눈물이 나네

(제보자:대구광역시 남구 대명동 거주, 강상수, 남, 81세, 중졸.)

(2) 청춘가2

우수경첩은 대동강이 풀리고서

정든 님 헌 말씀이 내 심정 풀어준다

천질만질에 뚝 떨어져 살아도

백눈이 빨깃고나 하고

남의 살이로라

(제보자:대구광역시 남구 대명동 거주, 강상수, 남, 81세, 중졸.)

34) 낙동강 진군가

(뜻모르는 외국어임)

내일의 싸움터로 찾아가리라

희망도 하소연도 무슨 소용 있을까

이것이 우리 청춘, 갈 곳이 없네

아버지 어머니여 부디 안녕히 계세요

기말게 없는 곳을 지는 갑니다
삼팔선을 돌파하여 대구길을 알리듯
죽어서 백골이나 돌아올 때에
아내의 거세게 이 세상에 사세요
당신과 만날 적에 백년 살자고
지금은 이별가를 합창하고 있건만
꽃같은 우리 안해 언제나 볼꼬

(제보자 : 대구광역시 남구 대명 9동 거주, 김문수, 남, 67세, 국졸.)

35) 어산용

(1) 어산용

구야 구야 까마구야
신에 신공산 아리알 갈가마구야
니 몸은 젊어지는 마는
우리 인생은 늙어지는데
세상천지 사람들아
우리 인생 한번 가면
다시 젊기 어렵더라
에헤 에이 구구야

(2) 나무할 때 부르는 노래(어사용)

어 -- 어 -- 야 지리산 갈가마구야 -- 어 -- 이
눈은 어디 있나 멧돼지 뒷 달구지한테 치여 죽은 우리 영감아
병자년 숙년에 버리죽(보리죽) 한 그릇 먹고
멧돼지 뒷 달구지한테 치여 죽은 우리 영감아
후렴 : 에 호호호---

(제보자 : 대구광역시 남구 봉덕 3동 143-12번지, 최인혁, 남, 65세, 중졸.)

36) 상여노래

오 홈, 오 홈, 이화능차 오 홈
북만산천이 머다해도 오 호, 오 호
건너 산이 북만산이 오 호
저승질이 머다해도 오 호
방문앞이 저승이다 오 호
대궐같은 저 집불라 집절 같이도 비어놓고
만첩산중 찾아가니 어느 누구 버지 있나 오 호
까막까치 버즐 삼고 황토 흙을 밥을 삼고, 짠대로 옷을 삼고 오 호

(제보자 : 대구광역시 남구 대명 2동 1904-23, 서암우, 남, 80세, 국졸.)

37) 제목 미상

출출한 내 자부야 천지원당 내 아들아
밀양땅 화초밭에 봉황이 한 쌍 내 딸이야
여기 이름을 내던지랴 얼시구 좋다 절시구나
아니 아니 노지는 못하리야
도령아 온갖 잦나무 다 비나따나 오죽 떼 날기리는 마소
올해 길이는 것 내년에 길이여
낚시대에서 발을 걸어니어 낙동강에 띄어 놓고
나는 죽어서 고기가 되어 어 도량님은 낚시대를 낚아내어
어 나와 님은 천만년이 지나더라도 이별이 없이 잘 살아보자
얼시구 좋다 절시구나 아니 아니 노지는 못하리야
백포야 경추아 나 디니지 마라 너 쫓아서 나 아니 간다
성산이 바로 서면 너 쫓아서 나 아니 간다

얼시구 좋다 절시구나 아니 아니 노지는 못하리라.

(제보자 : 상동)

38) 제목미상

· 잘하고 자로 하네 에히요 산이가 자로 하네.

이봐라 농부야 내 말 듣소 이봐라 일꾼들 내 말 듣소.
잘하고 자로 하네 에히요 산이가 자로 하네.

하늘님이 주신 보배 편편옥토가 이 아닌가
잘하고 자로 하네 에히요 산이가 자로 하네.

물고 찰랑 돋아놓고 줜네 영감 어디 갔나.
잘하고 자로 하네 에히요 산이가 자로 하네.

잘한다 소리를 퍽 잘하면 질 가던 행인이 질 못 간다.
잘하고 자로 하네 에히요 산이가 자로 아네.

잘하고 자로 하네 우리야 일꾼들 자로 하네
잘하고 자로 하네 에히요 산이가 자로 하네.

이 논배미를 얼른 매고 저 논배미로 건너 가세.
잘하고 자로 하네 에히요 산이가 자로 하네.

담송담송 닷 마지기 반달만치만 남았구나.
잘하고 자로 하네 에히요 산이가 자로 하네.

일락서산에 해는 지고 월출동령에 달 돋는다.
잘하고 자로 하네 에히요 산이가 자로 하네.

잘하고 자로 하네 에헤야 산이가 자로 한다.
잘하고 자로 하네 에히요 산이가 자로 하네.

잘하고 못하는건 우리야 일꾼들 솜씨로다.

· 아부지요 걱정하지 마옵소서.
서천서역 약물 질어서루
아버님 병을 고쳐 드릴테니 걱정하지 마옵소서.

야야 그런 말을 마라.
심찬 너의 언니들이 약물 지르러 못 가는데
나이 어린 네가 약물 지르러 간단 말인가.

아부지요 그 말 하지 마옵소서.
자식된 도리로서
약물지러 부모한테 봉양하옵는 것은
떳떳한 일이옵고,
부모가 자식한테 효를 받는 것은
떳떳한 알아옵고.

· 이애 이애 그 말 마라.
시집살이 개집살이.

앞밭에는 당추심고

뒷밭에는 고추심어,

고추 당추 맵다 해도
시집살이 더 맵더라.

둥글둥글 수박 식기
밥 담기도 어렵더라.

도리도리 도리소반
수저 놓기 더 어렵더라.

오리 물을 길어다가
십리 방아 찧어다가,

아홉 솥에 불을 때고
열 두 방에 자리 걷고.

시아버니 호랑새요
시어머니 꾸중새요,
동세 하나 할림새요
시누 하나 뽀족새요,

귀 먹어서 삼 년이요
눈 어두워 삼 년이요,

말 못해서 삼년이요
석 삼년을 살고 나니,

삼단같은 요내 머리
비사리춤이 다 되었네.

배꽃같은 요내 얼굴
호박꽃이 다 되었네.

· 이씨의 사촌이 되지 말고
민씨의 팔촌이 되려무나.

아리랑 아리랑 아라리요
아리랑 배 띄여라 노다 가세.

남산 밑에다 장춘단을 짓고
군악대 장단에 받들어총만 한다.

아리랑 고개다 정거장 짓고
전기차 오기만 기다린다.

문전의 옥토는 어찌되고
쪽박의 신세가 웬 말인가.

밭은 헐려서 신작로 되고
집은 헐려서 정거장 되네.

아리랑 아리랑 아라리요
아리랑 배 띄여라 노다 가세.

(제보자 : 상동)

39) 제목미상

모시적삼 손고름에   칼차검로 보기 좋고

네모 번듯 장판방에   임 노는 것 보기 좋네

(제보자 : 대구광역시 대명9동, 김순임, 여, 74세.)

40) 제목미상

이편저편 통마루턱에

싱글벙글 웃는 장날

국화 같은 딸을 길러

봄나비 같은 나를 두고

백년기약 맺은 언약

일년도 못가고 구멍 난다.

삼백 석 공양미에

힘들은 지게진 우리 바우

꿀어 길러서 너를 줄까

딸을 길러서 너를 줄까

꿀을 길러 너를 주마

딸을 길러 너를 주마

얼씨구나 좋구나 지화자 좋다

아니 노지는 못 하리라

(제보자 : 정분돈, 여, 76세.)

41) 제목미상

반월성 너머 사자수 보니
흐르는 붉은 돗대 낙화암은 감도내
옛 꿈은 바람결에 살랑거리고
고란사 저믄 날에 물새만 운다
물어보자 물어봐 삼천궁녀 간 곳 어데냐
물어보자 물어봐 낙화삼천 간 곳 어데냐

(제보자:대구광역시 남구 대명 2동 1786-21번지, 김봉난, 여, 81세.)

제 4장

달서구 지역의 구비문학

달서구 지역의 구비문학

1. 전설

(1) 떡전골 이야기

대구광역시 달서구 유천 2동에 떡전골이라 불리우는 골이 있다. 떡전골이라 불리는 이 지명은 현재 유천 2동에 위치하고 있던 장터를 말한다. 지금은 도로로 바뀌어진 그 자리는 원래는 장터가 아니라 그저 몇몇 사람들만 왕래하던 인적이 드문 길이었다. 그런데 유씨라 전하는 부부가 그 길에 자리를 깔고 떡을 팔기 시작했는데 그 떡맛이 너무나 좋아서 사람들

떡전골

이 하나 둘 그 떡을 사 먹으러 이 길에 모이게 되었고 나중에는 장터로까지 변하게 되었다. 전국적으로 유명해진 이 곳의 떡 때문에 이 장터가 있는 일대가 떡전골로 불리게 된 것이다. 이 떡맛은 너무나 유명해서 전국에서 유씨부부의 떡맛을 보기 위해 사람들이 떡전골로 찾아올 정도였다고 한다.

(제보자 : 대구광역시 달서구 월성 1동, 이한수, 72세, 무직, 채록일자 : 1996. 11. 24.)

(2) 곽들 이야기

대구광역시 달서구 상인동 아파트 단지가 있는 일대는 옛날에는 모두 농사를 짓던 들판이거나 공동묘지였다. 그 곳에 '곽들'이라는 이름의 들판이 있었는데 이곳에는 정태조의 무덤이 있다는 전설이 있었다. 99개의 바위가 곽들 일대에 솟아 있어 이 곳의 범상치 않은 기운을 말해 주는 듯 했다. 농사를 짓기 위해 혹은 묘를 하기 위해 땅을 파면 손바닥만한 작은

곽들 옛터

곽이 나왔다. 이 곽을 집에 가져가 구들장 밑에 깔면 대대로 장수한다는 이야기가 있다. 실제로 이 이야기를 해 준 할아버지는 그 곽을 깔았기 때문에 자신이 크고 작은 병 없이 건강하게 지내고 있다고 믿고 있었다.

(제보자 : 대구광역시 달서구 월성 1동, 박재봉, 70세, 무직. 채록일자 : 1996. 11. 24. 제보자 : 대구광역시 달서구 월성 1동, 이효재, 76세, 무직. 채록일자 : 1996. 11. 24.)

(3) 범우초장과 도깨비불

옛날, 지금의 대구광역시 달서구 유천 2동이 된 마을에 조실부모한 어린 남매가 눈 먼 할머니와 함께 살고 있었다. 비록 눈 먼 할머니였지만 이 할머니는 구걸을 하면서 어린 남매를 지극정성으로 길렀고 이 남매가 할머니를 생각하는 마음도 이 세상 어느 효자, 효녀에 못지 않았다. 어느 날 할머니는 노환으로 쓰러져 거동을 못하게 되었고 이것을 보다 못한 남매는 범이 산다고 하여 범우초장이라 불리는 산에 귀한 약초가 있다는 말을 듣고 약초를 캐러 갔다가 범굴 주위에서 정신없이 약초를 캐던 중 그만 범에게 잡혀 먹히게 되고 말았다. 그런데 그 날 이후부터 마을에 도깨비불같은 불빛이 나타나게 되는데 둘이 되었다가 하나로 합쳐지기도 하는 그 불빛은 마을 사람들을 놀라게 했지만 웬일인지 할머니는 그 불빛들을 따라 다니며 마치 남매를 대하듯 즐거워했다. 후에 할머니가 돌아가시자 그 불빛들도 더 이상 나타나지 않았다고 한다.

(제보자 : 대구광역시 달서구 월성 1동, 이한수, 72세, 무직. 채록일자 : 1996. 11. 24.)

(4) 대구 보훈병원과 도원동

대구 보훈병원은 대구광역시 달서구 상인동에 소재한다.

대구 시내 어디에서나 326번 좌석 버스를 타고 달서구 지역으로 향하게 되노라면 종점 무렵 쯤 해서, 곧 아늑한 산자락에 둘러싸인 대구 보훈병원을 만나게 된다. 번잡한 도심의 병원과는 달리 포근한 뒷 산과 반짝

보훈병원

이는 앞의 청룡못을 마주하고 자리잡은 이 병원은 어딘가 모르게 고즈넉하고 탈속적인 분위기여서 심신의 병마에 지친 인간들에게 몸과 마음의 안식과 치유를 베풀어주는 재생의 공간으로서 손색이 없다 하겠다.

그런데 이 지역의 마을 노인들 사이에서는 오래 전부터 이 병원이 여기에 세워지게 된 그 나름의 연유가 퍽 그럴싸하게 전해져 내려오는데, 누구의 입에서 처음 나오게 된 것인지는 알 수가 없으나 지나가는 나그네에게 이야기를 들려주던 노인의 말솜씨로 보아서는 이제 자못 전설의 반열에 끼워넣어도 모자람이 없을만한 훌륭한 이야기였다. 이 병원이 자리 잡은 곳은 달서구 상인동이지만, 노인들은 달서구 도원동의 지명에서 유추하여 이 곳의 건립에 얽힌 이야기를 풀어 내고 있었다. 도원동은 복숭아 도(桃)자에 근원 원(原)자를 쓰는 동네이다. 즉 이 지명은 모든 것의 가장 근원이 되는 복숭아를 뜻하고 있는 셈인데, 이는 곧 옛 이야기 속에서 천제의 명을 받아 월궁의 항아가 지키고 있던 천도(天桃)를 일컬음이다. 천도는 하늘 임금님인 옥황상제께서 드시는 복숭아로서 가끔은 인간 세상의 착한 효자들에게도 신령이나 선녀들을 통해서 하사되던 것인데 죽은 사람도 능히 살릴 수 있을 만한 신비의 영약이라고 한다. 그래서 보훈 병원을 이 곳에 세운 이유도 아마 그러한 천도 복숭아의 기운이 어린 곳에 병원을 세워 인간들을 낫게 하고 싶은 마음 때문이었을 것이라고, 말하자면 인간을 애련히 여기는 하늘의 마음과 하늘의 뜻을 따르고자 했던 인간의 지극한 정성이 은연중 교감하여 이 곳에 병원을 세우게 된 것이라고 전하고 있는 것이다.

　보훈병원의 건립 연대가 그리 오래되지 않은 것은 사실이지만 그에 의거하여 삭막한 도시 한 가운데서 이처럼 훈향 가득하게 피어오른 한 줄기 전설과 민담의 운치라니……. 그것은 이제는 소멸되어 가고 있는 아스라한 민담적 세계관에 대한 20세기 인간들의 마지막 향수가 아닐까 싶을 정도로 따스했고, 또한 그 속에 담겨져 있는 휴머니즘적인 지향도 눈물겨울 정도로 잔잔하게 배어나고 있었다. 주위의 모든 것에 의미를 부여하고 또 그 의미에 기대어 모질고 고통스런 생의 질곡에서 잠시나마 벗어나고자 하는 인간들의 소박한 바람. 저녁 햇살 아래 아무말 없이 서있던 대구보훈병원에 얽힌 이야기는 바로 그러한 종류의 인정이 베풀어낸 이야기의 세계가 아닐까 여겨진다.

　(제보자：대구광역시 달서구 진천동 251번지, 서태수(一名 丙台), 85세, 대한노인회 대구광역시 연합회 달서구지회 고문, 달서구 노장회 회장. 채록일자：1997. 4. 25.)

(5) 은행아파트

　은행아파트는 대구광역시 달서구 상인동에 소재한다. 대구 보훈병원 주변에 위치한다.

　노인의 말에 의하면 은행은 예로부터 피를 맑게 하는 아주 귀중한 약재로 쓰여져 왔다고 한다. 그리고 이러한 약재의 이름을 가진 아파트가 보훈 병원 곁에 서게 된 것은 은행이 가진 이와 같은 약효의 힘을 빌어 환자들의 병을 낫게 하고자 한 염원에서 비롯되어진 것이라 한다.

은행아파트

(제보자 : 대구광역시 달서구 진천동 251번지, 서태수(一名 丙台), 85세, 대한노인회 대구광역시 연합회 달서구지회 고문, 달서구 노장회 회장. 채록일자 : 1997. 4. 25.)

(6) 장미아파트

장미아파트는 대구광역시 달서구 상인동에 소재한다. 대구 보훈병원 주위에 위치해 있으며 임휴사로 가는 길목에 있다.

장미아파트의 작명에도 재미난 이야기가 전해지고 있다. 노인에 따르면 이 아파트의 이름을 '장

장미아파트

미'라 지은 것은 보훈병원에 머무르고 있는 환자들의 병문안을 가기 위해서는 꽃이 꼭 필요한데, 언젠가는 시들기 마련인 生花보다는 주위에서 항상 그 꽃의 아름다운 기운을 느낄 수 있도록 하는 구조물을 세우는게 낫지 않을까 하여, 가장 예쁜 꽃인 장미의 이름을 따서 지은 아파트가 바로 이 장미아파트라는 것이다.

(제보자 : 대구광역시 달서구 진천동 251번지, 서태수(一名 丙台), 85세, 대한노인회 대구광역시 연합회 달서구지회 고문, 달서구 노장회 회장. 채록일자 : 1997. 4. 25.)

(7) 비둘기아파트

비둘기아파트는 대구광역시 달서구 상인동에 소재한다. 대구보훈병원 주변에 위치한다.

비둘기아파트가 '비둘기아파트' 일 수밖에 없는 이유는 무엇일까? 노인들의 말에 따르자면 그것은 바로 '보훈병원' 때문이다. 즉 비둘기는 평화의 상징으로서 나라를 위해 싸우다가 상처 입고 병들어, 보훈병원에서 치

비둘기아파트

료 받고 있는 환자들의 평화에 대한 소망의 기원이 응축되어 이루어진 구조물이라는 것이다. 또한 부근의 임휴사에서는 매일 아침 5시에 남북의 평화 통일을 위한 기도를 올리는데, 비둘기는 바로 이와 같은 스님들의 평화에 대한 기원을 나타내는 새이기도 하다는 것이다.

(제보자 : 대구광역시 달서구 진천동 251번지, 서태수(一名 丙台), 85세, 대한노인회 대구광역시 연합회 달서구지회 고문, 달서구 노장회 회장. 채록일자 : 1997. 4. 25.)

(8) 청룡못

대구광역시 달서구 상인동 대구보훈병원 앞에 소재하고 있는 못이 바로 이 청룡못이다. 청룡산을 호위 군사처럼 거느리고서 아직도 제법 큰 규모를 자랑하고 있는 이 못은 옛날에 이 곳에서 한마리의 청룡이 승천한 뒤로 '청룡못'이라 불리게 되었다고 한다. 아닌게 아니라 못의 수심은 그

청룡못

옛날 용이 승천을 위하여 수도하던 곳이라 능히 여겨질 만큼 오늘날에도 여전히 깊고 짙푸르며, 못의 수면에서 저녁 햇살을 받아 반짝이고 있던 물결은 승천하던 용이 남기고 간 황금빛 비늘인 듯 눈부시게 빛나고 있다.

(제보자 : 대구광역시 달서구 진천동 251번지, 서태수(一名 丙台), 85세, 대한노인회 대구광역시 연합회 달서구지회 고문, 달서구 노장회 회장. 채록일자 : 1997. 4. 25.)

(9) 임휴사

대구광역시 달서구 상인동 소재. 326번 좌석버스를 이용하여 갈 수 있다.

지금 한창 중창 불사(佛事)가 진행중인 임휴사는 대구 시내 대개의 사적이 그러하듯 역시 고려 태조 왕건에 대한 이야기가 얽혀 있는 사찰이다. 과거 고려가 건국될 무렵, 태조 왕건이 팔공산에서 후백제의 견훤과 맞서 싸우다가 전세가 불리하여 패하게 되자 황급히 피신하게 되었는데, 이 곳에 이르러 한숨 돌리고 쉬게 되었다고 한다. 그래서 임휴사라는 이

임휴사

명칭은 이와 같은 왕건의 고사에서 유래한 사찰명이라 전해진다.

(제보자:대구광역시 달서구 진천동 251번지, 서태수(一名 丙台), 당 85세, 대한노인회 대구광역시 연합회 달서구 지회 고문, 달서구 노장회 회장. 채록일자:1997. 4. 25.)

(10) 신당동의 지명 유래

대구시 달서구에 위치한 신당동의 옛 이름은 오정동이었다. 여기에서는 '오정동'의 유래와 그 후의 이름인 '신당동'의 유래에 관해 알아보겠다.

이 마을은 와룡산의 정기를 받고 아담하게 자리 잡은 농촌 마을로 금녕 김씨가 처음 자리를 잡고 살고 있었다. 그 후 임진왜란이 일어나자 다른 성씨들이 이 마을로 몰려들어 집성촌을 이루고 살았다.

이 마을의 있는 정자에는 동서남북 그리고 중앙에 나무 다섯 그루가 심어져 있었는데 크게 자라 마을이 상징이 되자 이 마을을 '오정동(다섯 나무가 있는 마을)'이라고 부르게 되었다. 당시에는 와룡산의 호랑이, 늑대 등이 내려와서 가축과 사람을 해치고 있었기 때문에 마을 사람들은 민간

신당동

신앙으로 이 다섯 나무에 신이 있다고 생각하고 가족과 재산의 안녕을 빌었다. 그리고 매년 정월 대보름날이면 제수를 마련하여 1년 농사가 잘 되기를 비는 동제를 이 나무에 지냈다.

그러나 박정희 대통령이 집권한 70년대에 이 동제는 미신으로 취급되어 없어지고 말았고, 나무 다섯 그루도 어느 사이엔가 모두 없어지고 말았다.

지금의 마을 명인 '신당동'은 일제시대 때 행정적인 편의를 위한 명칭의 필요로 생겨나게 되었다. 그 유래는 다음과 같다.

옛날에는 200가구에 달하는 이 마을은 달성군에서 가장 큰 집성촌에 속하는 농촌이지만 도시 같은 면모를 가진 마을이었다. 그러나 산이 낮고 물이 없어 벼농사가 힘들었기 때문에 주로 밭농사를 지었고 처자들이 시집 갈 때까지 쌀 서 말을 못 먹고 시집간다는 말이 있을만큼 생활고가 심했다. 거기에다 큰 비가 올 때마다 홍수가 나서 농토가 황폐해지고 한 해 농사를 망치기가 일쑤였다.

그래서 걱정을 하던 차에 1760년경에 동장이었던 김막소가 보리 3섬과 벼 3섬, 목화 25근을 기금으로 하고 마을 사람들이 힘을 합하여 낮은 구릉지에 흙으로 둑을 쌓아 낙동강의 범람을 막게 되었다.

그리고 마을을 보니 모습이 마치 못둑을 막은 형상과 같았다. 그래서 '새로 생긴 못'이라는 의미로 '신당동'이라는 마을 이름이 생겨나게 되었다.

(제보자 : 대구광역시 달서구 신당동, 김종서, 62세, 무직. 채록일자 : 1999. 12. 26.)

2. 민담

(1) 강화도 뱃사공 이야기

옛날 옛적에 임금님이 오랑캐에게 몰려 강화도로 피신을 갔더란다. 강
화도로 들어갔는데 임금님이 그 강화도에 계시면서 사방으로 다니면서
연락해봐야 연락할 곳도 없고 그런데 그 때 돌이라는 사람이 배를 부리고
있었단다. 돌이라는 뱃사공이 바닷가를 배를 가지고 다니면서 보니까 오
랑캐가 오늘 저녁 몇 시 몇 분에 임금님을 납치해 간다는 연락을 들었단
다. 연락을 듣고 보니 임금님이 오랑캐에게 잡혀가면 죽을런지 살런지 걱
정이 되어서 단박에 임금님을 찾아가서 임금님 오늘 저녁 몇 시에 임금님
을 납치하러 들어온다 하니 육지로 나갑시다고 하였다. 그래서 육지로 나
가다가 그때는 기계배가 있나? 저어서 나갔지. 그래 임금을 태워 저어서
나오니까 임금님이 각중에 의심이 들었어. 이놈이 오랑캐가 아닌가? 이놈
이 나를 실어서 오랑캐에게 데려다 줄려는 게 아닌가? 암만 가도 육지가
안 보이니 의심이 들어 가만히 생각하니 기가 막혀. 그래서 가지고 있던
단도, 칼을 가지고선 돌이라는 뱃사공 목을 쳤어. 목을 쳤는데 그래가지
고선 물에다 넣고선 자기 손으로 배를 저어서 오니까 불과 얼마 안가서
인천 부둣가라. 이런 억울한 일이 어디있노? 날 살려 줄려고 한 것인데
억울한 일이 아니냐고, 내가 어떻게 해야 되겠냐고 혼자 울면서 인천 부
두로 나와 연락을 해 가지고 서울 궁궐로 찾아 들어와선 신하들을 불러
대강 바쁜 일만 설비해 가지고선 중재를 해 있는데, 그래 신하들을 불러
선 "강화도로 가서 돌이라는 뱃사공을 찾아봐라." 이러니까 신하들이 강
화도로 들어가서 뱃사공을 찾았어. "돌이라는 뱃사공 자제분이 몇이나 있
나?" 하니까 "형제분이 있습니다." "공부나 좀 했나?", "공부도 못하고선
아버지가 뱃사공하는데 뒷바라지나 하고 있습니다."라고 하니 신하들이
궁궐로 돌아가 그런 이야기를 전하니까 그래 그 침 강화도 무슨 벼슬로

(암만 못해도 그때는 먹고 사는 게 제일인기라) 벼슬을 해 가지고선 강화
도라 나는데는 제일 중한 절이 하나 있는데 이름이 전둥사라. 강화도 절
전둥사를 설치하여 임금님이 거길 나가지고선 그 분의 자식들이 공부을
해가 좀 아는게 있어서 그 절 이름이 보문사. 강화도 가면 보문사 있다.
강화도서 또 섬을 건너간다. 강화도 섬에서 또 배하고 차하고 싣고선 보
문사 가면 그 절도 설치해 놓고선 그 사람들 집안이 성공했다 하더라.
(하하하)

(제보자 : 대구광역시 달서구 상인동 75-3 비둘기아파트, 이을률, 82세. 채록일자 : 1995. 6.
1.)

(2) 유복이 이야기

옛날 어느 가난한 부부가 결혼을 하여 부자집에서 일을 하면서 살아 주
고 있었다. 두 부부는 금슬이 너무 좋아서 이웃 마을에까지 소문이 자자
할 지경이었다. 그런데 이 부부에게는 한 가지 걱정이 있었는데, 결혼을
하고 3년이 되도록 아이가 생기지 않는 것이었다. 주변 사람들에게 백일
기도를 하면 효험이 있다는 말을 듣고 근처 절에 가서 정성스럽게 백일
동안 기도를 드렸다. 그리고 백일이 지나서 아기가 생겼고 아내의 배가
점점 불러오기 시작했다.

그런데 임신을 한지 7달만에 남편이 갑자기 시름시름 앓기 시작했고 결
국 아이를 낳기도 전에 죽고 말았다. 그 후 혼자서 아이를 낳은 아내는
아이의 이름을 아버지가 없는 아이라는 뜻에서 '유복이' 라고 지었다. 그
러나 여자 혼자서 아이를 데리고 살기란 여간 힘든 일이 아니었고 주변에
서도 자꾸 재가하기를 권하였다. 그래서 재가를 하려하였으나 아이가 있
다는 이유로 번번이 거절당하였다.

결국 아이를 죽이기 위하여 산에 올라갔다. 아이를 산꼭대기에서 던지
려고 하니 측은한 마음이 들어 "유복아! 유복아 죽기 전에 젖이라도 배불

리 먹고 죽으렴." 하고 젖을 먹이는데 앉아있던 바위 밑에서 문둥이 하나가 튀어나왔다. "아주머니, 그 아기 죽이려면 거기서 던지지 말고 나 주시오."라고 말하는 것이었다. 여자는 한참 망설이다가 울면서 아이를 문둥이에게 주고 가버렸다.

아이를 받은 문둥이는 커다란 솥에 물을 끓여 아이를 삶아 먹으려고 하였다. 아이를 끓는 물에 집어넣으려고 하는데 아이가 자꾸 울자 불쌍하고 측은한 마음이 들어 결국에는 아이를 죽이지 못하고 자신이 키우기로 결심하였다. 아이가 점점 자라서 철이 들 무렵부터 나무를 하고 망태를 만들어서 생활을 꾸려나갔다.

하루는 유복이가 산에 나무를 하러갔다가 나무 밑에 무 두 뿌리가 있는 것을 발견하고 그것을 파서 집으로 가지고 왔다. 마침 양식이 떨어졌던 참이라 두 사람을 그 무를 삶아서 먹었다. 그리고 다음날 아침, 잠을 깨어 보니 온 방에 벌레가 가득한 것이었다. 두 사람이 서로 몸에 이상이 없는지 살펴보는데 이게 웬일인가! 문둥병이 다 나아있는 것이었다. 전날 유복이가 구해온 무가 사실은 무가 아니라 산삼이었던 것이었다.

문둥병이 다 나은 부자는 같이 열심히 일하여 어느 정도 재산을 모았다. 하루는 유복이가 마을에 내려갔는데 동네 아이들이 유복이에게 돌을 던지면서 "문둥이 자식! 문둥이 자식!" 하면서 놀리는 것이었다. 참다 못한 유복이가 집에 돌아와서 아버지에게 "아버지, 아이들이 놀려서 도저히 여기 못 살겠어요. 우리 다른 곳에 가서 살아요." 하고 말했다. 마침 아버지도 거기서 살기 싫었던 참이라 두 사람은 아는 사람이 아무도 없는 곳으로 가서 열심히 농사를 지으면서 살았다.

그러던 어느 날, 유복이가 집에서 마당을 쓸고 있는데 한 여인이 와서 "콩기름 사세요, 콩기름 사세요." 하는 것이었다. 그것을 본 유복이가 "아주머니 저희 집에는 콩기름 필요 없으니 가세요" 하고 말하자 그 여인은 할 수 없이 돌아섰다. 그 때 방안에서 마당을 보고 있던 아버지가 유복이에게 "유복아 저기 콩기름 장수 아주머니 좀 모셔오너라."하고 말

하였다. 유복이가 그 여인을 데리고 오자 아버지는 여인에게 "나이도 많
은 여자가 왜 남편도 없이 이렇게 콩기름이나 팔면서 홀로 다니시오." 하
고 물었다. 그러자 그 여인은 갑자기 울음을 터뜨리면서 자신의 과거 이
야기를 털어놓았다.

그 이야기인즉 여인이 젊었을 때, 남편이 죽어 결국 하나 있던 아들을
문둥이에게 넘겨주고 자신은 재가를 하였으나 결국 제대로 살지 못하고
이렇게 떠돌아 다니면서 콩기름 장사를 하고 있다는 것이었다. 그 여인이
바로 유복이의 어머니였다. 결국 그 여인을 받아들여 자신의 아내로 삼고
유복이와 세 명이서 행복하게 잘 살았다.

(제보자 : 대구광역시 달서구 신당동, 이둥남, 82세, 무직. 채록일자 : 1999. 12. 26.)

(3) 방귀를 뀐 신부(新婦) 이야기

옛날 옛적에 영남지방에 살던 한 신부가 시집을 가게 되어 친정에서 첫
날밤을 보내게 되었다. 당시에는 신랑의 얼굴도 모르고 집안끼리 맺은 곳
으로 시집을 가던 터라 신부는 무척 긴장하게 되었고, 남편이 족두리를
벗기려고 손을 대는 순간, 그만 자기도 모르게 방귀를 '뽕~' 끼고 말았
다. 사람이라면 누구나 실수를 할 수 있는 법임에도 불구하고 신랑은 첫
날부터 예의 없고, 조숙하지 못하게 행동한 신부를 못마땅히 여겨 신부를
소박 놓고 그 날 밤으로 혼자서 자신의 집으로 떠나버렸다.

졸지에 어이없이 과부가 되어버린 신부는 어쩔 수 없이 친정에서 마련
해 준 집에서 살게 되었다. 그런데 어이없는 일이 생긴 것이다. 과부는
곧 자신이 홀몸이 아니라는 것을 알게 된 것이다. 어차피 다른 곳으로 재
혼도 할 수 없던 시절이고, 뱃속의 생명을 지울 수도 없어서 과부는 혼자
서 아이를 낳아 기르게 된다. 그 아이의 이름은 '유복' 이라고 했다. 태어
나기도 전에 아버지가 없어지게 되었기 때문에 그렇게 부른 것이 그냥 이
름이 된 것이다.

유복이는 비록 아버지는 안 계시지만 누구보다도 영리하게 자랐다. 나이가 어느 정도 되었을 무렵, 과부는 유복이를 서당에 보냈는데 영특하게도 "하늘 천(天)"을 배우면, "땅 지(地)"까지 술술 아는 것이었다. 서당의 훈장선생님이 그를 특별히 사랑하게 된 것은 당연한 이치인데, 그것 때문에 애꿎은 서당 아이들만 매를 맞게 되는 일이 빈번해졌다. 훈장선생님이 유복이와 다른 아이들을 비교하면서 다른 애들을 혼내는 것이었다. 안 맞을 매를 맞게 된 아이들은 유복이를 시기하여 서당수업이 끝나면 그를 불러내어, "이 유복자 자식!"이라고 놀리면서 못살게 굴었다.

어느 날 계속 되는 따돌림과 구타에 지칠 대로 지쳐버린 유복이는 비장한 각오로 어머니 앞으로 다가가 어렵게 입을 열었다. "어머니, 왜 나만 아버지가 안 계신 겁니까? 하다 못해 개나 고양이 같은 미물들도 다 부모가 있거늘 나에겐 왜 아버지가 안 계신거죠? 어머니는 지금까지 한번도 아버지에 대해 말씀해 주시지도 않으셨죠. 이젠 저도 말씀을 알아들을 만큼 자랐으니 이제 모든 얘기를 들려주세요!" 그러나 어머니는 아무 말도 해주지 않으셨고, 유복이는 부엌으로 달려가 식도(食刀)를 꺼내들고는 어머니 앞에 들이밀고는 "만약 얘기해 주지 않는다면 어머니도 죽고 나도 따라 죽을 것이오."라며 소리쳤다. 이젠 정말 얘기해 줘야만 한다는 것을 알고 과부는 입을 열기 시작했다. 그리고는 부끄러운 첫날밤의 얘기들을 아들에게 털어놓고는 이제 아버지를 찾아가라고 했다.

다음날 아침 일찍 유복이는 짚신 몇 켤레와 주먹밥 서너 덩어리를 싸서는 아버지가 계시다는 한양으로 향했다. 며칠이 걸려 간신히 한양에 입성한 유복이는 어머니가 알려준 대로 어렵게 아버지의 찾을 수 있었다. 그러나 문지기가 그의 허름한 행세를 보고는 들여 보내주지 않았다. 그래서 유복이는 문지기가 소변을 보러 간 사이에 몰래 집안으로 들어갔다. 그리고는 곧장 사랑채로 가서는 마당에 꿇어앉아 넙죽 절을 했다. 잠시 뒤, 방에서 하얀 수염을 한 사람이 나와서는 그의 범상치 않은 용태를 보고는 안으로 들어오라고 하였다. 그리고는 무척 시장해 보인 그를 위해서 우선 저녁상부터 차려 주었다. 허겁지겁 저녁상을 받아먹은 유복이는 이윽고 자신이 찾아온 연유를 말하기 시작하였다. "제가 이렇게 찾아뵙게 된 것은 한가지 소청을 드리고자 함입니다. 지금 제 손에 박씨 세 개가 있습니다. 오늘 저녁 이 박씨를 바깥 마당에 묻으면 내일 아침 박씨에서 싹이 돋고 그것이 자라서 처마까지 자랄 것입니다. 그렇지만 그러기 위해서는 반드시 방귀 안 뀌고 사는 사람을 불러와야 합니다." 유복이의 말을 듣고 난 대감은 어이가 없어서 '허허' 하고 웃으면서, "에끼! 이 세상에 방귀 안 끼고 사는 놈이 어디 있단 말이냐?"라고 고함을 질렀다. 그러자 유복이는 기다렸다는 듯이, "그렇습니다. 이 세상에 방귀 안 뀌고 똥 안 누고 사는 사람은 아무도 없습니다. 그런데 왜 대감께서는 첫날밤 그만 실수를 해버린 신부를 소박 놓으셨습니까?"라고 물었다.

그때서야 대감은 이 모든 것이 이해가 되었다. 대감은 유복이에게 어머니의 이름과 외할아버지의 함자를 묻고는 "그래! 네가 바로 내 아들이로구나! 내가 다 잘못했다."라며 유복이를 덥석 안았다.

자신의 매정한 행동 때문이었는지 대감, 그러니깐 첫날밤 방귀 뀐 신부를 소박 놓은 신랑은 두 번의 재혼에도 끝내 자식을 얻지 못히였다. 그런네 이렇게 뜻밖에 아들을 얻게 되었으니 이 일은 유복이 모자에게나 대감에게도 경사스러운 일인 것이었다. 대감은 아들 없는 설움을, 그리고 유복이는 아버지 없는 설움을 씻어버리고 둘은 과부, 물론 이제는 과부가 아닌 유복이 어머니를 데리러 영남(당시의 한양 사람들은 경상도를 이렇게 불렀다고 한다)으로 내려왔다. 그리고는 유복이와 자신이 소박 놓은 아내를 위해서 한 밑천을 떼어 주었다. 유복이는 그 후에 계속해서 열심히 공부하여 과거에 장원급제하여 후에는 어사가 되었고, 어머니를 호강시켜 드리며 행복하게 살았다.

(제보자 : 대구광역시 달서구 신당동, 백미생, 78세, 무직. 채록일자 : 1999. 12. 26.)

(4) 처녀 과부 이야기

(이 이야기는 신당동에 있는 와룡 경로당에서 박미생 할머니께서 해 주신 이야기를 토대로 나름대로 허구적 내용을 덧붙여 엮은 이야기입니다.)

옛날 옛날에 한양에 이 진사와 김 진사가 서로 이웃하며 오순도순 살았습니다. 이 진사와 김 진사는 어릴 적부터 죽마고우로 한날 한시에 결혼을 하고 한날 한시에 각각 딸과 아들을 낳았습니다. 경사가 겹치자 두 친구는 서로 기뻐 어쩔 줄을 몰랐습니다.

"나는 딸을 낳고 자네는 아들을 낳았으니 이는 하늘이 점지해 준 것일세. 우리 서로 혼약41)을 맺음이 어떠한가?"

김진사는 기쁨에 겨워 이러한 제의를 했고 이 진사도 흔쾌히 받아들였습니다. 그리고 몇 년 후 김 진사의 딸은 어여쁜 처녀로 탈 없이 잘 커 가는데 그만 이진사의 아들이 원인 모를 돌림병에 걸려 죽고 말았습니다. 김 진사는 어느덧 처녀로 성장해 버린 딸을 보며 가슴이 아파 어쩔 줄을 몰랐습니다. '그때 그런 약속만 하지 않았던들……' 하고 땅을 치며 후회해도 어쩔 수 없는 일이었습니다. 김진사는 불쌍한 딸을 위해 별당을 마련해 주고 밤마다 별당 주위를 돌면서 가련하게 되어 버린 딸에 대한 미안함과 죄책감에 사로잡혀 하루하루를 보내야만 했습니다. 그러던 어느 날 보름달이 비추어 별당 안을 훤히 밝히던 밤에, 김진사는 그 날도 별당 주위를 맴돌다가 별당에서 나는 이상한 소리를 들었습니다.

"서방님, 여기 누우세요. 밤이 많이 깊었어요."

"그렇군, 오늘밤은 달이 유난히 밝은 걸."

김진사는 깜짝 놀라 별당 문을 활짝 열어 제쳤습니다. 그런데 뜻밖에도 딸이 혼자 앉아서 베개를 세워두고 베개를 신랑 삼아 말을 걸고 있는 게

---

41) 할머니께서는 납채(納采)라는 말을 쓰셨는데, 납채란, 장가들일 아들을 가진 집에서 신붓집으로 혼인을 청하는 의례를 일컫는 말로, 익숙하지 않은 말이라 쓰지 않았다.

아닙니까? 딸은 화들짝 놀라 얼른 베개를 끌어안고 어쩔 줄 몰라 하는데 김진사는 얼떨떨하면서도 하늘이 노래지는 것같았습니다. '이래서는 안 되겠구나. 저 불쌍한 것을…' 김진사는 딸이 더욱 더 불쌍하고 가여워 견딜 수가 없었습니다. 다음날 날이 밝자마자 김진사는 믿음직스런 심복인 삼돌이란 종을 몰래 불러들였습니다.

"너는 아무도 몰래 내일 새벽에 아가씨를 모시고 영남 지방으로 내려가거라. 아무도 모르게 해야 될 일이며 어디 괜찮은 배필을 만나거든 이 돈으로 혼례를 치루도록 하거라."

김진사는 삼돌이에게 삼천 냥이 든 돈꾸러미를 내밀었습니다. 다음날 새벽 삼돌이는 아가씨를 모시고 아무도 몰래 집을 나섰습니다. 김진사는 대문을 나서는 딸의 뒷모습을 바라보며 옷깃을 적시고야 말았지요. 아가씨와 삼돌이는 몇날, 며칠을 헤매다가 지금의 신당동에 이르렀습니다. 다리도 아프고 피로가 쌓일 대로 쌓여 어느 주막에서 쉬어가는데 주막에서 한 총각의 이야기를 들었습니다.

"쯧쯧… 돌석이 녀석 지 에미를 그렇게 지극 정성으로 모시더니만."

"불쌍하게 됐제, 길천댁이 그렇게 쉽게 가버릴 줄 어디 알았건나. 아들 네미 하나 있는 거 장가도 못 보내고 죽었으니 눈이나 제대로 감았을런지…"

삼돌이는 귀가 솔깃해서 주막집 아낙과 마을 아낙네들의 이야기를 하나도 빠뜨리지 않고 주워 들었습니다. 그러다가 삼돌이는 주막집 아낙에게 물었습니다

"누가 상(喪)을 당했는가 보네예."

"우리 마을에 돌석이라고 지 에미하고 살던 건실한 총각이 하나 있는데. 며칠 전에 지 에미가 죽었지예. 가난해서 아직도 장가를 못 가 그렇지 사람 하나는 좋지예. 그라고 보이 오늘이 상여 나가는 날인가 싶네예."

그 얘길 듣고 삼돌이는 의미 있게 고개를 끄덕이더니, 주막을 나섰습니다. 그리곤 한 풍수장이를 찾아가

"오늘 이 마을 돌석이라는 총각이 묘를 쓴다던데 가서 내가 일러주는 대로만 하소."

하며 돈을 손에 쥐어 주었습니다. 삼돌이가 돌아간 후 풍수장이는 돌석이라는 총각을 찾아가

"묘자리가 아주 좋으니, 자네는 금시발복(今時發福)⁴²⁾을 하게 될 게야."

하며 말했습니다. 돌석이는 슬픔에 겨워 있다가 한편으론 좋으면서도 한편으론 어리둥절했습니다. 그럴 수밖에 없는 것이 당장 오늘 저녁끼니도 없을 만큼 가난했기 때문입니다. 밤이 되어 밖이 어두워지자 돌석이는 호롱불을 밝혀 두고 어머니를 여읜 설움과 자신의 신세가 애처로워 한숨을 내쉬며 말했습니다.

"사내 나이 이제 겨우 스물 둘에 어버이를 다 여의고 남들 같으면 벌써 장가들어 오순도순 살림 재미를 누릴 나이건만, 내 신세는 어찌되어 이 모양 이 꼴인지 원…"

돌석이가 신세 한탄에 젖어 있을 때에 밖에서 부르는 소리가 들렸습니다.

"주인장, 계시오."

"누구시오.."

"지나가는 과객인데 밤이 깊어서 그러니 하룻밤만 재워 주시구려."

"나도 그러고 싶으나 보시다시피 다 쓰러져 가는 초가집에 요기할 저녁 끼니도 없는 형편이니 머물 곳이 못되오. 보아하니 동행이 있는 듯한데 다른 데 가서 알아보시오."

"밤이 너무 깊어 어두워 밤길 가기가 어려우니 하룻밤만 묵게 해 주구려. 나는 괜찮으나 우리 아가씨께서 더이상 못 가겠다고 하니 부탁하오."

"방이 하나 뿐인데도 괜찮다면 들어오구려."

---

42) 금시발복(今時發福)이란, 할머니께서 이야기하실 때 쓰신 말인데 (어떤 일을 한 결과로) 당장에 복이 트이어 부귀를 누리게 됨을 일컫는 말이다.

돌석이는 어쩔 수 없이 그들을 집으로 맞아 들였습니다. 들어와 보니 살림살이는 가난하지만 제법 정갈한 게 쓰던 사람의 마음 씀씀이를 엿볼 만 했습니다. 셋이서 좁은 방안에 마주 앉아 있기가 어색해 돌석이는 계속 잔기침을 해대고 아가씨는 고개를 숙인 채 아무 말 없이 앉아 있었지만, 돌석이가 흘끔흘끔 아가씨를 넘겨다보니 어여쁜 처녀로 이렇게 밤길을 가는 사정이 궁금하지 않을 수 없었습니다. 삼돌이가 먼저 입을 열어

"보아하니 혼자 지내는가 본데, 적적하지 않소?"

삼돌이의 물음에 돌석이는 딴 생각에 빠져 있다가 놀라며 이제까지의 자신의 신세를 털어놓았습니다. 이를 다 듣고 있던 삼돌이는

"그렇다면 지금이라도 혼인할 처자만 있다면 혼인을 하겠소?"

하고 물었습니다. 그러자 돌석이가 쓴웃음을 지으며,

"저 같은 가난뱅이에게 누가 시집을 오려고 하겠소."

하며 체념하듯 대답했습니다. 그러자 삼돌이가 돌석이의 손을 갑자기 움켜쥐더니 여기까지 오게 된 사연을 털어놓았습니다. 그리곤,

"자네의 사정도 그러하고 우리 아가씨의 사정도 그러하니 서로 혼인함이 어떻소, 돈일랑은 걱정마오. 여기에 이렇게 많으니…"

아까부터 고개를 숙이고 있던 아가씨를 속으로 은근히 맘에 들어했던 돌석이인지라 뺨을 붉혔습니다. 그리고 낮에 들었던 풍수장이의 말이 떠올랐습니다. '그 풍수장이의 말 대로구나.' 하며 속으로 놀라곤 아가씨와 혼인을 하기로 했습니다. 다음날 아침, 동네 사람들을 불러모아 놓고 혼인을 치르고 김진사가 준 돈으로 논이며 집을 사서 제법 살림 규모가 있는 가정을 이루어 오순도순 살았습니다. 그러던 어느 날, 혼인 후 한양으로 올라가 버렸던 삼돌이를 앞세우고 김진사가 손수 딸을 보려 내려왔습니다.

"네가 잘 사는 걸 보니 이제야 내 맘이 놓이는구나."

하며 김진사는 흐뭇한 미소를 지었다고 합니다.

(제보자:대구광역시 달서구 신당동, 백미생, 78세, 무직. 채록일자: 1999. 12. 26.)

제5장

수성구 지역의 구비문학

수성구 지역의 구비문학

1. 전설

(1) 장군 남매와 고모령

대구 수성구와 경산군의 고산면 경계 지점 곧 고모역 앞에 있는 고개를 '고모령'이라 한다.

아득한 옛날에 이곳에 힘센 장군 남매가 살고 있었다. 이 남매의 힘은 나라에서 당해낼 사람이 하나도 없을 정도로 대단했다. 누이동생은 여자의 몸이었지만 그 오빠와 힘이 맞먹을 정도였기 때문에 주위 사람들에게 더욱 칭찬을 받았다. 이를 본 오빠는 갑자기 심술이 났다.

"칫, 계집아이 주제에 남자인 나보다 힘이 셀 리가 없어. 그래, 동생과 힘 겨루기 시합을 해서 꼭 이기는 것을 마을 사람들에게 보여줘야지."

하고 오빠는 동생을 한적한 들판으로 불러냈다.

"무슨 일이에요, 오라버니."

"다름이 아니라 내가 요즘 보니 너의 힘이 많이 줄어든 것 같아서 걱정이 되는구나." "예?"

"그래서 너의 힘을 보고 싶구나. 이 자리에서 누가 먼저 산을 높이 쌓는지 겨루어 보는 것이 어떠냐? 우린 예전엔 힘이 비슷했으니까 너의 힘이 줄어들지 않았다면 산 높이도 비슷할 게 아니냐?"

오빠가 자신을 걱정해주는 줄 알고 있는 누이동생은 오빠의 사랑에 감동을 받아 시합을 하겠다고 말했다. 아침 해가 뜰 때부터 질 때까지 산을

고모령 시가비

쌓기로 하고 남매는 열심히 바위를 들어 산을 쌓기 시작했다. 오빠는 옷
섶으로 돌을 날라 쌓기 시작했고 누이동생은 치마폭에다 나르기 시작했
다. 치마폭이 옷섶보다 넓으니 누가 더 유리했겠는가? 이윽고 서쪽으로
해가 다 저물었다. 결과는 당연히 누이동생의 산이 더 높았다. 화가 난
오빠는 큰 바위를 들어서 누이동생이 쌓은 산의 허리를 깎아버렸다. 그래
서 누이동생의 산은 뭉턱하게 낮아지고 오빠의 산은 그보다 뾰족하게 높
게 된 것이다. 한편 남매가 싸우는 줄 안 홀어머니는 슬픔에 잠겨 집을
나와 버렸다. "두 아이의 힘은 천하에서 가장 세지만 또한 가장 덕이 부
족하구나. 아비 없이 키운 자식이란 소리를 듣지 않으려 노력했건만….
다 나의 탓이구나." 라고 생각한 것이다. 집을 나와 한참 걸어가다 그 어
머니는 정상쯤에 도착해서야 집을 향해 고개를 돌려보았다. 이 이야기에
서 따와서 그 지역을 뒤돌아 볼 고(顧), 어미 모(母)를 합쳐 고모령(顧母)
이라고 불렀다고 한다. 그리고 그 남매가 쌓은 산은 형제봉 또는 남매봉

이라고 한다. 고모역을 지나던 호동아가 이 이야기를 듣고 고모령과 형제봉을 배경으로 하여 '비 내리는 고모령'을 작사하고 박시춘이 곡을 붙혀 가수 현인이 노래를 불러 크게 히트하였다.

(제보자:대구광역시 수성구 범어 2동 226-1, 두재규, 52세, 농업. 제보일자:1999. 12. 26.)

(2) 담티 고개

대구 수성구 만촌동과 경산지역 경계 곧 대륜중·고 동편의 높은 고개를 '담티재'라 한다.

담티 고개에 대한 이야기는 다음과 같이 전해지고 있다. 옛날에 두씨라는 사람이 있었는데 벼슬을 그만두고 한약방을 경영하고 있었다. 그는 "내가 살아있는 동안에 내가 묻힐 곳을 찾겠다." 라며 풍수 좋은 자리를 찾기 위해 자식들의 부축을 받으며 이곳 저곳을 찾아 다녔다. 쇠약한 몸을 이끌고 온 산을 헤매 다녔다. 그렇게 찾아다닌 얼마 후 "저곳이다. 저곳이 내가 찾던 명당이구나." 하고 좋은 묘터를 찾게 되지만 그 자리에 이미 집을 지을 주춧돌이 이미 놓여 있어(지금의 고산 서당 위치라 한다)

담티고개

어렵게 찾은 명당을 포기할 수밖에 없었다.

애통한 마음을 가진 그는 허탈했지만 다른 묘터를 찾기 위해 쇠약한 몸을 다시 이끌고 헤매었다. 출발할 때부터 부축을 받아야 할 만큼 건강이 악화되어 있었고, 어렵게 찾은 명당자리를 포기해야 했기 때문에 그는 더 지칠 수밖에 없었다. 그렇게 정신적, 육체적으로 지친 몸을 이끌고 산을 헤매어 묘터를 찾아다니는 것이 그의 건강에는 치명타를 입힌 것이다. 극도로 악화된 몸을 이끌고 계속 자신의 묘터를 찾던 그는 결국 명당을 찾기도 전에 지금의 담티 고개 부근에서 안타깝게 죽음을 맞이하게 된다. 이 고개가 담티 고개의 명칭을 가지게 된 것은 그가 이 부근에서 담(痰)이 끓으면서 숨을 거두었기 때문이다. 자신의 묘터를 찾기 위해 길을 떠난 한 노인이 어렵게 찾은 묘터를 포기하고 또 다른 터를 잡기 위해 산을 헤매다가 죽은 안타까운 이야기가 이 고개에 이름으로 남아있는 것이다.

(제보자 : 대구광역시 수성구 시지동 349, 조현순, 54세, 주부. 채록일자 : 1999. 12. 26.)

(3) 두사충과 모명재

대구 시내 수성구 만촌동 남부정류장에서 경산으로 통하는 대로변 오른쪽 형제봉 기슭에 자리 잡고 있는 모명재는 임진왜란 때 우리 나라에 원병으로 왔던 명나라 장수 두사충의 후손이 선조를 위해 세운 것이다. 두사충은 중국 두릉 사람으로 임진왜란이 일어나자 명나라 제독 이여송과 우리 나라를 돕기 위해 온 사람이다. 그가 맡은 일은 지세를 살펴 진지를 펴기 적합한 장소를 잡는 수륙지획주사라는 임무로 전쟁의 승패를 결정할 만큼 중요하였으므로 그는 그 당시 명장수였던 이순신과도 교분이 두터웠다. 임진왜란이 끝난 후 두사충은 고향으로 돌아갔는데 정유재란이 다시 발발하자 그의 매부와 함께 우리 나라로 왔다. 이 때 이순신은 "수만리나 되는 길을 와서 이렇게 우리 조선을 위해 도와주시다니 정말 감사합니다." 라고 하며 두사충에게 깊이 고마워했다. 이후 정유재란이 평정

두사충 묘비

되자 두사충은 "난 이미 이 곳 조선에 정이 들어버렸습니다. 그래서 내 고국인 명나라로 돌아가지 않고 명이 다하는 날까지 이 곳 조선에서 살겠습니다."라고 하며 그의 매부만 돌려보내고 자신은 귀화했다.

두사충이 귀화하자 조정에서는 그에게 현재 대구 시내 중앙공원 일대를 주고 거기서 살도록 했다. 그러나 그 자리에 경상감영이 옮겨오게 되어 두사충은 지금의 계산동으로 옮겨 살게 된다. 이때부터 계산동 일대에는 두씨들이 많이 모이게 되었고, 이들은 주위에 많은 뽕나무를 심어 그 일대가 뽕나무 골목이라 불리게 되었다. 이렇게 정든 조선에 뿌리를 내리고 살던 두사충은 노년이 되자 고국과 고향 그리고 남겨둔 가족을 그리워하게 된다. 이런 그리움을 가지고 그는 최정산 밑으로 집을 옮겨 자신의 고국인 명나라를 생각하는 뜻에서 동네 이름을 대명동이라 붙였다. 그리고 단을 쌓아 고국의 천자 쪽을 향해 배례를 올리며 떠나온 고국에 대한 그리움을 달랜다. 이후 나이가 더 많아지고 쇠약해지자 자신의 자녀들에게 자신의 묘터를 일러주기 위해 고산으로 향했다. 그러나 워낙 쇠약해진 몸이라 가마를 타고 갔음에도 불구하고 목적지까지 이르지 못한 채 담티고개에서 되돌아오게 되었다. 돌아오는 길에 그는 아들에게 형제봉을 가리키면서 "아들아, 저 산 아래가 명당이니 나를 거기에 묻어라."라고 명하였다. 하지만 그는 자신이 정한 명당에 묻히지 못하고 형제봉 기슭에 묘소를 쓰게 되었다.

담티고개란 명칭 유래와 비교하였을 때 '담티고개' 설화의 주인공 '두씨 노인'이 '두사충'인지 확인할 길이 없었음을 안타깝게 생각한다. 만촌동사무소에서 150m 떨어진 곳에 두씨 종가집이 있었으나 장손인 82세의 할아버지께서는 건강이 위독하셔서 서울에 계시다는 얘기를 손자되시는 분께 전해들었다. 다만 아마도 '두씨 노인'은 두사충 자신이거나 그 후손이 아닐까 한다.

(제보자 : 상동)

(4) 두사충(杜師忠)과 모명재(慕明齋)

모명재는 수성구 만촌동 716번지에 위치한다. 남부정류장(대륜 고등학교 쪽) 뒷 길, 뒷 도로 변에서 경산방향으로 가다가 오른편에 노상도로가 있고, 그 길을 따라 계속 들어가다 오른쪽에 빨간 대문과 함께 그 모습이 보인다. 모명재는 두씨 가문의 재실로 여러 번의 전화 끝에 어렵게 그 안을 볼 수 있었다. 모명재 관리자는 두사충의 11대 후손인 두남택 씨였다. 그 할아버지는 마르시고 백발이 성성한 외모에도 불구하고 우리를 재실 안으로 안내하고 이야기를 구수한 음성으로 들려 주셨다. 그 이야기인즉, 임진왜란(1492) 당시 왜놈에 의해 우리 병사들이 어려움을 겪고 있는데, 그 때 명나라 장수 두사충과 제독 이여송이 돕기 위해 천 리를 마다하지 않고 왔다. 두사충이 맡은 임무는 수륙지획주사(水陸地劃主事)로서, 지세를 살펴 전세에 유리한 장소라든지, 진지를 펴기에 적합한 장소 등을 잡는 일이었다. 그는 풍수지리에 능하였고 충심 또한 대단하였다. 매일같이 대덕산 옆에 단을 모으고 아침 저녁으로 관복을 입고 중국 신종황제를

모명재

향해 절을 하였다. 그러던 중에 선조가 두사충을 불러 '짐을 도와 달라'고 하자 두사충은 "신하는 불사이군(不事二君)이라 비록 육신은 떨어져 있으나 마음은 항상 저 멀리 황제께 가 있어 두 임금을 섬기지 않습니다. 그러니 성은이 망극하나 소인의 뜻을 굽이살피시어 청을 거두어 주십시오."라고 하였다.

두사충은 이여송의 일급 참모로서 항상 군진을 펴는데 조언을 하였고, 조선과 합동작전을 짤 때도 긴밀히 협의하였다. 이러한 인연으로 그는 한음, 모송, 월사 이정구 등뿐만 아니라 충무공 이순신 장군과도 친분이 두터웠다. 임난 후 고향으로 돌아갔으나 정유재란이 발발하자 매부인 진린 도독과 함께 우리 나라로 나와 충무공 이순신 장군을 만나게 되었다. 충무공은 우리 나라 사람도 아닌 외국인이 이렇게 함께 고생하며 도와주는 모습을 보고 감격하여 두사충에게 한시를 지어 주었다.

北去同甘苦 북으로 가면 고락을 같이 하고
東來共死生 동으로 오면 죽고 사는 것을 함께 하네

城南他夜月　성 남쪽 타향의 밝은 달 아래
今日一盃情　오늘 한 잔 술로써 정을 나누네

그 후 정유재란도 평정되자 두사충은 조선으로 귀화하였고 이에 조정에
서는 지금의 대구 중앙공원 일대를 주며 기거하도록 하였다. 그 뒤에 그
땅에 경상감영이 옮겨오게 되자 그 땅을 내어놓고 계산동 3천 4백호를 받
았다. 이 때 계산동에서 뽕나무를 많이 심어 뽕나무 골목이라 불리게 되
었고 여기가 두씨 가문의 주거지가 되었다. 이 후에 두사충이 나이가 많
아지자 묘터를 자신의 아들에게 알려주기 위해 가마를 타고 묘터가 있는
고산으로 향했다. 그러나 워낙 몸이 쇠약해서 재를 넘지 못하고 올라갔다
내려오기를 반복하였다.[43] 그래서 재를 넘기를 포기하고 아들에게 형제봉
을 가리켜 이리저리 걸어가라 하여 자리를 지정해 주었다. 그러면서 그
산아래 계좌정향(癸坐丁向)으로 묘를 쓰면 자손이 번창할 것이라고 예언
하였다.

"지금은 두씨 문중이 경상도에 한 70호 밖에 없어. 다 세월이 흘러 뿔
뿔이 흩어졌지. 그래 음… 그 두사충 어른을 기리기 위해 후손이 세운 것
이 모명재야. 나가다 보면 보이는데 그 옆에 그 어른 묘도 있어. 뵙고
가아…"라고 할아버지가 말씀하셨다.

(제보자 : 대구광역시 수성구 만촌동 716번지, 두남택, 84세, 무직. 채록일자 : 1999. 12. 21.)

(5) 효자 두한필(杜漢弼) 전설

명정각(命旌閣)은 대구 수성구 만촌동에서 시지로 가는 길목 왼쪽, 즉
형제봉 남쪽 산기슭의 마을에 위치한 것으로, 남부 정류장 뒷길을 따라
20분 가량 걷다가 다시 왼쪽으로 나 있는 좁은 골목길을 따라 걷다보면

---

43) 이 때부터 이 재를 담티재라 불렀다

두한필을 모신 명정각

바로 길 왼쪽에 위치하고 있다. 근래 지은 듯한 빨간 벽돌 담장이 명정각의 주위를 단단하게 감싸고 있었지만, 소홀한 관리 탓에 조그만 대문은 부서져서 여닫을 때마다 삐걱거리는 소리가 나고, 그 주위는 엉성하게 나 있는 잡풀 따위로 지저분하였다. 이 정려각에는 이에 얽힌 전설이 전해져 오는데 이는 다음과 같다. 옛날 지금의 명정각이 위치한 이 마을에 ‘두한필’이라는 사람이 살았다. 그에게는 늙으신 홀어머님이 계셨는데, 모친에 대한 그의 효성이 지극하여 마을에서 이를 모르는 이가 없을 정도였다고 한다. 어느 추운 겨울날, 늙으신 어머님이 노환으로 몸져 누우셨다. 어머님이 편찮으심에 근심이 끊이지 않았던 그는 열 일 제쳐두고 온갖 약을 구하여 어머님께 드렸고, 하루종일 어머님 곁에서 어머님을 돌봐 드렸다. 그럼에도 어머님의 병세는 나아지기는커녕 점점 심해지기만 하였다. 그러던 어느 날 어머님께서 혼잣말로 “아… 버섯이 먹고 싶구나.” 하셨다. 아니, 어찌 이 추운 겨울 날 버섯을 구할 수 있단 말인가. 때는 겨울, 바깥은 온통 눈으로 뒤덮여 푸른 잎사귀 하나 구경할 수 없는 지경이라. 그럼에도 그는 그래도 어딘가에 버섯이 있을 지도 모른다며 병든 어머님께 버섯을 구하여 드리겠다는 일념으로 채비를 하고 길을 나섰다. 눈이 발목까지 쌓여 한 발, 한 발 내딛기도 어렵고, 쉴새 없이 내리는 눈으로 앞도 잘 보이지 않았고, 한 겨울의 추위로 온몸은 마비될 지경이었다. 몸이 얼어 점점 발걸음은 느려지고, 눈앞이 뿌옇게 흐려져와도 그는 스스로를 채찍질하며 눈을 부릅뜨고 눈 속에서 버섯을 찾아 다시 발을 내딛었다. 그렇게 찾는데 꼬박 하루가 지나고 어느 새 어둑어둑한 밤이 되었다. 하루 종일 이 추운 겨울 날 산 속을 쉼 없이 헤매었던 그는 지쳐서 그만 그 자리에 쓰러지고 말았다. "아, 어서 어머님께 버섯을 가져다 드려야 할 텐데…" 그렇게 정신을 잃고 얼마쯤 시간이 흘렀을까. 갑자기 머리 위로 떨어진 눈덩이에 그는 정신을 차리게 되었다.

주위를 둘러보니 자신이 커다란 소나무 밑에 쓰러져 있는 것이었다. 그런데 바로 눈 앞에 온통 하얀 눈 속에 무언가가 보이는 것이 아닌가. 자세히 보니, 아니 이것이 버섯이 아니냐. 어찌 이런 일이… 가까이 가 살펴보니 소나무 아래에 버섯 세 송이가 눈 속에 파묻혀서 있는 것이었다. 이는 하늘이 그의 효성에 감복하여 상을 내리신 것이 아니고 무엇이랴. 이를 곱게 싸 가지고 서둘러 산을 내려온 그는 집으로 돌아와 버섯 세 송이를 깨끗이 씻어 삶은 물을 어머님께 드렸다. 그러자 어머님의 병이 깨끗이 나았고 그 후로도 8년을 더 사셨다고 한다. 이 소문이 이 마을, 저 마을로 널리널리 퍼져 어느 틈에 조정의 높으신 분들에게까지 알려졌다. 출천지효(出天之孝)라 하여 조정에서는 정려각을 지어 그의 효행을 높이 사고 이를 널리 알려 모든 사람의 모범이 되도록 하였다고 한다. 이 정려각이 바로 명정각(命旌閣)이다. 명정각의 비석에는 '조선 순조 23년(1823)에 태어나 고종 30년(1893)에 세상을 떠난 두한필의 효행을 알리기 위해 조정에서 정려(旌閭)를 내린 것이다.' 라고 쓰여 있다.

(제보자:대구광역시 수성구 만촌 2동 716번지, 두남택, 84세, 무직. 채록일자:1999. 12. 21.)

2. 민담

(1) 명월 노기생 시집 간 이야기

옛날 한양에 명월이라는 한 기생이 살고 있었다. 나이가 30줄에 들어선 이 기생은 이제 자신의 과거를 청산하고 평범한 아낙네처럼 살고자 시집을 가기를 원했다. 이에 기생은 천자문에 달통한 남자를 남편으로 삼겠다는 방을 붙였다. 그 당시 기생은 오늘날과는 달리 외모 뿐만이 아니라 시·서·화에 뛰어난 재주를 갖추고 있으며, 또한 그들의 사업 상대자가 사대부 양반들이었기에 비록 퇴출 위기에 있는 기생이라고는 하나 그 재력만은 가히 짐작할 만한 수준이어서 전국 곳곳에서 글을 조금이라도 읽었다 싶은 남정네들이 구름같이 몰려들었다.

그러나 기생의 이들에 대한 시험은 또한 만만치 않은 것이었다.

방의 사면에 신선도를 그려 놓고 이를 보고 느낀 것을 천자문 실력으로 표현하라는 것이 기생의 시험 문제였다. 열흘에 걸친 시험기간 동안 무수한 남정네들이 도전을 하였으나 기생의 테스트를 합격한 이는 한 명도 없었다. 마지막 열흘째 한 양반이 시험 보기를 청하고 방에 들어가 기생 앞에서 말하길

"도사금수가 따로 없구나!"라고 하였다.

이것을 들은 기생은 한숨을 내쉬며 고개만 가로저을 뿐이었다. 여느 남정네들처럼 쫓겨난 양반이 터덜터덜 기생의 대문 밖으로 걸어나오니 때 아닌 비가 주룩주룩 양반의 앞을 막아서고 있었다.

'갓을 젖게 하느니 차라리 비 그치길 가다리겠다'라고 생각하며 기생 집 처마 밑에 앉아 주절거리길

"화채선령 불렀더라면
  부창부수 될 것인데
  도사금수 부른 죄로

우등치우 가는 날에
속이원장 웬말인가?"

비를 타고 들려오는 양반의 주절거리는 소리를 들은 이 있었으니 이 또한 기막힌 우연이 아니랴? 이를 들은 이는 다름 아닌 기생집 시종으로 양반의 배웅차 나왔다가 이 양반이 어찌 할꼬 궁금한 터에 지켜보고 섰노라니 양반이 주절주절 거리는 것이 아닌가? 신세타령이려니 생각하며 넘기려다 일자무식인 자가 듣기에도 뭔가 있는 듯하기에 기생에게 달려가 선비의 주절거림을 그대로 반복하니, 맘에 드는 남정네는 나타나지 않는데다 원망스러운 비만 주룩주룩 내리니 한탄스럽기 그지없어 힘없이 앉아 있던 기생이 옳거니 무릎을 탁 치며 시종에게 일러 그 양반을 다시 한번 데려 오라 한다. 시종의 부름에 이끌려온 양반은 얼떨떨한 표정으로 기생을 마주하고 앉았는데 기생이 말하길 '좀 전에 읊은 것 다시 한 번만 들려주오.' 이에 양반은 마지막 지푸라기라도 잡고 싶은 심정으로 주절거림을 다시 한 번 읊으니 기생 옳거니 하며 선비를 합격시켜 일사천리로 혼인을 성사시켰다.

꿈같은 날이 하루, 이틀 흘러갈수록 서방의 얼굴에 수심이 그득해지는 것을 아내 입장으로 어이 모르겠는가? 기생이 물으니 선비는 묵묵부답.

다음날 또 물으니 또 다시 묵묵부답. 그 다음날이 되어 기생이 남편과 아내의 도리를 되짚으며 따지고 드니 할 수 없이 선비가 말하길, 자신은 본디 어느 시골의 가난한 양반인데 기생이 방을 붙였다는 소식을 귀로 전해 듣고 신세나 고쳐볼까 하여 이리 하였는데 기생과의 생활이 꿈결같을수록 피죽 한 그릇이 없어 굶고 있을 집사람과 아이들이 눈에 밟혀 수심이 끊이질 않는다는 것이다.

선비의 이야기를 다 듣고 난 기생이 말하길,

"형님 계시는 곳에 한 번 가봅시다."라고 하였다.

쌀과 비단을 말에 실어 선비의 본가를 향해 가니 기생 서럽기 그지없구나. 집이라고 도착한 곳 또한 마당에는 잡초가 무성하기가 웬만한 아이

키를 넘어 설만하고 돌담은 다 무너지고 없는 것이 막막하기 그지없었다.

　기생 말에서 내려 선비와 함께 집안을 향해 인기척을 내니 한 아낙네가 여러 아이를 데리고 헝클어진 몰골로 선비를 알아보네. 기생, '형님' 하고 달려가 자초지종을 말한 뒤 함께 한양에 올라가 살기를 권하니 피죽 한 그릇 못 먹는 처지에 호강하게 되었다며 온 가족이 따라나서는구나.

　한양에 올라오며 기생 한탄하길, '여염집 아낙네들처럼 한 지아비 섬기며 오순도순 행복하게 살려 했더니 노기생은 그것조차 뜻대로 되지 않는구나.'라고 말하였다 한다.

(제보자 : 대구광역시 수성구 상동 616-21, 김기혁, 72세, 퇴임교장. 채록일자 : 1999. 12. 10.)

(2) 원의 아들 이야기

　부부가 나물을 뜯으러 갔는데, 한 사람이 쓰러져 있었다. 부부는 그 사람을 집으로 데려가 간호했다. 그 사람이 깨어나 "저는 원(사또)의 아들입니다. 사냥을 하러 갔다가 길을 잃고 쓰러졌으나, 다행히 목숨을 건졌다."고 하면서 사정을 일러 주었다.

　그러자, 부부는 깜짝 놀라 더욱 극진히 대접했다. 그러나 그 부부의 부인이 절색이라서 원의 아들이 그 부인을 차지하려 했다. 그 부인의 남편은 원님의 아들인지라 어쩔 수 없이 부인을 빼앗겼다. 원의 아들은 "100일 안에 바위의 구멍을 뚫을 수 있다면 부인을 데려가라."고 했다.

　남편이 정으로 구멍을 뚫어도 99일 째가 되는 날까지 뚫리지 않았다. 100일째 아침에 구멍이 났는데, 원님의 집 담이었다. 원님의 아들은 어쩔 수 없이 부인을 돌려주었다고 한다.

(제보자 : 대구광역시 수성구 고산 2동 은세계아파트, 김노임, 83세, 무직. 채록일자 : 2000. 5. 13.)

(3) 효부 이야기

어떤 사람이 빚을 졌다. 아버지의 1000냥 빚을 갚기 위해 남매가 나섰는데, 한 부자가 돈을 갚아 줄 테니 부탁을 들어 달라고 했다. 그 아들이 승낙을 하자, 그 부자는 자기 아들이 김씨와 정혼을 했는데, 아들이 풍병이 들어 장가를 갈 수 없으니 대신 가 달라고 부탁했다. 아들은 허락을 하고 장가를 들었다. 부자는 하인을 같이 보내어 감시하도록 밖에 세워 놓았다. 그러나, 그 신부 대성각시는 남의 신부라 첫날밤을 치르지 못했다.

신부가 그 까닭을 묻자 자신의 몸에는 신양(身恙)이 있다고 했으나 신부는 믿지 않았다. 자초지종을 이야기하자 신부가 어음 1000냥을 내어놓으며 이 돈으로 빚을 갚으면 된다고 하여 첫날밤을 치를 수가 있었다. 하인이 이를 보고 돌아가 부자에게 고하였다.

다음 날 아들이 부자에게 가서 석고대죄했다. 그러자 그 부자가 버선발로 뛰어나와 일으켜 세우며, 죄가 없다고 하였다. 그리하여 남매는 빚을 갚을 수 있었다. 부자의 도움으로 빚을 갚고 장가도 들었으나 그 집의 은혜를 갚을 길이 없었다.

그러자 여동생이 부자의 집으로 시집가겠다고 하였다. 부자의 아들이 풍병에 걸린 것을 알면서 그 집에 여동생을 시집보낼 수는 없다고 하였으나, 여동생이 여러 차례 말하여 결국 시집을 가게 되었다.

여동생은 시집을 간 후 공양을 잘 했다. 시집을 가서 거의 두문불출 하다가 하루는 봄에 집안 여인들이 산에 가려하자 자신도 외출을 원했다. 남편과 시아버지의 허락을 받고 여동생은 외출하게 되었다. 나들이를 가다보니 그 여동생이 없어져서 같이 간 사람들은 그냥 돌아왔다. 그 여동생은 산에 오르다가 해골바가지에 파란 물이 들어 있는 것을 보고, 혹시 그것이 남편의 약이 될지도 모른다는 생각에 그것을 들고 내려왔다. 그것을 남편에게 먹이자 남편의 몸에서 벌레가 쏟아졌다. 남편은 몸에서 벌레를 몇 번 쏟아 낸 후에 병이 씻은 듯이 다 나았다.

(제보자 : 대구광역시 수성구 고산 2동 은세계아파트, 김노임, 83세, 무직. 채록일자 : 2000. 5. 13.)

(4) 은혜 갚은 호랑이

어느 날 어떤 부자(父子)가 산으로 올라가는 중에 호랑이를 만났다. 어린 아들이 보니 호랑이는 덤비지도 않고 입만 벌리고 있었다. 아버지는 아들을 말렸지만 아들은 호랑이에게 무슨 곡절이 있는 것 같다고 하며 호랑이에게 다가갔다. 아들이 호랑이의 입에 손을 넣어도 호랑이는 아무 반응이 없었다.

그러자 아들은 호랑이 입 속에 손을 넣어 보았다. 그랬더니 호랑이의 목에서 비녀를 발견하고 그것을 빼주었다. 호랑이가 다른 집의 신부를 잡아먹다가 비녀가 목에 걸렸던 것이다. 그 일 이후 그 집에는 운이 좋았다. 얼마 뒤 그 집의 아버지가 세상을 떠나자 그 때 그 호랑이가 다시 나타났다. 호랑이는 죽은 아버지의 관을 입에 물고 자꾸 끌고 가려고 했다. 호랑이가 명산을 찾아주려고 아버지의 관을 끈다고 생각한 아들은 호랑이가 이끄는 대로 가서 그곳에 묘를 세웠다.

그러자 그 집안에 복이 들어 좋은 일만 생기게 되었다.

(제보자 : 대구광역시 수성구 고산 2동 은세계아파트, 김노임, 83세, 무직. 채록일자 : 2000. 5. 13.)

(5) 초록동이 이야기

한 대감이 아들을 장가보냈다.

첫날밤에 신랑이 잠이 들려고 하는데, 어디선가 달그락 달그락 거리는 소리가 들려 잠이 깼다. 바깥에 큰 궤짝이 있었는데, 그 궤짝에서 나오는 소리였다. 신랑은 그 궤짝을 열려고 열쇠를 찾았으나, 신부가 말렸다. 날

이 새자 신랑이 장인과 장모를 불러 놓고 신부를 데려 가겠다고 말했다. 장인과 장모가 잔치 준비도 되지 않았다고 신랑을 말리자, 신랑은 궤짝만 가져가겠다고 말했다. 마을 잔치를 벌이고 신랑과 신부를 보내는데, 초록동이 자신의 말에 궤짝을 실었다. 가다보니 큰 바닷물이 나와서 그 궤짝을 바다에 던져 버리고, 신부를 데리고 자신의 집으로 돌아왔다.

초록동이는 신부의 부정을 알고 있었으나 아무 말도 않고 그냥 살았다. 자식을 낳고 살던 부부는 할아버지, 할머니가 되었다.

할아버지가 된 초록동이는 자신이 궤짝 속에 숨어있던 부인의 정부를 바다에 던져버렸다고 부인에게 이야기하자 그 얘기를 들은 할머니는 그만 목을 메었다.

(제보자:대구광역시 수성구 고산 2동 은세계아파트, 김분칙, 82세, 무직. 채록일자:2000. 5. 13.)

(6) 화월이 이야기

임진왜란 때 평양에 김덕령의 첩 화월이 있었다. 화월은 왜장 조수비의 소첩이 되어 조수비를 감시했다. 조수비는 방에 방울을 연결한 줄을 걸어 놓고, 방에 누군가가 들어오면 소리가 나도록 해놓고 잔다.

김덕령이 조수비를 죽이러 오는 날 밤에 화월은 미리 방울이 울리지 않도록 솜을 끼워두었다. 무사히 조수비의 방에 들어간 김덕령은 조수비의 칼을 쥐었다. 그 칼은 신기하게도 주인이 아니면 소리내어 우는 칼이었기 때문에 칼이 울기 시작했다.

그러자 김덕령은 화월이 가르쳐준 대로

"내가 주인이다."

라고 말했고 그러자 칼은 울음을 멈추었다. 김덕령은 그 칼로 조수비의 목을 베었다. 그런데 희한하게도 조수비의 목에는 비늘이 있었다. 잘린 목은 피와 함께 하늘로 솟구쳤다. 이 때 잘린 목이 다시 몸에 붙지 못하

게 하려고 화월의 어머니가 조수비의 잘린 목에 재를 뿌렸다. 그러자 조
수비의 목이 몸에 붙지 못하고 죽었다.

조수비가 죽자, 화월은 울면서 조수비의 아이를 가졌으니 자신도 죽여
달라고 김덕령에게 말한다. 김덕령은 자신이 아끼는 애첩일지라도 나라의
원수의 자식을 가졌으니 어쩔 수 없이 화월의 배를 칼로 갈랐다.

그 순간 화월의 뱃속에 있던 조수비의 자식도 천장에 왔다갔다하면서
날아다니다가 끝내는 죽었다.

(제보자:대구광역시 수성구 고산 2동 은세계아파트, 이태생, 85세, 무직. 채록일자:2000. 5.
13.)

(7) 임진록 관련 이야기

임진왜란이 일어나자 선조는 피난길에 올랐고 그 때 명(明)나라에 원군
을 요청하기 위하여 세 명의 대신을 중국에 사신으로 파견하였다. 명나라
로 가는 길에 날이 저물어 이들은 어느 작은 오두막집에서 하루를 묵게
되었다. 그 오두막에는 한 노구(老嫗)가 살고 있었는데 천태산 마고할미
였다. 그 노구는 사신들에게 따뜻한 저녁밥을 지어 대접하고는 한 장의
화상(畵像)을 사신들에게 건네주었다. 일본의 기세가 걷잡을 수 없이 일
어났으니 반드시 그 화상의 장수를 황제에게 청하여 함께 돌아와야 한다
는 것이었다.

황제를 알현(謁見)하고 사신들이 원군을 청했을 때 황제는 한 장수를
내어 주었는데 그는 그 화상의 장수가 아니었다. 사신들은 노구의 말대로
화상의 장수를 내어 줄 것을 청하였다.

그러자 황제는 그가 아끼는 장수인 이여송(李如松)을 내어주었다. 사신
과 이여송이 이끄는 원군이 압록강에 도달하였을 때 이여송은 돌연 강을
건너지 않겠다고 했다. 사신들이 간구하였으나 그는 용의 간을 옥쟁반에
받쳐 소상강의 저(箸)와 함께 준비하여 올리지 않는 한 도하(渡河)는 불가

(不可)하다 하였다. 이에 한 대신이 하늘을 보고 탄식하자 구름 사이로 홀연히 나타난 용이 땅으로 쿵하고 떨어졌다. 다른 한 대신이 옥쟁반을 간직하고 있던 것이 있어 소상강의 저를 함께 준비하여 올렸더니 이여송이 강을 건넜다.

이에 이여송과 왜장(倭將)의 싸움이 벌어지니 두 장수는 구름을 타고 공중에서 치열한 격투를 벌였다. 구름 속에서 칼소리만 요란하더니 갑자기 구름 사이로부터 한 장수가 땅으로 떨어져 죽게 되었는데 바로 왜장이었다. 이 때 장수를 잃고 두려워하는 수많은 왜군의 울부짖는 소리가 천지를 진동하였다. 이여송의 손에 일본 장수가 죽고 나라는 어느 정도 평온을 되찾게 되는 듯하였다.

왜장(倭將)을 죽인 이여송은 조선을 차지하려는 야욕을 품고 귀국을 차일피일 미루고 있었다. 하루는 산아래 큰 바위 위에 앉아 생각에 잠겨 있는데 그의 앞으로 초립(草笠)동이가 작은 소를 타고 지나가고 있었다. 이여송이 멈추어 서라고 하였으나 초립동이는 거들떠 보지도 않았다. 이에 화가 난 이여송이 칼을 들고 말을 타고 달려갔으나 아무리 빨리 달려도 그 초립동이를 따라잡지 못하였다. 몇 번의 시도에도 초립동이를 잡을 수 없게 되자 그는 이윽고 지치게 되었다. 그 때 초립동이가 돌아보며 "네가 조선을 차지하려는 욕심을 버리지 않는다면 내 손에 죽으리라." 하였다. 이에 이여송은 본국으로 돌아가고 조선은 다시 태평하게 되었다.

이후 3년 정도 일본과는 팽팽한 긴장 속에 화의가 진행되었다. 그러던 중 또다시 일본이 침략의 기색을 보이자 임금은 일본 국왕을 죽이기 위하여 두 명의 장수와 함께 군사를 출병시킨다. 그 두 장수는 박영서(朴英緒)와 이화덕(?)이었다 본래 박영서가 더 뛰어난 장수였으나 그 아래인 이화덕이 선봉을 맡게 되었다.

부산에 진주하여 다음 날 배를 타려고 기다리는데 강(江)의 귀신이 박영서에게 나타나 이야기하기를 내일 전쟁에 나가게 되면 반드시 배 위에서 몰사할 것이니 며칠 더 머물러 있다가 가라는 것이었다. 박영서가 이화덕에게 그 이야기를 하였으나 이화덕은 귀신의 이야기에 일국의 장수가 흔들려서야 되겠느냐며 박영서를 힐책하고는 다음날 출전을 강행한다.

군함이 출항하였으나 과연 귀신의 말대로 바다 한가운데에서 포위되어 모든 병사들은 죽고 두 장수만 포로가 되어 일본 국왕에게 잡혀가게 되었다. 일본 국왕은 이화덕을 자신의 딸에게 그리고 박영서를 자신의 동생에게 장가보내자 장가가는 날 두 장수는 3년 안에 일본국왕의 목을 베어 귀국하자는 언약을 하였다. 그러나 이화덕은 부인에게 빠져 일본에서의 생활에 안주하게 된다. 언약한 3년이 되기 바로 전날, 박영서는 이화덕에게 3년 전의 맹세를 잊었냐고 물었으나 이화덕은 국왕에게 박영서를 밀고(密告)하고 만다.

이에 붙잡히게 된 박영서는 왜왕과 많은 신하 그리고 병사들이 지켜보는 가운데 죽음을 맞이하게 되었다. 이 때, 그는 죽기 전 마지막 소원을 이야기한다. 오랜 친구이며 전우인 이화덕과 마지막으로 술을 한잔 나눌 수 있게 해 달라는 것이었다. 그리하여 손의 자유를 얻게 된 그는 이화덕이 술을 마시는 순간 칼을 들어 그를 베어버리고 그 역시 그 칼로 자결하였다. 이 때 박영서의 말이 바로 그의 옆에 서 있었는데 꼬리에는 한 장의 서찰(書札)이 묶여져 있었다. 그 서찰은 오늘의 일을 예견하고 박영서가 그의 부인에게 보내는 것이었다. 자결한 박영서의 목이 떨어지자 말은 재빨리 그의 머리를 물고 병사들을 따돌리고 내달아서는 바다를 건너 함경도로 돌아든다.

말은 영서의 고향집으로 돌아왔다. 3년 기약을 하고 간 남편이 돌아오지 않자 부인은 매일같이 일본 땅만을 바라보고 있었는데 말발굽소리에 남편인가 하여 돌아보니 말과 함께 온 것은 죽은 남편의 머리와 서찰 뿐이었다. 부인은 망연자실하여 서찰을 보았다. 서찰에 이르기를 편지와 함께 그의 목을 옥함(玉函)에 넣어 임금님께 가져가라는 것이었다.

임금은 그것을 보고 부인을 정절부인에 봉하고 박영서의 충절을 기려 그에게도 높은 벼슬을 추증(追贈)하였다.

● 김덕령(金德齡):1567(명종 22)~1596(선조 28)

임진왜란때의 의병장, 이몽학의 난(1595, 선조28) 때 적의 책략으로 적장과 통한다는 말이 나와 서울로 압송되어 고문 중 옥사함. 이후 영조 때 병조판서로 추증됨

● 박영서(朴英緒):조선 인조 때의 무관. 이괄의 난을 진압하는 과정에서 죽음을 당함. 이후 인조 때 병조참판에 추증됨

(제보자:대구광역시 수성구 고산 2동 은세계아파트, 이태생, 85세, 무직. 채록일자:2000. 5. 13.)

제6장

달성군 지역의 설화

달성군 지역의 설화

1. 전설

(1) 사효굴

달성군 유가면 양리와 음리를 지나 비슬산으로 들어가면 굿밧골계곡을 지나게 되고 그 계곡을 따라 달리다 보면 비슬산 식당이 있는데 그 맞은 편에 사효굴이 있다. 사효굴은 바위 사이에 입구가 뚫려 있는데 한쪽 옆 에 사효굴(四孝窟)이라고 음각해 흰색 페인트를 칠해 놓았다.

사효굴에는 이름 그대로 4명의 효자에 관한 이야기가 전해온다.

사효굴

임진왜란이 끝나자 모든 사람이 왜적을 피해 피난 갔으나 곽씨는 미처 피하지 못했다. 곽씨는 장성한 아들 4형제를 두고 있었는데 왜적이 마을로 들어오자 4명의 아들과 동리 맞은편 산중턱에 있는 굴 속으로 피신하였다. 곽씨는 천식이 심해 매일 기침소리가 끊이지 않았는데 마침 왜적이 지나다가 기침소리를 듣고 굴안에 있는 사람들은 모두 나오라 하였다. 그러자 맏아들이 기침하는 아버지를 대신해 나가 무참하게 죽임을 당하였다. 그리고 왜적이 가려하자 또 기침소리가 났다. 이번에는 둘째가 대신 나갔다. 그리고 끝내는 4명의 아들이 모두 아버지를 대신해 죽고 마지막으로 곽씨가 굴 밖으로 나갔다. 왜적이 사연을 듣고 네 아들들의 효성에 감탄하여 곽씨의 등에 '사효자(四孝者)'라고 이름을 쓰고는 살려주었다 한다.

(제보자:경북 달성군 유가면 음리, 임홍식, 61세, 전직 오성중학교 한문선생님. 채록일자:1996. 12. 16.)

(2) 쌍선(雙仙)폭포와 과부성

쌍선폭포는 달성군 유가면 음리에서 한 1㎞쯤 비슬산을 향해 올라가다 왼편에 위치한다. 왼편 유가사에서 내려오는 물과 오른쪽 소재사에서 내려오는 물이 합쳐 쌍선 폭포가 되었다.

임진왜란때 곽재우 장군이 이 쌍선폭포 부근을 성터로 정하고 직경 2㎞ 정도의 요새를 만들어 싸움을 했다. 남편들은 다른 지역에서 싸울 동안 왜군들이 여자들만 있는 성터에 쳐들어와 여자와 어린이들이 힘을 모아 싸움에서 승리했는데 그때부터 그 성을 과녀성 또는 과부성이라한다.

(제보자:경북 달성군 유가면 음리, 임홍식, 61세, 전직 오성중학교 한문선생님. 채록일자:1996. 12. 16.)

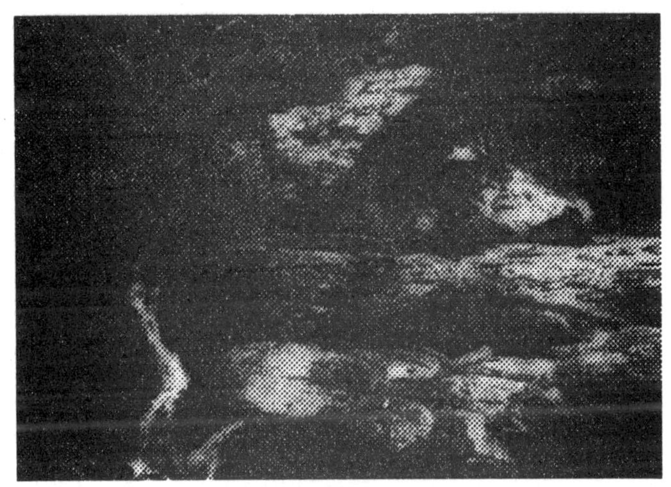

쌍선폭포 I

쌍선폭포 II

(3) 주걱등

　달성군 가창면 정대 2리에 위치한 정대 골짜기의 안쪽에는 험준하고 높은 비슬산의 지류들이 꿈틀거리고 있다. 왼쪽부터 주걱등, 조리봉, 쪽박등, 가마등 같은 이름이 붙은 봉우리들이 잘 어울려 있다.

　옛날 이곳 정대의 생활은 보릿고개라는 말이 있듯이 아주 어려웠다고 한다. 농토가 적고 산이 가팔랐기 때문에 나무를 해다가 대구까지 갔다 팔아서 먹고 살았다고 한다.

　그 봉우리들의 이름은 사람들이 그 곳에 올라가서 가마솥에 밥을 지어서 주걱으로 푸고, 쪽박으로 물을 떠서 마셨다고 하여 그렇게 불리워진 것이라고 한다. 그리고 밥을 다 먹고 나서는 뒷동산의 꽃밭등에 올라가서 한바탕 잔치를 벌였다고 한다.

　그러나 이 곳의 산줄기의 이름이 주걱등, 가마등, 쪽박등과 같이 식생활과 관련이 있는 원인을 주민들의 가난과 연결시키는 사람들도 있다고 한다. 왜냐하면 이 곳 산줄기의 이름에서 끼니를 해결하는 문제가 마을

주걱등

사람들에게는 아주 절실한 문제였음을 충분히 짐작할 수 있기 때문이다.

(제보자 : 달성군 가창면 정대 2리, 추병수, 75세, 농업, 채록일자 : 1997. 5. 10.)

(4) 금수지

달성군 현풍서 비슬산 오른쪽으로 보면 조화봉과 필봉 사이에 소재사가 있고 금수지는 소재사에서 청도쪽으로 서남쪽에 위치한다. 금수덤이라고도 한다.

덤이라는 말은 바위라는 말인데 덤 속에서 물이 나온다. 그 색깔이 금물처럼 누렇고, 그 물을 몸에 바르면 누렇게 된다고 한 데서 금수지가 유래했다. 보통 정신이 부실한 사람이 그 물을 보면 물에 올챙이 같은 것이 들어 있고, 뱀이 나오고 심지어 물이 나오지 않는다고 한다.

비슬산에 유명한 샘물이 현풍 쪽으로 4군데 있다. 하나는 비슬산에서 대구쪽으로 옹달샘이 있고 둘째로는 앞산의 직선을 따라 오른쪽으로 가

금수지

서 절벽을 내려 오면 샘이 있는데 그 샘은 여름에 가물어도 마르지 않는다고 한다. 셋째로 대견사에서 왼쪽으로 여자 생식기처럼 생긴 샘이 있고 네째로는 대견사 오른쪽에 금수지가 있다.

(제보자:경북 달성군 현풍면 음리, 임홍식, 61세, 전직 오성중학교 한문선생님, 채록일 자:1996.12.16.)

(5) 양리·음리

달성군 유가면에 양리·음리라는 자연부락이 있다. 이 마을의 명칭은 그늘과 볕을 상징하던 이름이다.

옛날 이 동네에서는 천왕이 만나 춤도 추고 조화로움을 이루었다 한다. 절이 많고 스님이 공부를 많이 하던 곳이니만큼 만물의 음양이라는 뜻을 가지고 있다 한다.

(제보자:경북 달성군 유가면 음리, 임홍식, 61세, 전직 오성중학교 한문선생님, 채록일 자:1996. 12. 16.)

양리

음리

(6) 가재 소재사에 얽힌 전설

달성군 유가면 가제리에 소재사란 절이 있는데 이에 대해 다음과 같은 이야기가 전해오고 있다. 신라 시대에 신동원이라는 중이 있었는데, 가재에 묘를 쓰면 자손이 번창한다는 소리를 듣고 가재에 왔다. 성지도사라 불리는 사람이 신동원에게 가재에 절을 지어 불공을 드리면 백자천손한 다는 이야기를 해주었다. 이 말을 들은 신동원은 반역을 도모하고자 성지도사가 말한대로 음동의 대명산에 아버지 묘를 두되 관 12개를 묻고 그 제일 밑에 자신의 아버지 관을 두었다.

그런 후 신동원은 그 곳에 절을 지어, 땅을 파 콩을 넣고 거기에 부처를 두고 흙을 덮은 후 물을 붓고서 콩이 불어서 돌부처가 솟아 오르는 것에 대해, 부처가 스스로 솟는다는 소문을 내었다. 또 '아들 못 낳는 사람이 불공을 드리면 아들을 낳을 수 있다.'는 소문을 내었다.

알고 보니 이것은 신동원이 불공을 드리러 온 아녀자를 약으로 홀려 자신이 그 아녀자들과 성합(性合)하여 아들을 낳으려는 술수였다. 어느덧

소재사

그런 식으로 낳은 아들이 99명이나 되었다. 그러던 어느 날 머리 좋고 정숙한 정승부인이 그것에 대해 의심을 하고 그럴 리가 없다고 생각하여, 명주로 된 속옷 12개를 입고 불공을 드리러 그 절을 찾아 왔다.

부인이 불공을 드리기 위해 부처 앞에서 향을 피우니 몸을 가눌 수 없게 되었다. 그렇게 부인을 홀려 신동원이 명주 속옷 12개를 벗기는 동안 향이 다 타버려 부인이 정신을 차리게 되었다. 그리하여 신동원의 죄가 탄로되고 목이 베여 죽었다 한다.

(제보자:경북 달성군 유가면 쌍계2리 고양마을, 김학조, 73세, 농업. 채록일자:1996. 12. 17.)

(7) 장군 공깃돌

달성군 옥포면 반송리 용연사 입구에는 '장군 공깃돌'이란 큰 바위가 있다. 이에 대한 전설이 전하고 있으니 이를 보면 다음과 같다.

용연사 매표소 옆을 흐르는 계곡에, 주위와는 전혀 어울리지 않는 커다란 바위 하나가 있는데, 그 주위 마을 사람들은 그 크기에 관계없이 그냥 '장군 공깃돌'이라 칭하였다.

옛날 아주 힘이 센 장수들이 서로의 힘을 자랑하기 위해서 아주 커다란

장군 공깃돌

바위를 가지고, 공기놀이를 하기로 하였다. 원래는 네 개의 바위를 가지고 공기놀이를 하였으나, 지금의 하나만 남아 있는데, 그 이유는 놀이를 하던 장수 중 한 명이 한 번도 이기지 못하고 계속 지는 바람에 화가 나서 공깃돌을 집어 던졌고, 그중 하나가 이곳에 떨어졌다는 것이다. 나머지 공깃돌 세 개는 어디로 갔는지 알 수 없다고 한다. 지금은 별다른 보호 없이 그냥 방치되어 있기 때문에 많이 훼손되어 있었다.

(제보자:대구광역시 달성군 옥포면 반송리 산 6번지, 박호곤, 54세. 채록일자:1995.11.4.)

(8) 조암바위 이야기

달성군 월배면에 조암바위가 있다.

현재 월배라는 이름은 '조암'이라는 마을과 달비재가 합쳐진 것으로 월암으로 불리다가 다시 지금의 월배라는 이름으로 바뀐 것이다. 월배로 들어가는 입구에 있는 논에는 조암바위라고 하는 4개의 큰 바위가 서 있다. 조암은 할아버지 조(祖)에 바위 암(巖)인데 옛날 최씨, 조씨, 이씨, 박씨, 김씨 5성을 가진 할아버지들이 천지 개벽을 예상하고 배를 메기 위해서 바위를 세운 것이라 한다. 돌이 서 있는 듯한 모양 때문에 흔히 선돌바위라고도 하며 선돌바위가 넘어지면 동네의 청년들이 다 죽는다거나 소가 다 죽는다거나 했다고 한다.

지금은 4개의 선돌바위가 있으며 나머지 1개는 농지 개간 때 땅 속에 들어가 버렸다고 한다. 동네 사람들은 아직도 이 선돌바위가 마을을 지켜

조암

준다고 믿고 있으며 최씨, 이씨, 조씨, 박씨, 김씨성을 가진 사람들은 비록 나이가 어려도 어른으로 대우해 준다고 한다. 선돌바위가 논 한 가운데 서 있는 것으로 보아 이들이 얼마나 선돌바위를 소중히 여기는지 알 수 있었다.

(제보자 : 대구광역시 달서구 월성 1동, 김재근, 76세, 무직, 채록일자 : 1996. 11. 24.)

(9) 통통고개와 흐른내

달성군의 화원과 월배의 경계가 되는 곳에 통통고개라고 불리는 나지막한 고개가 있다.

마을을 감싸 안듯 빙 둘러싸고 있는 그 고개는 이 마을 사람들이 왕래하는 데 없어서는 안 될 길이었다. 그런데 어느 날 한 부자가 이 동네에 들어와 땅을 사고 자기 마음대로 통통고개의 맥을 끊어 버리고 새로운 길을 내어 버렸다. 그러자 허리가 잘려 나간 그 산맥이 거의 한 달 동안이나 피를 흘렸다. 밤이고 낮이고 계속해서 흘러내린 그 피는 강물이 되었

통통고개

으니 그것을 '흐른내'라 불렀다. 흐른내는 지금은 '유천동'이라는 지명
의 이름 속에 그 전설의 숨결을 그대로 살리고 있다. 한편, 통통고개에
새 길을 낸 그 부자는 이러한 흉조를 보고 두려워 서둘러 마을을 떠나려
했으나 결국 흐른내를 건너지 못하고 일가족이 빠져 죽고 말았다고 한다.

(제보자:대구광역시 달서구 월성 1동, 이효재, 76세, 무직. 채록일자:1996.11.24.

제보자:대구광역시 달서구 월성 1동, 이정봉, 75세, 무직. 채록일자:1996.11.24)

(10) 과부성(과녀성)

비슬산에서 2㎞ 쯤 떨어진 현풍면 음리에 과부(과녀)성이 있다. 이 성
은 신라가 경주에서 가야국을 합병할 때 만들어진 성인데, 남편이 전쟁터
에 가서 싸울 때 과부들이 세웠다 하여 과부성이라 불리워지는 성이다.
문헌에는 없으나 임진왜란 때 곽재우 장군이 이 성을 기점으로 싸웠다고,
이 지방 사람들의 입을 통해 전해져 내려온다.

(제보자:경북 달성군 유가면 음리, 임홍식, 61세, 중학교 한문 교사. 채록일자:1996. 11.
17.)

과부성

(11) 도성암

　달성군 현풍면 비슬산에서 왼편 용연사쪽에 도성암이란 암자가 있다. '길 도(道)' '이룰 성(成)' '암자 암(庵)'을 뜻한다. 바로 이 비슬산 우편 용연사쪽의 성암 터는 천 사람이 도를 얻을 명당이라고 전해 내려온다. 최근에 도를 터득한 사람으로 정일 도사가 있는데 정일 도사가 마지막으로 득도한 자리가 바로 도성암이다. 이 도성암에서 신라말 삼국유사를 지은 일연 스님도 한 달 계셨고, 여기서 득도하였으며 그 기록이 삼국유사에 있다. 여기서 득도한 사람으로 널리 알려져 전해져 내려오는 사람은 도성국사와 광기스님이 있다. 도성국사는 도성암에서 보통 사람의 경지를 초월해 도가 터졌다는 기록이 있고, 여기에서 도성암이 유래하였다.

　또 비슬산에서 남쪽에 있는 광기사의 광기스님도 이 곳에서 득도했다고 한다. 도성암에서 보면 북쪽 수풀이 모두 남쪽으로 누워있다고 하며, 이 두 대사가 득도할 때 모두 옷을 입지 않고 풀잎을 입고 있었다고 한다.

　(제보자:경북 달성군 현풍면 음리, 임홍식, 61세, 중학교 한문 교사. 채록일자:1996. 11. 17.)

도성암

(12) 조화봉

　경북 달성군 현풍면 북쪽에 비슬산이 있다. 소재사의 스님이 말씀하시길 비슬산 오른쪽에 있는 작은 봉우리는 '비출 조', '빛날 화'의 뜻을 가졌는데 풀어서 해석하면 '중국을 비추는 봉우리'라는 의미라고 한다. 이 조화봉은 지금의 대견사 근처 경북 자연 청소년 훈련소가 있는 곳이다.

　조화봉은 중국 당나라 태종이 아침에 세수를 하려는데 세수대야에 어느 산 모양이 보였다 한다. 이 모양을 보니 산 모양이 심상치 않았단다. 그래서 태종이 이런 모양을 가진 산모양을 찾으라 했는데 중국에는 없고, 한국에서 찾아보니 있었다고 한다. 그 세수 대야에 비친 산모양이 중국에서 비춰졌다는 데서, 중국을 가리킨다고 와전되어 불리워지는 것이 조화봉의 유래이다.

　조화봉에는 전설로 내려오는 얘기 중 산삼이야기가 있다. 그믐날 무듬둠이란 바위에 어린 동자가 춤을 추는데 이것은 산삼이 화한 것이라 전해 내려 온다. 또 조화봉에는 산칼치가 바위를 타고 기어 간다는 전설도 있

조화봉

다.

 (제보자:경북 달성군 유가면 음리, 임홍식, 61세, 중학교 한문 교사. 채록일자:1996. 11. 17.)

(13) 칠대장묘와 유물

 경북 달성군 현풍면 북쪽에 비슬산이 있다. 비슬산에서 북쪽으로 800m 가보면 칠대장의 묘가 있다. 그 묘 주변에는 유물이 많은 것으로 알려져 있다. 그 중 세 개가 발견되었는데, 그 세 가지의 유물은 금투구, 말안장, 주전자로 이 지방에선 유명한 유물이다. 주전자는 물을 넣을 곳은 한 곳이지만 나오는 곳은 세 곳인 주전자라고 한다. 유물에 대한 상세한 기록은 잘 모르지만, 금투구에 대해 전해 내려오는 이야기가 있다.

 육암면 쌍계 1동에 거주하는 지방 도벌군이 낮에는 발각되니 밤에 며칠 간 묘 주변을 캐었다.

 묘의 앞문에서 호롱불을 켜고 무덤을 캐는데 초초하고 불안한 상태에서

칠대장묘

투구가 캐어지는 순간 호롱불에 반사되어 투구가 광이 났다. 놀란 그 도벌군은 급작스럽게 귀신 노이로제에 걸리고 만다. 나중에 대구 앞산의 고유물 전문인에게 팔았다가 일본으로 팔렸다는데, 후에 고소당해 벌금을 물었다고 한다. 그러나 그 당시 놀란 일로 인해 신경 쇠약에 걸려 병석에 눕고, 귀신 노이로제로 귀신병에 걸렸다 한다. 북쪽에서 무당을 불러 굿을 하니 묘에 있던 장군들이 칼을 들고 나타나 무당이 달아나 버리고 그 도벌군은 신경쇠약으로 죽었다는 이야기가 전해 내려온다.

(제보자:경북 달성군 유가면 음리, 임홍식, 61세, 중학교 한문 교사. 채록일자:1996. 11. 17.)

(14) 소재사에 얽힌 전설

달성군 현풍면에 소재사란 절이 있다. '사그라질 소', '재앙 재' 자를 쓰며, 이 절에서 불공을 하면 재앙이 없어진다는 뜻으로 특히, 아들을 못 낳는 부인이 이 절에서 기원을 많이했다고 한다. 역사·지리적으로 보면 고려 말 신돈의 무덤이 있다고 한다. 소재사 가는 길에 무덤이 5개 있었다는데, 신돈의 아버지의 무덤이었다고 말해지기도 한다. 그러나 근거는 없다.

현풍 휴게소 근처에 묵면이란 도시가 있고 그 아래엔 낙동강이 흐르는 곳이 있었는데 바로 그 곳이 신돈이 아버지의 무덤을 쓴 곳이라 한다. 신돈이 무덤을 쓰고 난 후 말 등의 짐승 죽은 것의 성기를 갈아 먹고 있었다고 지나가는 사람이 "스님, 뭐하십니까"라고 묻자 콩을 갈아 그 위에 부처를 올려 놓았다. 이것이 물에 불으니 부처가 떠올라 남해의 용왕이 부처를 선물로 주었다고 말했다고 한다. 그래서 이 절에 기원하러 오는 사람이 많아졌단다.

법당의 초와 냄새를 맡고 기절한 관비와 신돈과의 사이에서 낳은 아이가 많았는데, 모두 겨드랑이 아래에 '임금 왕' 자가 있었다.

소재사 대웅전

　현풍에서 구지로 가면 탈산이 있는데, 이 산에서 보면 산세가 좋다고
한다. 또 이 부근의 전해내려오는 이야기 중 스님이, 불공하려고 향을 피
우고 기원하다가 불공에 지친 아낙을 덮치는 일이 많았단다. 그래서 이
곳의 스님이 아이가 많았다고 하며 신돈의 아들이 많았는데 신돈의 아들
도 그 같은 것이라고 볼 수 있다.

　어떤 이가 이것이 사실인지 알아보려고 자신의 아낙에게 명주로 옷을
몇 겹씩 많이 입히고 불공을 드리러 보냈다. 물론 몰래 따라가 보았는데
아낙이 불공에 지칠 때 쯤 약을 써서 아낙을 기절시켰다. 그러나 명주 천
으로 옷을 많이 입고 있어 스님이 아낙의 옷을 벗기는 데 시간이 오래 걸
려 약효과가 떨어져 아낙이 깨어나고 보니 무덤의 귀신이었고, 이마에 말
의 형상이 있었다는 이야기도 전해진다. 그래서 신돈의 묘라고도 불리는
그 묘를 다른 곳으로 옮겼다고 하는데 기록을 통한 사적 근거는 없으나
무덤의 시체를 꺼낸 큰 웅덩이가 지금도 있다.

　(제보자: 경북 달성군 유가면 음리, 임홍식, 61세, 중학교 한문 교사. 채록일자: 1996. 11.
17.)

(15) 진주 강씨 이야기

　달성군 옥포면 기세리에서 1㎞쯤 되는 곳에 열녀비 2개가 있다. 그 중에 하나는 진주 강씨 할머니의 정절을 기리는 것으로 그것에 얽힌 사연은 다음과 같다.

　200년 전 조선시대에 제보자의 8대조 되는 할아버지가 만수동에 진주 강씨 집안의 처녀와 혼인을 하였다. 그 당시 풍습으로는 혼인을 하고 1년 후에 신부를 데려오는 신행이라는 관습이 있었는데 그날을 우귀일이라고 한다. 그런데 우귀일을 불과 며칠 앞두고 신랑이 급사하였다. 이 소식을 들은 강씨 할머니는 즉시 기세리로 달려와 신랑의 시신을 보고 그 자리에서 자결하였다고 한다. 전해오는 말에 의하면 당시에는 사람이 죽으면 관에 넣어 밭두렁에 나무를 쌓아 그 위에 관을 두고 짚으로 덮는 토관이라는 풍습이 있었는데(이 풍습은 제보자가 어렸을 때까지도 남아 있었다고 한다) 신부는 그 관에서 나오는 시신의 썩은 물을 마시고 죽었다고 한다. 이 일이 있은 후 할머니의 친정에서 시신을 가져가 신랑과 따로 장사 지냈는데 그날부터 비가 오지 않는 날이 계속 되었다고 한다. 그런데 그렇

진주 강씨 모열각

게 가문 와중에도 무지개와 같은 서기가 앞산의 할아버지 무덤에 비치어서 이상하게 여긴 마을 사람들이 그 빛을 따라 가보았더니 만수동의 할머니 무덤까지 이어져 있었다고 한다. 그리하여 마을 사람들과 강씨 할머니의 친정 사람들이 두 분을 합장시켜 주기로 하였다. 장사 지내던 날 두 분의 시신이 합장되자마자 비가 쏟아지기 시작했는데, 장사 지내고 산을 내려오던 사람들이 길을 건너지 못할 정도였다고 한다. 이 소문이 각지로 퍼져서 인근 마을 사람들이 할머니의 뜻을 기리기 위해 열녀문을 세웠다고 한다. 열녀비가 선지 얼마 지나지 않아 양쪽에 대나무 두 그루가 자랐는데 그 자란 모양이 왼쪽 대나무가 오른쪽으로 기울고, 오른쪽 대나무가 그 위를 감싸는 형태로, 마치 왼쪽 대나무가 할머니, 오른쪽 대나무가 할아버지로 서로 감싸는 듯 보였다. 그 이후 마을 사람들은 진주 강씨 사람들과 함께 삼월 삼짓날 제사를 지내왔는데, 지금은 3월 10일로 그 날짜는 변경되었지만 그 전통은 계속되고 있다.

(제보자：대구광역시 달성군 옥포면 기세리 670번지, 석정호, 62세, 농업. 채록일자：1997. 5. 10.)

(16) 열녀비와 소계정에 얽힌 이야기

달성군 옥포면 기세리에서 1㎞ 되는 곳에 진주 강씨 할머니의 열녀비 옆에는 하나의 열녀비가 더 있는데, 이것은 제보자의 숙모뻘 되는 사람의 것으로 남편이 세상을 떠나고 혼잣몸으로 시부모를 모시고 자식을 기르며 산 일생이 너무도 헌신적이고 희생적이어서 마을에서 자체적으로 세운 것이라고 한다.

대구광역시 달성군 옥포면 기세리에서 산쪽으로 100m쯤 되는 곳에 소계정이란 정자가 하나 있는데 석재준(제보자의 11대조 할아버지, 호는 소계)선생의 제자들이 학문을 연구하던 곳이었다고 한다. 소계선생은 선비로서 관운이 없었는데, 그에 관한 일화가 남아 있다. 소계선생이 과거 시

진주 강씨 모열각

험 때 물 수(水)자를 알지 못하여 시험에서 떨어졌다고 한다. 시험 당시 그의 답안을 지켜보던 시관이 물 수자를 알지 못함에 답답하여 그 앞에서 냉수를 떠오라고 하며 일깨워 주려 했으나 눈치채지 못하고 결국 과거에 낙방하였다고 한다.

(제보자:대구광역시 달성군 옥포면 기세리 670번지, 석정호, 62세, 농업. 채록일자:1997. 5. 10.)

(17) 비슬산의 명칭 유래

달성군 옥포면에 있는 비슬산에는 그 명칭의 유래에 대한 이야기가 많이 전해 오고 있는데 그 중 몇가지를 소개하자면 다음과 같다.

첫번째 유래는 지극히 평범한 것으로서 산세가 겹쳐 있는 모양이 마치 물고기의 비늘 모양과 같다는 데서 비슬산이라는 명칭이 나왔다는 것이다.

두번째 이야기는 다음과 같다. 수 만년 전에 이 지역에 3년 이상 계속

해서 큰 비가 내렸다고 한다. 그래서 큰 홍수가 나서 온 세상이 물에 잠기고, 단지 비둘기가 앉을 만한 자리만 남아 있다고 해서 산의 이름을 비슬산이라 하였다. 그래서 지금도 산 속에는 바다에서만 보이는 돌이 있다고 한다.

(제보자:대구광역시 달성군 옥포면 반송리 용연사, 득도, 46세, 스님. 채록일자:1997. 4. 19.)

(18) 용연사에 얽힌 이야기

달성군 옥포면 반송리 산 54번지에 있는 용연사에는 그 이름에 걸맞게 용이 살았다는 전설이 전해 내려오고 있다. 이야기는 다음과 같다.

용연사가 지어지기 수 천년 전 그곳에는 깊은 샘이 있었다. 그 샘에는 이무기 한 마리가 살고 있었다. 어느 날 그 이무기가 용으로 승천하게 되었는데, 용이 산의 꼭대기로 올라가면서 꼬리가 닿은 자리는 청색돌이 되었다고 한다. (이 청색돌은 아직도 용연사 주변 비슬산 곳곳에 남아 있

용연사 약수탕

다.) 용이 승천하면서 용트림을 하였는데, 그 때 꼬리로 주위산을 휩쓸어 연못이 메워져 그 자리에 평지가 생겼다. (그 연못이 메워진 흔적이 용연사 극락전 앞의 우물로 남아 있다.) 그로부터 오랜 세월이 지난 후, 그 곳을 지나던 보양국사가 상서로운 기운을 느껴, 그 곳 사람들에게 그 터에 대해 물어 보았다. 보양국사가 마을 사람들에게서 산위에 평지가 생기게 된 연유를 듣고, 그 곳을 길지(吉地)라 여겨 그 자리에 용연사를 세우고, 그 곳에서 도를 닦아 득도하였다고 전해진다. 그 후로부터 그 기운을 받아, 그 마을에 많은 인재들과 장수들이 났다 한다.

전해 내려 오는 말에 의하면, 원래 그 곳에 있던 연못이 매우 깊어서 명주실 한 쿠리를 풀어 늘어뜨려도 바닥에 닿지 않았다 한다. 그런데, 요즘 들어 아무도 그 말을 믿지 않았는데, 박정희 시대에 그 곳을 개발하려고 땅을 팠더니, 큰 통나무도 나오고 돌도 나오고 해서 아무리 파도 끝이 없어 다시 덮어 두었다 한다.

(제보자:대구광역시 달성군 옥포면 반송리 산 54번지, 박호곤, 52세, 용연사 사무장. 채록일자:1997. 4. 19.)

(19) 무당웅덩이

달성군 가창면 정대 2리에 있는 정대 숲에서 서남쪽으로 4~6km 떨어진 계곡에는 경치가 아주 좋아서 잘 알려진 무당웅덩이라는 웅덩이가 하나 있다. 이 곳에는 다음과 같은 전설이 전해진다.

옛날부터 이 곳은 아들을 낳지 못하는 부인이 무당을 불러 간절히 기도를 드리면 아들을 낳는다는 소문이 있었다고 한다. 어느 날 아들을 얻고자 하는 한 부인과 남녀무당이 함께 굿을 하면서 기도를 올리고 있었다. 그 부인은 기도를 드리던 중에 그만 깜빡 잠이 들고 말았다.

이때 갑자기 평소에 여자 무당을 사모하던 남자 무당이 나타나서 여자 무당을 겁탈하려고 달려들었다. 여자 무당은 몇 번이고 남자 무당의 손길

무당웅덩이

을 거절했지만 힘으로는 도저히 남자 무당을 감당해 낼 수가 없었다. 마침내 여자 무당은 자신의 정조를 지키기 위해 남자 무당을 뿌리치고 웅덩이 속으로 몸을 던지고 말았다.

이런 일이 있은 뒤로 마을 사람들은 이 곳을 무당웅덩이라고 부르게 되었고, 여기에서 기도를 올리면 득남 뿐만 아니라 소원성취 등이 모두 이루어졌다고 한다.

(제보자 : 달성군 가창면 정대 2리, 추병수, 75세, 농업. 채록일자 : 1997. 5. 10.)

(20) 배방우

배방우는 달성군 가창면 냉천리 8통 1반인 제보자의 댁에서 남쪽으로 2 ㎞ 떨어진 산(제보자에 의하면 주암산)의 중앙의 산꼭대기에 위치해 있다. 산의 정상에 있는 관계로 가까이에서 보지는 못했지만 제보자의 말에 의하면 거대한 배의 형상과 비슷하다 한다. '배방우'에 관한 전설은 다음과 같다. 옛날 노아 시대 홍수가 나서 천지가 개벽될 적에 마을 사람들이 피신하기 위해 이 바위에다 배를 매어 놓았다 한다. 특이한 것은 지금도

배방우 I

배방우 II

죽을 때가 된 사람이 산 꼭대기에 있는 이 바위 근처에 가서 바위의 주위를 돌며 살펴보면 당시에 배를 매어 놓았던 고리가 보인다는 전설이 남아 있다. '방우'는 '바위'를 뜻한다. 즉 그 지역 사람들은 '바위'를 '방우'라는 방언형으로 쓰고 있다.

 (제보자:대구광역시 달성군 가창면 냉천리 8통 1반, 강만조, 남, 61세, 무직. 채록일자:1997. 4. 10.)

(21) 공장산(공장미)

 공장산은 달성군 냉천리 8통 1반인 제보자의 집으로부터 북동쪽으로 300m 가량 떨어진 지점에 위치해 있다. 주변의 산들과 떨어져(제보자의 집에 가깝게) 있어서, 산의 모습이 선명하게 드러난다. 그 산의 실질적인 명칭은 제보자가 잘 알지 못했다. 산 모습의 이러한 특성에 의해 다음과 같은 전설이 전해지고 있다. 옛날에 어떤 여자가 냇가에서 빨래를 하고 있었다. 그러다가 갑자기 이상한 낌새가 들어서 고개를 들어 보았다. 그랬더니 커다란 산이 이 쪽을 향해서 걸어오고 있는 것이었다. 그 산이 걸

공장산

어 오다가 지금의 그 자리에 멈춰서서 만들어진 산이 바로 공장산이라는
것이다. 앞에서 산의 모습을 얘기했듯이, 주변의 희미하게 보이는 산들과
동떨어져서 선명하게 보이는 모습이 마치 앞쪽으로 움직이다가 그 자리
에 우뚝 선 것처럼 보인다.

(제보자: 대구광역시 달성군 가창면 냉천리 8통 1반, 박말년, 여, 83세, 무직. 채록일
자: 1997. 4. 10.)

(22) 청산과 복수더미

청산과 복수더미는 달성군 가창면 냉천리 8통 1반인 제보자의 집에서
부터 북쪽과 동쪽에 걸쳐 둘러싸고 있는 산이다. 정확한 위치 파악은 힘
드나 대략 3㎞정도 떨어져 있다. 홍수가 났을 때 청마루만큼 안 잠기고
남아 있었다고 해서 산의 이름이 청산이 되었다고 하는 전설이 있다. 복
수더미에는 홍수 시 봉성 하나 놓은 만큼 물에 안 잠기고 남아 있었다는

청산과 복수더미

전설이 있다.

 (제보자 : 대구광역시 달성군 가창면 냉천리 8통 1반, 강만조, 남, 61세, 무직. 채록일
자 : 1997. 4. 10.)

(23) 녹동서원과 백록서원의 관계

달성군 가창면에 있는 녹동서원과 백록서원의 관계는 3년전 발견된 천
자록 병풍에 쓰여진 글귀로 인하여 구체적으로 밝혀졌다. 이번 조사는 그
관계에 초점을 맞추었다. 그 조사 내용은 다음과 같다.

　　<녹취내용>

~也 임진왜란이 처음 일어날 당시, 장춘점이라는 자와 박경란이라는
자가 활난(전쟁)을 피해서 선유동에 들어왔다. 임진왜란이 끝나고 난
뒤 왜장 사야가(후에 모하당 김충선 선생이 됨)가 또 이곳에 들어오게
되었다. 그는 전쟁이 끝나 살 곳을 찾아 헤매다가 우연히 백록당 선생
을 만났다. 당시 백록당 선생은 모하당 선생보다 37살이 더 많았다. 모
하당 선생은 "내가 널리 자손들을 키울 곳을 구하고 있는데 아직도 적
당한 곳을 얻지 못했습니다. 백록당 선생께서 비록 저같은 사람이라도
같이 이웃해서 살도록 해주면 어떻겠습니까?" 하고 물었다. 백록당 선
생이 반문하기를 "군은 왜군이면서 무슨 연고로 우리 나라에 들어와
살려고 하느냐?" 하였더니 모하당이 답하기를 "나는 비록 일본 군병이
지만 본래 이 나라를 침략할 명분이 없었고 또, 나는 오래 전부터 이
나라의 예의문물을 사모하고 있었습니다. 그래서 이렇게 들어와 살기를
결심하였습니다."라고 하였다. 백록당이 이 말을 듣고 아주 기뻐하면서
이웃을 삼아 같이 살게 되었다. 이것은 참으로 하늘이 내린 귀한 인연
중의 하나가 아니겠는가. (그 후로 아랫마을인 우록―모하당 선생이 살
았던 곳―에 녹동서원이 서게 되었고 윗 마을인 백록―백록당 우성범

녹동서원

선생이 살았던 곳―에 백록서원이 서게 되었다.

(제보자:대구광역시 달성군 가창면 우록리, 김재덕, 78세, 농업. 채록일자:1997. 4. 26.)

(24) 우록동(友鹿洞)의 연원(淵源)

우록동은 대구시 중앙통에서 133번 버스를 타고 파동을 지나 냉천 자연 농원을 거쳐 청도로 가는 길목에 자리잡고 있는데, 산세가 좋고 임진 왜란 당시 일본에서 귀화한 장군이 마을을 열었다는 데 특색이 있다.

동서로 길게 늘어진 비슬산 줄기가 동쪽 끄트머리 쯤에서 산골사이로 좁다란 분지를 만들었는데 그 분지가 끝나는 곳에 달성군 가창면 우록동이 있다. 이 동리는 지금으로부터 400여년 전 임진왜란 때 사야가(沙也可)라는 가등청정의 우선봉장(右先鋒將)이 조선에 귀화하고 많은 공(功)을 세운 후에 선조 임금으로부터 김해 김씨(金海 金氏), 충성(忠善)이라는 성명을 하사받고 이 곳에 정착하니 이 동리는 賜姓 金海 金氏 집성촌이

우록동

되었으며, 그때 김충선(金忠善) 장군에 얽힌 이야기가 몇 가지 전해져 내려온다.

마을 입구에 들어서면 김충선 장군의 사당이 있고, 마을을 중심으로 남쪽으로는 청도로 통하는 소로인 바랑골이 있고, 남서쪽으로는 마을을 둘러싸고 있는 우무산이 있다. 북쪽으로는 절골과 옛날 군사를 훈련시켰다는 관터가 자리잡고 있다.

400여년 전 김충선 장군이 이곳에 왔을 때는 깊은 산골 나무가 울창하고 늘 맑은 물이 흘렀다고 한다. 그리고 특히 이곳에는 사슴이 많았었는데, 그 사슴들은 사람을 본 적이 없어서 사람을 무서워하지 않고 사람과 어울려 친구처럼 뛰어 놀았다고 한다. 그때 장군은 아는 이가 적었고 오직 나의 벗은 사슴 뿐이라 하여 이 동리의 이름을 우록(友鹿) 이라고 명명(命名)하였다 한다.

(제보자 : 대구광역시 달성군 가창면 우록동 539번지, 김재덕, 78세, 농업. 채록일자 : 1997. 4. 19.)

(25) 개고기 먹고 호랑이에게 죽을 뻔한 이야기

경상북도 달성군 유가면 양리 비슬산에 있는 사찰인 도성암에 얽힌 이야기이다.

도성암에 사는 한 불목지기가 현풍장에 내려갔다가 개고기를 먹고 절방에 올라와 들어앉아 있었다. 그런데 갑자기 밖에서 호랑이가 불목지기를 부르는 것이었다. 밖으로 나가니 호랑이가 역정을 내며 소 여물통 앞에 꿇어 앉히더니 불목지기를 잡아먹으려고 했다.

불목지기가 죽을 죄를 졌다고 하며 빌자, 호랑이가 산신으로 변하여 그를 꾸짖어 말하기를 "네가 정신이 그렇게 부족하여 무엇을 하려느냐? 어찌 감히 그런 궂은 음식을 입에 대느냐?"고 하였다.

다시는 그러지 않겠노라고 진심으로 빌자 산신이 그를 살려 주니 그가 열심히 도에 정진하여 큰 스님이 되었다고 한다.

(제보자:대구광역시 달성군 현풍면 하리 8번지, 고병운, 73세. 채록일자:1996. 11. 17.)

(26) 우미산(일명 우무산)

달성군 가창면 우륵동의 남서쪽에 자리잡고 있는 산으로, 이 산의 유래에 대해서는 몇 가지 다른 이야기가 전해져 내려온다.

첫번째 이야기. 옛날 이 산의 어느 깊은 골짜기에 젊은 부부가 살고 있었다. 그들 부부는 큰 어려움 없이 잘 지내고 있었으나 아기가 없는 것이 한가지 걱정이었다. 그래서 아이를 얻기 위해 백일 정성을 드렸고, 하늘도 감읍하셨는지 그 젊은 부부는 한 사내아이를 얻게 되었다. 이에 그 부부는 더욱더 감사하는 치성을 올렸고, 그 이듬해에 계집아이를 또 하나 얻을 수 있었다. 그렇게 하여 그 젊은 부부와 두 남매는 깊은 산골 속에서도 오손도손 재미나게 살아가게 되었다.

그러나 그들이 살던 곳은 너무나 인적도 드물고 산세가 험한 곳이었고 범과 큰 짐승들이 많았던 곳이었기 때문에 그 행복은 오래 지속될 수가

우미산

없었다. 부부는 어느날 어린 남매를 두고 나무를 하러 나갔다가 범에게
화를 당하고 말았던 것이다. 그렇게 하여 브모를 잃은 두 남매는 서로 의
지하며 근근히 삶을 이어갔다 세월은 흘러 어느덧 어린 두 남매는 성인이
되었고, 이성에 눈을 뜨게 되었다. 그러나 그 인근 백리 안에는 사람들이
없었고, 그들은 산에서 나가 본적도 없어서 마땅한 배필을 구할 수가 없
었다. 그렇게 시간이 흘러 가던 중, 동생이 어느날 결심한 바가 있어서
오빠와 결혼을 하기로 마음을 먹었다. 그러나 근친상간은 사람으로서 도
저히 할 수 없는 일이어서 오빠를 보고 산 위로 올라가서 짐승처럼 '우
무' 하고 울고 내려 오라고 했다. 오빠는 동생이 시키는대로 그렇게 하고
나서 동생과 결혼식을 올리고 자식들을 낳고 잘 살았다고 전해진다. 이것
이 우륵 우씨의 시작이었고, 그 때부터 사람들은 그 산을 우무산이라고
불렀다고 전한다.

　두번째 이야기. 옛날 아버지와 딸이 살고 있었는데, 전쟁이 일어나자
이 산으로 피난을 가게 되었다. 그 산은 짐승들 외에는 아무도 살지 않는
아주 외딴 곳이었다. 전쟁은 오래 계속 되었고 피난을 온 그 부녀는 산나

물을 캐며 근근히 살아가게 되었다. 그렇게 시간은 흘러 어린 딸은 어느 덧 아름다운 여성으로 자라나게 되었다.

그러나 첫번째 이야기와 마찬가지로 전쟁의 피해로 인해서 인근 백리 안에는 사람이 없었고, 아버지는 그 딸의 배필을 구할 수가 없었다. 그렇 게 시간이 계속 흘러가자 아버지는 딸이 혼자 사는 모습을 그대로 지켜볼 수만은 없었고, 또한 대를 이어야 했기에 함께 살기로 마음을 먹었다. 그 리하여 아버지가 산 위에 올라가서 '우무 우무' 하고 짐승처럼 운 뒤에 신방을 차렸고, 자자손손 대를 잇게 되었다는 이야기가 전해 내려온다.

세번째 이야기. 풍수지리적으로 볼 때 산의 모양이 누운 소 형태를 띠 고 있다. 그래서 사람들이 그냥 '우미(牛뫼)' 라고 불렀는데, '역전앞' 의 '앞' 자처럼 '우미' 에 뫼를 나타내는 '산' 이 하나 더 붙어서 우미산이라 고 부르고 있다.

(제보자:대구광역시 달성군 가창면 우록동 134-8, 김세현, 84세, 농업. 채록일자:1997. 4. 19.)

(27) 만정지 나무

달성군 가창면 우록동 동네 입구에는 만년 묵은 나무가 서 있었다. (혹 자는 만그루의 나무가 있었다고도 한다.)

여기서는 해마다 동제가 열렸는데, 동제가 열릴 때마다 당주가 그 만정 지 나무의 가지를 잘라서 손에 들고 마을을 돌면 어느 집에 이르러 나무 가지가 휘어 들어갔다고 한다. 그러면 당주는 나뭇가지가 이끄는 대로 들 어가고 마을 사람들은 그 집에서 제사를 지냈었다. 집이 가난하건 부유하 건 마을 사람들이 모두 모여 제사 음식을 마련하고 제사를 준비했으며, 제사를 지내고 나면 그 집에 좋은 일이 있으리라고 믿었다.

그 나무를 함부로 만지거나 나뭇가지를 꺾으면 그 사람에게 재앙이 닥 쳐 죽게 되거나 불구가 되는 일도 많았다. 마을의 한 남자가 젊은 시절

만정지

그 나무의 잔 가지를 꺾은 적이 있었는데 후에 마을 밖으로 나가 장사를
하다가 망하고 말았다. 그 아들은 물론이고 삼대에 걸쳐 재앙이 계속되자
그의 후손 중 한 명이 홧김에 그 나무에 불을 지르고 달아나 버렸다. 그
일이 있은 후 그 남자의 집안은 폐가가 되어 버리고, 나무를 잃은 동네
사람들은 더이상 동제를 지낼 수 없게 되었다.

　지금은 만정지 나무가 있었다는 흔적을 찾아 볼 수 없고, 나무가 있었
다는 자리에는 복숭아 나무 여러 그루와 복숭아밭 식당이 자리 잡고 있
다.

　(제보자 : 대구광역시 달성군 가창면 우록동 499번지, 박보배, 77세, 농업. 채록일자 : 1997.
4. 19.)

(28) 여우골(일명 관터)

　달성군 가창면 우록동의 서북쪽 산 능선에 자리잡은 기울기가 완만한
지형으로, 임진왜란 당시 우리 나라에 귀화했던 김충선 장군이 손수 활을
쏘면서 심신을 연마하고 부하들을 지도한 곳이라 한다. 지금도 비가 오고

여우골

난 후 이곳에는 활촉이 발견되기도 하는데, 사람들은 장군의 활촉이라 한다.

이곳은 일명 여우골인데, 장군의 부하들이 훈련을 할 때마다 여우가 많이 나타난다고 해서 그런 이름이 붙었다. 지금은 경사진 곳을 갈아서 밭농사를 짓고 있다.

(제보자:대구광역시 달성군 가창면 우록동 539번지, 김재덕, 78세, 농업. 채록일자:1997. 4. 19.)

(29) 바랑골 (바람골)

바랑골은 달성군 가창면 우록동 남쪽 능선에 자리잡고 있는 골짜기로서 청도로 통하는 가장 빠른 길이었다고 한다. 그 지명에 관해서는 전하는 사람에 따라 몇가지 다른 이야기들이 전해 내려오고 있다.

먼저, 볼 일을 보러 청도로 가는 나그네들이 흰 바랑을 어깨에 메고 넘나 들었다고 하여 바랑골이라 부른다는 이야기가 있다.

다음으로, 청도로 가는 길 중 가장 빠른 길이었기 때문에 바람처럼 갈

바람골

수 있는 길이라는 뜻으로 바람골이라 부른다는 이야기이다.

마지막으로 두르지 않고 바로 바로 넘어 갈 수 있는 길이라 하여 바랑골이라고 부른다는 이야기도 있다.

(제보자 : 대구광역시 달성군 가창면 우록동 134-8번지, 김세현, 84세, 농업. 채록일자 : 1997. 4. 19.)

(30) 김충선 장군의 묘터

김장군과 박장군은 서로 우의가 두터워 막역지우간이었다 한다.

이들은 생전에 서로의 묘터를 잡아주기로 했는데 이때 김장군은 박장군에게 "나는 일본에서 왔기 때문에 내 후손들은 당분간 벼슬을 하지 말고 조용히 향촌에 묻혀있다가 세월이 많이 지난 뒤에 정계로 나갔으면 좋겠다."하고 자신의 뜻을 피력했고 박장군은 그 뜻을 십분 이해하고 그런 곳에 묘터를 잡아 주었는데 삼정산 뒷산에 바로 그의 묘가 있다. 그래서인지 8 .15해방이 되고 난 후에 김충선 장군의 12세손인 金致烈씨는 박정희 대통령 시절 법무부 장관, 내무부 장관까지 지내게 되었다.

김충선 사당

(제보자:대구광역시 달성군 가창면 우록동 517번지, 윤용금, 65세, 농업. 채록일자:1997. 4. 19.)

(31) 말무덤등과 중다리

이 이야기는 달성군 현풍면 오산 1리에서 전해져 내려오는 이야기이다. 오산 1리는 말미 마을이라고도 불리는데 말미는 말묘(馬墓)에서 나온 이름이라고 한다. 그런 까닭인지 이 마을에는 유난히 말(馬)과 관련된 지명이 많다. 오산 1리를 에워싸고 있는 산을 그 곳 사람들은 大里山, 혹은 재리산(한자불확실)이라고 부르는데 마을의 북동쪽에 위치해 있는 산등성이를 '말무덤등'이라 하고, 마을 앞으로 넓게 펼쳐져 있는 그 신작로를 경계로 마을 쪽의 들을 '말구르'라고 하고, 바깥 쪽의 들을 '한말등'이라 한다. '말구르'란 것은 말구유, 즉 말의 여물통을 의미하고, 실제로 가운데가 움푹 파인 地形은 말구유의 생김새를 연상시킨다. '한말등'은

말무덤등

'넓고 큰 말의 등' 의 의미라고 하는데 실제 지형 역시 상당한 넓이를 가지고 있다. '말구르' 에는 낙동강의 줄기에서 새어나온 조그만 시내가 있고 다리가 놓여 있는데 예로부터 그 다리를 '중다리(僧橋)' 라 불렀다 한다.

(제보자:경북 달성군 현풍면 오산 1리 27, 정두경, 71세, 농업. 채록일자:1997. 4. 5.)

(32) 해랑어미와 도깨비 징검다리

달성군 다사면 박곡리 해랑 마을은 1600년 전 동래정씨 이간(伊幹) 정금용(鄭金容)이 정착하여 개척한 마을로 동쪽 평야지대에 형성되어 있다. 이 마을 앞을 흐르는 금호강에 도깨비 징검다리라고 불리는 해랑교가 있어 아름다운 이야기가 전해지고 있다.

옛날 배를 매어 두던 해랑교 부근은 지금도 여진(驪津)이라고 부른다. 나루터가 생기면 자연 사람들이 많이 모여들어 장터가 생기게 마련이다.

이야기는 낙동강 상류까지 배가 오르내리던 옛날로 거슬러 올라간다. 하루는 많은 물건을 실은 배가 부산을 출발하여 낙동강을 따라 여진에 이르렀다. 그 배에서 차림새가 허름한 한 여인이 나타났다.

그는 온갖 풍상(風霜)에 시달려 초라했지만 생김새가 제법 괜찮아 보였다. 일찍이 남편을 잃고 어린 딸자식을 데리고 의지할 데가 없어 떠돌아 다니다가 마침내 이곳까지 오게 된 것이다.

나루에서 내린 여인은 할 일이 없어 이 나루터에 터를 잡고 주막을 차렸다. 그 여인의 어린 딸의 이름이 해랑이었다. 그 후 마을 사람들은 이 여인을 '해랑어미'로 불렀으며 나루터 이름도 해랑포(海浪浦)라고 불렀다.

해랑어미는 장사도 열심히 하고 부지런하여 동네 사람들로부터도 인심을 얻게 되었다. 젊은 나이에 혼자 되어 늘 적적하였지만, 뭇홀아비의 청혼도 거절하고 오로지 돈벌이와 해랑을 키우는 데만 힘썼다.

정성을 다하면 하늘도 감동한다던가, 해랑은 점점 마음씨 착하고 예쁘게 자랐으며, 해랑어미는 돈도 많이 모으게 되었다. 이곳에 정착한지도 어언간 십 년이 흘렀다.

해랑어미는 강 건너에 땅을 사서 농사를 찾기 시작하고, 데릴사위를 보아 해랑을 혼인시켰다. 사위를 보고 이제 한시름 놓은 해랑어미는 강 건너 땅에 농사짓는 데만 전념하게 되었다.

그러던 어느 날이었다. 들에서 하던 일을 마치고 강을 건너다가 건너 마을에 사는 홀애비를 보게 되자 문득 자기의 신세에 대한 외로움을 느꼈다.

그 후 강을 건너 논에 갈 때마다 그를 보게 되고 두 사람은 한층 더 서로의 마음을 위로하게 되자 해랑어미의 얼굴은 한층 밝아졌다. 두 사람은 남의 눈을 피해 밤에만 만났다. 해랑은 어머니가 밤에 외출이 잦자 무슨 일이 있는지 궁금하게 생각하고 어머니의 행동을 관찰한 결과 모든 사실을 알게 되었다.

그런 일이 있은 후 어머니가 자유롭게 행동하도록 모른 척하고 있었다. 세찬 물살을 건너 다니는 어머니에 대해 사위와 해랑은 걱정을 하였다.

도깨비 징검다리

　날씨가 점점 추워지자 해랑포를 건너 다니는 어머니의 생각에 해랑은 마음이 아팠다. 그리하여 남편과 의논한 끝에 동네 사람들 몰래 징검다리를 놓기 시작한 지 사흘 만에 다리를 완성했다.

　해랑어미는 누가 놓은지도 모르는 다리 위로 강을 쉽게 건너다니게 되었다. 그 후 두 사람은 마침내 자식들의 양해를 얻어 재혼하여 행복한 삶을 누리게 되었다.

　동네 사람들은 이 다리를 '도깨비 징검다리' 라고 불렀다. 해랑의 효행으로 놓여진 이 다리가 홍수가 나도 떠내려가지 않자, 동네 사람들은 도깨비가 놓았다고 믿었기 때문이다.

　그 후 몇몇 사람들은 해랑이가 놓은 다리라는 것을 알게 되었다. 다사면 박곡리와 방천리 사이를 가로지르는 해랑기(해남개, 해랑포)에는 그 옛날 징검다리 대신에 콘크리트 잠수교가 놓여 있지만 해랑의 아름다운 효행을 기리기 위해 해랑교(海浪橋)라 이름하였다.

　(제보자:경북 달성군 다사면 박곡리 해랑마을, 이태우, 30세, 회사원. 채록일자:1997. 6. 1.)

(33) 칠성바위와 화장사에 얽힌 전설

지금부터 170여년 전, 달성군 다사면 화원읍에 김보연이라는 사람이 살고 있었는데 불경뿐만 아니라 한문과 지리에도 능통했다.

그는 독실한 불교 신자였으나 마을 주변에 절이 없어 늘 안타깝게 여기던 중, 부처님께 좋은 절터를 가르쳐 달라고 날마다 불공을 드렸지만, 부처님은 좀처럼 계시를 내려 주지 않았다. 처음에는 3년 동안 불공을 드려도 역시 허사였다.

그러던 중 어느 꿈에 신령이 나타나서 돌 일곱 개가 있는 곳을 가리키며 그 중 제일 끝에 있는 돌 주위에 절을 지으라고 일러 주었다.

다음날 김보연이 그 곳을 찾아가 보았더니 정말 꿈속에서 말해 준 일곱 개의 바위가 모두 남쪽으로 향해 있었다.

그런데 그 일곱 개 바위 중에서 여섯 개는 모두가 거의 붙어 있고, 남쪽 끝에 있는 돌만 홀로 떨어져 있었다. 그 돌은 다른 돌보다 유난히 커 보이며, 주변의 지리적 위치가 상당히 좋았다. 그는 부처님이 정해준 자리가 그 곳이라 믿고 절을 지었다. 그 후로 열심히 불공을 드리며 일생을

화장사

보냈다.

그가 숨을 거둘 때 유언하기를 "내가 죽거든 땅속에 묻지 말고 화장한 뒤 몸을 살펴보라."고 하였다. 그래서 가족들이 그렇게 했더니 오색 찬란한 일곱 개의 사리가 나왔다.

이것은 칠성바위의 숫자와 같은 것으로, 사람들은 부처님의 절을 짓게 해 주신 자비에 대해 열심히 노력한 신앙생활의 결과라고 생각하고 절이름을 화장사라 했다. 화장(華藏)이란 극락세계를 뜻한다.

원래 화장사는 1525년에 세워진 팔공산 동화사의 포교당으로 건립하였다가 1919년 다시 세워 화장사로 이름을 바꾼 것이다. 현재 사찰 경내에는 3기의 고인돌(칠성바위)이 있으며, 새로 크게 지은 원통전과 칠성당, 극락보전, 요사채 등이 있다.

절 밖에 있는 4기의 고인돌은 따로 철책을 둘러 놓았다. 유적지 안내판과 함께 화장사를 세운 김보연 스님의 사리탑 1기도 같이 보존되고 있다.

(제보자:경북 달성군 다사면 박곡리 해랑마을, 이태우, 30세, 회사원. 채록일자:1997. 6. 1.)

(34) 진주 강씨 모열각

진주 강씨 모열각(晉州 姜氏 慕烈閣)이 위치한 달성군 화원의 기세동(奇世洞)은 16세기쯤 충주(忠州) 석씨(石氏) 인산공(仁山公)이 마을 앞의 산과 바위와 골짜기가 아주 기이하게 생겨 별세계 같다는 뜻으로 마을 이름을 기세(奇世)라고 하면서 이 마을을 개척했다고 한다. 이 마을의 개척자였던 인산공은 농토를 일구고 예절을 가르쳐 살기좋은 터전으로 꾸몄다. 인산공이 세상을 떠나자 그의 후손들이 조상의 공덕을 기리기 위해 인선당(仁山堂)이라는 사당을 세웠다고 한다.

인산공의 7대손 가운데 석구홍이라는 사람이 살고 있었는데, 그는 진주 상서 은열공(晉州尙書 殷烈公)의 딸과 결혼을 했다. 그러나 불행히도 결

진주 강씨 모열각

혼한지 얼마되지 않아 세상을 떠났고, 이에 충격을 받은 그의 부인은 자기를 남편과 합장시켜달라는 유언을 남기고 뒤따라 죽었다고 한다. 그러나 집안 사람들은 부인의 유언을 들어주지 않았고, 석구홍은 가내곡에 묘터를 정했고, 그 부인은 그 반대쪽 비슬산 줄기인 기남산(起南山)에 묻으려 했으나, 상여가 나가던 날 예기치 않은 이변이 일어났다. 집의 대들보가 부러져 내려 앉았고, 마을의 소와 말들이 까닭없이 죽어갔다. 그리고 해마다 심한 가뭄이 들어 농사를 망치게 되었다. 참다 못한 마을 사람들은 의논 끝에 이를 관가에 알렸다. 이에 관가에서는 보리 석 섬, 벼 한 섬, 건어물 한 포, 초 한 쌍, 밤과 대추 넉 되를 내리고 이를 제물로 삼아 제사를 올리게 했다. 그런 후 관가에서는 부인의 유언대로 남편 무덤에 합장을 시켰다. 합장이 끝나자 하늘에서는 이상한 빛이 나고 단비가 쏟아져 내리기 시작했다.

이에 감동한 마을 사람들이 그 부인의 열(烈)을 기려 마을에 모열각(慕烈閣)을 세웠다고 한다. 기세동에는 75가구 4백여 명의 동민이 살고 있으며 모두가 석씨로 석씨의 씨족 마을이다.

(제보자:화원 성산 505 대백아파트 105-605, 구영호, 43세, 공무원. 채록일자:1997. 5 .

21.)

(35) 마가들

달성군 논공면 금포 1리라 불리는 이 마을에 옛날 아주 옛날에는 마씨 성을 가진 사람들이 많이 살았다고 한다. 그들은 이 마을에서 그럭저럭 부유한 계층에 속했는데 그중 특히 이 일대 대부분의 땅을 소유할 정도로 부유한 한 마씨 장자가 있었다. 그의 부유함을 모르는 사람이 없었으므로 걸인들도 그의 집은 그냥 지나감 없이 구걸을 해 왔고 심지어는 잠도 자기까지 했다. 그리고 스님들의 시주도 끊이지 않았다.

처음엔 이 마씨도 거지들에게 호의를 베풀고, 스님들에게 시주도 열심히 했지만 날이 갈수록 걸인의 수도 늘고 그 정도도 심해지자 슬슬 화가 나기 시작했다. 그리고 중요한 것은 처음엔 걸인들에게 호의를 베풀고 시주를 열심히 하면 부처님의 은덕으로 더 많은 재산을 가질 수 있으리라

마가들

생각해서 그랬었는데 눈에 보이게 재산이 느는 것 같지 않자 그 마씨 장자는 거지들과 스님들의 발길을 끊을 대책을 마련해야 했다.

곰곰이 생각한 끝에 그 부자 마씨는 한 유명한 대사를 찾아갔다. 그리고 대사에게 거지들과 스님들의 끊임없는 방문에 너무 힘들다고 하소연하며 어떻게 그 발길을 끊을 대책을 좀 가르쳐 달라고 했다. 대사는 그 마씨의 그런 심성을 괘씸히 여겨 혼낼 의도로 집앞에 있는 도랑을 치면 거지와 스님의 발길은 끊길 것이라고 말했다. 그 말을 들은 마씨 장자는 너무 기뻐하며 돌아와 당장 일꾼들을 시켜 집앞에 도랑을 쳤다. 그런데 도랑을 치자 피가 솟아오르기 시작했다.

그 후로 마씨 집안의 재산은 점점 줄어들다가 결국은 망해 그 마을에서 쫓겨나게 되었다.

그래서 금포리 이 일대의 들을 아직도 '마가들(마개들)'이라고 부른다고 한다.

(제보자 : 달성군 논공면 금포 1리 샛터마을, 최은하, 80세, 농업. 채록일자 : 1997. 5. 17.)

(36) 음지머귀 마을의 당제에 얽힌 전설

달성군 가창면 오 2리는 속칭으로는 '음지머귀 마을'이라고 불리기도 하는데 이 마을의 당제는 가창면 일대에서 매우 유명하다. 이렇게 당제가 음지 머귀 마을에서 큰 의미를 지니게 된 데는 다 그럴만한 이유가 있다.

지금도 그러하지만 음지머귀 마을은 옛날에는 정말이지 사방이 나무로만 둘러싸인 지독한 벽지였다고 한다. 그래서 사방에는 온갖 위험이 도사리고 있었고, 특히 짐승, 그중에서도 호랑이에 의한 피해가 막심하였다고 한다. 옛날 이 마을 사람들은 환경이 환경이니 만큼 사람들이 모두 나무를 해서 내다 팔아 생계를 이어가는 나무꾼이었다고 한다. 그런데 이 나무꾼들은 나무를 하러 가서 호랑이에게 해를 당하기가 일쑤였고, 급기야는 호랑이가 마을까지 내려와 사람을 해치게 되었다고 한다.

음지머귀 마을

　하루는 마을의 한 집에서 아이가 없어졌다고 한다. 집에서 아이를 사이에 두고 나무꾼 부부가 잠을 자고 있었는데 아침에 일어나 보니 아이가 사라지고 없어서 두 내외가 혼비백산하여 아이를 찾아 헤매다 산중턱에 있는 밭에까지 이르게 되었는데, 아이의 몸은 온데 간데 없고 머리만이 밭가운데 덩그러니 남아 있었다고 한다.

　그런데 신비스럽게도 당제를 지내고 난 뒤부터는 호랑이에 의한 피해는 물론이요, 그 외 여러 가지 마을의 나쁜 일들이 말끔히 사라졌다고 한다. 그리하여 지금도 이 마을에서는 다른 마을에서는 사라지고 보기 힘든 당제를 성대하고 엄숙하게 지속적으로 지내고 있다고 한다. 그래서인지 지금도 음지머귀 마을의 어른들은 다른 마을에 비해 보다 더 성실하고, 아이들은 말썽 한 번 부리지 않고 잘 자란다고 한다 .

（제보자 : 달성군 가창면 오 2리 음지머귀마을, 박순덕, 67세, 무직. 채록일자 : 1997. 5. 10.）

(37) 장수사

　달성군 옥포면 강림 1리 장자마을에 장수사란 절이 있다. 장수사가 있는 곳은 일명 장자골로 불리며 옛날에는 그 이름 그대로 백만장자들이 많이 살았다고 한다. 장수사의 주지 스님이 보여 주신 좌대는 그것을 잘 보여 주는 것으로서 장수사의 기초공사를 하던 지난 71년에 발굴되어 이제

까지 보관하고 있는 것이라고 한다. 주지 스님의 말에 의하면 청동 좌대
는 항상 그 위에 금부처를 세우는 것이라고 한다. 이를 볼 때 그 자리는
옛날 금부처를 장식으로 둘 만큼 큰 부잣집이 살던 곳이 아니었나 추측된
다.

　또 이 장자골에는 장자샘이 있었는데 이심이(이무기)가 지나간 자국도
있다고 한다.

　옥포 혹은 옥계라고도 하는 이곳에는 옛날에 옥이 많이 났다고 한다.

　장수사에서 조금 떨어진 곳에 용연사가 있는데 한때 도둑이 들어 부처
상안에 있는 보석을 훔쳐 달아 난 적이 있었다고 한다. 그런데 그 도둑은
보석을 훔친 후 밤마다 스님이 나타나서 자신을 꾸짖고 괴롭히는 꿈을 꾸
었다고 한다. 그래서 결국 그 도둑은 잘못을 빌고 부처상 안에 있던 보석
들을 다 가져다 놓았다고 한다.

　(제보자:달성군 옥포면 강림 1리 장자마을, 장수사 주지, 65세, 스님. 채록일자:1997. 5.
17.)

장수사

(38) 음지머귀 마을의 지명의 유래

달성군 가창면 오 2리(梧二里)는 예전의 명칭이 '음지머귀'였다고 한다. 오 2리(梧二里)는 산 중턱에 자리 잡고 있는데 마을은 항상 그늘이 지고 있다.

그래서 산아래 마을을 '양지머귀'라 하여 구분지었으며 '머귀'는 사전에서 확인하면 첫째로 운향라의 낙엽활엽교목으로 해안 부근에 나는데 가시가 있으며 여름에 황백색 꽃이 피고 나막신의 재료로 쓰이는 것과 둘째로 옛날의 오동나무를 뜻하는 것이다. 여기서는 후자를 뜻하는 것이다.

마을 어르신들의 말씀에 따르면 이 마을은 나무를 베어 팔아서 생계를 유지했다고 한다. 그런데 다른 나무보다 오동나무가 특히 잘 되었다고 한다.

오동나무는 낙엽활엽교목으로 높이 10미터 가량 자라며 넓은 잎은 마주나기로 난다. 잎자루가 길고 잎 뒤에 갈색털이 돋아 있다. 꽃봉오리는 열매처럼 둥글고 5월 경에 연보라 꽃이 가지 끝에 모여 피며 열매는 10월 경에 익는다. 아름답고 잘 휘지 않아 장롱, 상자, 악기 등을 만드는 데 쓰

음지머귀 마을

인다. 오동나무는 이렇게 여러 용도로 쓰이기 때문에 이 마을의 생계에 큰 도움을 주었을 것으로 생각된다.

다른 나무보다 오동나무가 특히 잘 되었다는 것을 보면 이 마을의 토질이 오동나무에 적합하지 않았나 추측된다. 그래서 지금도 오동나무 오(梧)를 써서 오 2리(梧二里)라 불리고 있다.

(제보자 : 달성군 가창면 오 2리 음지머귀마을, 배상돌, 84세, 무직. 채록일자 : 1997. 5. 10.)

(39) 금계산(돌미산)과 종지샘에 얽힌 전설

달성군 논공면 금포 2동 금계산에 대한 전설이다. 아주 오랜 옛날 지금의 금계산은 돌미산 혹은 도마산으로 불리어졌다고 한다. 지금도 노인 분들은 이 산을 돌미산이라 부르고 계신다.

금계산은 금포동을 감아싸 듯 죽 두르고 있는 형상을 하고 있다. 이 금계산으로 약 30분 쯤 올라가다 보면 중턱 쯤의 위치에 도마같은 2개의 돌이 놓여 있다고 한다. 그 놓여 있는 돌의 모습이 마치 주방의 '도마'와 비슷하다고 해서 금계산을 도마산(속칭 돌미산)이라 부르게 되었다고 전해진다.

금계산

또한 두개의 도마같은 돌 부근에 샘이 하나 있었으니 그 샘을 종지샘이라 한다. 이 샘을 종지샘이라 하는 까닭은 샘의 형상이 종지를 엎어 놓은 듯한 모습을 하고 있었기 때문이라고 전해진다. 지금은 아주 작은 옹달샘으로 남아 있지만 아주 오랜 옛날에는 너무나 깊어 명주실 타래 2개를 다 풀어도 그 우물 끝을 닿지 못했다 한다. 명주실 타래 2개 정도면 몇 천 미터가 될 터인데 종지샘의 깊이가 그 정도로 깊었다고 전해지니 그 엄청난 깊이에 놀라지 않을 수 없었다. 검증할 수 없는 전설에 약간은 의문이 생기기도 했지만 아주 오랜 옛적의 일이라 그럴 수도 있으리라는 생각이 들기도 한다.

(제보자 : 대구광역시 달성군 논공면 금포리 샛터마을, 정순애, 73세, 무직. 채록일자 : 1997. 5. 17.)

(40) 금포리

달성군 논공면 금포리에는 재미있고 다양한 산과 골짜기의 이름이 많이 전해자고 있다. 먼저 '성주개산'은 산위에 개가 앉을 수 있을 만큼의 물

금포리

이 있다고 해서 붙여진 이름이다.

다음으로 그 지방 어른들께서 '안개 만대이'라고 부르는 곳 역시 안개가 낮게 깔려 산 정상에 물이 고여 있는 것을 보고 붙인 이름이며, 또한 '대궐 골짜기'라고 불리는 곳은 지어진 시기는 정확치 않으나, 여하튼 오래 전에 성터가 아니었나 하는 추측이 되는 곳이다.

그리고 '연화정'이라는 동네는 옛날부터 연꽃과 정자가 있어서 아름다운 곳이었음을 알 수 있게 해준다.

끝으로 '장수바위' 역시 시기는 잘 알지 못하지만, 어느 시대의 장수가 말을 타고 지나간 자국이 있는 곳으로 그 앞에는 한 때 큰 우물도 있었다고 동네 어른들이 말씀하셨다.

(제보자 : 대구광역시 달성군 논공면 금포리 샛터마을, 김무곤, 75세, 무직. 채록일자 : 1997. 5. 17.)

(41) 모수덤의 전설

이 이야기는 달성군 화원읍에 전해 내려오는 전설이다.

옛날 옛날에 모수덤 앞의 강은 고기가 잘 잡히기로 유명했다.

어느 날 이 마을에 살고 있던 노인이 낚시를 하러 왔다. 그는 이곳에 고기가 많다는 것을 잘 알고 있어서 자주 모수덤 앞으로 왔었다. 그 날도 낚시를 하기 위해 모수덤 앞에 그물을 드리우고 있었는데 엄청나게 큰 호랑이 한 마리가 나타났다. 놀란 노인은 고기를 잡기 위해 쳐 놓았던 그물 밑으로 들어가 숨었다. 호랑이는 배가 고픈지 그물에 잡아 놓은 고기를 마구 먹고 있었다. 노인은 꼼짝없이 잡혀 먹힐 판이었다. 그런데 갑자기 무엇인가가 몸을 타고 기어 오르는 것 같은 느낌이 들어 가만히 보니 나무둥치 만한 구렁이 한 마리가 노인의 몸을 감아 오르고 있었다. 구렁이는 노인을 잡아 먹으려고 혀를 날름거리며 대들고 있었다. 다급해진 노인이 쓰고 있던 두건을 벗어서 구렁이의 입에 쑤셔 넣고 머리를 주먹으로

모수덤

쳤다. 그러자 구렁이는 감았던 몸을 풀고 가버리고 이어서 호랑이도 사라졌다. 노인은 이때다 생각하고 쏜살같이 달려서 도망쳤다.

이 소문이 온 동네에 퍼지게 되자 사람들은 이 곳을 무서워하여 가기를 꺼려하게 되었다.

지금도 이곳은 아주 외딴 곳이어서 사람들의 왕래가 없다고 한다.

(제보자 : 대구광역시 달성군 화원읍 성산3리 203호, 길재수, 57세, 화원동산 관리인. 채록일자 : 1997. 5. 14.)

(42) 무지개샘

이것은 달성군 화원읍에 위치한 화원동산에 전해 내려오는 전설이다.

화원동산에 들어서 길을 따라 약 15분정도 걸어가면 지금은 막혀버린 무지개샘의 터가 있다.

삼국시대 신라 경덕왕(慶德王)의 아들이 이름 모를 병에 걸려서 전국을 수소문해 찾은 약도, 전국에서 내놓라는 명의도 왕자의 병을 낫게 하지 못하였다. 그리하여 결국은 부처님의 힘을 빌어 왕자의 병을 낫게 하려고

무지개샘

화원에 있는 용문사까지 불공을 드리러 가게 되었다. 그런데 당시의 교통 수단으로는 왕과 왕을 수행하는 많은 사람들이 함께 이동하려면 오가는 길이 힘들고 더딜 수밖에 없었다. 그럼에도 불구하고 왕 일행은 불공을 드리러 가던 중 휴식을 취하게 되었는데 갈증이 난 왕이 시종(侍從)에게 맑은 물을 구해오라고 분부했다. 그 때 갑자기 건너편 계곡에서 찬란한 무지개가 섰다. 이를 기이하게 여긴 시종이 무지개가 서 있던 곳에 가니 바위 속에서 맑은 샘물이 솟아나고 있었다. 그 물을 길어 왕에게 올렸더니 물맛이 좋다고 칭찬하고 왕은 그 샘에서 목욕까지 했다고 한다.

그 뒤 이 샘을 왕이 목욕한 샘이라고 하여 어욕천(御浴泉), 또는 무지개가 섰던 샘이라 하여 무지개샘이라 한다.

(제보자 : 대구광역시 달성군 현내 187-1, 우제찬, 41세, 상업. 채록일자 : 1997. 5. 14.)

(43) 상화대

상화대는 달성군 화원읍에 위치하고 있다.

상화대가 위치한 곳은 예전에 그 모양이 볼록하다 하여 수컷 웅(雄)자

를 써서 웅달성(雄達城)이라 불린 화원동산의 잔성이다. 이곳은 옛날 신
라 임금들이 임시로 머물면서 그 수려한 경관을 감상하던 행궁이 있었던
터로서 1928년 일제시대 때는 유원지로 개발되면서 세워진 팔각정의 자
리이기도 하다. 이 곳을 찾았을 때에 왼편으로는 오랫동안 대구 시민의
젖줄이 되어 온 낙동강이 흐르고 있었고, 간간이 흰 빛깔을 띤 새의 무리
도 보였으며, 오른편으로는 그 푸르름을 한껏 만끽할 수 있는 수목들이
어우러져 있는 것을 보면서 예전에 이 곳을 거닐던 왕들의 모습을 능히
상상할 수 있었다. 마침 이 곳을 지나가시던 나이 지긋한 노인께서 팔각
정 주변을 가리키시며 옛날 신라시대에 경덕왕이 아름다운 꽃을 감상하
기 위해 왔던 자리라 하여 이름하여 상화대(賞花臺)라 부르고 있다고 말
씀해 주셨다.

(제보자 : 대구광역시 달성군 화원읍 성산 2리 117-2, 김상태, 68세, 농업. 채록일자 : 1997.
5. 14.)

상화대

(44) 말매는 자리

　말매는 자리는 달성군 화원읍에 위치하고 있다.

　화원동산에 들어서서 20분 쯤 길을 따라 올라가다 보면 팔각정이라는 곳이 있고, 그 옆으로 네 개의 기둥이 서 있는 것을 볼 수 있다. 이 기둥에 대해 화원동산을 관리하시는 분께 그 유래를 물어보니, 다음과 같이 말씀해 주셨다.

　화원동산의 주위 경관이 본디 수려하여 일제시대 때에 일본 장교들이 자주 찾아 왔으며, 그들의 필요에 의하여 다실을 짓게 되었다고 한다. 그리고 그 다실 밑에는 말을 매어둘 수 있도록 네개의 기둥을 세우게 하였다고 전해져 온다고 한다.

　그래서인지 그 기둥 주위에는 큰 공터가 많으며, 바닥에 풀도 잘 자라나지 않는다. 그리고 현재는 다실이 없어지고 형체조차 남아있지 않으나 여전히 여러 사람들의 발길이 끊어지지 않고 있으며 대구 시민들의 휴양지로서 한 몫을 차지하고 있다.

　(제보자:대구광역시 달성군 화원읍 성산리, 손철수, 48세, 화원동산 관리자. 채록일자:1997. 5. 14.)

말매는 자리

(45) 화원, 구라리 지명 유래

　달성군 화원읍 구라리와 성산리에 걸쳐 있는 화원동산은 옛날 웅달성 (배성, 성산)이 있던 곳으로 대구 중심에서 서쪽으로 약 16킬로미터쯤 떨어진 곳으로서 신라 선덕여왕이 축조한 것으로 그 모양이 잔과 같이 생겼다 하여 배성(盃城)이라 부르고 여기에 있는 마을을 성산(城山)또는 잔뫼라 부르기도 하였다. 이 성은 당시에 4개의 초소가 있고 성 외벽에 혹이 붙은 축대석의 흔적이 있으며 지반은 반반하다. 또 이곳은 전략적 요충지로서 신라국의 국경방위 임무를 띤 곳이었다. 금호강과 낙동강이 만나 절경을 이루는 화원동산 언덕에는 아름다운 꽃들이 만발하여 화원(花園)이라 불렀다.

　옛날 신라 35대 경덕왕이 병환으로 가야산에서 수양하고 있는 세자의 문병을 다닐 때 이곳을 지나다가 풍치가 절승함을 보고 아홉 번이나 왔다 하여 마을 이름이 구라리가 되었다.

　이곳은 또한 조선조 초엽부터 봉화대로서의 역할도 하였다.

　대구에서 마산 쪽으로 난 구마 고속도로를 따라 가다가 화원 인터체인지에서 우회전하면 구라 2리를 만나게 된다. 왼쪽에는 화원 자동차 운전

구라3리

면허 시험장이 있다. 여기서 조금 가면 길은 다시 두 갈래로 갈라진다. 왼쪽은 성주군 용암과 고령 다산으로 가는 길이고, 오른쪽은 화원동산으로 가는 길이다. 일반 국도로 가려면 905번 도로를 통과하는 331번 좌석버스나 31번 시내버스를 이용하면 된다. 시내버스 종점 화원유원지 입구에 안내판이 있으며, 300미터 앞에 화원동산 정문이 보인다.

(제보자 : 대구광역시 북구 우암 695-3, 이인식, 52세, 화원동산 관리소장. 채록일자 : 1997. 5. 14.)

(46) 쌍계리 지명 유래와 금화사의 흔적

행정상 달성군 유가면 쌍계리는 속칭 '치마거랑'이라 불리어지는 마을이다. 쌍계리라는 명칭은 이 마을이 초곡천에서 흐르는 냇물과 비슬산에서 흐르는 냇물이 한 데 만나 흐르기 때문에 불리게 된 것이고 치마거랑이란 명칭은 마을 뒷산의 형상이 흡사 말이 달리는 모양과 같다 하여 말 달릴 치(馳)자와 말 마(馬)자를 써서 부르게 된 것이라 한다. 이 마을의 역사는 신라시대까지 거슬러 올라갈 수 있는데 현풍 읍지 불우편에 의하면 신라시대 때의 이곳에는 금화사라는 큰 절이 있었다고 한다. 이 절은 조선시대까지 실재하다가 조선시대 억불 정책에 따라 전국 사찰 철폐령이 내리게 되자, 절은 분해되어 현재의 현풍 향교와 동원 관사를 짓는 데 사용되었다고 한다. 실제로 70년대 새마을 사업 당시 개답을 할 때 탑골이라 불리는 곳에서 많은 탑과 절의 요사채, 주춧돌 등이 발견되었으며, 아직도 마을의 여기 저기에는 그 당시 탑들이 부분적으로 남아 있어 오랜 옛날 신라시대 금화사의 자취를 느낄 수 있다. 또한 이 마을은 5현 중 한 분이신 한운당 김굉필 선생께서 서원을 지어 글을 가르치고 선비들이 학문을 하고 시도 읊은 곳이기도 하다. 지금은 서원이 구지 도동읍에 옮겨져 있는데 도동이란 명칭은 바로 도(道)가 동쪽에서 왔다는 데서 비롯된 것으로 쌍계리에서 서쪽에 있는 지금의 도동으로 서원을 옮겨간 것과 관

쌍계리와 금화사 절터

련이 깊다고 할 수 있다. 그리고 마을 뒷산에는 이 곳이 장군이 나올 땅이라 하여 일제가 혈을 끊은 자리도 있다. 이 곳에서는 지금도 비가 온 뒤에는 절벽에서 붉은 물이 흐른다고 한다.

(제보자 : 대구광역시 달성군 유가면 쌍계 1리 78, 이재수, 66세, 농업. 채록일자 : 1996. 5. 11.)

(47) 사효굴의 유래

달성군 유가면 양리 비슬산 입구에 사효굴이 있다. 사효굴에는 이름 그대로 4명의 효자에 관한 이야기가 전해진다. 임진왜란이 일어나자 모든 사람들이 왜적을 피해 피난 갔으나 곽씨는 미처 피하지 못했다. 곽씨는 장성한 아들 사형제를 두고 있었는데, 왜적이 마을로 들어오자 4명의 아들과 동리 맞은 편 산 중턱에 있는 굴 속으로 피신했다. 곽씨는 천식이 심해 매일 기침소리가 끊이지 않았는데 마침 왜적이 지나다 기침소리를

사효굴

듣고 굴 안 사람들을 모두 나오라 했다. 그러자 맏아들이 기침하는 아버지를 대신해 나가 무참하게 죽음을 당했다.

그리고 왜적이 가려하자 또 기침소리가 났다. 이번에는 둘째가 대신 나갔다. 그러다 끝내는 4명의 아들이 모두 아버지를 대신해 죽고 마지막으로 곽씨가 굴 밖으로 나갔다. 이에 왜병이 사형제의 효성에 감동되어 곽씨를 살려주었다고 한다.

(제보자: 대구광역시 달성군 유가면 양리, 채태기, 82세. 채록일자 : 1996. 5. 28.)

(48) 신선바위와 베틀바위

비슬산 상산봉에는 큰 바위 하나가 있는데 신선바위 또는 베틀바위라고 한다. 옛날 비슬산 기슭에 사는 나무꾼이 하루는 나무하러 산에 갔다가 바람을 쏘이려고 산꼭대기에 올라갔는데 그 바위엔 두 노인이 바둑을 두고 있었다. 이 나무꾼은 바둑에 취미도 있고해서 그 바위에 걸터앉아서 구경했다. 두 노인은 나무꾼을 돌아보면서 "자네 웬 사람인가? 신발을 벗고 여기에 올라오게."라고 말하였다. 나무꾼은 어리둥절하여 "노인장께서는 어디 사시는 분이옵니까"라고 물었다. 노인은 대답도 없이 바둑만 계속 두고 있었다. 한참 있다가 노인은 허리춤에서 노란 호리병을 꺼내서 무언가 마시는 것 같았다. 나무꾼은 이상하게 여겨 물었다. 노인 한 분은 "이것은 장생주(長生酒)니 자네도 한 잔 마셔 보게"하면서 호리병에 든 술을 나무꾼에게 주었다. 나무꾼이 받아 마셔 보니 달콤하고 향기로와 입에 짝 들어맞았다. 두 노인은 한참 후에 바둑이 끝나자 일어서면서 "이제 돌아가 볼까? 자네도 집에 돌아가시게" 하고 바람이 갑자기 휙 불더니 어딘가 사라져 버렸다. 나무꾼도 집으로 돌아가기 위해 짚신을 신으려고 하니 신발이 없어졌고, 그 자리에 재만 폭신하게 남아 있었으며 도끼 자루는 썩어 없어져 버리고 도끼 날도 녹이 슬어 못 쓰게 되어 있었다. 나무꾼은 맨발로 터벅터벅 걸어 산을 내려와 마을에 당도하니 자기 집 앞밭에서 웬 허연 노인이 밭을 갈고 있었다. 그래서 그 노인한테 다가서서 "이 집에 살던 사람들은 어디 갔소?" 하고 물으니 "내가 이 집에 살고 있소." 라고 노인이 대답하였다. "그러면 이 집에 살던 아무개를 아시오?" 하고

신선바위

자기 이름을 말하니 "그 분은 제 고조부 어른이십니다"라고 하는 것이 아닌가. 놀라서 자기 얼굴을 쓰다듬어 보니 수염이 가득하게 나 있어서 어이가 없어진 나무꾼은 먼 하늘만 바라보다가 자기 집을 등지고 다시 자기가 내려온 비슬산 상봉으로 올라갔는데 그 후 그 사람의 소문은 들을 수가 없었다고 한다. 그래서 신선이 내려와 바둑을 두었다 하여 '신선바위'라 한다. 또한 일명 '베틀바위'라고도 하는데 그 사연은 다음과 같다. 비슬산 상산봉 넘어 넓은 평원에는 옛날 인물도 잘 생긴 한 장수가 훈련장으로 삼아 훈련을 하던 중 어느 달 밝은 보름날 선녀들이 내려와 그 바위 위에서 베를 짜고 올라가는 것을 보았다. 이 장수는 보름이면 숨어서 선녀들의 베짜는 모습을 보는 것이 보람이었다고 하는데 하루는 참다 못해 가장 늦게 올라가는 선녀를 붙들고 사랑을 고백했다. 그 선녀는 장수를 보고서는 이내 마음에 들었으나 천상에 매인 몸이라 어쩔 수 없이 하늘로 올라 가 버렸다. 그 후로는 보름이 되어도 선녀들은 내려오지 않았다고 전한다. 이와 같이 보름에 선녀들이 내려와 바위 위에서 베를 짰다 하여 비슬산의 '베틀바위'라고도 하며 그 근처 바위에는 그 장수가 짚고 기댄 자국들이 오늘에도 남아 있다고 한다.

(제보자 : 대구광역시 달성군 유가면 유가사, 비구니. 채록일자 : 1996. 5. 28.)

(49) 모심기 노래와 소바위의 유래에 대한 이야기

능청 휘청 저 비럭 끝에
무정하다 저 오라바
나도 죽어서 후승 가서
낭군 한번 싱겨 볼래

이 노래의 유래는 다음과 같다.
달성군 옥포면 간경리라는 곳에 한 부부와 여동생이 살고 있었는데 어

소바위

느해 여름, 비가 억수같이 내리던 날이었다. 부부와 여동생이 함께 비럭길(강이 있는 곳의 높은 길) 끝을 가고 있는데 엄청나게 불어난 강물 때문에 물에 빠져 집채같은 물결에 휩쓸리게 되었다.

이때, 절벽끝에 뾰족하게 튀어나온 바위로 피한 오빠는 아내와 여동생 두사람 모두를 구하지는 못하여 여동생은 놓아두고 부인만을 구해 내었다.

여동생이 세찬 물결에 휩쓸러 떠내려 가면서 오빠를 원망하며 부른 노래가 바로 이 노래이다. 나중에 오빠가 붙잡은 바위를 소(沼)바위라고 불렀다.

(제보자:대구광역시 달성군 구지면 창리 330번지, 박인수, 80세. 채록일자:1995. 6. 6.)

(50) 솔례 땅에 얽힌 이야기

달성군 현풍면 솔례땅에 청백리이셨던 곽씨의 선조 할아버지와 장씨의 선조 할아버지가 살았다. 그들은 원래는 친구사이였는데 지금의 이 솔례 땅을 서로 차지하려고 하다가 싸우게 되었다. 싸움이 그치지 않자 장씨 할아버지와 곽씨 할아버지는 함께 누워 잠을 자보면 이 땅의 원래 주인이 되어야 할 사람에게 어떤 표시가 있을 것이라고 하여 어느날 밤 같이 누워 잠을 잤다.

잠을 자다가 곽씨 할아버지가 일어나 보니 장씨의 입에 함박꽃이 피어
있었다. 곽씨 할아버지는 장씨 할아버지의 입에 있던 함박꽃을 몰래 빼어
자신의 입에 물고 누워 있었다.

다음날 아침, 장씨가 일어나서 곽씨 할아버지의 입에 함박꽃이 피어있
는 것을 보게 되었다.

솔례마을 입구

양심이 고운 장씨 할아버지는 이 땅은 곽씨의 땅이라고 하고는 떠났다.

원래 장씨의 터였기 때문에 지금도 장씨가 이 마을에 들어와 살면 잘
된다고 한다.

(제보자:대구광역시 달성군 현풍면 대 1리 665번지, 곽동연, 71세. 채록일자:1995. 6. 6.)

(51) 지 2리의 동제와 제단에 얽힌 이야기

달성군 현풍면 지 2리 뒤에는 대니산(대산)이 있는데 여기에는 옛날에
동제를 지내던 제단인 당산나무가 있었다. 여기에서는 1년에 2번, 음력

대니산

정월 보름과 10월 보름에 동제를 올렸는데 이때 동제를 지낼 사람인 제관의 선출이 굉장히 엄격하였다고 한다.

만약 제관으로 뽑힌 사람이 조금이라도 부덕하거나 정성이 부족하면 산에 있던 돌들이 모두 그 제관의 집으로 굴러가고, 마을에는 산에서 살던 호랑이가 나타나 마을의 가축들을 해쳐 새로 제관을 뽑도록 하였다고 한다.

(제보자 : 대구광역시 달성군 현풍면 지 1리 1142번지, 김병의, 76세. 채록일자 : 1995. 6. 6.)

(52) 귀비절터

달성군 현풍면 지 2리 뒤의 대니산에는 귀비절터가 있다.

이 절은 약 천년 전 고려 태조 왕건 때 이름을 알 수 없는 옹주 한 명이 내침을 당하여 전국을 유랑하다가 세운 절이라고 한다. 약 120년간 절은 존속하였으나 빈대가 너무 많아 중이 지키지 못하고 떠나곤 했다. 그러다가 지금은 결국 폐사되었다고 한다.

(제보자 : 대구광역시 달성군 현풍면 지 1리 1142번지, 김병의, 76세. 채록일자 : 1995. 6. 6.)

귀비절터

(53) 각시듬

달성군 현풍면 대니산의 정상 부근에는 바위가 2개 포개어져 있는 각시
듬이 있다. 이 바위는 생긴 모양이 각시를 닮았다고 한다.

옛날에 산신령의 도움으로 나중에 이 돌로 변한 각시에게 장가들려고

앞쪽이 각시듬, 뒷쪽이 총각듬

하였던 착한 나무꾼 총각이 있었는데 나무꾼 총각이 실수로 아무에게도 말하지 않겠다던 산신령과의 약속을 어겨 총각과 각시가 모두 돌로 변하였다고 한다.

나중에 아들을 낳지 못하는 부인들이 각시듬 주위를 세 바퀴 돌고 정성을 드리면 아들을 낳을 수 있게 되었다고 한다.

(제보자 : 대구광역시 달성군 현풍면 지 1리 1142번지, 김병의, 76세. 채록일자 : 1995. 6. 6.)

(54) 황벌과 도깨비불

달성군 현풍면 대니산 아래에는 낙동강의 지류인 차천이 흐르고 있는데 여기에는 낙동강 물이 침수되는 황벌(갯벌)이 있었다고 한다. 이 황벌에는 정월 보름만 되면 도깨비불이 모여서 편을 나누어 서로 싸웠다고 한다. 동네의 노인들은 도깨비불이 모였다 흩어졌다 하는 모양을 보고 풍, 흉년을 알 수 있었다고 하는데 6.25동란 이후에는 도깨비불이 보이지 않는다고 한다.

황벌이 변한 논

(제보자 : 대구광역시 달성군 현풍면 지 1리 1142번지, 김병의, 76세. 채록일자 : 1995. 6. 6.)

(55) 달성골의 유래

달성군 비슬산 기슭에 달성골이 있다.

옛날에 '달성'이라는 사람과 그의 아버지가 살았다. 하루는 달성이 꿈을 꾸었는데 그 내용이 아버지가 나뭇짐을 한 짐 하고는 커다란 대궐같은 집으로 들어가는 것이었다. 달성은 꿈이 불길해서 아버지한테 나무하러 가지 말라고 신신 당부했다.

그러나 아버지는 약초를 캐러 갔다가 낭떠러지에서 떨어져 앓다가 죽게 되었다. 달성이는 돌아가신 아버지를 방 안에 두고, 문에 못을 박은 다음 절에 갔다. 한 고승을 만나 소위 '풍수지리'를 10년간 배워 산을 내려왔다.

배운 풍수지리로 좋은 아버지의 묘자리를 찾던 중 한 집의 장독대 아래가 명당인지라 그곳에 아버지를 모셨다. 그러나 그 집 주인이 좋은 묘자리임을 알고 자신의 아버지의 묘와 바꿔치기를 해 버렸다.

달성골

달성이 아무리 기다려도 명당자리의 효험이 없자 그는 다시 묘를 옮기려고 갔다가 주인의 행위를 알고는 그를 용서해 준 후 또 다른 좋은 묘자리를 찾아서 그 곳에 아버지를 묻고 부자가 되어 살았다고 한다.

그리고 그의 집을 중심으로 하나의 마을이 만들어졌는데 '달성 영감이 산다' 하여 달성골이라고 한다.

그 달성골이 바로 요즘의 달성군의 일부라고 한다.

(제보자 : 대구광역시 달성군 화원면 설화동, 김고은, 62세. 채록일자 : 1995. 5. 20.)

(56) 처녀와 윤씨 이야기

달성군 다산면 상곡동에 윤씨가 손자와 함께 잘 살았는데 그의 손자 한림을 화원 용연사라는 절에서 공부를 시켰다. 한림이 절에서 공부를 하다 집으로 돌아오는 중에 지버블이라는 곳엘 오니 비가 주룩주룩 내렸다. 그 때는 보리타작을 한 후 보리를 말리는 시기였는데, 한 처녀가 그 비를 피해 멍석을 안으로 들이던 중 마지막 멍석을 들이려 할 때 한림이 돌연히 말을 타고 와서는 집에 들어가지 않고 아래채 처마 밑에 말을 멈추고는 비를 피했다. 이 때 처녀가 멍석을 들이다가 한림을 보았는데 그가 뉘 집 총각인지 알아내려고 행동을 살피니 다산 가는 선로로 가는 것이었다. 그래서 다산 상곡 윤씨 한림댁의 집으로 추측을 했다. 그를 보고 난 후, 처녀가 노심병이 났다. 아무리 약을 써도 낫지 않자, 결국 그 어머니가 자꾸 이유를 캐물어 그 병이 한림으로 인한 노심병임을 알고 상곡으로 청혼을 하러 갔다. 한편 윤 한림은 배동기라는 그 집의 문패를 문간 마상(馬上)에서 보고 갔으므로, 소나기를 어디서 피했는지에 대한 물음을 받았을 때 법패거리 어디에서 피했는데 그 집 문패를 보니 배동기였더라고 대답했고, 윤씨는 자기 손자가 거기서 비를 피했음을 알고 인사를 하려고 기다리던 중에 마침 그 처녀 어머니가 오므로 대접하려 하자 처녀 어머니가 사양하며 하는 말이 "집에 제가 못난 여식을 하나 기르고 있는데 그 애가 이 댁 손자를 보고 노심이 났으니 그 노심을 풀어달라."하였으나 윤씨는 그 청혼을 거절하였다. 처녀는 어머니가 진나루를 건너갈 때는 병이 다 나은 듯히 일어났다가 돌아와서 거절당했다는 소식을 듣고는 다시 누웠고 두 번 세 번 가서도 실패하자 그 처녀는 그만 죽고 말았다.

그 이듬해 삼월 소바우 나루 신행길에 윤한림의 손자가 죽고, 그로부터 15일 내에 윤씨네 말까지 다 죽어버렸다. 그 집안이 다 죽고 나니 윤씨란 윤씨는 8월까지 다 죽었다.

윤씨 한 분이 8월 보름 아침에 신도 신지 않고 식구대로 숟가락을 멥밥에 꽂아놓고 신도 문앞에 살짝 벗어놓고 나가 상동 덧재에 살았다.

지금도 거기에 살고 있는데 인불이면 귀부재라고 사람이 입으로 말하지 않으면 지척에 있어도 귀신도 모른다. 그래서 그 다음부터는 윤씨의 위선으로 해서 지금은 그곳에 이씨가 살고 윤씨는 덧재에 피신하여 살았는데 윤씨네 족보를 이씨가 보관하다가 해방되고 난 후 윤씨네 집에 돌려주고 한림이라는 그 집 산소도 윤씨의 소유가 되게 해 주었다.

(제보자 : 대구광역시 중구 남산 3동, 정성근, 79세, 무직. 채록일자 : 1995. 6. 4.)

(57) 도성암과 관기암

달성군 유가면 양리 뒷편에 도성암과 관기암이 있다. 이에 대해 다음과 같은 전설이 있다.

아주 오래된 고서인 '일연작'에는 도성대사와 관기대사의 이야기가 나온다. 도성대사는 도성암 뒤의 큰 바위에서 좌선을 하였고, 관기대사는 관기암에서 좌선을 하였다고 한다. 둘은 서로 왕래하였는데 도성대사가 관기대사를 만나러 갈 때는 모든 초목이 남으로 향하여서 관기는 도성이 오는 것을 알 수 있었고, 관기가 도성을 만나러 갈 때는 모든 초목이 북으로 향하여서 도성은 관기가 오는 것을 알 수 있었다.

하루는 도성대사가 관기대사를 만나러 가다가 흰 옷을 입은 사람이 있

도성암

어 가시에 찔리고 할퀴며 따라 가서 보니 그것은 철쭉꽃이었다. 그리하여 새벽이 되어서야 관기대사를 찾아가게 되었는데, 관기대사가 이를 듣고 비슬산의 산신령에게 찾아가 도성암과 관기암 사이에 철쭉꽃을 없애달라고 부탁하였다. 그래서인지 도성암과 관기암 사이에는 요즈음도 철쭉꽃이 없다고 한다.

그 후 둘 다 수도를 열심히 하였는데 도성이 먼저 득도하여 하늘로 치솟아 날아갔다고 한다. 혹자는 그가 지금의 수성구로 날아갔다 하기도 하고, 혹자는 신선이 되었다고 하기도 한다. 얼마 후에는 관기도 득도를 했다고 한다. 요즘에는 많은 스님들이 도성암에서 참선을 하고 있어 통행을 제한하고 있다.

(제보자:대구광역시 달성군 현풍면 상리, 최수목, 64세, 국사편찬위원회 사료조사위원. 채록 일자:1995. 10. 21.)

(58) 유가사와 와와산성

　달성군 유가면 비슬산 기슭에 유가사와 와와산성이 있는데 이에 대한 전설이 전하고 있다.

　유가라는 말은 불명으로 범어에서 나온 말이다. 그 말은 화합, 결합을 상징한다.

　비슬산에는 유가술이라는 것이 있는데 이 무술은 공중을 날아서 상대방의 맥을 짚고 힘을 집중적으로 모아서 행하는 무술이다. 임진왜란 때 스님들이 이 무술을 전개하여 칼이나 죽창을 휘둘러 왜군들을 물리쳤다고 한다. 이 무술의 훈련 장소는 비슬산의 북쪽에 있는 와와산성, 일명 과녀성이란 곳이다. 와와산성(臥蛙山成)은 개구리가 누워 있는 모양을 하고 있다고 해서 붙여진 이름이다. 이 성은 삼국시대에 축조되었는데 남자들이 군대에 간 뒤에 과녀들이 중심이 되어 아이들을 피난시키기 위해 축조되었다고 한다. 여기는 산꼭대기이지만 물이 있고 땅이 비옥하여 일제시대까지 사람이 살았다고 한다.

유가사와 와와산성

(제보자 : 대구광역시 달성군 현풍면 상리, 최수목, 64세, 국사편찬위원회 사료조사위원. 채록
일자 : 1995. 10. 21.)

(59) 대견사지

　달성군 비슬산 지역에 대견사란 절이 있었는데, 이 절에 대해 다음과
같은 전설이 전해오고 있다.
　당 태종이 세수를 하다가 대야에 험준한 산과 절이 비치어서 이를 신이
자기에게 내려준 계시라고 여겨 신하에게 그 절을 찾아보게 했다. 신하가
중국을 샅샅이 뒤져도 그 절경을 찾을 수가 없었다. 마침내 신라에서 비
슷한 지형을 찾아 이를 태종에게 그림을 그려 보이니 태종이 맞다고 하여
당나라에서 지원하여 비슬산에 대견사를 지었는데, 큰 나라인 중국에서
봤다고 하여 大見寺라고 한다. 지금은 절터만 남아 있다.
　(제보자 : 대구광역시 달성군 현풍면 상리, 최수목, 64세, 국사편찬위원회 사료조사위원. 채록
일자 : 1995. 10. 21.)

대견사지

(60) 신선암(베틀바위)

　대구에서 남쪽 산꼭대기 중 가장 큰 산을 비슬산이라고 하는데, 이 산 꼭대기에는 신선암과 베틀바위라 불리우는 바위가 있다. 이에 대해 다음과 같은 전설이 전하고 있다.

　비슬산에는 한 바위가 있는데, 그 중에서도 앞으로 숙여져 있는 바위를 신선암이라고 한다. 한 농부가 비슬산 기슭에 나무를 하러 갔는데 바위 위에서 두 노인이 바둑을 두고 있었다. 농부가 옆에서 구경을 하자 노인들이 농부에게 신을 벗고 바위 위로 올라 와서 구경하길 권했다. 농부가 신을 벗고 올라가서 바둑을 한참 구경하였는데 노인들이 호리병 하나를 꺼내 무언가를 마시고는 농부에게도 권했다. 농부가 그것을 마셔 보니 달콤하고 향기도 났다. 노인들에게 그것이 무엇인지 물어보자 장생주라고 대답했다.

　한참 후에 바둑이 끝나고 두 노인이 농부에게 안녕을 고하고 사라졌다. 농부도 내려가 보려고 했는데 신을 찾아보니 신이 없었다. 도끼 자루도 삭아서 흔적만 남아 있고 도끼날도 녹이 슬어 못 쓰게 되었다. 하는 수 없이 농부는 그냥 집으로 걸어갔는데 자기 밭에서 한 노인이 소를 가지고 밭을 갈고 있었다. 농부가 그 밭의 주인이 누구인지 물어보니 그 노인은 자기 것이라고 했다. 그래서 농부는 자기의 이름을 대면서 그 이름을 아느냐고 물어 보았다.

　그러자 노인은 자기의 고조부라 했다. 농부는 어처구니가 없어 자기를 살펴보니 허연 수염이 나 있었다. 농부는 어이가 없어 자기 집을 등지고 다시 산에 들어갔는데 그 후로 소식이 없었다.

　이 신선바위는 다른 이름으로 베틀바위라고 하는데 이 바위에는 매달 보름에 선녀들이 내려와 베를 짜고 갔는데 그 주변에서 군사 훈련을 시키던 한 장수가 그 모습을 보았다. 매일 밤 그 모습을 보던 장수는 어느 날 맨 마지막에 올라가는 선녀를 붙들고 사랑을 고백했다.

신선암

이 선녀도 장수에게 마음이 있었으나 천상에 묶인 몸이라며 하늘로 올라가 버리고 말았다.

그리고 그 다음부터 내려오지 않았다. 즉 선녀들이 이 바위에서 베를 짰다고 해서 베틀바위라고 한다는데 그 자리에는 장수가 선녀를 그리며 기대었던 흔적이 아직 남아 있다고 한다.

(제보자:대구광역시 달성군 현풍면 상리, 최수목, 64세, 국사편찬위원회 사료조사위원. 채록 일자:1995. 10. 21.)

(61) 천황당과 성황당

달성군 가창면 정대 2리의 동제에 관한 이야기이다. 이 마을에서는 동제를 두 곳에서 지내는데, 하나는 마을 입구의 다리 옆에 서 있는 고사한 소나무 앞에 있는 '천황당'이고, 나머지 하나는 마을 뒷산에 있는 '성황당'이다. 이 둘은 내외간을 나타내며 천황당은 여자분이고, 성황당은 남자분이라고 한다.

천황당은 원래 나무로 되어 있었고, 동네의 액운을 쫓는다는 뜻으로, 그 모양은 끝이 삼각형이었으며, 정대(鼎坮)라는 지명에서 알 수 있듯이 옛

천황당

성황당

날에는 천황당을 가운데 두고 세 개의 솥발을 나타내는 돌무더기들이 마을 주위에 있었다고 한다. 하지만 지금의 천황당은 비석으로 바뀌었고 그 끝은 네모로 되어 있으며, 주위에 있던 돌무더기들도 찾을 수가 없다.

이 마을에서는 음력 정월 열 나흘날 대잡이를 하여 뽑힌 동네 사람 여럿이서 천황당과 성황당에서 당산제를 지낸다. 천황당이 위치한 곳은 마을 입구로 이 마을의 길지(吉址)라고 한다. 지세가 좋은 이 곳에서는 해마다 마을의 액을 없애고 마을 사람들의 안녕을 빈다고 한다.

지금도 두 곳에는 그 신성성을 암시하듯이 천황당에는 비석 주위로 담이 쳐져 있고, 외부인 출입금지라는 글씨가 써 있으며, 성황당에는 소나무에 금줄이 걸려 있다.

(제보자 : 대구광역시 달성군 가창면 정대 2리, 최우석, 61세, 농업. 채록일자 : 1997. 5. 10.)

(62) 정대(亭垈)라는 지명의 유래

달성군 가창면에 속해 있는 정대 2리는 면소재지에서 10㎞ 떨어진 최정산 동쪽 기슭에 위치하고 있는 산간마을로 사방이 산으로 둘러싸여 있고, 마을 앞으로는 개천이 동서로 흐르고 있다.

다음은 이 마을의 이름인 '정대(亭垈)'에 얽힌 이야기이다. 일제시대 이전까지 원래 '정대'의 '정'자는 솥을 뜻하는 '정(鼎)'자였다. 그 이유는 이 마을의 입구와 산 위쪽 등 세 군데에 커다란 돌무더기가 있었는데,

정대마을 전경

이것이 꼭 가마솥의 세 발과 같다고 하여 '정대(鼎坮)'라고 불렀다고 한다. 그 후에 일제시대 때 행정구역 명칭이 바뀌면서 일본 사람들이 '정(鼎)'자는 쓰기에 불편하다 하여 마을 앞에 느티나무 정자 숲이 있는 것을 보고 '정(鼎)'자를 정자를 뜻하는 '정(亭)'자로 고쳐 '정대(亭坮)'라 하였다고 한다.

또 다른 견해로는 외지에서 온 것으로 추정되는 글 잘 쓰던 조학자라는 사람이 이 곳에 경치 좋은 정자가 있는 것을 보고 감탄해서 '정대(亭坮)'라고 불렀다는 이야기도 있다고 한다.

여기서 특이한 것은 이 마을의 이름을 '정(亭)'자로 고치고 난 뒤부터는 마을에 좋은 일이 별로 없었다고 한다. 오히려 '정(鼎)'자를 썼을 때에 살기가 더 좋았다고 한다.

(제보자:대구광역시 달성군 가창면 정대 2리, 추병수, 75세, 농업. 채록일자:1997. 5. 10.)

(63) 수리바위

달성군 가창면 정대면사무소에서 서남쪽으로 16㎞ 정도 떨어진 정대리

수리바위

뒷산 계곡에 가면 큰 바위가 하나 있다. 이 이야기는 그 바위에 얽힌 전설이다.

옛날 이 마을에 무수리라는 총각과 그를 사모하던 한 처녀가 살고 있었다고 한다. 둘은 너무도 사랑하여 간절히 서로를 원했고 잠시도 떨어져 있으려 하지 않았다. 그러나 두 사람은 집안의 반대로 인하여 사랑의 결실을 맺지 못하게 된다. 그러던 어느 날 갑자기 이를 견디지 못한 무수리는 무당웅덩이에 몸을 던져 그만 죽고 만다. 그가 죽은 뒤 그 죽은 자리에는 큰 바위가 하나 만들어졌고, 그 처녀는 이 곳에 와서 죽은 무수리를 추억했다고 한다. 후에 사람들은 이 바위를 무수리의 이름을 따서 수리덤(바위)이라고 불렀다.

(제보자 : 대구광역시 달성군 가창면 정대 2리, 추병수, 75세, 농업. 채록일자 : 1997. 5. 10.)

(64) 상여바위

달성군 가창면 정대 2리에 있는 정대계곡의 흐르는 내를 따라가다 보면 큰 바위가 네 개 나온다고 한다. 이 이야기는 이 바위들에 얽힌 전설이다.

상여바위

아득한 옛날에 이 마을에는 아버지와 어머니 그리고 외동 아들이 오손도손 살아가는 한 집안이 있었다고 한다. 그러던 어느 날 그 하나뿐인 외동 아들이 몹쓸 병에 걸려 얼마 살지 못하고 그만 죽고 말았다. 어머니는 눈물로 나날을 보냈고 아버지는 외아들의 죽음을 애써 외면하면서 여생을 보냈는데, 마을 사람들은 이 가족이 바위로 다시 환생했다고 한다. 그 바위는 죽은 송장 모양을 한 아들바위와 아들을 바라보며 눈물을 짓는 엄마바위, 그리고 그런 모자를 외면하면서 대구 쪽으로 돌아 앉은 아빠바위가 있고 아들바위 옆에는 사람이 죽으면 타고 가는 상여의 형상을 한 상여바위가 있다고 한다.

(제보자:대구광역시 달성군 가창면 정대 2리, 추병수, 75세, 농업. 채록일자:1997. 5. 10.)

(65) 용연사 · 갈실못 · 쌍산에 대한 이야기

달성군 옥포에서 7km 가량 걸어가니 드디어 용연사가 나왔다. 꽤 큰 절이었는데 들어가보니 이 절 역시 나이 많으신 주지 스님은 계시지 않았고, 공부하는 젊은 스님들과 일하시는 아주머니만이 계셨다. 젊은 스님들은 이곳에 온 지 얼마 되지 않아, 알고 있는 것이 없었다. 그나마 이야기해 주신 것이 용연사의 유래 정도였는데 용연사는 신라 신덕왕 때 보양국사가 창건하였으며 용이 나온 연못이라고 하여 용연사라고 부른다는 것이었다.

옛날에 논공의 갈실이라는 곳에 함안 조씨들이 많이 살고 있었는데 마을의 한 조씨집에 아름답고 행실도 바른 며느리가 살고 있었다. 그런데 마을에 돌림병이 돌아 시부모님과 남편이 모두 죽어 버렸다.

슬하에 자식마저 없어서 외롭고 슬프게 나날을 보내고 있는데 큰 가뭄이 들었다. 못에 물이 다 말라 버렸는데도 비가 오지 않자 조씨집 며느리는 자신이 소중히 여기던 은거울을 내놓아 큰 못을 파게 하였다. 못을 깊이 파들어갔을 때 밑바닥에 큰 돌이 있었다. 그 돌을 힘들여 파내자 갑자

용연사

갈실못

기 큰 비가 쏟아졌다. 사람들이 이상하게 여기고 있을 때 조씨 과부가 죽었다는 소식이 전해졌다. 비는 며칠동안 계속 내려서 못에 물이 가득 차게 되었으며 그 해에는 큰 풍년이 들었다.

사람들은 그 못의 이름을 갈실못이라고 하고 조씨 집 과부의 덕 때문이라 하여 못에서 나온 돌로 조씨 집 과부의 모습을 새겨 부덕불이라고 하였다.

못에는 물구멍이 두 개 있었는데 물을 빼기 전에 조씨집 과부에게 제사를 드리지 않으면 구렁이들이 물구멍을 막아 물이 나오지 않았다고 한다.

달성군 논공의 남리 앞에는 쌍산이라고도 하는 반갈미란 산이 있다. 옛날 이 산 골짜기에 한 사람이 살고 있었는데 생긴 모습은 어린 애와 같으나 힘이 세고 지혜가 뛰어난 한 장수가 살고 있었다. 이 장수가 다 자라서 활약을 하려면 이 산 골짜기에서 백년간 무예를 연마하여야 하였다.

무예를 연마한 지 99년이 되던 해에 드디어 용과 싸워 이기는 일만이 남아 있었다. 장수는 마음을 굳게 먹고 산골짜기의 용을 찾아가 싸움을 시작했는데 며칠을 싸워도 승부가 나지 않았다.

나흘째 되던 날, 장수와 용은 사력을 다해 필사적으로 싸우다가 모두 죽어 버렸다. 이때 용의 목과 장수의 몸에서 엄청난 피가 흘러 골짜기에 산사태가 났다고 한다.

(제보자:대구광역시 달서구 진천동 251번지, 徐台守(一名 丙台), 85세, 대한노인회 대구광역시 연합회 달서구 지회 고문, 달서구 노장회 회장. 채록일자:1997. 4. 25)

(66) 용연지와 용연사

달성군 옥포면 반송동에 용연지라는 못이 있었다. 이 못은 그 마을 사람들의 식수 공급과 농사에 중요한 역할을 하였다. 가뭄이 들어도 주민들은 꽤 깊은 이 못에서 주민들은 부족한 물을 얻을 수 있었다. 작은 마을이지만 이 못에 모여 함께 살아가는 이야기도 나누면서 서로간에 정을 돈

용연지 하류

독히 하기도 하고 매년 정월 초에는 못에서 제사를 올려 그 해 농사를 시작하면서 풍년을 기원하기도 하였다. 그렇게 평온하고 안정된 생활을 하며 살아가던 중에 이 마을에는 큰 재앙이 닥치게 되는데 그것은 바로 외적의 침입이었다. 못의 반대편에서 쳐들어 온 외적을 물리치기 위해 마을 주민들은 혼연일체가 되어 방어책을 세우고 밤낮을 가리지 않고 철저히 대비하고 공격을 준비하였다. 그러던 중 전방에 나가 외적에 직접 맞서 육박전을 감수해야 하는 주민들이 필요했는데 대부분의 주민들은 너무 위험한 일이라 거절하였다. 외적의 공격태세는 더욱 격렬해져 왔고, 마침내 7명의 건장한 청년들이 마을을 보호하겠다고 목숨을 걸고 발벗고 나섰다고 한다. 결국 이 청년들의 목숨을 건 전투 덕분에 외적을 물리 칠 수는 있었으나 그 일곱 명의 청년들은 모두 못에서 전사하고 말았다. 그 맑고 청명하던 못의 색깔이 전사한 청년들의 피로 인해 붉게 물들자 마을 주민들은 비통한 상실감으로 침통한 나날들을 보냈다. 세월이 흘러서 7명의 청년들이 죽은 지 몇 년이 지나자 그 못의 물이 까닭을 알 수 없이 계속 조금씩 마르기 시작했고 결국은 바닥이 거의 드러나게 되었다. 마을

사람들에게는 못이 용수 공급에 필수적이었기 때문에 그 일은 심각하지
않을 수가 없었다. 주민들은 7명의 청년들이 한이 남아 이 못을 떠돌아다
닌다고 생각하고 그들의 영령을 기리는 제사를 매년 크게 치러 주었는데
그 이후로는 신비롭게도 못의 물이 다시 불어났다고 한다. 그리고 난 후
언제부터인가 그 못에서 소용돌이가 일더니 일곱 마리의 어린 용이 살기
시작했고 시간이 흐름에 따라 용들이 커져갔다. 이런 일이 생기고 나서
특이하게도 이 마을의 가뭄, 홍수, 화재 같은 자연재앙 때문에 기한이 들
때라든지, 사람의 태생과 죽음과 관련된 운명의 문제 등 인간의 능력 밖
의 문제들이 발생하여 힘들 때마다 이 용들이 나타나 해결을 해주었다고
한다. 그래서 이 못은 마을 주민들에게 마을을 지켜주는 수호신과도 같은
존재로 신성성을 띠게 되었다.

　세월이 흐르고 흘러 1000년이 지나자 용이 승천을 할 때에 이르게 되었
다. 그러자 이 일곱 마리 용들이 서로 먼저 올라가려고 다투는 일이 발생
하여 못에 큰 싸움이 일게 되었다. 그 싸움 중에 네 마리의 용은 무사히
승천을 하지만 세 마리는 끝내 올라가지도 못하고 그 못에 남아 계속 다
투게 되는데 그 때문에 마을의 우환을 관장하던 용들이 승천을 위한 싸움
에 몰두하고 마을을 돌보는 일을 소홀히 하게 된다. 그 결과 그 해 농사
는 가뭄으로 인해 흉년이 들고 마을에는 전염병이 돌아 목숨을 잃는 주민
들의 수가 늘어나게 되었다. 마을 주민들은 먼 바다로 나가 용왕님께 제
를 올려 재앙으로부터 구원해 주기를 바라게 되고 용왕은 그의 아들인 이
무기를 지상에 내려보내 남은 세 마리의 용을 죽이도록 명하였다. 결국
세 마리의 용은 못에서 죽음을 맞이하게 되었으며 그 후 마을 주민들이
죽은 용을 위해 제사를 올려 주었다. 이런 용을 위한 제의풍습은 매년 반
복, 전승되어 내려왔고 그 결과 지금의 용연사라는 절이 세워지게 되었
다. 즉 용연사(龍淵寺)란 지명의 유래는 못에서 죽은 용의 혼을 기리기 위
한 제사의식을 치르는 데서 생긴 것이다. 그리고 그 못을 용의 못이라는
의미에서 용연지라고 부르게 된 것이다.

(제보자 : 대구광역시 달성군 옥포면 반송 1리, 황광준, 56세. 채록일자 : 1999. 12. 30.)

(67) 억새와 칡이 없는 비슬산의 전설

달성군에 있는 비슬산에 관한 전설이 많으나 그 중 하나로 다음과 같은 이야기가 전하고 있다. 옛날에 비슬산 기슭에 신라 때 불교의 유가종의 총본산인 유가사를 중심으로 수많은 군소 사찰이 모여 있었다고 한다. 그 중의 하나인 유가사의 서편으로는 산등성이를 사이에 두고 수도암과 청신암의 두 암자가 자리 잡고 있었다. 거기서 다시 산마루쪽으로 올라가면 도선암이라는 암자가 있었는데, 그 근처에는 당시 신라의 명승인 도선국사가 도통했다고 해 도통암이라 불리는 유명한 큰 바위가 있었다. 도선국사는 유가면 용동 가재의 대견사에서 수도하고 있는 판기화상과 아주 친하였는데 이 두 사람은 밤마다 비슬산의 줄기를 따라 10여 리의 산길을 서로 찾아다니면서 놀기를 좋아했다. 그러던 어느 날 달 밝은 밤에 도선국사가 판기화상을 만나러 가는 길이었다. 그런데 그는 산골짜기에 피어난 억새꽃을 사람으로 잘못 보고 판기화상이 자신을 찾아오는 것으로 착각하였다. 그래서 가 보았더니 그건 사람이 아니었고 억새꽃임을 알게 되

비슬산

었다. 억새 숲으로 들어간 도선국사는 그만 길을 잃게 되고 설상가상으로 무성한 칡덩굴에 발이 걸려 넘어지게 되었다. 도선국사는 억새 숲 속에서 천신만고 끝에 나와 대견사에 이르렀으나 그만 약속 시간을 어기게 되었다. 도선국사가 판기화상에게 약속에 늦게 된 이유를 말하자 판기화상은 그와 함께 비슬산신인 점수대왕에게 가서 억새와 칡을 없애 달라고 간청했다. 그 후로부터 이 비슬산 봉우리에는 칡과 억새가 자라지 못하게 되었고 지금도 이 곳에 있는 억새는 이삭은 베지 않았어도 꽃은피지 않으며, 칡은 거의 찾아보기 힘들다고 한다.

 (제보자:대구광역시 달성군 김흥리 18-1번지, 김상곤, 54세, 농업. 채록일자:1999. 12. 27.)

(68) 반송리의 지명유래

　달성군 옥포면에 있는 반송리 지명에 얽힌 전설이 있는데 그 이야기는 다음과 같다. 옛날에 반송리에는 반송이라 불리는 특이한 종류의 소나무가 많이 있었다고 한다. 그 곳에 사는 사람들은 모두 미신을 믿는 풍습이

반송리

있었는데 특히 반송에다 소원을 빌면 이루어진다고 믿었다. 그 마을에 한 총각이 있었는데 그는 심씨네 처녀를 사모하여 밤마다 반송나무 아래에서 그 처녀와의 사랑이 이루어질 수 있게 해 달라고 빌었다. 그런데 그 해 여름 홍수가 나서 온 동네가 물에 잠기어 흉년이 들고 사람들에게는 이상한 전염병이 나돌기 시작했다.

그 전염병이 심씨네 처녀에게도 들어 처녀는 점점 병들어 죽어 가고 있었다. 이 모습을 본 마을 총각은 날마다 반송에다 제발 처녀를 살려달라고 빌고 또 빌었다. 하지만 그의 정성에도 불구하고 그 처녀는 마침내 병을 이기지 못하고 죽어버렸다. 그에 마을 총각은 충격을 받고 실성한 사람이 되어 마을에 있는 반송을 하나씩, 하나씩 베어버리기 시작했다. 그래서 그 후부터 이 마을엔 반송이 거의 없어지게 되었다. 옛날에는 반송이 많아 이 동네를 반송리라 부르게 되었지만 지금은 반송이 거의 없다.

(제보자 : 대구광역시 달성군 반송리, 이판석, 79세. 채록일자 : 1999. 12. 27.)

(69) 소(沼)바위에 얽힌 전설

달성군 옥포면 본리동에는 낙동강 가의 가마늪과 이어진 조그마한 절벽 위에 예로부터 전해내려 오는 슬픈 이야기가 있다. 낙동강가의 제방은 항상 홍수로 만수가 되면 인근의 주민들을 안절부절 못하게 했는데, 어느 여름 비가 며칠씩 계속해서 내리고 하늘은 구멍이 뚫린 듯 온통 시꺼먼 먹구름을 쏟아내었다. 그런데, 옥포의 간경리라는 마을에는 시집가지 않은 여동생과 오빠 부부가 오순도순 의좋게 살고 있었다. 낙동강의 수위가 점점 높아지고 낙동강과 가까이 있던 세 사람의 논밭에도 물이 넘치게 되었다. 처녀의 오빠와 그의 아내는 여동생이 시집도 못 가고 늙어 가는 것을 안타까워 하여 처녀의 몫으로 두었던 논의 물부터 빼려고 물이 차 올라오는 논으로 뛰어들었다. 보다 못한 처녀도 역시 오빠 부부의 논으로 가서 같이 거들었다. 평소부터 사이좋고 우애 있던 남매 사이라 오빠 부부는 동생의 논에 처녀는 오빠의 논에서 서로 먼저 물을 빼려고 하였다. 그러던 중 강가의 부실한 제방이 거센 물결에 못 이겨 터지고 말았다. 갑자기 범람한 강물에 미처 빠져 나오지 못한 세 사람은 그대로 물살에 휩쓸려 버렸다. 다행히 처녀의 오빠가 정신을 차려 강가에 튀어나온 바위를 발견하고 지푸라기라도 잡는 심정으로 재빨리 바위를 잡았다. 겨우 바위를 붙든 오빠가 주위를 살펴보니 자기 아내와 여동생이 흙탕물에 휩쓸려 허우적거리면서 떠내려오고 있지 않은가! 일촉즉발의 상황에서 곧 떠내려 갈 듯한 순간에 어느 누구의 손을 붙잡아야 하는가? 한 손으로 겨우 바위를 잡고 있는 위태로운 처지에 나머지 한 손으로 두 사람을 한꺼번에 구할 수는 없었다. 자기의 아내를 먼저 구하자니 여동생이 휩쓸려 가버릴 것 같고, 여동생을 먼저 구하자니 여태껏 고생하면서 거친 밥을 함께 먹던 아내가 불쌍해졌다. 그러나 물살은 점점 더 거세어지고 이러다가는 여동생과 아내 모두 잃을 것 같은 상황이었다. 하는 수 없이 자기 아내를 먼저 구하고 난 후에 여동생을 구하려고 했지만, 한 손으로 바위를 붙잡고 나머지 한 손으로 아내를 구하고 나니 이미 동생은 거센 물살에 휩쓸려 자취를 감추고 말았다. 잠시 후 여동생의 몸이 멀리 멀리 떠내려가는 모습만 보이고 오빠의 무정함을 원망하는 듯한 구슬픈 목소리가 강 아래쪽에서부터 들려오는 듯 했다. 비가 그치고 물이 빠진 후 정신을 차려 마을로 내려 온 부부는 자기들만 살아서 나오고 여동생이 물에 빠져 죽은 것을 몹시 안타까 워했다. 슬픔과 죄책감에 시달리며 부부는 괴로워했고 이를 지켜본 주위의 이웃사람들이 위로하며 노래를 지어 불렀다. 시집가지 못한 나이 찬 처녀의 애석한 죽음을 위로하고 처녀의 넋을 달래기 위해 그 마을의 처녀들이 노래를 불렀다고 한다.

　지금 이 노래는 달성군 옥포면 간경리 마을 일대에 전해지면서 농번기의 노동요로 모내기 노래로 이어지고 있다. 노래의 사연을 대강 옮긴다.

능청 휘청 저 비럭(벼랑) 끝에

무정하다 우리 저 오라바(오빠)

나도 죽어 후생(後生: 저승) 가서

낭군 한번 싱길라네(섬겨 볼레라)

……(중략)……

머리 좋고 키 큰 처녀

운봉 낭게(나무에) 걸터앉았네.

나도 죽어 낭군 따라

가신 님을 만나 보겠노라.

(제보자 : 대구광역시 달성군 옥포면 본리 1리, 권논출, 52세, 공무원. 채록일자 : 1999. 12.
27.)

(70) 진주 강씨 모열각(晋州姜氏慕烈閣)

달성군 옥포면 기세리의 한 기슭에는 '진주 강씨 모열각' 이라 쓰여진
열녀비가 세워져 있는데 여기에 얽힌 설화는 이러하다. 은렬공의 맏딸 강
씨는 딸들 중 제일 인물이 빼어나고 재주가 많아 부모님이 가장 아꼈다.
강씨의 고운 심성과 아름다운 외모는 온 마을에 소문이 자자하여 뭇 사람
들에게 선망의 대상이 되었다. 그러던 동안 강씨도 이제 혼인을 할 나이
가 되었다. 강씨의 소문은 이웃 마을에도 자자하였다. 마침내 강씨는 자
신을 며느리로 삼고자 탐을 냈던 김흥동의 석씨 가문으로 시집을 갔다.
강씨의 남편인 석씨 또한 수려한 외모에 늠름한 모습이라, 두 사람은 너
무도 잘 어울리는 한 쌍이었다. 그런데 더할 나위 없이 아름다운 이들을
하늘이 질투를 했는지, 혼례를 치른 지 얼마 지나지 않아 석씨가 시름시
름 앓기 시작했다. 의원을 부르고, 온갖 약을 써도 소용없었다. 강씨가
옆에서 지극정성으로 간호했음에도 불구하고, 석씨는 몇 달을 앓더니 먼

저 숨을 거두고 말았다.

　석씨의 갑작스런 죽음으로 강씨는 주체할 수 없는 슬픔에 나날이 야위어갔다. 강씨는 늘 집안에만 있으면서 죽은 남편만을 그리워하여 보는 사람들을 안타깝게 했다. 끼니도 제대로 챙기지 않더니 결국 강씨는 병을 얻어 자리에 눕게 되었다. 그러던 어느 날, 자신의 생명이 다해감을 스스로 느낀 강씨는 친척들이 다 모인 자리에서 "이 몸이 죽어지면 남편과 같이 묻어 주시오." 라며 간곡히 부탁하는 것이다. 그로부터 얼마 후 강씨도 남편을 따라 세상을 뜨고 말았다. 강씨의 장례는 강씨의 유언과는 달리, 집안 대대로 내려오는 풍습에 따라 별장을 하였다. 그런데 장례를 치른 그 날 밤, 강씨가 살던 집의 대들보가 무너지고 솥 밑이 깨어지는 등 이상한 일들이 벌어졌다. 이런 일들은 강씨의 집에서부터 서서히 마을 전체로 퍼져나갔다.

　그 해 가을이 되자, 모든 곡식이 말랐으며 가축들도 병에 걸려 죽는 등 마을 전체가 거의 폐허에 이르렀다. 그제서야 마을 사람들은 이런 이변이 강씨의 소원을 들어주지 않아서임을 깨닫고 조치를 취했다. 별장한 강씨의 묘를 파서 석씨와 합장하고, 성대히 제사를 지내 성난 혼을 달래 주었다. 그러자 하늘이 무너질 듯한 굉음이 땅을 덮더니 단비가 내리기 시작했다. 그 비가 내린 후로 마을에 돌던 전염병도 사라지고, 이유 없이 죽어가던 가축들도 원래 모습을 되찾고, 농사도 풍년이 들었다. 마을 사람들은 강씨의 남편에 대한 지극한 정성을 기리고자 해마다 제사를 지내고 있다. 이에 1945년에 기세동 입구에 문중에서 비각을 세워 죽은 진주 강씨의 열행을 기념하고 있다.

(제보자：대구광역시 달성군 옥포면 본리 1리 85-9번지, 이배영, 73세. 채록일자：1999. 12. 27.)

(71) 정효각(旌孝閣)-홍시에 얽힌 효자 이야기

옥포면 본리 2리에는, 김형규(金炯奎:1851~1918)의 후손들이 세운 정효각이 있는데, 이 비석에는 홍시에 얽힌 효자 이야기가 전해지고 있다. 금녕 김씨(金寧金氏)인 김형규는 장릉 사철신(將陵 死七臣)인 김문기의 후손으로 능참봉과 서판을 지낸 효자이다.

옛날 논공의 어느 마을에 홀어머니를 모시고 살아가는 한 젊은이가 있었다. 넉넉한 살림은 아니었지만 돌아가신 아버지가 물려주신 재산으로 어머니와 아들은 부족함 없이 생활할 수 있었다. 그런데, 어느 날 갑자기 어머니가 병환으로 자리에 눕게 되었다. 아들은 지극한 정성으로 간호했으나, 며칠이 지나도 어머니의 병환은 나아지는 기미가 보이지 않았다. 게다가 동네 의원조차 뚜렷이 병명을 짚어내지 못하니 약조차 제대로 쓸 수 없어 아들의 걱정은 커지기만 했다. 그러던 어느 날 아침, 어머니가 아들을 불러 앉히고 말하기를, "애야. 간밤에는 꿈에 신령님이 나타나셔서는 내 병은 희귀한 병이라 다른 약은 아무것도 소용이 없고, 홍시를 먹

정효각

으면 나아질 거라고 말씀하시더구나. 하지만, 이 늦봄에……" 그러자 아들이, "아닙니다. 어머니. 의원들은 병명조차 모르는 어머니의 병을 신령님께서 고칠 수 있는 방법을 말씀해 주셨는데 얼마나 다행입니까. 제가 한 번 구해 보겠습니다. 어머니는 걱정하지 마시고 마음을 편하게 가지십시오."

그 후, 아들은 홍시를 구하기 위해 집을 나섰지만, 그 어디에서도 구할 수가 없었다. 어머니의 오랜 병환으로 집안 살림은 기울어 돈으로는 제철이 아닌 홍시를 살 수 없었을 뿐만 아니라, 때가 오월 단오를 전후로 하는 시기라 돈이 있다고 해도 물건이 없어 살 수가 없었다.

홍시를 구하기 위해 근방의 동네를 다 뒤지고 다닌 지 보름 째 되던 날, 아들은 너무 실망하고 지쳐서 동네 어귀에 있는 감나무 밑에 쓰러지고 말았다. 피곤에 지쳐 잠깐 잠이 들었다가 어렴풋이 깨어 희미한 눈으로 감나무를 쳐다보니, 잘 익은 홍시가 매달려 있었다. 이게 꿈인가 싶어 아들은 자기의 허벅지를 꼬집어 보기도 하면서 기뻐했다.

'이것은 분명히 어머님의 병의 치료법을 가르쳐 주신 신령님이 어머님의 병환을 고쳐 드리라고 내게 주시는 것이 틀림없어.' 이렇게 생각하며 아들은 홍시를 따다가 어머니께 갖다 드렸다. 홍시를 드신 어머니는 신기하게도 금새 자리를 털고 일어나시게 되었다.

그 후, 아들은 어머니의 병을 낫게 해주신 신령님께 감사하며, 더욱 극진히 어머니를 모셨다. 그리고 어머니는 아들이 출세하여 판서의 자리에 올라 부귀영화를 누리게 해줄 때까지 오래오래 사셨다. 지금도 정효각은 비석으로 남아 있어, 이 마을에 옛날부터 효행이 일상 생활에서 잘 실천되어 왔음을 알려 주고 있다.

(제보자 : 대구광역시 달성군 옥포면 본리 2리, 배정자, 68세. 채록일자 : 1999. 12. 27.)

(72) 곽씨 집안 열녀 이야기

이 이야기는 유가면에 자리잡고 있는 한 무덤에 얽힌 이야기이다.

옛날 곽씨 집안에 한 청년이 전의(全義) 이씨 집안의 어여쁜 규수에게 장가를 가게 되었다.

옛날에는 장가를 가게 되면 처가에서 1년을 살고 시댁에 들어가는 것이 일반적이었던 터라 이 청년과 규수도 혼례를 마치고 규수의 집에 일 년간 머물게 되었다. 이 둘의 사이가 어찌나 좋았던지 동네 사람들이 모두 마지막까지도 한날 한시에 함께 갈 것이라 말할 정도였다.

그렇게 세월은 흘러 어느덧 일 년이 훌쩍 지나갔다. 그리하여 곽씨는 새댁을 맞이할 준비를 하러 먼저 집으로 떠났고 색시는 기별이 오기만을 눈이 빠지도록 기다렸다. '오늘은 오시려나 내일은 오시려나' 이렇게 하루 하루를 보낸 지도 한 달이 다 되어 갈 무렵 시댁에서 사람을 보내왔다. 색시는 기쁨을 감추지 못하고 버선발로 뛰어나가 홍조 띤 얼굴로"오느라 수고 많았네 그려. 서방님은 잘 계시는가?"

하고 물었다. 이내 장인과 장모도 대청에서 내려와 딸을 시집 보낼 날을 생각하고 있었다.

그런데 기별을 하러 온 사람의 얼굴이 점점 붉어지면서 눈물을 터트리는 것이 아닌가. 놀란 식구들이 연유를 묻자 머뭇거리다가 서방님이 위독하다고 말했다. 하지만 그의 태도가 너무나 이상했던 까닭에 꼬치꼬치 캐묻자 서방님이 돌아가셨다며 주저앉아 대성통곡하는 것이었다. 색시는 너무도 놀라고 두려워 눈물조차 나오지 않았다. 얼굴이 하얗게 질려 쓰러진 그녀를 부축해서 방으로 옮기고 기별하러 온 사람에게 잘 말하여 일단 돌려보냈다.

얼마 뒤 깨어난 색시는 부모님께

"저는 이미 곽씨 집안의 귀신이 되기로 한 몸입니다. 비록 서방님이 돌아가셨다 하나 한번 혼인을 한 몸이니 살아도 곽씨 집안 사람이오. 죽어도 곽씨 집안 사람입니다. 그러니 솔례로 떠나겠습니다."

하고는 짐을 싸 들고 곽씨 집안으로 들어갔다. 솔례에 도착해서 시부모
님께 인사를 드린 후 그녀는 방으로 들어가 서방님의 옷자락을 부여잡고
는 하염없이 눈물을 흘리다가 은장도를 빼어 들고는 죽을 결심을 했다.
하지만 곧 여종에게 발각되어 만류 당하였다. 그리하여 그녀는 시댁에서
6개월을 정신 잃은 사람처럼 보냈다. 그러던 어느 날, 마당을 쓸려고 싸
리비를 들고 나오던 노비의 눈에 희뿌연 것이 보였다. 이상하게 여겨 가
까이 가서 보니 그것은 다름 아니라 목매단 색시였다. 너무도 놀라 사람
들을 부르고 그녀를 내렸지만 이미 숨이 끊어져 있었다. 장례를 치르려고
방을 정리하다가 이부자리 밑에서 시를 하나 발견했다. 그 시가 어찌나
슬프고 간절했던지 사람들이 모두 눈물을 흘렸다.

장례를 치르고 그녀를 묻으러 가는 길이었다. 그런데 갑자기 상여꾼들
의 발이 땅에 붙은 듯 떨어지지 않는 것이 아닌가! 이제까지 잘 오다가
이상하다 싶어 주위를 살펴보았더니 아닌게 아니라 그 바로 앞에 남편의
무덤이 있는 것이었다. 그래서 상여꾼들이 상여를 내려놓고 그곳에 가 보
았더니 놀랍게도 무덤이 반으로 갈라져 관이 들어갈 수 있도록 되어 있었
다.

놀란 상여꾼들이 재앙이 두려워 얼른 그녀의 관을 무덤에 넣고는 합장
을 하였다. 그러자 갈라졌던 무덤이 다시 하나로 되었다. 그런 일을 들은
마을 사람들이 모두 죽어서도 부부의 정을 잊지 못해 함께 가는 것이라며
안타까워 했다.

이씨 부인이 지은 절명시는 대대로 집안 여자들에 의해 읽혀 오다가
6·25때 인민군들에 의해 원본은 사라지고 필사본만이 전해 내려오고 있
다. 잠깐 소개하면 다음과 같다.

　　　슬푸다 추풍(秋風)은 아는 곳으로 오나뇨
　　　외로온　모음은 더욱 슬프고 슬푸도다

절서(節序) 임의 변호니 단풍은 금수장(錦繡帳)을 둘넛고 누은 수양

(垂楊)은 어즈러온 금사(金絲)롤 드리웟다

원앙(鴛鴦)은 서로 곱화 곳 수풀을 일헛고

　　　－이하 생략－

지금도 이 시는 사임당의 작품에 버금간다는 평을 얻고 있으며 그녀를
기리기 위해 12정려각 옆에는 그 시를 새긴 와비(臥碑)가 놓여져 있다.

(제보자 : 대구광역시 달성군 현풍면 대리 665, 곽동후, 74세, 무직. 채록일자 : 1999. 12. 30.)

(73) 느티나무에 얽힌 전설

대구광역시 달성군 현풍면에는 현풍 곽씨의 충절을 기리는 12정려각이
있다. 그 12정려각 길 건너편에 지금은 보호수로 지정되어 있는 수령 400
년의 느티나무가 있는데 이에 얽힌 전설이 이 지역에 전해져 내려오고 있
다. 그 이야기는 조선시대 암행어사로 이름 높던 박문수(朴文秀 : 1691~
1756)가 영남 지방을 사찰하면서 이 곳 현풍의 행정을 보기 위해 들렸을
때의 이야기로, 당시 현풍의 죄인들과 부도덕한 탐관오리들을 모조리 잡
아, 이 느티나무에서 민중들을 모아놓고선 그 앞에서 그들을 문초하고 죄
를 다스려 바르게 사는 본보기로 삼고자하였는데, 이 때 박문수가 이 곳
지형을 잘 살펴보고는 "영남 지방을 가보고 또 살피면서, 사람살기 좋은
집터(양태)가 빼어남은 안동(安東)의 하회를 제하고 처음이다."라고 했다
한다. ─박문수 왈(朴文秀曰) : 일하회(一河回)요, 이솔례(二率禮)라.─ 이
지역 주민들은 이 말을 지금까지도 믿고 있으며 지금까지 이 현풍의 솔례
(大里)가 별 탈 없이 잘 지내고 있는 것은 바로 이 '천혜의 조건' 덕분으
로 믿고 있다. 이 느티나무는 그 후 6·25동란 등의 시련에도 꿋꿋하게
살아남아 솔례지방을 지켜주었고, 현재도 가을 햇살을 가지 사이로 흩뿌
리며 그 자태를 뽐내고 있어 주민들의 편안한 쉼터가 되어줄 뿐 아니라

느티나무

여전히 말없이 솔례를 지켜보고 있는, 산 중인으로서의 면모를 멀리서 찾아온 우리 일행들에게 보여주는 듯했다. 이 느티나무가 계속 솔례에 버티고 있음으로써 솔례 주민들에게 삶의 희망을 주고 그들에게서 꾸준한 사랑과 관심을 받았으면 한다.

●참고:이 이야기의 제보자인 곽동후(郭東厚)씨는 솔례지방의 느티나무 이야기를 하시면서 "예를 알고 따르며 지킨다."며 그 뜻을 풀이해 주셨다. 마을 지명을 알면 그 마을의 정서와 기질을 알 수 있다고 하시면서 비슷한 사례로 의병장으로 이름이 높았던 곽재우 장군의 사당이 있는 유가면의 '구례(九禮)'를 드셨음을, 지명의 이해를 돕고자 참고삼아 밝혀둔다.

(제보자:대구광역시 달성군 현풍면 대리 665, 곽동후, 74세, 무직. 채록일자:1999. 12. 30.)

(74) 솔례 땅에 얽힌 전설

대구광역시 달성군 현풍면 대리에는 솔례(率禮)라는 마을이 있다. 이 솔례 땅에는 원래 장씨가 들어와서 살면 재산도 늘리고 훌륭한 인물들도 많이 배출되어 잘 산다는 말이 있었다. 그래서 그 말을 믿고 인동 장씨 몇몇이 이 땅에서 살게 되었다. 또한 이 솔례라는 땅은 후에 어사 박문수가 그 땅이 사람이 살기에 좋기로 두 번째로 꼽을 만큼 좋은 땅임을 예언한 뒤에 곽씨 역시 이 땅에 뿌리를 내려 장씨들과 함께 살고 있었다.

처음엔 이 두 성씨를 대표하는 인동 장씨의 할아버지와 현풍 곽씨의 할아버지는 친한 친구 사이였다. 하지만 장씨를 대표하는 할아버지는 언젠가부터 장씨가 살면 잘 된다는 이야기를 근거로 장씨가 많이 살고 있는 지금의 인동과 바꾸어 살자고 했다. 인동이라는 곳도 그 땅이 기름지고 사람이 살기에 그리 험악한 곳이 아니니 바꾸어 산다면 우리 인동 장씨도 번창하여 좋고 현풍 곽씨도 기름진 땅에서 농사를 지으면서 산다면 그리 나쁠 것은 없다고 주장하면서 곽씨 할아버지를 조르기 시작하였다. 이러기를 하루 이틀을 지나 여러 날을 반복하니 처음엔 그냥 장난으로 여기던 곽씨 할아버지도 불쾌감을 느끼기 시작하였다. 아무리 장씨가 살면 잘 된다는 이야기가 있다 하여도 곽씨가 이 땅에 살면서 크게 잘못된 일도 없었고 오히려 원래 그 땅이 기름져 어떤 곡식을 심어도 그 수확량이 많고 해마다 수해를 비롯하여 큰 재해를 피해가서 농사를 지으면서 살아가는데 아무런 불편함이 없이 잘 살아가고 있는데 장씨 할아버지가 단지 전해져 오는 이야기만으로 땅을 바꾸자 하니 그 불쾌함이 나날이 심해져 갔다.

그래서 어느 날 곽씨 할아버지는 장씨 할아버지에게 내기를 하나 걸었다. 그 내용은 이 땅에서 같이 자면 실로 이 땅의 주인에게 반드시 무슨 일이 일어날 것이다. 그러므로 오늘 밤 나(곽씨 할아버지)와 같이 자자는 것이다. 그 말에 예로부터 전해져 오는 이야기를 굳게 믿어오던 장씨 할아버지는 혼쾌히 허락하였고 드디어 그 둘은 같이 하루 밤을 보내게 되었다. 시간이 얼마나 흘렀을까…… 정신 없이 잠을 자던 곽씨 할아버지는 목이 말라 물을 마시기 위해 눈을 떴다. 그리고는 자기 옆에서 코를 골며 자고 있던 장씨 할아버지를 쳐다보았다. 그랬더니 아니 이게 웬 일인가? 장씨 할아버지 입에 함박꽃이 피어있지 않은가! 과연 이 땅은 장씨들이 주인인가? 생각하며 한탄을 하면서 시름에 잠긴 곽씨 할아버지에게 순간 기발한 생각이 하나 떠올랐다.

장씨의 입에 피어 있던 그 함박꽃을 자기가 물고 자면 된다는 생각이었다. 그래서 곽씨 할아버지는 장씨 할아버지가 깰세라 조심조심해서 그 함박꽃을 장씨 할아버지 입에서 빼 내었다. 그리고는 그 꽃을 자기 입에 물고 마치 원래 자기 입에 핀 체 하면서 다시 잠을 청하였다.

다음날 아침 그 두 할아버지가 눈을 떴을 때 장씨 할아버지는 곽씨 할아버지의 입에 가득 피어 있는 함박꽃을 발견하였다. 아무런 할 말이 없는 장씨 할아버지는 바로 자신의 후손들을 이끌고 다시 자신들이 원래 살던 칠곡 인동 땅으로 돌아갔고 그 후로 그 땅은 곽씨가 완전한 주인이 되어 400년에 걸쳐 지금까지 12정려각에 모셔지고 있는 조상 외에도 많은 인재를 배출해 가면서 살아오고 있다. 그 이후로도 장씨들이 간혹 이 솔례라는 땅에 들어와 살기도 했으나 오래 살지 못하고 몇 해가 지난 후엔 다시 돌아가곤 했다.

(제보자 : 대구광역시 달성군 현풍면 대리 665, 곽동후, 74세, 무직. 채록일자 : 1999. 12. 30.)

(75) 도통바위 전설

달성군 유가면 읍리에는 도통바위라고 불리는 바위가 있다. 이 바위는 높이가 30m나 되고 돌 속으로 구멍이 나 있다. 이 바위에는 다음과 같은 전설이 전해내려 온다.

삼국유사에는 비슬산에서 천명의 도인이 나타날 것이라는 예언이 나온

도통바위

다. 지금까지 45명 가량의 도인이 출현했는데 그 중의 한 명이 금물녀라는 여인이다. 고려시대에 금물녀라는 여인이 있었다. 그녀는 산에서 나물을 캐어다가 이웃집의 쌀이나 보리쌀 등과 바꿔서 생계를 이어나가고 있었다. 봄부터 가을까지는 산에 여러 가지 나물이나 산열매가 나기 때문에 어떻게든 먹을 것을 마련할 수 있었으나, 산에 아무 것도 나지 않는 겨울부터 초봄까지는 먹을 것을 구하지 못하여 굶주림에 시달려야 했다. 그래서 추위와 굶주림에 지친 아이들이 먹을 것을 찾으며 울어도 피죽 한 그릇 끓여 줄 수가 없었다. 염치 불구하고 이웃집에 가서 먹을 것을 얻어보려해도 이웃 집 역시 하루하루 근근히 살아가는 처지였기에 얻을 수 있는 것이라곤 아무 것도 없었다.

눈이 내려 온 산과 마을을 뒤덮은 한겨울 어느 날, 가난과 추위를 견디다 못한 여인은 죽기를 결심하고 산에 올라갔다. 산 속에 자리한 도성암을 지나 암자 뒤에 있는 커다란 바위 밑에 자리를 잡았다. 여인은 차마

스스로 목숨을 끊지 못하여 차가운 눈 속에서 얼어 죽기로 결심한 것이
다. 치마폭에 매달리는 아이들을 먹을 것을 구해오겠다며 억지로 떼어놓
고 온 것을 생각하며 눈을 감고 있던 여인에게 홀연히 어떤 소리가 들려
왔다. 그것은 온 산을 뒤덮고 있는 흰 눈의 고요함을 깨뜨리며 울려 퍼지
는 스님의 법문이었다. 모든 것이 죽은 듯이 고요한 가운데 울려 퍼지는
스님의 법문 소리에 여인의 눈에서 눈물이 흘러 내렸다.

　눈을 감은 채 먹을 것이 풍부해지고 따뜻한 날씨가 계속되는 봄날을 상
상하던 여인은 자신의 주위가 갑자기 따뜻해지면서 환해지는 것 같이 느
껴져 이상하게 여기며 눈을 떠보자 주변이 따뜻한 봄처럼 변해 있었다.
자신의 눈으로 보고 있는 것이 믿어지지가 않아 다시 눈을 감았다 떠보니
주위는 자신이 처음 앉았던 그대로의 모습이었다. 절망감으로 다시 눈을
감은 여인은 아직까지도 들려오는 스님의 법문 속에 담겨 있는 이치에 대
해 생각을 하게 되었다. 얼마의 시간이 흐른 후 여인의 감은 눈앞이 환해
지는 것 같더니 여인은 도를 깨치게 되었으며 그 바위 속에는 구멍이 생
겨났다. 그 후 여인을 보았다는 이는 아무도 없었다.

　(제보자：대구광역시 달성군 유가면 읍리 127번지, 권중원, 71세, 농업. 채록일자：2000. 5.
10.)

(76) 비슬산 지명 유래

　비슬산은 현풍에서 조금 들어간 곳에 위치하는데 그 속에 유가사라는
아담한 절도 위치해 있다. 비슬이라는 명칭은 비는 비파 비(琵)자로 비파
라는 악기의 뜻이고, 슬은 거문고 슬(瑟)자로 거문고의 악기 이름에서 따
온 것이라고 한다. 비슬산의 산형은 마치 한 여인이 거문고와 비파를 타
고 있는 형상을 하고 있다고 한다. 또, 비슬이라는 말은 인도의 여신의
이름을 따온 것이라는 말도 있다. 아마도 이 여인은 불가와 인연이 많은
여인인 듯하다. 그래서 인도의 여신의 이름과 관계지어질 수 있었을 것이

다. 그 인도의 여신의 이름은 정확하지는 않으나 '비이사'라고 전한다. 그리고 더욱 재미있는 것은 유가사가 위치한 비슬산의 앞산은 어린 동자가 춤을 추고 있는 형상을 하고 있다고 한다. 그 동자승이 그 여인의 거문고 음률에 맞추어 춤을 추고 있다고 한다. 이 동자승은 어떤 인연인지는 모르겠으나 아마도 여인의 거문고 음률에 크게 감화를 받은 것 같다.

(제보자 : 대구광역시 달성군 유가면 유가사, 정각, 스님. 채록일자 : 2000. 5. 10.)

(77) 솥터모리

유가사 아랫마을의 형세는 솥터를 닮았다고 한다. 그리고 이 마을에서 다른 마을로 돌아나가는 모퉁이에 위치한다고 해서 솥터모리라고 불리어졌다고 전한다. 예로부터 솥은 밥을 하는 도구로 부를 상징하는 것이었다. 그리고 보통 한 집안에서 밥을 짓고 살림을 일으켜 부를 일으키는 역할을 하는 사람은 며느리다. 그래서 그 마을에 참한 여자가 시집오면 마을에 풍년이 들고 마을이 부유해진다는 얘기가 전해져 내려오고 있다.

이 솥터모리와 관련되어 전해져 내려오는 이야기가 또 한편 전한다. 그

솥터모리

러니까 이 솥터 마을에 한 여인이 시집을 왔다고 한다. 그런데 시어머니가 어찌나 엄하고 무서운지 며느리가 시집살이를 고되게 했다고 한다. 며느리가 새벽부터 물을 길어와 아침밥을 하는데, 밥을 할 쌀을 시어머니가 뒤주에서 퍼서 주었다. 그런데 쌀의 분량이 세 식구의 밥이 되기엔 너무나 부족하여서 며느리는 어찌할 바를 모르고 늘 부엌에 앉아 울기 일쑤였다. 이렇다보니 늘 자신은 솥에 조금 남은 누룽지만 겨우 몇 술 뜰 수밖에 없었다. 그러나 며느리는 힘든 내색 없이 가난하지만 시어머니를 정성으로 봉양하고 열심히 살림을 살았다. 그리고 삯바느질이며 동네 일이며 가리지 않고 열심히 하여 몇 년이 지나자 그 빈곤한 살림이 차차 늘기 시작하였다. 그러자 이제 시어머니도 며느리의 마음씨에 탄복을 했는지 쌀을 넉넉히 주기 시작했고 그 둘의 사이도 돈독해졌다. 그리고 몇 해가 더 지나자 살림이 더욱 풍성해져서 시어머니는 며느리를 잘 봤다며 온 동네에 자랑을 하며 다녔다고 한다. 또, 이 마을의 지명도 솥터의 모양이고 이 며느리의 이야기와 더해져서 이 마을에 여자가 잘 들어보면 마을이 부유해진다는 이야기가 대대로 전해져 내려온다고 한다.

(제보자:대구광역시 달성군 유가면 음리 127번지, 권중원, 71세, 농업. 채록일자:2000. 5.

10.)

(78) 유가사의 개불 전설

달성군 유가면 비슬산 기슭에는 유가사라는 절이 있다. 유가사의 유물 중에 개불이라는 불상이 있었는데 큰 신통력을 가졌다고 전해져 내려왔다 하였다. 유가사는 신라시대에 지어진 절로 유서가 깊다. 신라시대 때 나라에 큰 가뭄이 들어서 농작물도 다 마르고 흉년이 너무 심해진 때가 있었다고 한다. 그래서 마을에 불심이 깊던 노인이 개불에 신통력이 있다는 이야기가 대대로 전해져 내려오던 것을 생각해 내고는 이 불상을 재단에 모셔놓고 기우제를 지내자고 제의를 했다고 한다. 그러나 마을의 젊은 사람들은 그건 그냥 전설에 불과하다고 웃으면서 노인의 말을 무시했다고 한다. 그러나 마을의 가뭄이 너무 심해져서 콩 한 줄기도 열리지 않고 비옥하던 토지도 가뭄을 이기지 못하고 큰 금을 그으며 갈라지기 시작했다. 그렇게 되다보니 마을의 인심은 더더욱 흉흉해지고 힘이 없는 노인들은 하나 둘 자리에 눕기 시작하고 어린 아이들은 뼈만 앙상하게 남게

유가사

되었다. 일이 이 지경에 이르게 되니 집안의 가축들을 하나 둘 씩 잡아 먹기 시작해서 급기야 내년에 농사를 지을 소조차 남지 않는 지경에 이르게 되었다. 마을 사람들은 나라의 망조가 들었다고 걱정을 하기 시작했고 상황은 더욱 암담해져 갔다.

일이 이렇게 위급해지자 마을의 젊은이들이 하는 수 없이 반신반의한 마음으로 노인을 찾아가서 개불을 모셔서 기우제를 지내보자고 제안했다. 이윽고 기우제를 지내기로 한 날 마을 사람들이 모였으나 그 능력을 믿지 않는 사람들은 나오지 않았다고 한다. 모인 사람들은 그 개불의 신통력을 믿고 며칠동안 정성을 다해 기도했다. 그러자 정말 신기하게도 빗방울이 몇 방울 떨어지기 시작하였다. 그러나 큰 비가 아니었으므로 가뭄을 해결할 수는 없었다. 그러나 빗방울을 본 온 마을 사람들이 이제는 그 능력을 의심하지 않고 모두 모여 불심과 정성을 가지고 기도를 드렸다고 한다. 그러자 몇 시간이 지나자 하늘에 구멍이 뚫린 듯이 큰 빗줄기가 내리기 시작하였다. 마을 사람들이 모두 하나가 되어 땅을 구르고 울면서 기뻐했다고 한다. 그 이후 곧 나라 안의 큰 가뭄은 해결되었고 사람들의 인심도 다시 회복되었다고 한다. 그리고 모두 더욱 독실한 불교도가 되었다고 전해진다. 그 후로 이 개불의 신통력이 증명되었고 사람들의 입을 거쳐 그 신통력이 자자손손 계속 전해져서 나라에 큰 가뭄이 들 때마다 이 개불을 재단에 모셔두고 기우제를 지냈다고 한다.

(제보자 : 대구광역시 달성군 유가면 유가사, 정각, 스님. 채록일자 : 2000. 5. 10.)

(79) 사효굴 전설

사효굴은 달성군 유가면에 위치한 동굴로 이 동굴에 얽힌 이야기는 이러하다.

임진왜란 당시 이 마을에 살던 현풍 곽씨 사부자가 물밀듯이 밀려오는 왜군을 피해 마을 뒷산 야트막한 곳에 있는 동굴로 몸을 숨겼다. 왜군들

사효굴

은 양민을 학살하고 마을을 불태운 뒤 '살아남은 사람이 없나?' 하며 마을 주변을 샅샅이 뒤지고 다녔다. 동굴에 숨어있던 사부자는 동굴 앞을 지나가는 왜군의 발소리를 들으며 숨죽이고 있었다.

이 때, 당시 기관지 천식에 걸려 기침이 심하던 아버지가 기침을 참지 못하고 큰 소리를 내고 말았다. 왜군은 기침소리에 가던 길을 멈추고 동굴을 향해 돌아섰다. 동굴 안에 사람이 있다는 것을 눈치챈 왜군들은 동굴 앞에서 가장 나이 많은 사람은 빨리 나오라고 소리쳤다.

이에 아버지가 죽음을 예감하고 동굴 밖으로 나서려고 하자 큰아들이 아버지를 말리며 자기가 대신 나가겠다고 일어섰다. 아버지는 안 된다고 늙은 자신이 나가야 한다고 아들의 손을 뿌리쳤다. 이것을 보고 있던 둘째 아들이 큰 형은 대를 이을 사람이니 이런 곳에서 죽어선 안 된다고 자기가 나가겠다며 동굴 입구를 향해 걸어 나가려 했다. 왜군은 밖에서 나오기를 재촉하며 소리치고 총으로 위협을 가했다.

상황은 다급해져 가기만 하고 아버지와 큰 형, 둘째 형이 서로 자신이 나가겠다고 실랑이를 하고 있었다. 이것을 보고 있던 막내가 큰 형, 작은 형이 아버지를 잘 모실테니 자신이 나가서 왜군의 손에 잡히겠노라고 동굴을 빠져나가려 했다. 아버지와 두 아들은 막내를 말리고 자리에 앉았다. 시간이 지나도 네 부자는 서로 나가겠다고 실랑이를 계속하고 마침내 동굴 밖에서는 왜군이 총을 쏘아대기 시작했다. 시커먼 동굴을 향해 쏘았던 수십 발의 총알은 순식간에 사부자를 몰살시켰다. 아버지가 자식을 사랑하는 그 마음과 아버지를 지극하게 위하던 세 아들의 효심, 그리고 삼형제간의 우애를 기리기 위한 비석이 사터에 세워져 사부자의 그 마음을 지금도 전해 주고 있다.

(제보자:대구광역시 달성군 유가면 음리 127번지, 권중원, 71세, 농업. 채록일자:1999. 12. 27.)

(80) 황새덤 전설

달성군 유가면 음리에서 비슬산 가는 길에 진천교란 다리가 있다. 그 다리 밑으로는 내가 흐르고 그 앞에는 자그마한 산이 있다. 그 지역의 명칭이 황새덤인데 그에 따른 전설이 있다. 고려시대에 이 마을에 가난하지만 금슬이 좋은 노부부가 살았단다. 그런데 이 부부에게는 자식이 없었지. 이들도 나이를 먹으니까 자식을 보고싶은 거야. 그래서 부부는 매일 삼신 할머니한테 자식을 보게 해 달라고 빌었지. 그렇게 백일이 흘러갔는데, 그러던 어느 날 밤, 부부는 같은 꿈을 꾸게 되었지. 꿈속에 웬 할머니가 나타나서는 마을 어귀의 느티나무에 애기가 있을테니 데려가서 잘 키우라고 했더래. 부부는 이상하게 생각하면서도 혹시나 하는 마음으로 가봤지. 그런데 정말로 포대기에 애기가 있더래. 부부는 너무 행복해 하면서 그 아이를 금이야 옥이야 길렀지.

그런데 그 아이가 7살이 되던 해, 갑자기 병이 든 거야. 부부의 근심은 대단했지. 온갖 좋다는 약과 신통하다는 의원을 불러다 치료해도 소용이 없었던 거야. 부부는 매일 눈물로 밤을 새웠지. 그들은 매일 밤 정화수를 떠놓고 달님에게 빌었지. 한 백일쯤 흘렀을까 부부의 꿈에 또 그 할머니

황새덤

가 나타난 거야. 부부의 정성에 감탄하면서 아이가 아픈 이유는 집안에 요물아 하나 들어왔기 때문이라는 거라며 그 요물은 남편의 조상이 잘못한 일이 있어서 그를 앙갚음 하려고 후손인 남편을 괴롭히는 거래. 요물을 퇴치하려면 황새 한 마리를 잡아서 집에 데려오면 된다고 했지.

부부는 이번에도 할머니의 말을 따라서 다음날 아침 일찍 황새 한 마리를 잡아서 집으로 가져왔지. 그런데 부인이 이 황새를 놓쳐 버린 거야. 황새는 사람에게 잡혀서 놀랐기 때문인지 뒷간의 구석으로 푸드득 날아가더래. 부부가 황새를 다시 잡으려고 뒷간 쫓아갔는데 웬 커다란 구렁이가 한 마리 있더래. 부부는 이놈이 그 요물이구나 하고서는 잡아서 죽였지. 그 구렁이가 죽고 나니 아이도 조금씩 건강을 회복했지. 그 후 부부가 가만히 생각해보니 그 할머니는 삼신 할머니였던 거야. 그래서 삼신 할머니께 감사 드리면서 아이와 오순도순 잘 살았대. 훗날 사람들은 이 부부가 살던 마을을 멀리서 보면 황새의 부리 같고 또 앞 개울은 구렁이

의 형상이라고 해서 황새덤이라 붙이고 이 부부의 지극한 정성과 자식을
사랑하는 마음을 길이 생각했단다.

(제보자:대구광역시 달성군 유가면 음리 127번지, 권중원, 71세, 농업. 채록일자:2000. 6.
10.)

(81) 성말래이 전설

성말래이 전설은, 유가사가 있는 비슬산에서 내려와 음리 마을에 들어
서면 산이라 하기에는 낮고 크기도 작은 구릉들이 많은데 이 이야기는 그
중 마을 사람들이 '성말래이산'이라 부르는 산에 대한 전설이다.
이 산에 오르면 성을 쌓다가 그만 둔 흔적이라는 크고 길쭉한 돌들이
있고, 그 주위에는 '팔장수 무덤'이라는 임진왜란 때 전사한 여덟 장수의
무덤이 있다.
조선조 임진년에 왜란이 일어나자 전국 각지에서는 파죽지세로 밀려들
어오는 왜군의 공격에 방어하기 위해 성을 쌓기 시작했다. 마을 사람들은

성말래이

왜군이 어디까지 쳐 올라왔는지 알 수 없었지만, 왜군의 침임에 대비해 마을을 지키기 위해 이 산 위에 성을 쌓기로 했다. 마을 사람들은 남자, 여자를 불문하고 늙은이나 어린애 할 것 없이 모두 나와 한 마음으로 열심히 돌을 운반하고 성을 쌓았다. 처음에는 돌을 쌓아도 높아지지도 않고 두꺼워 지지도 않았지만, 무슨 일이 있어도 우리 마을을 지켜 내리라는 마을 사람들의 굳은 의지와 전쟁이 빨리 끝나기를 바라는 간절한 마음으로 꾸준히 쌓아 올리자 어느새 왜군이 쳐들어 와도 걱정 없을 만큼 높고 견고한 성이 만들어졌다. 이만하면 되었을 것이라 생각한 축성 감독이 여전히 흰 행주 치마에 크고 작은 돌 여러 개를 담아 안고 산을 오르고 있던 아주머니에게 이제 그만 가져오라고 소리를 질렀는데, 아주머니는 왜군이 쳐들어왔다고 소리 치는 줄 알고 놀라고 급한 마음에 치마에 안고 있던 돌들을 땅에 우르르 쏟고 말았다. 아주머니가 산 중턱에서 돌을 쏟아 버리자 마을 사람들이 공들여 쌓았던 성의 돌들이 쏟아져 무너지기 시작했다. 그래서 성은 완성되지 못하고 쌓여 있던 돌들이 밑으로 떨어지면서 크고 길쭉한 돌길을 내었는데, 이 모습을 보고 마을 사람들이 성을 짓다가 말았다고 산 이름을 '성말래이산' 이라 부르게 된 것이다.

(제보자 : 대구광역시 달성군 유가면 읍리 127번지, 권중원, 71세, 농업. 채록일자 : 2000. 6. 10.)

(82) 용연사의 유래가 된 용추못

옥포면 반송리에는 '용연사' 라는 절이 있으며, 그 입구에는 유명한 '용추폭포' 가 있었다. 용이 하늘로 날아 올랐다 하여 붙여진 이름이라고 한다.

'용연사' 의 유래가 된 용추에는 용이 살았는데 약 1백년 전에 있었던 큰 홍수로 폭포가 파손되자 그만 하늘로 날아가 버렸다고 한다. 후에 승천한 용이 연못으로 입수하였는데 그 곳이 지금 용연사 입구에 있는 못으

용연사

용추못

로 그 곳 사람들은 그 못을 '용추못'이라 부른다.

지금도 사람들은 폭포에서 나온 용이 연못 속으로 들어가 그 곳에 살고 있다고 믿고 있으며, 또 예전에는 못 주위에 용이 기어간 흔적이라고 여

겨지는 푸른 바위가 '용추못'을 따라 있었다고 하는데 얼마 전 공사로
다 치워지고 지금은 그 자취를 볼 수가 없었다.

(제보자:대구광역시 달성군 옥표면 반송 2리 427번지, 배명근, 농업, 채록일자:1999. 12.
11.)

(83) 효자 김세권(金世權)과 김렴권(金廉權)

김흥리에는 김해 김씨 김세권과 김렴권의 효행을 기리는 효자비가 있
다.

김세권(1901년 6월 6일생)은 나이 서른이 되었을 때 어머니가 이름 모
를 병에 걸려 자리에 눕게 되었다고 한다. 그는 여러 곳에 수소문하여 약
을 구하고 온갖 정성을 다하여 간호하였으나 어머니의 병환은 잘 낫지 않
았다.

그러던 어느 날 병석에 누운 어머니는 아들에게 "내 병은 멧돼지 고기
를 먹으면 나을 것 같구나."하고 말했다. 김세권은 여러 곳의 포수에게
부탁하였으나 멧돼지를 구할 수 없어 애를 태우고 있었다. 그러던 중 하
늘도 감동했는지 어느 날 갑자기 마을에 멧돼지가 나타나게 되었다. 이를
보고 마을 사람들은 힘을 모아 멧돼지를 잡아다가 김세권의 어머니를 봉
양케 하였고 그 후 김세권의 어머니는 신기하게 병이 낫게 되었다고 한
다.

또 김흥리에는 어려움을 참고 부모님께 효도하며 형제간의 사랑을 실천
하여 가정의 화목을 이룩한 효자 김렴권을 기리기 위해 1961년 3월 마을
사람들이 세운 효자비가 있다.

김흥리에는 이외에도 효행에 얽힌 이야기가 많이 전하고 있다고 한다.

(제보자:대구광역시 달성군 옥포면 김흥 1리 389-2번지, 박정자, 농업, 채록일자:1999.
12. 11.)

(84) 신랑듬과 각시듬

　비구니들이 수도하다 빈대가 너무 많아 절을 불태우고 갔다는 귀비사지의 절터가 있는 대니산 정상 부근에 세 개의 능선이 뻗어 있다. 남쪽 능선에 있는 각시듬과 북쪽 능선에 있는 각시듬 맞은편의 신랑듬, 그리고 중앙에 있는 능선 밑의 중신애비듬이 있다.

　이 이야기의 내용은, 옛날 옛적에 산 아래 마을에 나무를 팔아 살아가는 30세 노총각이 있었다고 한다.

　그는 매우 가난했고 일찍이 부모를 여의었으나 착한 마음씨 때문에 마을 사람들의 사랑을 받았다. 어느 봄날 그는 평소처럼 나무를 하러 산에 올랐다. 나무를 하고 피곤한 나머지 깜박 잠이 들었는데 기이한 꿈을 꾸게 되었다. 백발의 산신령이 나타나 착한 마음씨가 갸륵하여 장가를 보내주겠다며 내일 이 곳으로 오면 예쁜 처녀와 중신애비가 있을 것이라고 했다.

　그러나 혼례를 치르고 나서라도 아이 셋을 낳기 전까지는 아무에게도 그 사실을 알리지 말라고 하였다. 잠에서 깨어난 노총각은 너무 좋아서

신랑듬 각시듬

그 날 밤을 제대로 자지도 못하고 다음 날 어제의 그 장소로 갔다. 그러자 산신령의 말대로 예쁜 처녀와 중매쟁이가 이 쪽으로 오고 있었다. 만나서 혼례날짜를 정하고 그들은 헤어졌다. 노총각은 하루 하루를 손꼽으며 그 날을 기다렸다.

드디어 그 날이 되었다. 노총각은 너무나 기뻐 집을 나서며 동네 어른에게 인사를 드린다는 것이 잘못되어 "오늘 저 장가갑니다."라고 말하고 말았다. 그 장소로 가 보니 병풍이 둘러져 있고 중신애비는 와 있는데 각시는 온데 간데 없었다. 의아하여 중신애비에게 물어보니 "이제 끝났다."라는 말을 남기며 산을 내려가는 것이었다. 그리고 남쪽 산등성이에 각시가 서 있었고, 그제서야 총각은 산신령의 말을 어긴 것이 생각났다. 그때 산신령의 목소리가 들렸다. "마음씨가 갸륵해서 인연을 맺어주려 했는데 이젠 할 수 없구나. 못다 한 삶은 바위가 되어서 영원히 지내거라." 하면서 하늘로 사라졌다.

하늘이 어두워지며 벼락이 내리쳤고 총각, 각시, 중신애비는 돌이 되어 버렸다. 그리하여 지금도 남쪽의 각시듬과 북쪽의 신랑듬이 마주보고 있고, 중앙의 병풍듬과 중신애비듬이 신랑을 원망하며 앉아 있다.

(제보자 : 대구광역시 달성군 현풍면 대리 642번지, 곽성한, 농업. 채록일자 : 1999. 12. 11.)

(85) 귀비사지의 유래

지동 2구 뒤의 대니산 정상에 귀비사라는 절이 있었다. 이 절은 현재 터만 희미하게 남아 있다. 약 천년쯤 전에 이름을 알 수 없는 옹주 한 분이 이 곳의 수려한 산수를 보고 감탄하여 절을 세웠다. 이 곳은 여승 즉 비구니들만 있는 절이었다. 이 절은 120년 간 이어져 왔는데 이 절에는 빈대가 기승을 부렸다고 한다.

그 이유는 궁중에서 쫓겨난 부정한 옹주가 세운 절이라서 옹주의 잔재를 없애려고 극성을 부렸다고 전해진다. 빈대의 극성으로 할 수 없이 절

귀비사지가 있는 대리산 중턱

을 불태우고 이 곳을 떠나게 되었고, 이들은 떠나면서 아래의 마을에 불
쌍한 옹주의 넋을 기리기 위해 해마다 불신제를 지내달라며 논 몇 마지기
를 사 주었다. 마을에서는 그 뒤로 해마다 음력 정월 대보름에 제사를 지
내 주었고, 여러 해가 가도 불신제만큼은 계속 이어져 갔다.

　그러나 수백 년이 지난 현재는 제사가 시대의 변화 때문인지 없어졌다.
그리고 80여년 전까지만 해도 절의 주춧돌이 남아 있었으나 마을 사람들
에 의해 하나 둘 깨어지고 옮겨졌다.

　그러나 아직까지 돌무더기가 깔려 있으며 돌에는 빈대가 붙어 있었던
흔적이 있다고 한다.

(제보자:대구광역시 달성군 현풍면 대리 642번지, 곽성한, 농업. 채록일자:1999. 12. 11.)

(86) 황벌의 도깨비불

　대니산 기슭에 원당이라는 마을이 있었다. 북쪽으로는 낙동강이 흐르
고, 그 지류 차천이 마을 앞 들판을 가로 지르고 있으며 이 차천의 중간
쯤에 현풍으로 통하는 징검다리가 있었는데, 이 전설은 이 징검다리가 있

황벌과 도깨비불

었던 들판에서 일어났다.

　아주 먼 옛날, 음력 대보름 전날이 되면 보리를 갈지 않은 넓은 황벌에 이상한 불빛이 징검다리 부근에 하나 둘씩 보이기 시작했다. 그리고 그 숫자는 계속 늘어갔으며 마을에서 내려다보면 차천을 중심으로 남북으로 갈라져 모였다. 뿐만 아니라 괴성이 들리고 싸움까지 벌이는 것이었다.

　자정 즈음이 되면 싸움의 절정에 이르고 닭이 울면 싸움이 끝나는 것이었다. 이긴 쪽은 괴성과 함께 들판을 한 바퀴 돌고 승리를 자축하며, 들판의 벼 뿌리를 뽑아서 들판 중앙에 모으기도 했다. 싸움에서 북쪽이 이기면 그 해 홍수가 나서 흉년이 되고, 남쪽이 이기면 풍년이 든다고 하였다. 그래서 마을 사람들은 남쪽 편이 이기도록 응원을 하기도 했었다고 한다.

(제보자 : 대구광역시 달성군 현풍면 중동리 303번지, 조삼성, 농업. 채록일자 : 1999. 12. 11.)

(87) 용두산의 무덤

용두산의 무덤흔적

약 70년 전 현풍면에 윤상백이라는 사람이 살았는데 의리 있는 젊은이였다. 어느 날 시장에서 친구 김씨, 정씨와 함께 집으로 돌아가는 길에 산모퉁이에서 낯선 이와 싸움이 벌어졌다. 정씨와 김씨는 그 사람과 다투다 결국 그 사람을 죽여버렸다. 겁이 난 둘은 윤씨에게 자신이 죽였다고 해 주면 나중에 둘이서 구해주겠다고 했고 윤씨는 친구들을 믿었다.

다음 날 관아에서 범인을 잡으러 나왔고 윤씨는 자신이 범인이라며 자진해서 붙잡혔다. 지금 현풍 중, 고등학교인 곳으로 끌려가 모진 매를 맞게 되었고 결국 실신했다. 그 때 죽은 이의 부인이 칼을 빼들고 윤씨의 배를 찌르고 창자를 끄집어 내었다. 윤씨는 그 자리에서 죽고 동시에 하늘에서 벼락과 함께 폭우가 내렸다. 구경하던 사람들은 뿔뿔이 흩어지고 윤씨의 가족들은 시신을 대충 수습해 가까운 언덕에 돌과 흙으로 대충 묻었다. 그렇게 만들어진 무덤이 용두산 무덤이며 아직도 윤씨의 혼이 남아 있어 학교에 행사가 있으면 비가 내린다고 전해진다.

용두산 무덤은 현재 현풍면 성하동의 현풍 중, 고등학교 교정 내의 솔밭 사이로 허술하게 있다. 학교를 세우면서 다른 많은 묘들은 이장했으나, 이 묘만은 남아 있어 이야기를 전하고 있다.

(제보자:대구광역시 달성군 현풍면 중동리 310번지, 이수하, 무직. 채록일자:1999. 10. 11.)

(88) 용문동 전설

대구시 달서구 화원읍 본리동의 작은 마을을 지나 꼬불꼬불한 산길을
한참 올라가다 보면 작은 계곡이 나타난다. 주위의 인적이 아주 드문 곳
으로 물이 너무나도 맑고 높은 곳에서 물이 떨어져 작은 폭포를 이루고
있었다. 이곳을 용문동이라 부르는데 주위에 많은 산들로 둘러싸여 있어
신선들이 이곳을 드나들며 노닐었다고 한다.

주위의 산중에서 옥황상제가 지나가다가 천하를 태평으로 만들기 위해
명심보감을 내려준 불당의 산이 주위에 있는데 물이 너무나도 맑고 골이
깊어 옥황상제가 목욕을 하기 위해서 내려온 곳이기도 하다. 이 용문동에
내려오는 대표적인 전설로 칠 선녀 이야기가 있다.

하늘에 제사를 지내기 위해 칠
선녀들이 이 곳으로 목욕을 하러
내려오는 날이었다. 그를 안 장
수들이 칠 선녀를 보기 위해 한
참을 그 주위에서 기다렸다. 그
때 마침 하늘에서 구름을 타고
칠 선녀들이 내려오자 장수들은
그녀들의 아름다움에 넋을 잃고
말았다.

그들은 망설인 끝에 선녀들에
게 다가가서 하늘에서 살지 말고
인간 세상에서 자기들과 함께 살
자고 유혹하였다. 처음에는 선녀
들이 당황하였지만 차츰 지상 세
계에 대한 호기심이 생기게 되었
다. 이 때 장수들은 지상의 맛있

용문동

는 여러 음식들을 대접하는 등 칠 선녀를 아내로 맞이하기 위해 노력하였
다. 특히 장수들이 창, 북, 칼을 내보이며 그들의 힘을 과시하자 이에 선
녀들이 깜짝 놀라는 한편 그들의 힘과 기상, 용기에 점차 빠져들었다. 천
상의 세계와 지상의 세계의 삶을 두고 망설이던 선녀들은 결국 하늘로 올
라가지 않고 장수들과 결혼해서 행복하게 살았다고 한다.

(제보자:대구광역시 달성군 화원읍 본리리 606번지, 우해용, 62세, 농업. 채록일자:1999.
12. 25.)

(89) 불당

대구시 달성군 화원읍 본리동에는 화원의 맥이라 할 수 있는, 경치가
아름다운 불당이란 산이 있는데 이 산의 명칭의 기원과 이 산에 의해 화
원의 유명한 인물이 태어나게 된 배경을 이야기 하고자 한다.

먼 옛날 단군이 세운 고조선 시절이랄까, 하늘에서 옥황상제와 그의 여
러 신하들(대신들)이 지상을 구경하기로 마음 먹고 구름을 타고 많은 선
녀들과 각종 신기한 술이나 놀이기구 등을 가지고 세상을 두루 여행하였
다고 한다. 그들은 많은 지역, 즉 산과 들 그리고 바다를 들러보며 그 형
상이 아름답고 신비한 지역에는 여행길을 멈추고 지상에 내려와 흔히 우
리가 신선놀음이라고 부르는 것처럼 그 곳의 경치를 즐기며 몇 날 며칠을
술과 음식, 놀이로 보냈다고 한다. 그들이 이러한 여행을 하며 들렀던 곳
중에 하나가 화원의 불당이라 불리우는 산이라는 것이다. 물론 그들이 내
려와 풍류를 즐기던 당시의 불당은 불당이란 이름의 산이 아니라 다른 명
칭을 썼거나 아니면 이름이 없었을 수도 있는 곳으로 불당 이전의 명칭은
알려진 바가 없다고 한다. 옥황상제와 그의 무리들은 저 북쪽부터 여행해
오던 중 경북지역에 이르러 화원의 아름다움과 특히 화원의 여러 산들의
아름다움에 취해 지금의 불당에 내려왔던 것이다. 그들은 희미한 연기를
배경으로 구름을 불당 가까이 가져와 불당의 봉우리에 걸쳐놓고 옥황상

불당

제를 거두로 여러 대신들이 내려오며, 그 뒤로 그들이 천상에서 가져온 많은 음식과 술, 놀이기구를 선녀들이 나르는 것이 마치 산들바람이 거기에 있는 모든 것들을 살짝 건드리며 그것들에게 생명을 불어넣는 것처럼 불당의 모든 생물들에게 신기함과 놀라움 그리고 깨달음을 가르쳐 주는 것 같았다. 그 뿐만 아니라 그들이 화원에 내려오는 바로 그 때 불당 뒤로 해가 떠오름에 그 광경이 너무나 아름다워 옥황상제가 감탄하였다고 한다.

그리하여 이 산이 해 돋을 昢(불) 밝을 曭(당)을 써서 불당이라 불리어지게 된 것이 아닐까 한다. 그리고 간혹 '모든 걸 깨달아 알게 된다'란 의미에서 각치(覺致) 봉우리라 일컫기도 한다.

여하튼 그들이 불당에 내려와 아침이 밝아오자 음주(飮酒)하고 바둑을 두며 풍류를 즐기는데 그 옆에는 호랑이와 개 그리고 사슴이 누워 있었다. 상극인 호랑이와 개가 나란히 있는 것하며 초식동물로서 육식동물의 먹이가 되는 연약한 사슴이 호랑이와 있는 것과 신선들이 노는 것이 얼마나 평화롭기 그지없는 지를 말해 주었다고 한다. 옥황상제와 그의 무리들은 풍류를 즐기다 말고 이런 평화로운 세상을 기리기 위해 또한 지키고 보존하기 위해 뭔가를 하기로 결정하고 궁리하기 시작했다. 그리하여 평화로움을 여러 곳에 그리고 여러 세대에 전하기 위해서는 이 곳의 사람들이 글을 알아야 할 것이라 여겨 글을 창조하기로 했고 인간은 마땅히 선함이 있으면 악함이 있으므로 이 평화를 유지하기 위해 이를 깨뜨리면 벌을 받는다는 것을 알고 이를 지키도록 천상에서의 도리와 같은 법을 만들기로 하였던 것이다. 이렇듯 옥황상제의 덕을 받아 인간만이 가진 글과 법(제도)을 화원에서는 벌써부터 추구하게 되었다는 것이다.

이런 이유로 화원의 인흥서원이란 곳에는 명심보감 판본이 소장되어 있으며 우리나라 최초의 개헌안을 제출한 서상일씨(徐相日, 1887~1962, 호는 東庵, 경상북도 화원 출신으로 48년 제헌국회의원에 당선해 헌법기초위원으로 활약했다.)와 현 대구시장 문희갑씨가 이 곳 출신이라는 것이다.

(제보자:대구광역시 달성군 화원읍 본리리 606번지, 우해용, 62세, 농업. 채록일자:1999. 12. 25.)

(90) 질구지

달성군 구지면 창동 내동 마을에 질구지라는 들이 있다.

이 질구지에는 선조 때의 의병지도자 곽재우와 관계된 이야기가 하나 있다.

곽재우는 경상도 의령 출생으로 임진왜란이 일어나자 고향으로 돌아가 의병을 일으켰다. 홍의를 입고 선두에서 싸워 홍의장군이라고도 불리었으며 각지에서 많은 왜적을 물리쳐 왜군은 그의 이름만 들어도 무서워 도망칠 정도였다.

그런 그가 세상을 떠나자 그의 관향인 현풍 구지면에서는 그의 묘소를 정하려고 마을이 한창 떠들썩했다. 예로부터 현풍 구지는 곽재우 집안이

많이 모여 살고 곽재우 위패를 모신 서원이 있기 때문에 거기에 묘소를
정하기로 한 것이다.

그런데 신당마을 앞산에 묘소를 정하고 묘역을 파헤치니 거기서 물이
콸콸 쏟아져 나오는 것이었다. 그리하여 이 일에 관여하던 사람들이 큰일
이라고 생각은 하나 어찌 하지 못하고 도저히 묘를 쓸 수가 없어서 발만
동동 구르고 있었다.

그 때 마침, 그 곳을 지나던 도인이 이 광경을 보고는 "여기에 묘를 쓸
려거든 방아실 어느 한 곳을 파헤쳐야만 이 상황을 넘길 수 있을 것이
오."라는 말만 던지고는 어디론가 홀연히 사라졌다.

그 말을 들은 사람들은 그 도인의 말대로 방아실을 파헤치기 시작했다.
그 자리에서 그 도인의 모습을 본 것은 모두들 사실이지만 순식간에 있었
던 일이라서 어리둥절해 하고 있는데 그 중 한 사람이

"지금은 어쩔 수가 없으니 사람인지 신인지 귀신인지는 모르겠으나 한
번 그렇게 해보지요. 이제 더 이상 우리 힘으로는 어떻게 할 수가 없지

질구지

않소." 라는 말을 남기고 총총 걸음으로 방아실을 향해서 삽을 어깨에 맨 채로 멀어져 갔다. 그래도 모두들 아직도 물길이 치솟는 그 광경만을 얼떨떨하게 쳐다볼 뿐 아무도 차마 그 사람의 뒤를 따르지는 못했다.

그러다가 물길이 더욱 거세어지고 흥건하게 밑바닥이 젖기 시작하자 좀 전의 도인의 말대로 방아실의 한 곳을 모두들 힘을 들여서 파보기로 했다.

그런데 거짓말같이 방아실의 한 곳을 파헤치니 물이 쏟아지기 시작하고, 반대로 장군의 묘소에서는 감쪽같이 물이 마르기 시작하는 것이었다.

이런 우여곡절 끝에 곽재우 장군의 묘소는 무사히 안장될 수 있었다. 그런데 방아실에서 솟아나는 물은 그 양이 너무 많아 사시사철 주위의 들을 적셔 질퍽거리게 했다.

그래서 사람들이 그 이름을 질구지라 부르게 된 것이다. 지금은 메워버려서 질구지 원래 모습을 볼 수는 없지만 그 흔적은 고스란히 남아 있다.

(제보자:대구광역시 달성군 구지면 창리, 김희월, 71세, 농업. 채록일자:1999. 12. 27.)

(91) 약산 골짜기(구지면 응암리)

김희월씨가 이 전설의 화두를 시작한 것은 지금은 그렇게 큰 의미를 가지고 있지 않다고 하시면서였다. 제보자 김희월씨가 살고 있는 달성군 구지면 창동 내동 마을에서 위로 조금만 올라가면 지금은 자리가 없지만 예전에는 약산 골짜기라는 이름을 가진 내가 있다고 한다.

옛날 응암 1리의 마을에 있는 뒷산 골짜기에는 큰 바위가 있었다고 한다. 그리고 그 바위에 난 틈에서는 항상 맑디 맑은 물이 흘러 마을 사람들이 감탄하곤 했다.

"어찌 이리도 맑을꼬? 이런 틈에서 이런 맑은 물이 나다니……" 하면서……

그런데 어느 날 이 마을에 상태가 몹시 좋아 보이지 않는, 그래서 저절

약산 골짜기

로 얼굴이 찌푸려질 만한 나병환자 한 사람이 나타났다. 마을 사람들은 모두들 못마땅한 눈초리로 쳐다보았다.

그리하여 그 나병환자는 그 마을에서 밥도 얻어 먹지 못하고 며칠간 굶다가 김씨네 집에서 아침밥을 얻어먹게 되었다.

그런데 사람이 너무 더러워 김씨가 농담 삼아서 한마디 던졌다.

"여보게, 자네 이 마을 뒷산 골짜기 바위틈에 물이 흐르고 있는 것을 아나? 그 물이 얼마나 영험한 것인지 병이 있는 사람이 그 물을 먹고서는 모두 깨끗이 나았지 않았겠나? 그러니 자네도 그 맑은 물을 먹고 자네 몸을 깨끗이 씻어 보면 병이 몰라볼 정도로 빨리 나을 것이네." 하니 그 나병환자는

"이 병에 무엇을 못하겠느냐, 뭐 죽을 위험이 있는 것도 아니고 먹고 씻는 일인데." 하면서 말이 떨어지기 무섭게 골짜기로 올라갔다.

김씨는 급히 올라가던 그 나병환자를 비웃음 섞인 눈으로 바라본 터라
'아이고 바보 같으니'

하는 마음으로 3일 후 뒷산에 올라가 보기로 했다.

그런데 이게 웬일인가?

그 나병환자는 정말로 깨끗해져서 병이 다 나아 못 알아볼 정도였다. 그러면서 백 번 절을 하며 김씨에게 고맙다고 했다. 이런 이유로 이곳 사람들은 이 골짜기를 '약산골' 이라 부른다고 한다.

그런데 지금은 응암 1리에 도로가 나서 메워지고 완전히 자취를 감추었다고 한다. 요즘 사람들은 그 마을에 살면서도 그 장소에 그런 골짜기가 있었는지조차 모른다고 한다.

(제보자:대구광역시 달성군 구지면 창리, 김희월, 71세, 농업. 채록일자:1999. 12. 27.)

(92) 구지라는 명칭

명칭의 유래보다는 그 연혁을 아는 데서 지금 구지면이 된 과정을 볼 수 있다. 원래 밀양현에 속해 있었는데 이것을 밀양부의 구지산 부곡이라고 했다. 고려 공양왕 때 현풍현에 편입되고 조선조에 들어와서 구지산면이 되었다. 고종 32년 지방관제 개정에 의하여 장동, 내동, 예현, 목단 등의 15개 동을 관할하여 1914년 조선총독부령에 의거해서 통폐합하여 구지로 만들었다.

(제보자:상동)

(93) 구지산의 명칭 유래

달성군 구지면에 구지산이 있다. 그 산을 당시는 구지(仇智)라는 한자의 구지산 부곡이라고 했다고 한다. 그 후에는 대니산(戴尼山)으로 불려졌다.

왜 대니산으로 이름이 바뀌었는가 하면 조선시대 5현 문경공 한훤당 김굉필 선생이 여기에서 의거해서 도학을 편 자리이기 때문이다. 그 산밑에 가면 도동이 있고 그 곳에는 도동서원이 있다. 그 도동서원은 국보로 정해져서 보물 350호라고 한다.

구지산

구지면 소재지

도동서원에서 당시 김굉필 선생이 후학들을 가르쳤고 지금은 위패를 모시고 있다. 그 훌륭한 대 유학자가 구지산 기슭에서 도학을 베풀고 후진들에게 학문을 베풀었기 때문에 산 이름을 대니산으로 바꾸어서 그 어른을 추앙했다.

그래서 처음에는 구지산 부곡이라고 했는데 그 후에 대니산으로 산 이름이 바뀐 것이다.

(제보자 : 상동)

● 대니산이라고 한 것은 대(戴)라는 한자가 생각한다는 뜻을 가진 것으로 보아 앞에서 제보자가 말한 것처럼 김굉필 선생을 추앙하는 뜻에서 그렇게 붙인 듯 하다.

(94) 충효 고장의 유래

달성군의 현풍, 유가, 구지 3개 면은 충효의 고장이다. 충신, 열녀, 효자…… 이런 사람이 많이 났다. 서홍 김씨 집성촌이 현풍 지리라고 하는 곳이 있는데 그 곳에 가면 서홍 김씨 즉, 김굉필 선생 후손들이 살고 있다. 그 후손에는 학자가 많이 났고, 또 현풍 곽씨들은 열녀, 효자, 효부로서 받들어야 한다고 구지에 들어오는 길에 정려를 세웠다.

구지는 신라시대부터 고려, 조선에 이르기까지 문자 그대로 충효의 고장이다.

도동서원에서 발생한 모든 교육으로 인해서 사람들이 국난도 슬기롭게 극복을 했고, 충효의 고장이기 때문에 위기에 처했을 때는 누구보다도 나라를 먼저 구하겠다는 순국의 이념을 구지면민들은 고취하고 있었다고 한다.

(제보자 : 상동)

(95) 창동의 유래

구지면의 창동을 옛날에는 방우실이라고 불렀는데, 지금은 이 창동과 방우실을 통틀어서 창동이라고 한다.

조선시대부터 구지는 지금은 1개 면이지만 그 때는 3개 면이었다. 즉, 산전면, 오산면, 화산면 이렇게 3개 면으로 되어 있었는데 곳곳마다 바위가 하나씩 서 있었다. 곧 이정표였다고 할 수가 있다. 지금도 그 바위가 서 있으며 바위마다 사연이 있다. 그래서 방우실이라고 했다고 한다. 이 방우실은 구지의 중앙 지점으로 볼 수가 있다. 중앙 지점이라고 해서 곡창을 하나 만들었는데 그 창고가 있기 때문에 구지의 그 동네를 창동이라고 한 것이다.

(제보자 : 상동)

창동

(96) 홍수를 막아주는 느티나무 전설

　달성군 구지면 창동2리에는 마을의 터주대감처럼 떡 버티고 서 있는 느
티나무가 두 그루 있다. 마을 아래쪽으로 내려가면, 그 키가 각각 15m,
13m 에 이르고, 둘레만 해도 4.6m, 2m로 한 아름에 안을 수도 없는 느
티나무가 있으니, 이 나무에 얽힌 이야기는 이러하다.

　구지면은 구지산을 끼고 있는 효자·효부가 많고 덕망 높은 학식가가
많았던 마을로 이웃간에 정도 돈독하거니와 사람들이 부지런한 탓에 살
기가 매우 좋은 곳이었다. 그러나 천신(天神)과 지신(地神)이 두루 굽어
살펴 금싸라기가 나는 마을인가 싶어도, 인력(人力)이나 문경공 김굉필
선생(조선시대 이곳에서 도학을 싹틔우고 후학 시킴, 구지산 아래 국보
350호인 도동서원이 있다.)의 후덕으로도 어찌해볼 수 없는 천재(天災)가
있기 마련인가 보다. 난리 중의 난리가 물난리라고 했던가? 옛날 멀리 낙
동강에 둑이 없었을 때는 비가 많이 오면 강의 범람을 막지 못해 엎친 데
덮친 격으로 온 마을이 수해(水害)를 입었다.

　"아이구마, 실컷 지어논 농사, 물 좋은 일 시키는기구만." "우찌된 게
해를 거르질 않고 비가 이리 오는지 모르겠네. 윗마을도 이카지는 않더라
더만 우리 마을에 무신 액이 있어가지고……"

　"액은 무신 액! 우리 마을 만한 데가 어디 있을라고. 저 짝 강이 자꾸
이 짝으로 넘는 거를 우야겠노? 그나저나 올해도 고추 농사 다 베렸네 쯧
쯧… 이파리가 시커멓케 죽었고만…" 어느 누구네 할 것 없이 홍수에 피
해를 보는 마당이니 원통하다고 하소연할 곳도 없거니와 겨우 가을걷이
가 끝나면 잔치를 열어 치성을 올리고, 부디 이듬 해에는 덜하기를 빌고
빌 뿐이었다. 그러나 하늘도 무심하시지. 홍수는 반기지도 않는데 해마다
찾아들었다. 어느 늦봄 보리가 익어갈 무렵 마을 사람들은 또 닥칠 홍수
를 생각하며 논두렁을 쌓아보기도 하고 물꼬를 깊이 파기도 했지만 올해
도 어떻게 피할쏘냐며 한숨을 내쉬었다. 그러던 하루는 한 노승이 논가를

홍수를 막아주는 느티나무

지나다가 마을 사람들의 푸념을 듣게 되었다. 그는 일년에 한두 차례씩 바랑을 메고 마을로 내려오던 스님도 아닌 낯선 얼굴이었다. 아니 삿갓에 법의를 입긴 하였으나 그 차림새를 보아서는 산골에서 약뿌리를 캐던 사람 같기도 했다. 가던 걸음을 멈추더니만, "어허, 이 마을엔 어이 이다지도 큰 물뱀이 살고 있는고." "네? 물뱀이라니요? 당치도 않구먼요."

"마을 한가운데로 커다란 수맥(水脈)이 흘러! 물구렁이가 살려고 용을 쓰니 물이 당겨옴이야 당연한지고. 저기 아래가 수맥의 급소니, 나무를 심어 끊어야 해. 그 뿌리가 실해야 할 것이고 반드시 두 그루를 함께 심어야……"

노승(老僧)인지, 도승(道僧)인지 그는 할 말만 하고 발길을 옮겼다. 마을 사람들은 밑져야 본전이라는 생각과 함께 내심 그의 말에 희망을 걸어 보았다. 그래서 느티나무 두 그루를 정성껏 심었는데 여느 나무와 달리 그 자람이 빨랐으며, 정말 그 아래로 물이 흐르는지 겨울 가뭄에도 끄떡 없었다. 이 느티나무 두 그루를 심고 나자 홍수로 인한 사람들의 한숨도 줄어들었으며, 한 그루가 아닌 두 그루를 심었기 때문에 마을에 화목한 분위기가 돌고 사람과 작물에 있어서 그 생산이 풍요롭다는 말이 오가기 시작했다.

지금도 이 두 느티나무는 여름이면 그 그늘이 1백여 평이 넘게 드리워 져 논일하던 마을 사람들이나 아이, 노인 할 것 없이 좋은 쉼터가 되어주 고 있다. 홍수로부터 마을과 인심을 지켜주고 낙동강의 범람까지 막아주 는 나무로, 변함 없이 한 가정을 지키는 내외 마냥 떡하니 버티고 서 있 다.

(제보자:대구광역시 달성군 구지면 창동 내동마을, 김희월, 71세, 농업. 채록일자:1999. 12. 27.)

(97) 달성군 우물설화

구지동의 동네 어귀에서 자전거를 끌고 나오시는 제보자 최봉식 씨를 만난 것은 오후 2시가 조금 넘어서였다. 날씨와 마을에 대한 인사를 건넨 후, 이 마을에 예로부터 전해져 내려오는 이야기가 없느냐고 여쭈어 보자, 처음에는 요즘 사람들이 들어서 좋아할 만한 이야기가 있겠느냐며 웃으 시기만 했다. 계속 여쭈어 보자 동네 한 구석에 있는 우물에 얽힌 이야기

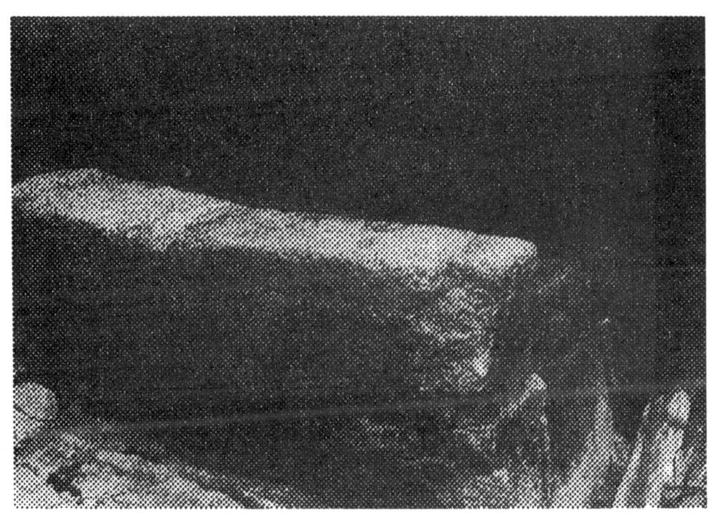

우물

가 있긴 한데⋯ 하시며 말끝을 늘이셨다. 그리고는 그 우물이 근처에 있다고 하시며 앞장서 걸으셨다. 얼마 가지 않아 지금은 쓰고 있지 않은 우물이 어느 집 담벼락과 맞물려 있었다. 보통 우물이라고 하면 둥그런 형태를 떠올리기 십상인데 이 우물은 비교적 넓은 면적을 가지고 있는 정사각형의 모양을 하고 있었다. 한눈에 보기에도 꽤 오랜 역사를 간직한 듯 예스럽게 다듬어진 기둥형의 돌들이 엇갈려 놓여져 우물을 만들고 있는데 아래를 내려다 보니 그 깊이가 꽤 깊어 보였다. 잠시 후 최봉식씨가 들려주신 이야기는 다음과 같다.

"옛날 임진왜란 때 왜놈들이 이 곳까지 쳐들어 왔지. 멀리서 왜놈들이 쳐들어 온다는 소식을 듣고 마을 사람들이 피난을 앞다투어 떠나려고 하는데, 의병장 한 분이 수백 명의 의병들을 이끌고 이 마을을 지켜주신 거야. 그래도 왜놈의 수가 어찌나 많은지 죽이고 죽여도 물밀 듯이 쳐들어 오는 게 새까만 벌떼 같았다더구면. 하늘에서 내려온 천신장군 마냥 용맹을 떨치시던 그 의병장님도 마침내 심한 부상을 입으시고 더 이상 싸움을 계속하지 못할 지경에 이르렀는데, 이젠 다 죽었구나 하고 피난 갈 생각도 못하고 마을 사람들은 넋을 놓고 앉아 있기만 했다더군. 그러다가 이 우물에서 물을 길러 간 아이 한 녀석이 그만 우물에 빠져 버린거야. 예전엔 우물이 어찌나 깊었는지 돌을 던져도 땅에 닿는 소리가 안 들렸다던데, 이 녀석이 물을 길을 때쯤엔, 가뭄철도 아닌데 그 물이 많이 줄어 있어 우물에 빠진 아이의 허벅지 정도 밖에 차 오르지 않았다더군. 그런데 이 녀석이 얼른 기어 나올 생각은 않고 우물 벽을 보더니 동굴이 있다고 하더니 그리로 쫓아 뛰어 들어가는 거야. 마을 사람들이 감히 내려갈 생각은 못하고 이 녀석이 나오기만을 기다렸는데, 한참 후에 이 녀석이 나오더니 동굴 안에 무릉도원 같은 세상이 있다고 그랬다는 거야. 그 말을 듣고 마을 장정 몇몇이서 함께 들어갔다 나오더니 그 말이 사실이라며 왜놈들이 다시 쳐들어오기 전에 이 곳으로 피신해 있는 게 좋겠다는 거야. 마을 사람들은 우물 안 동굴로 들어간다는 것이 꺼림칙하기는 해도 야차 같은 왜놈들에게 당하는 것보다 낫다고 싶어서 짐을 챙겨서는 그 동굴로 들어갔지. 그래도 꺼림칙해서 따라 들어가지 않은 사람들은 다른 곳으로 피난을 가고 몇 년 후에 왜란이 끝이 나고 다시 세상이 평온해진 후에 피난 간 사람들이 마을로 돌아와 보니 동굴 속으로 들어간 사람들은 아직도 나오지 않았다는 사실을 알게 됐지. 틀림없이 동굴 안에서 굶어 죽었거나 귀신에게 죽음을 당했다고 믿고 그들을 애도했다는 거야. 그런데 얼마인가의 시간이 지나고 우물 안에서 밤낮으로 이상한 소리가 들리는데 귀를 기울여 들어 보면 소 울음 소리 같기도 하고 개 짖는 소리 같기도 하고, 때로는 사람 소리인 것 같은데 무슨 말을 하는 것인지는 알 수 없었다는 거야."

이야기는 여기에서 끝이 났다. 그 이후로는 어떻게 되었느냐는 질문엔 "내가 알 길이 있나"하고 대답하시면서도 "아마 그 동굴 안에 진짜로 무릉도원 같은 세상이 있어 다시 이 세상으로 나오기 싫어 그 안에 눌러 살게 된 것인지도 모르지" 하시며 껄껄 웃으셨다. 그러면 지금 내려 가보면 그 때 그 분들의 후손을 만날 수도 있지 않겠느냐고 다시 여쭈어 보자,

용기가 있으면 한 번 내려가 보라고 하시며, 자리를 뜨셨다. 과연 그 동굴 안에서 들렸다는 소리는 누구의 소리이며, 진짜 그 안에는 현실과는 다른 무릉도원 같은 세상이 펼쳐져 있는 것일까? 이러한 의문을 품고 다시 본 우물은 신비롭기만 했다.

(제보자 : 상동)

(98) 벌터의 무덤

옛날에 지금의 대구광역시 달성군 현풍면 성하동에 다정한 친구가 둘이 있었다. 두 친구는 어릴 때부터 각별한 사이여서 어려운 일이 있을 때마다 서로 돕고, 기쁜 일이 생기면 누구보다도 기뻐해 주곤 하였다. 두 사람은 술을 좋아하여, 시간이 날 때마다 함께 술잔을 기울이며 이야기를 나누기를 좋아했다. 어느 날, 두 친구 중 한 사람이 볼일이 있어서 다른 동네로 간 사이, 나머지 한 사람이 잡담을 나누며 동네 사람과 술을 마시고 있었다. 그런데 어쩌다가 시비 끝에 동네 사람과 그 친구는 싸움을 벌이게 되었다. 다투다 보니 어느덧 서로 거친 말이 오가고 결국은 살인사건이 나고 말았다. 흥분한 동네 사람이 그 친구를 죽인 것이다. 겁이 난 그 동네 사람은 도망을 해버렸다. 그 때 마침 죽은 사람의 친구가 볼 일이 보고 집에 돌아가는 길에 술집에 들렀다가 친구의 주검을 발견하게 되었다. 절친한 친구가 별안간 시체로 변한 것을 보자, 슬프기도 하고 하도 기가 막혀서 친구의 주검을 끌어안고 엉엉 울고 있을 때였다. 남편이 죽었다는 소식을 듣고 죽은 친구의 부인이 허겁지겁 달려왔다. 부인은 자기 남편을 붙들고 울고 있는 사람이 남편을 죽인 사람이라고 단정하고는 마을 사람들에게 "저 사람이 우리 남편을 죽였다"고 소리쳤다. 죽은 자의 친구는 사실이 아니라고 항변했지만, 억울하게도 그는 관가에 끌려갔고, 그 고을의 현감은 많은 사람들이 모인 가운데 그를 살인자라고 하며 그를 처형하겠다고 선언했다. 동네 사람들은 그가 살인을 할만큼 나쁜 사람이

벌터의 무덤

아니라고 생각했지만 누구 한 사람 선뜻 나서지 못했다. 그도 그럴 것이 정작 살인을 한 사람은 다른 사람들이 눈치 채기 전에 이미 달아난 후여서, 친구가 자신의 친구를 죽이지 않았다는 증거가 없었기 때문이었다. 더군다나 두 사람은 평소 함께 술을 즐겨 마셨으니 술을 마시다가 감정이 격해져서 살인을 할 수도 있지 않았겠느냐는 사람들도 있었다.

사람들이 어리둥절해 있는 사이, 그의 부인이 별안간 식칼을 들고 달려왔다. 남편이 살인을 했다는 말에 충격을 받아서 미쳐버린 것이었다. 부인은 "사람을 죽인 저 놈은 내 남편이 아니다. 내 손으로 저 놈을 죽이겠다."고 외치면 제 남편을 칼로 찔러 죽여버렸다. 그리고는 자신도 칼로 찔러 자살했다. 워낙 순식간에 일어난 일이라 동네 사람들이 말릴 틈도 없었다.

순간, 하늘에서 별안간 번개가 번쩍이고 요란한 천둥소리가 나기 시작했다. 이어, 맞으면 아플 정도로 굵은 빗방울이 떨어졌다. 주위에 있던 사람들이 비를 피해서 모두 집으로 들어가자, 이상하게도 비는 뚝 그쳐버렸다. 동네 사람들 몇몇이서 죽은 두 사람을 지금의 현풍 중·고등학교

동쪽 언덕에 있는 처형장 근처에 묻어 주었다. 죽은 자의 원혼이 오랜 세월이 지난 지금도 작희를 하는지 무슨 행사가 있어서 사람들이 많이 모이면 비가 내린다고 한다.

그리고 현풍 중·고등학교 학생들과 교사들도 그 곳에 귀신이 나온다는 소문이 있어서, 밤에는 무서워서 그 근처를 지나가기를 꺼린다고 한다. 지금 그 자손들은 번창하여 서울에서 가세를 드높이고 있으나 이 무덤에는 손도 못 대고 있다고 한다. 무덤에 손을 대거나 절을 한다거나 제상을 차려 놓으면 그 사람은 얼마 후 반드시 죽기 때문이다. 따라서 명절 때에도 멀리 무덤을 바라보고 제상을 차려놓고 묘사를 지낸다고 한다. 현풍 중·고등학교 측에서 그 무덤이 학교 내에 있으므로 묘터의 매입을 그 자손들에게 제의해 보았으나, 그 자손들은 무덤에 대한 어떠한 일도 함부로 해서는 안 된다며 꺼리고 있어서 그 무덤은 현재 현풍 중고등학교 담 안에 있지만, 명의는 그 집안 앞으로 되어 있다. 학교측에서는 학생들에게 그 무덤 근처에서 장난을 치지 말라고 지도하고 있으며, 묘터에 대한 대가로 가끔씩 묘지 주변을 정리해 준다고 한다. 몇 해 전, 비석을 새로 세웠는데, 역시 여느 비석과는 달리 비스듬하게 세웠다. 억울하게 죽은 자의 원혼을 달래기 위한 것이라 한다.

(제보자 : 대구광역시 달성군 현풍면 성하동, 손태익, 61세, 현풍고등학교교장. 채록일자 : 1999. 12. 23.)

(99) 각시듬 신랑듬

대구광역시 달성군 현풍면 지동 2구 원당 마을 뒷산에는 대리산 귀비사라는 절터가 있는데 그 앞 좌우 산중턱 쪽에 신랑덤 바위가 있고 오른쪽에 각시 신부 바위가 있고 그 가운데 병풍덤이 있다. 이야기는 여기서부터 시작된다.

아래 마을에 돌쇠라는 30세 가량의 노총각이 살았다. 그의 아버지는 돌

아가셔서 안 계시고 60세 되는 어머니를 모시고 산에 나무를 하여 겨우
살아가는 형편이었다. 나무를 하러 가는 산에는 원당암이라는 빈 절이 있
었다. 어느 추운 겨울날 돌쇠의 어머니께서는 갑자기 중병에 걸려서 생명
이 위태로울 지경이 되었다. 어머니는 마지막 순간까지도 아들 걱정을 하
시며 아들을 앞에 두고서는, “돌쇠야! 네가 장가들어 밥이라도 지어줄 색
시가 있어야 할텐데, 내가 죽으면 누가 네게 따끈한 밥이나 해서 먹이겠
느냐. 이 어미는 어미 구실도 못하고 죽게 되는구나.”라고 말씀하셨다.
그러자 돌쇠는 “어머니, 너무 걱정하지 마세요. 저는 아직 젊은데요, 뭘
~”하며 어머니를 안심시키려 노력했다.

　어머니가 돌아가시자 돌쇠는 정성껏 장사를 지내고 상을 치룬 후 며칠
만에 나무를 하러 갔는데, 난데없이 백발노인이 나타나서 “돌쇠야! 일어
나거라. 너는 오늘 장가를 들어야 한단다.”하면서 돌쇠를 데리고 뒷산 꼭
대기로 데리고 갔다. 돌쇠는 궁금하기도 하고, 설레기도 했다. 발걸음은
빨라지기만 했다. 숨이 턱에 차오를 지경이었다. 그런데 그 백발노인은
돌쇠를 커다란 바위 위에 세워 두고는 병풍처럼 생긴 바위 뒤로 가버렸
다. 돌쇠는 답답한 마음에 물었다. “어르신! 그 병풍처럼 생긴 바위 뒤에
서 무엇을 하고 계시는 겁니까? 장가를 들게 해 주신다면서, 어떻게 된
겁니까? 색시는 어디 있습니까?” 그렇게 큰소리로 외치자, 노인은 “여기
너의 색시가 있다.”고 하는 것이었다. 그러자 각시바위 위에 어느새 예쁜
색시가 서 있었다. 돌쇠는 기뻐서 어쩔 줄을 몰랐다.

　노인은 말했다. “지금부터 너희들은 부부가 되는 혼례를 올리겠다. 신
랑은 매사에 신부가 시키는 대로 행하여야 한다. 알겠느냐?”하고 하고는,
“신랑 신부가 지금부터 이 병풍덤으로 오너라.” 하고는 노인은 바람처럼
사라져 버렸다. 돌쇠는 병풍바위에서 잠들려고 하는데 신부가 “여보!”하
고 부르더니, “당신은 나하고 살면서 자식 셋을 낳을 때까지는 오늘의 일
을 말해서는 안돼요!”, “그리고 내일 아침에 찾아가겠습니다.”라고 했다.
그러자 돌쇠는 그저 “예, 예”하는 대답밖에 할 수 없었다. 돌쇠가 잠이

들려고 하는데 색시가 없었다. 그는 "여보~!"하고 부르다가 잠이 확 깨었다. "어~어, 나는 분명 병풍 바위 위에서 잤는데…"하며 일어나 보니 처음 지게를 벗어 놓은 곳이었다. "그것 참! 이상하다."하고는 신랑 바위 위에 올라서 보았다. '아마도 부처님께서 혼자 사는 나를 불쌍히 여기셔서 색시를 점지해 주셨나보나.' 하고 속으로 생각했다.

그 일이 있고 다음 날, 돌쇠가 나무하러 늘 가던 그 곳에 올라갔다. 나무를 하다가 땀은 온 몸에 흐르고, 피곤해서 잠시 쉬기로 했다. 털썩 주저앉아 쉬고 있는데, 각시덤 위에서 예쁜 색시가 보였다. 꿈에서 본 바로 그 색시였다. 돌쇠는 "바로 이 색시구나!" 하며, 미친 듯이 뛰어갔다. 색시도 돌쇠를 첫 눈에 알아보는 듯 했다. 둘은 혼례를 소략하게나마 올리고, 행복한 신혼생활을 했다. 둘은 서로를 도와가며 금슬 좋다고 소문난 부부가 되었다. 마을에 소문이 자자할 정도였다. 돌쇠가 나무를 해 가면 색시는 달려나와 웃음으로 맞이해 주었고, 그렇게 지내는 동안 아이가 둘이 태어났다. 아들 하나, 딸 하나 너무 귀여운 아이들이었다. 아들은 돌쇠의 씩씩한 면을 닮아 활달했고, 딸은 어머니를 닮아 매우 예뻤다. 마을 어른들은 아이들이 예쁘다고 많이 귀여워해 주시곤 했다.

그런데 어느 날, 색시가 잠시 어디를 다녀와야겠다며 아침에 나가더니 밤이 늦도록 돌아오지 않았다. 돌쇠는 걱정이 되어 안절부절을 못했다. 마당을 서성이며 기다리고 있는데, 웬 나그네가 하루 재워달라는 것이었다. 돌쇠는 거절을 하고 싶었지만, 행색이 남루하고 너무 지쳐 보여 착한 심성에 들어오라고 말했다. 찬밥이나마 상을 봐서 차려주니 그는 느닷없이 "부인은 돌아오지 않을꺼요."하는 것이었다. 돌쇠는 깜짝 놀라서 나그네 앞으로 바싹 다가 앉았다. "그게 무슨 말씀이오? 무슨 까닭으로 그런 말씀을 하시는 게요?"하고 다그쳐 물었다. 나그네는 "부인을 어떻게 얻게 되시었소?"하는 것이었다. 돌쇠는 색시가 자식 셋을 낳기 전에는 절대로 말하지 말라던 말을 까맣게 잊고서는 나그네에게 모든 것을 털어놓았다. 그러자 순식간에 나그네는 머리에 쓴 것을 벗고서는 "서방님, 어찌하여 제 약속을 잊으셨습니까.”하며 눈물을 말없이 흘리고만 있었다. 돌쇠는 아차 하며 후회했으나, 때는 이미 늦었다. 아내는 표연히 각시덤 위로 가서는 사라지고 말았다. 이렇게 하여 신랑듬과 병풍듬, 각시듬 전설로 전해오고 있다.

(제보자 : 상동)

(100) 고목에 얽힌 사연

대구광역시 달성군 현풍면 상동에 현풍초등학교 뒤에는 큰 고목이 두 그루 있었다. 그런데 언제부터인지 비만 오면 고목에서 이상한 연기가 나서 하늘로 올라간다는 소문이 돌기 시작했다. 그 때문에 비 오는 날 밤중에는 현풍초등학교 뒷길로는 혼자서는 아무도 가려하지 않았다. 혼자 가게 되면 도깨비에 홀린다는 것이다.

옛날 옛적에 이곳은 고을에서 관아로 가는 길목이었다. 이 관아에서 한 죄인을 재판하게 되었는데, 살인죄라는 죄목으로 붙잡혀 온 자였다. 관아

고목에 얽힌 전설

의 사또는 탐관오리로 치정에는 관심이 없고, 재물을 긁어모으기에만 바빴다. 그는 사건 조사를 확실히 할 생각은 않고 목 메달아 죽이라는 판결을 내렸다. 그것도 모든 사람이 볼 수 있도록 고을 관아로 가는 길목에 있었던 느티나무에 목을 메라고 명했다. 죄인이라고 붙잡혀 온 자는 억울하다고 울부짖었지만 소용이 없었다. 그 자는 결국 숨이 끊어지고 말았다. 그 후 비 오는 날이면 이 나무에서 울음소리가 구슬프게 난다는 말이 돌았다. 또, 이상한 연기가 나는 것이었다.

지금은 고을 관아로 가는 길목에만 옛 일을 말해주 듯 썩은 둥치를 내보이는 고목이 서 있을 뿐이다.

(제보자 : 상동)

(101) 견사정에 얽힌 전설

유가면 쌍계 1리에서 구천을 따라 현풍 상리로 내려오는 산이 있는데 산능선의 모양이 거북이와 같다하여 거북산이라고 한다. 이 거북산 때문에 앞의 강 이름 역시 구천이 된 것이다. 이 산은 머리 부분은 높이 솟아 있고 등부분은 평평히 퍼져있다.

그런데 일제시대 때에 부호 대밭집에서는 거북의 머리부분에 해당하는 지역에 견사정을 지었다. 이로 인해 맡집은 가세가 기울었다. 그 후 곽씨 집안은 가세가 기울기 시작하였고, 그 후 곽씨들은 이 마을에 살지 않는데 사람들은 이를 바로 견사정 때문이라고 한다.

지금도 다 쓰러져 가는 모습으로 남아있는 견사정 뒤에는 곽씨네가 정자를 관리하던 집도 남아 있다. 이 동네에는 현재 현풍 곽씨 집안 사람들이 많이 살고 있다. 그래서 곽씨에 관한 전설을 하나 더 소개하려 한다.

현풍 솔례 곽씨네들이 많이 사는 곳에 십이(十二)효부 열녀의 전각이 있는데 그중 한 효부의 이야기다.

솔례 곽씨 중에 한 가난한 사람이 아들을 두었는데 장가를 보내려하나 너무 가난한 탓으로 혼사를 치를 수가 없어 부득이 본의 아니게 천민의 딸과 혼사를 하게 되었다.

　많은 일가 친척들은 양반이 천민과 혼사 하는 것은 당치 못한 일이니 이제부터 호적도 말고 수화불통하고 교제를 단절하기로 결의하고 신행 잔치를 하는 날에는 어느 일가 하나 찾아오는 사람이 없이 쓸쓸한 잔치를 치렀다. 그래서 잔치 3일 되는 날에 며느리 본 시아버지가 지게를 지고 갈퀴를 얹고 나무하러 산으로 갔다. 이것을 본 며느리가 "아버님 어디 가십니까?" 하고 물었다. "집에 있으니 속만 상하고 나무나 한 짐 해야겠다"하고 나서니까 "그러면 저도 나무하러 가겠습니다."하고 따라 나섰다.

　"에이 무슨 망측한 소리냐 그렇잖아도 너 때문에 내 낯을 들고 문 밖으로 나갈 수가 없는데 시집 온 색시가 나무하러 가다니 말이 되느냐."하고 쫓듯이 말해도 며느리는 그냥 따라 왔다.

　그래서 소나무 아래로 다니며 솔잎을 긁어모아 한 뭉치 묶어오게 되었다. 그 때 며느리가 "아버님 그 나무를 다 가져 가시겠습니까?"

　"애야 그렇게 힘들여 한 것을 가져가야 하지 않겠느냐?" "아버님 제가 좀 이고 가지요." "애야 망측하게 네가 무슨 나뭇짐을 이고 어찌 동네 안에 들어선단 말이냐 그 무슨 소리냐"고 책망했다. 그러나 그 며느리는 "연세가 많으신 아버님이 힘드는 짐을 지고 가시는데 빈 몸으로 따라 가는 것이 망측하지, 젊은 것이 도와서 이고 가는 것이 무엇이 망측합니까?" 하고 기어이 얼마만큼 뭉쳐서 이고 따라 왔다.

　그뿐만 아니라 3년이란 세월을 하루같이 산에 가나, 들에 가나, 밭에 가나, 논에 가나 늙은 시아버님을 도와 힘껏 일했다. 그렇게 힘써 일하는 것을 보자 친척들의 여론은 차츰 변하여 모이는 곳곳마다 "효부하나 잘 생겼네. 세상에 우리는 천민 혼사 한다고 수화불통하고 원수같이 담을 막았더니 이제는 도로 부끄럽게 되었네. 양반자식 며느리 보아 덕되는 것이 무엇인고. 매일 집에서 됫갈만 직이지 무슨 소용인고 아무 댁 며느리는 아무튼 큰 일꾼이라도 못 따라가네. 얼마나 열심히 일을 하여 이제는 그

견사정

집이 살게 되었다.”고 칭찬을 하게 되어 자연히 아저씨 형님 하는 사람들이 생겨 막혔던 문은 열리게 되었다. 그러니 부인들까지도 “무슨 까닭으로 원수지고 살겠느냐?”고 아주머니 형님하고 말하게 되었다.

한 번은 봄날 화전을 하게 되었는데 이번 화전에는 그 집 며느리도 함께 청하자고 의논을 하고 하인을 보내어 그 집 며느리도 함께 아무 날 아무 종부댁에 화전을 하니 오라고 청했다. 그러나 그 며느리는 시아버지게 가서 동네 부녀들이 화전을 청하니 가야하겠는가를 여쭈었다. 시아버지는 기가 막혀 “애야 내가 가라, 못 가라 할 수가 없다. 네가 의복이 있느냐 신발이 있느냐 무얼 입고 무얼 신고 가겠나, 내야 모르겠다.” 며느리 말하기를 “아버님 의복과 신발이 무슨 상관이 있습니까? 그저 가라면 가지요.” “그럼 요량대로 가고 싶으면 가려므나.” 하는 정도로 허락을 받았다.

화전 하는 아침 몽당 빗자루 같은 노동복 치마에 산에서 신던 짚신 짝을 신고 종부댁 기와집 대문 안으로 들어섰다. 여러 방과 대청에 앉았던 고운 옷에 아름답게 화장을 한 동네 젊은 부인들은 갑자기 비웃고 멸시하는 태도로 입을 비쭉거리며 모두가 눈살을 그 여자에게로 집중하였다. 그러나 그 여자는 태연히 축담에 올라 왔다. 마침 축담에 올라와 보니 제각기 가죽신을 벗어 바람벽이나 마구리에 걸어 두었다. 이 여자도 신총 굵은 짚신을 벗어 단정하게 마구리에 걸었다. 이것을 본 동네 여자들은 "아이고 저런 짚신 짝을 누가 가져갈 까봐 그 보잘 것 없는 것을 벽에다 거네"하고 깔깔거리며 비웃었다. 그 때 그 여자는 엄격하게 "무엇이 어쩌고 어떻다는 것입니까? 그래 백정의 손으로 만든 가죽신은 귀하고 아버님 손수 삼은 짚신은 소중치 않단 말씀입니까?"하고 책망했다. 그 때 모든 부녀들은 얼굴이 붉어지며 아무 말도 하지 못했다.

그 다음 그는 앉을 만한 곳에 가서 앉았다. 마침 밥상이 들어오는데 차례대로 받아서는 제 한 번 찍어 먹고 아기 한 술 집어 주고 먹기 시작했다. 그 여자는 밥상을 받아 살펴보니 평생에 먹어 보지 못한 귀한 음식이라 술도 들지 않고 그대로 이고 시아버님께 갖다 드렸다.

그 후로 그는 효부로 표창되어 오늘날까지 그 사적이 남아 있다고 한다.

(제보자 : 대구광역시 달성군 유가면 쌍계 1리, 최봉식, 62세, 남. 채록일자 : 2000. 5. 10.)

(102) 까마귀 바위에 얽힌 전설

대구를 조금 벗어난 달성군에 오산동 말뫼라는 곳에는 동네 입구에 좌우로 나란히 커다란 두 개의 바위가 자리잡고 있다. 이 마을 사람들은 그 바위를 '까마귀 바위'라고 부르는데 그 바위에 얽힌 전설은 이러하다.

지금으로부터 약 백년 전에 아주 큰 홍수가 났다. 마을 앞을 흐르는 강물은 자꾸만 자꾸만 불어나서 자그마한 산자락에 자리잡은 말뫼를 조금씩 물 속으로 집어삼키고 있었다. 쉴새없이 불어난 강물은 말뫼 입구에 있는 커다란 바위 밑까지 차 올랐고 사람들은 무섭게 불어나는 강물을 피

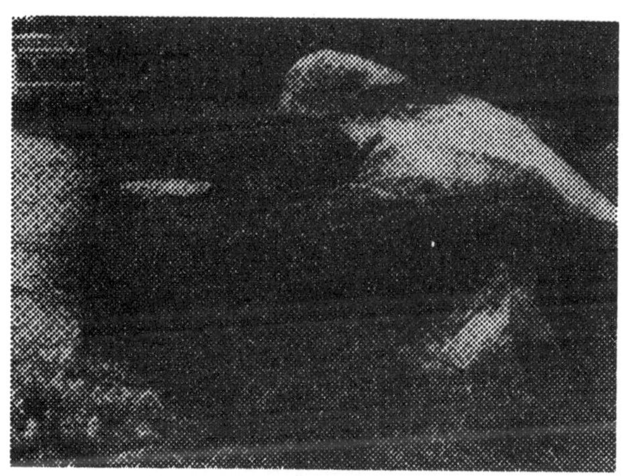

까마귀 바위

해 산으로 오르기 시작했다.

산에 올라가서 마을을 내려다 보니 온 들이 강물에 잠겨서 흔적조차 없었다. 이를 본 마을 사람들은 저마다, "아이고, 이 일은 어쩌? 이제 우린 뭘 먹고 사나?"

"그러게나 말이야. 이제 우린 꼼짝없이 죽을 거야." 하며 한숨을 내쉬었디.

이리 가도 물이고, 저리 가도 물이고, 이제는 정말 다 살았다 하며 마을 입구에 있는 바위를 내려다 보니 그 바위 위에 까마귀 한 마리가 앉아 있는 것이었다. 이제 강물은 더 불어나지도 않고 줄어들지도 않고 있었다. 그런데 별안간 바위 위에 앉아있던 까마귀가 사람들 머리 위로 빙빙 날며 몇 번이나 계속해서 까옥까옥하며 기분 나쁜 울음을 우는 것이었다.

그렇지 않아도 한숨을 쉬며 불안해하던 마을 사람들은 까마귀를 보자, "저놈의 까마귀, 우리가 굶어 죽으면 뜯어 먹으려고 왔는가봐." "우리가 곧 죽을 거라고 알려주러 온 저승사자가 틀림이 없어." 하며 목놓아 울기까지 했다.

이렇게 마을 뒷산은 까옥까옥하는 까마귀 울음소리와 마을 사람들의 울음소리가 섞여서 순식간에 아비규환이 되어 버리고 그 동안에도 까마귀는 말뫼를 떠나지 않고 그 주위를 맴돌고 있었다. 그래서 마을 사람들은 자기들이 죽을 것이라고 점점 더 믿게 되었다.

"우리는 이제 다 죽었어. 틀림없이 다 죽었어." 하는 소리가 사방에서 그치지 않았다.

그러던 중에 그렇게도 떠나지 않던 까마귀가 날아갔다. 사람들은 기분 나쁜 울음을 울던 까마귀가 사라지자 이제야 살 길이 열리는가 싶었다. 그런데 그 까마귀는 마을을 벗어나는 것이 아니라 마을 입구 커다란 바위 위에 다시 앉는 것이었다.

정말 신기하게도 까마귀가 바위에 앉자마자 마을전체를 집어삼킬 듯이 무섭게 불어났던 강물이 눈에 뜨일 정도로 빨리 줄어드는 것이었다. 그러자 그 까마귀는 다시 어디론지 날아가 버렸다.

달성군 현풍면 오산동 1구 동네 입구로 올라가면 좌우에 각각 1개씩 바위가 있는데 오른쪽의 것이 바로 '까마귀 바위'라 한다.

어머니로부터 이 전설을 들었다고 하는 윤옥순 할머니의 이야기로는 큰 홍수가 났을 때 까마귀 한 마리가 앉을 만큼만 남겨두고 모든 것이 다 물 속에 잠겼다고 해서 까마구 듬바꾸라 부른다 하여 자료의 내용과는 약간 의 차이를 보였다. 이 마을은 전체가 커다란 암반을 이루고 있어서 어떤 도구나 기계가 없었던 까닭에 그 암반 위에 그대로 집을 지어 살고 있었 는데, 유독 마을 입구에 이 바위가 빙산의 일각처럼 우뚝 솟아 있었다는 것이다. 그래서 옛날부터 이 바위에 샤머니즘적인 원상신제를 지내 왔었 는데 새마을 운동 당시에 마을에 길을 넓히면서 바위를 부숴 버려서 지금 은 그 흔적만 마을 입구에 남아 있고 이 전설을 알고 있는 분도 얼마 되 지 않아 안타까웠다.

 (제보자 : 대구광역시 달성군 현풍면 오산 1리 말뫼마을, 윤옥순, 74세, 무직. 채록일
자 : 1999. 4. 5.)

(103) 인홍마을의 딸깍발이 전설

달성군 화원면 본리에 인홍(仁興)마을이라 불리우는 곳이 있다. 이 곳
에 들어서면, "남평 문씨 본리세거지(南平文氏 本里世居地)"라는 푯말과
함께 영화에서 봄직한 멋진 기와집들이 한 눈에 들어온다. 고려 공민왕
때의 충신 중 한 사람이었던 문익점의 후손들이 정착하였다는 이 곳에는,
서가의 수많은 고서(古書)들과 함께 재미있는 이야기가 사람들의 입에서
입으로 전해 내려오고 있다.

아주 오랜 옛날, 그러니까 지금으로부터 수 백년 전에 앞으로는 맑은
개울을 끼고, 뒤로는 '인홍'의 형상을 띤 산들이 병풍처럼 둘러쳐진 이
곳 명당자리(지금의 남평 문씨 세거지)에 인홍사(仁興寺)라는 절이 있었
다. 절 주위를 한 바퀴 돌고 나면 신고 있던 짚신이 다 닳아 없어질 정도
로 크고 웅장했었다는 인홍사는 인근 백성들의 정성 어린 불공과 산수 짐
승들의 보호를 받으면서 수려한 자연 환경과 더불어 큰 번성을 누렸다.
그러나 평화롭던 이 마을에 느닷없는 오랑캐의 침입으로 그토록 웅장하
던 인홍사는 한 순간에 불에 타 소실되고 말았다. 인홍사의 소실은 인근

딸각발이

백성들에게 안타까움이었을 뿐만 아니라 산 속의 수많은 짐승들에게도
애석한 일이 아닐 수 없었다. 그 중에서도 인홍사 뒷산에 살던 영험한 한
호랑이는 그 사실을 슬퍼하여 천수바위 위에 앉아 밤낮으로 구슬프게 울
어댔다.

그러던 어느 날, 인홍사가 있던 그 터에 문익점의 후손 한 사람이 들어
와 기와집을 짓고 살게 되었다. 이 사람 밑에는 일곱 아들이 태어났는데,
이들은 제각기 똑같은 기와집을 짓고서 한 곳에 모여 살았다.(이것이 남
평 문씨 세거지를 이루게된 기원이다.) 그런데 이상하게도 문씨 일가가
들어와 기와집을 짓고 살기 시작하면서부터 종가집 마당에는 밤마다 돌
멩이들이 날아와 수북히 쌓이는 것이었다. 아침마다 하인들이 눈에 띄는
대로 돌을 날라다 치우긴 했지만, 다음 날 아침이면 어김없이 그 자리에
또 그 만큼의 돌무더기가 생기는 것이었다.

한편, 산 속에 숨어살다 늙고 늙어서 이제는 딸깍발이가 되어버린 그
영험한 호랑이는 감히 인홍사가 있던 명당 자리에 한갓 속세의 인간들이
들어와 사는 것을 못마땅하게 여기고 있었다. 인근 사람들 사이에서 이상
한 소문이 나돌기 시작했다. 뒷산 천수바위에서 밤마다 검은 그림자가 마
을을 향해 발길질을 한다는 둥, 그 바위 근처에서 딸깍발이의 발자국을
보았다는 둥…… 사람들 사이에서 소문은 꼬리에 꼬리를 물었고 마침내
남평 문씨 종가집 어른의 귀에도 들어가게 되었다. 그 어른은 소문을 듣
고 몇 날 며칠을 생각하더니 하인들을 불러 천수바위 위에 상을 차리게
하고 문씨 집안 사람들을 모두 불러 제를 올리게 했다. 수 개월 동안을
하루도 빠짐없이 그렇게 제를 올린 문씨 집안 사람들의 진심 어린 정성에
호랑이도 감동을 했던지, 어느 날부터인가는 밤마다 마당에 돌멩이가 날
아오는 일이 없어졌다고 한다. 뿐만 아니라, 그 후로 문씨 일가는 대토지
를 소유하는 등 크게 번창했고, 후손들 또한 나라의 높은 벼슬자리에 오
르는 등 명문가를 이루었다고 한다.

(제보자 : 대구광역시 달성군 화원면 본리리, 이재환, 54세, 농업. 채록일자 : 1999. 12. 23.)

(104) 사효굴에 얽힌 슬픈 이야기

대구광역시 달성군 유가면에는 읍리 마을 회관 뒷산에는 사효굴이 있다. 이애정에서 절벽 쪽을 보면 사효굴이 보인다. 사효굴은 홍의 장군 곽재우의 사촌 동생인 곽재훈과 그의 네 아들에 관한 슬픈 이야기를 전한다.

곽결, 곽청, 곽형, 곽호 4형제는 임진왜란이 일어나자 천식에 걸린 아버지를 모시고 비슬산의 중턱에 있는 동굴 속에 숨어 있었다. 어느 날 왜병들이 굴 앞을 지나게 되었을 때 아버지가 심한 기침을 하기 시작했다. 왜병들은 굴 안에 사람이 있음을 알고 나오라고 하자 맏아들이 먼저 나가 죽음을 당하였다. 아버지가 또 기침을 하자 왜병들은 굴 안에 사람이 더 있음을 알고 나오라고 하자, 둘째 아들이 나가서 죽음을 당하였다. 또 다시 아버지가 기침을 해서 왜병들이 아직 굴 안에 사람이 더 있음을 알고 나오라고 하자 셋째 아들이 나가서 또 죽음을 당하였고, 넷째 아들 또한 그렇게 죽음을 당하였다. 네 차례나 그러고 나서 들리는 기침 소리에 이상함을 느낀 왜장이 굴 안에 들여다보니 병 든 노인이 혼자 앉아 있었다.

사효굴

왜장은 노인을 굴 밖으로 나오게 한 후 그 까닭을 물어보게 되었다.

아버지를 대신하여 네 아들이 차례로 죽은 것을 알게 된 왜장은 네 아들의 지극한 효성에 감동하였다. 아들들의 효심에 감탄한 왜장은 노인의 등에다 "이 사람은 효자의 아버지이니 뒤에 오는 왜병들은 해치지 마라."라 써 붙여 어떤 사람도 해치지 못하게 하였다.

뒷날 이 일이 조정에 알려져 선조는 정려를 명하였고, 마을 사람들도 감동하여 이들이 피신했던 동굴 입구에 사효굴이라 새겼다. 그래서 이를 사효굴이라 한다.

(제보자 : 대구광역시 달성군 유가면 음리, 김순자, 47세, 농업. 채록일자 : 1999. 12. 23.)

(105) 제갈남학 효자각

효자각은 대구광역시 달성군 구지면 응암리 덕골 입구 도로변 산 26-1번지에 있다. 이는 제갈남학의 지극한 효성을 기리기 위하여 1937년에 세운 효자 비각이다. '효자 제갈남학의 비(孝子諸葛南鶴之碑)'가 새겨진 이 비석의 뒷면에는 공이 돌아가신 후 32년 되는 경술년 2월에 세웠다는 기록이 새겨져 있다.

효자각에 얽힌 이야기는 이러하다.

호를 필암(必庵)이라 한 제갈남학은 문효공(文孝公) 화오(花塢) 선생의 8대손이다. 그는 조부모를 봉양함에 있어 하루도 빠짐없이 음식상을 손수 들고 들어가서 식사가 끝날 때까지 무릎을 꿇고 시중 들면서 지켜보았다. 어쩌다가 어머니께서 병들면 추운 겨울 눈보라치는 날씨에도 불구하고 두꺼운 얼음을 깨뜨려 잉어를 잡아 회를 장만해 드리는 등 온갖 정성을 다하였다.

어려서 아버지를 여의고 한 분 남은 어머니를 받들어 모심에 있어 지극한 정성을 다하다가 어머니마저 세상을 떠나자 두 분의 묘에 문을 세우고 호곡하면서 3년 동안 시묘살이를 하였다. 어떤 날은 한밤중에 호랑이가

효자각

와서 시묘막을 위협하였지만, 지극한 효심으로 이를 조금도 두려워하지 않아 범이 피해 갔다는 이야기가 전해온다. 또한 '효자 밑에 효자 난다'는 옛말과 같이 그의 아들 두근이 효자각을 지으니 그 아들 역시 효자로 칭송되고 있다. 그래서 이를 효자각이라 한다.

(제보자 : 대구광역시 달성군 구지면 응암 1리, 제갈도봉, 54세, 농업. 채록일자 : 1999. 12. 23.)

(106) 약산골

약산골은 대구광역시 달성군 구지면 응암 1리에 있다. 언제나 큰 바위 틈에서 맑은 물이 흘렀던 덕골 뒷산 골짜기를 약산골이라 부른다고 한다. 하루는 나병 환자가 마을에 나타나 며칠간 걸식하던 중 김씨 집에서 아침을 얻어먹고 있었다. 너무나 차림새가 남루하다고 생각한 김씨는 농담 삼아 "뒷산 골짜기 바위 틈에 맑은 물이 흐르니 그 물을 먹고 몸을 깨끗이 씻어 보시오."라고 하였다. 나병 환자는 그 말이 떨어지기 무섭게 골짜기로 간 후 아무런 소식이 없었다. 이상한 생각이 든 김씨는 3일 만에 골짜기에 올라 보니 나병 환자는 씻은 듯이 병이 나아 있었으며 김씨를 보자 고맙다는 절을 수 없이 올렸다고 한다.

(제보자:대구광역시 달성군 구지면 응암 1리, 김희우, 60세, 농업. 채록일자:1999. 12. 23.)

(107) 질구지

질구지는 대구광역시 달성군 구지면 창 1리에 있다. 그에 대한 전설은 다음과 같다. 조선 명종 7년(1552)에 경남 의령군 유곡에서 태어난 홍의 장군 곽재우는 임진왜란과 정유재란을 맞아 의령에서 의병을 일으킨 후 큰 공을 세운 분이다.

그에게는 여러 벼슬이 내렸으나 관직에 오래 머물지 않고 귀향하여 낙동강변의 망우정과 가야산 해인사 백련암 등 자연에 묻혀 조용한 여생을 보냈다. 광해군 9년(1617) 66세로 구국 일념의 파란만장한 일생을 마친 곽망우당의 묘터는 구지면 대암리 신당 현풍 곽씨 묘역으로 정해졌다. 그러나 묘터로 정한 곳을 파헤치니 갑자기 물줄기가 한없이 솟아 도저히 묘를 쓸 수 없었다. 모두 다 걱정을 하고 있을 때 마침 그 곳을 지나가던 도인이 "여기에 묘를 쓰려면 방아실(창 1리)의 어느 한 곳을 파헤쳐야 한다."고 하였다. 그래서 사람들이 방아실의 한 곳을 파니 많은 물이 쏟아지고 장군의 묘터에는 물이 마르기 시작하여 무사히 장례를 치를 수 있었

질구지

다고 한다.

이렇게 하여 생긴 샘물은 방아실과 주변 사람들이 식수로 사용했으며 아무리 가물어도 마르지 않고 넘쳐 흘려 주변이 항상 질퍽거렸으므로 "질구지"가 되었다고 한다.

(제보자 : 대구광역시 달성군 구지면 창1리, 권팔복, 50세, 농업. 채록일자 : 1999. 12. 23.)

(108) 칼등산 전설

대구 달성군 화원읍 천내 3리 대구 교도소 뒤에는 칼등 모양을 하고 있는 산이 하나 있다.

그 칼등 모양을 한 산을 마을 사람들은 칼등산이라고 부른다. 칼등산과 마을은 직선으로 마주 보고 있는데, 마을의 주민들은 그 산과 마주 보면 재수가 없다는 식으로 산에 대해 매우 부정적으로 생각했다.

그래서 되도록 산을 바라보기를 피하고, 집을 지어도 산과는 어긋나게 지었다고 한다. 그리고 산의 나쁜 정기 때문인지 산과 마주 보는 마을인

칼등산

천내리에는 불이 자주 났었다고 한다.

그런데 어찌된 일인지 칼등산 앞에 '대구 교도소'가 생긴 이후로는 불이 나는 일이 없어졌다고 하는데, 마을 사람들은 이것은 교도소가 산의 나쁜 정기를 막았기 때문이라고 믿는다.

(제보자:대구광역시 달성군 화원읍 천내 12리 보성 아파트 102동 205호, 윤원순, 82세, 무직. 채록일자:1999. 12. 27.)

(109) 장수고개 전설

대구교도소에서 동국고등학교로 가는 길의 중간에는 고개가 하나 있다. 그 고개를 옛 사람들은 '장수고개'라 불렀다고 한다. 그 이유는 옛날부터 그 고개 주변에 있는 마을에는 제보자의 할아버지 제갈용환과 같은 이름난 장수가 많이 났기 때문이다. 그 곳에는 우리의 아픈 역사와 관계된 안타까운 이야기가 전해져 온다.

그 이야기는 일제시대로 거슬러 올라가는데, 그 당시 일본인들은 우리 민족의 정기를 꺾기 위하여 많은 악행을 저질렀다. 그 일환으로 그들은 이 마을에서 고개의 영향으로 장수가 많이 나온다는 소문을 듣고 그 고개의 혈을 끊어 버렸다고 한다. 그래서인지 이 마을에서는 더 이상 장수가 나지 않았으며, 고개의 혈을 끊을 당시에는 땅에서 검붉은 피가 용솟음쳤다 한다.

(제보자 : 대구광역시 달성군 화원읍 천내 3리 612번지, 제갈정돌, 75세, 무직. 채록 일자 : 1999. 12. 27.)

장수고개

(110) 개골산과 배암산 전설

대구 달성군 화원읍 읍사무소에서 북쪽으로 쳐다보면 긴 산이 하나 보이는데, 이를 배암산이라 한다. 또 다시 서쪽으로 보면 양반산이 있다. 그리고 그 옆에 지금은 아파트와 구마 고속도로 때문에 없어지고 이야기로만 전해지는 개골산이 있었다고 한다. 이 산의 형상이 뱀과 개구리 그리고 양반이 화내는 모습 같다고 해서 이런 명칭이 붙었는데, 이에 대해 매우 재미있는 이야기가 전해지고 있다.

옛날에 배암산의 배암이 개골산의 개구리를 잡아먹으려고 고개를 내 뻗었는데, 그 때 그 뒤에 앉아 있던 양반산의 양반이 '이놈' 하며 무릎을 탁치며 호통을 쳤다 한다. 그리고 개골산에 대해 또 하나의 이야기가 전해지는데, 이 개골산의 주인은 이문호라는 사람이었는데, 개골산을 가지고 나서 엄청난 부자가 되었다 한다. 그런데 고속도로와 아파트가 들어서면

개골산과 배암산

서 이 산을 팔았는데, 산을 판 이후로 가세가 기울게 되었다. 그리고 얼마 되지 않아 그 사람도 죽었다고 한다. 화원읍에는 그의 묘소가 쓸쓸히 남아있다.

(제보자 : 대구광역시 달성군 화원읍 천내리 901-37번지, 오경환, 80세, 무직. 채록일자 : 1999. 12. 27.)

2. 민담

(1) 지극한 정성

옛날에 남매가 살고 있었다. 누나는 시집을 가서 아들 하나를 낳고 남동생은 계속 공부를 하며 남아 있었는데, 부모님이 돌아가시고 또한 남편이 죽자 누나는 동생 공부하는 것을 보살펴 줄 겸, 아들을 데리고 친정으로 와서 남동생이랑 함께 살게 되었다.

그런데 동생은 누나가 데리고 온 아들, 즉 조카를 귀여워하지 않고 미워하기만 했다. 아이가 미운 짓을 하는 것도 아닌데 동생이 계속 조카를 미워하자 누나는 어느날 동생에게 그 이유를 물었다. 그러자 동생은 명이 길지 않은 아이인데 괜히 정을 주었다가는 나중에 마음만 더 아파진다며 정을 떼기 위해 일부러 미워하는 것이라고 말했다. 아들의 목숨이 길지 않을까 걱정이 된 누나가 어떻게 할 방법이 없냐며 동생에게 묻자 동생은 그럼 일러 주는대로 행하기를 당부하며 한 가지 방법을 가르쳐 주었는데, 정성 들여 밥을 짓고 떡을 하고 술도 담궈서 모월 모일 모시 동네 밖 세 갈래 길 복판에 밥 세 그릇, 술 세 잔, 짚신 세 켤레를 차려놓고 숨어 있으면 12시가 되어 어떤 흔적이 있을 거라고 했다. 누나는 아들을 살리기 위해 온 정성을 다해 밥과 떡, 술을 하여 동생이 정해 주는 날에 세 갈래 길 복판에 상을 차리고 근처에 숨어 있었는데, 과연 밤 12시가 되자 세 갈래 길에서 각각 쇠방망이를 든 저승사자가 나타났다. 저승사자는 길 복판에 차려 놓은 상을 보고서는 "배도 고프고 마침 신도 다 떨어졌는데 잘 됐다."하면서 음식을 먹고는 짚신도 바꿔 신었다. 그러고는 "목숨을 살리기 위해 이렇게 정성들여 상을 차렸는데 우리가 이렇게 대접받고 그냥 지나쳐서는 안 된다고 하며 마침 같은 동네에 같은 이름을 가진 이가 있으니 보답으로 그 사람을 잡아가자"하고는 사라졌다. 이튿날 그 동네에 아들과 같은 이름을 가진 사람이 죽었고 아들은 오래오래 잘 살았다고 한다. 지극한 정성에는 저승사자도 보답을 한다는 이야기다.

(제보자 : 대구광역시 달성군 가창면 우록동 499번지. 박보배. 77세. 농업 채록일자 : 1997. 4. 19.)

(2) 고려장을 없앤 공중전(空中田) 이야기

옛날 고려장이 있었던 시대의 이야기이다. 나이가 든 노인들은 쓸모가 없어서 나라에서는 노인들을 짐승들이 잘 다니는 길에 버리라고 했고, 그렇게 짐승 밥이 되는 노인들이 부지기수였다.

그러던 어느 날 우리나라의 대신이 중국에 사신으로 가게 되었고, 황제와 대면을 하게 되었다. 황제는 우리나라가 소국이라고 얕잡아 보며 자기 나라의 문물을 크게 자랑하였다. 이러한 황제의 자랑을 듣고 있던 우리나라의 사신은 갑자기 노여운 생각이 들어서 한가지 자랑을 지어내어 황제에게 말을 했는데, 다름이 아니라 우리나라에는 공중전(空中田), 즉 공중에 밭이 있다는 거짓말을 했다. 황제는 놀라기도 했으나 곧 이것이 거짓말임을 간파하고, 또 우리 나라를 침략할 수 있는 이유로 삼기 위해 사신을 돌려보내며 다음과 같이 말했다. "모월 모일에 내가 그대 나라를 들릴 터이니 꼭 그 밭을 보여달라. 그렇게 하지 않으면 당신들의 나라는 곧 쑥대밭이 될 것이다."

사신은 황제에게 그렇게 하겠다고 고한 뒤 돌아왔으나 어쩔 방도가 없었고, 그 사신의 말을 전해들은 임금은 괜히 긁어부스럼만 일으켰다고 노발대발하며 그 사신을 파면하고 고향으로 돌려보내고 말았다.

사신은 그렇게 파면당하고 쫓겨 고향집으로 돌아왔는데, 그 때 고향집에는 나이가 들어 곧 고려장을 해야할 노부가 있었다. 그 노부는 아들이 당한 일을 듣고 가만히 생각을 해 보더니만 아들에게 위기를 모면할 수 있는 한 가지 방도를 일러주었다. 즉 황제가 오는 길목에 노인들과 아이들을 모아 잔치를 벌이라는 것이다. 동쪽에는 아이들의 잔치를 서쪽에는 노인들의 잔치를 벌이고 있다가 황제가 그 밭이 어디 있냐고 묻거든, 그 밭은 아주 멀리 있어서 가는데 30년 오는데 30년이 걸린다고 대답을 하라는 것이다. 그리고 "잔치를 벌이고 있던 아이들은 이제 그 밭에 농사를 지으러 가야하기 때문에 나라에서 잔치를 베풀어 주는 것이고, 노인들은 농사를 짓고 돌아왔기 때문에 잔치를 열어주는 것이다."라고 말하라고 일러 주는 것이었다.

드디어 중국의 황제는 우리나라를 방문하게 되었고 공중밭을 보여달라고 으름장을 놓았다.

이에 사신은 그의 노부가 일러준 대로 그대로 말을 꾸몄고, 60년 동안을 허비할 수가 없었던 황제는 그냥 돌아갈 수밖에 없었다.

왕은 크게 기뻐하며 사신을 포상했고 그에게 한가지 소원을 물었다. 그러자 그 사신은 그의 노부가 위기를 극복할 수 있었던 방법을 알려줬다는 것을 고했고, 노부를 고려장하지 않도록 해달라고 소원을 이야기했다. 이에 감복한 임금은 그의 아들의 소원 뿐만 아니라 우리나라에서 고려장을 없애라는 명령을 내렸고, 그때부터 우리나라는 3대 4대가 오손도손 모여 사는 아름다운 나라가 되었다고 한다.

(제보자:대구광역시 달성군 가창면 우록동 499번지, 이성희, 77세, 농업. 채록일자:1997. 4. 19.)

(3) 제수는 어디로?

옛날 옛날에 마을 제사를 지내기 위해 동네 사람들이 다 같이 모였다. 경건한 마음으로 제를 마치고 음복하는 가운데 한 노인이 말하길 "몇십 년 전 꼭 이 날이야. 내가 제수를 맡아서 고기랑 채소, 과일 등을 장만해서 커다란 자루에 넣고 등에 메고 왔었어. 오다가 술 생각이 났어. 그래 그게 잘못이지. 제사에 술이라니, 그래도 술 한 잔 걸치고 왔었어. 그때까지 아무 변화가 없었어. 자루 무게도 비슷했고. 그런데 막상 도착해보니, 자루 속에 고기란 고기는 간 데 없고 과일, 채소들만 고스란히 있더라고. 사람들은 내가 빠뜨리고 안 챙긴거라 했지만 아무리 술을 조금 했지만 그건 아니야. 고기를 넣고 꽁꽁 묶었는데 도대체 흔적이 없었어. 그야말로 귀신 곡할 노릇이지."라고 했다. 이 이야기는 제사 일을 할 때는 항상 삼가야 한다는 교훈을 주고 있다.

(제보자:대구광역시 달성군 가창면 우록동 517번지, 윤용금, 65세, 농업. 채록일자:1997. 4. 19.)

(4) 빈대 잡으려다 절간 태우다.

지금은 그 자취를 전혀 찾아 볼 수 없지만 말무덤등 맞은 편의 산등성이에 아주 오랜 옛날 절이 하나 있었고 그 절의 중들은 시내를 건너기 위해 큰 돌을 옮겨와 다리를 놓았다. 비록 절의 자취는 없지만 절이 있었다고 하는 자리에는 지금도 불에 그을린 듯한 기와장이 발견된다고 하는데 그 연유는 이렇다.

그 절에는 예로부터 빈대가 많아 중들이 빈대 때문에 불도(佛道)를 닦기는 커녕 잠도 제대로 자지 못했었다. 그래서 빈대를 퇴치하기 위해 전국을 돌며 갖은 방법을 다 강구했으나 끝내 아무런 성과도 얻을 수 없었다. 조그만 빈대가 얼마나 사람들을 못살게 구는 지 몇 년을 그렇게 시달리다 급기야는 참다 못한 한 승려가 빈대를 잡으려고 불을 놓았는데 그 불이 절에 옮겨 붙어 절을 다 태워 버렸다. 그래서 건물은 물론 절터까지 깡그리 타서 없어지고 불에 그을린 기와장만 오늘날까지 전해져 내려 온다고 한다. 아마 '빈대 잡으려다 절간 태운다.' 라는 속담이 이 고장에서 연유한 듯 싶다.

(제보자 : 대구광역시 달성군 현풍면 오산1리 27, 정두경, 71세, 농업. 채록일자 : 1997. 4. 5.)

(5) 전우치

옛날 조선시대에 전우치라는 사람이 살았는데 도술이 아주 뛰어 났다. 이 시대의 고관대작들이 백성을 위하지 않고 사리사욕을 채우기에만 급급하자 이들을 골탕먹이기 위해 술을 대접하겠다며 자신의 집으로 초대하였다.

전우치의 도술이 뛰어나다는 이야기를 평소부터 들었던 터라 정승들은 앞다투어 전우치의 집으로 모여 들었고 술판이 벌어졌다. 우매한 정승들이 기녀가 없어 술맛이 없다 하여 도술을 부려 아름다운 여인을 불러달라고 부탁하니 전우치가 조롱박에 글을 써서 밖으로 내던졌다. 정승들은 잔

뜩 기대를 하며 기다리고 있었는데 잠시후 방안으로 들어오는 여인들은 그들의 부인이었다.

이들이 혼쭐나서 집으로 돌아와 그들의 부인에게 자초지종을 물었더니 저녁을 먹은 뒤 세수를 하고 나서는 마루 끝에 섰는데 저도 모르게 발걸음이 옮겨져 갔다는 것이다. 그제서야 전우치에게 속은 것을 깨달은 그들은 마음 속의 분을 삭이지 못했다.

한 때에 매우 심한 기근이 들었는데 호남지방은 더욱 더 심하였다. 심한 기근으로 백성들은 피골이 상접할 지경에 이르렀는데도 고관대작들은 여전히 자신의 배불리기에만 급급했고 백성들은 조금도 돌보지 않았다. 이에 전우치가 밤에 그들의 집에 들어가 돈과 양식을 훔쳐다가 구름 위에서 그것들을 호남지방에 뿌려 주었다. 이 사실을 알게 된 고관대작들이 마침내 전우치를 제거하려고 엄청난 상금을 걸고 나졸들을 풀어 놓았다. 우여곡절 끝에 나졸들이 전우치를 잡아서 끌고 가려 하자 전우치가 자기가 알아서 가겠다며 병속으로 들어가 버렸다. 나졸들이 그것을 가지고 정승에게 갖다 바치며 여기에 전우치가 있다고 했지만 정승은 믿질 않았다. 그리고는 그 병을 바닥에 내어 던졌는데 병이 깨어지자 병조각 하나 하나가 선우치가 되었다. 정승이 놀라 있던 중, 진짜 전우치가 정승 앞에 꿇어 엎드리며 자신이 이제 죽을 때가 다 되었으니 죽기 전에 금강산 일만이천 봉의 암자에 그림을 그리고 싶다고 했다. 그래서 종이를 붙여 주었더니 멋진 그림을 그렸는데 길 위에 말 한 마리를 그렸다. 그리고 다리 한 쪽을 올리더니 "나, 갑니다." 하고는 사라져 버렸고 그 죽은 모습을 본 사람들은 없었다고 한다.

세월이 많이 흘러 어느 고승이 금강산에서 전우치와 최고운이 바둑을 두고 있는 모습을 보았다고 하고 그 모습이 종종 나타났다고 한다.

(제보자 : 경북 청도군 각북면 오산 2리 120번지, 곽정식, 70세, 오산2리 노인회장, 모계국민학교 총동창회장. 청도군 각북면 오산 2리 120번지, 곽문규, 69세, 곽정식할아버지의 조카, 농업. 청도군 각북면 오산 2리 126번지, 서준태, 82세, 무직. 채록일자 : 1997. 4. 5.)

(6) 계룡산 이야기

옛날 옛적에 한 젊은이가 산길을 헤매고 있었다. 나무하러 갔다가 길을 잃어 집을 못 찾게 된 것이다. 그러던 중, 날이 저물어 저 멀리 불빛이 반짝반짝하는 곳이 있었다. 좀 쉬어볼까 하고 그 집으로 갔다. "계십니까?" 하고 부르니, 한 여인이 산발을 해서는 아주 반갑게 맞아 주었다. 들어가서 얼마 있지 않았는데, 여인은 흰 쌀밥에다 진수성찬을 차려왔다. 젊은이가 그 밥을 먹고 나니 여인은 자고 갈 것을 권했다. 젊은이는 좀 이상한 생각이 들어 물어보았다. "왜 이렇게 깊은 산중에 혼자 살고 계십니까?" " ……할 일이 있어서 이렇게 살고 있습니다."라고 여인이 대답했다. 그러자 젊은이는 곧이 곧대로 믿고서는 몸이 곤해서 갓을 벗고 도포도 벗고 편안히 잠이 들었다. 한참 자다가 이상한 소리에 잠이 깼다. 그래서 살며시 나가보니 여인이 칼을 갈고 있는 것이 아닌가. 큰일났다 싶어 재빨리 옷을 입고 산길을 마구 내달렸다. 그러자 여인이 어느새 거기서라며 막 따라왔다. 젊은이는 산길을 따라 도망가다 천기를 보는(별을 보는) 한 노인을 만났는데, 그 노인이 "한 사람이 죽을 것 같다."고 했다. 여인은 여우가 되어서 계속 젊은이를 쫓아오고 있는 중이었다. 젊은이가 살 수 있는 방법을 간곡히 물으니 그 노인이 대답했다. "이 동네에 큰 버들나무가 있는데, 지금은 썩어서 큰 구멍이 나 있다. 그 안에 들어가거라." 이 말을 듣고 젊은이는 재빨리 나무를 찾아 구멍 속으로 들어가 숨을 죽이고 있었다. 그 때까지 여우가 따라왔으나 나무 근처에 와서는 한참을 뱅뱅 돌며 젊은이를 찾지 못했다. 그 나무 구멍 속에 들어가면 귀신의 눈에는 보이지 않는 것이었다. 이윽고 닭이 울고 날이 새자, 여우는 사라졌다고 한다.

(제보자:대구광역시 달성군 가창면 냉천리 8통 1반, 강만조, 남, 61세, 무직. 채록일자:1997. 4. 10.)

(7) 하늘에 복타러 간 효자 이야기

옛날에 아내를 잃고 장성한 아들만 둔 한 홀아비가 있었다. 집이 가난하여 먹을 양식도 얼마 없고 해서 아들에게 도시락을 챙겨주며 하늘에 복을 좀 타오라고 하니 아들이 순순히 응하여 도시락을 챙겨들고 길을 떠났다. 그 아들이 생각하기를 산과 하늘이 맞닿은 곳에 가면 하늘에 오를 수 있다고 여겨 높은 산의 골짜기를 헤매고 다녔다.

그렇게 헤매이다가 한 골짜기에 이르니 폭포가 있고, 경치가 매우 좋은 곳에 도포를 입고 용모가 매우 수려한 세 노인이 바둑을 두고 있었다. 한 노인이 그 청년을 보고 "자네 어디에 가나?" 하고 물으니 청년은 하늘에 복을 타러 간다고 대답했다. 그러자 노인이 이르기를 "우리는 신선이 되어 하늘로 올라갈 시절만 기다리고 있는데 하늘에 당도하면 어떤 연유로 우리가 하늘로 못 올라가는지 알아봐 달라." 했다.

청년이 노인들과 헤어져 길을 가던 도중 해가 저물어, 산등성이의 불빛을 보고 한 민가에 들어가니 아주 예쁜 처녀가 홀로 침자질(바느질)을 하고 있었다. 청년은 자신이 하늘에 복타러 가던 도중 밤이 되어 하루 쉬어 갈 곳이 필요하다 하니 처녀가 승락하여 하루 유하게 되었다. 이튿날, 청년이 길을 떠나려 하자 그 처녀가 이르기를 "나는 과년하도록 짝이 없어 혼자 사는데 하늘에 올라가면 내 짝이 누구인지 물어봐 달라." 했다.

또, 청년이 길을 가는데 한 큰 웅덩이를 만나 건너갈 수 없음에 울음을 터뜨렸다. 청년이 울고 있으니 큰 용이 물에서 올라와 어디에 가는지를 물어 보았다. 청년이 하늘에 복타러 간다하니 용이 청년을 등에 태워 웅덩이를 건네주며 "어떻게 하면 하늘에 승천할 수 있는지 물어봐 달라." 했다.

하늘에 당도하니 고래등 같은 기와집이 즐비하고 하늘문 입구에 문지기가 서 있었다. 문지기에게 가서 하늘에 올라온 이유를 설명하니 출입을 허락해 주었다. 옥황상제에게 이르러 청년이 아버지의 분부로 여기까지 오게 되었다고 하니 옥황상제가 그의 효성을 갸륵히 여겨 단지 여기서 내려가기만 하면 복 받고 잘 살 것이라 했다. 내려오기 전 청년이 세 노인, 과년한 처녀, 승천 못한 용의 부탁을 대신하여 옥황상제에게 물으니 "그 노인들은 욕심이 많아서 금방석을 두 개씩 깔고 앉아 있는데 한 개를 버리면 승천할 수 있게 되고, 그 처녀는 용의 아금지(여의주)를 가진 사람이 그녀의 배필이며, 그 용은 아금지를 두개 품고 있어 승천할 수 없다." 했다.

청년이 하늘에서 내려와 첫번째로 용을 만나 옥황상제의 말을 전하니 용이 큰 기침을 해서 구슬을 빼내어 그것을 청년에게 주었다. 집으로 돌아오던 중 다시 해가 저물어 그 처자의 집에 들어가게 되어 옥황상제의 말을 전하니 그 처녀가 단번에 그 청년이 자기의 배필임을 알아 채고 그를 배필로 생각하고 인연을 맺게 되었다. 이튿날, 청년은 그 처자와 길을 나서서 그 세 노인에게 들러 옥황상제의 말을 전하니 노인들이 금방석을 각각 한 개씩 내어주어 노인들은 신선이 되어 올라갔고 그 청년은 복을 받고 잘 살았다 하더라.

(제보자：대구광역시 달성군 유가면 쌍계2리 고양마을, 김학조, 73세, 농업. 채록일자：1996. 12. 17.)

(8) 동다랭이

유교보다도 불교가 훨씬 번성하여 나라의 기강이 흔들리자 국가에서는 절을 부수어 없애라는 명을 내리고, 중을 잡기 위해 돈 100냥과 쌀 한 가마니를 포상으로 내걸었다. 즈음하여 동다랭이라는 중이 있었다. 그는 잡히지 않으려고 누나의 집에 피신을 갔다. 누나의 남편도 중을 잡으러 나가고 없었으나 동다랭이는 이것을 알지 못하였다. 누나는 동생인 동다랭이를 다음 날 신고하기로 마음 먹고, 숨겨주겠다며 한쪽 방에 가두어 놓고서는 저녁이 되어 돌아온 남편에게 중을 잡았느냐고 물으니 남편은 한 명도 잡지 못했다고 답을 하였다. 아내는 자기는 집에 앉아서 중을 잡았다고 하면서 내일 신고를 하자고 하였다. 이말을 엿듣게 된 동다랭이는 조화를 부려 개구리로 변하여 쇠를 먹기 시작하였는데, 쇠를 하나씩 먹을 때마다 몸집이 자꾸자꾸 커져 산만큼 크게 되었다. 그 당시에는 쇠가 아주 귀한 것이었는데, 동다랭이가 쇠로 만든 호미, 괭이까지 모조리 먹어 버려서 농사마저 지을 수 없는 형편에 이르렀다. 이렇게 되자 국가는 개구리를 잡아들이라는 명을 내렸고, 이에 이 개구리가 잡혔으니, 사람들은 이 개구리를 녹여서 죽이기로 결정하였다. 불밑둥(?)을 차리고 솥에다가 개구리를 집어 넣고 불을 지펴 끓이는데 벌겋게 달은 두꺼비가 펄쩍 뛰어 나와 서울 장안을 이리저리 돌아다녔고 몸이 달구어져 있었으니 닿는 곳마다 불이 났다. 이렇게 되자 임금이 개구리의 소원을 들어주겠다고 하면서 개구리에게 제발 불을 내지 말라고 간청하였다. 이런 임금의 말에 개구리가 불을 내지 않는 조건으로 절을 부수지 말 것을 소원하였다. 그리하여 아직까지도 큰 절터가 남아있게 되었다 한다.

 (제보자 : 대구광역시 달성군 유가면 쌍계2리 고양마을, 김학조, 73세, 농업. 채록일자 : 1996. 12. 17.)

(9) 가난한 아들

 어느 가문에 아들 삼형제가 있었는데 첫째와 막내 아들은 잘살았으나 둘째 아들은 가난하였다.

 이 둘째에게는 아들이 하나 있었는데 머리가 총명할 뿐만 아니라 효성 또한 지극하였다. 조부의 제삿날에 아들이 아버지께 큰집에 제사를 지내러 가자고 하니 "내가 못살아. 네 백부가 나에 대한 대우가 없으니 못 가겠다."라고 그의 아버지가 말하였다. 그러자 아들이 하는 말이 "어디 백부님 보러 갑니까? 할아버지 보러 가지요. 제가 장을 좀 봐 놓았으니 가서 절하고 옵시다." 하였다.

시간이 되어 제사를 지내는데 둘째는 절을 하며 "저는 가난해서 가진 것이 없기에 음식을 적게 장만해 왔지만 이거라도 맛있게 드십시오." 하며 제사를 지내고는 백부가 아침 먹고 가라고 붙잡는 것도 뿌리치고 아들과 함께 나왔다. 동구밖까지 따라나온 백부에게 둘째 아들이 괭이를 달라 하였으나 백부는 주지 않고 집으로 돌아가 버렸다. 아들은 괭이를 구해들고 백부의 집으로 다시 돌아와서 말하기를 "이 괭이로 저 묘를 파겠습니다. 가운데가 졸려서 우리만 못 사는가 봅니다." 하고서는 묘터에 올랐다. 이 말에 백부가 겁을 먹고 논 열마지기를 줄테니 묘를 파지 말라면서 조카를 달래었다. 이 논 열마지기로 둘째네는 잘 살게 되었다.

(제보자 : 대구광역시 달성군 유가면 쌍계2리 고양마을, 김학조, 73세, 농업. 채록일자 : 1996. 12. 17.)

(10) 까치밥

요즘 제사를 지내고 나서 내 놓는 밥을 "까치밥"이라고 하는데 여기에는 실상 다른 연유가 있다고 전해져온다.

그 연유인즉, 신라 24대왕이 말을 타고 수렵을 하러 갔다가 거기서 까치를 보고 활을 쏴서 잡으려고 했는데, 활에 맞은 까치가 퍼덕 퍼덕거려 종을 시켜 잡아오라 하였더니 붙잡으려고 하면 자꾸 도망가고 따라가다 보니 한 등성이를 훨씬 넘어 쫓아가게 되었다.

그런데 까치는 어디 가고 없고 그 앞의 큰 웅덩이에서 한 노인이 나타나 편지를 건네주고는 이내 사라졌다. 종은 그 편지를 임금에게 가져다 바쳤는데 편지의 겉봉에 '편지를 뜯어보면 둘이 죽고, 안 뜯어보면 하나가 죽는다' 라고 적혀 있었다.

그 길로 궁궐에 돌아온 왕은 정승과 신하들을 모아 의견을 물었다. 결국 왕은 다른 사람이 뜯어 죽게 되느니 자기가 죽는 것이 낫다고 생각하여 편지를 뜯어보게 되었다. 편지에는 '관을 쏴라' 라는 글씨가 쓰여 있었다. 그것을 본 왕은 자기가 죽은 후에 쓰기 위해 옻칠을 하여 준비해 둔 관을 향해 활을 쏘았다.

그런데 그 관속에는 임금을 죽이기 위해 역적이 2명 숨어 있었다. 즉, 편지를 뜯어 시킨대로 한 왕은 역적 2명을 죽여 둘이 죽인 셈이 되고, 편지를 뜯지 않았더라면 왕이 죽어 한 명이 죽게 되는 것이었다.

까치로 인해 목숨을 건진 임금은 그 후 까치를 국조(國鳥)로 받들고 날을 정하여 까치밥을 주게 하였다고 한다.

(제보자 : 대구광역시 달성군 유가면 쌍계2리 고양마을, 김학조, 73세, 농업. 채록일자 : 1996. 12. 7.)

(11) 며느리가 눈깔사탕 먹고 죽을 뻔하다

옛날에 엄한 시어머니 밑에서 사는 며느리가 있었다. 하루는 남편이 장에서 사다준 눈깔사탕을 부엌에서 몰래 먹던 며느리가 시어머니가 부르며 부엌문을 불쑥 여는 바람에 사탕이 목에 걸려 죽고 말았다.

초상을 치르고 갖다 묻었는데 너무나 갑작스럽게 일어난 일이라 시집과 친정 모두 난리가 났다.

친정 부모들이 어이없이 죽은 딸을 안타깝게 여긴 나머지 자기 딸의 패물을 무덤에 함께 묻어 주기를 청하여 그렇게 하게 되었다.

그런데 그 시집에는 지독한 노름꾼인 시동생이 하나 있었다. 노름판에 돈을 몽땅 날린 시동생은 눈이 뒤집혀 드디어 형수의 묘를 파기로 결심하였다.

관을 열어보니 괴이하게도 염을 한 것이 모두 풀어져 있고 형수는 눈을 빤히 뜨고는 "누가 나를 좀 살려주오. 살려주오."하는 것이었다.

너무 놀란 시동생은 걸음아 날 살려라고 도망을 가다가 생각하니 또 패물이 아까워 다시 돌아가니 형수가 "도련님 저 좀 살려주세요. 왜 자꾸 도망가세요?" 하며 간절히 애원하는 것이었다. 그러면서 관에 들어가 묻힌 뒤 목에 걸렸던 사탕이 녹아 숨을 쉬게 된 사정을 이야기 해주었다.

시동생과 함께 며느리가 시집으로 가서 문을 두드리며 부르니, 모두 귀신이 부르는 줄로만 알고 나오기를 두려워했다. 시동생이 자초지종을 설명하자 모두들 기뻐서 어쩔 줄을 몰랐다.

다음 날 날이 밝자 죽은 줄로만 알았던 며느리가 살아왔다고 잔치를 벌이고 며느리의 친정에서는 생명의 은인이라고 하여 재산의 절반을 떼주어 잘 살게 되었더란다.

(제보자:대구광역시 달성군 현풍면 하리 8번지, 고병운, 73세. 채록일자:1996. 11. 17.)

(12) 마음 착한 청년이 부자가 된 이야기

어느 산골에 한 사나이가 살았는데 집도 가난한데다 마누라까지 죽어 아들 하나만 데리고 읍내로 내려와 살게 되었다.

막상 내려와보니 먹고 살길이 막막하여 남의 집 머슴살이를 하게 되었는데 그 주인 내외가 어찌나 인심이 고약한지 그집에서 1년을 배겨내는 머슴이 없었다.

그런데 이 부자(父子)간에 얼마나 일을 충실히 잘 하는지 주인이 이들에게 반할 지경이었다. 그래서 전의 머슴들에게는 보리밥도 아끼던 사람들이 허연 쌀밥을 고봉으로 먹이고 이들을 극진히 위해주었다.

이렇게 한 해 두 해 지나 아버지가 죽었다. 그런데 아버지가 죽기 얼마 전 아들이 나무를 하러 산에 갔더니 허연 수염을 기른 노인이 지팡이를 옆에 놓은 채 반듯이 누워 있는 것이었다. 이 총각이 가다가 들여다 보니, 이 노인이 몹시 목이 말라 보여 시냇가로 내려가 손에 물을 떠 목을 축여주었다. 그러니 이 노인이 말하기를 "너는 지금 내가 누워 있는 자리를 낫으로 파서 표시해 두어라."라고 하였다. 그래서 시키는 대로 하고나니, 노인이 일어나 앉으며 말하기를 "너의 아비가 삼일 후 세상을 뜰 것이다. 그 때는 아무에게도 말하지말고 이 자리에 묻거라."고 하였다.

이상히 여겨 대답을 하고 보니 노인은 온데 간데 없었다.

3일후 멀쩡하던 아버지가 죽자 아버지를 묻으려고 그 자리를 파니 청석 (淸石)이 나왔다. 그것을 팔 수가 없어 그 위에다 아버지를 묻었다. 그러고 나니 사흘 후에 총각에게 중매가 들어왔는데 그 집안이 양민이었다.

자기의 신분과 맞지 않는다고 거절하려고 하니 주인집에서 뒷감당은 다 해 주겠다며 장가를 보내주었다.

몇 년 후 자식들이 생겼는데 모두 장성하여 훌륭해졌고 오히려 그 주인 보다 더 부자로 잘 살았더란다.

(제보자:대구광역시 달성군 현풍면 하리 8번지, 고병운, 73세. 채록일자:1996. 11. 17.)

(13) 이상한 노인이 숙궁대왕을 살려내다

옛날 한 임금(숙궁대왕)이 밤에 민심을 살펴보러 민가로 나갔다. 어느 움막이 있었는데 노인 부부가 들어앉아 이야기를 하고 있었다.

할머니가 말하기를 "우리가 이렇게 가난하여 아무것도 가진 게 없으니 앞으로 어찌 살꼬?"라고 하며 걱정을 하였다. 그 말을 듣고 영감이 대답 하여 말하기를 "잠시만 기다려 보소. 삼일 안에 임금이 우리집에 들어 올 테니…"라고 하는 것이었다. 그 말을 들은 할머니는 "이렇게 누추하고 보 잘 것 없는 집에 어디 임금이 들어올꼬." 하며 비웃었다.

임금이 숨어서 그 말을 듣고 이상히 여겨 "주인있소?" 하며 집으로 들 어서면서, 자기가 임금인 것을 모르게 하려고 임금의 옷을 벗어 집 밖의 나무에 걸어놓았다.

영감이 이인(異人)이라 들어오는 사람이 임금인 줄 알고 정중히 모셔 들였다. 할머니도 놀라며 대접할 것이 없으니 입던 옷가지를 팔아 음식을 대접했다.

잘 먹었다고 하고 돌아가려는 임금에게 영감이 말하기를 길가에 가다보 면 한 예쁜 여자가 있을 테니 그 여자를 보면 절대로 말도 걸지 말고, 건

드리지도 말라고 일러 주었다.

가다보니 정말로 여자가 앉아 있었는데 너무 예뻐서 임금이 그만 손을 잡고 말았다. 다시 길을 가다가 생각해 보니 나뭇가지에 걸어놓은 옷을 가져오지 않은 것을 알고 돌아가 보니 옷이 온 데 간 데 없는 것이었다.

할 수 없이 임금이 영감에게 돌아가 사정을 말하니 영감이 자기가 시키는 대로 하라고 하였다. 그러고는 임금을 자기의 옆구리에 끼고 축지법을 사용하여 몇 십 리를 가니 임금이 혼절하였다. 영감이 임금을 깨우면서 또 몇 십 리를 가서 보니 임금이 또 혼절해 있어 깨우고 강 건너를 보라고 하니 강 건너편에 기와집이 한 채 서 있었다.

임금에게 시켜서 기와집에 들어가면 그 색시가 있을 테니 무슨 수를 써서라도 혀를 내게 하여 그 혀를 물어버리라고 하였다.

임금이 억지로 혀를 내게 하려 해도 낼 듯 낼 듯 하면서 내지 않다가 어느 순간 혀를 내민 순간에 그 혀를 물어당겼더니 그 여자가 변하여 구렁이가 되었다. 그 때 영감이 달려들어 구렁이의 배를 가르니 그 속에서 임금의 옷이 나왔다.

다음 날 임금이 궁궐로 영감의 내외를 불러 극진히 대접하고 많은 재물을 주어 돌려보내니 영감부부는 평생을 행복하게 살았다고 한다.

(제보자:대구광역시 달성군 현풍면 하리 8번지, 고병운, 73세. 채록일자:1996. 11. 17.)

(14) 소금장수가 명당에 뼈를 묻어 부자가 된 이야기

옛날 한 가난한 사람이 생계를 잇기 위하여 소금장수를 하게 되었다. 하루는 소금을 지고 가는 도중에 해가 저물었는데, 당시에는 동네가 너무 멀고 산이 깊어 하는 수 없이 묘지에서 자게 되었다.

밤이 깊었는데 한 사람이 묘지로 헐레 벌떡 올라와 소금장수가 자고 있는 줄도 모르고 바로 옆에 땅을 파는 것이었다. 한참을 파더니 희끄무레한 어떤 것을 묻더니 땅을 발로 꼭꼭 다지면서 하는 말이 "이제는 사흘만에 삼태자 육판서가 난다."고 하고는 사라져 버렸다.

그 사람이 가고 난 뒤 소금장수가 그것을 파보았더니 사람의 해골이었다. 그래서 소금장수는 그것을 파내어 다른 데 묻고는 소금장수를 때려 치우고 자기네 집에 가서 자신의 조상의 뼈를 그 곳에다 갖다 묻었다. 묻고 나서는 "사흘만에 검은 송아지와 돼지 한 마리가 들어온다."라고 말했다.

그런데 잠시 후 갑자기 그의 집에 검은 소에 물건을 한 바리 실은 사람이 들어오더니 그 소를 사흘만 맡겨놓자고 하였다. 그 후 사흘이 지나도 송아지의 주인은 오지 않는 것이었다.

소금장수가 짐을 풀어 보았더니 그 안에 들어있는 것은 모두 엽전이었다.

그래서 그것을 가지고는 부자로 잘 살게 되었고 이 사람의 자식들도 장성하여 모두 권세를 누리고 살았다.

한 편 처음 뼈를 묻었던 사람의 집은 있던 가세마저 기울어 버리니, 그 사람이 좋은 자리에 뼈를 묻었건만 왜 이리 집안이 기우는가 의아히 생각하다가 결국은 떠돌이가 되어서 살게 되었다.

소금장수는 그 사람이 마음에 걸려 혹시 자기의 집 앞을 지날까 하여, 재산 중에서 그 사람의 몫을 떼어두고 종들에게 일러 두기를, 어느 나그네든지 집에 묵기를 청하거든 반드시 집으로 들여 재워 보내라고 하였다.

하루는 그 사람이 떠돌다가 소금장수의 집 앞에 이르러 하루 묵기를 청하였다.

소금장수는 언제나 손님이 왔다는 말을 들으면 그 묵는 방에 들러 함께 이야기를 하곤 하였는데, 그 날도 들어가 담배를 피우면서 이야기나 하기를 청하였다.

그 사람은 "나는 떠돌이라 할 얘기가 없소. 주인장이나 얘기하나 해 보시오."라고 하였다.

그래서 주인이 자기가 뼈 묻은 얘기를 해 주니, 이 사람이 자기도 비슷한 얘기가 있다며 이야기를 하고는, 그 자리에 뼈를 묻으면 반드시 자식들이 정승 판서가 될 것이라고 했는데 아직까지 이 모양이니 이상하다고 하였다. 그제서야 비로소 이 나그네가 그 때 그 사람인 것을 알고는 손을 잡으며, "언젠가 이렇게 만나게 될 줄 알고 당신 몫을 떼어놓고 기다리고 있었소. 그 때 내가 당신이 묻은 뼈를 파내고 우리 조상의 뼈를 묻어 지금 이렇게 잘 살고 있으니, 우리 앞으로는 남이 아니라 한 형제처럼 지냅시다."라고 하며 처자를 데리고 오라고 했다.

그래서 두 집안이 한 울타리안에서 형제처럼 의좋게 살게 되었다고 한다.

(제보자 : 대구광역시 달성군 현풍면 하리 8번지, 고병운, 73세. 채록일자 : 1996. 11. 17.)

(15) 고려장

옛날 이 마을에 한 정승이 살고 있었다.

이 정승에게는 나이 드신 홀아비가 한 분 계셨는데 정승은 효성이 지극하여 홀아비를 지성으로 섬겼다. 당시 나라에는 '고려장'이라는 풍습이 있었다. 이것은 나이가 든 늙은이들이 쓸모가 없다고 하여 내다 버려 굶겨 죽이는 아주 고약한 풍습이었다.

정승의 홀아비도 점점 나이가 많이 들어 고려장을 지낼 수밖에 없게 되었다. 그러나 정승은 효성이 지극하여 도저히 홀아비를 내다버려 굶겨 돌아가시게 할 수가 없었다. 그래서 나라의 정승으로서 들키면 큰 일인 줄 알면서도 집안에 굴을 파서 홀아비를 숨겨서 모셨다. 조석으로 굴에 들어가 문안을 올리고 직접 식사를 준비하여 드리며 비록 굴 속에서 모시는 것이지만 효도를 함에 소홀함이 없도록 더욱 신경을 썼다.

그러던 어느 날이었다. 우리 나라는 중국의 조공국 중의 하나였는데, 해마다 중국의 사신이 우리나라를 찾아와 많은 양의 보물들과 귀중한 토산품들을 가져갔다. 그 해에도 어김없이 중국의 사신이 우리나라를 방문

했는데 이번에는 공납 물품을 가져가는 것 말고도 우리 나라 조정관리들의 수준을 시험해 보기 위해 세 가지 어려운 문제를 내는 것이었다. 첫 번째는 두 개의 나무토막을 주면서 어느 것이 아래에 있던 나무이고 어느 것이 위에 있던 나무인지를 맞히는 것이고, 둘째는 똑같이 생긴 말 두 필을 주며 어느 것이 어미 말이고 어는 것이 새끼 말인지를 알아 맞히는 것이었다. 마지막으로는 큰 코끼리 한 마리를 주며 이 코끼리의 몸무게가 얼마인지 알아내는 문제였다. 중국사신은 일방적으로 7일 간의 기한을 정해버렸다.

조정은 발칵 뒤집혔다. 문제가 황당해서 그 문제를 푸는 것은 도저히 불가능해 보인 것이다. 중국 사신이 정한 7일의 시간은 다가오고 조정의 대신들과 임금님은 걱정에 휩싸였다.

문제를 풀지 못하면 중국 쪽에서 우리나라를 더욱 무시할 것이고, 또 어떤 무리한 요구를 해 올지 알 수가 없는 일이었다.

정승도 나라의 일로 걱정이 끊이지 않았다. 아버지 앞에서는 내색하지 않으려고 했지만 수심이 너무 커서 아버지도 이윽고 눈치를 채셨다. 그래서 한 날은 정승을 앉혀 놓고 얼굴에 수심이 가득한 이유를 물었다. 정승은 아버지게 걱정을 끼쳐드린 것이 죄송하기만 하여 아무 걱정되는 일이 없다고 아뢰었다. 하지만 아버지는 무슨 일이 있는 게 분명하다며 애기를 해보라고 재촉하셨고 정승은 하는 수 없이 속사정을 털어놓았다. 아버지는 가만히 듣고 계시다가 아들을 보며 빙긋이 웃으셨다. 아버지는 나이가 많이 드신 만큼 경험이 많으셔서 그런 문제들이 아무 어려울 것이 없었던 까닭이었다. 정승은 아버지의 웃는 얼굴을 보며 어리둥절하기만 했다. 아버지는 이윽고 정승을 보며 문제를 풀 수 있겠다고 하셨다. 정승은 더욱 어리둥절해 했다. 온 나라의 대신들도 이 문제를 해결하지 못해 수심에 싸여 있는데 아버지는 문제를 듣자마자 웃으시며 풀 수 있겠다고 하셨기 때문이다. 놀란 눈으로 아버지를 바라보자 아버지는 곧 문제를 하나하나 풀어 나가셨다.

나무토막 두 개 중에서 어느 것이 밑에 있던 것인지를 알려면, 나무토막 두 개를 물에 띄워보면 알 수가 있다는 것이다. 나무는 자라면서 뿌리 가까운 쪽부터 단단하게 다져가며 자란다. 그래서 아래쪽이 더 무거워 두 나무토막 중에서 뿌리 쪽에 가까이 있던 것이 물에 더 가라앉을 것은 당연하기 때문이다. 똑같이 생긴 말 두 필 중에 어느 것이 어미 말인지를 알려면 말 두 필을 초원에 풀어놓으면 곧 알 수가 있는 것이다. 어미 말이 새끼 말 쪽으로 풀을 계속 밀어줄 것이라는 거였다. 사람이든 짐승이든 어미가 새끼를 사랑하고 희생하는 것은 본능이기 때문이다. 마지막으로 코끼리의 무게를 재는 문제는 코끼리를 배에 태워서 물에 띄워보는 것이다. 코끼리의 무게 때문에 물위에 띄운 배는 가라앉을 것인데 그때 얼마만큼 가라앉았는지 표시해 두었다가 코끼리를 배에서 내린 후에 다시 배를 물위에 띄워 추를 올려 나가는 것이다. 이 때 표시해 둔 곳까지 배가 가라앉으면 멈추어 배에 올렸던 추 하나 하나를 저울로 재어 모두 더하면 그것이 코끼리의 무게가 되는 것이다.

정승은 늙으신 아버지의 말씀을 다 듣고 난 후 아버지의 지혜에 크게 감복하였다. 정승은 아버지의 덕택으로 약속한 날 안에 문제를 모두 풀 수 있었고. 그러자 중국사신은 놀라며 공납 물품들을 들고 중국으로 돌아갔다. 임금님은 정승의 현명함에 즐거워 하시며 상을 내리겠노라고 하셨다. 이에 정승은 이 문제를 푼 사람은 자신이 아니라 자신의 늙으신 아버지이며, 고려장을 따를 수 없어 늙으신 아버지를 숨겨서 모시고 있다고 임금님께 사실대로 말씀드렸다. 정승은 큰 벌을 받을 것이라고 생각했었는데, 오히려 임금님은 깊은 생각에 잠기시더니 노인의 지혜가 한 나라를 구했다고 하시며 앞으로는 노인들을 내다 버리는 고려장의 풍습을 없애겠다고 말씀하셨다. 정승은 어떤 상을 받은 것보다 기뻐하며 임금님께 감사의 말씀을 올린 후 집으로 돌아와 그 후로 아버지를 더욱 극진히 섬기며 효도를 다했다고 한다.

(제보자 : 대구광역시 달성군 옥포면 반송 1리, 이판석, 79세. 채록일자 : 1999. 12. 27.)

(16) 김학선 이야기

옛날 이 마을에 한 여인이 남편을 잃고 아들 셋을 데리고 살고 있었다. 남편이 없었기 때문에 집안 살림은 무척 가난했지만, 여인은 아들 셋을 잘 키우려는 희망으로 가난해도 열심히 살았다.

그러던 어느 날 김장독을 파묻기 위해 마당 한 쪽의 땅을 팔 때였다. 갑자기 삽이 들어가지 않고 튕겨져 나오는 것이었다. 처음에는 뭔가 단단한 것이 박혀 있나보다라고 대수롭지 않게 생각했었는데, 나중에 유심히 살펴보니 커다란 황금덩어리가 있는 것이었다. 눈을 믿을 수가 없어 손으로 비벼보고 눈을 크게 다시 떠보고 해도 역시 황금덩어리였다. 그 정도의 크기면 더 이상 가난에 허덕이지도 않고 애들도 남부럽지 않게 먹고 입히며 키울 수가 있었다. 순간 욕심이 생겼다. 뜻하지 않게 황금을 손에 넣고 나니 욕심이 안 생길 리 없었다. 하지만 다시 마음을 고쳐 먹었다. 이 황금을 가지면 몸은 편하겠지만 앞으로 안 좋은 일이 생길 지도 모른다는 생각이 들었다. 아들들이 열심히 공부도 하지 않을 것 같고 착실하게 크지도 못할 것만 같았다. 그래서 얼른 다시 황금을 있던 자리에 파묻었다. 파묻고 나서도 혹시 욕심이 생겨나 다시 파내어 가지려고 할 지도 모르기 때문에 마음이 불안했다. 그래서 결국은 이사를 가기로 마음을 먹었다. 바로 그 날 안으로 이웃 마을에 살고 있는 오라버니 댁으로 사람을 보내어 오라버니를 집으로 모셔왔다. 그리고는 황금에 대해서는 한 마디도 하지 않은 채 사정이 급하게 되어 집을 팔고 딴 데로 이사를 가야하겠다고 하며 오라버니에게 집을 팔아줄 것을 부탁드렸다. 오라버니는 황당해하며 이렇게 갑작스럽게 무슨 일이냐고 물었지만 여인은 자세하게 얘기하지 않고 빨리 팔아주면 좋겠다고만 했다.

얼마 뒤에 집이 팔리자 여인은 황금을 잊고 딴 동네로 이사를 갔다. 오랫동안 살아온 고향을 등진다는 게 생각만큼 쉬운 일은 아니었다. 그래도 다행스러운 것은 그 곳은 서당이 많고 훌륭한 어른들이 많이 계시는 동네

였다. 여인은 아들들이 착실하고 바르게 성장하기에 좋은 곳이라는 생각
에 고향을 떠나 온 것을 잘한 일이라고 스스로 위안했다.

어느덧 세월이 흘러 아들들이 장성하였다. 하나같이 어머니의 말씀을
받들어 열심히 공부하고, 바르고 착실한 사람들로 성장하였다. 거기다가
몇 년 지나지 않아서 아들 셋 모두 과거에 급제하자 어머니의 기쁨은 이
루 말 할 수가 없었다.

과거에 급제하고 돌아온 다음 해, 큰 아들 김학선이 하루는 어머니께
여쭈었다.

"어머니, 그 때 왜 그렇게 고향을 떠나 빨리 이사를 하셨나요? 어렸을
때였지만 그 때도 이상한 일이라고 생각했었습니다. 그 때 왜 그렇게 갑
작스럽게 고향을 떠나신 건가요?" 어머니는 미소지으시며 지난 날 마당
에서 황금을 발견했던 이야기를 큰 아들 김학선에게 해주었다.

"그 때 그 황금에 욕심을 냈더라면 너희들을 배불리 먹이고 잘 입히고
할 수 있었었지만 너희들이 열심히 공부하지 않고 게을러질까봐 두려웠
단다. 그래서 그 황금을 다시 땅에 묻었지. 그렇지만 나도 내 욕심을 믿
을 수가 없어서 도저히 이사를 가지 않고서는 안되겠더구나. 그래서 고향
을 떠나 이사를 한 거란다."

어머니의 말씀을 다 듣고 나자 김학선은 어머니의 사랑에 큰 감동을 받
았다. 그래서 그 이후로 더욱 어머니의 사랑에 감사하고 효도를 했다고
한다.

(제보자:대구광역시 달성군 옥포면 방송 1리, 이판석, 79세. 채록일자:1999. 12. 30.)

(17) 춤추는 여승 이야기

조선 성종 때의 이야기다. 하루는 성종이 백성들이 어떻게 살아가고 있
는지 궁금하여, 민심도 돌아볼 겸 어느 한 고을에 가기로 했다. 그래서
신하와 그 고을을 아주 잘 알고 있는 노인 한 명을 데리고 함께 그 마을

을 둘러보게 되었다. 마을을 돌아보다가 밤이 되어 남산 쪽으로 가게되었는데 거기서 왕이 이상한 광경을 보게 되었다.

머리 깍은 여승과 노인 한 명 그리고 남자 한 명이 각각 웃고 울고 춤을 추고 있었던 것이다. 그 노인은 너무나 애처롭게 울고 있었고, 남자는 웃고 있었으며 그 앞에서 여승이 춤을 추고 있었다. 왕은 그 광경이 너무 기이하고 이상하여 그 마을을 잘 알고 있는 노인에게 도대체 무슨 일이냐고 물었다. 그러자 그 노인도 이런 광경은 처음 본다며 알 수가 없다고 했다. 궁금함에 답답해진 나머지 성종은 집 안으로 들어갔다. 그리고는 웃고 있었던 남자에게 사연을 물어 보았다. 그 사연은 다음과 같다.

어제가 그의 아버지 환갑날이었다. 평소에도 먹을 것이 변변치 못한 형편이라 환갑 잔치는 엄두도 내지 못했다. 아버지께 하루만이라도 좋은 음식을 드시게 하고 싶었지만 그것마저도 집안 사정이 여의치 못해 매우 안타까워하고 있었다. 그러다가 그의 아내가 혼자 여러 가지로 생각한 끝에 자신의 긴 머리카락을 잘라 팔아서 시아버지께 하루만이라도 좋은 음식을 해 드리기로 마음을 먹었다. 아내는 태어나서 지금까지 길러왔던 소중한 머리카락을 자르고 나서 받은 돈으로 푸짐하게 한 상을 차려내었다. 아버지의 환갑 날 아주 푸짐하게 차려진 상을 보고는 그 아버지가 너무 놀라고 기가 막혀 어떻게 된 일이냐며 아들에게 물었다. 평소 집안 형편을 잘 알고 있는 터였고 이런 푸짐한 상은 상상도 못한 일이었기 때문이다. 그 아들이 아버지에게 자신의 아내가 한 일의 자초지종 설명하고 나니 그 아버지는 며느리의 깎인 머리를 보고 너무 미안하고 고맙고 해서 엉엉 울기 시작한 것이다. 그것을 보고 있던 아들은 아버지의 마음을 달래드리고 기분을 좋게 해 드리기 위해 울고 계신 아버지 앞에서 웃기 시작했다. 그리고 그 머리가 여승이 되어버린 며느리는 춤을 추기 시작했다. 그래서 한 명은 울고 또 한 명은 웃고 나머지 한 명은 춤을 추고 있었던 것이다.

사연을 다 듣고 난 성종은 그들의 효심에 감탄하여 다음 날 세 사람을 대궐로 불렀다. 그리고는 넉넉지 못한 집안 형편은 이제 걱정 말라며 그들에게 돈, 옷, 쌀 등을 하사하였다.

그리고는 아버지의 칠순 팔순 잔치 때까지 효도하며 살라고 일렀다. 그 후로 그 세 사람은 오래오래 편안하고 행복하게 잘 살았다고 한다.

(제보자 : 대구광역시 달성군 옥포면 반송 1리, 이판석, 79세. 채록일자 : 1999. 12. 30.)

(18) 청렴 결백한 관리 이야기

옛날 옛날에(조선시대 때) 곽안방이라는 관리가 살았다. 편안할 안(安)에 나라 방(邦)이라는 이름을 가진 그는 솔례 땅 사람으로 전라도 해남의 군수로 관직을 수행하다가 그 임기가 다하여 다시 고향으로 돌아오려 하였다. 경상북도 출신으로 전라남도의 사정을 잘 몰랐던 그였지만 원래부터 성품이 성실하고 강직하여 주위 사람들의 존경과 칭찬을 한 몸에 받았다. 그런 분이 다시 고향으로 돌아간다고 하자 고을의 백성들과 해남의 관리들은 모두 그 분의 떠남을 아쉬워하며 배웅을 하기 위해 강 나루터에 모였다. 모두들 작별의 아쉬움을 뒤로하고 배를 띄우려고 하는데 이상한 일이 일어났다. 아무리 애를 써도 배가 뜨질 않는 것이다. 장정 여러 명이 배를 에워싸고 있는 힘껏 밀어도 꿈쩍도 하지 않았다. 이를 괴이하게 여긴 사람들은 웅성 웅성거리기 시작했다. 이 때 곽안방이 솔례에서 함께 온 비복들을 둘러보며 말했다.

"너희들 중에 혹시 관가의 물품을 가지고 온 자가 없느냐?" 비복들이 서로를 쳐다보며 의아해 하는 가운데 어느 비복 하나가 슬며시 짐 보따리 속에서 낡아빠진 다듬이 방망이 하나를 꺼내놓으며 용서를 빌었다. 이를 본 안방이 "저것을 당장 관가에 갖다 주고 오너라."고 말했다. 말이 떨어지자 말자 그 비복은 다듬이 방망이를 관가에 갖다 주고 왔다.

그 후에 다시 배를 띄우자 배가 서서히 뜨기 시작했다. 그래서 안방을 비롯한 비복들은 무사히 솔례 땅에 도착할 수 있었다.

<뒷 이야기>

이런 이야기의 주인공인 안방은 후에 조선시대 청백리 26명중 한 사람으로 꼽혔으며 '3업'이라는 말을 남겼다고 한다. '3업'이란 것은 '나라에 충성하고 어버이께 효도하며 청백하게 살아라'는 것으로 이 이야기는 지금까지 문서로 기록되어 전해진다고 한다.

또 안방이라는 인물의 이야기가 전해지자 솔례 땅에는 그의 청렴 결백함을 본받고자 하는 사람이 많아 후에 청렴한 사람들이 많이 나왔다는 후문도 있다.

이 이야기는 현풍에 사시는 한 어르신께 들었다. 현풍(솔례 땅)에는 곽씨들이 옛날부터 터를 잡고 살았는데 이 이야기의 인물 역시 곽씨 성을 가진 분으로서 이야기를 해주셨던 어르신의 조상이다. 이야기의 인물은 청렴하고 결백한 성품을 가진 관리였는데 이 이야기를 우리에게 해주셨던 어르신은 그 인물을 매우 자랑스러워 하셨다.

이 이야기를 들으면서 다듬이 방망이 하나 갖고 뭘… 하는 생각을 했다. 하지만 이 부분에서 다른 것도 아닌 하찮은 다듬이 방망이 하나 일 수밖에 없었던 것은 그 방망이 하나 조차도 용납해서는 안 된다는 그의 청렴결백함을 잘 보여주는 것이기 때문일 것이다.

(제보자 : 대구광역시 달성군 현풍면 대리665, 곽동후, 74세, 무직. 채록일자 : 1999. 12. 30.)

(19) 질매재 도깨비 이야기

유가면 한정 마을은 산등성이에 자리잡고 있는 조그마한 마을이다. 지금은 그 산등성이에 넓은 도로가 나서 차를 타고 오르면 그다지 험하게 느껴지지 않지만 예전에는 이 동네 사람들이 다른 곳에 볼 일을 보러 갔다가 밤에 산등성이에 있는 마을로 돌아올 때에는 누구나 조금은 무서워 했다고 한다. 산등성이에 위치해 마을 이름을 '질매재'라고도 하는데 마을이 질매처럼 생겨서 붙어진 이름이라고 한다. 질매는 소등에 짐을 싣기

편하게 하기 위해 'ㅅ'자 처럼 생긴 것을 소등에 얹는 기구라고 한다. 이런 이름이 붙여진 것만 봐도 이 동네가 산등성이에 높이 자리잡고 있다는 것을 알 수 있다.

예전에 이 산등성이로 오는 길에 도깨비가 나왔다고 한다. 도깨비는 마을로 올라오는 산등성이마다 나타나서 풍물을 치고 진을 치며 마치 사람처럼 보여서 동네 사람들이 친구로 착각을 하고 밤새 홀려 산을 끌려 다니다가 아침이 되면 돌아와 쓰러졌다.

이 한정 마을에 굉장히 똑똑하고 착실한 청년이 살고 있었다. 이 청년도 역시 옆 마을에 볼 일을 보러 갔다가 시간이 많이 늦어 집으로 돌아오고 있었다. 술도 거하게 한 잔 한 터라 기분도 좋고 산길도 무섭지 않았다. 질매재로 올라오는 길에 상엿집 옆에 도랑이 하나 있는데 이 청년이 그 도랑을 건널 때쯤이었다. 새파란 각시 하나가 저쪽에서 청년을 향해 웃으며 다가오는 것이었다. 청년은 기분도 좋았던 차에 자신을 유혹하는 각시가 예뻐 보이기만 했다. 청년은 각시를 따라 밤새 산을 돌아다니며 자신이 홀렸다는 것을 모르는 채 각시와 함께 밤새도록 즐겁게 놀았다. 그러다 산꼭대기에 이르러 갑자기 정신이 확 들어서 돌아보니 도깨비한테 홀렸다는 것을 알았다고 한다. 너무 놀라서 땀을 팥죽같이 흘리면서 청년이 허리띠를 풀어서 도깨비를 칭칭 묶어서 나무에 매어 두고는 신발도 벗겨지고 엎어지면서 집에 돌아와서는 정신을 잃고 쓰러졌다. 그 다음 날 아침에 사람들이 그 청년이 말하는 나무에 가보니 도깨비는 온데 간데 없고 몽당 빗자루가 허리띠에 칭칭 감겨 나무에 묶여 있었다.

예전에는 여자들이 월경이 있을 때 짚을 대고 밖에 나가면 월경혈이 베여서 그것이 도깨비가 되었다고 하는데 이 때문에 몽당 빗자루가 도깨비로 보였던 것이었다. 똑똑하고 착실하던 청년은 그 날 도깨비한테 홀린 이후로 사람이 정신을 뺏겨 멍하게 되어 동네에 살다가 이사를 갔다고 한다. 이 질매재에서는 사람들이 자주 도깨비한테 놀랐었다고 한다. 지금은 차가 굉장히 빨리 달리는 그런 고개가 되어 버렸지만 그 당시 불빛 하나 없던 산등성이었을 때에는 굉장히 무서웠던 질매재였던 것이다.

(제보자:대구광역시 달성군 유가면 한정리 31번지, 정맹화, 81세, 무직. 채록일자:1999.
12. 30.)

(20) 백발 할멈의 예언

옛날 옛적 어느 마을의 입구에 400년 묵은 느티나무가 서 있었다고 한
다. 그 나무를 신같이 여겨 마을 사람들은 바라는 일이 있으면 목욕 재계
한 후 정성스레 음식을 마련하여 지성을 다해 소원을 빌었단다. 그래서
그 마을에는 결혼한 지 삼 년이 지나도록 태기조차 없던 색시가 천왕나무
에 지성을 다해 빌어 떡두꺼비같은 아들을 낳았다는 소문도 있고, 병든
노모를 모시고 사는 효자, 효부가 지성으로 빌어 병을 낫게 하였다는 소
문도 있어 그런 소문들은 옆 마을까지 퍼져 나갔더란다.

그 옆 마을에는 농부가 아내와 함께 늙은 노모를 모시고 살고 있었는데
그 농부는 가난하여 땅이 없었기 때문에 마을에서 욕심이 많고 난폭하기
로 소문난 부자의 땅을 대신하여 경작해 주며 살고 있었지. 그런데 이 농
부와 오순도순 다정하게 살고있는 색시가 어찌나 이쁜지 온 동네에 소문
날 정도였단다. 이 소문을 들은 욕심 많은 부자는 이 이쁜 각시를 자기
집으로 오게 할 방법이 없을까 고민하다가 한 가지 꾀를 내었단다.

그것은 3일의 시간을 주고서 자기의 넓은 땅의 곡식을 다 거둬들이되
낟알 한 톨이라도 떨어져 있으면 안 된다는 거였지. 만일, 낟알 한 톨이
라도 떨어져 있다면 경작하는 땅은 물론이요, 농부의 각시까지 빼앗아 가
겠다는 생각이었는기라… 농부와 노모는 이 말을 듣고 걱정이 되어 밤에
잠을 못 잤는 기라. 그래서 노모는 소문을 듣고 그 날 저녁 옆 마을의 천
왕나무를 찾아갔더란다. 노모는 정성스러운 마음으로 두 손을 모아 빌고
또 빌었단다. 자기의 아들이 부디 잘하여 땅도 빼앗기지 않고 며느리도
빼앗기지 않도록 말이다. 3일을 지성으로 빌고 그 날 집으로 돌아와 쓰러

져 잠이 들었는데… 그 날 밤 노모의 꿈속에는 웬 백발의 할멈이 나왔더란다. 그 백발 할멈은 노모에게 "이보게, 아무 걱정하지 말게. 그냥 편안하게 자고 일어나면 다 좋아져 있을 것이네. 그러니 맘놓게." 노모가 놀라 깨어 밭으로 뛰어 나가보니 이게 웬일인가? 집채만큼 커다란 금빛 나는 소가 곡식을 베고 있고, 그 뒤를 까치떼가 따라가며 낟알을 줍고 있었단다 글쎄. 그래서 노모와 효부 효자는 아무 근심 없이 행복하게 살 수 있었단다. 그리고 이 소문은 옆 동네로 퍼져 이 천왕나무에는 사람이 끊기는 일이 없었다 하더라.

(제보자:대구광역시 달성군 유가 3리 한정 3구 한정 주유소, 구두이, 70세, 농업. 채록일자:1999. 12. 30.)

(21) 미륵불 이야기

옛날 옛적에 가난한 시골에 모자만 사는 집이 있었다. 그 집의 젊은 아들은 학업에 뜻을 품고 매일매일 열심히 공부를 했다.

그러던 어느 날 과거 시험을 맞아 아들이 한양으로 떠나게 되었다. 그 때는 서울까지 가는 길이 여간 험난한 것이 아니었다. 멀고 오랜 길을 가야만 했다. 이 젊은이는 가난한 살림에 모아두었던 돈으로 한양까지 먼길을 떠나게 되었다.

하루는 주막에 들르게 되었는데 그날 따라 주막에 빈방이 없는 것이었다. 주인장 말이 영감 하나가 혼자 자는 방이 있으니 합숙을 하라는데 그럼 알았고마 하고 들어가 보니 과연 노인 혼자 자고 있는데 이 노인은 나이가 몇 살인지 주름살이 쭈글쭈글하고 게다가 눈까지 멀었다. 그런데 잠에서 깬 이 노인이 젊은이가 한양에 간다는 것을 알게 되자 "어허~ 나도 한양까지 가는 길인데 내일 아침에 같이 동행하세." 하는 권유를 하는 것이 아닌가. 젊은이는 속으로 기가 막혔다. 그렇지 않아도 먼 길을 가야할 참에, 갈 길이 바쁜 참에 몸도 성치 않은 노인이 자신을 따라온다고 하니

기가 막힐 수밖에 없었다. 그래서 생각을 하던 참에 새벽 일찍 일어나 노인 몰래 길을 떠났다. 행여나 노인이 따라올까봐 정신 없이 길을 가다가 정오가 넘어 좀 쉬려고 나무 밑에 앉았는데 그 때 어디선지 그 노인이 나타나더니 옆에 앉는 것이 아닌가. 깜짝 놀란 젊은이가 아무 말도 못하고 앉았으려니 이 노인은 길다란 곰방대를 꺼내 여유 있게 담배를 피우고는 벌떡 일어나 젊은이를 재촉했다.

"자, 가세나. 갈 길이 멀지 않은가."

젊은이가 어쩔 수 없이 일어나서 길을 걷는데 이 노인의 걸음이 어찌나 빠른지 젊은 걸음으로도 따라가기가 여간 벅찬 것이 아니었다. 그렇게 정신 없이 길을 가다가 어느덧 해는 지고 캄캄한 산 속으로 접어들게 되었다. 노인은 젊은이를 데리고 산 중턱을 오르더니 산 아래를 향하여 세 번 임서방을 외치라고 시켰다. 노인이 평범한 노인이 아님을 알아챈 젊은이는 노인이 시키는 대로 목소리를 높여 임서방을 외쳤다. 한편, 그 산 아래에는 임정승이 살고 있었다. 임정승은 산 위 어디선가 들려오는 임서방 소리에 여간 신경이 쓰이는 게 아니었다.

누가 감히 자기를 그렇게 부르는지 기가 막힐 노릇이었다. 노인은 세 번 임서방을 외친 젊은이에게 이제 밤이 늦었으니 자고 가자면서 산아래 임정승의 집에 가서 하룻밤 거하기를 청했다. 임정승은 갑작스런 이들 손님을 맞아 노인과 이야기를 나누는데 이 눈 먼 노인이 얼마나 아는 것이 많은지 연신 놀라고 있었다. 게다가 신통력까지 있는지 부엌에서 밥하고 반찬하는 것을 자기 손바닥 들여다보듯 훤하게 아는데 이 노인이 "이제 상 들어온다" 하니 문이 열리면서 상이 들어오는 것이었다. 정승이 노인의 신통력에 감탄하며 노인의 비법함을 두려워하는데 이 때 노인이 정승에게 하는 말이 "당신은 오늘 저녁에 내가 시키는 대로 하지 않으면 죽을 것이다"는 거였다. 노인이 신통력을 가졌음을 알기에 정승은 깜짝 놀라 물었다.

"그럼 어찌 하면 제가 죽지 않을 수 있겠습니까?"

노인이 도리어 정승에게 묻기를, "자네가 제일 사랑하는 것이 무엇인고?" 한다.

정승이 주위를 둘러보니 그 집 강아지가 정승을 보고 좋다고 꼬리를 흔든다. 정승이 그를 보고 "저 강아지입니다." 하자, 노인은 고개를 저으며 다시 생각해 보라 한다.

정승이 다시 주위를 둘러보니 저 만치에 자기가 아끼는 애마가 보였다.

"저는 저 말을 아주 아낍니다."

노인은 또 다시 고개를 저었다.

"그런 게 아냐. 다시 생각해 보게나."

정승이 또다시 주위를 둘러보자 저쪽 방문에 바느질하고 있는 자기 부인의 모습이 비치는 것이었다.

"아, 저는 제 마누라를 가장 사랑합니다."

하자, 노인은 그제서야 고개를 끄덕였다. 그러면서 하는 말이 "그럼 저기 활을 들어 저 마누라를 쏘게나." 한다.

정승과 젊은이 모두 깜짝 놀라는데 노인은 그렇게 하지 않으면 정승이 죽게 될 거라면 자꾸 재촉을 했다. 정승은 어쩔 수 없어 활을 들어 마누라를 향해 겨누는데 손이 부들부들 떨리며 감히 마누라를 쏠 수가 없어 망설이고 있었다.

"어서! 뭘하는겐가!"

그래도 자신이 죽기는 싫어 이를 악물고 활시위를 놓으니 화살이 휘잉 날아가 장지문에 비친 마누라를 스쳐 옆에 있던 장롱에 꽂혔는데 이 장롱 속에서 비명 소리가 들리며 사람이 굴러 나오는 것이 아닌가. 그 자는 매일 술 먹고 도박을 하러 다니며 그러다 돈이 떨어지면 여동생을 윽박질러 돈을 가져가곤 했던 놈팽이 처남이었다. 여동생을 통해 조금씩 돈을 가져가는데 싫증을 느낀 처남이 그 날은 장롱 안에 숨어 임정승을 죽일 기회만을 엿보고 있었던 것이었다. (삼국유사에 나오는 거문고갑 이야기를 떠올리게 되었던 부분이다.) 이리하여 노인에 의해 목숨을 구하게 된 임정승은 노인의 은혜에 보답하는 뜻으로 돈 천냥을 주려하자 노인은 무거워서 지금은 못 들고 가니까 이러저러한 장소에 어느 시각에 갖다 두라고 했다. 이렇게 해서 우선 돈 천냥을 벌게 된다.

　(제보자에 따르면 그런 식으로 3천냥을 모으게 되는데 두 번째 이야기는 기억이 나지 않는다고 했다.)

　이리하여 노인과 젊은이는 다시 한양을 향해 길을 떠나 어느 마을에 이르렀다. 그런데 그 마을에서 제일로 으리으리한 집의 아들이 아파서 죽어가고 있다는 얘기를 듣게 되었다. 이에 노인은 또 젊은이와 함께 그 집에 찾아가 아들을 낫게 해주겠노라 호언장담을 하고는 아이의 목구멍을 들여다 보았다. 그리고는 식구들에게 아이에게 담뱃재를 먹이라고 시켰다. 행여나 하는 마음에 속는 셈치고 그 말을 따르자 놀랍게도 아이의 병이 씻은 듯이 낫는 게 아닌가. 알고 보니 피리를 불고 놀던 아이의 목에 피리 속에 있던 지네가 들어가서 몸에 지네 독이 퍼진 것이었다. 이 집에서도 은혜를 갚겠다며 천냥을 주려하자 노인은 역시 어느 날 어느 장소에 갖다 두라고 시키게 된다. 이렇게 하여 3천냥의 거금이 모이게 된다.

　그리고 다시 길을 가던 노인은 젊은이에게 이 근처에 자신이 집이 있으니 쉬었다가 기자고 한다. 워낙 신기한 일을 많이 당한지라 젊은이는 아무 의심 없이 노인을 뒤따라갔다. 길을 걷던 노인은 마침내 으리으리한 기와집 앞에 이르러 자신의 집이라고 했다. 놀란 젊은이를 데리고 자신의 집에 들어간 노인은 어느 큰 방에 비단 요를 깔아주었다. 워낙 피곤했던 젊은이는 곤하게 잠을 잤는데 깨어나 보니 이게 웬일인가, 기와집은 간데 없고 커다란 바위 위에서 자고 있는 자신을 발견하게 되었다. 그리고 자신이 누운 바위 아래에서 여자의 서러운 울음소리가 들려오는 것이 아닌가. 젊은이가 자세히 살펴보니 자신이 누운 곳은 커다란 미륵보살의 석상 위였던 것이다. 결국 그 신통한 노인은 미륵보살이었던 것이다.

　젊은이가 처녀에게 울고 있는 자초지종을 묻자, 울고 있는 그 처녀의 사연은 이러했다. 처녀의 아버지가 나라에 2천냥의 빚을 졌는데 그걸 갚지 못하여 처형을 당하게 되었다는 것이다. 그리하여 미륵보살에게 아버지를 살려달라고 빌고 있는 거였는데 이에 미륵보살이 처녀를 돕기 위해 노인으로 현신하여 돈을 구한 거였다. 처형 날짜를 물어보니 바로 내일인데, 내일은 노인이 3천냥을 가져오라고 했던 바로 그 날이었다. 그리하여 젊은이는 처녀의 아버지를 구하기 위해 서둘러 그 곳으로 향했는데 돈을 가져오는 사람이 도착하지 않았다. 사형시간은 점점 촉박해지고… 그런데 그 종을 치는 사람은 장님에다가 귀머거리였다. 그래서 생각해낸 방법으로 그 종을 칠 때 그 처녀가 종에 붙어 서서 기다렸던 것이다. 그래서 그 종지기는 종을 치는 대신 처녀의 다리를 세차게 내려쳤는데 정작 그는 종소리를 들을 수는 없으므로 자신이 종을 친 줄로만 알고 그냥 돌아갔고 대신에 처녀의 다리는 통통 부어 올랐다. 그러나 이로써 시간을 더 벌게 되어 젊은이는 관아로 찾아갔는데 갑자기 젊은이 곁에 활장수 하나가 나타났다. 천냥을 가져올 사람이 나타나지 않아 발을 동동 구르는 젊은이에게 활장수가 한다는 말이 그러면 암행어사 출두를 하라고 하면서 화살에다 암행어사 출두를 알리는 쪽지를 꽂아 보냈다. 달리 어떤 방도가 없어 젊은이는 암행어사 흉내를 내는데 그것이 너무 어설퍼 사람들이 좀체로 믿지 않는 것이었다. 그러자 갑자기 그 활장수가 품속에서 마패를 꺼내어 암행어사 출두를 외쳤다. 실상은 그 활장수가 암행어사였던 것이다. 그리고 이 암행어사 또한 사실은 미륵보살이었다. 그의 출현에 사람들이 허둥지둥할 때 마침내 천냥을 가져온 사람들이 도착했는데 알고 보니 산적을 피하고 싸우고 오노라고 늦었던 것이다. 그래서 그 3천냥을 가지고 2천냥을 빚은 갚고 남은 천냥으로 그 처녀와 젊은이는 행복하게 살았다 한다.

(제보자:대구광역시 달성군 유가면 읍리, 권중원, 71세, 농업. 채록일자:1999. 12. 30.)

(22) 은행나무 이야기

옛날 이 마을에 나이 어린 손녀와 죽을 날을 바라보는 할머니가 산길에 있는 조그만 집에서 살고 있었다. 어린 손녀의 부모는 손녀가 어릴 적에 돌아가셨는데, 아버지는 나무를 하러 산에 올라갔다가 산짐승에게 잡아먹혔고, 어머니는 홀로 밤낮을 가리지 않고 일하면서도 어린 자식을 먹이기 위해 자신은 며칠 씩 먹지 않다가 굶어 죽었다고 한다.

어린 손녀는 늙으신 할머니를 아주 극진히 보살폈는데, 어린 손녀는 죽을 날이 얼마 남지 않은 할머니를 먹이기 위해 자신의 몸을 같은 마을의 부자에게 팔아 그 돈을 가지고 할머니를 봉양하였다. 손녀는 부자에게 자신의 몸을 팔 때 할머니를 봉양하기 위해 할머니가 죽은 후에 자신은 그 부잣집으로 들어가겠다고 하였다. 그 부자는 손녀의 효심에 감복하여 그렇게 하여도 좋다고 허락해 주었다. 그런데, 이 소식이 소문으로 돌아 할머니의 귀에까지 들어가게 되었다.

할머니는 소녀에게 말했다.

"네가 나로 인해 몸을 팔았다는 것이 사실이냐?"

"예, 그렇습니다."

"네가 나로 인해 몸을 팔았으니 내가 죽는다면 너의 몸을 팔지 않아도 될 것이다." 이날 밤 할머니는 자신의 집 마당에 있는 은행나무에 목을 매어 죽어 버렸다. 그 손녀는 크게 슬퍼하여 자신이 효심을 다하여 봉양하고자 하였으나 그 방법이 잘못되었다는 것을 깨닫고 자신도 그 은행나무에 목을 매어 죽어버렸다고 한다.

이 이야기는 몸은 비록 자신의 마음대로 움직일 수 있다고 하여 자신의 몸이 아니라, 부모에게 받은 것이니 자신의 의사대로 사용하여서는 안 된다는 것을 말하여 주는 이야기라 할 수 있다.

그 은행나무는 불에 타서 지금은 남아있지 않고 단지 이야기로서 자신의 몸을 함부로 해서는 안 된다는 교훈을 가지고 전해 내려온다고 한다.

(제보자:대구광역시 달성군 하빈면 묘 1리 810번지 박노대씨 댁, 이연진, 75세, 농업. 채록일자:1999. 12. 27.)

(23) 맹꽁이가 된 부부

이 이야기는 민담으로 75세의 김남이라는 분이 이 이야기를 하셔서 문헌에 기록되어 있다면서 전설에 관한 이야기가 끝나고 차를 마시면서 들은 이야기이다.

옛날 어느 산골에 한 부부가 늙은 어머니를 모시고 살아가고 있었다고 한다. 그 며느리는 성질이 모질어 항상 어머니를 박대했다. 그 어머니는 또 정신이 말짱한 것이 아니었고 할 수 있는 거라고는 매일 염불이나 외는 것이었다. 그런데 그것도 매일 까먹어서 며느리에게 묻곤 했는데 그 며느리가 되먹지 못해서 "뒷집 영감도 내 서방, 앞집 영감도 내 서방이요" 하고 입에 담을 수도 없는 그런 말을 알려주곤 했다. 항상 어머니를 눈에 가시처럼 생각한 것을 그렇게 가르쳐 주어서 그 말을 그대로 하루 내내 따라하는 어머니를 보고는 웃곤 했다.

그런데 어느 날 남편이 산에 나무하러 갔다가 돌아와서는 그 소리를 듣고는 부인에게 "이게 무슨 소리요?" 하니 그 못된 계집이 하는 말이

"어머니가 노망이 난 모양이요!"

하면서 가만히 죽이자고 했다. 원래 남자가 계집에게 빠지면 어쩔 수 없는 일이라 그 말을 듣고는 마냥 마누라만 중요해 그 말대로 하기로 했다.

그 어머니는 그것도 모르고 어느 화창한 날 아들 내외가 점심을 싸 가지고 불공을 드리러 가자고 하니 마냥 좋아하면서

"뒷집 영감도 내 서방, 앞집 영감도 내 서방이요" 라며 열심히 염불이랍시고 외우는 것이었다.

이에 아들 내외는 깊은 산골에 노모를 데리고 갔다. 그리하여 그 곳에

있는 험하기로 소문난 절벽에서 힘도 없고 정신도 없는 노모를 밀어버렸다. 그래 놓고서는 뉘우침도 없이 성공했다는 듯 서로 바라보며 웃기만 했다.

그런데 이게 웬일인가?

그 험하고 거센 절벽에서 떨어져 물에 휩싸여 금방 그 자취를 감추었던 어머니가 반대편 하늘 위로 무지개를 만들면서 그 위에 떠 있지 않은가?

환한 그 모습이 너무나 좋아 보여

"어머니 어찌 그 위에 계셔요?"

라며 내외가 물었다.

노모는 그냥 손을 흔들며 환한 웃음을 만면에 띠며 온 몸에는 광채를 띠고 하늘 나라로 훨훨 올라가면서

"애들아 잘 있거라"

하였다.

이를 본 내외는 그 모습이 너무 보기 좋아서 그렇게 하려고 하니 너무 겁이 나서 둘이 꽁꽁 밧줄로 몸을 묶어서 어머니처럼 떨어지기로 했다.

남편 등에 아내가 업히고 끈으로 꽁꽁 묶어서 두 눈을 꼭 감고 절벽에서 떨어졌다. 그런데 몸이 떠오르지는 않고 계속해서 가라앉는 것이 못내 이상해서 남편이 아내에게 "꼭 맸나?"하고 물었는데 아내는 그리하였다고 했다.

그래도 자꾸 숨만 차고 죽겠어서 자꾸 남편이 묻기를

"꼭 맸나?" 하니

"꼭 맸소." 하였다.

이렇게 계속해서 묻고 답을 하다보니 이 부부는 물만 먹고 숨이 차서

"꼭 맸……"

"꼭 맸……"

하다가 "꽁맹 꽁맹맹 꽁맹맹꽁…… 맹꽁 맹꽁……"하게 되었다. 이 부부는 하늘의 벌을 받아서 물 속을 나오지 못하고 맹꽁이가 되었다고 한

다.

  그래서 지금도 맹꽁이는 암놈이 수놈의 등에 업혀 있고, 우는 소리도
'맹꽁 맹꽁 맹꽁.' 하고 우는 것이라 한다.

(제보자:대구광역시 달성군 구지면 창리, 김희월, 71세, 농업. 채록일자:1999. 12. 27.)

(24) 지렁이 반찬

  옛날 옛적 깊은 산골에 한 늙은 시어머니와 아들 내외가 살았다. 그런
데 이 시어머니는 눈이 매우 어두워 거의 장님에 가까웠다. 산골에 사는
이들은 가진 땅도 없었고 마땅한 재산도 없이 겨우 하루하루 입에 풀칠하
며 살았다. 그러나 아들 부부는 효심이 깊어 없는 살림 가운데서도 어머
니를 극진히 봉양하려고 노력했다. 가난을 견디다 못해 어느 날 아들은
돈을 벌기로 결심하고 먼 지방으로 장사를 하러 가게 되었다.

  "어머님, 제가 다른 곳에서 돈을 벌 동안 걱정하지 마시고 몸 건강하세
요." "오냐, 내 걱정은 말고 잘 다녀오려무나."

  혼자 어머님을 모시게 되는 자신의 아내에게도 이렇게 당부했다.

  "내가 다녀올 동안 어머님을 잘 모셔야 하오."

  이렇게 해서 시어머니와 며느리만 적막한 산골에 남게 되었다. 며느리
자신도 눈 먼 시어머니를 극진히 봉양하려고 애썼으나 남편이 없는 마당
에 여자 혼자서 생계를 이어가기는 너무 힘들었다. 그녀는 산골짝에 있는
먹을 수 있는 나물 등을 캐고, 약간의 텃밭을 일구어 감자와 고구마를 심
었다. 거기에서 나는 약간의 수확물로 먼 장에 나가 팔고 식량과 그 외
필요한 물건과 바꾸었다. 그러나, 그것만으로 늙으신 시어머니를 모시기
엔 부족했다. 그녀는 눈이 먼데다가 점점 약해지고 늙어가는 시어머니를
늘 걱정했다.

  '고기 반찬도 못 해드리는데 밥이라도 배불리 드시게 했으면 좋으련
만……' 어느 날 시어머니는 이런 말을 며느리에게 하고 말았다.

"애야, 고기 반찬 한 번만 먹었으면 원이 없겠구나. 아니다, 내가 없는 살림에 괜한 소리를 했구나. 신경 쓰지 말거라."

그러나 며느리는 시어머니에게 고기 반찬 하나 제대로 올리지 못한 자신을 원망했다. 그러다 부엌 앞마당에 꾸물거리는 지렁이 몇 마리를 보게 되었다. 그녀는 지렁이를 유심히 보다가 그것을 고기 반찬으로 하면 어떨까라는 엉뚱한 생각까지 하게 되었다. 그녀는 한편으로 꺼림칙한 생각도 들었으나 시어머니께 고기 반찬을 해 드리고 싶은 욕심에 눈먼 시어머니에게는 고기 반찬이라고 속이고 매일 지렁이 반찬을 드렸다.

시어머니는 그 지렁이 반찬을 고기 반찬이라고 굳게 믿었으므로 그것을 매우 맛있게 먹었다. 그리고 사랑하는 아들을 위해 조금씩 아껴두었다가 며느리 몰래 그 지렁이 반찬을 숨겨두었다. 드디어 아들이 집으로 돌아온 날, 시어머니는 그 지렁이 반찬을 아들에게 보여주며 먹으라고 권했다. 아들은 깜짝 놀라 그것이 고기가 아니라 지렁이라고 말했다. 시어머니 역시 너무나 놀라 소리를 지르려는 순간, 깜깜했던 눈이 갑자기 떠지고 세상이 보이게 되었다고 한다.

(제보자 : 대구광역시 달성군 옥포면 간경리, 이수돈, 83세, 무직. 채록일자 : 1999. 12. 23.)

(25) 고디 각시 이야기

옛날 옛적 어느 마을에 효성 지극한 젊은이와 늙으신 할머니가 함께 살고 있었다. 효성이 지극했던 이 젊은이는 어머니와 아버지를 일찍 여의고 늙으신 할머니와 함께 살고 있었던 것이다. 젊은이는 집 앞의 텃밭을 일구며 가난했지만 부지런하게 하루 하루를 살아가고 있었다.

그러던 어느 날, 여느 때처럼 젊은이는 일을 하러 밭으로 나갔고 할머니 혼자서 집을 지키고 있었다. 그런데 워낙에 나이가 많으신 데다가 병으로 오래 앓고 있었던 할머니는 그만, 젊은이가 밭에서 일을 하고 있는 동안 돌아가시고 말았다.

저녁 무렵, 일을 끝내고 집으로 돌아온 젊은이는 싸늘한 냉기와 정적이 감도는 집안으로 들어서자 이상한 기분을 느끼고는, 방안으로 뛰어들어 갔다. 그리고 싸늘하게 식어 있는 할머니의 시체를 발견하고 대성 통곡을 하기 시작했다.

일찍 돌아가신 부모님을 대신해서 극진한 정성으로 돌봐드렸건만 끝내 임종도 보지 못하고 할머니를 돌아가시게 했다는 슬픔에 젊은이는 서러 운 눈물을 끝없이 흘려야 했다. 마을 사람들도 젊은이의 그 지극한 정성 을 아는지라 와서 같이 슬퍼 해주고, 또 장례도 함께 치러 주었다. 젊은 이는 사흘 밤, 사흘 낮을 식음을 전폐하고 울다가 닷새 째 되는 날에야 다시 밭일을 나갈 수 있었다. 그러나 예전처럼 신나게 밭일을 할 수 있었 으랴. 젊은이는 호미 끝을 내리칠 때마다 할머니 얼굴이 아른거려 제대로 일을 할 수조차 없었다.

그 날도 시름시름 기운 없이 밭일을 하고 있었다. 할머니 생각을 하면 서 연신 힘없이 호미를 내리찧으며 중얼중얼 이런 말을 내뱉고 있었다.

"아고아고 이내 팔자, 할매 없이 우예 사꼬."

그러자 어디선가, "누캉 살긴, 내캉 살제."

하는 말이 들리는 것이었다. 놀란 젊은이는 다시 한번, "아고아고 이내 팔자, 할매 없이 우예 사꼬."

하자, 또 다시, "누캉 살긴, 내캉 살제."

하는 목소리가 들리는 것이었다. 분명히 어떤 여인의 목소리였다.

이상하다고 생각된 젊은이는 주변을 살폈다. 그리고 소리가 나는 쪽으 로 걸음을 옮겨서 계속 따라갔는데, 다름 아닌 자기의 집에서 그 소리가 나고 있는 것이었다. 그래서 젊은이는 아까의 말을 계속 반복하면서, 소 리가 나는 곳이 집의 어디쯤인가 살폈는데, 마침내 부엌 옆의 물독 안에 서 소리가 나고 있다는 것을 알게 되었다.

그래서 물독을 자세히 살펴보니, 물독의 물 속 깊숙이 커다란 고디가 한 마리 앉아 있는 것이었다. 소리는 그 고디가 내고 있었던 것이다. 놀

란 젊은이는 그 고디를 잡아서 물독 밖으로 끄집어내서 손바닥 위에 올려
놨는데, 갑자기 고디의 몸이 점점 커지더니 사람의 형상을 갖추기 시작하
는 것이었다. 그리고는 마침내 아리따운 여인의 몸으로 변해버렸다.

　너무나 놀란 젊은이는 뒤로 넘어져서 입을 벌리고 그 여인을 바라보고
만 있었다. 그러자 그 여인이, "나는 천년 묵은 고디입니다. 내가 태어난
지 천년이 되는 날에 용왕님이 소원을 들어주신다 했기 때문에, 나는 사
람이 되고 싶다했는데, 마침 당신의 할머니께서 우리 수궁의 선녀로 오시
어서 내게 부탁하기를, 우리 손주 색시가 됨이 어떠한가 하기에, 이전 부
터 그 효성이 자자하여 익히 알고 있던 바 내가 흔쾌히 승낙하고, 용왕님
도 그러함이 좋겠다 하시기에, 내가 이리로 와서 당신을 불렀던 것입니
다. 이는 할머님의 소원이시며 용왕님의 분부이시니, 부디 거절하지 마옵
소서."하였다.

　그제서야 젊은이는 정신을 차리고 일어나 혼이 되셔서도 자기를 잊지
않고 생각해 주시는 할머님의 은혜에 울음을 터뜨렸다. 그리고 여인의 손
을 잡고서, "내가 할머님이 돌아가신 후로, 하루도 할머님을 잊지 않고
생각했는데, 그를 할머님이 좋게 봐주신 모양이구려. 우리 부디 잘 살아
서 할머님의 은혜에 보답해 드립시다." 하였다.

　그리하여 젊은이와 고디 각시는 행복하게 천수를 누렸으며 그 자손은
만대에 이르기까지 효자, 효녀가 끊이지 않았다고 한다.

(제보자:대구광역시 달성군 옥포면 간경리, 최순님, 70세, 가사. 채록일자:1999. 12. 23.)

(26) 다시 찾은 소

　옛날 옛적에 한 조그마한 마을에 부지런하기로 소문난 농부가 살고 있
었다. 어느 여름날 농부는 새벽같이 일하러 가려고 소를 끌고 논으로 갔
다. 이 소는 농부가 정말로 매우 아끼고 사랑하던 소였다. 왜냐하면 농부
에게는 가족도 친지도 없이 단지 이 소밖에 없었고, 또 농부가 농사를 처

음 시작할 때부터 주욱 같이 일해 온 소였기 때문이다. 이렇게 농부와 소는 새벽부터 열심히 일했다. 서로 마음이 잘 맞아서 소는 농부가 어떻게 해 주길 원하는지 그리고 농부는 소가 지금 어떤 상태인지 서로 서로 잘 알아서 무슨 일이든 척척 해 나갔다. 이 소와 열심히 일했기 때문에 농부는 그 마을에서 부자가 되었다. 그러나 농부는 겸손하고 착해서 자랑하지도 않고, 집도 여전히 조그마한 초가집에서 살았고, 소도 여전히 한 마리밖에 없었다.

　새벽부터 열심히 일하다보니 어느덧 점심 시간이 되었다. 농부는 소를 끌고 그늘로 가서 소에게 먹을 것을 주고 좀 쉬게 놓아주었다. 농부도 소가 있는 그 근처 그늘에서 싸온 보리밥에 물을 부어 말아서 구수한 된장에 아주 매운 풋고추를 찍어서 맛있게 점심을 먹었다. 밥이 너무 맛이 있어서 많이 먹었던 탓인지, 슬슬 눈이 감기기 시작했다. 농부는 시원한 버드나무 그늘 아래에서 밥을 싸온 보자기를 베개삼아 누웠다. 눕자마자 코를 골기 시작하며 그만 깊은 잠에 빠져들었다. 30분쯤 지났을까, 농부가 기지개를 켜며 잠에서 깨어났다. 몸도 정신도 맑고 개운했다. 즐거운 마음으로 다시 일을 시작하려고 소를 찾아보니 어디에도 소는 없었다. 분명히 옆에서 먹이를 먹고 있었는데, 잠깐 잠든 사이에 소는 온데 간데 없이 사라져 버렸다. 농부는 모든 일을 다 제쳐놓고 소를 찾기에 급급했다. 마을 사람들에게 도움을 청하여 샅샅이 온 마을을 다 찾아 봤지만 소는 어디에도 없었다. 농부는 너무 슬펐다. 지금까지 같이 지내온 자신의 유일한 가족이 없어졌으니 얼마나 기가 막히고 가슴 아프겠는가? 소가 없어진 후로 농부는 일하러 나가지도 않고 늘 마지막으로 소와 함께 있었던 그 버드나무 그늘에 가서 해가 지도록 멍하니 앉아있기만 했다. 비가 오는 날에는 우산도 없이 비를 흠뻑 맞으면서 매일 그 자리를 지켰다. 혹시나 소가 돌아오지 않을까 해서 한 순간도 다른 곳에는 가지 않았다. 며칠 후 마을의 어떤 사람이 농부의 모습을 보다 보다가 너무 안타까워 농부에게 찾아가서 "저 아랫마을에 점을 아주 잘 치는 점쟁이가 사는데, 모르는 것이 없다고 하더구만. 매일 이렇게 앉아만 있지 말고 답답하면 그 점쟁이에게라도 찾아가 보게." 라고 전해주었다. 이 소식을 들은 농부는 즉시 아랫마을로 가서 그 점쟁이를 찾았다. 점쟁이는 농부를 보자마자 "아이고, 소를 잃어버렸구먼. 애지중지하던 소를 그만 잃어 버렸으니 이 일을 우짤꼬? 쯧쯧쯧" 하였다. 농부는 얘기도 하지 않았는데 자신의 일을 모두 아는 것이 너무 신기하고 놀랐다. 그래서 그 점쟁이에게 사정하며 물었다.

"맞습니다. 며칠 전에 저는 제가 가장 아끼고 사랑하던 소를 잃어버렸습니다. 그 소가 없으니 아무 일도 할 수가 없습니다. 소를 찾고 싶은데, 어떻게 하면 찾을 수 있습니까? 소를 찾기만 하면 돈은 얼마든지 드릴 수 있습니다. 제발 소를 좀 찾게 도와주십시오." 하며 무릎을 꿇고 간절히 부탁했다. 이 말을 들은 점쟁이는 농부에게 "소를 찾고 싶다면 이 마을에서 동쪽으로 조금만 가다보면 갈림길이 나오는데 거기로 가봐. 그리고 거기에 앉아 엉덩이를 까고 똥을 누면서 찹살떡을 먹고 있어. 그러면 조금 뒤에 북쪽으로부터 어떤 갓 쓴 사람이 한 사람 지나갈 것이야. 그 사람이 지나가면서 혼자 무슨 말을 중얼거릴 것이네. 그 말을 잘 들으면 소를 찾을 수 있을 것이야." 하고 말했다. 말을 마치자마자 농부는 찹살떡을 한 바구니 사 가지고 점쟁이가 말하던 대로 그 갈림길에 갔다. 사람들이 몇명 지나다녔지만 소를 찾을 수 있다는 기대감 때문에 아무런 부끄럼이나 거리낌없이 엉덩이를 까고 사온 찹쌀떡을 열심히 먹으면서 똥을 누고 있었다. 찹쌀떡을 한 7개쯤 먹었을까? 정말로 북쪽에서 어떤 갓 쓴 사람이 자신을 향해 걸어오고 있는 것이 아닌가? 농부는 눈을 부릅뜨고 그 갓 쓴 사람이 하는 말을 듣기 위해 귀를 쫑긋 세웠다. 드디어 그 사람이 농부곁을 지나가게 되었는데, 농부를 이상한 눈으로 쳐다보며 하는 말이 "허 참, 나 오늘 이상한 일도 많이 보네. 아까는 저 아래 복길이 아부지가 주의를 살피면서 안 들어 가려고 꽁무니를 빼는 소를 거의 쑤셔 넣다시피 외양간으로 몰아넣더니만, 이제는 이상한 사람이 이 벌건 대낮에 길에서 속 편하게 찹쌀떡을 먹으면서 똥을 누고 앉았네. 거 참 나 이상한 날일세." 하면서 지나갔다.

이 말을 들은 농부는 부리나케 아래 마을로 내려가서 복길이네 집으로 들어가 외양간을 찾았다. 거기에는 자기가 그토록 애타게 찾던 소가 기가 죽어서 가만히 앉아 있었다. 소를 본 농부는 너무 기뻐서 외양간 안으로 들어가 소를 끌어안고 울었다. 소도 그제서야 기운을 찾았는지 '음매' 소리를 내며 농부를 머리로 쓰다듬었다.

소를 훔친 복길이 아버지는 농부에게 자신의 죄를 뉘우치며 용서를 빌었다. 착한 농부는 다 용서해 주었다. 그리고 소를 끌고 어깨춤을 덩실덩실 추며 자신의 집으로 돌아왔다. 이 후로 농부와 소는 지난 시절로 돌아가 열심히 일하며 행복하게 살았다고 한다.

(제보자 : 대구광역시 달성군 옥포면 간경리, 이수돈, 83세, 무직. 채록일자 : 1999. 12. 23.)

(27) 맹꽁이가 된 부부

옛날 옛적에 예현리 어느 산골에 시어머니와 아들 내외가 살고 있었는데 아들과 며느리는 매우 불효를 하였다. 나이가 많고 노망기(치매증)가 있었던 어머니는 매일 "나무아미타불"을 외웠지만 이것도 자주 잊어버려 며느리에게 묻곤 하였다.

며느리는 시어머니가 보기 싫고 귀찮아서 눈에가시처럼 여기고 있던 터에 어제 외운 염불을 자꾸 물으므로 기껏 앙탈을 부리며 가르쳐 준다는 것이 "뒷집 영감도 내 서방이요. 앞집 영감도 내 서방이요."라고 하였다.

들에 나갔던 아들이 저녁에 집에 돌아와 보니 어머니가 이상한 소리를 하고 있었으므로 어머니가 왜 그러느냐고 물었다. 그러자 아내는 어머니가 노망을 해서 귀찮으므로 아예 죽여 버리자고 남편을 꾀었다.

우직하고 바보 같은 아들은 아내의 말만 듣고 어머니를 없애기로 하였다. 아들 내외는 따뜻한 봄, 날을 잡아 도시락을 준비해 놓고 어머니에게 절에 가서 불공을 드리자고 하였다.

자신을 죽이기로 한 것도 모르는 어머니는 못난 아들 내외를 따라 깊고 험한 산골로 가서 점심을 맛있게 먹었다. 그리고는 이들에게 떠밀려 수백 길이나 되는 낙동강의 절벽에서 떨어지고 말았다.

높은 절벽 밑에는 깊고 푸른 강물이 흐르고 있어 이곳에 빠지면 동해 바다에서 시체가 되어 올라온다는 무서운 곳이었다.

한참 후 강에서 풍덩 하는 소리가 나는가 싶더니 하늘에서는 오색 무지개가 보였다. 그 속에는 조금 전에 물에 빠졌던 어머니가 온 몸에 광채를 띠면서 무지개를 타고 하늘 나라로 훨훨 날아가고 있었다. 그리고는 아들 내외에게 "애들아. 잘 있어라!" 하고는 보이지 않았다.

그 광경을 본 아들 내외는 참으로 신기하고 좋아 보여서 자기들도 강물에 빠지기로 하였다.

그러나 막상 물에 빠지려고 하자 겁이 난 두 사람은 끈을 구하여 서로를 한데다 꽁꽁 묶었다. 남편의 등에 마누라가 업힌 채 눈을 꼭 감고 절벽에서 떨어졌다.

강물에 풍덩 빠졌지만 숨만 점점 가쁘고 하늘로는 올라가지 않았다. 아들 내외는 끈이 꼭 매어지지 않아서 그런 줄 알고 남편이 끈을 "꼭 맸나" 하고 물으니 마누라가 "꼭 맸소." 하고 대답하였다. 끈은 너무나 단단하게 꼭 매어져 있었지만 하늘로는 오르지 않고 점점 숨이 차고 답답해져 오자 남편이 "꼭 맸나" 하고 다시 물으니 마누라가 "꼭 맸소." 하고 대답하였다.

숨을 들이마신다는 것이 강물을 먹게 되고, 더욱 심하게 가슴이 답답하고 숨이 차서 남편이 "꼭 맸나" 하고 물으니 마누라가 "꼭 맸소. 꼭 맸나 꼭 맸소, 꼭 맸 꼭 맹, 맸나 꼭 맹, 매~꽁, 맹꽁, 맹꽁……"

불효를 저지른 이들은 하늘의 노여움으로 맹꽁이 부부가 되고 말았다. 지금도 맹꽁이는 수놈의 등에 암놈이 업혀서 "맹꽁 맹꽁" 하면서 울고 있다고 한다. 이것이 예현리에 내려오는 맹꽁이 이야기이다.

(제보자:대구광역시 달성군 구지면 예현리, 권팔복, 54세, 농업. 채록일자:1999. 12. 23.)

(27) 모수덤 이야기

경상북도 달성군 화원읍내의 화원유원지에서 내려다보이는 낙동강 어귀에 전해지는 이야기이다.

옛날 옛날에 모수덤 앞의 강에 고기가 잘 잡히기로 유명했다. 어느 날 이 마을에 살고 있던 노인이 낚시를 하러 왔다. 그는 이곳에 고기가 많다는 것을 잘 알고 있어서 자주 모수덤 앞으로 와서 낚시를 한 것이다. 그 날도 낚시를 하기 위해 모수덤 앞에 그물을 드리우고 있었는데 엄청나게 큰 호랑이 한 마리가 나타났다. 놀란 노인은 고기를 잡기 위해 쳐놓았던 그물 밑으로 들어가 숨었다. 호랑이는 배가 고픈지 그물에 잡아 놓은 고기를 마구 먹고 있었다. 잘못하다가는 꼼짝없이 잡혀 먹힐 판이었다. 그런데 갑자기 무엇인가가 몸을 타고 기어오르는 것 같은 느낌이 들어 가만히 보니 나무둥치 만한 구렁이 한 마리가 노인의 몸을 감아 오르고 있었다.

구렁이는 노인을 잡아먹으려고 혀를 날름거리며 대들고 있었다. 다급해진 노인이 쓰고 있던 두건을 벗어서 구렁이의 입에 쑤셔 넣고 머리를 주먹으로 쳤다. 그러자 구렁이는 감았던 몸을 풀고 가버리고 이어서 호랑이도 사라졌다. 노인은 이때라 생각하고 쏜살같이 달려서 도망쳤다.

이 소문이 온 동네에 퍼지게 되자 사람들은 이 곳을 무서워하여 가기를 꺼려하게 되었다.

지금도 그곳은 아주 외딴 곳이어서 사람들의 왕래가 없다고 한다.

(제보자:대구광역시 달성군 화원읍 천내 12리 보성 아파트 102동 205호, 윤원순, 82세, 무직. 채록일자:1999. 12. 27.)

제 7 장

청도군 지역의 설화

청도군 지역의 설화

1. 전설

(1) 비슬산 지네굴에 얽힌 이야기

청도군 각북면의 북쪽에 위치한 비슬산의 깊은 곳에 굴이 하나 있는데, 충석 밑에 칡덩굴로 가려져 사람이 쉽게 찾을 수 없는 이 굴에는 원래 큰 지네 한 마리가 살고 있었다. 이 당시 고을에는 장포수라는 사람이 있어 사냥을 업으로 삼으며 살았다.

그러던 어느 날, 여느 때와 같이 장포수가 사냥을 하러 갔다가 짐승을 찾아 정신없이 다니다 보니 어느 새 날은 저물고 사방이 어두워져 있었다. 그제야 포수가 당황하여 주위를 둘러보니 낯설고 캄캄하여 길을 잃은 것을 알게 되었다. 걱정이 된 장포수는 길을 찾기 위해 비슬산을 헤매다가 어느 굴 앞을 지나게 되었고 이 때 깊은 산 중에서 어여쁜 한 처녀를 만나게 되었다. 이 처녀가 장포수에게 말하기를 "당신은 지금 다른 곳으로 가도 잘 곳이 없을 터이니 저의 거처로 가서 주무세요."라고 하였다.

그리하여 호기심과 두려움을 지니고 장포수는 그 여인을 따라 굴 안으로 들어갔다. 그 날 밤을 함께 보내고 난 뒤 며칠 간을 장포수는 낮으로는 사냥을 하고 밤으로는 여인과 함께 동거하는 생활을 하게 되었다. 그러다 보니 장포수는 며칠이 지났는지 궁금하기도 하였고, 집에 있는 가족들 소식이 궁금하기도 해서 집에 가 봐야겠다는 생각을 하고 여인에게 이 말을 하였다. 이에 여인은 아직 집에 갈 때가 아니라는 대답을 하면서 그

지네굴 Ⅰ

래도 굳이 가고 싶다면 이 종이를 가지고 가라고 하며 접은 종이 한 장을
건네 주었다. 그러면서 이곳으로 다시 돌아올 때까지는 절대로 이 종이를
펴 보아서는 안된다고 신신당부를 하였다. 장포수는 이에 다짐을 굳게 하
여 약속을 하였다.

　드디어 산을 내려와 마을에 당도해 보니 모든 것이 변해 있는 것을 알
고 놀라게 되었다. 기억을 더듬어 집을 찾아가니 그의 젊은 아내는 호호
할머니가 되어 있었고, 코흘리개 어린 아들은 장성하여 아버지인 자신을
알아보지 못하였다. 하도 이상하게 여긴 장포수가 거울을 보니 자신은 떠
날 때의 모습 그대로였다. 너무나 이상하게 생각된 나머지 궁리를 하다
그 여인과 관계된 것이 분명하다 여겨 그만 궁금증을 이기지 못하고 그
여인이 절대 펴 보지 말라던 종이를 펴 보고 말았다. 장포수가 펴 본 그
종이에는 큰 지네 한 마리가 그려져 있는 것이 아닌가. 너무나 놀란 포수
는 다시 산으로 허겁지겁 달려가 그 굴을 찾아 당도하였다. 그러자 더욱

지네굴 Ⅱ

놀랍게도 그 굴 앞에는 커다란 지네 한 마리가 꿈틀거리며 죽어 가고 있었다.

이 때 지네가 장포수를 보고 흐느끼며 말하기를 "왜 저와의 약속을 지키지 않으셨나요. 본래 저는 지네이온대 천년을 살다가 그 마지막 보름을 인간의 남자와 함께 생활하면 인간으로 환생할 수 있었습니다. 이제 3일만 지나면 천년이 되어 당신과 백년해로를 할 수 있었을 것인데 당신이 제 말을 듣지 않으셔서 사흘을 넘기지 못하고 이렇게 되고 말았습니다. 왜 그 종이를 펴 보셨나요…."하며 숨을 거두었다.

이러한 전설로 인하여 이 굴은 인간이 되려고 했던 지네가 살았다고 하여 '지네굴'이란 이름으로 후세에 전해지고 있다고 한다.

(제보자:경북 청도군 각북면 오산 2리, 곽정식, 69세, 농업. 채록일자:1996. 11. 10.)

(2) 열부각

　청도군 각북면 오산 2리에서 1㎞정도 떨어진 곳에 열부각이 있는데, 여기에 다음과 같은 이야기가 전해오고 있다. 옛날 양반집의 독자에게 시집온 한 여인이 있었다. 이 부부에게는 몇 해가 지나도 아이가 없어서 그만 대가 끊길 위기에 처하고 말았다.

　그러던 어느 날, 남편이 병에 걸려 시름시름 앓다가 죽고 말았다. 남은 부인은 집안의 대를 잇지 못했다는 죄책감에 집을 뛰쳐나와 그만 목을 매어 자살하고 말았다. 이 사실을 안 친척들은 동시에 두 사람의 상(喪)을 치르게 되었고 많은 친척들이 모여서 곡을 하고 있을 때 갑자기 병풍 뒤에 있던 관에서 죽었던 남편이 벌떡 일어나 나왔다.

　이에 주위의 모든 사람들이 깜짝 놀라고 말았다. 다시 살아난 남편은 아무리 주위를 둘러보아도 자신의 부인이 보이지 않자 부인이 어디 갔느

열부각 Ⅰ

냐며 애타게 찾았다. 대답하기 곤란해진 사람들은 약을 지으러 갔다고 거짓말을 하였으나 남편은 "부인이 너무 오래 돌아오지 않습니다. 다른 사람들도 많은데 왜 굳이 내 아내를 보냈습니까"라고 말하며 주위를 다그쳤다. 더 이상 변명하기 어려운 것을 안 사람들은 부인이 자살한 사실을 알려주었다. 그 순간 무릎을 탁 치며 남편이 말하기를, "내가 저승길을 간다고 가고 있는데 어떤 여인이 길을 막고 사생결단을 하며 자신이 그 길을 대신 가야 한다고 해

열부각 Ⅱ

서 할 수 없이 가던 길을 되돌아 왔습니다. 그 때의 그 여인이 바로 나의 아내였단 말인가!" 하며 통곡하였다.

이 이야기는 삽시간에 마을에 퍼졌으나 몇몇 사람들은 믿지 않고 단지 꾸며진 이야기라고 부인하였다. 그러자 놀랍게도 그렇게 부인한 사람들 모두가 부정의 말을 하고 난 다음 5분 안에 갑자기 죽고 말았다. 그런 사람들이 여럿 생기자 이 마을 사람들도 점차 그 이야기가 사실임을 믿게 되었고, 이 이야기가 조정에까지 전해져서 '열녀비'를 세우게 되었다. 그래서 후에 열부각까지 세워지게 된 것이다.

(제보자 : 경북 청도군 각북면 오산 2리, 곽정식, 69세, 농업. 채록일자 : 1996. 11. 10.)

(3) 청도군의 여러 지명 전설

청도군 각북면 오산의 '오산'은 '오리(梧里)'에서 나왔는데, 이 마을에 오동나무가 많아서 그러한 명칭이 붙었다고 한다.

장군수(將軍水)는 비슬산 꼭대기에 위치한 대견사라는 절 아래에 위치

오산 2리

하는 약수터의 이름이다. 이 '장군수'라는 약수터의 물을 마시면 장군이 된다고 하여 '장군수'라는 명칭이 붙었다. 그 주변에는 장군의 발자국도 있다고 한다.

범바위는 비슬산에 있는 바위로서 범이 내려다보는 형상을 하고 있다고 범바위라고 한다.

중댕이 바래미 질(길)은 중들이 여불데기(갓길)로 나가는 길이라고 한다. 그래서 '중의 발의 밑에 (있는) 길'이라는 의미를 뜻한다.

헐티재는 재가 크고 높아서 올라오면 배가 고파 허기가 진다는 유래에서 이름 지어졌다. 또한 산허리를 질러서 길이 났다는 의미도 있다.

산빙재(산병재, 산비재)는 산이 높아서 겨울에 빙판이 많이 졌기에 이러한 이름이 붙었다.

천지 개벽할 때 세상이 온통 물바다가 되었다. 이때 비슬산은 높은 산이 되어서 물이 차고도 남은 곳이 생겨났다. 그 형상이 비둘기처럼 생겨서 '비들산'이라고 하게 되었으며, 이에서 '비슬산'이라는 명칭이 유래되었다. (참고로, 성주 가야산은 이때에 물이 차고 남은 봉우리가 개(犬)만큼 남아서 '가야산' (가이 〉 개)이라는 명칭이 유래되었다고 함).

용천사(龍泉寺)는 경북 청도군 각북면 오산리 최정상에 있는 사찰로서 대한 불교 조계종 제 9교구 불사인 동화사(桐華寺)의 말사(末寺)이다. 670년 (문무왕 10년)에 의상대사가 화엄십찰의 하나로 창건하고 '옥천사'라 하였다. 1261년(원종 2년) 보각국존이 중건하고 절 이름을 용천사로 고쳤으며 1631년(인조 9년) 조영이 3창하였고, 1805년(순조 5년)에는 의열이 화주가 되어 중수하였다. 이 절의 우물은 장마가 지거나 가뭄에도 증감이 없으며, 물 속에는 1000년 된 물고기와 500년 된 물고기가 살고 있다고 한다. 이 우물에서 용이 솟아 올라 갔다고 하여 '용천사'라고 한다.

용천사 주변의 바위의 전설로는 관불암은 '관비골'에서 유래했고, 석태암(石太岩)은 큰 바위가 있었다고 유래된 이름이고 청룡암은 '청룡등(산 이름)'에서 나왔다. 극락암은 이 곳에 극락절이 있었으며, 이 산이 삼각형 모양이어서 극락에 간다고 한 데서 나온 이름이다.

(제보자 : 경북 청도군 각북면 오산 2리, 곽정식, 69세, 농업. 채록일자 : 1996. 11. 10.)

(4) 학산동 지명유래

청도군 이서면 학산동에는 학바위라고 하는 지명에 얽힌 이야기가 전해 온다.

이야기인즉, 옛날 이 고을에 큰 바위로 된 언덕이 있었는데, 이곳에는 늘 학이 몰려들어 놀았다는 것이다. 인가도 없이 한적한 곳에 흰 학들이 모여 노니 그 모습이 아름답기 그지 없었고, 세상 사람들은 이를 기이하게 여겨 이 곳에는 감히 집을 짓지 않았다고 한다.

본시 학이란 영험한 동물인데다 특히 이곳에 모인 학들은 상스러워서 먹을 것을 구하지도 않고, 학바위에서 나는 청석을 먹어 그 신비로움을 더하였다. 청석이란 푸른 빛을 내는 암석으로 학바위를 조금 깨어 들어가면 과연 구슬과 같이 영롱한 광채를 띠는 암석이 나오는데, 학들은 이 청

학산동

석을 먹으며 지냈다고 한다. 그러기에 그곳에 모여 사는 학들의 고운 자태란 보통의 학과는 비견할 수 없는 것이었고, 그야말로 선학이라 불릴 만한 것이었다.

이런 연고로 학이 모여 사는 언덕을 일컬어, 푸른 구슬이 많이난다 하여 주암이라고 하였다. 하지만, 이 이름은 학이 노는 바위라하여 붙여진 학바위란 이름이 붙은 연후에 아명으로 새로이 붙여진 것이라 하겠다.

또한, 이 학바위는 그 모양새가 학이 날개를 편 것과 같은 모양새를 지니고 있는 좋은 형세라 하여 현재는 이곳에 민정을 담당하는 면사무소가 위치해 있다. 따라서 옛적의 모양은 가늠하기 어렵고, 다만 약간의 구릉의 흔적이 있는 것만을 알 수 있을 따름이다.

이곳의 위치는 청도 이서로 가는 버스를 타고 이서면 소재지에서 내려 약 5분 정도 걸어가면 나타난다. 지금은 그 자리에 면사무소가 들어서있어 언덕의(학바위) 모양은 식별하기 어렵고, 다만 경사가 완만한 언덕정도로서 그 형체를 유지하고 있을 뿐이다. 그리고 이 언덕은 실제 그 밑이 청석으로 되어있어서 '주암'이란 명칭의 전설적 사실성을 더해주고 있다.

(제보자 : 경북 청도군 이서면 학산동, 황이수, 59세. 채록일자 : 1996. 11. 16. 보조제보자 : 청

도군 이서면 학산동, 임기숙, 75세. 채록일자 : 1996. 11. 16.)

(5) 팔조령 지명유래

팔조령이란 대구에서 가창면을 거쳐 청도로 가는 길목 사이에 있는 준 령으로 대구와 지리적 경계를 이루는 큰 고개이다. 이곳은 옛부터 서울과 부산의 요로로 사용되었는데 그 산세가 험하여 이곳을 지나가려면 여간 힘이 드는 것이 아니었지만, 많은 이들이 이 길을 이용하였다. 이 고개를 넘지 않으면 돌아가야 하는 길이 몇십 리를 헤아리는지라 도리가 없는 것 이었다.

이러한 상황에서 산은 넘어야겠는데, 워낙에 산이 깊고, 길 또한 제대 로 나 있을리 만무한지라 아녀자나 아이들은 감히 넘을 엄두를 내지 못했 고, 장정들에게도 여간 힘든 것이 아니었다. 또한 산세가 험하다 보니 산 중에는 짐승 또한 많았고, 혼자 이 길을 갈려면 변을 당하기 일쑤였다.

오늘날의 팔조령

이런 까닭에 이 고개를 건너기 위해서는 8명의 장정들이 모여야 건널 수 있다는 얘기가 전해오게 되었고, '8명이 서로 도와 고개를 넘는다'는 뜻으로 팔조령(八助嶺)이라 이름지었다 한다.

하지만, 민간에 전해오는 얘기중에는 이와 다르게 이야기되어지는 것도 있다. 바로 산의 형상을 두고서 8개의 계곡이 협력된 형상을 이루고 있다 하여 팔조령이라 이름했다는 이야기가 또한 전하고 있는 것이다.

어느 것이 더 옳다고 뚜렷이 말할 수 있는 것은 아니겠으나 후자의 이야기가 보다 타당성이 있지 않나 싶다. 처음엔 산세의 형상을 보고 이름을 붙였는데, 그 길이 워낙에 험하다 보니 지나는 사람들이 원래 있던 팔조령이란 이름을 우스개 소리로나마 빗대어 전자와 같이 해석을 하여 덧붙였으리라 여겨진다.

지금도 팔조령은 대구에서 청도를 잇는 주요한 교통 요충지가 되고 있으며, 도로의 경사가 급하고, 커브가 급격히 이루어져 운전이 익숙치 않은 이들에게는 힘든 길이 되고 있다.

(제보자:청도군 이서면 학산동, 황이수, 59세. 채록일자:1996. 11. 16. 보조제보자:청도군 이서면 학산동, 임기숙, 75세. 채록일자:1996. 11. 16.)

(6) 샛별시장 지명유래

대구에서 가창면을 거쳐 청도쪽으로 팔조령을 넘어서면 완만한 언덕과 함께 넓은 평원지대가 등장하게 된다. 평원지대에 농사가 성했음은 당연지사고, 그 토양이 워낙 비옥하여 과수농사 또한 성하였다. 넓은 평원에 농작물이나 과수가 모두 성하니 사람은 자연 모여들게 되었고, 더군다나 팔조령을 통하는 길주변으로는 농업과 더불어 상업이 번성하게 되었다.

이렇게 하여 이곳에도 큰 시장이 형성되게 되었는데, 그 때가 숙종 때였다고 한다. 숙종대왕이 어느 날 밤, 민생시찰을 위하여 이 곳 청도로 오게 되었다. 밤은 점점 깊어가는데, 팔조령 고개는 아무리 가도가도 끝

샛별시장

이 없어 그 길이 막막하기만 하였다. 이제나 저제나 하며 지친 걸음을 옮기기를 밤새껏 하니 이윽고 팔조령을 넘을 수 있었다 한다. 팔조령을 넘어서 어디 쉴 곳이 없나 하여 주위를 살피니 저 쪽 하늘위로 샛별이 환하게 비추는 것이었다. 그 빛이 그리 아름다울 수 없어 그 별을 한참 보려니 그 밑으로 큰 시장이 보였다. 이리하여 숙종대왕은 시장으로 들어서서 유숙하게 되고, 이 후 이 곳 이름을 샛별시장이라 붙이게 되었다 한다.

지금은 샛별시장은 사라지고 없으며, 그 위치 또한 분명치 않다. 다만, 숙종대왕이 이 시장의 이름을 붙였다는 것은 역사적 사실로 여겨지지는 않으며 조선 후기 '박문수이야기'와 함께 '숙종이야기'가 한참 민간에서 유행할 때, 동네 여기저기서 유행하는 민담의 하나로 생긴 얘기가 아닌가 한다. 따라서 샛별시장이라는 명칭은 숙종의 제명이라기 보다는 그 지역의 명칭을 본뜬 것으로 보는 것이 보다 바람직할 것으로 여겨진다. 실제 팔조령을 넘어서면, '샛별'과 비슷한 어형의 지역이 있었음이 과거의 문헌에 남아있어 이를 뒷받침해준다 하겠다.

(제보자:청도군 이서면 학산동, 황이수, 59세. 채록일자:1996. 11. 16. 보조제보자:청도군 이서면 학산동, 임기숙, 75세. 채록일자:1996. 11. 16.)

(7) '팔조리(八助里)'의 유래

팔조리

청도군 이서면에 '팔조리'라는 마을 이름에 얽힌 유래는 두 가지가 있다.

예전에 팔조령(八助嶺)은 부산에서 서울까지 이르는 국도가 지나가는 곳으로, 과거를 보러 가는 선비나, 원님들이 반드시 거쳐가야 하는 고개였다. 팔조리는 이 팔조령을 넘기 전에 쉬어 가는 길목이었다. 팔조령은 생김이 험악하고 산적이 많아 함부로 넘기 어려운 고개였기 때문에 '팔조(八助)', 즉 반드시 '여덟 사람이 서로 도와야' 넘을 수 있었다. 따라서 고개 이름은 팔조령(八助嶺), 이 마을 이름은 팔조리(八助里)가 된 것이다.

또 다른 이야기에 따르면, 임진왜란 당시 이 곳은 마을마다 왜적이 들어와 수탈이 심했다. 그래서 의병이 일어났는데, 팔조리는 의병의 격전지였다. 전투에서 왜적이 대패(大敗)해 하찌쓰케라는 장수가 이 마을에서 죽었다. '팔조(八助)'는 '하찌쓰케(はちすけ)'를 한자로 풀이한 것으로, 그 이후 마을 이름이 팔조리가 되었다.

(제보자:경북 청도군 이서면 팔조리, 김두홍, 72세. 채록일자:1997. 4. 19.)

(8) '주천당(酒泉堂)'에 얽힌 이야기

청도군 이서면 팔조리 북쪽 5㎞ 지점 팔조령 중턱에 '주천당(酒泉堂)'
이라는 샘이 있다. 아주 옛날, 이 주천당은 이름 그대로 물이 아니라 '술
(酒)'이 나오는 샘이었는데 사람들은 팔조령을 넘기 위해 반드시 이 술을
한 잔씩 마시고 고개를 넘었다. 고개가 험악하여 이 술로 목을 축이지 않
고서는 넘지 못하였으며, 뒤에 오는 사람들을 위해 술은 반드시 한 잔씩
만 마시도록 되어 있었다. 그런데 하루는 욕심 많은 어느 한 사람이 한
잔을 마시고는 또 한 잔을 더 마셔 버렸는데, 주천당에서 나오는 술이 물
이 되어 버렸다. 그 뒤로는 더 이상 술이 나오지 않았다.

수년 전까지만 해도 팔조리 사람들은 팔조령을 넘기 위해서 반드시 주
천당의 물을 한 모금씩 마셔 목을 축이고 고개를 올랐으나 지금은 오르는
사람이 없어 길이 없어졌기 때문에 형태를 알 길이 없다.

(제보자:경북 청도군 이서면 팔조리, 김두홍, 72세. 채록일자:1997. 4. 19.)

주천당

(9) 주암과 학산마을의 유래

　우리는 전설이 많기로 유명한 청도군에서도 가장 큰 이서면을 찾았다.
그 중 우리가 찾은 곳은 행정상으론 이서면 학산 2리에 있는 주암(珠岩)
마을이었다. 이 마을은 밀양 박씨가 집성촌을 이루고 대대로 살아오고 있
었다. 이 마을의 속칭, 자연 부락 명칭이 주암(珠岩)이였다. 그 유래는 이
러하다. 보조 제보자인 박두식씨의 6대조 선조이고 1800~1850년에 살았
던 인물로 조선 시대 진사에 급제하셨던 호는 주암(珠岩)이요 이름은 박
윤덕(朴潤德)인 이 분이 이 마을을 택리하셨다고 한다. 그 때 이 마을 벌
판에 바위가 2개 있었는데 꼭 구슬 바위 모양처럼 생겼다 하여 이 마을을
주암(珠岩)이라 부르라 명하였다. 그래서 이 마을은 속칭 ‘주암(珠岩)’이
라 불리고 있다. 이 바위는 현재 한 가정집 내에 속해져 있었는데 별다른
보호 없이 방치되어 있어서 안타까웠다.

　그리고 첨가로 이 주암 마을에서 1km 위쪽에는 학산 1리로 보리미(牟
山)라 불리는 마을이 있었다. 일제 시대 때 왜군들이 측량 사업을 하다보

주암

니 이 마을이 비슬산의 산맥이 이어져 내려오다 끊어진 똥뫼(山)의 형태이고 그 모양이 학이 앉아 있는 형상이라 하여 주암과 보리미를 합쳐서 학산(鶴山)이라 하였다고 한다. 과거 일제 시대때 지금 면사무소 자리에 학바위가 있었다고 하나 현재 파손되고 없다.

(제보자:경상북도 청도군 이서면 학산2리, 박영호, 79세, 무직. 채록일자:1997. 5. 10.)

(10) 탑동

청도군에서도 한참 거리에 들어 앉은 풍각면 봉기리에서는 아직까지도 '탑동', '탑걸'이란 말들을 종종 들을 수 있다. 더군다나 마을 70%가 노인분들이라고 하는데 그 분들이 '이 탑동에' '우리 탑걸에는' 하시며 말문을 여시는 걸로 봐서 무슨 뜻이 있을 것이라고 생각하였다.

옛날 통일 신라 시대에 이 곳에는 큰 절이 있었고 그 절에는 절의 크고 웅장함을 나타낼 만큼 크고 멋있는 3층 석탑이 있었다. 이 탑이 크고 웅장하니 사람들이 이 동네를 부르기를 탑 있는 동네라 하고 이 마을 사람

탑동

들도 '우리탑' 하며 부르다가 동네 이름이 '탑동'이 되었다고 한다. 그
당시 절은 난리에 사라지고 탑만 남아 있는데, 그 삼충 석탑은 현재 풍각
초등학교 옆 도로변에 위치하고 있으며 높이 5.47m에 약 8세기 통일 신
라 시대의 것으로 이중 기단 위에 세워진 삼충 석탑이다. 그 모양이 신라
석탑의 전형적인 양식을 하고 있으며 제1충의 탑신 높이가 약간 높고 지
붕돌이 넓으며 받침이 5단이고 추녀끝이 수평으로 되어 경쾌하고 깨끗한
느낌을 준다. 탑은 현재 보물 제113호로 지정되어 있고 마을 사람들의 관
심으로 보존 상태가 양호하다. 탑이 건립되었을 당시 절은 아마도 몽고족
의 침입 때문에 손실된 것으로 생각된다.

　　여러 차례의 내외란을 겪으면서 이와 같은 문화적 손실이 많았던 것이
안타깝지만 그나마 다행인 것은 이 마을의 탑처럼 잘 보존되고 있는 것도
있다는 것이며 아직까지 '우리 탑동'하면서 탑에 대한 무의식적인 관심을
가진 사람들이 있다는 사실이다.

(제보자 : 경상북도 청도군 풍각면 차산리, 이강춘, 79세, 농업. 채록일자 : 1997. 5. 11.)

(11) 이쪽은 '붕어산'이요 저쪽은 '낚수산'이네

　　청도군 풍각면 송서리에는 재미있는 이름을 가진 산이 있다. 그 위치는
도로를 가깝게 안고 있는 마을, 풍각 시외버스 정류장에서 약 500m 정도
들어선 곳이다.

　　송서리 마을길에서 오른편에 있는 나지막한 산이 붕어 모양을 하고 있
다고 하여 '붕어산', '붕어등산'이라고들 하고 왼편 좀 먼 곳-붕어산 맞은
편-에는 낚시대 모양을 하고 있다는 '낚수산', '낚수등산'이라고 하는 산
이 있다. 낚수산은 실제로 어린 아이들까지 낚시라고 하지 않고 낚수라고
들 한다. 이 두 산의 모양은 낮은 곳에서는 알 수 없고 높은 산에 올라
눈을 지그시 감은 듯 마는 듯 하게 뜨고서 둘러 봐야 알 수 있다.

　　산 이름을 보건대 예전에는 낚수산과 붕어산 사이에 호수가 하나쯤 있

붕어산과 낚수산

지 않았나 추측되고, 그 호수에 물이 가득하여 산 모양과 어우러져 멋진 풍경이 되었으면 하는 사람들의 바람과 농사에 큰 역할을 하는 물에 대한 갈망의 심정도 느낄 수 있다.

(제보자 : 경상북도 청도군 풍각면 차산리, 이강춘, 79세, 농업. 채록일자 : 1997. 5. 11.)

(12) 용천사(湧泉寺)와 비슬산의 명칭 유래

청도군 각북면 오산 2리 마을 입구에 용천사라는 절이 있는데 그 절에 대해 다음과 같은 이야기가 전한다.

용천사의 유래는 신라 선덕 여왕 당시에까지 거슬러 올라간다. 신라의 고승(高僧)인 의상 스님이 중국에서 도를 닦고 신라에 들어와 화엄사상을 펼쳤다. 화엄사상은 불교의 4가지 법문 중의 하나로 '지구의 모든 만물은 꽃이다.'라는 말로 나타낼 수 있다. 그 다음은 미진수 법문으로 먼지 하나 하나에도 부처님의 법문이 있을 만큼 모든 만물에 부처님의 법문이 들

용천사

어 있다는 것이다. 다음으로 용천사 이름의 유래가 된 용천법문이 있는데
물이 끝없이 솟아나는 것과 같이 부처님의 법문 또한 끝없이 솟아난다는
것이다.

　의상 스님이 비슬산에 용천사를 짓기 전에는, 즉 불교가 들어오기 전에
는 비슬산이 포대기 모양과 같이 생겼다 하여 '포야산'이라고 불렸다.
「비슬」은 '음악'이라는 뜻으로 부처님의 법문이 음악과 같이 퍼진다 하여
'음악의 산', 즉 「비슬산」이라고 이름지어졌다.

　의상 스님이 창건한 절들은 모두 물이 나지 않았는데 용천사는 이상하
게도 물이 잘 나왔고 아무리 가물어도 물이 항상 1m 이상 고여 있다고
한다. 아마 의상 스님이 용천사에 사셨기 때문일 것이라고 한다. 실제로
의상 스님이 창건하신 절은 모두 물이 좋았다. 동쪽에서 솟아나서 동쪽으
로 흐르는 물이 가장 좋다고 하는데 용천사는 비슬산의 정동 방향에 위치
하고 있다.

　용천사 못 속에는 용이 살았다고 한다. 의상 스님이 용을 머물게 하면
서 승천할 때까지 절을 지키라고 명령했다. 비슬산 동·서·남·북에 존

재했던 4개의 절중 3개는 사라졌지만 이 용의 수호로 오직 용천사는 건재할 수 있었고 예불을 드릴 때마다 용이 절 전체를 휘감아 싼다고 한다. 실제로 많은 불도(佛徒)들과 차사들이 이 용을 보았다고 한다.

고려 현종 10년에는 일연 스님이 계셨는데 현종이 직접 찾아 와서 기우제를 지냈다고 한다. 조선 시대에는 절의 형태가 바둑판과 같을 정도로 규모가 아주 컸다고 하는데 여러 스님들이 각각 나누어서 건물을 지었다고 한다.

지금 용천사 아래 풍각초등학교가 있는데 그곳에 세워져 있는 풍각(風覺)이 절의 입구였다고 하니 그 규모를 짐작할 만하다. 용천사 입구에 들어서서 바람 소리만 들어도 깨달음을 얻었다 하여 그 이름을 '풍각(風覺)' 이라 지었다고 하는데 일본 사람들은 이를 혼란스럽게 하기 위해 '풍각(風角)'으로 바꾸어 썼다고 한다.

절의 웅장함과 산세의 수려함에 많은 문사들이 용천사에 관한 詩를 지어 남기고 있다.

고려 말엽에는 중국에서 천태사상이 유행하였는데 거기서 공부하셨던 스님이 고국으로 돌아와 용천사를 옥천사(玉泉寺)라고 불렀다. 중국에는 황톳물이 많은데 이 흐린 물을 맑은 물로 바꾸는 것이 그들의 수행 방법이었고 이것이 바로 천태사상의 근저(根抵)를 이루는 것으로, 이것을 보고 옥천사라고 하였던 것이다. 이 시절에 신돈이 옥천사에서 살았는데 그가 기거하던 토굴을 신둔사라고 불렀다. 후에 신돈을 요승으로 여겨 옥천사가 많은 공격을 받게 되자 그의 자취를 감추기 위해 이름을 다시 용천사로 바꾸었다고 한다. 과거에는 불일사라고도 불렀다고 한다.

(제보자:경북 청도군 각북면 오산동 1062번지. 성종스님. 30세 전후. 용천사 주지. 채록일자:1997. 4. 5.)

(13) 남바다못과 비석에 관한 유래

남바다못

청도군 각북면 오산 2리 마을에서 남쪽으로 0.5km정도 떨어진 지점에 비석이 하나 있다. 이 비석에 관해서 다음과 같은 이야기가 전한다.

비슬산에는 암자가 매우 많았다. 골골처처마다 암자가 있었고 절이 있었으며 또한 그곳을 찾아드는 손님들이 너무나 많아 그들의 밥을 짓기 위해 쌀을 씻은 물이 산을 타고 마을 어귀의 시내까지 흘러 내렸다고 한다. 많은 손님에게 지친 스님들이 어떻게 하면 사람의 발길을 끊을 수 있을까 방안을 생각하다가 마을 어귀에 비석을 세우고 못을 파면 된다는 얘기를 듣고 그들이 스스로 비석을 세우고 날마다 못을 팠다. 그랬더니 절을 찾아오는 손님은 점점 줄어 들었고 급기야는 수많은 절들이 문을 닫게 되어 오직 용천사만이 남게 되었다.

절에는 손님이 항상 찾아 들어 예불을 드리고 시주하여야 번영하는 것이 당연한 이치인데 스님들은 스스로가 이것을 싫어 했으니 이것이 말세(末世)의 망조가 아니었을까.

(제보자:경북 청도군 각북면 오산2리 128번지, 장만옥, 56세, 구멍가게 운영. 청도군 각북면 오산2리 135번지, 이만세, 83세, 무직. 채록일자:1997. 4. 5.)

(14) 아기장수 이야기

오산 1리에는 말(馬)에 관계된 지명이 많은데 그 연유를 알아 본 즉, 아주 오랜 옛날 이 고장에 신통한 아기 장수가 태어났지만 나라의 시기로 목숨을 잃었다는 이야기와 관련이 있다.

아주 오랜 옛날, 대리산(大里山) 밑 이현 서씨 집성촌의 서 아무개집 부인이 산기를 느껴 갖은 고생 끝에 옥동자를 낳으니 덩치는 보통 아이 보다 머리통 하나는 더 크고 겨드랑이 밑에는 닭털같은 것이 돋으려 하고, 세상에 나올 때부터 터뜨린 울음을 삼일 동안 쉬지 않고 울어 대니 그 소리 또한 얼마나 우렁찬지 등 너머 낙동강 건너 마을에까지 들려 밤에 잠을 자지 못했다. 삼일 동안 벼락치는 듯한 울음을 울고 난 후, 그 자리에서 일어나 방안을 성큼성큼 걸어 다니니 온 동네 사람들이 놀랐다. 기운은 또 얼마나 센지 서아무개 부인이 다듬이질을 할라치면 다듬이돌을 번쩍 들어 다른 곳으로 옮겨 놓기 일쑤였고, 서 아무개가 지게를 지고 나무를 한짐 해다 놓으면 지게를 지고 또 어디론가 옮겨 놓아 서 아무개는 그 나무짐 찾기에 바빴고, 동네 장정들이 힘겨루기를 할 때면 저도 덩달아 저보다 더 덩치 큰 아이들을 예사로 땅바닥에 패대기쳐 버리는 일이 허다했다.

그때 쯤 마을 사람들 사이에선 아기장수가 났다고 수근거리는 사람들이 생겼고 갖은 수탈과 가렴주구(苛斂誅求)로 피폐해질 대로 피폐해진 살이에 염증을 느낀 모든 마을 사람들이 이제야 이 썩은 세상을 뒤집어 엎고 새 세상을 열게 되었다며 성급하게 기뻐하였다. 마을의 경험 많고 나이 많은 노인들이 모여 그 아기의 일을 의논하는데,

"분명히 이 아기는 하늘에서 내리신 장수가 틀림없다. 더러운 세상 뒤집고 새 세상 열라고 보내신 장수님이 틀림없으시다."

"맞다, 맞다. 틀림없다. 이제 고생도 다 끝났다."

"그렇지만 이 일을 나라에서 알면 가만히 두고 보고만 있을까? 아기 장

아기장수와 대리산

수가 났다고 하면 금방이라도 달려와 아이를 죽일텐데…"

"맞다, 맞다."

"그러면 우리가 숨겨야 한다. 다행히 뒤로는 대리산이 우리 마을을 감싸안고 있고 앞으로는 낙동강 1200리가 우리를 둘러 싸고 있으니 우리 마을에서 아기 장수에 대해 아무도 입을 열지 않으면 나라에서 알 리가 없다."

"맞다, 맞다. 우리가 보호해야 한다, 숨겨야 한다."

이렇게 하여 그 아기의 일은 비밀에 붙여지고 모든 사람들이 아기에 대해 함구하고 있는 가운데 서 아무개와 그의 부인의 근심은 깊어만 갔다. 언제라도 불쑥 관군이 닥쳐와 아기를 빼앗아 칼로 목을 베어 버릴지, 낙동강 푸른 물에 빠뜨려 죽일 지 모르는 일이었다. 이렇게 기대와 근심 속에 여러 날이 흘러가고 있었다.

하지만 어디든 개인의 영달을 위해 큰뜻을 저버리는 자가 하나씩은 있게 마련이라. 평소부터 욕심 많고 성질 괴팍한 동네 영감 하나가 아기 장수를 나라에 고해 바치고 가난한 자신의 살이를 보상 받으려는 탐욕을 부리고야 말았다. 그 길로 영감은 서울로 올라가 왕에게 자기 마을에 신통력을 가진 아기가 태어났다고 고해 바쳤다. 왕과 조정 대신들은 그 영감의 말이 사실이라면 그 아기가 역적으로 자라기 전에 얼른 죽여 버려야 한다는 데 생각을 같이 하고 관군을 보내려고 하였다. 그 소식이 마을까지 알려져 온 마을 사람들이 모여 의논을 하기에 이르렀는데,

"관군이 온다니 정말 큰일 났다."

"아기 뿐만 아니라 아기가 태어난 우리 마을까지 무사하지는 못할 거야."

"맞다, 맞어. 그럼 어떡해야지?"

"아기 때문에 우리가 변을 당할 수야 없지."

"그렇다면…"

"그렇다면…"

여기까지 들은 서 아무개의 부인은 혼절을 해버리고 서 아무개도 어쩔 줄을 몰라했지만 마을을 위해서는 어쩔 수가 없는 일이었다. 관군이 들이 닥치기 전에 미리 아기를 죽여야만 마을이 아무런 해도 입지 않을 것이었다. 서아무개는 차마 자기 아이를 죽이지 못해 부인을 데리고 집으로 들어갔고 마을 사람 한 명이 자는 아기의 배 위에다가 다듬이돌을 올려 놓았다. 그렇게 하면 숨이 막혀 죽을 거라 생각했으나 장정도 들고 오래 버티지 못할 만큼 무거운 다듬이돌이 아기가 숨을 내쉴 때마다 오르락 내리락 하며 요동을 치고 아기는 잠만 새록새록 잘 자는 것이었다. 마을 사람들은 장수는 장수인가보다 하고 생각을 하며 아기를 낙동강 푸른 물속으로 던져 넣으려고 다리에 무거운 돌이 묶인 새끼줄을 묶으려고 할 때, 아기가 잠에서 깨어나 자기를 죽이려 하는 것을 아는지 벼락같은 울음을 울며 자기 다리에 손을 대던 사람을 밀쳐 버리니 그 사람은 저만치 나가 떨어지는 것이었다. 마을 사람들은 하늘이 내리신 장수를 화나게 했다고 모두들 겁에 질렸고 마을 아낙네들은 그 자리에 꿇어 앉아 빌기도 했고 더러는 집으로 도망을 가기도 했다. 그래도 기왕지사 이렇게 된 것, 아기

하나를 장정들이 못당하겠느냐는 말에 마을 장정 모두가 나서니 스무명이 조금 넘었다. 마을 장정들은 저마다 손에 낫이며 괭이며 몽둥이를 들고 아기를 죽이려고 했고 아기는 아까보다 더 큰 울음을 우니 천지가 진동하는 것 같고 귀가 멀 지경이었다. 그렇게 시간은 계속 흐르고 아기의 울음은 계속되고 곧 관군이 들이닥칠지도 모르는 일촉즉발의 긴장 속에 돌연 일진광풍이 불고 날이 어둑해지면서 하늘에는 진짜 천둥번개가 쳤다. 그걸 본 아기는 자신이 이 세상에 나올 때가 아님을 알았는지 울음을 멈추고 다시 누워 잠이 들고 한동안 머뭇거리던 마을 장정들 중 하나가 용기를 내어 아까의 그 다듬이돌을 머리 높이 들어 아기의 머리에다 내리치니 아기는 다시 한 번 커다란 비명을 지르며 죽었다. 장수나면 용마(龍馬)난다는 옛말처럼 그 때 몇 백 리도 더 떨어진 성주골이란 곳의 산꼭대기가 갈라지며 붉은 털을 가진 말 한 마리가 한달음에 대리산(大里山) 어느 산등성이로 날아드니 큰 불덩어리가 날아 다니는 것 같았다 한다. 그 말은 처절한 울음을 한번 내뱉고는 대리산 등성이의 큰 바위에 제 머리를 박고 피를 흘리며 죽어 버렸다. 관군은 그제서야 들이닥치고 아기의 죽은 몸과 말이 죽는 광경을 전해 들은 임금과 조정 대신들은 안도의 한숨을 내쉬었다. 그 말이 머리를 박은 바위와 말이 피를 흘리며 죽은 흙은 그때부터 붉은 색을 띠게 되었다 한다. 그때부터 그 말이 죽은 산등성이를 말무덤등이라 부르고 마을 앞 들판을 말구유같이 생겼다 하여 말구르라 부르고 길건너 넓은 들을 그 때 죽은 말의 등처럼 넓고 훤하다 하여 한말등이라 부른다고 한다. 하지만 그 때 죽은 아기와 말의 예언인지는 몰라도 한말등에 깃대가 꽂히면 큰 난리가 난다는 말이 전해져 내려왔다 한다.

　아기 장수의 신통함과 붉은 말의 위용을 본 마을 사람들은 그 말이 전해져 내려오면서부터는 절대로 한말등에다가 깃대 비슷한 것을 꽂지도 않고 그런 시늉도 않았는데 시간은 흘러 우리 나라가 왜놈들에게 국권(國權)을 빼앗기고 왜놈들의 식민지가 되었을 때 왜놈들이 한말등에다 처음으로 전봇대를 하나도 아닌 여러 수십 개를 꽂아 버렸다. 대대로 한말등에 깃대가 꽂히면 안된다는 말을 전해 들은 마을 사람들은 불안함에 떨며 시간을 보내다가 결국 이 나라는 대동아 전쟁의 비극속으로 빠져들고야 말았다는 이야 기가 전해져 내려온다.

(제보자 : 경북 달성군 현풍면 오산1리 27번지, 정두경, 71세, 농업. 채록일자 : 1997. 4. 5.)

(15) 범바우와 바래미길, 지네굴

청도군 각북면에서 비슬산 최고봉으로 이르는 길에 범바우라 불리는 바위가 있는데 그 형상이 범모양과 같다고 한다. 이 범바우 근처에 20여 명 정도의 사람이 숨을 수 있는 굴(범바위굴)이 있었고 그 굴 안에 샘이 있었다. 일제시대에는 실제 이곳에 사람이 숨어 살기도 했는데 범바우가 이 굴을 지킨다고 믿고 있었다.

대견사(大見寺)에 포구정이라는 암자에 이르는 길을 바래미길이라고 한다. 이 길은 주지 스님들이 항상 다니는 길로서 주지가 되는 것이 평범한 스님들의 바램이었으므로 바램의 길, 즉 바래미길이라고 불려졌다.

한 포수가 사냥을 하다가 산 속에서 날이 어두워져 길을 잃었다. 마침 옆으로 조그마한 굴이 있어 들어가 보니 한 아리따운 아가씨가 있었다. 포수는 여인의 아름다움에 집에 돌아가는 것도 잊어버리고 사나흘을 굴

범바우

바래미길

속에서 아가씨와 살았다. 그리고 여인이 말하기를 자기와 계속 함께 살고 싶으면 절대 산 아래 인간 세상에 내려가서는 안된다고 하였다. 그러던 어느 날 포수가 집소식이 너무나 궁금하여 산을 내려와 보니 그가 산 위에서 산 날은 닷새도 되지 않았는데 산 아래의 세상에는 자신의 몇 대 후손이 살고 있었다. 포수가 다시 굴속으로 돌아와 보니 여인은 자신과의 인연이 끊어져 더 이상 함께 살 수 없다고 말하며 지네로 화하여 사라졌다고 한다.

(제보자:경북 청도군 각북면 오산2리 120번지, 곽문규, 69세, 곽정식할아버지의 조카, 농업. 채록일자:1997. 4. 5.)

(16) 딸방고개 이야기

청도군 이서면 대전 1리 마을 회관에서 꺽어지는 길을 따라 안으로 약 1km쯤 안쪽에 있는 언덕이 나오는데 이곳이 가촌이다.

'가촌'에는 고씨가 많이 살았는데, 중과 거지가 너무 많이 찾아와서, 도사의 말을 따라서 고개를 끊어버렸다. 그 이후로 거지도 딱 끊어졌다. 딱 끊겼다는 뜻으로 '딸깍→딸빵→딸방'으로 이름이 붙었다. 거지를 그냥

딸방고개

두어야 하는데, 인정없이 고개를 끊는 일을 벌려서 결국 고씨는 망해서 마을을 떠났다.

(제보자 : 경북 청도군 이서면 대전 1리 마을회관의 어느 할아버지. 채록일자 : 1997. 5. 18.)

(17) 고국 이서(故國 伊西)

청도군 이서면 일대를 고국 이서라 부른다.

아직도 '백구'란 곳에는 성터가 남아있다. 예전에 이 지역 이서에 '이서국'이란 나라가 있었다. 역사책에는 안 나오지만 확실한 사실이다. 면 소재지에 있는 초등학교에도 '이서고국'이라는 비석이 새겨져 있다. 우리가 어렸을 때에는 일부러 그 곳을 찾아가서 확인해 보기도 했다.

(제보자 : 경북 청도군 이서면 대전 1리 마을회관의 김씨 할아버지. 채록일자 : 1997. 5. 18.)

고국이서의 자취

고국이서의 옛터

(18) 열녀각(열부각)

청도군 각북면 오산 2리 마을에서 청도쪽으로 가는 큰 길로 약 2km쯤 아래에 열녀각이 있다.

곽씨라는 사람이 있었는데 어느날 병에 걸렸다. 그 부인은 남편을 위해 온갖 몸에 좋은 약을 마련했지만 아무 소용이 없었다. 결국 그 부인은 남편을 위해 10개의 손가락을 끊어서 피를 모아 남편에게 먹였다. 남편은 그 덕분에 죽다가 살아났고 마을 어른들이 후에 그 공적을 기리기 위해 열부각을 지었다.

(제보자 : 경북 청도군 각북면 오산2리 황지원, 72세, 학생. 채록일자 : 1997. 5. 31.)

(19) 열부각

청도군 각북면 오산 2리 마을에서 청도쪽으로 가는 큰 길로 약 2km쯤 아래에 열부각이 있다.

우리 집안 이야기이다. '각북'에 양가독자 며느리로 들어온 한 여인의 남편이 혼인 후 얼마 지나지 않아 병으로 앓기 시작했다. 온갖 방법을 다 동원하여 그의 부인이 지극 정성으로 간호를 하였으나 끝내 남편은 죽고 말았다. 양가독자가 죽자 온 집안은 대가 끊긴 아픔에 통곡소리가 그칠 날이 없었다. 이에 죽은 그의 부인은 양가독자 집안의 며느리로 들어와 병든 남편을 제대로 살리지 못했음을 스스로 자책하여 작은방에서 목을 매달아 자살했다. 그런데 신기하게도 부인이 죽은 얼마 후 병으로 죽었던 남편이 다시 살아났다.

남편을 중심으로 온 집안 사람들이 다 모였을 때 유독히 그의 부인만은 보이지 않았다. 이상히 여긴 그가 왜 자신의 아내는 보이지 않는지를 묻자, 집안 어른들이 사실을 숨기고, 근처에 유능한 약이 있어 구하러 갔다고 거짓말을 했다. 죽었다가 살아난 양가독자가 그의 부인이 자살하였다는 말을 듣고 또 어떻게 될지 모른다는 생각에서 어른들이 한 이야기였

다. 며칠이 지나도 부인은 여전히 소식이 없고 더이상은 양가독자를 속일
수 없어 집안 어른들은 사실대로 그에게 말해 주었다. 그러자 그가 대성
통곡을 하며 자신이 저승길을 가고 있는데 한 부인이 한사코 자신이 대신
가겠으니 그에게는 이승으로 가라고 하더라는 것이다. 아마도 죽은 자신
의 부인이 그 여인이었을 거라며 울음을 거두지 못했다.

  이 얘기를 들은 다른 사람들 또한 죽은 부인이 남편을 살린 것으로 믿
었다. 그러나 감히 아녀자가 어찌 남편을 살릴 수 있겠냐며 이를 의심하
는 이들이 있었다. 그런데 얼마 지나지 않아서 이렇게 의심했던 사람들이
죽어갔고 그 수가 열에 달했다. 그 후로 집안 어른들은 물론 마을의 사람
들 또한 죽은 부인이 그의 남편을 살렸음을 확신하게 되었다. 그 후 이를
조정에 알렸고, 나라에서 비가 내려졌는데 그 비가 바로 각북면의 열부각
인 것이다.

(제보자 : 경북 청도군 각북면 오산2리 975번지, 곽정식, 70세, 농업. 채록일자 : 1997. 5. 31.)

(20) 지네굴

  비슬산 상봉에 지네굴이라는 곳이 있다.

  장포수라는 사람이 어느날 산에 갔다가 그만 날이 저물어 비슬산의 어
떤 굴 앞으로 가게 되었는데 거기서 웬 묘령의 아가씨가 나타났다. 그 아
가씨가 장포수에게 날도 저물었으니 자신의 집에서 하루밤 자고 가라고
권했다. 그리하여 하룻밤을 지낸 뒤 두 사람은 살림을 차리게 되었다. 얼
마 후 장포수는 집이 그리워져 아가씨에게 집에 다녀 오겠다고 하자, 그
아가씨는 장포수에게 필낭을 하나 주었다. 그리고선 그 필낭을 펴보지도
말고 아무에게도 보여주지 말라는 간곡한 당부를 하였다. (여자는 천년
묵은 지네였다.)

  그 필낭을 가지고 장포수는 집으로 가게 되었다. 그러나 고향의 집으로
가 보니 아무도 아는 사람이 없었다. 이를 이상히 여긴 장포수가 사람들

지네굴

에게 수소문해보니 이미 시간은 백년이나 흘러간 것이었다. 놀란 장포수는 아가씨가 준 필낭을 궁금증을 참지 못하고 풀어 보았다. 그리고는 다시 산 속의 집으로 돌아갔다. 하지만 그 곳에는 아무 것도 없었고 단지 굴 속에 커다란 지네 한 마리가 놓여 있었다. 그 지네가 한탄하며 말하길, 하루만 더 있었으면 인간이 되었을 것을 하루를 참지 못하고 필낭을 풀어 보았기 때문에, 천년을 채우지 못하고 인간으로 화하지 못했다고 말했다.

(제보자:경북 청도군 각북면 오산2리 975번지, 곽정식, 70세, 농업. 채록일자:1997. 5. 31.)

(21) 용천사를 쇠퇴시킨 연못

청도군 각북면 오산 2리 마을에서 청도쪽으로 가는 큰 길로 약 1.5km쯤 아래 길 왼편, 다소 안쪽에 연못이 있다.

용천사가 옛날에 워낙 번창해서 불교 번성기 당시에는 손님이 끊일 날이 없었다. 그리하여 그런 손님으로 골머리를 앓던 사람들이 한 도사에게 어떻게 하면 손님들을 줄일 수 있느냐고 물었다. 도사가 말하기를 저 앞으로 못을 파면 된다고 말했다.

그래서 이 못을 판 이후로 사람들은 줄었지만, 용천사는 쇠락해졌다고

용천사를 쇠퇴시킨 연못

한다.

(제보자:경북 청도군 각북면 오산2리 975번지, 곽정식, 70세, 농업. 채록일자:1997. 5. 31.)

(22) 가촌과 딸방고개

청도군 이서면 대전 1리 마을회관에서 꺽어지는 길을 따라 안으로 약 1km쯤 안쪽에 있는 언덕에 딸방고개란 것이 있다.

대전 1리 '가촌'에 지금은 없어졌지만 '분동'이라는 동네가 있었다. 제주 고씨들이 임란 전부터 많이 모여 살았고 벼슬도 하는 사회적으로 명망이 높은 동네였다. 동네가 잘 살았기 때문에 과객(유랑선비)들이 끊임없이 찾아왔다.

그 시대에만 해도 음식을 준비하는 일들이 쉬운 것이 아니었기 때문에 계속해서 찾아오는 그 많은 과객들이 그리 달갑지만은 않았음에 분명하다.

그 집안의 어른이 춘궁기에도 끊일 줄 모르는 과객을 없앨방법을 생각

딸방고개

하다가 시주를 받으며 돌아다니는 도사(용천사의 어떤 중)를 보았다. 그
어른은 쌀 두 섬을 시주하는 조건으로 비책을 물었고, 도사는 이 고개를
끊으면 된다고 가르쳐 주었다.

　도사의 말을 따라 고개를 끊으니 놀랍게도 고개 속에서 뿔이 구부러진
암소가 도망을 가는 것이었다. 결국 고개를 끊은 후에는 이 가촌이 쇠퇴
하고 말았다.

(제보자:경북 청도군 이서면 대전1리 840번지, 예원수, 56세, 농업. 채록일자:1997. 6. 2.)

(23) 용천사에 대한 전설

　용천사(湧泉寺)는 청도군 각북면 오산사 오지마을 뒤에 솟아 있는 비슬
산 중턱에 자리잡고 있는데, 신라 선덕 여왕 시대의 고승인 의상스님이
창건하여 이름을 옥천사(玉泉寺)라 하였다. 일설에는 신라 진덕 여왕때
창건하여 포야사라 하였다고 전해 내려오기도 한다. 그 후 1267년(고려
원종 8년)에 보각국전 일연 법사가 중건하여 불일사라 개칭하였다가 또
다시 용천사라 이름을 고치고 옛날보다 더 웅장하고 흥법하게 이루었다.

용천사

용천이란 샘물이 솟아나듯이 부처님 법문이 솟아난다는 뜻이다. 의상스님이 지으신 절은 대체로 물이 많지 않은데 용천사는 아무리 가물어도 항상 1m이상 물이 고여 있다고 한다. 반면 원효 스님이 지으신 절은 항상 물이 많은데 이 용천사에 원효 스님이 살다 가셨다고 한다.

비슬산은 사면에 네 개의 큰 절과 골골마다 암자가 많았는데 모두 없어지고 현재는 용천사만 건재하는데 이는 의상스님이 용을 잡아서 용천사 못에 가두어 두고 승천할 때까지 절을 지키라고 명령한 까닭이라 한다. 이 용천사가 자리하고 있는 비슬산은 옛날 포산이라고도 하였으며, 산수가 아름다워 조망경치가 일품이어서 춘추계절에 탐승객이 줄을 잇고 있다.

(제보자:경북 청도군 각북면 남산 1리, 서윤근, 70세,무직. 채록일자:1997. 5. 14..)

(24) 노인봉의 전설

노인봉이라 불리는 산은 청도군 각북면 산평리에 위치하고 있는데, 산의 형상이 마치 노인이 낚시줄을 드리우고 있는 모습과 흡사하다 하여 '노인봉'이라 불린다. 실제 이 산 아래에는 저수지가 있었고, 그 옆에는 노인이 고기를 잡아 담아 놓은 광주리 모양의 땅이 있었다고 한다. 이 광주리 모양의 땅에 사람들이 마을을 이루고 살았는데 고기를 담던 광주리여서인지 명당이 많고, 또 물이 맑다고 한다.

(제보자:경북 청도군 각북면 남산 1리, 서윤근, 70세,무직. 채록일자:1997. 5. 14.)

노인봉

(25) 지네굴에 얽힌 이야기

조선시대(1500) 때 지네가 사람이 되려고 동굴에 기거하던 중 이 동네 조곤수라는 사람을 만나자 여자로 화하여 조곤수와 살림을 차렸다. 1년 후, 조곤수가 집이 그리워 집에 갔다 오려고 하니, 지네가 '가거든 절대로 개고기를 먹지 말라'고 당부하였다. 그러나 조곤수는 이 말을 깜빡 잊고, 개고기를 먹고 말았다. 그 순간 그 지네는 사람이 되지 못하고 죽었다고 한다.

　전해오는 이야기는 이런데, 지네굴이 마을 뒷산 어디쯤에 있다고 하지만 자세히 알 수가 없어 아쉬움이 남는다.

（제보자:경북 청도군 각북면 남산 1리, 서윤근, 70세, 무직. 채록일자:1997. 5. 14.）

(26) 사우당에 관한 전설

　조선시대부터 박씨 가문 마을인 청도군 각북면 남산 2리에는 우애 좋은 4형제가 함께 살았다는 사우당이 있다. 이 집의 유래를 이야기하자면 4형제의 어머니가 첫째를 가지기 전에 태몽을 꾸었는데, 꿈 속에서 집 앞 연못에 핀 연꽃을 보았다고 한다. 그런데 이상하게도 연꽃 한 줄기에 네 송이의 연꽃이 함께 피어 상서로운 빛을 발하고 있었다고 한다. 너무나 아름다운 모습에 반해 그 모친이 연꽃을 꺾어 가슴에 품고 방안으로 들어오는 꿈을 꾸었다고 한다. 그 후 4형제를 연이어 낳았는데, 어릴 적부터 우애가 깊어 서로 떨어짐이 없이 한 집에 살기를 원하여 연못 뒤에 집을 증축하여 함께 살았다고 한다.

사우당

(제보자:경북 청도군 각북면 남산 2리 525-1번지, 박재복, 64세, 농업. 채록일자:1997. 5. 14.)

(27) 낙수대 구렁이바위 이야기

청도군 풍각면에서 조금 더 멀리 가서 이곳 화양면쪽으로 오면 약수폭포가 자리잡은 낙수대가 있다. 이 시원한 폭포줄기 제일 꼭대기에 있는 아주 큰 바위가 바로 이 이야기의 배경이다. 옛날 그 바위 안쪽으로 구렁이가 한 마리 살았다는데, 풀이 많이 난 곳이어서 겁이나 아무도 못 들어가 보았다. 그 구렁이가 오래되어도 아주 오랜 세월 묵은 구렁이라 겁들이 났던 것이다.

한편, 대구에는 이씨라는 성을 가진 부자가 살았는데 재산이 천석이나 되는 어마어마한 부자였다. 이곳 청도 화양면에 토지가 있어 관리하는 대리인까지 두어야 했던 형편이었으니 말이다. 그런데 세상은 공평한 법이라, 이 부자는 나병에 걸려 온 몸이 퉁퉁 붓고 흉칙한 몰골을 가지고 있었다. 그는 매일 거울을 보며 하는 양이, '온갖 돈과 재물이 있으면 무얼하나, 세상에 약이란 약은 다 써도 하늘이 내린 병인가 어찌 이리도 잔혹한 몰골인고. 어이구……' 하고 혼잣말을 했다.

그러던 어느 날 용하다는 의원을 모셔다가 돈을 쥐어 주고 애원하며

"여보시오 의원, 나는 온갖 약을 써보아도 도무지 이병이 나을 기미가 보이지 않으니 당신의 그 뛰어난 의술로 나를 낫게만 해준다면 내 재산의 반을 당신에게 주겠소." 하니, 그 의원이 가만히 눈을 감고는 생각에 골몰하다 하는 말이,

"당신의 그 병은 내가 보아도 인술로 고치기는 힘들겠구려. 한 가지 방법이 있긴 한데, 그게 좀 어려운 일이지요." 하였다.

부자는 눈이 번쩍 뜨여,

"아니, 그게 무슨 당치 않은 소리요. 내 병이 낫기만 한다면 세상에 어

낙수대

려운 일이 어찌 있을 수 있단 말인가?" 하며 답을 재촉했다.

"당신 땅이 있는 청도에 가면 아주 오래된 구렁이가 살고 있다 하는데 아무도 근접한 적이 없다 하오. 그 구렁이를 잡아 먹으면 그 병은 반드시 나을 수 있소."하는 의원의 말을 듣자마자, 이씨 부자는 청도의 대리인을 불러서 그에게 물어보니,

"예. 나으리, 낙수대 폭포 아래 구렁이가 한 마리 살긴 하오나, 본래 인적이 드문 곳이라 아무도 다가갈 수도 없다는 쉰네 고향의 전해 오는 말을 들어 보긴 했습죠." 하였다.

그러나 병으로 평생을 고생한 이씨에게는 그러한 말이 들릴 리가 없다.

"내가 그것을 먹고 낫기만 한다면 그 구렁이를 잡다 내 죽어도 여한이

없으니, 돈이 얼마가 들어도 상관없네. 날 데려다만 주게.”하며 이씨는 대리인에게 사정을 했다.

결국 대리인은 이씨를 가마에 태우고 사람 다섯을 사 그것을 메고 청도까지 갔다. 한참을 가 며칠 뒤 낙수대 아래 도착은 했으나, 바위 밑에 풀이 우거져 장정 다섯은 슬슬 꽁무니를 빼기 시작한다.

“저 곳은 아무도 못 들어 가는 곳입니다. 저희들도 겁이 나서 더는⋯⋯”

그러자 이씨는 긴 막대기를 하나 주어 들고 풀을 헤치며 죽기 아니면 살기로 들어갔다. 따라온 이들은 멀리서 구경을 하며 혀를 찼다.

“평생 모아 놓은 재산을 다 날리게 되는 거 아닌가 몰라. 아까운 사람 하나 죽을지도 모르는 거 아니여. 쯧쯧⋯”

이씨가 바위 뒤로 들어가니 과연, 온몸이 얼룩덜룩 버얼건 게 커다란 몸을 꼬고 있다가 고개를 번쩍 든다. 그 구렁이가 입을 커다랗게 벌리며 달려 들어 물려할 적에 이씨는 품 안에 숨겨서 간 큰 자루로 그 구렁이의 대가리를 덮어 씌우고 그것을 입으로 마구 씹어 부수었다. 사람 독이 무섭다 하였으니 정녕 그 오래된 구렁이 독보다 더 무서운 것이라. 막 씹으니 온 몸이 축 늘어졌다. 그제야 그는 자루를 벗기고 생구렁이를 모조리 부수어 먹었다. 그런데 어찌된 일인지, 반쯤 먹으니 더 먹지 못하고 그만 그 자리에 넘어져 눈을 감았다. 몇 시간이 지나도 이씨가 나오지 않자, 바깥의 일행들은 몸이 달기 시작했다.

“어허, 큰일 났구먼. 뭔 일이 난 게 틀림없어. 좌우지간 하루종일 이렇게 있을 수도 없고 한 번 들어가 보자구. 어서.”

그들이 살금살금 안으로 들어가 본 광경은, 사람은 온 몸이 벌겋게 되어 누웠고 구렁이도 반쯤 먹힌 형태로 죽어 있는 것이었다. 그들이 중얼거렸다.

“저 사람이 욕심이 과한겨. 독이 올랐단 말이지. 저 독이 얼마나 독할텐데⋯⋯”

그리하여 가마에 이씨를 눕히고 다시 청도로 내려온 그들은 이씨의 시신을 대리인의 집에 뉘여 놓고는 헤어졌다. 그런데 그 후 사흘 뒤, 놀랍게도 이씨가 깨어났다. 정신이 든 이씨가 물었다.

"아니, 이게 어떻게 된 일이며, 여긴 어딘가?"

대리인의 설명을 들은 이씨는 그만 집으로 데려다 달라 했다. 집에 돌아온 이씨의 몸은, 일주일만에 큰 변화가 일어났다. 온 몸에서 구더기와 같은 벌레와 물이 흘러 나와 장판을 적시기 시작한 것이다. 그러더니, 그렇게 부어서 뚱뚱하던 몸이 홀쭉하게 되고, 가족이 목욕을 시키고 밥과 약을 먹이니 이씨의 나병이 서서히 낫기 시작했다. 그 후 나병이 완치된 이씨를 보며 청도 사람들은 나병에 걸렸으나 낫겠다는 정신력으로 구렁이를 때려 잡아 먹고 나은 사람을 하늘이 도왔다고 전해진다.

(제보자:경상북도 청도군 풍각면 봉기리, 김암욱, 87세, 무직. 채록일자:1997. 5. 11.)

(28) 양산 다리의 사랑

청도군 이서면에 가면 양산 다리에 얽힌 이야기가 하나 전해오고 있다. 이서면사무소에서 남동쪽으로 200m를 가면 경로당이 있는데, 거기서부터 약 3km를 가면 다리를 볼 수 있다. 이것은 아주 오래 전에 이루어지지 못한 처녀, 총각의 애틋한 사랑을 안타까이 여긴 마을 사람들에 의해 세워진 것이다.

지금은 물이 다 말라 버려 오직 상상 속에서만 이루어져야 하지만 양산 사이에 작은 호수가 있었다고 한다. 그 호수에는 아름다운 뱃사공이 있었는데 그는 노를 저으며 항상 노래를 부르곤 했다. 하루는 그 뱃사공이 아주 예쁜 아가씨를 태우고 호수를 건너던 중에 그만 그 아가씨와 사랑에 빠지고 말았다. 그래서 둘은 결혼을 약속했고 양가집 어른을 찾아 뵙고 결혼을 승낙 받으려 했다. 그런데 처녀집에서 그 뱃사공과의 결혼을 반대하기 시작했다. 왜냐하면 그 처녀는 양반댁 아가씨였고 뱃사공은 평범한

양산다리

집안의 사람이었기 때문이었다. 처녀의 집에서는 처녀를 멀고 먼 부잣집 총각에게 시집을 보내 버렸고 뱃사공은 더 이상 노래를 부르지 않았다. 그러다가 시름시름 앓기 시작하더니 젊은 나이에 죽고 말았다. 부잣집으로 시집간 처녀 역시 뱃사공과의 단 한 번의 사랑을 잊지 못해서 괴로워하던 중에 뱃사공의 사망 소식을 접하고는 목매달고 죽어버렸다. 자신의 유해를 뱃사공과의 사랑이 깃든 호수 위에 뿌려 달라는 유언을 남긴 채 말이다. 단 한 번의 사랑 때문에 그토록 간절하게 사랑한 두 남녀의 슬픈 사랑을 애도하는 뜻에서 훗날 사람들이 양산을 잇는 다리를 세워 주게 되었다고 전한다.

(제보자 : 경상북도 청도군 이서면 학산1리 주암마을, 정화진, 71세, 공직후 퇴직. 채록일자 : 1997. 5. 17.)

(29) 이서에 얽힌 이야기

청도군 이서면 학산1리 주암마을 면사무소 앞에는 이서소국의 존재를 알려주는 비석이 하나 세워져 있어 지나는 이들의 발걸음을 멈추게 한다. 이 비석의 유래와 함께 이서소국 병사들의 정신을 되짚어 본다.

이서

옛날 그러니까 신라가 삼국을 통일하기 전 이서소국이라는 작은 나라가 있었다. 그다지 풍요롭지도 못했고 특별하게 내세울 것도 없었지만 백성들 사이에 사랑하는 마음은 너무나도 강했다. 이 때문에 이서소국 안에서의 분쟁은 좀처럼 찾아보기가 어려웠고 오로지 평화로움만이 계속될 것만 같았다.

그러나 이서소국의 영토를 호시탐탐 노려 오던 신라의 야욕은 이서소국의 평화를 중단시키고 말았다. 이서소국을 합병하기를 원하는 신라의 바람대로 두 나라는 전쟁을 하게 되었고 24명의 병사 뿐이었던 이서소국에게는 패배를 안겨주는 결과를 초래했다. 그러나 이서소국의 병사들은 열심히 싸웠다. 비록 전쟁의 승리는 신라군에게 돌아갔고 이서소국은 신라에 합병되는 운명에 놓일 수밖에 없게 되었지만 이서소국 병사들의 충성스런 마음은 아주 귀한 것이었다. 그런 병사들의 고귀한 혼과 넋을 위로하고 그 정신을 기리기 위해 세워진 바위 앞에서 오늘날 우리가 가져야 할 마음가짐이 무엇인가를 생각해 본다.

(제보자:경상북도 청도군 이서면 학산1리 주암마을, 정화진, 71세, 공직후 퇴직. 채록일자:1997. 5. 17.)

(30) 학바위의 전설

청도군 이서면 학산 1리 주암마을 면사무소 뒷터에 가면 학바위가 있다. 많은 사연을 간직한 학바위는 다음과 같은 의미에서 이름이 붙여졌다.

학바위가 '학바위'로 불려지게 된 유래는 두 가지가 있다. 첫째로 면사무소 뒤에 큰 공터에는 많은 바위들이 존재하는데 이 바위들이 놓여있는 형상이 학이 날개를 활짝 펴고 하늘 높이 날아갈듯한 형상을 하고 있는 것처럼 보이기에 학바위라 불려지게 된 것이다. 둘째로 학의 머리모양을 한 바위가 학의 몸통의 모양을 한 마을의 모습과 합쳐져 한 마리의 학이 된다는 것에서 학바위라 불려진다.

학은 우리 나라에서 옛날부터 신령스럽게 여겨진 새이다. 이런 새의 형상을 한 바위가 있다는 것은 사람들에게 좋은 믿음을 주었을 것이다. 사람들은 이 마을에 살면서 학바위가 행복을 가져다 줄 것이라는 소박한 기쁨도 가졌을 것이고 또 학의 형상을 한 바위가 있다는 이유만으로 기뻤을 것이다. 이 바위가 언제부터 생겼는지는 알 수 없다. 이 바위는 지금 존재

학바위

하고 있고 그래서 사람들에게 기쁨을 준다. 학바위는 그 모습이 비록 진짜 학과는 그렇게 비슷한 것이 아니지만 사람들의 가슴속에 이미 존재하는 하나의 학으로써 남아있다.

(제보자:경상북도 청도군 이서면 학산1리 주암마을, 박영호, 79세, 공무원 30년 재직후 퇴직. 채록일자: 1997. 5. 17.)

(31) 효행비(孝行碑)

청도군의 자계서원 내의 오른쪽 편에 위치한 이 효행비는 바로 모암(慕庵) 김극일(金克一) 선생의 효행을 기리는 비이다. 선생의 휘(諱)는 극일이요 자는 용협이고 호는 모암이며 사시호(死諡號)는 절효이고 본관은 김해(金海)로 1382년 고려 우왕 8년에 김서(金湑) 선생의 아들로 태어났으며 야은(冶隱) 길재(吉再) 선생의 문인이다.

효행비

선생이 태어나기 전 하루는 아버지인 현감 김서 선생의 꿈에 주자가 현몽하여 말하기를 소학(小學) 한 권을 건네주며 아들이 출생한 후에 이 책을 읽고 깨달으면 출천지 효자를 둘 것이라는 이야기였다. 그날부터 태기가 있어 14개월만에 선생이 태어났다. 선생은 어릴 때부터 효성이 지극하여 10세가 되기전에 어머니께서 병을 얻어 종기가 대단하여 화농하였는데 입으로 그 농혈을 빨아내어 낫게 하였으며 그 후 아버지 김서 선생께서 설리를 앓아 위중하실 때 혈분의 막을 보고 백방으로 구하여 병을 낫게 하였다 한다. 선생이 탈상 후 30리나 떨어진 묘소인 나부(蘿蔀)까지 조석으로 성묘하여 여막에서 시묘 호곡하였으니 그 출천지효에 감천하였는지 하루는 여막 옆에 큰 호랑이가 와서 지키더니 선생이 돌아갈 때 호랑이가 앞에 와서 타라는 시늉을 하고 등에 태우고 돌아왔다고 한다. 이를 매일 하루도 빠짐없이 하였다 한다.

선생이 1456년 병자(丙子) 세조 2년에 돌아가시니 향년 75세였다. 집의(執義)가 증직되고 생전의 출천지효를 칭송하고 후세의 귀감을 삼고자 향리유림과 제자들이 사시호(死諡號)를 절효(節孝)라 하였고 자계서원에 봉안하고 향사하였다. 이 분이 김해 김씨 삼현파의 삼현 중의 한 분이시다.

(제보자 : 청도군 이서면 서원리, 김유곤, 49세, 농업. 채록일자 : 1997. 5. 14. 보조제보자 : 청도군 이서면 서원리, 박상조, 45세, 농업. 채록일자 : 1997. 5. 14.)

(32) 학산리의 명칭 유래

청도군 이서면 학산 1동의 노인정에서 위로 300미터 정도 올라가면 중편 능선이 하나있는데 이 능선의 전체적인 모양이 학과 같다. 이 능선을 한 마리의 학이라고 봤을 때, 위장과 복통부분, 즉 학의 배부분에 이 학산이라는 마을이 위치하고 있다. 이 마을은 속된 말로 '똥내'라고 불리기도 하는데, 150~200년 전에 길이가 300미터, 폭이 200미터 정도의 크기로 처음 형성되기 시작했다고 한다. 또한, 그 마을의 위쪽이 학의 날개부분이고 학의 머리쪽에는 큰 바위가 하나 있었는데 전체적인 지형이 학과 유사하다는 특성 때문에 그 바위는 '학바위'라 불리게 되었다고 한다.

학바위가 있었던 부지는 현재 면사무소가 들어서 있고 그 앞의 들을 일명 '학바위들'이라고 하기도 한다. 이 학산이란 마을은 처음에는 주암이라는 이름으로 불리다가 퍼져있던 부락마을들이 합해지면서 '학산'이라

학산리 면사무소

불리게 되었다. 다시말해, 학모양을 한 이 지형적 특징과 학바위에 의해 지금도 '학산동'이라 불리고 있다.

(제보자:청도군 이서면 학산1리 428-2번지, 김복덕, 72세, 농업. 채록일자:1997. 5. 14.)

(33) 주암(珠岩)바위의 유래

청도군 이서면 학산리라는 명칭은 원래 구슬 '주', 바위 '암', 주암(珠岩)이었는데 마을이 생기기 전에 윤적이라는 사람이 윗마을 고산이라는 데서 씨족을 형성하고 살고 있었다. 이 분이 현재의 학산 마을로 내려와 아무 것도 없는 벌판에 집을 짓고 산 최초의 사람이었고 이 마을을 주암이라 부른 사람이기도 하다.

이 지역에 아직도 주암바위가 존재하는데, 이는 쌍바위, 즉 두 개의 바위로 되어있다. 이 두 바위를 구슬처럼 꿰어야 하나의 바위가 된다 해서 이를 구슬바위라 한다. 이 바위는 마을에 나쁜 일이 있거나 집안에 좋지 않은 일이 있을 때 치성을 드리던 곳이라고도 한다. 그러나 지금은 바위가 있던 터에 집이 들어서 있어 잘 보존되지 못한 채 방치되어 있다.

어쨌든, 이 구슬바위에 의해 이 마을은 과거에 주암(珠岩)이라 일컬어
졌고, 이 마을을 주암이라 이름지었던 윤적이란 분의 호 또한 주암(珠岩)
이라 전해지고 있다.

(제보자 : 청도군 이서면 학산1리 428-2번지, 김복덕, 72세, 농업. 채록일자 : 1997. 5. 14.)

(34) 자계서원(紫溪書院)

청도군 이서면에서 각남(角南)면 쪽으로 약 2km 떨어진 서원리에 위치
한 자계서원은 조선초기의 문신이며 학자인 탁영 김일손 선생을 제향하
기 위하여 1518년 건립하여 처음에는 '운계서원'이라 하였다. 운계라고
함은 탁영 선생의 태몽에 짙은 운무(雲霧)가 끊이지 않았으며 탁영선생이
거니는 곳마다 구름이 따라 다녔다고 해서 붙여진 것이다.

옛날 탁영선생이 무오사화를 만나 참화를 입었을 때, 이 냇물이 3일간
이나 거꾸로 붉은 핏빛으로 흘렀다 하여 그 후부터 자계(紫溪)라 하였다.
수면이 거울 같고 보름달이 물에 비치는 그림자는 하늘의 달인 듯 황홀하
였다 하며 동쪽 와룡산 기슭의 연못을 얼싸안은 서원의 모습은 시정에 넘

자계서원

치는 아름다운 월경같다 하였다.

(제보자:청도군 이서면 서원리, 김승호, 50세, 농업. 채록일자:1997. 5. 14.)

(35) 샛별장터의 유래

샛별장터는 지금의 청도군 이서면 양원리 도로변의 작은 부락으로 새별장터라고도 한다. 이곳은 조선시대 원이 있었던 곳으로 일제시대까지 시장이 있었다고 하나 지금은 점포 몇 개가 남아 있을 뿐이다.

원이란 고려, 조선시대 관리들이 공용으로 여행하는 사람들에게 관식의 편의를 제공하기 위하여 각 부락이나 인가가 드문 곳에 설치했다.

샛별장터의 유래는 조선 제19대 임금인 숙종대왕이 지방을 돌아보던 중 팔조령 고개에 있는 봉수령에 잠시 머물렀는데 그 때가 새벽녘이었다. 새벽 하늘에 유난히 반짝이는 별이 있어 임금이 그것을 보고 신하에게 물었다.

"저 별이 무엇이냐 ?"

신하가 이렇게 대답했다.

"예, 샛별이라 하옵니다."

숙종이 새벽별을 쳐다보다가 다시 물었다.

"저, 별 아래 마을이 하나 있구나. 저 마을 이름이 무엇이냐 ?"

하고 다시 물으니 신하가 다시 대답하였다.

"예, 양원동이옵니다."

"오오, 그래. 그럼 이제 저 마을의 이름을 '샛별'이라 불러라."

이렇게 숙종에 의해 이 마을은 이름이 '샛별' 또는 '새별'이라 불리게 되었고 그 장터가 열리는 때를 맞아 '샛별장터'라 이름하였다 하며 오늘날 장이 서지는 않으나 그 이름만 남아 장터와 함께 전하고 있다.

(제보자:경북 청도군 이서면 수야4리, 박태현, 47세, 공무원. 채록일자:1997. 5. 5.)

(36) 용각산

용각산은 청도군 청도읍에서 동북쪽으로 6km 떨어진 곳에 위치한 산으로, 경산군과 경계를 이루고 있다. 또한 용각산은 각북면에 있는 비슬산, 각남면에 있는 화악산과 함께 청도 지방의 대표적인 산으로 손꼽힌다.

예로부터 용각산에는 용이 살고 있다고 믿었기 때문에 그 산의 모습도 마치 용의 모습을 하고 있는 것으로 생각되었다고 한다. 그리하여 그 산의 봉우리가 용의 뿔처럼 오똑하게 나온 모습을 하고 있다고 하여 용 '용(龍)' 자에 뿔 '각(角)' 자를 써서 용각산(龍角山)으로 불려 졌으며, 다른 말로 용뿔산으로 불려 지기도 하였다고 한다.

(제보자:경상북도 청도읍 고수리, 예홍기, 77세. 채록일자:1996. 11. 16.)

용각산

(37) 주암(珠岩)

청도군 이서면 학산리는 학산리라는 명칭이 붙기 이전에는 주암마을이었다고 한다. 마을이 생기기 이전, 마을 터의 중심에 이 바위가 있었기 때문이다. 원래 두 개였으나 전란 이후 바위가 집 안에 위치한 관계로 집을 새로이 지을 때 하나는 잔형만 간직할 뿐 많이 파손되었고 나머지 하나는 예전의 모습 그대로 간직하고 있다. 바위의 모습을 살펴보면 수많은 구슬을 꿴듯하여 표면에 미세하게 파인 부분이 있다.

주암은 이서국(伊西國) 때 ‘주암공(珠岩公)’이라던 밀양 박씨 성을 가진 사람과 연관이 있다고는 하나 그 내용이 확실하게 전하지는 않고 다만 이 마을과 주변 마을에 밀양 박씨가 집성촌을 이루고 있다는 점으로 보아 밀양 박씨의 파조(派祖)로 생각하고 알고 있다.

이 바위는 마을에 나쁜 일이 있거나 집안에 좋지 않은 일이 있을 때 치성을 드리던 곳이라고도 한다. 그러나 지금은 학산 2리 177번지 이종필씨댁 내에 위치하고 있으며 따라서 그 인식 또한 희미해져 가고 있다. 제보자에 따르면 지금 주암이 있는 집이 제보자의 큰 시댁이었으며 집안에 좋지 않은 일이 있으면 시어머니께서 “석순에 가 치성 올리라”고 하였다고 한다. (석순은 주암의 다른 이름이다.) 또한 섣달 그믐날이면 한 해의 평안을 빌었다고 한다.

(제보자:청도군 이서면 학산 2리, 김복남, 75세, 농업. 채록일자:1997. 4. 27.)

(38) 학산리의 명칭에 관한 유래

청도군 이서면 학산리의 이름은 이 마을의 모습이 마치 한 마리의 거대한 학의 형상을 하고 있다고 해서 지어졌다고 한다. 그 중의 학의 머리 부분을 이루는 곳에는 넓다란 바위가 있어 많은 학들이 이곳에서 쉬었으며, 지리상으로는 낮은 구릉이라 학의 집단 서식지를 형성하였다. 학의 염통 부분은 이서 면사무소에서 약 200m 떨어진 마을 교회와 노인정 부

근으로 전술한 주암이 있는 곳이다. 마을 사람들은 학이 찾아오는 것을
두고 이 마을이 물도 좋을 뿐만 아니라 인덕도 후한 곳이라 여겨 타지역
과의 차별을 두어 자부심을 느꼈다.

마을 주민들에게 전해지는 얘기로는, 학이 떼 지어 찾아와 보금자리를
튼 해에는 마을에 삼년이나 먹을 수 있는 풍년이 들었다고 하며, 후세에
이름을 떨칠 훌륭한 인물이 집집마다 태어났다고 한다. 그러나 학이 깃들
지 않은 해에는 흉년이 들고 돌림병이 마을에 찾아와 마을을 떠나거나 많
은 사람들이 죽어갔다고 한다.

현재 면사무소가 위치한 곳이 바로 학바위가 있던 곳이었으며 면사무소
건립시 파괴되어 지금은 볼 수가 없다. 다만 그 위치만 간신히 살펴볼 수
있다.

(제보자: 청도군 이서면 학산 2리, 김복남, 75세, 농업. 채록일자: 1997. 4. 27.)

(39) 하마비(下馬碑)

청도군 이서면 서원리에 들어
서면 제일 먼저 보이는 것이 바
로 이 비석이다. 오랜 풍화에 낡
은 것이 우리의 시선을 끌었다.

이 하마비(下馬碑)는 마을 입
구, 서원에서 약 0.5㎞ 정도 떨어
진 곳에 위치하고 있으며 비에
적힌 그대로 말에서 내리는 곳을
표시하는 것이라고 한다. 1518년
자계서원이 건립된 이후 나라의
높은 관리나 임금이 이 서원을
방문할 때에 가마나 말을 타고

하마비

서원으로 바로 들어가는 것이 아니고 반드시 여기서 내려서 걸어 들어갔다고 한다. 하마비는 마을마다 있는 것이 아니라 『선생(先生)』이라고 이름 붙일 만한 선현이 있는 마을 앞에만 세우는 비다. 만약 이 비 앞에서 말에서 내리지 않고 지나가면 말발굽이 땅에 붙어 버린다는 전설이 있다고 한다. 지금도 도지사가 새로 부임하여 참배하러 오거나 고급 관리들이 방문할 때에는 여기서 내려서 걸어간다고 한다.

(제보자:청도군 이서면 서원리, 김유곤, 49세, 농업. 채록일자:1997. 5. 14.)

(40) 자계서원(紫溪書院)의 유래

청도군 이서면에서 각북면 쪽으로 약 2㎞ 떨어진 서원리(書院里)에 위치한 자계서원은 지방유형문화재 제 83호로 조선 초기의 문신이며 학자이던 김일손(金馹孫) 선생을 향사하기 위하여 1518년 건립된 사액서원(賜額書院)이다. 이 서원은 1488년 무신(戊申) 성종 19년에 탁영선생이 25세 때 이 곳에 운계정사(雲溪精舍)를 세워 수학하신 곳이었다. 운계라고 함은 탁영선생의 태몽에 짙은 운무(雲霧)가 끊이질 않았으며 탁영선생이 거니는 곳마다 구름이 따라 다녔다고 해서 붙여진 것이다. 선생 사후(死後) 1518년 무인(戊寅) 중종 13년 장포(章甫)가 운계정사를 자계사(紫溪祠)로 개칭하여 선생을 제향(祭享)해 왔다. 그후 1578년 무인(戊寅) 선조 11년 영남사림이 중수확장하여 자계서원으로 개명하였고 1625년 을묘(乙卯) 광해 7년에 선생의 조부이신 절효(節孝) 극일(克一) 장질(長姪) 삼족당(三足堂) 대유(大有) 두 선생을 병향(竝享)하게 되었다.

운계서원이 자계서원으로 개명된 데에는 역사적인 배경이 있다. 탁영 김일손은 신진사류인 사림파의 거두 김종직(金宗直)의 제자로, 종래의 문벌인 유자광(柳子光), 이극돈(李克墩) 등의 훈구파(勳舊派)와는 적대적인 관계였다. 때마침 1498년 연산군 4년에 전례에 따라 실록청(實錄廳)이 개설되어 성종실록의 편찬이 시작되자, 그 당상관이 된 이극돈은 사림파에

자계서원

대한 보복으로, 김일손이 기초(起草)한 사초(史草)에 삽입된 김종직의 〈조의제문(弔義帝文)〉이라는 글을 세조가 단종으로부터 왕위를 찬탈한 일을 비방한 것이라 하여 문제삼았다. 유자광과 이극돈은 김종직의 〈조의제문〉은 선왕인 세조를 헐뜯었는 바 하늘에 닿은 죄 마땅히 용서할 수 없으니 대역의 죄로 다스려야 한다고 주장하였다. 이 사건이 무오년에 일어나고 사초(史草)로 인한 것이라하여 우리 나라 사대사화(四大士禍)의 처음을 무오사화(戊午士禍)라고 한다.

연산군은 김일손 등을 심문하고 일파의 죄악은 모두 김종직이 선동한 것이라 하여 이미 죽은 김종직의 관을 파헤쳐 다시 시체의 목을 베는 부관참시(剖棺斬屍)를 내렸고 그의 일파인 탁영 김일손에게는 선왕을 무록(巫錄)하였다는 죄를 씌워 능지처참(陵遲處斬)을 하였다. 탁영 김일손은 무오사화 때 압송되어 가면서 자신의 친지들에게 "만약 나에게 화가 미치면 한내천에는 핏물이 흐를 것이니라."고 했다는데, 탁영선생이 화를 입은 날에 비가 내리지 않는 데도 한내천에 핏물이 흐르는 기이한 일을 본 유림들이 한내천을 자계천이라 부르기 시작했고, 중종 13년에 유림들의 건의에 따라 서원을 복개(復開)시켰으며, 이름을 자계서원이라 명하였다.

(제보자:청도군 이서면 서원리, 김유곤, 49세, 농업. 채록일자:1997. 5. 14.)

(41) 효부 박씨 부인 이야기

(1) 경상북도 청도군 이서면 고면동 뒷산에는 박씨 부인의 효열비가 부인의 무덤 옆에 세워져 있다. 이 비석에 얽힌 이야기가 있다.

일제 시대(1920년대) 때이다. 박씨 부인은 나이 16세에 이 마을 강씨에게 시집을 왔는데 집안은 늙은 시부모를 모시고 논 몇 마지기를 소작하여 살아가는 가난한 살림이었다. 그러나 마음이 착하고 천성이 부지런한 부인은 남의 삯바느질과 길쌈을 하여 가난하지만 화목하게 살고 있었다. 그런데 시집 온지 3년 만에 불행히도 남편이 죽고 말았다. 더욱이 남편을 여읜 1년 만에 시아버지가 병을 얻어 자리에 눕게 되었다. 부인은 돈이 될 일은 무엇이든지 가리지 않고 밤이 깊도록 하여 푼푼이 모은 돈으로 시아버지를 정성을 다해 모셨다. 하루는 시아버지가 게를 구워 먹는 게 소원이라는 말을 했다.

마침 그때는 엄동설한이라 온 산천이 눈에 덮여 있을 뿐 아니라 땅 마저 얼어붙어 있어 게를 구하기란 극히 어려운 일이었다. 박씨 부인은 마을 앞의 냇가의 둑을 방황하면서 눈물을 흘리고 있었는데 그때 홀연히 손바닥만한 게 한 마리가 눈을 헤치고 나왔다. 박씨 부인은 빨리 그 게를 잡아 장만하여 시아버지에게 드렸는데 그 후 신기하게도 시아버지의 병은 차차 나아졌다고 한다. 이웃 사람들은 그 부인의 지극한 정성에 하늘이 감동하여 게를 주신 것이라 하여 그 부인의 효성을 칭찬하였다. 그 후 오래되어 시아버지가 세상을 떠나자 박씨 부인은 삼년상을 극진히 지내고 산소에 석물까지 놓았다.

이 사실을 안 이서면에서는 부인의 효성을 칭찬하며 돈을 모아 주었고 청도의 향교에서도 많은 포목을 상으로 내렸다. 성균관에서도 1934년 2

월 효열비를 고면동에 세워 길이 그 효성을 본받게 했다는 이야기다.

(제보자 : 경상북도 청도군 이서면 금촌리 332번지, 이병도, 89세, 농업. 채록일자 : 1999. 12. 26.)

(2) 경상북도 청도군 이서면 고면동 뒷산에는 박씨 부인의 효열비가 부인의 무덤 옆에 세워져 있다. 이것은 효부 박씨 부인의 또 다른 이야기이다.

일제 시대 때 이서면 고면동에 박씨 부인이 살고 있었다. 박씨 부인은 나이 16세에 이 마을 강씨에게 시집을 왔는데 집안은 늙은 시부모를 모시고 논 몇 마지기를 소작하여 살아가는 가난한 살림이었다. 그러나 마음이 착하고 천성이 부지런한 부인은 남의 삯바느질과 길쌈을 하여 가난하지만 화목하게 살고 있었다. 그런데 시집 온지 3년 만에 불행히도 남편이 죽고 말았다. 더욱이 남편을 여읜 1년 만에 시아버지가 병을 얻어 자리에 눕게 되었다. 부인이 지극 정성으로 간호를 했지만 병이 깊고 나이가 많아 그만 죽게 되었다. 시아버지의 제삿날이 다가오는데 부인은 제사상에 올릴 음식이 없어서 너무나도 슬퍼 냇가에 가서 자신의 정성이 부족함을 탓하며 울고 있었다.

마침 때는 엄동설한이라 온 산천은 눈에 덮였고 땅 마저 얼어 붙어 있었다. 그런데 어디선가 가재 한 마리가 기어 나왔다. 하늘이 박씨 부인의 효심에 감동하

효부 박씨부인 효열비

여 내려주신 것이었다. 박씨 부인은 재빨리 그 가재를 잡아서 시아버지의
제상에 올렸다. 다시 제삿날이 되자 그 날도 제상에 올릴 제물이 없어서
박씨 부인이 근심을 하고 있었다. 부인은 숲 속에 가서 울고 있었는데 어
디선가 꿩 한 마리가 날아와서 부인의 발 밑에 떨어졌다. 부인은 기뻐하
여 재빨리 그 꿩을 잡아 장만하여 시아버지의 제사상에 올리고 무사히 제
사를 마쳤다. 이것은 부인의 효심에 감동한 하늘이 부인에게 복을 내린
것이다.

　이 사실이 소문이 나서 이서면에서는 부인의 효성을 칭찬하여 포상을
하였고 청도의 향교에서도 많은 포목을 상으로 내렸다. 성균관에서도
1934년 2월 효열비를 고면동에 세워 길이 그 효성을 본받게 했다는 이야
기다.

　(제보자 : 경상북도 청도군 흥선리 1반 127번지, 박진숙, 57세, 농업. 채록일자 : 1999. 12.
26.)

(42) 장군바위(칼바위) 전설

　경상북도 청도군 이서면 금촌리에 가면 동네입구에서 서쪽 편으로 나지
막한 산이 있는데 여기에는 한 중간에 마치 칼로 그은 듯 선명한 금이 나
있는 바위가 있다. 이것을 동네사람들은 장군바위 또는 칼바위라고 한다.
3명이 앉을 수 있을 만큼 바위 윗면이 편평하고 옛날에는 뚜껑도 있었다
하여 동네사람들은 뚜껑바위라고도 부른다.

　옛날 이 동네의 어떤 장군이 이 산의 절벽을 큰 칼로 그으면서 칼쓰는
연습을 했다는 전설이 있다. 장군이 칼로 그은 자리가 지금도 벽에 남아
있는데 인간의 힘으로 보기에는 너무나도 어마어마하지만 너무나도 선명
한 자국이며 인위적으로 보이므로 이 전설을 믿지 않을 수 없다. 장군은
연습 후에 자신의 갑옷과 칼을 아무도 꺼내가지 못하게 바위 안에 넣고
뚜껑으로 덮어놓았다. 그런데 누가 그것을 몰래 훔쳐가려고 뚜껑을 열려

칼바위

고 하였는데 뚜껑이 너무 무거워서 조금밖에 열지 못했다. 도둑은 바위를 그대로 두고 도망을 갔는데 그 후 동네에는 불이 나는 등 안 좋은 일들이 끊이지 않고 일어났다. 걱정이 된 마을 사람들이 제사를 지내고 동군들을 시켜 바위를 덮어서 구멍을 막아 버렸다.

장군이 갑옷과 칼을 뚜껑바위에 넣은 이유는 자신의 물건을 보관하려고 한 면도 있지만 그보다 이 동네를 지키고자 한 목적이 있지 않았나 하고 동네 사람들은 추측한다. 실제로 그 바위나 산을 건드렸을 경우 동네에 우환이 많이 일어난다고 동네 사람들은 함부로 산에 올라가거나 바위를 건드리지 않는다고 한다.

바위 한 중간에 나 있는 금은 지층변화로 취급해 버리기엔 그 파임 정도나 모양새가 정말 사람이 칼로 그은 듯 보여 이 전설을 믿지 않을 수 없게 한다.

(제보자:경상북도 청도군 이서면 금촌리 318번지, 박종순, 77세, 농업. 채록일자:1999. 12. 26.)

(43) 풍산 이야기

청도군의 각북면사무소를 기준으로 남서쪽 산평 2리에 위치한 풍산에는 다음과 같은 전설이 내려오고 있다. 청도군 각북면 풍산에 허윤발이란 큰 부자가 살았다. 그 부자는 인심이 좋다고 소문이 자자하여 벼슬하는 선비로부터 거지에 이르기까지 객이 끊이지 않았다. 허윤발은 손님이 오면 사랑채에 모시고 개나 돼지 등을 잡아서 후하게 대접하였고 거지가 동양을 하러 와도 싫은 내색 하나 없이 넉넉하게 밥을 주고 보냈다. 하지만 허윤발의 아내는 끊이지 않는 손님을 치르느라 맥이 빠지고 힘이 들어 손님이 그만 찾아오기를 바랬다. 그러던 어느 날 허윤발이 일이 있어 외출하였는데 때마침 한 스님이 찾아와 시주하기를 청하였다. 허윤발의 아내는 못마땅한 표정으로 한숨을 내쉬며 손님이 많이 찾아와 모두 대접하기가 힘들다며 손님이 많이 찾아오지 않기를 바란다며 넋두리를 했다. 스님이 그 말을 듣고 손님이 많이 찾아오지 않게 할 좋은 방법이 있다고 하자 부인은 스님의 말에 귀가 솔깃하여 시주는 얼마든지 해줄 터이니 방법을

풍산

알려달라고 했다. 그러자 스님은 집 앞에 큰돌을 뽑으면(혹은 큰못을 만들면) 손님이 끊어 질 것이라고 말했다. 허윤발의 아내는 기뻐하며 허윤발이 없는 틈을 타 사람을 시켜 집 앞에 큰돌을 뽑게 하였다. 돌을 뽑은 지 얼마 되지 않아 오색찬란한 빛이 뿜어져 나오고 그윽한 향기가 온 천지를 뒤덮더니 돌이 갈라지며 커다란 암소 한 마리가 나왔다. 그 소는 허윤발의 집을 지켜주던 신령스런 소로 잠시 스님으로 변해 허씨 집안의 됨됨이를 살펴보고 있던 중 허부인의 게으름과 욕심에 노하여 허씨의 집을 버리고 풍각의 아기 동산으로 날아가 버렸다. 허윤발이 집에 돌아와 그 소식을 듣고 대노하여 부인의 잘못을 탓하고 집을 지켜주는 소가 돌아오기를 바라며 제사를 지냈지만 소는 돌아오지 않았다. 그 소는 아기 동산에 누워 움직이지 않았는데 이후 사람들이 소가 누운 형상을 하고 있다하여 우산이라 이름지었다는 이야기가 전해지고 있지만 돌은 현재 전하여지지 않고 있다.

(제보자:경북 청도군 각북면 남산 1리, 도종암, 79세, 농업. 채록일자:1999. 12. 30.)

(44) 아버지와 딸

청도군 각북면 우산리에는 우산(牛山)이라 불리는 곳이 있는데 그 곳에는 예로부터 전해 내려오는 전설이 있다. 옛날에 산아래 마을이 하나 있었는데 이 곳은 사람들의 왕래가 없는 외딴 곳이었다. 마을에 사는 가구수가 매우 적어서 마을은 적적한 분위기가 났다. 이 마을에 어느 부녀가 살고 있었는데 어머니가 일찍 돌아가셔서 딸은 홀아버지를 지극정성으로 봉양했다. 딸은 그 마을의 으뜸가는 효녀로서 언제나 예를 다하고 태도가 공손하며 얼굴이 고운 처녀였다. 음식을 장만해서 공손히 드리고 의복을 지어서 받드는 것을 게을리하지 않았다. 딸이 자라면서 처녀티가 나자 아버지는 본능적인 욕망이 일어났다.

달이 누런빛을 짙게 드리우고 있을 때 아버지는 딸의 방문 앞에 서 있

아버지와 딸이 살았던 우산

었다. 댓돌에는 딸의 단아한 신발이 놓여있고 방안에 켜진 등불로 인해 딸의 그림자가 문에 비치었다. 아버지는 성큼 딸의 방으로 들어갔다. 갑작스런 인기척에 놀란 딸이 무슨 일이지 여쭈었다. 아버지가 자신을 범하려한다는 것을 알고 딸은 나직이 말했다. "정 그러시다면 소 울음소리를 내시면서 세 번 뒷산을 올라갔다 내려오십시오." 아버지는 그 말을 듣고 딸의 방을 나와 뒷산으로 향했다. 아버지는 '음매음매'하는 소 울음소리를 내며 산을 세 번 올라갔다 내려왔다 했다. 아버지께 소 울음소리를 내라고 한 것은 아버지를 짐승으로 생각하려 했기 때문이다. 짐승은 인륜과 윤리 같은 것이 없으니 아버지가 짐승이라는 말이었다. 딸은 돌아가신 어머니를 생각하고 자신의 신세를 슬퍼하며 눈물지었다. 자신의 몸을 더럽히지 않고 아버지를 욕되게 하지 않기 위해 마음을 정했다. 아버지가 집으로 돌아오니 딸은 이미 자결을 한 뒤였다.

이 전설은 도리에 어긋난 행동을 저지른 아버지를 통해 우리에게 경각심을 불러일으키는 이야기를 담고 있다. 아버지가 올라갔다는 산의 이름은 우산(牛山)이라 불려지고 있다.

(제보자 : 경북 청도군 각북면 지슬 2리, 김재옥, 76세, 농업. 채록일자 : 1999. 12. 30.)

(45) '자계' 라는 동네의 전설

　연산조 시대에 청도 출신의 탁영(濯纓)이라는 선생이 있었다. 이 탁영 선생은 그 때에 임금 밑에서 사초를 담당하였다고 한다. 탁영 선생은 임금의 잘못을 거짓없이 그대로 기록했다고 한다. 임금이 그 사실을 알고 탁영 선생에게 자신의 치부가 들어 있는 기록을 모두 고치라고 했다. 그러나 정의로운 탁영 선생은 이에 굴복하지 않고 그의 의를 지켰다. 임금은 탁영 선생을 탄핵하여 선생을 처형하였다. 탁영은 목이 잘려 죽음을 당했다. 선생이 흘린 피가 개천을 따라 흘러 개천이 붉어져 물이 피가 되어 흘러 내렸다. 이는 하늘도 탁영 선생의 절개를 알아주어 개천도 그의 죽음을 슬퍼하는 것이다. 그의 피가 흐른 동네 이름은 원래 '운계' 였는데 탁영 선생이 흘린 피로 개천이 붉어졌다 하여 '자계'라 이름이 바뀌었다. 그리고 탁영 선생의 피로 붉어진 개천도 '자계'라고 이름지어졌다.

　탁영 선생으로 청도라는 곳이 알려지게 되었다고 한다. 그 전에는 청도

'자계' 라는 동네의 전경

에 유명한 자가 나오지 않아서 잘 알려지지 않았지만 조선 초기 탁영 선생으로 인해 청도가 나라 전체에 알려지게 되었고 청도가 양반동네라고 인정을 받기 시작했다고 한다. 그래서 청도 사람들은 탁영 선생을 청도를 일으킨 이라고 추앙하고 있다고 한다.

그러나 제보자들이 말한 탁영 선생은 실제로 탁영 김일손을 일컫고 있다. 김일손은 1464(세조 10)~1498(연산군 4)까지 짧은 생을 마친 조선 초기의 학자, 문신이다. 본관은 김해, 자는 계운(季雲), 호는 탁영(濯纓) 또는 소미산인(少微山人)이며 사헌부 집의 맹(孟)의 아들이다.

그는 언관(言官)에 재직하면서 문종의 비인 현덕왕후의 소릉(昭陵)을 복위하라는 과감한 주장을 하였을 뿐 아니라 훈구파의 불의, 부패 및 '권귀화(權貴化)'를 공격하는 반면, 사림파의 중앙 정계진출을 적극적으로 도왔다. 그 결과 1498년(연산군 4)에 유자광, 이극돈 등 훈구파가 일으킨 무오사화에서 조의제문(弔義帝文)의 사초화(史草化) 및 소릉복위 상소를 일련의 사실로 말미암아 능지처참의 형을 받게 되었다. 그 뒤 중종반정으로 복관되었다. 그리고 중종 때 홍문관 직제학, 현종 때 도승지, 순조 때 이조판서를 각각 추증되었다.

(제보자 : 상동)

(46) 날아온 산

청도군 각북면 덕촌리 덕산 초등학교 옆에는 조그마한 언덕 비슷한 산이 있다. 마을 사람들은 그것을 '뒷동산', 혹은 '동네산'이라고 부르는데, 이 산이 날아 왔다하는 전설이 있으니 이에 관한 이야기는 다음과 같다.

옛날 옛날에는 각각의 지역을 다스리는 지역신(神)이 있었다. 그들은 때때로 지상의 것들을 놓고 내기를 하곤 했다. 어느 날, 현풍 지역을 다스리는 현풍신(神)과 제주지역을 다스리는 제주신(神)이 내기를 하게 되었다. 진 쪽이 이긴 쪽이 원하는 한 가지를 주기로 하였는데 현풍신이 그

날아온 산

만 지고 말았다. 그래서 현풍신이 무엇을 원하느냐고 물었더니 제주신이
제주가 섬이라 땅이 부족하니 산을 달라고 하였다. 그러자 현풍신은 아깝
기는 하지만 이미 내기를 한 것이라 물릴 수도 없고 하여 궁리 끝에, 처
음부터 크기에 관한 얘기는 없었기에 현풍에서 가장 작은 산을 주기로 하
였다. 그리하여 가장 좋은 날을 잡아 도술을 부려 산을 제주로 날려보냈
다. 그런데 산을 날리는 도술은 도술 중에도 고급에 속하는 것이라 좋은
날도 날이지만 날아가는 산을 보고 한 마디 말이라도 했다가는 도술이 풀
려 더 이상 날아갈 수가 없는 그런 도술이었다. 그래서 현풍신이 심혈을
기울여 산을 날려보냈는데 그 산은 산 넘고 물 건너 아무에게도 들키지
않고 잘 날아가다가 각북 지방에 이르게 되었다. 여기도 무사히 통과하나
싶었는데 이게 웬일인가! 때마침 시냇가에 아낙 셋이 빨래를 하고 있었
다. 그 중에 가장 수다쟁이 아낙이 산이 날아가는 것을 보고야만 것이다.
그것을 보고 가만히 있었으면 아무 일 없었을 것을, 수다쟁이 아낙이 그
만 큰 소리로 "에구! 저기 산 날아가네!" 하고 말을 해 버렸다. 그러자 날
아가던 산이 그 소리에 부정을 타서 그만 그 자리에 뚝 떨어져버린 것이

다. 제주신이 왜 산을 주지 않냐고 따졌지만 현풍신은 분명히 날려보냈다며 가다가 떨어진 것은 내 책임이 아니라고 발뺌을 했다. 그리하여 원래 현풍에 있던 산이 각북에 있게 된 것이다. 시간이 흘러 그 얘기를 어쩌다가 듣게된 현풍 관리가 현풍산이 각북에 있으니 각북이 그 산에 대한 세금을 내야하지 않느냐고 주장하였다. 그러나 당시 억세기로 소문난 사람이 각북 관리로 있으니 그렇다면 도로 가져가라고 맞받아 쳤다. 그런들 신이 날린 산을 어찌 인간이 되가져 올 수 있겠는가. 그리하여 현풍산은 그대로 각북에 머무르게 된 것이다. 지금도 그 산엔 각북에서 볼 수 없는 희귀한 나무가 자라고 있으며 마을 사람들은 전설에 의해 날아온 산이라 하여 신 모시듯 소중히 하고 있단다.

(제보자:경북 청도군 각북면 덕촌 2리, 박양희, 41세, 농업. 채록일자:1999. 12. 30.)

(47) 효자비에 얽힌 전설

각북면사무소에서 덕촌초등학교로 가는 국도에 효자비가 세워져 있다. 덕촌 2리에 있는 이 효자비에는 다음과 같은 이야기가 전해진다.

옛날 청도군에 착한 아들이 홀아버지를 모시고 살고 있었다. 그러던 어느 날 아버지가 문둥병에 걸렸다. 아들은 지극 정성으로 아버지의 병간호를 했으나, 아버지의 병은 나아지기는 커녕 갈수록 심해지기만 했다. 결국 아버지의 온몸이 문드러질 정도가 되었고 그 지경에 이르자 아버지를 문병 오던 사람들의 발길도 뜸해져서 아무도 문병을 오지 않았다.

그러나 아들만은 아버지를 꺼리지 않고, 변함 없이 지극한 정성으로 보살펴 드리면서 아버지의 병을 고치려고 더욱 애를 썼다. 그러나 나아지지 않자 이럴 바에야 나도 아버지와 같은 길을 걷자는 생각에 아버지와 같이 자신도 문둥병에 걸리기로 결심했다.

결심한 그 날부터 아들은 따로 밥을 먹지 않고 세끼식사로 꼬박꼬박 아버지가 드시고 남긴 밥과 반찬을 모조리 다 먹었다. 그리고 매일 옥황상

효자각

제가 세상을 내려다본다는 인시(4시)에 정한수를 떠놓고 아버님과 똑같이 해달라고 하늘에 빌었다. 그런 생활을 하면서 1년이 지나자 그 선비도 소원대로 아버지처럼 문둥병에 걸렸다.

아들은 소원이 이루어졌다고 기뻐했고, 그 날부터 아버지와 마음 편하게 같이 생활할 수 있었다. 비록 병에 걸렸지만 아들과 아버지는 죽을 때까시 화복했고 죽을 때도 한날 한시에 같이 죽었다.

이들이 죽은 후에 근처 유림에서 아들의 효심에 감동하여 그의 효행을 기리기 위해 비를 세웠는데 그 비가 바로 효자비이다.

(제보자 : 경북 청도군 각북면 지슬 2리, 김재옥, 76세, 농업. 채록일자 : 1999. 10. 30.)

(48) "동바우"의 유래

청도군 소재지에서 남쪽으로 약 6km쯤 가면 신도 2리가 있다. 이곳 사람들은 이 마을을 동바우라고 부르는데, 여기에는 다음과 같은 전설이 전해온다.

지금은 동네 이름을 동바우라고 부르지만 옛날에는 동네 이름이 없었다고 한다. 어느 때인가를 알 수 없는 아주 먼 옛날 이 마을에 "동바우"라는 사람이 살고 있었다. 동바우의 나이는 마을 사람들 중에서 아무도 아는 사람이 없었고, 자신의 얘기로는 300살이 넘었다고 했다.

동바우의 나이가 너무 많아지자, 옥황상제께서 여러 차례 저승사자를 보내 동바우를 저승으로 데려가려고 했다. 그러나, 동바우는 저승사자가 올 때마다 저승사자를 피해 멀리 숨어버리고는 했다.

동바우가 저승사자를 피해 이승에서 300살이 넘도록 살고 있다는 것을 안 옥황상제는 저승사자를 불러 놓고 어떤 방법을 써서라도 동바우를 기필코 저승으로 잡아들이라고 단단히 명했다. 옥황상제의 명을 받은 저승사자가 동바우를 잡기 위해 이승으로 내려왔다. 그러나 아무리 이승을 둘러봐도 누가 동바우인지를 도무지 알 수 없었다. 너무 오랫동안 저승으로 동바우를 데려가지 못했기 때문에 저승사자조차 동바우의 얼굴을 알아보지 못했던 것이다.

그래서 여러 가지 궁리를 하던 끝에 마침내 한가지 묘안을 생각해 내었다. 하루는 저승사자가 할머니로 변장을 하고 강에서 솥을 한 무더기 쌓아놓고 씻고 있었다.

동바우

마침 그 곳을 지나던 동바우가 그 광경을 보고 이상하게 생각하여 할머니로 변장한 저승사자에게 무슨 까닭으로 그 많은 솥을 씻고 있느냐고 물었다. 이에 할머니로 변장한 저승사자가 대답하기를 "나는 이 많은 솥들을 전부 하얗게 만들려고 씻고 있다우"라고 말했다. 그러자 동바우가 비웃으면서 말하기를 "내가 지금껏 300년을 살았어도 할머니같이 솥을 하얗게 만들려고 씻고 있다는 소리는 처음 듣는구려"라고 말했다. 이 말을 듣는 순간 할머니가 저승사자로 돌변하여 "내가 너를 저승으로 데려가기 위해서 얼마나 오랫동안 기다렸는지 아느냐"라고 말하고는 동바우를 냉큼 잡아 저승으로 데려갔다고 한다.

　이러한 전설로 인해서 동바우가 살던 마을은 그 이름을 따서 동바우라고 부르게 되었다고 전해진다.

(제보자:경북 청도군 이서면 학산2리, 김영수, 77세, 농업. 채록일자:1999. 12. 16.)

(49) 술나는 샘

　경상북도(慶尙北道) 청도읍 안인동에서 좀 떨어진 곳에 샘이 하나 있었는데, 옛날 이곳에서 술이 나왔다고 하여 많은 사람들이 찾아오곤 했다는 이야기가 있다. 샘이 있던 곳은 가파른 고개 마루였고, 그 옆에는 탱자나무가 하나 있었다고 한다. 그 탱자나무에 신을 모셔놓고 해 마다 제(祭)를 올리기도 했으며, 지나가던 사람들은 누구나 돌이나 나무 막대기 등을 던져 놓고 쉬어가곤 했다. 돌이나 나무막대기를 탱자나무 근처에 던져 놓으면 길을 가는 동안에 신이 도와주어서 액운을 면하고 무사하다는 이야기가 있었기 때문이었다. 술이 나온다는 샘은 이처럼 신령한 탱자나무가 있는 근처로 부근이 모두 푸른 돌로 싸여 있었다고 하며, 크기는 매우 작았지만 술이 솟아나서 고개를 넘나드는 행인들의 목을 축여 주었기에 인기가 많았다고 한다. 그런데 이 작은 샘에서도 술을 마시는 데 일정한 규칙이 있었다고 한다. 그것은 다름이 아니라 한 사람이 반드시 대추 한 개,

술나는 샘

술 한 잔씩만 먹어야 하며 한 잔 더 마시면 안 된다는 것이었다.

그러던 어느 날 고개 마루 너머에 있는 이웃 절에 볼일이 있어 주지스님의 심부름을 가던 동자승이 이 곳을 지나가다가 탱자나무 아래에서 쉬고 있었다. 나이도 어린 데에다 다리는 아프고 목도 말라서 기진맥진한 상태였는데, 두리번거리면서 물을 찾아보아도 물은 없고 샘만 하나 있었는데, 거기에서 술이 나오고 있는 것을 발견했다. 동자승은 술을 마실 수는 없어서 참고 또 참았으나, 마음과는 달리 눈길은 계속 그 쪽을 향하고 있었다. 더 이상 견딜 수가 없게 된 동자승은 '난 아직 나이도 어리고 불도에 이제 겨우 입문한 상태이니 번뇌가 있는 것도 당연하고 죽어갈 판에 저거라도 마시지 않으면 여기서 죽을 것이다. 그렇다면 이웃 절에도 가지 못할 것이니, 그렇게 되면 부처님께도 죄가 되고 이웃 절에 계신 스님에게도 죄가 될뿐더러 우리 주지 스님에게도 죄가 되는 것이니… 난 결국 세 분께 죄를 저지르는 셈이야. 필경 부처님께서 어린 소승을 불쌍히 여기셔서 내려주신 선물임에 틀림없어.'라고 혼자 생각하면서 동자승은 술을 마시기로 했다. 주위를 휘휘 둘러보았으나 아무도 없고 또 사방은 고요해서 마침 잘 되었다고 생각한 어린 중은 술을 한 잔 마시고 말았다. 그런데, 그 맛이 감로주 같아서 술이라기보다는 오히려 시원한 음료수 같았다. 태어나서 그같이 맛있는 것은 처음이었다. 너무나 목이 마르던 차라 정신 없이 또 한 잔 들이키며 행복해 하던 찰나 술은 그만 나오지 않았다고 한다. 어린 중은 두 잔을 연거푸 마시고 나니 온 몸에 힘이 돌아 드디어 자리를 털고 일어났다. 그리고는 부지런히 이웃 절을 향해 가면서 '부처님께서 두 잔만 딱 허락하셨나 보다.' 하면서 기쁜 마음에 재를 넘어 갔다고 한다.

　다음 날 이 곳을 지나가던 사람이 평소에 나오던 술이 나오지 않자 너무도 깜짝 놀라서 온 마을 사람들에게 이 이야기를 했다. 다들 놀라서 올라와 보니 정말로 샘에서는 술은커녕 물 한 방울 조차 나오지 않았다. 어찌된 일인지 영문을 몰라 다들 수군거리고 있을 때 어제 재를 넘어 간 중이 다가왔다. 그러자 그에게 다가가서 이 사실을 말하면서 이유를 말해달라고 했다. 어린 중은 머뭇머뭇 거리면서 한참동안이나 말을 못하다가 마을 사람들의 재촉에 못 이겨 사실대로 말해 버렸다. 중의 말을 들은 마을 사람들은 너무나도 어이없고 화가 나서 어린 중을 마구 때리려고 하자 중은 멀리 달아나 버리고 말았다고 한다. 그 이후로 한동안 이곳을 지나가는 사람들은 '그 놈의 중만 아니었다면 나도 오늘 그 맛 좋은 술을 한잔 마시는 건데… 하, 참.' 하고 안타까운 소리를 내뱉었다고 하나, 지금은 이 일대가 개발되어 인근주민들 역시 그 위치를 잘 알지 못한 채 한갓 떠도는 이야기로 남아있었기로 그 샘이 있었다는 부근 산의 위치만을 알 수 있을 뿐이다.

(제보자 : 경북 청도군 이서면 수야 1리, 김영수, 77세, 농업. 채록일자 : 1999. 12. 16.)

(50) 곰티재

곰티재는 청도읍과 매전면의 경계선에 위치한 해발 300m의 고개로 예로부터 곰이 아주 많이 살았다고 한다. 그런데 이 곰이 사람을 많이 해치기도 해 보통 사람 여럿이 모이지 않으면 이 고개를 넘지 못할 정도였다고 한다. 이 곰티재에 관한 전설은 다음과 같이 전해진다.

옛날에 이 곰티재를 기준으로 마을을 산동(山東)과 산서(山西)로 나누었다. 옛날 이 산동에 어느 대가집 부인이 살았는데 어느 날, 이 부인은 친정 아버지가 돌아가셨다는 부고(訃告)를 듣게 되었다. 아버지가 돌아가셨는데 아무리 출가외인(出嫁外人)이라 하지만 가지 않을 수 없어 부인은 아버지를 잃은 슬픈 마음을 안고 길을 나섰다. 그러나 친정으로 가려면 반드시 이 고개를 넘어야만 했다. 날은 곧 어두워지고 부인이 이 고개를 넘어가는데 말로만 듣던 곰이 정말 부인 앞에 나타난 것이었다.

'으르릉' 하늘을 울릴 듯한 울음소리와 웬만한 장정키의 두 배쯤 되는 우람한 몸집을 가진 곰이 부인 앞에 딱 버티고 서 있자, 부인은 너무 놀

오늘날의 곰티재

라 얼떨결에 치마를 확 뒤집어쓰고 엎드려 뒷걸음을 치며 '이놈아, 날 잡아 먹어라'하고 마구 소리쳤다. 그러자 그 모습에 놀란 곰이 갑자기 튀어 달아났다고 한다. 이후로 그 고개를 '곰티재'로 불리게 되었다. 또한 물러날 퇴(退)자를 써서 '곰퇴재'로 불리기도 한다. 이런 일이 있은 후로 이 산에는 곰이 단 한 마리도 나타나지 않아 사람들이 마음놓고 이 고개를 지나다닐 수 있었다고 한다.

곰이 달아난 이유로 여기에 몇 가지 추측이 전해지고 있다. 하나는 부인이 치마를 뒤집어쓰자, 노출된 여자의 성기의 모양을 보고 놀라 달아났다는 이야기가 있고 단순히 치마를 뒤집어 쓴 그 괴이한 모습에 곰이 놀라 달아났다는 이야기도 있다. 그리고 또 다른 이야기는 곰의 위협에도 불구하고 돌아가신 아버지를 뵙기 위해 산행을 결심했던 부인의 효성에 곰도 감응해 물러났던 것이 아닐까 하는 이야기도 전해진다.

이런 일이 있은 후로 곰이 한 마리도 나타나지 않았다는 것을 보면, 아마도 곰이 달아난 것은 부친의 부고로 험한 산행을 결심한 부인의 효성에 곰이 감응한 것이 아닐까 한다. 따라서 이런 부인의 지극한 효심에 감동을 받은 사람들의 입에서 입으로 오늘날까지 이 전설이 전해지는 것이 아닐까 한다. 지금 이 고개에는 이 전설을 간단히 적어 놓은 표지판만이 쓸쓸하게 이 고개를 지키고 있다.

(제보자:경북 청도군 이서면 수야 1리, 김영수, 77세, 농업. 채록일자:1999. 12. 16.)

(51) 범산(虎山)

청도면 이서면 수야 1리 부근에 범산이 있다. 범산에는 다음과 같은 전설이 전해진다. 어느 집안의 윗대 어른이 묏자리를 알아보던 차에 강원도에 유명한 지관(地官)이 있다고 하여 데리러 갔다. 그 지관은 다리가 불구라 업어서 데려와야 했다. 풍수가 산세를 보더니,

"저 산은 산혈이 범혈이라 명산입니다. 저 산에 묘를 쓰면 후대가 번창

범산

할 것이나 필시 맏상주가 죽을 것입니다."라 하였다. 그 어른은 자리가 탐이 나기는 했으나 맏상주가 죽는다기에 선뜻 묘를 쓰지 못했다. 이 애기를 전해들은 경주 김씨가 자신이 그 산에 묘를 쓰기로 마음먹고, 얼른 묘를 세웠다. 묘를 쓰고 좀 지나 그 집안에 맏아이가 태어났는데 딸이었다. 그나마 다행으로 여기며 딸아이에게 무슨 일이라도 생길세라 금이야 옥이야 애지중지 키웠다.

그러던 어느 날 밤, 딸이 머리를 감으러 집을 나섰을 때 어디선가 범이 나타나 딸을 물고 사라져버렸다. 그 집에서 아무리 수소문을 해 보아도 흔적조차 찾을 수 없었다. 그러나 그 지관의 말대로, 비록 딸을 잃긴 했으나 그 뒤로 그 집안은 가세가 날로 번창하였다고 한다.

● 범산 앞에는 개산과 총산이 자리잡고 있다. 개가 도망가면 마을이 흉흉해 진다 하여, 개가 도망가지 못하게 범이 지키고 서 있는 것이다. 그러나 그냥 두면 범이 개를 잡아먹어 도망간 것과 매한가지이므로 범을 막기 위해 총을 세워 둔 것이라 한다.

(제보자:경북 청도군 이서면 수야 1리, 김영수, 77세, 농업. 채록일자:1999. 12. 16.)

(52) 은행나무

이 은행나무는 청도군 이서면 대전동에 자리하고 있고, 수령은 1308년
이나 되고 나무의 높이는 30m이며 몸통 둘레는 9m로 오래 된 거수이다.
이 나무에는 다음과 같은 전설이 전해 내려오고 있다.

옛날에는 이 나무가 서 있는 곳에 우물이 있었다고 한다. 약 1300년 전
에 어디서 온 도사가 이 마을을 지나가다가 하도 목이 말라 이 우물의 물
을 마시려다 그만 빠져 죽고 말았는데, 그 자리에서 은행나무 한 그루가
돋아나 자란 것이 오늘의 이 은행나무가 되었다고 전해 내려오고 있다.
이 은행나무는 가을에 낙엽이 질 때 한꺼번에 조용히 지면 풍년이 오는
징조라 하고, 낙엽이 한꺼번에 떨어지지 않고 바람에 날려 사방에 흩어지
면서 떨어지면 흉년의 징조라고 전해 내려오고 있다.

은행나무

또한 이 은행나무에는 다음과 같은 또 다른 전설이 전해 내려오고 있다. 옛날 어느 때 이 마을을 지나던 한 여인이 하도 목이 말라 근처에 있는 우물을 찾았다. 그러다 이 우물을 발견하고 물을 마시려다 실족하여 우물에 빠져 죽고 말았다. 우연찮게 여인의 주머니에 넣어 두었던 은행 알이 싹터 자라다 보니 우물은 없어지고 은행나무만이 자라서 지금에 이르고 있다고도 한다.

그러나 문헌이나 고증은 없지만 추측컨대 약 1200년 전인 신라 말경에 지방행정구역 변경 때 경계로 심은 것이 아닌가 한다.

(제보자 : 상동. 채록일자 : 1999. 12. 6.)

(53) 공부자의 우물

청도군 각남면 옥산리에는 공부자의 우물이라는 아주 오래된 우물이 하나 있었다고 한다. 그 우물에 관해 다음과 같은 이야기가 전해져 내려온다.

어느 시대인지는 알 수 없는 아주 먼 옛날에 공부자라고 하는 큰 부자가 이 마을에 살았다. 공부자는 어찌나 부자였던지 옥산리를 중심으로 사방 5리나 되는 곳에 대문이 있었다고 한다. 동문은 오늘날 함박리에서 사리(사릿골)로 넘어가는 고개 위에 있었고, 서문은 옥산리에서 풍각면 덕양리 솔월 마을로 넘어가는 고개인 타리 고개에 있었다고 한다. 남문은 청도에서 밀양으로 넘어가던 고개인 요진재에 있었다고 한다. 또한 북문은 녹명리 동편 산과 죽바위를 잇는 곳에 큰 숲을 심어 북문으로 삼았다고 하며, 녹명리 쪽에서 바라보면 안이 가리어 숲 뒤쪽에 넓은 곳이 있는 줄은 전혀 알지 못했다고 한다. 이 숲은 조선조 말까지 남아 있었다고 하나, 지금은 그 흔적을 찾을 수가 없고 대부분이 논밭으로 변하고 말았다.

이렇게 큰 장원을 이루고 살던 공부자가 언제 어떻게 망해 버렸는지는 알 수 없으나, 옥산동을 중심으로 한 지역이 공부자의 집터였음을 알려주

공부자의 우물이 있었던 옥산리

는 우물이 있었다고 한다. 공부자의 우물은 옥산동 서편 끝에 지금이라는 곳에 있었는데, 옛날에는 이 우물을 중심으로 아주 초라한 오두막이 한 채 있었다고 한다. 이 오두막 마당 끝에 공부자의 우물이 있었는데, 문짝만한 자연석을 두 개 잇대어 덮여져 있었다.

지금으로부터 7~80년 전인 어느 해 몹시 심하게 가뭄이 들었었다. 어찌나 가뭄이 심했는지 식수조차 구할 수가 없어 마을 사람들이 크게 곤란을 당하게 되었다. 이렇게 되자 마을 사람들이 모여 의논을 한 결과, 공부자 우물물을 식수로 사용하기로 결정을 보았다. 그동안 마을 사람들의 입으로 전해오던 애기는 공부자 우물은 공부자가 어느 해 난리를 피해 피난을 가면서 값진 물건들을 우물 속에 넣고 뚜껑을 덮어뒀다는 것이다. 공부자의 보물도 건질 겸 동네 장정들이 힘을 합쳐 공부자 우물 뚜껑을 열고 물을 퍼 올리려고 했다. 두레박을 우물 속에 담그자 쇠그릇 소리가 밖에까지 들려오면서 우물 속에서 어디서 나타났는지 알 수 없는 커다란 구렁이가 한 마리 나타났다고 한다. 기겁을 한 마을 사람들이 우물 뚜껑을 다시 제자리에 덮어놓고 달아나 버렸다고 한다. 그 이후로는 어느 누구도 감히 우물 뚜껑을 열어 볼 생각도 하지 못했다고 한다.

(제보자:경북 청도군 이서면 수야 1리, 김영수, 77세, 농업. 채록일자:1999. 12. 16.)

(54) 이서면의 유래

삼한시대에는 이서면에 속했다가 북곡부곡(北谷部曲)이 되었는데 신라 경덕왕 때는 형산현(荆山縣)에 속하였으며 조선 때 상북면 차북면으로 나누어졌다가 1914년에 위의 2개 면이 합쳐져 이서면이라 칭하게 되었다.

(제보자:상동. 채록일자:1999. 12. 16.)

(55) 주구산(走狗山)과 덕사(德寺)에 관한 전설

청도군 이서면에서 북쪽을 향해 바라보면 개가 달아나는 모양으로 부드러운 선을 그리고 있는 산이 있다. 이 곳 사람들은 이 산을 주구산(走狗山) 혹은 덕절산이라고 부르고 있다. 이 산 줄기는 서울 삼각산에서부터 내려오는 것인데, 예로부터 성지라 불리는 큰 풍수였다고 한다.

조선 명종(明宗)때 풍수지리설에 정통한 황송간(黃松澗) 군수가 처음 도

주구산

임하여 이 고을 산천지리를 살펴보고는, 이 산의 형상이 개가 달아나는 모양이라 하여 주구산이라 이름하였다. 그러면서 주구산을 그대로 두어서는 이 고을에 부자가 나지 않고, 백성들의 살림살이가 곤란하며, 걸출한 인물이 배출되지 않을 테니 그 대비책을 강구해야 된다고 주장했다. 그리고 풍수지리설에 따른 방비공사에 착수하였다.

먼저 주구산에서 개의 머리 쪽에 해당하는 곳에 개가 좋아하는 떡을 상징하는 떡절(餠寺)을 지었다. 이는 개가 떡을 먹느라고 달아나지 못하게 하려는 뜻이었다고 하며, 지금도 떡절이 남아있다. 절의 이름은 원래는 떡을 상징하는 병사(餠寺)였으나, 지금은 그 음을 따서 덕사(德寺)로 고쳐져 오늘에 이르고 있다.

다음에는 지금의 청도초등학교 앞의 넓은 들판 세 군데에 산을 쌓고 나무를 심어, 이름을 범골(凡谷)이라 하였다. 이는 개가 달아나지 못하도록 옆에서 무서운 범(虎)으로 하여금 지키도록 하기 위한 뜻이었다 한다. 이러한 방비책 외에도 밀양방면의 산밑에다 큰 도랑을 파서 청도천의 물줄기를 바꿔 흐르게 했다. 그래서 주구산의 머리부분은 청도천에 둘러싸이게 되었으며 오늘날도 그러하다. 또한 월곡산(月谷山) 기슭에 있는 '누름바위'라는 큰 바위의 이름을 범바위(虎岩)라고 고쳐 부르게 했다.

이렇게 풍수지리적 처방을 하여놓고 보니, 주구산의 정기가 빠져나가려 해도 입 앞에는 떡이 놓여 있고 청도천이 둘러싸고 있으며 또한 범바위(虎岩)가 가로막고 있고, 옆에는 범(虎)이 지키고 있으니 주구산의 지기가 빠져나갈 수 없게 되었다고 한다.

황군수가 와서 이처럼 산천 지리를 풍수지리설에 맞도록 고쳐놓고 보니, 마을 백성들이 차차 살림이 일고 부자가 생겨서 만석군의 거부가 속출했다고 한다. 그 후 황군수가 이 지방을 떠나게 되자 백성들은 그 애석한 마음을 이기지 못하여 그 분의 공덕을 길이 기념하기 위하여 사당(祠堂)을 지어 모시고 추모하였다고 한다.

황군수가 바꿔놓은 주구산을 둘러싼 산천지리는 이후에도 여전히 풍수

명당으로 여겨져, 일제 시대에는 덕사(德寺)로 올라가는 길목 혈(穴)에 쇠
말뚝이 박히기까지 했다. 광복 50주년이 되던 1998년, 쇠말뚝이 박힌 곳
을 찾아내어 쇠말뚝을 뽑아 내고 그 자리에 비를 세웠는데, 이 비석은 덕
사(德寺)를 찾는 사람들로 하여금 일제의 만행을 다시 한번 생각해 보게
끔 하고 있다.

(제보자:경북 청도군 이서면 수야 1리, 김영수, 77세, 농업. 채록일자:1999. 12. 16.)

(56) 샛별장터

샛별장터는 새별장터라고도 하는데 이름의 유래에 관해서는 3가지 이
야기가 전해진다. 샛별장터는 청도군 이서면 양원리 도로변에 있었다고
하나 지금은 그 흔적을 찾을 수 없다. 이 곳은 조선시대 '원'이 있었던
곳으로 일제 시대까지는 시장이 남아있었다. 여기서 원이란 고려, 조선시
대의 관리들의 숙박소를 말하는데 공무를 수행하기 위해 다니는 관리들
에게 숙식의 편의를 제공하기 위해서 중요한 길목이나 인적이 드문 곳에
설치하였다. 이곳에 있었던 원의 이름은 양원이라 부른다. 조선 19대의

샛별장터

임금인 숙종 때 있었던 일이다. 숙종이 지방순찰을 나갔는데 새벽별이 유난히도 반짝이는 곳이 있어 그 곳을 가리키며 주위의 신하에게 물으니 신하들이 양원이 있는 곳이라고 대답했다. 그러자 숙종은 새벽별이 반짝이는 곳이니 새벽별 즉 샛별이라고 지명을 고쳐 부르게 했다. 그 후로 지금의 팔조동을 안샛별, 양원을 바깥샛별이라 부르게 되었다. 또 지리학적 이유로 인해 '샛별장터'라고 부른 경우인데 샛별장터가 있는 지역이 소 형국의 지형이라 소, 즉 쇠의 뜻으로 쇠벌이던 것이 오랜 시간이 지나면서 와전되어 발음이 비슷한 새별, 샛별이 되었다. 또 샛별장터는 옛날에 과거 보러 가는 사람이 이 곳에서 장을 보고 쉬어 간다고 해 붙여진 이름이다. 새벽에 장이 서기 때문에 새벽장터라고도 하는데 새벽의 상쾌함과 시장의 시끌벅적함이 잘 어우러진 이름이다.

(제보자 : 경북 청도군 이서면 수야1리, 김영수, 77세, 농업. 채록일자 : 1999. 12. 16.)

(57) 이심이와 삼층석탑

경상북도 청도군 풍각면 봉기리에 소재한 삼층석탑은 보물 제 113호로 8세기 통일 신라 시대의 것이다. 원래 신라 시대의 어느 절의 가운데 위치했던 석탑이었지만 지금은 그 절의 흔적조차 찾아볼 수 없고 이 탑만이 논두렁에 휑하니 자리잡고 있을 뿐이다.

신라시대에 유명했던 이 절은 이름도 전해지지 않지만 승려 천 여명이 기거할 정도로 아주 큰절이었다. 이 절은 주위가 다 낮은 산들로 둘러싸여 있고, 민가는 찾아볼 수 없는 곳이었다. 이 절을 둘러싼 산중에 뒷편에 있는 산은 그 모양이 붕어를 닮았다 하여 마을 사람들은 지금 그 산을 붕어산이라 부르는데, 신라 시대에 그 산의 큰 연못에 이심이가 살았다고 한다.

어느 날 이 절의 승려들은 그 연못을 메워서 절을 증축하고자 했다. 이심이가 살 정도로 깊고 큰 연못이었기 때문에 많은 시일이 걸리는 대대적

이심이와 삼층석탑

인 공사가 준비되었다. 그러나 그 연못 속에서 조용히 지내던 이심이는
공사 소리에 놀라 연못 밖으로 나오게 되었는데 자기가 살고 있는 연못을
메우려는 승려들의 모습을 보고 화가 났다. 그래서 연못을 메우려는 공사
가 본격적인 시작을 맞기도 전에 이심이는 연못 속에서 뛰쳐나와 공사하
는 인부들과 가까이에 있던 승려들을 마구잡이로 잡아 죽이기 시작했다.
붕어산은 선혈의 흔적만을 남기게 되었고 그 절 또한 천여 명이 되는 승
려의 죽음을 놀랄 겨를도 없이 맞아야 했다. 그리하여 이 절은 승려하나
없는 폐허가 되었으며 풀만 무성하게 되었다. 남은 것이라곤 그 절의 흔
적만을 조용히 이야기해주는 삼층석탑뿐이었다.

　세월은 흐르고 흘러 고려 시대가 되었다. 이 탑을 중심으로 하나의 마
을이 형성되기 시작했다. 마을 사람들끼리 이 곳을 탑골이라 부르며 농사
를 짓고 살았다. 1922년 이래로 이 절터에는 풍각 초등학교가 자리잡기
시작했다. 학교를 지으면서 기초공사를 할 때 지하에서 절에서 쓰는 토기

가 많이 발견되었다고 한다. 마을이 생기면서 이심이 샘은 메워지고 학교도 들어서게 되어 지금의 탑동, 즉 봉기리가 되었다.

(제보자:경북 청도군 풍각면 송서 1리, 문석범, 73세, 농업. 채록일자:1999. 12. 27.)

(58) 동산(僮山)의 전설

경상북도 청도군 풍각면 송서리에 있는 동산(僮山)이라 불리우는 나즈막한 구릉과 영풍루라는 누각에 얽힌 전설이다.

예전에 송서리를 싸리골이라 불렀는데, 이 마을을 지켜주는 동산이라는 산이 있었다. 이 산으로 인해 마을엔 풍요와 복이 끊이지 않았다. 그러던 중 사람들은 동산을 이루고 있는 돌들이 질이 아주 뛰어남을 알고, 산의 돌을 캐어내어 맷돌과 비석을 만들어 마을의 부를 축적하고자 하였다. 하지만, 마을의 무당이 이 사실을 알고 무척 놀라 사람들에게 동산에 깃들여져 있는 동자신의 존재를 일깨워 주고 경고하였다. 그럼에도 불구하고, 사람들은 동산의 돌을 무자비하게 채석하기 시작하였다. 채석함에 따라 동산은 황폐화되고 마을은 부를 축척하기는커녕 해마다 재앙이 끊이지

동산

않게 되었다. 흉년이 들고 어린 아이들은 아무 이유 없이 자꾸 죽어가자
사람들은 돈의 필요함에 더더욱 채석에 열을 올려갔다. 아름다운 돌들로
장관을 이루던 동산은 결국은 나즈막한 구릉으로 변해버리고 사람들은
채석할 돌조차 남지 않게 되었다. 지친 사람들은 무당의 경고를 무시한
자신들의 욕망과 무지를 가슴을 치며 한탄하여 동산의 동자신의 노여움
을 달래주려 영풍루(寧風樓)라는 누각을 세웠다. 누각이 완성됨과 동시에
마을의 재앙이 사라지고 마침내, 싸리골은 예전처럼 평화로운 마을로 돌
아왔다.

　지금은 초라한 모습으로 서있는 영풍루는 신이 깃든 동산을 훼손하여
화를 당한 사람들의 분수에 넘치는 욕심과 사치의 어리석음을 일깨워준
다.

(제보자:경북 청도군 풍각면 송서 1리, 강춘덕, 81세, 무직. 채록일자:1999. 12. 27.)

(59) 청도 반씨감 전설

　청도에는 '반씨감'이 유명하다. 이 반씨감은 다른 지역에서 나는 감과
는 달리 씨가 없다. 씨가 나오더라도 크기가 보통 씨의 반 정도 되는 작
은 씨가 나오기 때문에 반씨감이라 하지 않나 생각된다. 이 반씨감은 씨
가 없다는 것이 특징이지만 더 특이한 것은, 이 청도 땅을 벗어난 지역에
반씨감을 심으면 씨가 생긴다는 것이다. 그래서 이 반씨감은 청도에서만
나는 특산물이 되어, 서울·부산 등의 대도시로 뿐만 아니라 제주도까지
보내진다고 한다. 반씨감은 청도 내의 마을 어디에서나 쉽게 볼 수 있는
데, 겉모습은 여느 감과 비슷하여 구별이 안되지만 직접 먹어보면 맛이
좋고 무엇보다 청도 반씨감만의 특징인 씨가 없는 것을 알 수 있다. 이
신기한 반씨감에 얽힌 전설이 전해져 내려온다.

　어떤 고을을 다스리던 원님이 청도로 부임해 오게 되었다. 이 원님은,
고려 말에 문익점이 현감으로 삼 년 동안 청도에 부임해 있으면서 '도불

습유(道不拾遺:길에 남의 물건이 떨어져 있어도 주워가지 않는다)'라는 말이 나올 정도로 잘 다스려서 길을 맑게 했다 하여 그때부터 '청도'라고 이름 지어졌다는 말을 익히 들어왔었다. 청도가 좋은 고을이라고 생각한 원님은 청도에 부임하기를 자청했던 것이었다.

청도 반씨감

청도로 부임하게 된 이 원님은 청도를 풍요로운 마을로 잘 다스리고 싶었다. 그래서 청도 사람들의 생활에 도움을 줄 수 있는 뭔가가 없을까하며 고심하고 있었다. 마침 원님은, "이 고을의 감을 청도에 가져가면 되겠구나!"하고 생각했다. 이 원님이 부임해 있던 고을은 감이 맛있기로 유명한 곳이었기 때문이다. 그 고을의 감은, 색깔도 선명하고 크기도 크며 맛 또한 전국에서 알아줄 만한 것이었다. 그래서 청도에 이 감을 퍼트리면 어떨까 생각하게 된 것이었다.

원님은 부임해 있던 고을을 떠나기 전날, 그 마을에서 가장 맛있고 질 좋은 감나무 가지를 몰래 꺾었다. 그 고을의 유명한 특산물을 다른 곳에 전해 준다는 것에 미안한 생각이 들었기 때문이다. 꺾은 가지를 보며, "이 가지를 가져가 접붙이면 되겠구나."하고 생각했다. 그런데 가만 생각해 보니, 청도에 도착할 때까지 감가지가 말라 시들 것 같아 걱정이 되었다. 그래서 이리저리 고민을 하다가, "그래! 무에 꽂아 가면 물기가 많으니 말라 시드는 일은 없겠구나."하며 그 감가지가 마르지 않도록 무 뿌리에 꽂아 무사히 청도까지 가져갔다.

무 뿌리에 꽂아온 감가지는 제일 처음 청도 이서 신촌에 전해졌다. 사
람들은 이 감가지를 개암나무에 접을 붙여서 퍼뜨릴 수 있었다. 그런데
청도에서 열린 이 감은 다른 지역의 감보다 일찍 되었고, 씨가 없어 먹기
가 좋았다. 청도 사람들은 이 감을 보고 신기해 했으며 다른 지방 사람들
역시 마찬가지였다. 그래서 이 감은 반씨감이라는 이름으로 다른 지방으
로 많이 팔려나갔다. 다른 지방의 사람들이 접붙이거나 옮겨 심어 봤지만
청도 땅을 벗어나면 감에 씨가 생겼다. 사람들은 청도를 생각하는 원님의
은혜를 입은 것이라 생각했다. 이 반씨감은 지금까지 청도에 잘 전해져
오고 있다.

(제보자:경북 청도군 풍각면 송서1리, 문석범, 73세, 농업. 채록일자:1999. 12. 27.)

(60) 천정사

청도군 풍각면 송서 3리에는 신라 시대에 세워졌다는 탑이 하나 있다.
이 탑 때문에 이 지역은 탑동이란 옛 이름으로 불리기도 한다. 이 탑은
본래 천정사45)라는 절에 있었던 탑이었다. 천정사가 있던 자리에는 현재
학교가 위치하고 있고, 그 터로 보아 상당히 번성했던 절이었음을 알 수
있었다. 그 절에 관련된 이야기는 이러하다.

---

45) 봉기동 삼층석탑 (우리나라 삼층석탑 완성기의 특징을 잘 갖추고 있는 석탑으로
경주 외 지방에서 만들어 진 삼층석탑 중에서 가장 우수한 석탑으로 꼽힌다.)
청도군에서 발행한 자료에 따르면 탑이 있는 자리에는 진흥왕대에 정전(停戰)을
기념하여 세운 정전사가 있었는데, 그 음이 와전되어 천정사로 불렸으며 지금의
풍각초등학교 터에 대웅전이 있었다고 하나, 어디에 근거를 둔 것인지는 분명치
않다. 또 애초에는 지금처럼 하나의 탑이 아니라 동서로 같은 모양의 쌍탑이 있었
으나 광복 후 관리 소홀로 동탑이 도괴되어 흩어지고 서탑만이 지금의 모습으로
남았다고도 한다. 이 시기의 대표적인 석탑들이 대부분 쌍탑인 점을 감안하면 수
긍이 가는 얘기다. 멀리 비슬산을 배경으로 덤덤히 서 있는 봉기동 삼층석탑은 준
수한 젊은이를 떠올리게 한다. 왜 있지 않는가. 균형 잡힌 몸매에는 어딘가 모르
게 흔들리는 구석이 있지만 그것을 덮을 만한 예지로 빛나는 젊음이 ….

천정사 옛터

통일 신라의 진흥왕 때에 큰 전쟁이 일어나 많은 사람들이 이 곳으로 피난을 왔다고 한다. 그리고 그 전쟁의 정전(停戰) 기념으로 왕은 이 지역에 절을 지었다고 한다. 그 절이 바로 천정사이다. 절을 짓고 난 후, 마을 사람들은 명성이 높던 한 스님을 모셔와 그 곳의 주지스님으로 삼았다 한다. 천정사는 그 마을의 산세와 어우러진 아름다운 사찰이었고, 또 주지스님의 명성으로 인해 곧 다른 마을 곳곳에 그 이름을 알리게 되어 많은 사람들의 발길이 끊이질 않았다. 이런 천정사의 번성 속에서 어느 날 주지 스님이 돌아가시게 되었다. 주지스님의 열반 소식에 더 많은 사람들이 이 절을 찾게 되었다. 수많은 사람들이 절을 찾게 되자, 몇몇 중들은 이를 귀찮게 여기기 시작하였다. 하여 중들은 사람들에게 여러 핑계를 대어 절에 드나드는 것을 삼가게 만들었다.

이런 일이 있은 얼마 후, 절에는 이상한 일이 생기기 시작하였다. 하룻밤에 중이 한 명씩 죽어 나가는 것이었다. 이를 이상하게 여긴 마을 사람들은 밤에 절에 몰래 숨어 들어가 무슨 일이 일어나는지 지켜보기로 하였

천정사에 있었던 탑

다. 이윽고, 날이 저물어 밤이 되었다. 자정을 조금 넘을 무렵, 절 뒤쪽에서 이상한 소리가 들리기 시작하였다. 사람들은 모두 소리가 나는 곳으로 가보았다. 절의 뒤쪽에는 절이 생길 당시 만들어진 우물이 있었는데, 그 소리는 그 우물에서 나는 것이었다. 한참을 세찬 물소리가 난 후, 마을 사람들은 자신의 눈을 의심하지 않을 수가 없었다. 우물 속에서 큰 구렁이가 나와 하늘로 올라가는 것이 아닌가. 그 구렁이는 하늘에서 절을 한참을 내려다보고는 다시 땅으로 내려와 중들이 자고 있는 방으로 가는 것이었다. 곧 구렁이는 자고 있던 중 하나를 몸으로 휘감더니 다시 우물 속으로 들어가 버렸다. 그 광경을 지켜보던 사람들은 모두 그 자리에서 돌처럼 굳어져 버렸다. 누구 하나 무슨 말을 하는 사람이 없었다. 놀라움은 여기에서 그치지 않았다. 곧 다시 우물 속에서는 세찬 물소리가 들리더니, 구렁이가 감고 들어갔던 중을 다시 우물 밖으로 내보내는 것이었다. 이 모두가 순간에 일어난 일이었다.

이 소문은 다음날 마을 전체에 퍼지게 되었고, 곧 그 절은 사람들의 발걸음이 뚝 끊기게 되었다. 절에 남아 있던 중들도 하나 둘씩 절을 떠나기 시작하였다. 곧 천정사는 과거의 명성을 뒤로 한 채, 낡고 허물어지게 되었다. 지금 그 절터에는 송서 3리의 초등학교가 자리잡고 있고, 건너편의 3층탑만이 과거 그 절의 존재를 증명해 주고 있다.

(제보자:경북 청도군 풍각면 송서 3리, 이상수, 79세, 농업. 채록일자:1999. 12. 30.)

(61) 용이 되지 못한 꽝철이

　금천면 박곡동이란 곳에 대비사라는 절이 있었단다. 그런데 이 절에는 단 두 명의 사람만이 살았었는데, 한 사람은 주지 스님이며 다른 한 사람은 13, 4세쯤 되는 상좌중이었다. 어느 해 가뭄이 몹시 심하게 들어 모든 곡식이 타 들어가고 백성들의 고생은 이만저만이 아니었다. 그러나 단 하나 그렇지 않은 밭이 하나 있었는데 바로 상좌중이 가꾸는 채소밭이었다. 정말 이상한 일이었다. '어째서 그 채소밭만 멀쩡한 것일까' 하고 주지 스님은 생각하였다. 그래서 그 밭의 주인인 상좌중의 행동을 조심스레 살펴보니 꼭 자정만 되면 자다 벌떡 일어나 방을 빠져나가는 것이었다. 이를 이상히 여긴 주지 스님은 조용히 방을 빠져나가는 상좌중을 뒤따라 가보았다. 상좌중은 그 채소밭에서 멈춰 서더니 이상한 주문을 외우고 몸을 떨기 시작했다. 무서움을 느낀 주지스님은 곧장 방으로 돌아와 자고 있는 척을 하였다. 시간이 흐르자 상좌중이 방으로 들어와 주지 스님 옆에 누웠다. 주지 스님은 상좌중에게 '어디 다녀왔니?' 하고 물어보니, 상좌중은 '예, 뒷간에 다녀왔습니다.' 하고 대답을 하였다. 주지 스님이 상좌중의 손을 잡아보니 손이 얼음장같이 차가운 것이었다. 그리고 역시 이튿날 밤에도 상좌 중은 밖으로 나가는 것이었다. 이런 날이 일년이 되도록 계속되자 참다못한 주지 스님이 따라가 보니 상좌중은 온 데 간 데 없고 그 몸은 용으로 화하고 있었다. 놀란 스님은 절로 되돌아와 다시 사람이 되어 있는 상좌중을 아무 일도 없었다는 듯 맞이했다. 다음날 그런 일이 있은 지 꼭 백일 째 되는 날 주지 스님은 다시 상좌중을 뒤따라 가 보았다. 역시나 상좌중은 용으로 몸을 바꾸고 있었고 마음을 단단히 먹은 주지 스님은 '으흠' 하고 인기척을 내었다. 그러자 그 날 용이 되려던 상좌중은 주지 스님의 인기척에 용이 되지 못하고 '꽝철이'가 되고 말았다. 할아버지의 말씀으로는 천기를 어기고 비를 내리며 도를 닦던 상좌중이 벌을 받았다는 것이다. 그래서 상좌중이 주문을 외우며 도를 닦던 그 곳에는 비가

용이 되지 못한 꽝철이

내려 채소가 잘 자랐던 것이었다. 이에 용이 되지 못한 것을 분하게 여긴 꽝철이는 하늘로 날아가며 그 산꼭대기에 있던 커다란 바위를 꼬리로 내리쳐 두 동강이를 내고 꼬리의 일부가 떨어졌는데 그것이 커다란 거미가 되어 부서진 바위틈에 살며 일년에 한 번씩 밖으로 나와 사람을 해쳤다고 한다. 그리고 그때 두 조각 난 바위는 현재 지게 바위로 불리며 산 위에 우뚝 솟아 있다. 그 후 꽝철이는 호박소라는 깊은 못에서 지냈다 한다. 그 후 꽝철이가 몸을 움직이면 비가 내리지 않았는데 사람들은 이 꽝철이를 쫓기 위해 산에서 기도를 드렸다 한다. 이것이 이 곳에서의 기우제의 기원이라 한다.

(제보자:경북 청도군 풍각면 송서 3리, 이상수, 79세, 농업. 채록일자:1999. 12. 16.)

(62) 안국동의 유래와 김안국 대감

풍각면 안국동은 모재동이라고도 하며 면소재지에서 창녕 가는 길옆에 자리잡고 있다. 이 동네는 남원 양씨의 세거지이기도 하다. 이 동명의 유래는 김안국 대감이 경상감사로 있을 때 어느 문서에 안국동이라 되어 있어 자신의 이름과 글자도 같은 안국이니 자신의 호인 모재를 따서 모재동이라 부르게 하였다 한다. 현재 이 곳은 냇물도 뒷산의 수목들도 사라졌지만 과거에는 냇물이 흘러 소를 이루어 감돌고 뒷산에는 수목이 울창하였다 한다. 그래서 이렇듯 경치가 아름다워 시인들이 많이 이곳을 찾았으며 회재 이언적 선생이 내유한 적도 있다. 모재 김안국 선생은 본관이 의성이며 김굉필 선생의 문인으로 벼슬이 좌찬성에 이르렀으며 대제학, 예조판서를 지냈다. 시호는 문경이고 후에 인조묘정에 배향하였다. 때는 김안국 선생이 젊었을 때, 어느 초여름 밤 창밖에는 훈훈한 꽃향기가 달빛에 젖어 있었다. 그 날도 낭랑한 목소리로 글을 읽고 있던 모재는 글에 도취되어 무릎을 치기도 했다. "꾀꼬리 우는 산골짜기의 어우러진 칡덩굴을 마음껏 끊어다가 청울치를 벗겨 갈포치마를 짜 입으니 옷으로는 제일이다."라며 옛날의 성군 문황의 아내에 대해 읊조리자 모재는 검소하고 정숙한 이웃집의 처녀가 머리 속에 떠올랐다. 이따금 모재의 눈에 띄는 선연한 자태를 지닌 아리따운 처녀와 같이 지내는 자신을 상상해 보기도 했다. 하지만 곧 이래서는 안되지 하는 생각이 들어 자세를 고치고 마음을 가라앉혀 글읽기에 다시 빠져들었다. 김안국의 방에서 흘러나오는 청명한 소리가 밝은 달빛과 섞여 지나가는 이가 있다면 분명 이에 취하리라. 모재는 글을 읽다 인기척을 느껴 고개를 들었다. 이것이 꿈일까? 그의 앞에 있는 이는 이웃집의 그 처녀였다. 놀란 모재는 눈을 비비며 다시 보았지만 분명 그 처자였다. 그의 방에는 그녀의 향기가 은은히 퍼지며 그의 코를 간지럽혔다. 모재가 그녀는 바라보니 가느다란 허리에 휘감겨 늘어진 치맛자락이 향취를 풍기고 구름장 같은 머리채, 반달 같은 얼굴에는 재기에 찬 안광이 약동하고 있었다. 마음속으로 사모하고 있던 처녀였던지라 모재의 가슴은 터질 듯이 두근거렸다. 무의식중에 자리에서 일어나 그녀의 허리를 두 팔로 감으며 앉히려 하던 순간 그는 아찔한 생각이 들며 생각을 고쳤다. 모재는 그동안 학문으로 연마되었던 양심이 있었기에 인간의 본능을 자제할 수 있었다. 그렇듯 다시 생각을 가다듬으며 그녀에게 물었다. "당신은 이웃집 처자이신 데 여기엔 웬일이시오? 집에 무슨 변고가 있어 여기에 오셨나요?" 그제야 그 처녀는 입을 열어 "그게 아니오라 제가 밤마다 도련님의 맑은 목소리를 들으며 지내다 오늘밤엔 그 소리가 더욱 청명하여서……”라고 답했다. 안국이 생각하길 젊은 처녀의 몸으로 밝은 달밤에 화원을 거닐다가 춘정에 못 이겨 사내의 방문을 열고 들어왔나 보다 하고 느꼈다. 그는 그녀를 조용히 바라보다 입을 열었다. “빨리 이곳을 나가시오!” 허나 그 처녀는 몸을 움직이지 않고 요염한 자태로 모재를 유혹하려는 것이었다. 그러자 김안국이 말하길 “제가 아까 읊었던 구절의 뜻을 알아 들으셨겠죠? 군자와 숙녀, 그리고 사대부가의 남녀가 부모의 허락 하에만 혼인을 하는 것이 옳지는 않지만 지금처럼 젊은 남녀가 욕정에 못 이겨 남몰래 만나 정을 나누는 것이 옳다 여기시오?” 이 말을 들은 처자는 눈물을 흘리며 그제야 옷을 고쳐 입고 울며 용서를 빌었다. 모재는 그녀에게 위안의 말을 하며 자신이 곧 처자의 집에 혼인을 요청할 의향이었지만 이런 일이 있어 일이 물거품이 되었다고 말하였다. 그러자 그녀는 더욱 눈물을 흘리며 밖으로 나가 회초리를 꺾어 들어왔다. 모재는 놀라 괜찮으니 가보라 하였지만 그녀는 꼭 자신을 때려 죄를 씻게 해달라고 빌었다. 그제야 모재도 어쩔 수 없이 세게 내리쳤고 그녀의 종아리에선 피가 흘러 나왔다. 이런 일이 있은 후 이웃집은 멀리 이사를 가게 되어 모재는 그녀를 보지 못하게 되었다. 그 후 김안국은 뛰어난 학문과 지조로 대학자로 칭송을 받으며 벼슬이 대제학에 이르렀으나 기묘사화가 일어나 관직을 박탈당하고 여주로 낙향을 하였다. 시골에 호미를 들고 농민들과 농사를 지으며 주경야독의 생활을 하였는데 그는 쌀 한 톨, 콩 한 알이라도 아끼며 저장하였다. 그는 이렇게 모은 재산으로 마을에 정자를 짓고 동산에 강당도 세웠다. 그리고는 농민들과 그 자녀들을 불러모아 놓고 글이며 일이며 행실을 열심히 가르쳤다. ‘동몽선습’이란 책도 이 때에 선생이 만든 것이었다. 심지어 빈궁한 고아나 과부들에게 저장해 놓았던 곡식을 풀어 나누어주니 너도나도 모재의 집을 드나들게 되었다. 마침내 이런 소문이 한성에까지 알려졌으나 그를 시기하는 자들에 의해 김안국이 과부들을 불러 희롱하여 놓고 고아들을 모아 나

안국동

라에 난을 일으키려 한다고 꾸며졌다. 그러자 대사헌 양 대감은 그 동생과 함께 김안국의 문제를 어찌 처리할 것인가를 놓고 그의 집에서 대화를 나누었다. 결국 모재를 역적으로 처리하여 서울로 압송하기로 결정하던 순간 그들의 이야기를 듣고 있던 노모가 들어와 말씀하셨다. "모재 선생은 평소 자비롭고 어진 군자이신데 그러한 일을 하실 리 있겠느냐?" 그러나 형제는 노모의 말을 귀담아 듣지 않고 어머니를 물러나시게 하였다. 그러자 노모는 벌컥 화를 내며 자신의 치마를 들어 올렸다. 그녀의 종아리에는 상처 자국이 희미하게 남아 있었는데 바로 과거에 모재의 방에 들어와 꾸중을 듣고 물러갔던 그 처녀였던 것이다. 노모는 자식들에게 자신이 당하였던 일을 이야기해주며 결코 모재 선생은 그러한 일을 하실 분이 아니라고 말하였다. 그제야 양씨 형제는 수긍을 하며 다시 모재 선생의 일에 대해 알아보았다. 과연 노모의 말대로 모재는 정말 뛰어난 군자였음이 밝혀졌고 역적으로의 모함은 거기서 끝이 났다. 후에 몸을 무사히 보존한 모재 선생은 다시 조정에 발탁되어 그 벼슬이 대제학에 이르렀다 한다.

(제보자 : 경북 청도군 풍각면 송서2리, 박기수, 77세, 농업. 채록일자 : 1999. 12. 16)

(63) 천정사의 전설

청도군 풍각면 송서리에는 옛날에 천정사가 자리잡고 있었다고 한다. 절 서쪽에는 작은 우물이 하나 있었고 그리고 3층탑이 하나 있었다고 한다. 이 절은 신라시대 때 이쪽으로 피난을 온 뒤 또 다른 절과 이어졌는데 그 절의 규모가 어마어마했었다고 한다. 그러나 그 절은 지금은 없어져서 그 터에 초등학교가 자리잡고 있고 초등학교 옆에는 작은 3층탑만이 그 곳에 절이 있었다는 것을 알려주고 있다.

이곳 촌로들의 말에 의하면, 이 절이 망한 전설은 다음과 같다. 이 절에는 위에 언급한 우물이 그 원인이다. 이 우물은 깊이가 어느 정도인가 하면, 천리 정도의 길이가 되는 실 한 타래를 풀어도 닿지 않을 정도였다고 전해진다. 그런데, 이 샘에는 이심이라는 용이 되지 못한 구렁이가 살고 있었다고 한다. 그래서 이 샘의 이름이 이심이 샘이라고 전해지는 까닭이다. 그런데 이 샘에 살고 있는 이심이가 자기가 용으로 승천하기 위해서는 매일 그 절의 승려를 하나씩 잡아먹어야 되었다. 그래서 매일 승려들이 하나씩 없어져서 이 절이 이제 터밖에 남아 있지 않다고 한다. 그리고, 그 후에 그 이심이가 승천했는지는 할아버지께서 말씀하시지 않으셨다.

(제보자:경북 청도군 풍각면 송서리, 이상수, 80세, 농업. 채록일자:2000. 1. 20.)

(64) 붕어산과 낚수산

경상북도 청도군 풍각면 송서 3리에 내려오는 전설이다. 풍각면 풍각 시외버스 정류장에서 앞으로 50~60미터 정도 가면 풍각 초등학교가 있다. 풍각 초등학교 뒤에는 나즈막한 산이 하나 있는데 그 이름을 붕어산이라고 부른다. 붕어산의 이름 유래는 그냥 붕어를 닮았기 때문이다. 그런데 이 산이 사전 조사에서는 잉어산이라고 표기되어 있어 할아버지께 여쭈어 보았더니 할아버지 말씀이 "붕어 새끼하고 잉어 새끼도 구분 못하나

낚수산

붕어산

요즈음 아들은 이래서 안 된다카이." 이렇게 해서 붕어산이라고 결론을
지었다. 붕어산의 붕어 머리 부분에 해당하는 왼쪽 옆에는 아스팔트로 포
장된 길이 하나 있다. 그 길 왼쪽으로 나즈막한 산이 하나 더 있는데 그
산의 이름은 낚수산이라고 한다. 우리 일행은 처음에 낚수산이라고 해서
무슨 뜻인지 몰랐는데 알고 봤더니 낚시산인데 사투리로 인해 낚수산이

라고 불리게 되었다. 낚수산도 붕어산처럼 그저 낚시를 닮았다고 해서 붙여진 이름이다. 붕어산과 낚수산 사이의 길에는 옛날에는 물이 진짜로 흘렀었는데 제방으로 물을 막음으로 인해 물이 흐르지 않아서 길로 만들었다고 한다. 만약에 그 길로 여전히 물이 흘렀다면 낚수산과 물 그리고 붕어산은 장관이 아닐 수 없었을 것이다. 붕어산과 낚수산에는 이러한 얘기 말고 다른 민담이 전해져 내려오는데 옛날에 이 마을에 살던 분이 붕어산의 눈 부분에 아버지 묘를 세웠다고 한다. 묘를 세우고 나서 꿈에 한쪽 눈을 감고 있는 붕어 한 마리가 나타나서 그 사람에게 왈 "네 놈이 내 눈을 하나 망쳤으니 네 놈에게 복수하고 말리라."그 일이 있고 난 후 약간의 두려움이 있었지만 자신에게 아무 이상이 없고 해서 혹시나 한 마음에서 아들에게는 "절대로 붕어산에 놀러 가지 말아라."하고 신신당부를 했다. 그러나 그 붕어의 저주는 아무 것도 모르는 자신의 손자에게서 일어나고 말았다. 바로 자신의 손자가 한쪽 눈이 멀어져 태어난 것이다. 그래서 그 분은 죽을 때 아들에게 자신을 낚수산에 묻어달라고 했다. 그리고는 아들과 손자에게 "손자의 눈은 나 때문에 먼 것이니 죽어서 내가 저 붕어의 저주를 풀어 주마." 이렇게 말씀하시고는 돌아가신 그 분은 낚수산에 묻혀서 붕어산을 바라보며 "이 놈의 붕어야 니 때문에 내 손자의 눈이 멀었다. 내 너를 잡아죽이고 말리라."그렇게 해서 그 분이 붕어를 잡아서 손자가 눈을 뜨게 되었다는 이야기가 있다.

(제보자 : 경북 청도군 풍각면 송서3리, 이상수, 79세, 농업. 채록일자 : 1999. 12. 31.)

(65) 귀신무덤

이 이야기는 청도읍 원정 1동에 있었던 전설이다. 이 마을 뒷산에는 집터가 있었는데 오래 전부터 이 집에는 많은 사람들이 살고 있었다고 한다. 어느 시대에 있었던 이야기인지는 몰라도 오래 전부터 전해 내려오고 있다. 옛날 어떤 총각 한 사람이 이 산에 갔으나 하도 고단하여 양지 바

귀신무덤

른 곳에서 깜빡 잠이 들어 곤히 잠을 자다 깜짝 놀라 깨어 보니 벌써 저녁때가 다 되어 있었다. 총각은 나무를 하기 시작하였는데 해는 벌써 서쪽으로 뉘엿뉘엿 넘어가고 있었다. 그러나 총각은 부리나케 나무를 다하여 지게에 얹고 나니 한 밤중이 되었다. 총각은 나뭇짐을 걸머지고 마을로 내려 가려고 하니 발이 떨어지지 않아서 힘을 더 주어도 한 발자국도 디딜 수 없었다. 총각은 하도 이상하여 자기의 다리를 살펴보니 누군가가 자기 다리를 붙잡고 있지 않은가. 총각은 깜짝 놀라 뒤를 돌아보니 뒤에는 무덤이 있고 그 무덤에서 나왔는지 알 수 없는 여자가 하얀 소복을 입고 눈을 충혈된 것 같이 느껴지는데 그 여자가 총각의 다리를 붙들고 있었다. 총각은 소름이 끼치고 놀라 기절을 할 뻔하였으나 대담한 이 총각은 정신을 가다듬고 어른들이 말씀하던 호랑이에게 물려가도 정신을 차리면 살 수 있다는 말을 깨달아 그 여자를 바라보니 그 여자가 가냘픈 음성으로 "사람 살려 주세요"하고 외치고 있었다. 총각이 다시 한번 정신을 차리고 뒤를 보았을 때에는 그 여자가 보이지 않아서 총각은 걸음아 날 살려라 하고 나뭇짐을 팽개치고 마을로 뛰어 내려와서 저녁도 먹는 둥 마는 둥 자리에 들었으나 자리에 누웠어도 잠이 오지 않아 뜬눈으로 밤을 세우고 이튿날 아침 일찍 산으로 올라가 그 자리에 가 보았다. 그러나 총각의 나뭇짐은 그 자리에 나뒹굴고 있었으나 총각이 보았던 무덤은 온데 간데 없어 총각은 "어젯밤에는 분명히 이 자리에 있었는데"하고 중얼거리며 그 근방을 뒤졌으나 아무데도 무덤은 없었다. 총각은 자신이 너무 무서워 헛것을 보았다고 여기고 나뭇짐을 챙겨서 걸머지고 마을로 내려 왔다. 총각은 이 이야기를 마을 사람에게 하였다가는 놀림감만 될 것을 알고 혼자만 알고 나무는 일찌감치 해서 짊어지고 마을로 내려오곤 하여 몇 달을 무사히 지냈는데 마을이 온통 난리 법석이 되었다. 총각은 뛰쳐 나가보니 친구인 나무꾼이 산에 올라가 밤이 깊었는데도 돌아오지 않고 있었던 것이라서 지금 마을 사람들이 이 산으로 사람 찾아간다는 것이었다. 총각은 지난 일을 말할 수도 없고 하여 모두 나무 막대기를 하나씩 들고 산에 올라갔다. 총각이 전에 여자를 보았던 그 자리에 가 보니 그 나무꾼이 그 자리에 넘어져 기절하고 있었다. 마을 사람들이 깨우고 주무르고 하여 사람은 깨어났는데, 연방 "당신은 누구요, 당신은 누구요"하고 헛소리만 하고 있었다. 마을 사람들은 그 나무꾼을 업고 마을에 내려와 정신을 차리게 하여 사연을 물으니 역시 총각이 당했던 것과 똑같은 변을 당했다는 것이었다. 이에 따라 여기저기에서 똑같은 변을 당한 사람이 45명이 나왔다. 모두가 겁이 나서 아무래도 귀신의 짓이라 하여 귀신 무덤이라 하고 그 후부터는 마을 사람은 아무도 그 산에 나무하러 가지 않고 먼 다른 산에 나무하러 가게 되었다. 지금까지 그 원인을 아는 사람은 아무도 없다고 한다.

(제보자:경북 청도군 풍각면 송서 3리, 이상수, 79세, 농업. 채록일자:1999. 12. 31.)

(66) 죽바위 이야기

청도군 각남면 녹명 1리 마을의 입구에서 약 1km정도 들어간 곳에 '죽바위'라는 큰 바위산이 있다. 붉게 단풍이 든 나무들이 주위에 우거진 가운데, 거무틱틱한 색을 띠며 신기한 모양새를 하고 있는 죽바위에는 옛부터 전해져 내려오는 이야기가 있다.

어느 날, 한 나무꾼이 지게를 짊어지고 나무를 하기 위해 산을 오르다가 죽바위 위에서 잠시 쉬고 있었다. 그때 그 곳을 지나가던 한 노승이 나무꾼이 쉬고 있는 죽바위를 둘러보며 말했다.

"지세도 좋고, 경치도 이만한 곳이 없겠구나! 금강산이 따로 없도다!"
노승은 죽바위의 절경에 탄복하며 나무꾼에서 묻기를,

"이 바위에 이름이 있소?"

"그럼요. 모두들 '죽바위'라고 하지요."

나무꾼은 이마에 흐르는 땀을 닦으며 노승에서 말했다. 그러자 노승은 금새 얼굴빛이 변하면서 탄식하기를,

"이럴 수가 있나! 지세가 좋아 행여 장군이라도 나타나지 않을까 했더

죽바위

니 그 이름 때문에 혈이 막혀 있었구나!"

나무꾼은 노승의 말에 깜짝 놀라며 물었다.

"이름 때문이라니요? 무슨 말씀이십니까?"

"생각해보오. 장군이 어떻게 죽을 먹고 힘을 내어서 나라를 지킬 것이오?"

노승은 혀끝을 쯧쯧 차며 한숨을 내쉬었다. 나무꾼은 노승의 말에 적이 걱정되어 물었다.

"그럼… 방법이 없겠습니까?"

"음… 우선 '죽바위'라 하지말고 '죽암'이라고 부르시오. 대나무 죽(竹)자에 바위 암(岩)자를 써서 '죽암'이라고 하고, 저기 보이는 저 곳에 검은 대나무를 몇 그루 심어두시오. 그러면 후세인들이 이 곳에 대나무가 있어 '죽암'이라 부른다는 것을 알게 될 것이외다. 그 후세인들 중에 이 곳을 빛낼 장군이 나타날 것이오." 노승은 나무꾼에서 몇 가지 방법을 일러준 뒤, 유유히 그곳을 떠났다. 나무꾼은 노승이 떠나자마자, 마을로 내려와 마을 어른들을 모셔두고 노승의 이야기를 그래도 전했다. 마을 어른들은 모두 고개를 끄덕이며 노승이 시키는 대로 하였다.

그 후, 이곳에는 항상 대나무가 자라고 있었고, 지금도 죽바위에 가보면 몇 그루 남아있는 검은 대나무를 볼 수 있다. 죽바위를 따라 흐르는 맑고 깨끗한 작은 도랑을 건너 약 5분 정도 걸어 죽바위 위에 올라갈 수 있다. 아주 넓은 바위 평야가 펼쳐져 있어 초등학생들의 소풍장소로도 자주 이용되는 이 죽바위에 대한 이야기는 아직도 사람들의 입을 통해 전해지고 있다.

(제보자:경북 청도군 각남면 녹명 1리 201번지, 이수희, 68세, 무직. 채록일자:1999. 12. 28.)

(67) '녹명'이라는 지명의 유래

이 죽바위가 위치하고 있는 청도군 각남면 녹명 1리는 행정구획 정리를 하면서 불려진 이름이다. 옛날에는 이 곳을 '구만리'라고 불렀다고 하는데, 그에 관한 짧은 이야기가 전해지고 있다.

임진왜란 당시, 여기저기에서 많은 사람들이 이 곳, 죽바위가 있는 곳으로 피난을 왔는데, 그때 죽바위 위의 넓은 바위 평야에서 만 명의 사람들이 며칠동안 살았다고 한다. 그래서 그것을 기리는 뜻에서 오랜 세월동안 '구만(救萬)'이라 부르다가 언젠가부터 '녹명(鹿鳴)'이라 불렀다고 한다. 이것 또한 연유가 있는데, 어느 날 죽바위 위에서 사슴 한 마리가 구슬프게 울고 있는 것을 보았다해서 붙여진 이름이라 한다.

(제보자:경북 청도군 각남면 녹명 1리 201번지, 이수희, 68세, 무직. 채록일자:1999. 12. 28.)

● 현재 각남면은 녹명 1리, 녹명 2리, 신당 1리 등으로 나뉘어 불리고 있는데, 이것은 행정 구획상의 지명이고 아직까지도 이 지역 주민들이 사용하는 자연 부락의 지명이 있어 조금 적어보고자 한다.

녹명

과거에 녹명 1리는 '구만', 녹명 2리는 '녹갈', 신당 1리는 '곽당'이라 불렀다 한다. 이러한 지명도 어느 날, 이 마을에 큰 물난리가 나서 세 갈래의 물줄기가 마을을 갈라놓아 마을의 이름도 세 가지로 나뉘어진 것이라 한다. 원래는 '초동'이라 불렀다고 한다. 그래서 몇 년 전 마을 앞에 다리를 하나 건설하면서 세 마을이 모두 자기 마을의 이름을 따서 짓기를 원했으나, 여러 논의 끝에 옛 이름인 '초동'으로 짓기로 하고 그 다리를 '초동교'라 부르기로 했다. 지금도 이 마을에 들어가려면 반드시 이 '초동교'를 지나야 한다.

(제보자:경북 청도군 각남면 녹명 1리 201번지, 이수희, 68세, 무직. 채록일자:1999. 12. 28.)

(68) 호박소에 관한 전설

운문사에서 밀양으로 가는 길에 대비사라는 절과 호박소 라는 아주 깊은 웅덩이가 있다. 호박소는 그 풍경이 아름다워 관광객이 끊이지 않는 명소이다. 이곳에는 옛날부터 전해져오는 이야기가 있는데 그것은 이러하다.

대비사에는 스님 한 분과 이목(利木)이라는 중상제, 둘이 살고 있었다. 그런데 그 해 가뭄이 몹시 심하여 절 뜰에 심어놓은 상추가 다 말라 죽어가고 있었다. 이렇게 극심한 가뭄에 스님은 하루하루 걱정을 하고 있던 중, 이목의 행동에 이상함이 느껴졌다. 이목과 스님은 안방에서 같이 잠을 자는데 밤이 깊어지면 이목은 몰래 방을 나가 한참 후에 돌아오곤 하는 것이었다. 그때마다 그의 몸은 이상하게도 몹시 싸늘해져 있었다. 이런 중상제를 지켜보던 스님은 그가 무슨 행동을 하는지 궁금해 견딜 수 없었다. 그러던 어느 날 스님은 한밤중에 몰래 방을 빠져나가는 이목의 뒤를 밟았다. 이목은 한참을 걸어가 호박소 라는 큰 웅덩이에 다다르자 입고있던 옷을 다 벗어놓고 웅덩이 속으로 들어가는 것이 아닌가. 스님이 놀라 지켜보는 가운데 이목은 호박소의 물을 온몸으로 감았다 올렸다 하는 것이다. 다음날 스님이 이목에게 조용히 말하기를 "이렇게 가뭄이 심한데 비를 좀 내려 줄 수 없겠나"하니, 이무기임을 들켜버린 중상제는 몹시 당황하였으나 부탁을 거절할 수 없었다. 그릇에 물을 떠와 허공에 대고 물을 뿌리면서 주문을 외우자 갑자기 먹구름이 끼고 천둥번개와 함께 비가 쏟아졌다. 그리고는 이목이 스님에게 말하기를 "스님, 하늘에서 천사가 내려와 이 절에 이목이라는 중상제를 찾거든, 여기에는 이목이란 사람은 없고 뒷뜰에 배나무 한 그루가 있다고 말하십시오"하였다. 말을 마치고는 이목은 빈대로 변하여 자리 밑으로 숨었다. 갑자기 하늘에서 소나기가 내리더니 오색무지개를 타고 세 명의 천사가 내려왔다. 천사는 스님에게 이목에 대해 묻고 스님은 이목이 가르쳐 준 데로 대답하였다. 천사들이 돌아가자 뒷뜰의 배나무가 산산조각이 나버렸다. 그 후 날마다 호박소에서 도를 닦으며 승천하기를 기다리던 이목은 비슬산에 있는 그의 누나를 찾아갔다. 언제쯤이면 하늘로 승천 할 수 있겠느냐고 묻자 "인간에게 너의 정체를 드러내버렸으니 백년을 기다려도 불가능하다" 라며 이목을 꾸짖었다. 너무도 화가 난 이목은 호박수로 돌아와 폭우와 우박을 마구 퍼부어 대었다. 고을이 물에 잠기고 백성들이 울부짖고 그야말로 난리가 났다. 그 후 그 고을 사람들은 호박소에는 승천하지 못하여 한이 맺힌 이목이 살고있다고 믿고 가뭄이나 홍수가 나면 호박소에 커다란 돌을 집어넣는다고 한다.

(제보자:경북 청도군 풍각면 송서 3리, 이상수, 80세, 상업. 채록일자:1999. 12. 30.)

(69) 대전동 은행나무

이 은행나무는 청도군 이서면 대전동에 자리하고 있다. 수령은 1308년이나 되고 나무의 높이는 30m이고 몸통 둘레는 9m인 오래된 거수이다.

은행나무는 집 한가운데 위압스런 거목의 모습을 드러내며 규모에서 오는 위압감뿐만 아니라 무언가 특이한 분위기를 풍겼다.

알아본 바에 따르면 이 은행나무에는 여러 가지 전설이 전해지고 있다. 첫 번째 전설은 어느 도사에 얽힌 이야기이다. 약 1300년 전, 그러니까 은행나무가 자라나기 이전에 이 마을을 어느 도사가 지나고 있었다. 이 도사는 전국을 방랑하며 도를 닦고 있는 중이었다. 그때는 이 은행나무가 있던 자리에 물맛이 참 좋은 우물이 있었다한다. 그런데 마침 여기를 지나던 도사가 목이 마른 참에 이 우물을 발견했다. 도사가 기뻐하며 우물의 물을 마시려던 순간, 그만 발이 미끄러져 우물에 풍덩 빠지고 말았다. 그런데 도사가 그렇게 우물에 빠져죽은 후, 우물에서는 은행나무가 한 그루 돋아났다. 모두들 그 도사의 도력이 발휘된 것이라고 하며 신기해하였고 그 은행나무는 놀라울 정도로 자라나더니 오늘날까지도 그 위용을 자랑하고 있는데 이는 그 도사의 도력이 은행나무를 보호한 것이라고도 한다.

한편, 이 은행나무에는 다른 전설도 전해지고 있다. 은행나무가 생기기 전, 역시 그 자리에는 우물이 있었다고 한다. 당시, 한 여인이 이 마을을 지나고 있었는데 너무나 목이 말라 근처에 있는 우물을 찾아 물을 마시려다 이 우물을 발견했다. 그런데 그만 물을 마시려던 차에 발이 미끄러져, 우물에 빠져 죽고 말았다. 그런데 공교롭게도 그때 여인의 주머니 속에는 은행 알이 한 알 들어있었는데 장차 이 은행이 싹을 틔웠고, 이 싹이 쑥쑥 자라나 오늘날까지도 살아남은 것이다. 이렇게 이 은행나무가 생겨난 데에 대한 이러한 전설들이 전해 내려오고 있는데, 한편으로는 약 1200년 전인 신라 말경에 지방행정구역변경 때 경계로 삼은 것이 아닌가 하는 설도 있다.

또한 이 은행나무가 낙엽이 질 때에는 한꺼번에 조용히 지면 풍년이 오는 징조이고, 낙엽이 한꺼번에 떨어지지 않고 바람에 날려 사방에 흩어지면서 떨어지면 흉년의 징조라고 한다.

(제보자 : 경북 청도군 이서면 서원리 111번지, 안말분, 82세, 주부. 채록일자 : 2000. 1. 29.)

(70) 자계서원

　청도군 이서면에 도착해 자계서원으로 향하는 길을 물어 '서원동'이라
쓰인 길로 접어들게 되었다. 길옆으로 유유히 흐르는 자계시내를 바라보
면서 제법 고조된 기분으로 자계서원을 찾아 길 안쪽으로 깊숙이 접어들
었다. 그런데 길 깊숙한 곳에 접어들어도 서원은 보이지 않고 길이 점점
좁아지더니만 분주히 추수에 바쁜 논밭이 나타났다. 거기에는 추수 일에
바빠 보이는 농민들이 계셨는데, 바쁘신 분들께는 죄송했지만 어쩔 수 없
이 서원으로 가는 길을 다시 물어 보자 아주 친절히 알려주셨다. 이윽고
자계서원이 우리 눈앞에 나타났다. 자계서원은 이서면 서원동에 자리잡고
있는데, 자계천 가의 와룡산(臥龍山) 기슭에 고요히 자리잡고 김해 김씨
삼현파(金海 金氏 三賢派)인 절효 김극일(節孝 金克一) 선생, 탁영 김일손
선생, 삼족당 김대유(三足堂 金大有) 선생을 향사하는 사액서원(賜額書院)
이다.

자계서원

이 서원이 초창될 때는 탁영 김일손 선생을 독향하였으나 30년 후에는 선생의 조부인 절효 김극일 선생과 장질인 삼족당 김대유 선생을 열향(列享)하게 되었다.

절효 김극일 선생은 휘가 극일이요, 자는 용협(用協)인데 호는 모암(慕菴)이요, 본관은 김해로 이흥현감을 지낸 김릉군 김서(金湑) 선생의 아들로 1382년에 태어났다.

탁영 김일손 선생의 휘는 일손이요, 자는 계운이며 호는 탁영이고 시호는 문민이고 본관은 김해이다. 절효 김극일 선생의 손자이며 남계공 김맹 선생의 아들로서 1464년 운계리에서 태어난 점필재 김종직 선생의 문인이다.

이 서원은 건평 및 대지는 방대한 범위이며 둘레는 담장을 쌓았다. 건물은 존덕전, 청사전, 중문으로 서원 안에 이중 담이 쌓이고 서원의 문에 들어서면 영기루가 응장하게 자리잡고 동재와 서재를 지나 규모가 큰 강당들이 즐비하게 들어서 있다.

그밖에 서원의 근교에는 탁영 선생이 낙향하여 낚시를 즐기던 천운담이 있고 소일과 시유하던 탁영대에는 선생의 고절을 말해주듯 여름철이면 백일홍 꽃이 수많이 피어 보는 이의 감회를 더욱 깊게 해주고 있다.

(제보자:경북 청도군 이서면 서원리 111번지, 김점희, 71세, 주부. 채록일자:2000. 1. 29.)

(71) 운계(雲溪)와 자계(紫溪)

이서면 서원동 자계서원(紫溪書院) 앞을 흐르는 냇물은 청도천(淸道川)인데 원래 이름은 앞내 또는 운계(雲溪)라 하였다 한다. 그런데 이 내가 지금의 이름인 자계(紫溪)라 불리게 된 데에는 탁영 김일손 선생과 관련된 전설이 전해 내려온다.

이 내는 우리가 자계서원을 찾아갈 적에 맞닥뜨리게 되었다. 자계서원을 찾아 '서원동'이라 쓰여진 길 안으로 깊숙이 들어가자, 길 왼편으로

자계 1

고요히 흐르는 내가 있었다. 이름은 알 수 없지만 학이나 백로 같은 외양의 새하얗고 고고한 새들이 내 위로 솟은 바위에서 날개를 접고 쉬는 모습에 고요한 아름다움이 느껴졌다. 내의 물살 또한 거칠지 않아, 고요히 도도하게 흐르고 있었고 근처의 갈대들과 어울려 아름다운 가을 풍경을 만들어 내고 있었다. 처음엔 자계서원을 잘 찾지 못해 헤매는 가운데 그 내를 바라보며 멍하니 서 있었는데 그 고요하고 아름다운 내를 바라보고 있노라니 우리의 마음까지도 고요해지면서 고즈넉한 기분에 젖어드는 것이었다.

이 내에 전해 내려오는 탁영(濯纓) 김일손(金馹孫)에 얽힌 이야기는 이러하다. 옛날 탁영 김일손 선생이 무오사화(戊午士禍)를 당해 참화를 입었을 때 이 냇물이 3일 동안이나 거꾸로 핏빛으로 흘렀다고 한다. 그 후부터 이 내를 자계(紫溪)라 하였다고 한다.

이 내의 옛 모습은 수면이 마치 거울 같고 보름달이 물에 비치는 그림자는 하늘의 달인 듯 황홀하였으며 동쪽 와룡산 기슭의 연못을 얼싸안은

자계 2

서원의 모습은 시정에 넘치는 아름다운 월경이었다 한다. 지금은 냇가의 모습도 물결도 달라졌으나 맑은 하늘에 둥실 뜬 보름달이 비추어주는 서원과 와룡산은 옛 경치 그대로여서 자신도 모르게 시상에 잠기게 하는 청도 팔경(淸道八景)의 하나라고 한다.

자계서원의 이름 또한 원래는 운계서원이던 것을 탁영 선생이 무오사화를 당하여 참형되던 날 선생의 향리인 운계천에 혈류가 3일이나 역류하였다 하여 조정에서 운계를 자계라 개칭하였다고 하는데 그 내가 바로 이 내이며 이 전설인 것이다. 이 일로 인해 서원도 자계라 하고 마을 이름도 자계라 하였다하며 지금의 서원동은 자계서원이 있다 하여 서원동이라 하게 되었다 한다.

(제보자 : 경북 청도군 이서면 서원리 111번지, 김점희, 71세, 주부. 채록일자 : 2000. 1. 29.)

(72) 풍양지 안의 금호서원

금호서원(琴湖書院)은 청도군 이서면 금촌동의 풍양지 안의 대월산(對月山) 기슭에 있는데 넓고 깊은 풍양지는 잔잔히 물결 쳐 장군의 슬기가 피어오르는 것 같고 자양산(紫陽山)의 지맥은 서원과 풍양지를 감싸고 명지 학산이 앞을 가로막아 정원을 이루며 넓고 기름진 옥야가 아롱거리며 수려한 남산이 영감을 자아내기도 하고 구읍의 옛터전이 구름 속에 가리운 듯한 이 아름다운 풍치는 한 폭의 동양화를 보는 듯하다.

이 서원이 원래는 식성군 이운룡(息城君 李雲龍) 장군의 출생지인 매전면 온막동의 명대 마을에 상충사(尙忠祠)를 창건하여 장군의 영정을 봉안하여 왔으나 1814년(순조 14년)에 류량(柳亮)등 사림들 4백 여 명이 발의하여 이서면 금촌동에 영정을 이안해 왔는데 1868년(고종 5년)에 대원군의 서원 철폐령에 의해 철폐되고 동년에 남은 강당을 당시의 연지(지금의 풍양지) 안 대월산(對月山) 기슭에 이건하여 효충사(孝忠祠)라 개칭하여

금호서원

장군의 영정을 봉안하여 오다가 1947년에 장군의 방손인 이임호(李林湖)를 비롯하여 이정태, 김정곤, 박종현, 최재향, 박효수 등 사림 200여명이 발의하여 금호서원을 중창하여 향내 사림에서 춘추로 향사하여 오늘에 이르고 있다.

또한 서원에는 벼루 등 유물과 옛날 제기 등이 보존되어 있고 1919년에 영정을 개모하여 봉안하고 구영정(舊影幀)은 청도읍 원정동의 흑석마을의 충현사(忠賢祠)에 봉안하고 있다.

(제보자:경북 청도군 이서면 서원리 111번지, 김점희, 71세, 주부. 채록일자:2000. 1. 29.)

(73) 샛별장터

샛별장터는 지금의 이서면 양원동 도로변의 소부락이다. 이 곳은 조선시대 원이 있던 곳으로 일제시대까지 시장이 열리고 있었으나 지금은 점포 몇 개가 남아 있을 뿐이다.

원이란 고려, 조선 시대에 관리들의 숙박소로서 공용으로 여행하는 사람들에게 숙식의 편의를 주기 위하여 각 요로나 인가가 드문 곳에 두었다. 원을 유지 운영하기 위하여 원위전을 두고 1445년(세종 27년)에는 그 지방에 살고 있는 사람 중에서 뽑아 원주로 삼았다 한다. 이 곳 원의 이름은 양원으로 옛날 차북면의 중심위치이기도 하다.

샛별장터의 유래는 조선 제19대 숙종대왕이 이 지방 순시 때 새벽별이 유난히도 반짝이는 곳을 보고 저 곳이 어디냐고 물으니 신하들이 양원이 있는 곳이라고 대답하자 숙종대왕이 샛별이라 지명을 부르게 하여 지금의 팔조동을 안샛별, 양원을 바깥샛별이라고 부르게 되었다 한다.

또 일설에는 지리학에 의한 지명이라는 말도 있다. 즉 지금의 양원동 가마실 뒷산이 와우산(속칭 외쇠:소가 누워있는 모양)과 방제(소가 방사한다는 뜻의 방쇠), 칠곡동 곽기는 각기 칠곡의 국곡(소를 친다. 사육한다)으로 가곡은 경곡가실, 밭갈이한다. 안색별인 팔조등은 안쇠벌, 앵원동

샛별장터

은 바깥쇠벌이며 유등연지 옆에 있는 우정 등의 이름으로 보아 이 고장은 소 형국의 지형이라 소 즉, 쇠의 뜻으로 쇠벌이던 것이 오랜 세월 속에 와전되어 셋별, 새별이 되었다고 한다. 지금은 고증도 문헌도 희미한 옛이야기로 전해올 따름이다.

(제보자 : 경북 청도군 이서면 양원리 440번지, 김차순, 52세, 상업. 채록일자 : 2000. 1. 29.)

(74) 영남 물고개

양원동 샛별장터에 대한 전설을 채록하러 가는 길에 영남 물고개에 대한 지명 연기설화를 채록하려고 하였다. 그래서 샛별장터 주변에 계시는 청도단감을 파시는 아주머니들에게 여쭤보니 대부분은 잘 모르셨고 영남 물고개가 어디에 있는지도 모르는 분들이 많았다. 그러다가 단감을 파시는 아주머니에게 놀러오신 어떤 분에게 여쭤보니 영남 물고개가 있던 자리를 아셨다. 그래서 영남 물고개가 있던 자리를 알 수 있었다. 영남 물고개는 청도군 이서면 양원리에 있다. 많이 변해서 옛날의 흔적을 잘 볼 수는 없지만 그 주변에 사는 사람들은 대략 영남 물고개에 대해서 어렴풋

이나마 알고 있다고 하셨다.

영남 물고개는 청도군 이서면 양원동에서 화양읍 유등동 연지 쪽으로 흐르는 봇물을 말한다. 측량기술이 발달된 오늘날 같으면 용이하게 수리 공사를 할 수 있지만 옛날의 기술로 이곳에 보를 시설하여 수리를 할 수 있었다는 것은 신기한 일이었다. 지형으로 보아 유등연지 쪽에서 보면 높은 구릉을 이루었고 양원동 쪽에서 보면 상당히 높은 고지를 이루고 있다. 이 고개를 봇물이 넘어가서 유등연지 위쪽의 농지에 관개를 하니 당시로서는 신통한 일이 아닐 수 없었다. 지금도 양원동 쪽에서 보면 양수 시설도 없이 물이 산을 넘어가는 듯하다. 물론 지형이 보 시설을 할 수 있는 곳이어서 된 것이지만 옛날에는 신기한 일이었다. 지금도 영남 물고개는 유명하며 청도 납딱바위와 같이 타지방 사람들에 더 잘 알려져 있다.

(제보자:경북 청도군 이서면 양원리 440번지, 이말분, 주부. 채록일자:2000. 1. 29.)

(75) 청도 각북의 용천사(湧泉寺)

　용천사는 각북에서 대구로 넘어오는 헐티재의 남쪽 비슬산(琵瑟山)에 위치한 절이다. 용천사는 신라 문무왕(文武王)때 세워졌다. 이 용천사에는 신기한 일이 있었다고 하는데, 바로 세 번의 난을 피해서 절이 지금까지 남아있다고 한다. 이 세 번의 난이란 신라 삼국통일 과정에서의 고구려와의 다툼이 첫 번째요, 고려 말엽 원(元)나라의 침입 때 소실될 뻔한 것이 그 두 번째이며 조선의 임진왜란이 세 번째이다. 실제로 황룡사가 원나라에 의해 불탄 것을 생각해 볼 때 이 용천사가 지금까지 별 훼손 없이 남아있다는 것은 신기한 일이라 할 수 있다. 용천사가 세 번의 난을 피할 수 있었던 것은 다 이유가 있었다고 한다. 이 세 번의 난이 일어날 때에는 절 주위에서 자라던 칡의 뿌리가 절을 휘감아 산의 형태를 이루었다는 것이다. 그래서 적병들이 용천사를 산으로 착각했기 때문에 용천사가 불타지 않고 지금까지 남아있다는 이야기였다. 실제로 우리 조가 용천사를 찾았을 때 용천사는 생각보다 크지 않았다. 오히려 자그마한 암자정도의 크기였다. 돌아와서 용천사에 대한 자료를 찾으려 했을 때에도 수월하지 않았다. 청도의 인터넷 사이트를 찾아봐도 '청도 소싸움'에 관한 것

용천사

만 많이 있고 용천사나 그밖에 청도에 관한 민담이나 전설 같은 것을 다
루고 있지 않아 아쉬웠다.

(제보자:경북 청도군 각북면 남산리, 이상홍,전 노인회장, 72세, 채록일자:1999. 12. 13.)

(76) 경북 청도군 각북면 열녀비 전설

청도군 각북면 덕촌리에서 오산리로 가는 도로 옆에 열녀비가 세워져
있다. 그 비는 이 마을의 곽씨라는 성을 가진 여인의 행동을 기리기 위하
여 세운 비이다. 동네 할아버지의 말씀에 따르면 아직도 그 후손들이 그
주변 마을에서 살고 있다고 한다. 그 비에 얽힌 전설은 다음과 같다.

옛날, 청도군 각북면으로 시집을 온 곽씨라는 성을 가진 여인이 있었
다. 그 여인은 포산 곽씨로서 포산이 지금의 현풍을 지칭하므로 아마도,
현풍 지방의 사람이라고 추측된다. 그 여인은 평소에 남편의 봉양을 하늘
과 같이하는 정숙한 부인이었다. 그래서 주변에서는 그 여인에 대한 칭송
이 자자했다.

그런데 어느 날, 그 여인의 남편이 병에 걸리고 말았다. 남편이 병에
걸려 앓아 눕자, 그 여인은 집안 살림은 물론 남편의 병 수발에 정성을
다했다. 남편이 병을 앓게 되면서 어려워진 살림을 돌보느라 고생하고,
또 남편의 병이 낫는데 도움이 된다면 어떤 것이라도 서슴지 않았다. 가
난한 살림에 몸에 좋다는 약은 삯바느질을 해서라도 구하여 남편에게 주
어, 그 병을 낫게 해보려고 애썼다. 그러나 그 여인의 남편은 그녀의 간
절한 병구완에도 불구하고, 젊은 나이에 세상을 떠나고 말았다.

"나의 덕이 부족해 서방님이 돌아가시고 말았구나 나는 어찌되어도 좋
으니 서방님을 다시 살릴 방안이 없을까?"

그녀는 자신의 정성이 부족한 탓이라 여겨 식음을 전폐하며, 몇 날을
고민에 빠졌다. 그러던 어느 날, 여인은 남편의 시체를 둔 관을 열어 자
신의 버선을 넣고, 남편의 시체 옆에 누워 이렇게 말하였다.

청도 각북 열녀비

"당신이 죽고, 내가 살면 무슨 의미가 있겠습니까? 차라리 내 생명을 당신의 죽음과 바꾸어 제가 대신 저 세상으로 떠나겠어요."

하고 그녀는 간절하게 자신의 소원이 이루어지길 기도하였다. 여인의 남편을 위하는 착한 마음씨는 마침내 죽은 남편을 되살리고, 그 여인은 남편 대신 죽고 말았다. 다시 생명을 얻게 된 남편은 어리둥절하여 주위를 살피니 자신의 옆에 죽어 있는 부인을 보게 되었다.

"부인, 부인! 나 대신 당신이 죽었구료. 어찌 이럴 수 있단 말이오."

하고 엉엉 울었다. 그 후 곽씨 부인의 남편은 평생을 그녀를 생각하면서 혼자 살았다고 한다. 또 이 애달픈 이야기를 전해듣게 된 마을 사람들은 그녀를 위해 비를 세웠으니, 그것이 바로 청도군 각북면 오산리 도로가에 있는 그 비이다. 이 마을 사람들을 그 곽씨 여인을 마을의 자랑으로 삼으며, 부녀자들도 그녀의 행동을 본받기 위해 애썼다고 한다.

이 이야기를 들여주신 할아버지께서는 요즘 젊은 부부들에게는 상상도 할 수 없는 일이라며, 곽씨 여인과 같은 마음가짐을 가져야 한다고 말씀하셨다. 비록 현재를 살아가는 우리들에게는 믿을 수 없는 이야기지만, 그 마음가짐만은 정말 하늘이 감동 받을만한 이야기이다.

(제보자 : 상동. 채록일자 : 1999. 12. 13.)

(77) 대견사지 전설

　비슬산은 달성 현풍에 위치한 산으로 높이가 1084m이며, 이 산 1000m 중턱에 대견사라는 절이 있었다. 이 절은 신라 때 세운 것으로 조선시대 말엽에 망했는데 지금은 그 절터만 남아 있다. 이 절이 망한 것에 대한 전설이 있는데, 이 절은 아들을 못 낳는 이가 불공을 드리면 아들을 낳는다는 소문으로 유명하였다. 사실 이 소문은 이 절의 주지가 퍼뜨린 소문이었는데 실지로도 이 절에서 불공을 드린 99명의 여인들이 모두 아들을 낳았다고 전한다.

　이런 소문이 나기 전, 이 절에는 한 대스님이 계셨다. 이 대스님이 돌아가실 때 자신의 밑에 있던 중들에게 다음과 같이 유언했다.

　"내가 죽거든 나를 화장하지 말라. 대신에 가재란 동네가 있는데 그 동네의 백두봉이란 곳에다 나를 묻어다오. 나를 묻을 때 꼭 땅을 100자를 파고 묻어다오." 이런 유언을 남기고 대스님은 열반하셨다.

　이에 그 아래 중들은 스님의 유언에 따라 가재란 동네에 백두봉을 찾아가서 스님을 묻기 위해 100자의 땅을 파기 시작했다. 열심히 99자까지 파 내려갔다. 99자까지 땅을 파자 큰 바위가 삽에 부딪혔다. 아래 중들은 고심하기 시작했다.

　"이 일을 어찌하면 좋겠나?"

　"어허, 큰일이군. 이 바위를 어찌하지?"

　"그냥 99자만 파고 스님을 묻읍시다."

　"하지만 스님께서 유언하시길 100자라 하셨는데……"

　"100자나 99자나 한 자 차이 아닙니까? 설마 한 자 차이 난다고 무슨 큰일이야 있겠습니까? 또 이런 큰 바위를 뚫을 수도 없고……. 그러니 그냥 묻읍시다."

　"할 수 없군. 그럼 그냥 묻기로 하지." 그리하여 99자까지만 파고 대스님을 묻었다.

대스님이 열반하시고 그 때부
터 이 절은 불공을 드리면 아들
을 낳을 수 있다는 소문으로 유
명해졌다. 그리하여 이 절에서
99명의 여인들이 불공을 드려 아
들을 낳았다. 이 소문은 창녕의
한 고을 원님의 부인에게 전해졌
다. 아들이 없었던 부인은 아들
을 낳기 위해 이 절을 찾아갔다.

부인은 아들을 낳기 위해 정성
껏 불공을 드렸다. 이 불공의 마
지막 날, 마지막 불공을 다 드린
후 자신의 처소로 돌아간 부인은

대견사지

자신의 방에 있는 이 절의 주지스님을 보았다.

"아니, 이 밤중에 어인 일이신지?"

부인이 이상히 여기며 주지스님에게 물었다.

"오늘이 마지막 불공이셨지요? 많이 수고하셨습니다. 내일이면 하산하
시겠군요. 내려가시면 꼭 옥동자를 잉태하십시오."

"예, 감사합니다. 이 모든 것이 주지스님의 덕분입니다."

"저 근데……."

주지스님이 다가와 갑자기 부인의 손을 잡았다.

"아니, 왜 이러셔요? 이 손 놓으셔요!"

"부인, 내가 꼭 아들 낳게 해드리리다. 가만히 계시오. 다른 부인들도
이렇게 하여 아들을 낳았으니…."

주지스님은 억지로 부인을 끌어안았다. 그리고 겁탈하려 했다. 부인은
있는 힘껏 주지스님을 뿌리치고 주지스님의 뺨을 때렸다.

"네 이놈! 니가 이때껏 이런 식으로 아들을 낳게 했구나. 부처님께 부

끄럽지도 않더냐. 짐승만도 못한 놈."

그리고는 그 날 밤 절에서 내려와 고을 원님에게 이 사실을 고했다. 이에 그 마을 원님은 그 절의 주지스님에게 벌을 주고 그 절은 망하게 되었다.

후대 사람들이 이야기하기를 아마 대스님의 유언대로 100자를 모두 파고 스님을 묻었더라면 무사히 100번째 아들을 낳았으며 아들을 낳을 수 있다는 명성은 계속되어 절은 망하지 않았을 것이라고 전한다.

(제보자: 상동. 채록일자: 1999. 12. 13.)

● 대견사지

창건자는 미상이나 당나라 문종(827~839)이 절을 지을 곳을 찾고 있었는데, 하루는 낯을 씻으려고 떠놓은 대야의 물에 아주 아름다운 경관이 나타났다. 이 터가 대국에서 보았던 절터라 하여 절을 창건한 후 '대견사'라 하였다. 절의 폐사는 임진왜란 전후로 구전되어 온다.

(78) 우산의 닥재 허씨 전설

청도군 각북면 남산리의 우산이라는 곳에는 뿔 모양의 산이 있는데, 그산의 목 부분에 위치한 못이 시말랭이 못이다. 이 못을 판 이는 조선시대에 이곳에 살던 닥재 허씨의 처라고 한다.

우산의 닥재 허씨는 집이 매우 부자였다. 그 할아버지 대에는 벼슬을하여 동네 어귀에는 진사비가 세워져 있었다. 부자이지만 행동거지에 교만함이나 인색함이 없어 손님 접대하기를 즐겨했다. 그래서 그의 집에는 항상 손님이 끊이지를 않았다. 멀리서 돈을 꾸러 온 먼 친척, 오랜 친구, 지나가던 여행객까지 그의 집에 들르면 융숭한 대접을 받았다. 따뜻한 방에 새 의복, 맛난 식사까지 주어지니 개중에는 달포나 한 계절을 다 지내고 가는 이도 있었다. 하지만 허씨는 조금도 이를 탓하거나 기분 나쁜 표정을 짓지 않고 그들을 정성으로 대접했다. 그렇게 손님 접대를 쉴 새 없

뿔모양의 산이 우산 닥재 허씨의 전설지

이 하였지만, 허씨 집의 재물 또한 마르는 법 없이 계속해서 생겨났다. 매년 더 부유해지는 허씨를 보면서 마을 사람들은 인심이 넉넉하여 복을 받는 것이라 하였다. 또한 그의 인품을 깊이 존경하여 본받고자 하였다.

하지만 단 한 사람이 허씨의 처사에 불만을 가지고 있었다. 다름 아닌 허씨의 처였다. 시집 온 뒤부터 집은 점점 더 풍족해 졌지만 자신은 조금도 여유 있는 삶을 누릴 틈이 없었다. 부잣집 마나님이라면 당연히 누려야할 것을 잠시도 누려보지 못했던 것이다. 좋은 비단옷에 한가로이 음식을 들고, 주인 양반의 옷이나 만들고 가끔씩 꽃구경이나 다니는 그런 한가로운 삶이 그녀에게는 주어질 수가 없었다. 제사 때뿐만 아니라 항상 눈코 뜰 새 없이 바빴던 것이다. 손님을 대접하는 자질구레한 일들은 노복들에게 시킨다고 하지만, 항상 그 많은 음식을 준비하고 의복과 잠자리까지 일일이 돌보고 지시해야 하는 그녀의 하루하루는 너무나 고달픈 일상이었다.

그녀가 남편인 허씨에게 하소연이라도 하려 하면 남편은 금새 정색을 하고 그녀를 타일렀다.

"정말 전 못살겠어요. 하루가 멀다하고 손님들이 저렇게 찾아오니 그 의복에 음식에…… 정말 미칠 지경이라니까요. 좀 싫은 기색도 해 보시고 타이르기도 해서 손님들이 좀 안 오시도록 하면 안 되나요? 영감도 나도 이제 좀 조용하고 편하게 삽시다. 이건 매일매일 외부의 사람들이 들어오니 쉴 수가 있어야지……"

"부인, 그리 말씀하시는 것이 아니오. 저들이 찾아오는 것은 다 나를 믿고 이곳에 잠시라도 기거하려 하는 것인데, 그런 그들을 야박하게 내치면 세상 사람들이 뭐라고 하겠소? 허씨가 재물을 많이 얻더니 오만 방자하여져 사람의 도리도 알지 못한다고 할 게 아니겠소? 또한 사람들을 잘 대접하는 것도 우리의 재물이 풍족하기 때문이 아니오. 부인이 고생스러운 것은 알지만 그런 고생 때문에 하늘이 복을 주어 우리가 이렇게 풍족하게 사는 것이 아니겠소. 앞으로도 그런 생각은 마오."

이렇다 저렇다 할 말조차 꺼낼 수 없게 된 그녀는 매일 한숨을 쉬며 지냈다. 그러던 어느 날 웬 남루한 승복을 걸친 노승 한 분이 시주를 청해 왔다. 그 차림새가 비록 볼품 없으나 도승과 같이 기이한 데가 있어 보여 허씨의 처는 공손히 절하며 묘안을 여쭈었다.

"나무아미타불 관세음보살. 시주 좀 하시지요."

"나무아미타불 관세음보살. 스님, 한 가지 여쭐 것이 있습니다. 이 집에 항상 손님이 끊이질 않으니 일년 내내 제 한 몸 편할 날이 없고, 집안이 조용할 틈이 없습니다. 스님의 지혜를 빌려 어떻게 이 손님들의 발길이 뜸해지도록 할 수 있는 방법이 없을까요?"

"소승의 짧은 머리로 그러한 것을 어떻게 알겠사옵니까만은……"

"스님, 제발 가르쳐 주세요. 시주는 얼마든지 할 터이니, 제발 가르쳐 주시옵소서……"

"정 그러시다면 한가지 방법을 알려드리겠습니다. 이곳의 뿔 모양을 띤 산 목 부분에 못을 파십시오. 그 곳에 두 낫짜리 못을 파면 이 댁에 손님이 오지 않을 것입니다."

"아이고, 스님. 고맙습니다. 정말 고맙습니다. 아이고, 이제 살았습니다."

"그러나 못을 파실 때는 잘 생각해보고 파시기 바랍니다. 나무아미타불 관세음보살……"

"아니, 스님. 그게 무슨 말씀이십니까?"

"나무아미타불 관세음보살……"

알 수 없는 말을 남긴 채 스님은 시주도 거절하고 허씨의 집을 떠났다. 당장 허씨 부인은 남편 몰래 노복들을 동원하여 마을 뒷산에 못을 파기 시작했다. 본래 이 곳에는 뿔 모양의 산이 세 개있다. 옛말에는 이 뿔 모양의 세 개의 산이 각각 각북, 풍각, 각남의 세 동네가 세워진 기원이 되었다고 한다. 가파르고 사람의 손이 닿지 않는 이 곳에 못을 파는 것은 매우 힘든 작업이었다. 한 달여 동안 몰래몰래 파던 못이 드디어 완성했다. 허씨 부인은 몹시 기뻐하며 이 못을 시말랭이 못이라 하였다.

과연 못을 판 이후에 허씨의 집에는 손님의 발길이 끊어졌다. 못이 완성되면서 허씨의 가세가 기울어 재물이 모두 없어지게 되었다. 손님이 와도 대접할 방법이 없으니 자연히 손님의 발길이 끊어졌던 것이다. 부인이 못을 파 가세가 기울게 된 것을 알게 된 허씨는 그를 원망하다가 세상을 떠났고, 그제서야 스님의 말뜻을 알게 된 허씨의 처도 이어 시름시름 앓다가 세상을 떠났다. 그 후손도 먹고 살 방도가 없어 다른 지방으로 뿔뿔이 흩어지게 되었고, 이후에 각북에서 허씨 후손의 종적은 찾아볼 길이 없게 되었다. 마을 어귀에 있던 진사비도 후손들이 없어 관리할 이가 없어진 후 지금은 소실되고 없다고 한다.

(제보자 : 상동. 채록일자 : 1999. 12. 13.)

(79) 계명(鷄鳴)동에 관한 전설

청도군 각북면 남산리에 계명동이라는 자연부락이 있다.

옛날에 어느 소금장수(등짐장사)가 살았는데 그 장수는 이곳 저곳을 옮겨다니며 소금을 팔았다. 그렇기 때문에 밤늦게까지 길을 걷다 길에서 자야 하는 경우도 많았다. 어느 날 그 장수가 한 마을에서 소금을 팔고 다음 마을에 서는 장날에 시간을 맞추어 가기 위해 늦은 시간에 들길을 걸어가고 있었다.

그런데 그 날은 유독 그 소금장수가 피곤함을 느꼈고 다음날 장사할 것을 생각해 잠시 눈을 붙이고 가야겠다는 생각도 하고 누울 곳을 찾았다. 그러나 마침 그 곳은 넓은 들판이었고 기대어 잘 곳은 아무리 찾아도 찾아볼 수가 없었다.

"곤하여 누울 곳을 찾아도 허허벌판뿐이로구나. 할 수 없군… 들에서라도 잠시 눈을 붙일 수밖에…" 그리하여 결국 들길에 봇짐을 베고 잠시 눈을 붙이기로 하였다. 얼마를 잤는지… 잠결에 이상한 소리가 들렸다.

"꼬끼오~ 꼬끼오~" 틀림없는 닭 울음소리였다. 처음에는 별 생각 없이 잤으나 곧 아침이 오리라는 생각에 눈을 떴다. 눈을 떠보니 날이 새려

계명동

하고 있었다. 아직은 시간이 남은 듯하여 열심히 걸어가면 장터에 늦지 않고 갈 수 있을 것 같았다. 그런데 문득 궁금한 생각이 들었다.

"가만, 닭이 어디서 울었지? 닭 울음소리가 들린다는 것은 근처에 민가가 있다는 말이 되는데… 아니야, 거기는 그냥 넓은 들판이었어. 집이 있을 리 없다구. 비록 멀리 민가가 있다 할지라도 나의 깊은 잠을 깨울 정도는 아니었을 텐데… 거참 신기한 일일세."하고는 다시 자기가 잤던 곳으로 돌아와 보았다. 역시 허허 벌판일 뿐 집이라곤 찾아 볼 수가 없었다.

"아무래도 내가 귀신에 홀린 느낌인걸. 아니야… 닭은 신성한 동물이지. 그런 동물의 울음소리가 내 귀에 들렸다면 이 지역이 신성한 터란 말인데. 그래, 이는 틀림없이 하늘이 점지해준 곳이야. 이제 떠돌이 생활은 그만하고 여기서 살아야겠다."하고는 그 지역에 집을 짓고 정착을 했다고 한다. 그 후부터 그 곳은 계명동이라고 불리게 되었다.

(제보자 : 상동. 채록일자 : 1999. 11. 13.)

(80) 달아난 노루 · 조들 · 노루목 전설

경북 청도읍 유호 2동에 조장자 집터와 조들과 노루목에 얽힌 이야기이다.

이미 해가 저문 심산유곡의 오솔길을 걷고 있는 점잖은 길손이 있었다. 먼길을 걸었는지 지치고 허기진 데다 날마저 저물어 괴나리 봇짐에 의지하여 노숙을 하려해도 여기저기에서 울부짖는 짐승들의 울음소리에 전신이 오싹하여 노숙할 수도 없어 인가를 찾아 헤매다가 멀리 보이는 불빛을 발견하고 허겁지겁 달려가니 오막살이집이 나타났다. 길손은 하룻밤 묵어 가기를 청하니 늙은 주인이 나와 길손을 맞아 들였다. 주인이 말하기를

"어디로 가는 손님인지는 몰라도 이곳은 바로 기진맥산 밑이고 손님이 지나온 곳이 사리골이고 여기서 동남으로 내려가면 한재가 됩니다. 우리 늙은 내외가 이곳에서 화전을 일구어 호구를 해 나가는 입장이라 먹을 것

조들과 노루목

도 변변치 못하고 방도 단칸방이라 하룻밤 묵어 가는 것은 좋으나 형편이 이러합니다."하고 할머니는 부엌에 나가 저녁상을 차려 왔는데 조밥과 고구마를 담고 산나물 한 접시와 장이 덩그렇게 놓여있었다. 늙은 주인이 민망하여 "밥상이 이래서야 점잖은 손님이 자시겠는지"하고 말끝을 흐린다. 길손은 허기진 배에 쪼르륵 소리가 날 지경이라 정신 없이 밥을 먹고 고구마를 또한 단숨에 먹고 물을 마시더니 길손은 "이제는 살 것 같습니다." 잘 먹었다는 인사도 하는 둥 마는 둥 하더니 허기지고 지친 몸이라 배가 부르니 졸음이 오기 시작하여 염치불구하고 자리에 누워 깊은 잠에 빠졌다. 얼마나 시간이 흘렀는지 오손도손 이야기 소리에 잠이 깨서 일어나 보니 주인 내외가 앉아서 이야기를 하고 있었다. 길손은 "염치없이 굴어서 죄송합니다."라고 하니 주인이 "늙은이들은 잠이 없어 이야기를 하다 보니 손님 잠을 깨운 것 같습니다. 아직 먼동이 틀려면 시간이 있으니 어서 더 주무세요." 하였다. 길손은 "많이 잤습니다. 이제는 피로도 풀리고요."하고 정신을 차려 방안을 살피니 주인 내외는 비록 늙고 남루한 옷차림이지만 이런 산골에서 지필묵도 갖추어져 있어 길손은 의아한 생각이 들어 "노인장은 이런 산골에 사실 분이 아니고 또한 자녀들도 있을 텐데 어인 연유인지 타인에게 이야기 할 수 있다면 말씀 해 주실 수 없습니까?"하니 주인은 긴 한숨을 내 쉬며 "다 지나간 옛 이야기인데 이야기한들 무슨 소용이 있겠습니까?"하였다. 길손은 "노인장 하룻밤 신세도 인연인데 말씀을 들려주시면 고맙겠습니다." 주인은 "손님이 그렇게 이야기를 듣고자하니 말씀드리지요."하며 다음과 같이 이야기하였다. "내가 살고 있던 곳은 여기서 약 20리 떨어진 조들이라는 곳인데 내 중조부 때부터 그곳에서 살았지요. 중조부가 돌아가시고 조부가 가난한 살림을 꾸려 가며 틈틈이 글을 배워 시 한 수 지을 정도였으나 인정이 많고 마음이 넓어서 마을 사람들의 존경을 받고 있었습니다. 하루는 어떤 대사 한 사람이 찾아와서 시주를 청하기에 후하게 시주를 주고 이미 날이 저물어서 대사를 사랑방에 하룻밤 묵고 가게하고 융숭한 대접을 하였답니다. 이튿날 아침에 대사가 떠나면서 조부님에게 말하기를 "주인장이 하도 따뜻하고 인정 있게 대해 주시니 소승이 잘 살 수 있는 방법을 가르쳐 드리겠으니 소승을 믿을 수 있겠습니까?" 하니 조부가 보건대 범상한 중이 아니라는 것을 알고 "대사께서 가르쳐 주신다면 꼭 이행하지요."하였답니다. 대사는 고개를 끄덕하고서는 조부를 따라 오라 하더니 집 앞에서 앞산을 가리키며 "저 산 이름이 무엇이요." 하여서 조부는 "노루골이라고 합니다."라고 답하였습니다. 과연 그 산은 높은 산 주릉에서 뻗어 나와 큰 냇가에까지 나와 있는데 노루가 서 있는 모양 그대로였지요. 대사가 "저 산 잘룩한 노루 잔등 비슷한 곳을 정면으로 볼 수 있게 대문을 바꾸어 내고 매년 가을철에 한번씩 신곡으로 산신제를 올리시오. 그러면 가산도 넉넉해지고 자손도 번창 할 것입니다. 다만 한 가지 지킬 것은 하루에 수많은 손님이 와도 친절히 모시고 어려운 사람들에게는 도와 주셔야 합니다. 만약 이것을 어기면 큰일납니다." 하고 대사는 어디론지 떠나 버렸습니다. 조부는 일꾼들을 시켜 대문을 새고 내고 그 때가 마침 가을철이라. 신곡으로 산신제를 지냈습니다. 그 후부터는 살림이 늘어나고 손님들이 많이 찾아 들어와 세상 사람들은 조장자(趙長者)라 하였고 마을 앞 넓은 들은 모두가

조장자인 조부의 소유였습니다. 조부가 연로하여 돌아가실 때 아버님과
여러 가족들에게 유언하기를 "우리집안이 번창하게 나가려면 반드시 유
언대로 지켜야 한다. 추호도 어김이 없어야 한다. 첫째로 노루골 산을 잘
보호하여 흙 한 줌도 손대지 말게 하고 둘째로 우리 집 대문의 위치를 바
꾸지 말고 셋째로 찾아오는 손님은 친절하고 따뜻하게 접대할 것이며 넷
째로 어려운 사람들을 도우고 다섯째로 아무리 고되고 힘겨운 일일 있어
도 불평불만을 하지 말아야 한다."라고 말씀하시고 돌아 가셨습니다. 대
를 이은 아버님은 조부님 유언을 지키며 인심을 잘 쓰고 손님 접대에 도
리를 다하였고 아랫사람이나 이웃에게도 항상 온정과 관용으로 대하니
모두가 성인처럼 숭앙하였고 가산은 물론 명망이 나날이 높아가고 온 집
안은 화기에 넘쳐 아무것도 부럽지 않은 생활이었습니다. 이대 조장자(趙
長者)인 아버님은 넓은 농토를 돌아보고 사랑방에서 문객들과 친구들이
모여 앉아 시상에 잠기곤 하여 도화경(桃花境)같은 생활을 하고 있었습니
다. 저희집 문전은 언제나 성시를 이루었고 집안은 항상 잔치집 같았습니
다. 아버님의 인심도 좋았지만 어머니 또한 마음씨가 곱고 부지런하여 아
무리 손님이 많아도 하인들에게 맡기지 않고 자신이 감독하고 지시해서
손님 접대나 집안 살림살이를 해 왔고 없는 사람들의 사정을 잘 알아서
도와 주곤하여 아버님을 잘 내조하였습니다. 그러나 내 나이 32세가 되던
해 아버님인 조장자가 돌아가시고 그 이듬해 어머님도 돌아가셔서 우래
내외가 집안 살림을 맡아 조부님, 아버님의 유언을 잘 지켜 왔고 내 아내
인이 사람도 삼대 조장자(三代 趙長者)가 된 남편인 나를 도와 손님 접대
나 어려운 사람들의 사정을 알아 도와 주었습니다. 매일같이 손끝에 물
말릴 틈도 없이 심지어는 밥을 먹다가도 두세 번 부엌이나 곳간에 나가야
할 정도로 열심히 살아왔습니다. 그러나 부인에게 옥에 티같이 한 가지
흠인 깊은 생각 없이 경솔하게 말을 하는 버릇이 있었습니다. 조장자인
우리집안은 다복하고 평화로운 생활을 해 오던 중 하루는 점잖은 대사 한
사람이 시주를 청하러 왔기에 이 부인이 후하게 시주를 하자 대사는 감사

하여 염불(念佛)을 하고 만복을 축원하니 이 부인이 하는 말이 "여보세요 대사님 우리 집은 지금 복되게 살고 있으니 더 이상 복은 그만두고 제발 손님이나 못 오게 해 주세요. 하도 손님이 많이 와서 그 치송에 사람이 견딜 수가 없습니다. 대사님 꼭 부탁입니다." 라고 부인은 항상 마음 한 구석에 도사리고 있던 불평불만을 늘어놓았습니다. 경황없이 말하고 있는 부인을 물끄러미 바라보던 대사는 "마님께서 꼭 소원이시라면 원을 풀어 드릴 수 있지만 손님이 오는 것도 복입니다." 하니 부인은 "이제 복도 필요 없으니 꼭 들어주세요." 하니 대사는 "마님 뒤에 후회를 하지 않겠습니까?" 고 물으니 부인은 "후회라니요 소원만 들어주시면 많은 시주를 하겠습니다." 하였습니다. 대사는 가까운 시일에 손님이 오지 않게 하겠으니 일꾼 세 사람만 필요하다는 것이었다. 부인은 일꾼 세 사람과 자신도 대사를 따라 나섰습니다. 대사는 일꾼 세 사람을 데리고 조장장 집 건너 편 노루골 등성이에 다다라 산의 혈맥을 파헤치니 맑은 날씨에 별안간 천 둥이 일고 회오리바람이 불고 하늘이 캄캄해졌습니다. 나는 그때 사랑방 에서 손님들과 있었는데 하도 요란하기에 뛰어 나와 부인을 찾으니 하인 들이 말하기는 대사를 따라 일꾼 세 사람과 같이 노루골에 갔다는 것입니 다. 나는 이상한 예감이 들어 허겁지겁 노루골로 뛰어가 산기슭에 들어서 니 한층 세찬 천둥과 바람이 일었다. 단숨에 산등성이에 올라가니 노루골 잔등은 파헤쳐져 있었고 대사는 보이지 않고 부인과 일꾼들만 멍하니 서 있었습니다. 어이된 일이냐고 물으니 일꾼들의 말이 바람이 일고 천둥이 요란 하드니 이 속에서 노루 한 마라가 나와 뛰어 가버렸다는 것이었습니 다. 땅을 치고 통곡하였으나 이미 때는 늦었지요. 그 후부터 우리집안은 갑작스레 병환이 나고 가화가 연이어 일어나서 사람들이 죽고 재산은 점 점 줄어서 수 삼 년 내에 아주 망해 버렸답니다. 처음에는 부인을 원망도 하고 한탄도 하였으나 부질없는 일이지요, 자식들 마저 다 죽고 하인들도 흩어져 우리내외만 남았지요. 그래서 이 곳으로 들어와 20여 년을 살고 있답니다." 라고 노인은 기나긴 이야기를 마치고 한숨을 내쉬었다. 길손

은 하도 기이한 일이라 노인만 바라볼 뿐이었다 한다. 이 이야기는 아마
도 임진왜란 전의 이야기 같으며 실존인물이 아닌가 싶다. 지금도 청도읍
유호 2동 국도변에 조장자 집터 흔적이 남아 있고 앞들과 마을 이름을 조
들이라 부르며 경부선이 깔린 지점을 노루가 나왔다 하여 노루목이라 부
르고 있다.

(제보자:상동. 채록일자:1999. 12. 13.)

(81) 은왕봉(隱王峰)의 전설

청도군 이서면의 남산지맥 약수폭포 위에서 신둔사로 넘어가는 고개에
은왕봉이라는 산봉우리가 있다. 이 산봉우리에 얽힌 이야기는 이서고국이
멸망할 때의 이야기이다. 먼저, 이야기에 앞서 그 당시 이 지역에 존재했
던, 이서국의 역사와 그와 함께 청도군의 내력도 함께 언급하겠다.

청도 지역은 신석기시대부터 인간이 거주하였던 것으로 보이며, 청동기
시대에 해당하는 유물, 유적이 군내 여러 곳에서 발견되고 있다. 즉, 화양
읍 동천리의 지석묘, 각남면 화리의 지석묘와 석관묘 등은 이 시기의 대
표적인 유물, 유적으로서 당시 사회연구에 중요한 단서를 제공하여 주는
것들이다. 이러한 사회분화과정을 통하여 일찍부터 소국(城邑國家)이 형
성되었는데, 변진 24개국의 하나인 우유국(優由國)이 이곳에 비정되기도
한다. 우유국의 실체는 정확하게 밝혀지지 않고 있지만, 42년 이곳에 위
치한 이서국이 신라에 항복하였다는 것을 보면 이 두 소국 사이에는 어떤
관련이 있는 것 같다. 이때 이서국은 신라 지배체제 내에 완전히 흡수되
지는 않았는데, 이는 297년 그들이 신라를 공격하여 금성(지금의 경주)을
포위하기까지 하였다는 사실을 통하여 알 수 있다. 그렇지만 이 시기를
전후하여 이서국은 신라에 편입되었고, 부근에 있는 구도성(仇刀城) 내의
솔이산성(率伊山城) 등과 함께 병합되어 대성군(大城郡)으로 되었다. 757
년(경덕왕 16) 지방제도 개편시 대성군은 분리, 독립되었으며, 그 예하의

은왕봉

구도성은 오악현(烏嶽縣), 경산성은 형산현(荊山縣), 솔이산성은 소산현(蘇山縣)으로 각각 개편되어 밀성군의 영현이 되었다.

이서국의 내력은 대개 위와 같은데, 바로 이 나라와 관련되어 지금까지 남아서 전하는 것이 바로 은왕봉이다. 산봉우리에는 큰 웅덩이가 파져 있고, 근방에는 많은 돌들이 흩어져 있어 축석의 일부로 짐작되고 있다. 이것은 신라에 의해 이서국이 침략을 당했을 때 이서국 왕이 이곳에서 난을 피했다고 한다. 당시에는 토굴이었으나 지금은 허물어져 웅덩이가 되고 말았다. 이곳의 나이 많은 사람들은 임금이 숨은 자리라 하여 은왕봉이라 부른다고 한다.

위의 이야기는 정확하게 구전되어 전하는 것은 아닌 것 같다. 다만 그 마을 사람들에 의해 대강 위와 같은 지명 전설의 정도로 정착한 것이 아닌가 한다. 이야기의 시간적 배경은 AD 약 4세기 경으로 신라가 강성해지고 주변의 소국들이 신라에 편입되던 시기인데, 이는 지금의 고령지방

즉 대가야 멸망 때의 예동산성이나, 옥잠의 전설과 매우 유사한 구조를 지니고 있는 것 같다. 다만 아쉬운 것은 전하는 이야기가 구체적이지 않고 정확치 않아 보다 정밀한 구조분석과 비교를 할 수 없는 점이다. 옥잠은 신라 진흥왕 때 이사부가 대가야 정벌을 위해 고령지방을 치게 되었는데, 이 나라의 왕비와 궁녀들이 슬픔을 머금고 다시 고향으로 오겠다는 의지로 떨어뜨린 비녀가 전설로 남겨진 지명이다. 이와 같이 소국들은 큰 나라에 병합됨으로써 열세한 나라의 비운을 겪지만, 그 정신은 입에서 입으로 전해지면서 전설로 남아있는 것 같다.

(제보자:경북 청도군 화양읍 신봉리 346번지, 장봉채, 74세, 청도향교 전교. 채록일자:2000. 5. 21.)

(82) 경상북도 청도군 줄다리기 경연 대회의 유래

청도 줄다리기 놀이의 유래는 다음과 같다. 청도읍에서 북쪽으로 가면 비교적 인적이 드물고 한산한 북문거리가 나온다. 이곳은 예로부터 죄인을 치죄하고, 심문하여 형벌을 집행하는 곳이었다. 우리나라는 예로부터 북쪽에 대한 이미지가 좋지 않았다. 예를 들면 북망산천이라 하여 망자의 땅, 죽음과 관련된 어두운 땅으로 인식했다. 이런 이미지가 있는데다가 형장(刑場)을 만드니, 모든 사람들이 꺼림은 물론 모든 것이 한산하고 조용한 비활성 지대였다. 지금은 그 장소가 분명하게 남아있지는 않지만 옛날에는 모든 죄지은 사람들이 이곳에 끌려와 형벌을 집행받고, 형 집행 중에 육체적인 고통 받거나, 목숨을 잃었던 것이다. 이곳에서 너무 많은 사람들이 죽어서 그 땅에 원귀가 있으며 그 원귀가 마을에 좋지 않은 영향을 미치기도 한다고 생각하였다. 그 죽은 원귀들이 그 곳의 땅속에 있다고 믿은 것이다.

그래서 사람들은 죽은 수많은 원귀(寃鬼)를 진혼(위로)하기 위해서 마을에서 큰장을 이곳에 열어 땅 밑에 있는 한(恨)많은 지귀(地鬼)를 진정시키고 억누르려 하였다. 많은 사람들의 기로 원귀의 기운을 누르고, 많은 사람들이 모여 드나들면서 그 땅을 밟아 줌으로써 외로워하는 원귀를 위로하고자 했던 것이다. 이곳이 바로 예로부터 화양 5일장이 열리던 곳이다. 청도군에서도 청도읍에 위치하여 북쪽에 위치한 땅인데, 그곳에 죽은 자들은 위로하기 위해서 장을 연 것이다. 매우 규모가 컸으므로 인근 주민은 물론 창녕, 경산, 풍각의 사람들이 이 5일장(화양 5일장)에 모임으로써 매우 활성화되었고, 이로 인해 그 땅을 많은 사람들이 밟고 지나다니며 활발한 상거래를 하여 그 일대를 흥성하게 하였다.

그러나 이후 이 5일장도 별 효과가 없고 시원치 않자 큰 시장 대신에 대규모의 줄다리기 놀이가 생겨나게 되었다. 큰 밧줄을 사이에 두고, 동·서로 나뉘어 줄다리기 시합을 벌임으로써 그 지역(옛날 형장이던 자리-獄谷)의 원귀를 위로하려 했던 것이었다. 즉, 이번에도 많은 사람들의 힘으로써 원귀를 달래고자 한 것이다. 당연히 많은 사람이 땅의 힘을 발판 삼아 그 지역을 밟고, 경쟁하며 줄다리기를 했을 것이다. 동·서로 나뉘어 이웃 주민은 물론 먼 곳의 마을에서까지 이 시합에 참여함으로써 매우 많은 사람들이 함께 모여서 마을의 화합과 안녕을 도모했었다. 이 줄다리기는 보통 큰 규모가 아니었다. 매우 큰 규모여서 너무 많은 사람들이 함께 하다보니 그만큼 크고 작은 사고 또한 잦았다. 보통 시합이 시작되기 전의 밤, 시합 당일의 새벽에 동·서대의 장(우두머리)이 제를 올리며, 시합의 공정과 무사를 기원하며 아울러 마을의 안녕을 기원하였다. 제수를 바치며 제를 올리는 의식이 끝나면 날이 새고 낮이 되어 드디어 시합을 벌였다.

주로 정월, 2월의 농한기에 하여 쉽게 사람을 모을 수 있게 하고 그 해의 농사에도 지장이 없게 하였다. 그리고 이렇게 바쁘지 않은 농한기에 많은 사람이 함께 모여 하나가 되어 줄을 당김으로 사람들의 화합도 다졌다. 또 많은 사람이 땅을 밟아줌으로써 땅의 지력을 북돋아 주는 기능도 하기 때문에 여러모로 이 줄다리기 시합은 이 마을에 유효한 놀이였음을 알 수 있다.

그러나 너무 많은 사람이 하다보니 크고 작은 사고가 잦았다. 그런 이유와 인구수의 축소로 그 규모를 축소하여 안전을 지키며 큰 사고에 대처하는 방향으로 이 시합을 계승하고 있었다. 현재의 상황은 작년까지는 경기를 진행하였으나 계속된 사고로 올해부터는 중단되었지만 앞으로는 어찌될지 알 수 없다. 그러나 우리의 이런 전통을 잘 지켜서 소중하게 간직해야 할 것이다.

(제보자 : 경북 청도군 화양읍 신봉리 346번지, 장봉채, 74세, 청도향교 전교. 채록일자 : 2000. 5. 21.)

(83) 조들과 노루목

청도군 화양읍에 조장자(趙長者)라고 하는 사람이 지금의 청도읍 유호 2리 혹은 속칭 조들이라고 하는 곳에 살았다. 조장자는 비록 가난하였지만 글도 잘 하며 인정이 좋고 마음이 넓어서 마을 사람들의 존경을 받았다 한다.

하루는 어떤 대사 한 사람이 찾아와서 후하게 시주를 주고 이미 날이 저물어서 대사를 사랑방에 하룻밤 묵고 가게 하였다. 그 다음날 극진한 대접을 받은 대사는 떠나기에 앞서 주인의 은혜에 보답하고자 주인에게 부자가 될 수 있는 방법을 가르쳐 주겠다고 하였다. 이에 조장자가 보기에 범상한 승려가 아닌 줄 알고 대사의 말을 따를 것을 약조하였다. 그러자 대사는 조장자를 따라오게 하더니 앞산을 가리키며 저 산의 이름이 무엇인지 물었다. 조장자가 산 이름이 노루골이라고 대답을 하였다.

"저 잘록한 노루 잔등 비슷한 곳을 정면으로 볼 수 있게 대문을 바꾸어 내시고 매년 가을철에 날을 택하여 햇곡식으로 산신제를 올리시오. 그러면 가정의 살림도 점차 넉넉해지고 자손도 번창할 것입니다. 다만 한가지 지킬 것은 하루에 수많은 손님이 와도 친절히 모시도록 하시고 어려운 사

조들

람들을 도와 주셔야 합니다. 만약 소승의 부탁을 어기시면 큰일납니다.”

　대사는 이 말만을 남기고 어디론가 훌쩍 떠나버렸다. 대사가 일러준 그 산은 과연 노루가 서 있는 모양 그대로였다. 조장자는 대사가 하라는 대로 일꾼을 시켜 대문을 새로 내고 햇곡식을 장만하여 산신제를 지냈다. 그후로 살림이 날로 번창하여 마을 앞 넓은 들은 모두 조장자의 소유가 되었다. 그리고 조장자는 원래 인심이 후덕하여 온 마을 사람들에게 온정과 관용으로 대하며 접빈객(接賓客)의 도리를 다하였다. 또한 조장자의 이러한 인심으로 사랑방에는 항상 문객들로 발 디딜 틈도 없어 집안은 잔칫집 같았다.

　조장자가 유복한 생활을 하다 연로하여 돌아가시게 되었을 때 가족들을 모아놓고 유언을 하기를 “우리 집안이 앞으로도 번창하게 되려면 반드시 유언을 따라야 한다.

　첫째는 노루골을 잘 보호하여 흙 한 줌도 손대지 말 것이며 둘째로 우리 집 대문의 위치를 바꾸지 말고 셋째로 찾아오는 손님을 따뜻하고 친절하게 접대할 것이며, 넷째는 어려운 사람들을 도와주고 힘겨운 일이 있어도 불평 불만을 하지 말아야 한다.”

이러한 유언을 남기고 돌아가신 조장자의 대를 이은 아들은 부친의 말씀을 잘 따라 인심을 쓰니 온 집안은 활기에 넘쳐 남부럽지 않은 생활이었다. 부인 또한 마음씨가 곱고 부지런하여 아무리 손님이 와도 불평하지 않고 잘 대접하여 남편을 잘 내조하였다.

2대 조장자도 죽고 3대 조장자 때의 일이었다. 3대 조장자도 그 조부와 아버지를 본받아 인심이 좋았다. 또한 그 부인도 마음씨가 곱고 부지런하여 마을 사람들의 존경이 대단하였다. 그러나 착하고 성실한 이 부인에게는 한가지 흠이 있었는데 그것은 깊게 생각하지 않고 마음 속에 있는 말을 쉽게 내뱉는 것이었다.

어느 날 대사가 찾아와 시주를 구하러 왔다. 대사는 시주를 후하게 받고 감사하여 축원하니 조장자 부인이 손님이 많이 와서 접대하는 것이 견딜 수 없다며 불평을 늘어놓았다. 경솔하게 불만을 털어놓는 부인을 물끄러미 바라보던 대사가 그것이 진정 소원이라면 들어주겠으나 나중에 후회해도 소용이 없다 하였다. 부인은 후회하지 않을 테니 손님이나 더 이상 집에 오지 않게 해 달라고 간청하였다. 대사는 부인에게 인부 3명을 요청하여 인부들과 함께 조장자 집 건너편 산기슭에 가서 소위산의 지맥을 파헤치니 맑은 날씨인데도 갑자기 천둥이 치고 회오리바람과 함께 하늘이 캄캄해지면서 그 속에서 노루 한 마리가 뛰어나와 달아났다.

그 후 조장자의 집은 화가 잇달아 일어나서 재산은 점점 줄어들어 수삼 년 내에 아주 망해버려 가족들은 유랑걸식에 나서서 모두들 조들을 떠났다 한다.

지금은 이 이야기에 등장하는 조장자의 집터가 남아있을 뿐이다.

(제보자：경북 청도군 화양읍 신봉리 346번지, 장봉채, 74세, 향교전교. 채록일자：2000. 5. 21.)

(84) 호랑이를 잡은 효자

청도군 화양읍 진라리에는 마을 어귀에서 조금 떨어진 곳에 효자문이 하나 세워져 있다. 이 효자문은 이 마을에 많이 살고 있는 창녕 조씨 문중의 것이라고 한다. 어느 때의 일인지는 잘 모르지만 아마 조선시대의 이야기인 것 같다.

옛날에 이곳에는 한 모자가 살고 있었다고 한다. 이들은 무척 가난해서 아들이 산에서 나무를 해다 팔아 근근히 홀어머니를 봉양하고 있었다. 어머니는 나이가 많은데다 말을 못하는 벙어리였으나 아들은 효성이 지극하여 어머니를 잘 봉양하였다.

아들은 매일 나무를 해다 팔고 돌아올 때는 반드시 간단한 제수를 준비하여 왔다. 집에 돌아와서 어머니에게 인사를 드리고는, 곧 바로 집 옆에 있는 넓다란 바위 위에다 준비해 온 제수를 차려놓고 "어머니가 말을 할

효자비

효자각

수 있게 해주십시오." 하고 날마다 기원을 하였다. 이렇게 눈이 오나 비가 오나 빌기를 시작한지 5, 6년이 지났다.

이 모자가 이렇게 가난하지만 단란하게 살아가던 어느 날, 아들이 산에 나무하러 갔다가 어쩌다 보니 아주 깊은 산까지 들어가게 되었다. 한참 열심히 나무를 하고 있는데, 이상한 기분이 들어 사방을 살펴보니, 근방에 있는 바위 위에 큰 호랑이가 한 마리 앉아서 노려보고 있었다. 아들은 기겁을 하여 달아 나려고 했으나, 호랑이가 크게 울부짖으며 덤벼들 기세라, 아들은 달아날 수 없음을 깨닫고, 곁에 있던 나무를 집어들고 호랑이와 격투를 벌였다. 힘이 장사고 용기 있는 아들이었으나, 시간이 흐를수록 불리하게 되어 결국 아들은 넘어지고, 호랑이는 넘어진 아들을 짓누르고 으르렁거리며 곧 잡아먹을 기세였다. 아들은 죽을 순간이 다가오자 걱정이 되는 것은 내가 죽으면 말 못하는 어머님을 누가 봉양하겠느냐는 마음 뿐이었다.

그런데, 이때 이상한 일이 일어났다. 난데없이 큰돌이 날아와서 호랑이의 딱딱한 머리에 딱하고 명중하였다. 돌의 힘이 얼마나 세었는지 황소

같은 호랑이가 외마디 소리를 지르면서 나가 떨어지고 말았다. 그제야 아들은 정신을 차리고 일어나서 호랑이를 살펴보니 이미 죽어 있었다. 아들은 '누가 위급한 순간에 돌을 던져서 호랑이를 죽였을까' 생각하고 사방을 둘러보니 저 멀리 나그네가 한 사람 빠른 걸음으로 급히 가고 있었다.

아들은 저 분이 나를 구해주셨구나 생각하고 목숨을 구해준 데 대한 인사라도 드리려고 빠른 걸음으로 나그네를 뒤쫓았으나 이미 거리가 너무 멀리 떨어져서 아들의 걸음으로는 따라갈 수가 없었다. 할 수 없이 아들은 나그네의 뒷모습에다 절을 하고, 생명을 구해준 은혜에 감사를 드렸다.

아들은 죽어 넘어진 호랑이를 걸머지고 집에 돌아왔다. 집에 와서 호랑이의 가죽을 벗겨서 머리는 어머니께 고아 드리고, 몸통은 마을 사람들에게 나누어주었다. 그리고 남은 호랑이 가죽과 뼈를 시장에 내다 팔았더니 큰돈이 되었다. 그런데 이상하게도 호랑이의 머리를 고아 먹은 어머니는 며칠이 지난 뒤에 말을 할 수 있게 되었다. 아들은 기쁨을 감추지 못하여 어머니를 등에 업고 춤을 추었다. 재산도 생기고 그렇게 소원하던 어머니가 말을 하게 되자 아들은 어머니에게 더욱 효도를 하고 동네 어른들도 극진히 섬겼다.

이때 마을 사람들이 말하기를 아들의 지극한 효성이 하늘을 감동시켜 호랑이를 내려 주었다고 하였다. 이에 마을 사람들은 아들의 효성을 칭송하고, 그들 모자가 죽은 뒤 아들이 항상 기도하던 바위가 있던 자리에 조그마한 효자비를 세워 아들의 지극한 효성을 기렸다 한다.

이런 사연으로 현재까지 화양읍 진라리에 효자비가 남아 있게 되었고, 많은 세월을 거쳐 오면서 각 시대의 후손들에게 효의 모범이 되었다고 한다.

(제보자 : 경북 청도군 화양읍 신봉리 346번지, 장봉채, 74세, 청도향교 전교. 채록일자 : 2000. 5. 21.)

2. 민담

(1) 효자 이야기

무엇 때문에 효자가 되었는가 하니, 부모가 불효를 하고 모진 죄를 지었는데 자식이 부모가 지은 죄를 풀어주기 위하여 효를 행하여 효자가 되었다는 이야기이다.

옛날에 형제가 한 마을에 살았다. 형은 학자이고, 동생은 풍수였다. 사는 것은 부자 소리는 못 들었지만 그럭저럭 살았다. 그렇게 형제는 서로 인정있게 살다가 학자인 형이 죽었다. 형의 아들인 상주는 삼촌이 풍수라서 삼촌을 믿고 있었다.

그런데 하루가 가도 이틀이 가도 아무 말이 없었다. 따라서 상주인 장조카는 삼촌에게 아버지를 산소에 모셔야 하는데 어떻게 하면 좋겠느냐고 물었다. 그런데 삼촌은 "이놈아, 나를 믿고 있었냐, 나를 믿지 말고 다른 풍수에게 가서 해라." 하고 말한다. 그러자 조카가 "삼촌, 왜 그러십니까? 삼촌을 믿지 않고 누구를 믿습니까?"하면서 삼촌에게 사정을 한다. 그러자 삼촌은 자신의 요구대로 해 주겠느냐고 묻는다. 상주가 해 드리겠다고 하자 삼촌은 풍수명토를 마련해 놓고 석달 열흘 동안 그 장소에서 식음을 전폐하고 절을 하고, 아침, 점심, 저녁에 상을 가져다 주라고 했다.

처음엔 그 요구대로 했다. 여간 정성이 아니었다. 그러나 나중에는 힘도 들고 바빠서 아침에는 절을 세 번하고, 저녁에는 상을 갔다 주었다. 이 사실을 안 삼촌은 저녁에만 상을 갖다 주면 안되는 것이라 하며 이제는 아버지 산소를 못쓴다고 하였다. 그러니까 다른 풍수를 알아보라고 했다. 그러자 조카 내외가 삼촌에게 사정사정을 하였다. 그러자 삼촌은 다시 석달 열흘 동안 그렇게 하라고 했다. 그리하여 이번에는 지극 정성으로 아버지를 모셨다.

그렇게 하고 나니 삼촌이 상주를 불러 "상주야, 수중에 돈 천냥만 지니거라."라고 하였다. 그래서 그 말대로 천냥을 갖고 상여를 메고 골짜기 골짜기를 갔다. 골짜기를 가다가 해가 질 무렵 산에 도착할 때 장대비가 쏟아졌다. 삼촌이 조카 보고 상여를 내리라고 했다.

내려놓고 나니, 하관하라는 소리를 안하는데, 어떤 총각이 산 아래쪽에서 시체를 짊어지고 올라오는 것이었다. 눈 밝은 삼촌이 이를 발견하고 조카를 불러 "상주야, 저 밑에 웬 상주가 시체를 짊어지고 올라오는구나."라고 말하면서, 자기가 맡아 둔 자리에 그 총각이 짊어지고 온 시체를 모시려고 했다.

조카는 자기 아버지를 모시려고 한 자리에 다른 사람을 모시려 하자 삼촌과 실랑이를 벌였다. 그렇게 계속 실랑이를 벌이다가 삼촌이 총각에게 물었다. "수중에 돈 좀 지니고 왔느냐?" 그러자 총각은 "예, 있습니다."하였다. 삼촌은 그 총각에게 그 자리를 주었고, 그 총각은 인사를 하고 절을 몇 번이나 하고 내려갔다. 그 총각이 내려가고 나니 해가 어둑어둑해졌다.

삼촌은 조카인 상주를 다시 불러서는 상여를 새로 메라고 하면서 그리고는 다시 내려가자는 것이었다. 다시 내려와서는 아까 총각이 시체를 묻으려 했던 자리에 상여를 내리라고 했다. 내리고 나서 그 자리에 묘를 썼는데 밤중이 다 되었다.

다 끝내고 나서 삼촌이 조카에게 "상주야, 오늘 저녁에 네가 여기에서 밤을 새워야겠다." 하고 말했다. 조카가 생각하기를 '이 첩첩 산골짜기에서 혼자 어떻게 밤을 새울까?' 하였다. 곧 모두들 다 가고 상주 혼자 남았다.

상주는 '이 첩첩 산중에 어떻게 혼자 있겠는가? 아니다. 그래도 아버지가 계시니 안 낫겠나?' 하고 생각하면서 자신의 아버지의 산소를 베고 가만히 누워 있었는데, 잠이 사르르 들었다. 한밤중에 잠이 사르르 드니 어디선가 "아무개, 아무개" 하고 부르는 것이었다. "야, 이 친구야, 네 집에 안가고 왜 남의 집에 갔느냐?" 그러자 자신의 아버지 묻은 묘에서 대답이 나오기를 "야, 이 친구야, 천상에 내가 원한이 들까봐 너희 집을 팔았네." 하는 것이었다. 그러자 "그래, 그래서 되겠느냐? 어쨌든 잘 있거라." 하면서 가버리는 것이었다.

곧 날이 새자 상주는 자신의 아버지에게 인사를 하고 집으로 돌아왔다. 집에 와서 삼촌에게 가 인사를 하니 삼촌이 "어제 저녁에 욕 봤제?"하며 물었다. 상주가 대답하기를 "욕보기는요, 아버지가 계셔서 괜찮았습니다."라고 하였다. 삼촌이 다시 묻기를 "어제 저녁에 무슨 표지가 있지 않더냐?" 하니 상주가 대답하기를 "어떤 사람이 무슨 이야기를 하고 가던데요." 라고 하였다. 그러자 삼촌은 "너희 아버지의 묘는 없다. 젊은 시절에 남과 실랑이를 벌이다가 사람을 죽였다. 그러니 너희 아버지는 절대 천당에 못간다. 그러나 네가 100날을 조음음폐하고, 그러한 효도하는 정신을 가졌기에 너희 아버지가 죄를 면하게 되었던 것이다." 하고 말하는 것이었다.

그 뒤로는 무슨 일이든 마음 먹은대로 되고 잘 되어 그 고을에서 큰 부자가 되어 잘 살았다는 이야기이다. 자식이 부모에게 효도를 하여 그 부모의 죄를 면하게 할 수 있었던 이야기였다.

(제보자:청도군 청도읍 고수리, 문종수, 75세, 채록일자:1996. 11. 16.)

(2) 호랑이 이야기

옛날에 그 고을에서 벼슬을 꽤나 하고 부자라 불리는 사람이 살았다. 그에게는 가련한 처자가 있었다. 그런데 어느날 중신애비가 혼처를 소개하였는데, 신랑은 10여 리 정도 떨어져 있었다. 중신애비의 말을 듣고 혼사를 치루었다.

친정집에서 첫날 밤을 지내려고 준비를 하고 있었다. 색시는 연지 찍고 분바르고 쪽두리를 틀고 대청마루에 서 있었는데, 신랑이 곧 들어오는데 가만히 보니 그는 앉은뱅이였다. 그것을 본 처자의 집에서는 중신애비에게 속았다고 울고 불고 야단이었다. 처자의 부모들은 그 신랑을 보고 다리가 저니, 앉은뱅이이니 하면서 못마땅해 했다. 그러나 그 처자는 "그만 하세요, 됐습니다." 하면서 부모들을 타일렀다. 처자는 쪽두리를 벗고는 그를 신랑으로 삼고 함께 지냈다. 그러나 여전히 색시의 집은 초상난 집처럼 되어 엉망이었다.

다음날 그 처자는 신랑을 데리고 시댁으로 들어갔다. 시댁에 도착하니, 그 신랑집에서는 꽃같은 처녀가 어떻게 이런 곳에 시집을 왔냐고 하면서 야단이었다. 처자는 들은 척도 하지 않고 신랑집으로 들어갔다. 신랑집은 초라한 오두막 집이었고 시아버지는 봉사였다. 그날 저녁에 자고 일찍 일어나 조그만 부엌에 가니 단지가 세 개가 있는데, 두 개는 비어 있고 나머지 하나에는 양식이 겨우 한 끼 정도 밖에 없었다. 처자는 그것으로 양식을 늘려 앉은뱅이 남편과 시아버지를 대접했다. 겨우 세 식구 먹을 식사는 되었다. 비록 살림이 어려웠으나 친정으로 얻으러 가지는 않았다.

한편 처자의 집에서는 그 마을의 김정승의 맏아들에게 그 딸이 돌아오면 개가시키려고 하고 있었다. 그런데 기다렸으나 딸은 돌아오지 않았다. 그래서 하인을 시켜서 그녀의 어머니가 아프다고 거짓말을 시켜 딸을 데려오게 하였다. 딸에게 간 하인은 어머니가 위독해서 죽기 전에 마지막으로 딸의 얼굴이나 한 번 보고 싶어 한다고 말했다.

그 소식을 들은 딸은 걱정을 하며 준비를 하고 시아버지에게 말했다. 시아버지에게 허락을 받고, 그 다음날 이른 새벽에 밥을 해서 먹고는 먼 산길을 걸어서 친정집으로 갔다. 집에 도착하자 모두들 반가이 맞아 주었다. 딸이 어머니에게 편찮으시다는데 괜찮냐고 하니까 그녀의 어머니는 괜찮다며 네가 온다는 소리에 몸이 다 나았다며 기뻐했다.

그러고는 처자의 부모는 그녀에게 앉은뱅이 남편하고 살지 말고, 김진사에게 맏아들이 있으니 개가하라고 설득한다. 딸은 그래서는 안된다며 거절했다. 부모가 계속 강요하자 그녀는 그 길로 친정에서 달아나 버렸다.

　처자가 어둑해진 산길을 가는데 바람이 횡하니 불면서 눈 앞에 천금대
호가 나타나는 것이었다. 다른 사람같으면 정신이 아찔하여 넘어갔을텐데
그녀는 정신을 가다듬고 도망을 가려고 했다. 그런데 이리 가면 호랑이가
막고 저리 가도 호랑이가 길을 막는 것이었다.

　처자는 호랑이한테 "이 녀석아, 네가 나를 잡아 먹으려고 하느냐?" 하
고 말했다. 그러자 호랑이가 고개를 끄덕이는 것이었다. 그러자 처자가
"네가 나를 잡아먹더라도 집에 내가 왔다는 것을 알리고 인사는 드려야
한다."고 말하자, 호랑이는 다시 고개를 끄덕이는 것이었다.

　이윽고 집에 도착하였다. 내려서 집으로 들어가려고 하는데, 호랑이가
다시 길을 막는 것이었다. 그러자 처자는 "내가 남편과 시아버님께 인사
를 드린 후 잡아먹어라." 하고 호랑이에게 말했다. 인사를 하고 처자는
호랑이에 관해 알렸다. 그러자 앉은뱅이 남편과 시아버지는 탄식을 하며
차라리 자신들을 잡아 먹으라며 호랑이에게 애원하는 것이었다. 이것을
본 호랑이는 그들의 마음에 감동을 하여 슬그머니 사라졌다는 이야기이
다.

　(제보자 : 청도군 청도읍 고수리, 문종수, 75세. 채록일자 : 1996. 11. 16.)

(3) 귀신 이야기

　옛날에 김진사와 박진사가 있었는데, 그 둘은 친했다. 김진사는 홀몸으
로 가련한 딸이 있었고, 박진사에겐 삼대독자 격인 외동아들이 있었는데
서로 혼사를 약속하였다.

　김진사의 딸은 별당 안에 몸종을 데리고 있었는데, 그 몸종과 친형제처
럼 지내면서 서로 친했다. 그러다가 그 딸이 시집갈 날을 받아 놓고 있을
때, 몸종이 그녀에게 "형님요, 형님이 시집가면 나는 어떻게 합니까? 내
가 죽고 후천에 가더라도 형님의 후처가 되고 싶소." 라고 말하니 그 딸

은 몸종과 그렇게도 친하므로 "그럼 좋지." 하면서 그 말들을 번번히 말했다. 날짜를 받아 놓고 그날 저녁에 몸종이 "형님, 초저녁에는 형님이 자고, 닭이 울고 나면 내가 잘께요."라고 말하니 그 딸도 "그래도 되지."라며 대수롭지 않게 여겼다.

만반의 준비를 전부 다해 놓고 첫날 밤 몸종이 예물상을 준비하여 신랑, 색시 방으로 들여다 주고 그럭저럭 지내다 보니 밤중이 되었다. 몸종이 기다리고 있으려니 닭이 '꾸꾸' 하고 울었다. 그런데 한 번 울어도 두 번 울어도 세 번 울어도 김진사의 딸에게서는 소식이 없었다.

몸종은 김진사의 딸이 약속을 어겼다고 생각하고 내 마음대로 안되었다며 칼로 자기의 목을 쳐서 자살을 했다. 마루가 '쿵' 하는 소리를 듣고 깜짝 놀란 신랑이 색시에게 "이 무슨 일이냐?" 고 물어서 색시는 나가서 살펴 보고 나서 이야기한다면서 나왔다. 마루에 몸종이 자빠져 있는데, 바닥에 피가 낭자하였다. 마루를 치우고, 그 피를 닦고 시체를 연못에 넣었다.

색시가 방에 들어가 자초지종을 이야기하려는데, 귀신인 몸종이 "수고 많이 했습니다." 하면서 신랑 무릎에 앉는 것이 다른 사람 눈에는 안보이는데 신랑의 눈에는 보였다. 기가 차서 있는데, 그럭저럭 날이 새었다.

아침에 아버지를 보러 가서 인사를 드리고 시댁으로 가겠다고 한다. 신랑, 신부는 말을 타고 가려는데, 남들 눈엔 2명이 타고 있는데, 신랑이 보기에는 3명이 타고 있었다. 신랑은 그것을 보고 집에 돌아와 꼼짝없이 눕게 되었다. 신랑의 어머니가 아무리 묻고 보살펴도 그는 입을 떼지 않는 가운데 한 달이 가고 두 달이 갔다.

누운지 석달 반만에 신랑이 어머니를 찾게 되었는데, 그러면서 하는 말이 "내 친구 중에 귀신을 잘 떨어지게 하는 사람이 있는데, 거기 가서 좀 물어 보세요." 하는 것이었다. 결국 날이 새고 아들의 친구를 찾으러 가서 그 아들의 친구를 만났는데, 신랑의 어머니를 어쩐 일이냐며 반가이 맞는 것이었다. 신랑의 어머니가 자초지종을 이야기하니, 아들의 친구는 세상에 그런 일이 어디 있냐며 호통을 치고, 더군다나 오히려 그 어머니를 홀대하고 욕했다.

신랑의 어머니는 두 번 다시 사정할 말이 나오지 않아 할 수 없이 돌아서서 한참을 오니 아들의 친구가 자기를 불렀다. 다시 가니 아들의 친구는 호통친 자신의 행동을 용서해 달라고 하면서 사실은 귀신이 어머니의 뒤에 따라와 그 귀신을 쫓을려고 그런 행동을 했다는 것이다.

신랑의 어머니는 그의 얘기를 다 듣고 고마워 하면서 어떻게 해야 하겠냐고 물었다. 아들의 친구가 대답하기를 "도저히 살지는 못할 겁니다."하였다. 신랑의 어머니는 "이 사람아, 그래도 살 방편을 한 번 생각해 보게나." 하면서 애원하였다. 아들의 친구가 점을 쳐서 다시 알아 보고는 "백 번 중에 한 번 살까 말까 합니다. 다만 한가지 방법이 있습니다만…" 하면서 머뭇거렸다. 신랑의 어머니가 소원대로 해 준다면서 다시 애원하니 그 친구는 다시 점을 쳐 보고는 "그 집안에 대사를 치르게 될 것입니다. 그 순간을 타서 천리마를 타고 천리 밖으로 가서 떨어져서 살다가 10년 후에 섣달 그믐날 닭이 울 때 돌아오면 그 맏아들이 살아날 겁니다." 하고 말하였다.

결국 아들에게 이야기하여 시행할 준비를 했다. 천리마를 타고 천리 밖으로 떨어지니 귀신은 "아이고, 서방님 어디로 가셨나?" 하면서 찾아 다녔다. 그 때에는 모든 사람의 눈에 귀신이 보였다. 그럭저럭 세월이 흐르면서 귀신이 보이기도 했는데, 어느덧 10년이 지났다.

박정승 내외는 밤중이 되어 닭이 울 때 아들이 돌아오기를 몹시 기다렸다. 아들이 어디쯤 왔을까 해서 한숨을 쉬며 기다리는데, 갑자기 귀신이 나타나며 "아이고, 서방님. 안 오실려고 하시더니 오셨군요." 하는 것이었다. 갑자기 집안은 초상난 집마냥 엉망이 되어 버렸다. 박정승과 그 부인은 차려 놓은 음식을 귀신에게 던지며 상을 엎었다.

그러자 그때 박정승의 아들이 살그머니 올라오는 것이었다. 아들이 말을 타고 오니 귀신이 "서방님 오십니까?" 하면서 인사를 하는데, 그 귀신은 바로 몸종의 혼이었던 것이다. 아들은 꾸중을 않고 태연히 "여기까지 어떻게 왔느냐?"라고 물으니 귀신은 "서방님 오신다는 소리를 듣고 왔습니다."라고 하였다. 그러자 아들은 말을 타라고 하였다.

말을 타고 둘은 산길을 가는데 갑자기 귀신이 말을 세우라는 것이었다. 그리고는 대로로 가자고 하는 것이었다. 그러나 그는 곧 죽을 바에 처자의 부모를 만나보겠다며 그대로 달렸다. 가다가 다시 귀신이 말을 세우라고 하였다. 그때 산 아래 번개불 같은 것이 왔다 갔다 하는 것이었다. 귀신은 저것은 마적떼라고 하면서 못간다고 했다. 그래도 아들은 죽을 각오를 하고 산길을 달렸다. 다시 산 밑에 다다르니 귀신은 말을 세우라는 것이었다. 귀신은 "서방님 꼭 이리로 가려면 가세요. 나는 딴 길로 갈 겁니다."라고 말하였다. 그러자 아들은 그렇게 하라며 말을 타고 그대로 달렸다.

곧 아들을 본 마적단의 장군이 "여봐라, 저 놈을 잡아내려라."하고 명령을 하면서 아들에게 "너는 어디에 갔다 오는 길이냐?"하고 묻는 것이었다. 아들은 "어디 가서 볼 일 보고 오는 길입니다."라고 하면서 너무 무서워 고개를 못 들었다. 장군은 고개를 들어 자신을 보라고 했다. 너무 무서워 보기 힘들었지만 고개를 들어 보니 장군의 풍채는 크고 눈은 중발대기만 하며 입은 큰 마귀만 하였다. 그러나 자세히 보니 눈 가운데 검은 사마귀가 붙어 있었다. 그리고 장군은 부하에게 명령하여 앞에 가면 계집이 있는데, 가서 잡아 오라고 했다. 잡아다 귀신에게 불을 붙였다. 다 타고 난 후 마적단과 장군도 사라지고 귀신도 사라졌다.

이윽고 집으로 돌아오니 집안은 울고 불고 야단이었다. 아들이 "아버지, 어머니, 제가 왔습니다." 라고 해도 부모는 "너는 내 자식이 아니다." 라고 하며 미친 듯이 행동했다. 아들은 자초지종을 얘기했다. 아들은 "산길을 가다 장군을 만났는데, 눈은 중발대기만 하고, 눈가에 검은 사마귀가 있었고 매우 무섭게 생겼는데, 우리 조부라고 했습니다."라고 말했다. 그리고는 모든 상황을 이야기 하니 부모는 그 조상의 뜻을 알고 다시 상을 차려 그 덕을 기리며 아들, 딸 놓고 잘 살았다고 한다.

(제보자:청도군 청도읍 고수리, 문종수, 75세. 채록일자:1996. 11. 16.)

(4) 용한 관상쟁이

옛날에 관상을 아주 용하게 잘 보는 사람이 있었다. 그가 길을 가다가 날이 저물어 어느 대궐같이 으리으리한 집에 들어가 하룻밤 자고 가기를 청하였다. 그 집은 다름아닌 정승의 집이었는데 정승이 보아하니 매우 이름난 관상쟁이고 해서 얼른 집안으로 들였다. 상다리가 휘어질 정도로 진수성찬으로 저녁을 대접하고는 집안 사람들의 관상을 봐 달라고 부탁했다. 남정네들은 직접 그 얼굴을 보고 이야기를 해주었지만 양가집 아낙들의 얼굴은 함부로 볼 수 없는 노릇이었다. 그래서 꾸리에 실을 감아 가지고 오라고 하고서는 그것을 보고는 그 사람에 대해 이야기를 하였다. 그리고 한 꾸리를 들더니 "어허! 이 부인은 두사람의 家長을 모시고 있구나." 하는데 그것은 다름 아닌 정승의 부인이 감은 것이었다. 정승은 너무나 놀라고 어이가 없어서 당장 부인에게 가 "그것을 처음부터 끝까지 당신이 감았소?" 라고 물어 보았다. 그러자 잠시 정승의 집에 놀러 와 있던 정승의 고모가 부인이 나간 사이에 도와 주려고 자기가 잠시 감고 있었다고 말하였다.

그러니 그 꾸리에는 정승의 아내와 고모의 두 가장이 나타나 있는 게 아니겠는가. 그 실이 감겨진 모습만 보고도 그 사람의 관상을 알 수가 있다고 하니 용하기는 참 용하다.

(제보자:경북 청도군 각북면 오산2리 120번지, 곽정식, 70세, 오산2리 노인회장, 모계초등학교 총동창회장. 청도군 각북면 오산2리 120번지, 곽문규, 69세, 곽정식할아버지의 조카, 농업. 청도군 각북면 오산2리 126번지, 서준태, 82세, 무직. 채록일자:1997. 4. 5.)

(5) 착한 일을 하면 관상도 변한다.

옛날에는 양가집의 자제로서 큰 공부를 하는 사람들은 절로 들어 갔다. 어느 절에서 절친한 세 친구가 다음 해에 있을 과거를 보기 위해 열심히 공부를 하고 있었다. 어느 날 절을 찾아 온 관상쟁이로부터 관상을 보게 되었는데 한 친구에게는 평안 감사가 될 상이라 하고 다른 친구에게는 경상 감사가 될 상이라 한다. 마지막으로 세 친구 중에 가장 똑똑하고 공부를 잘하는 친구를 보고는 혀를 차며 거지상이라 말하였다.

나머지 두 친구는 가장 재주있는 친구에게 그런 말을 하는 것을 듣고는 깜짝 놀라 의아해 하며 그 친구를 위로했지만 속으로는 기분이 좋았다. 가장 똑똑한 그 친구는 잠시 곰곰이 생각하더니 거적을 덮어 쓰고는 말씀대로 따르겠다며 문을 나서서 세상을 떠돌아 다니기 시작했다.

다음 해 두 친구는 정말로 과거에 급제하여 하나는 평안 감사가 되었고 다른 한 친구는 경상 감사가 되었다. 그리고 나머지 한 친구는 거지 차림으로 팔도를 떠돌아 다니고 있었다. 그렇게 10년을 떠돌아 다니다가 경복궁에까지 오게 되었다. 경복궁에 세워져 있는 정1품, 정2품 등의 품계를 나타내는 비석을 바라보며 세월의 무상함에 쓴웃음을 지었다.

경복궁 앞에 조그마한 절이 있어 하룻밤 묵어 가려고 들어서 보니 절 뒤쪽으로는 자그마한 산이 둘러 있고 절앞에는 조그마한 샘이 있어 너무나 아름다웠다. 손을 씻으려고 샘에 다가가니 무엇인가가 보자기에 쌓여 놓여져 있었다. 무심코 안을 들여다 보니 금대야와 옥대야 두개가 들어 있는 것이 아닌가.

그는 주인이 분명 다시 찾으러 올 것이다라고 생각하고는 그것을 깔고 앉아서 하루를 꼬박 기다렸다. 다음날 새벽 한 여인이 그 샘에 찾아와 황급히 무엇인가를 찾았다. 거지가 그 사정을 묻자 여인이 말하기를 자기의 친정 아버지는 정승인데 잘못하여 나랏돈 1000냥을 축내어 사형을 당하게 되었는데 시아버지가 이 사실을 알고는 집안의 가보인 금대야, 옥대야를 내어 주며 아버지를 구하라고 하였다. 그런데 여인이 절에 와서 샘에 목욕 재계를 하고 불공을 드리고는 그것을 놓아 두고 간 것이었다.

이야기를 다 듣고 그 친구가 대야를 내어 주니 여인이 너무나 놀랍고 고마워 그 이름을 물어도 가르쳐 주지 않았다. 시간이 너무 급박한지라 여인은 다음을 기약하며 황급히 돌아갔고 그것으로 무사히 친정 아버지를 구할 수 있었다.

후에 모든 자초지종을 아버지에게 이야기하자 그를 찾기 위해 팔도의 거지들을 다 불러 모았다. 며칠이 지난 후에 그 사람을 찾게 되었고 극진한 대접을 하였다.

얼마 뒤에 임시 과거가 있어 그 거지가 그제야 시험을 치렀는데 급제를 하여 평양 감사를 지내게 되었다. 좋은 일을 하면 관상이 바뀐다는 것이 그것으로 인해 복을 받는다는 것과 같은 이치이리라.

(제보자:경북 청도군 각북면 오산2리 120번지, 곽정식, 70세, 오산2리 노인회장, 모계초등학교 총동창회장. 청도군 각북면 오산2리 120번지, 곽문규, 69세, 곽정식할아버지의 조카, 농업. 청도군 각북면 오산2리 126번지, 서준태, 82세, 무직. 채록일자:1997. 4. 5.)

(6) 범찌끄러기 지실동 사람 이야기

청도군 각북면 지실동에 이런 이야기가 전해지고 있다. 옛날 옛적 지실동에는 달성군 현풍장에서 면을 사다가 가족이 베를 짜서 내다 팔아 끼니를 연명해 가는 한 가난한 사람이 있었다. 이들은 가난했지만 행복했고 매일 몇 십리나 되는 길을 걸어 다니며 물건을 파는 신세였으나, 항상 즐겁게 사는 남편과 아버지를 둔 것을 감사해 하는 가족이었다.

하루는 이 지실동 사람이 장에 물건을 팔고 돌아오는 길에, '오늘은 가지고 간 물건도 다 팔렸고, 몸은 피곤해도 기분이 좋구나! 빨리 가서 기다리는 아이들과 아내와 함께 저녁을 먹고 싶은데 길은 오늘 따라 왜 이렇게 먼고?' 라고 생각을 할 때, 갑자기 어디서 암호랑이 한 마리가 불쑥 나타났다. 너무 무서워 벌벌 떠는 그에게 범은 등을 떡하니 갖다대었다. 얼떨결에 그 등에 타니, 범은 그야말로 비호처럼 달리기 시작했다. 그리하여 도착한 곳은 호랑이 굴, 왠지 집까지 데려다 줄 것만 같은 희망에 부풀어 있던 그는 사색이 되었다. 주변에 새끼 두 마리까지 어슬렁어슬렁 기어오기 시작했던 것이다. '아니 이곳은…… 아이고 난 죽었구나. 도망 칠 곳도 없으니. 호랑이 굴에 잡혀가도 정신만 차리면 된다더니 이건 정 신은커녕 꼼짝도 할 수 없는데 어쩌란 말인가. 아이고.'

그때 뒤에서 어미가 그를 앞발로 쳐서 기절을 시켰다. 그리고 새끼들 마저 달려 들어 등을 할퀴어 껍질을 벗겨내는 것이다. 불쌍한 지실동 사 람은 영락없는 호랑이 밥이 되는 순간이었다. 그러나 하늘은 결코 성실한 자를 버리지 않는 법이다. 갑자기 독수리 한 마리가 휘익 날아와 새끼 범 한 마리를 입에 물고 가는 것이 아닌가? 어미가 미친 듯이 독수리를 따라 가기 시작했다. 하지만 어찌 땅에 사는 범이 하늘을 나는 독수리를 따라 갈 수 있을까? 그만 포기하고 돌아오니, 그새 사람은 정신을 차려 뜻뜻한 피가 흥건한 등을 핥고 있는 새끼 한 마리를 때려 죽인 뒤였다.

지실동 사람은 '기회는 이 때다. 지금 도망치지 않으면 결국 어미가 돌 아와 나를 잡아 먹고 말 것이다. 그러면 불쌍한 내 아내와 자식들은 어떡 한단 말인가. 아프지만 정신을 차리자. 옳지. 저 소나무다.' 하고 큰 소나 무로 기어 올라가 버린 것이었다.

어미는 숨을 헐떡이며 미친 듯이 눈에 불을 켜고 돌아다니다 나무 위의 사람을 발견했다. 나무위로 뛰다 넘어지고, 다시 뛰다 엎어지면서 계속 하다 보니 어미는 그만 힘이 빠져 버리고 날이 새고 말았다. 지실동 사람 은 소나무 가지에 몸을 붙이고 정신을 잃고, 기력이 다한 범은 기진맥진 하게 된 후였다. 해가 올라오고 한참 풀베는 시간이니, 사람들이 풀을 베 러 가다가 그 곳을 지나가게 되었다. 마침 지실동 한마을 사람들이 노래 를 부르며 그 곳에 다다랐는데, 한 사람이 나무 위의 사람을 발견했다.

"어어. 여보게들, 잠깐만 저-어기 나무위에 사람이 누워 있구먼. 저기 말이네. 보이재? 저게 어떻게 된 거여?”

모두들 놀라 어쩐 일이냐며 주위를 살폈다. 여남은 사람이 한 손엔 낫을 들고, 한 손엔 작대기를 들고 나무 밑에 가까이 가니, 세상에 범이 한 마리 떡하니 앉아 위를 쳐다보고 자리를 지키고 있는 것이 아닌가? 사람들이

“아하, 범이 저 사람을 잡아 먹으려고 했구나! 이런 네 요놈.” 하며 돌, 작대기로 마구 던지고 두들겨 패니, 범이 겁이 나서 도망을 갔다.

정신없는 그를 업고 내려온 지실동 사람들이 그가 한동네 사람임을 알고, 혼비백산한 그를 소 등에 태워 집까지 데려오니, 밤새 걱정이 되어 울다 목이 멘 가족들이 맨 발로 뛰어 나왔다. 그리하여 그렇게 살아난 지실동 사람을 청도에서는 ‘범찌끄러기’라며 놀리나, 범이 먹다 남긴 찌끄러기라해도 어찌 살아난 것에 비할 수 있으리요 한다고 전한다.

(제보자:경상북도 청도군 풍각면 봉기리, 김암욱, 87세, 무직, 채록일자:1997. 5. 11.)

(7) 공중전(空中田) 이야기

옛날에 조선에서 중국으로 사신을 보내기 위해 적당한 인물을 물색하고 있었다. 그런데 어떤 신하가 아무것이나 거짓말도 잘하고 똑똑하고 영리하여 그 신하를 보내기로 결정이 났다. 드디어 그 신하가 중국으로 사신 가서 천자를 만나게 되었다. 중국의 천자가 그를 반가이 맞이하며 묻기를,

“귀국에는 무슨 자랑거리가 있느냐?”

하고 물었다.

그러자 신하가 대답하는 말이,

“저희 나라에는 크고 희한한 명물이 하나 있습니다.”

“그것이 무엇이냐?”

“예, 저희 나라에는 공중전(空中田)이 있습니다.”

라고 거짓말을 했다.

그러자 천자가 이상하게 생각하여 묻기를,

"그러면 그 밭에는 농사를 누가 짓느냐?"

"지하 사람들이 짓습니다. 일 년에 한 번씩 교대로 한 번 짓고 나면 다시 올라가서 짓습니다."

"그래 그것 참 희한한 것이로다. 내가 모든 일을 제쳐 놓고 귀국의 공중전(空中田)을 구경하러 가야겠다."

그래서 사신은 중국에서의 일을 모두 마치고 조선으로 돌아왔다.

그런데 조선의 임금에게,

"귀국의 신하가 와서 하는 말이 조선에는 공중전(空中田)이 있다고 하는 데 몇 일날 내가 구경가겠소."

라는 중국천자의 연락이 왔다.

이에 임금이 사신을 불러,

"너는 가서 무슨 자랑을 했기에 천자가 구경을 오겠다 하느냐?"

"제가 불민하여 조선에는 공중전(空中田)이 있다고 하였습니다."

"아니 네 이놈, 있지도 않은 공중전(空中田)이 있다니 왜 그런 거짓말을 하였느냐? 네가 어떻게 이 일을 감당하겠느냐, 중국천자를 속였으니 이제 우리는 어떻게 살겠느냐, 너를 죽여 마땅하다."

하고는 신하를 감옥에 가둬 놓았다.

그런데 그 신하에게는 열두어 살 먹은 아들이 하나 있어서 매일 음식을 아버지를 위해 감옥에 갖고 갔지만 아버지는 걱정이 되어서 아무 것도 먹지 못했다. 그러자 아들이 아버지에게 말하기를,

"아버지, 부자지간에 할 말, 못할 말이 어디 있습니까? 내외간에는 비밀이 있어도 부자지간에는 할 말을 다 해야 합니다. 걱정하시는 것을 저에게 이야기해 주십시오."

그러자 아버지가 말하기를,

"너는 알 필요도 없고 안다 해도 소용이 없다."

그러나 아들은 매일 찾아 와서 아버지에게 다그치니 그제서야 아버지가
중국에서의 일을 모두 이야기해 주었다.

그것을 다 듣고 난 아들이,

"아버지 그걸 뭐 걱정하십니까, 아무 걱정 마시고 음식이나 많이 드시
고 몸조리나 잘 하십시오. 저에게 생각이 있습니다."

"아니, 어린 네가 어떻게 해결할 수 있단 말이냐?"

"천자가 오면 인솔자가 있어야 하는데, 제가 인솔자가 되기만 하면 알
아서 다 해결하겠습니다."

그래서 아들은 임금에게 가서 자신의 신분을 밝히고 중국 천자의 인솔
자가 되기를 간청했다.

"어린 네가 이 일을 잘 할 수 있겠느냐?"

"예"

"그럼 어떻게 할 생각이냐?"

"두 가지의 청을 들어 주십시오."

"그래 무엇이냐?"

"먼저 나이 18세 미만의 젊은이를 많이 모으고 또 80이 넘은 노인을 많
이 모아 주십시오. 그래서 동쪽에는 젊은이를 모아 서로 붙잡고 울도록
하고 서쪽에는 노인들이 모여서 술 먹고 춤추고 놀도록 해 주십시오."

"그래 그 정도라면 어렵지 않지, 내가 그렇게 준비하겠다."

그래서 모두 아이의 말대로 준비를 하게 되었다.

마침내 천자가 조선에 당도하자, 아들이 천자앞에 나아가서는,

"제가 천자님을 모시겠습니다."

"오, 그래, 너희 나라에 공중전(空中田)이 있다 들었는데, 그것을 한 번
구경해 보고 싶구나."

"예, 저를 따라오십시오."

하고 아들이 천자를 데리고 먼저 젊은이들이 모여 울고 있는 데로 갔
다.

천자가 그 광경을 보고,

"어찌해서 이 젊은이들이 이렇게 울고 있느냐."

"예, 이 사람들은 지금 공중전(空中田)에 농사를 지으러 가는 사람들입니다. 그래서 슬퍼서 저렇게 울고 있습니다."

이번에는 아들이 동쪽에 노인들이 잔치를 벌이며 놀고 있는 곳에 천자를 데리고 갔다. 그러자 천자가 이 광경을 보고 묻기를,

"이 노인들은 지금 무얼하고 있는거냐?"

"예, 이들은 공중전(空中田)에 가서 1년 농사를 잘 지었다고 즐겁게 놀고 있는 것입니다."

그 말을 듣고 천자가 놀라며 묻기를,

"이렇게 젊은이가 공중전에 가서 1년 농사를 짓고 돌아 왔는데 저렇게 백발노인이 되니 공중전(空中田)이라는 곳이 그렇게도 멀다는 말이냐?"

"예, 그렇습니다."

이에 천자가 자기 나이를 생각해 보니 공중전(空中田)을 구경갔다가는 가는 도중에 생이 끝날 것같은 생각이 들었다.

그래서 천자가 조선 임금에게 가서 말하기를,

"나는 공중전(空中田)에 안 가겠소. 그렇게 가고 오는 길이 멀기만 하니 내가 어떻게 이 나이에 갈 수 있겠소."

하며 그대로 돌아갔다.

이에 임금은 기뻐하고 사신으로 갔던 신하를 풀어 주고 그 아들에게 큰 상을 내리니 조선은 무사하였다더라.

(제보자:청도군 이서면 학산동, 이석영, 68세, 채록일자:1996. 11.16.)

(8) 현명한 며느리 이야기

옛날에 한 사대부가의 여인이 시집을 가게 되었는데 이 여인은 시집을 가기 전 친정에서 아녀자가 갖추어야 할 모든 교양을 익힌 규수였다. 그런데 시집을 오자마자 시아버지가 며느리에게 짚신을 삼을 줄 아느냐고 물었다. 이에 며느리가 다른 것은 다 할 줄을 아나 그것만은 할 줄 모른다고 대답하자 시아버지는 역정을 내며 '나중에 혹시 쓰일 일이 있을지 모르니 배워오라'고 하며 친정으로 내쫓았다. 며느리가 다시 친정에서 그 방법을 배워 시댁으로 왔으나 시아버지에 대한 원망이 남아 있었다.

몇 해가 지나 나라에서 큰 난리가 나서 그 일가는 피난을 가게 되었다. 일가가 남자들과 여자들로 흩어져 피난을 가던 중 며느리는 시어머니와 자신의 짚신이 다 떨어질 때마다 다른 여자들이 당황한 것과는 달리 옛날에 익혔던 솜씨로 새로 짚신을 삼아 유용하게 신을 수 있었다. 그제야 시아버지의 가르침을 깨달은 며느리는 매사를 더욱 현명하고 신중하게 처신하게 되었다. 난리가 끝난 후 가족들이 다시 모여 며느리도 가족들과 함께 살게 되었다.

어느 날 짖궂은 시동생이 매사에 너무 빈틈이 없는 형수를 골려 주려고 형에게 양해를 구하고 꾀를 한 가지 내었다. 그래서 마루 위의 높은 선반에 얹혀 있는 병풍 위에다 물이 가득 담긴 그릇을 하나 올려 놓은 뒤에 형을 시켜 형수에게 병풍을 가져 오도록 하였다. 남편의 심부름을 들은 며느리는 병풍이 있는 마루로 가지 않고 광으로 갔다. 이것을 본 시동생이 형의 말을 못 들었느냐고 형수에게 묻자 형수는 '도련님은 가만히 계셔 보세요' 하며 광으로 그냥 들어 갔다.

잠시 후 광에서 나온 며느리 손에는 긴 작대기가 쥐어져 있었다. 시동생이 의아해 하며 지켜보고 있으려니 며느리는 마루로 가서 긴 작대기로 높이 얹힌 병풍 위를 한 번 훑어 보았다. 무언가 걸리는 것이 있자 며느리는 '여기 무엇인가가 있구나' 하며 조심스럽게 더듬어 물그릇을 물 한

방울 쏟지 않고 내려 놓고 병풍을 꺼내어 남편에게 가져 갔다. 이를 본 시동생은 두 손, 두 발을 다 들고 형수의 지혜에 탄복하여 그 이후로 더욱 형수를 존경하게 되었다.

세월이 흐르고 며느리도 나이가 들어 그 자식들이 장성하자 어느날 자식들을 불러 놓고 참을 인(忍)자를 수놓은 수십 장의 흰 천들을 내놓으며 말했다. '내가 살아오면서 힘들 때마다 참을 인자를 새기며 고통을 견뎌 왔다. 나는 이만큼을 참았으나 너희들에게 3등분 하여 나누어 줄 테니 너희들은 그 만큼씩만 참으며 살아가거라'

그리하여 그 후손들은 참을 인자를 새긴 천을 대대손손 물려주며 현명한 한 며느리의 그 뜻을 기리며 살았다.

(제보자 : 경북 청도군 각북면 오산 2리, 곽정식, 69세, 농업. 채록일자 : 1996. 11. 10.)

(9) 거지와 관상쟁이

옛날 세 사람의 친구가 함께 과거 공부를 하고 같이 과거길에 올랐다. 가는 도중에 그들은 한 관상쟁이를 만나게 되었는데 그가 말하기를 "자네 두 사람은 좋은 벼슬을 하겠으나 자네는 빌어먹을 거지로 살 관상일세" 하니 이 말을 들은 다른 한 명이 그 길로 과거를 포기하고 자포자기의 심정으로 방랑의 길을 떠나 나그네가 되고 말았다. 그러나 나머지 두 사람은 과거를 보고 급제하여 관상쟁이의 말대로 좋은 벼슬을 하게 되었다.

여러 해 동안 방랑생활을 하여 거지꼴이 된 나그네가 어느날 절 밑에 있는 우물의 물을 떠먹다가 옆에 있는 한 보자기를 발견했다. 이상하게 여겨 보자기를 펼쳐 보니 귀중하게 보이는 물건이 들어 있었다. 나그네는 이 물건이 심상치 않은 것임을 눈치채고 밤늦게까지 그 임자가 오기를 기다렸으나 아무도 찾는 사람이 없었다. 그 다음날 아침이 되어서야 어떤 젊은 부인이 허겁지겁 달려와 뭔가를 애타게 찾는 것을 보았다.

이에 나그네가 부인에게 슬쩍 무엇을 찾느냐고 물으니 부인이 하는 말이 "이 우물의 물을 마시다가 깜박 잊고 보자기를 남겨 두고 가 버렸습니다. 혹시 그 보자기를 보지 못하셨나요." 했다. 그 나그네는 다시 "그 보자기에 무엇이 들었길래 그렇게 애타게 찾고 있습니까?" 하고 물으며 "혹시 이것이 아니오" 하며 도포 속에 감춰 두었던 보자기를 꺼내 보였다. 이에 부인은 "아이고, 아버지!" 하며 보자기를 안고 털썩 주저 앉았다. 그러면서 하는 말이 "실은 저희 친정 아버지가 나라의 일을 잘못하여 천냥이라는 빚을 지게 되어 옥에 갇힐 지경에 놓였는데 시아버지께서 이를 탕감하기 위해 꼭 천냥의 값어치가 있는 시댁의 가보를 내어 주셨어요. 그래서 부처님께 불공을 드리고 집으로 가려던 중 이런 일이 생겼습니다. 다시 찾게 되어 고맙습니다." 하였다. 이에 나그네는 "찾게 되어서 다행이오. 어서 가서 아버지의 빚을 갚으시오."라고 하였다.

그 후 부인이 아버지의 일을 잘 해결하고 이제까지의 일을 정승인 아버지에게 이야기하니 정승은 세상에 그렇게 고마운 분이 어디 있냐고 하며 그를 찾기 위해 방방곡곡의 거지를 다 모아 잔치를 열었다. 그러나 그 나그네는 나타나지 않았다. 한편 그 나그네도 그 소식을 뒤늦게 듣고 서울로 올라가던 중 이전에 만났던 관상쟁이를 다시 보게 되었다. 그 때 관상쟁이가 "자네는 이제 큰 벼슬을 하게 될 관상이군." 하였다. 이에 나그네가 "당신이 그 때 날더러 거지상이라 하여 이날까지 떠돌아다니며 밥을 빌어 먹었는데, 이제와서 큰 벼슬을 하겠다고 하니 그 무슨 해괴망측한 소리요." 하고 반문하였다. 이에 관상쟁이가 "좋은 일을 하면 관상도 변하는 법이라네." 하며 홀연히 사라졌다.

결국 그 나그네는 은혜를 입은 여인의 아버지를 만나게 되어 옛날의 다른 두 친구처럼 큰 벼슬을 얻어 선정을 베풀며 살았다고 한다.

(제보자:경북 청도군 각북면 오산 2리, 곽정식, 69세, 농업. 채록일자:1996. 11. 10.)

(10) 각북의 절에 관한 이야기들

오랜 옛날에 각북면에는 절이 셀 수도 없이 많이 있었다고 한다. 첩첩 산중에 그렇게 많은 절이 어떻게 지어질 수 있었는지 사람들은 아직도 의 문스러워하나 어찌 되었건 수많은 절로 각지에서 몰려 온 중들의 숫자만 해도 어마어마한 정도였다고 한다.

그러던 어느 날 중들이 무언가를 하기 위해 삽질을 하고 있었는데 각자 가 한 번씩만 퍼낸 것이 중의 숫자가 너무 많아 구덩이가 점점 커져 급기 야 못이 되어버렸다고 한다.

또한 아침마다 중들이 밥을 지으려고 강물에다 쌀을 씻으면 쌀뜨물이 10리 밖의 풍각면 까지나 떠내려가 강물이 부옇게 변한 것을 마을 사람들 이 보기도 했다고 한다.

어느덧 불교가 득세를 못하여 쇠락하는 시절이 오고 말았다. 그때에는 많은 중들이 사람들을 부끄러워하여 사람들을 피해 먼 곳의 다른 험한 길 로 시주를 받으러 돌아서 다니기만 하고 양반들이 사는 곳에는 내려오지 도 못했다고 한다.

각북면의 그 많은 절 중에 이름 모를 절이 하나 있었는데 신라 때 쯤에 지어진 것이라고 하나 알 수는 없는 노릇인데, 그 절은 절터를 옮겨 세 번이나 피난을 갈 수밖에 없던 사연이 있었다. 그 연유는 이러한 것이었 다. 전쟁이 일어나자 그 난리를 피하기 위해 칡이 절 전체를 덮어버렸다. 칡이 난리 통에 절이 화를 입는 것을 막으려고 절을 빽빽이 둘러 싸 절터 를 옮기게끔 한 것이라고 전해진다. 절의 운을 감지한 굵은 칡 덩어리들 이 절을 구한 이야기는 지금도 이 지방 사람들의 입에 가끔씩 오르내리고 있다.

(제보자 : 경북 청도군 각북면 덕산리, 변종식, 75세, 농업. 채록일자 : 1999. 12. 30.)

(11) 호랑이의 묘 이야기

옛날 각북에 인품이 고귀하고 학문이 높은 운봉선생이라는 분이 살고
계셨다. 운봉선생의 인품이 어찌나 높았던지, 그 지역의 호랑이마저 그분
을 따라다녔다고 한다. 운봉선생이 출타하려면 호랑이가 밤마다 나와 운
봉선생을 태우고 다녔다. 운봉선생을 호위하기 위해서 호랑이가 매일 같
이 다녔던 것이다.

그러던 중 운봉선생이 돌아가시자, 호랑이는 운봉선생과의 정을 잊지
못해 운봉선생을 좋은 자리에 모시기 위해 등에 태우고 가서 좋은 위치에
땅을 파서 묻어주고, 호랑이 자신은 힘이 다해버려 그만 그 밑에서 죽어
버렸다. 그러나 이것을 본 운봉선생의 후손들은 호랑이의 그러한 마음을
모르고, 호랑이가 운봉선생을 좋은 자리에 모셨을 리가 없고, 호랑이 자
신이 좋은 자리에서 죽었을 것이라는 생각에 그만 호랑이의 죽은 자리와
운봉선생의 자리를 바꾸어 묘를 세워버렸다. 그 뒤로는 운봉선생의 후손
들은 뻗어나가지 못하고 뿔뿔이 흩어져 살게 되었다한다.

(제보자:경북 청도군 각북면 덕산리, 변종식, 75세, 농업. 채록일자:1999. 12. 30.)

(12) 부부 바위

청도 군청으로 가는 길목에 녹명이라는 마을이 있다. 그 길가에 유난히
큰 바위들이 행렬을 이루고 서 있는 모습들을 볼 수 있다. 바위들이 하나
같이 크고 잘생긴 것들로 눈길을 끄는데, 그 바위들에 얽힌 재미난 이야
기가 있다. 때는 중국의 시황제 시절로 한참을 거슬러 올라가서 만리장성
을 쌓는 다는 소문을 듣고, 덩치 크고 잘 생긴 바위들이 각지에서 모여들
어 만리장성으로 향하는 행렬을 이루었다는 것이다. 저마다 으시대면서
모여들었는데, 참으로 묘한 것은 바위들이 꼭 쌍을 이루고 서 있다는 것
이다. 바위마저도 참 능력이 있으면, 그렇게 좋은 배필이 나타난다고들
한다. 여하튼 그 행렬을 이루고 있는 바위들이 꼭 보면 한 쌍씩 마주하면

서 짝을 이루지 않으면 꿈쩍도 하지 않았다고들 하는데, 그렇게 줄줄이 멋진 부부들이 총총 만리장성을 향하는 도중에 그만, 때가 되어 성도 다 완성되고, 이제 멈추라는 통보를 받아버린 것이다. 그래서 하는 수 없이 제각기 그 부부바위들이 경치 좋은 곳에 눌러 살 수밖에 없는 처지가 되어, 아직도 그때 자리 잡은 바위들이 녹명 곳곳에 있다는 것이다. 과연, 녹명 1리 도로변에는 큰 바위들이 그것도 쌍을 이루고 길가에 행렬을 이루고 즐비하게 모여 있었는데, 길가에 그 큰 쌍 바위들이 부부처럼 서 있는 모습들이 인상 깊었다. 청도에는 유난히 큰 바위들이 많았는데 길가 그리고 드물게는 논밭에도 큰 바위가 있었고, 심지어는 민가에도 집채만 한 바위가 발견되어지는 것을 확인할 수 있다.

(제보자:경북 청도군 풍각면 송서2리 615번지, 박기수, 77세, 무직. 채록일자:1999. 12. 30.)

제 8 장

경산군 지역의 설화

경산군 지역의 설화

1. 전설

(1) 비오재

경산시 용성면 가척리 비오재는 비리재라고도 하며 용성면 소재지에서 남으로 약 2.5Km쯤 떨어진 가척리 입구(면소재지 3거리에서 오른쪽 길을 따라가면 다리가 나오는데 다리를 건너 좌회전해서 2.5Km)에 위치한 비교적 경사가 가파른 고갯길이다.

이 고갯 길에는 한 여인이 이곳에서 장삿길에 나가 남편을 애타게 기다리다 망부의 한이 까마귀로 변했다는 애틋한 전설이 있어 고개를 넘나드는 이의 마음을 아프게 한다. 이 이야기는 조선시대에 발원하였는데 확실한 시기는 알 수 없다.

용성면 가척리에는 소금장수로 연명하는 한 젊은 부부가 있었다고 한다. 이들 부부의 금실은 남달랐고, 특히 소금장수 아내의 미모는 근방에서도 빼어났다고 한다. 소금장수를 하는 젊은 신랑은 지금의 비오재를 넘어 바닷가에 나가 소금을 팔아 오가면서 마을에 필요한 생필품을 구입하는 방물장사꾼으로 그가 장삿길에 나서면 넉넉히 2~3일은 집을 비워야 했고, 그 동안 젊은 아낙네는 문을 안으로 굳게 내걸고 독수공방하여야만 했다. 신혼생활 중 이들 부부의 정분은 더욱 각별해서 남편의 아내를 위하는 마음은 날이 갈수록 깊어 갔다.

이러던 이들 부부간의 금슬을 이웃에 살고 있던 노총각이 시기를 하기

비오재

시작했고, 급기야는 친구의 아내를 탐내는 흑심을 품게 되었다. 이웃 노총각은 소금장수가 장삿길을 나선 이후 매일같이 젊은 아낙이 살고 있는 소금장수의 집을 기웃거렸고 이러던 그는 자신도 모르게 소금장수의 아낙을 짝사랑하게 되었다.

매일같이 소금장수의 집 주위를 맴돌던 노총각은 몇 번이고 젊은 아낙을 찾아 희롱도 해 보고 겁도 줘보았으나 아낙의 마음은 갈수록 돌같이 굳어 있었다. 총각은 갖은 수단으로 끈질기게 그녀를 회유했으나 끝내 마음이 변하지 않자, 급기야 소금장수를 살해할 것을 결심하였다. 그는 친구인 소금장수가 돌아올 날짜에 미리 동네 밖 고갯길에 숨어 있다가 소금장수가 장삿길을 마치고 고개 길을 숨가쁘게 오르고 있을 때 순식간에 들이닥쳐 돌로 머리를 내리쳐 숨지게 했다.

일순간 당한 일이라 소금장수는 고함 한 번 쳐보지 못하고 그 자리에서 숨을 거두고 말았다. 소금장수를 살해한 노총각은 시신을 급히 계곡에 숨기고 태연히 소금장수 아낙을 만나 소금장수가 장사일 중에 사고로 죽었다는 소식을 인편에 들었다 하고는 자신과 같이 멀리 떠나가 살자고 했다. 이 말에 소금장수 아낙은 그 자리에서 혼절을 하였다. 이웃이 부산하자 근방에 살던 아낙들이 이 집에 모여들었고, 혼절한 소금장수의 아낙은 이들에 의해 두어 시간 후에 다시 회생을 하였다.

이 상황을 지켜보던 노총각은 겁에 질려 그만 멀리 도망하였고, 정신을 되찾은 소금장수 아낙은 동구 밖 고갯길에 나가 그때부터 장삿길에 나간 남편이 돌아오기를 기다렸다. 식음을 전폐하고 오로지 남편이 돌아오기만을 기다리던 아낙은 울며불며 고갯길을 오르내리다 그만 지쳐 숨을 거두었다. 죽은 아낙의 영혼은 까마귀가 되어 남편을 잊지 못하고 이 고갯길을 맴돌며 남편 돌아오기만을 기다렸다고 한다.

이 고개에 망부의 한으로 맺힌 여인의 사연은 후일 이 길을 오르내리는 지방민들을 통해서 비오(飛鳥)재라 이름하게 되어 이들 부부의 아름다운 사랑을 세세연년 전하고 있다.

이 이야기는 우리에게 진실된 사랑은 주위의 어떠한 꾐에도 빠지지 않을 만큼 견실하며 목숨과도 바꿀 수 없을 만큼 고귀하다는 교훈을 남긴다.

(제보자 : 경북 경산시 용성면 가척리, 김진국, 42세, 농업. 채록일자 : 2000. 1. 20.)

(2) 구룡산과 구룡정

경산시 용성면 매남리 용성면 소재지가 있는 3거리에서 좌측 길을 따라 차량(승용차)으로 약 40분거리에 용성면 매남 4리에 위치하고 있는 구룡산은 '아홉용이 살았다' 하여 구룡이라 하였는데… 용성면 매남 4리 동북쪽에 해발 400여 미터의 고지를 이루고 있는 우뚝 솟은 산(용성면 소재지가 있는 3거리에서 좌측 길을 따라 차량(승용차)으로 약 40분 거리에 용성면 매남4리에 위치하고 있다)이 바로 구룡산이다. 이 산을 경계로 하고 있어 청도 구룡, 영천구룡, 자인구룡이라고 부르기도 한다. 이는 이산의

구룡산

위치가 3개의 시군과 경계하고 있음을 의미하는 것이다.

구룡산은 곧 전설 속의 산으로 처음 구룡이라 명명하게 된 동기가 동해의 용왕이야기와 관련이 있다. 이야기인 즉, 옛날 동해의 용왕에게 딸이 셋 있었는데. 어느 날 왕비가 세상을 떠나고, 왕실은 새 왕비를 맞아 들였다. 그런데 새로 들어온 왕비는 처음 전처의 소생인 세 공주를 사랑해 주었으나 날이 갈수록 계모의 본질을 드러내며 학대가 심해졌다. 이를 지켜보던 용왕은 용궁에서 학대를 받는 딸을 안타깝게 생각한 나머지 그 중 한 딸을 육지에 나가 살도록 하였다.

세상으로 나온 용왕의 딸은 해동 조선의 정기를 지닌 명산 「금강산」을 찾아갔으나 이미 그 속에는 용왕의 동생이 터를 잡고 하늘에 비를 다스리고 있음에 그도 같이 그곳에 자리할 수 없게 되자 남쪽의 태백산 줄기를 따라 살기 좋은 남으로 계속 내려오다 보니 수목이 울창하고 정상이 평평한 좋은 산을 발견하고 그곳에 영주의 터전을 잡게 되었다는데, 그 곳이 바로 지금의 구룡산이라 한다.

동해 용왕의 셋째 딸이 이곳에 터를 잡아 천우를 다스리며 무럭무럭 자라 어느덧 아홉의 자식을 두게 되었는데 이가 곧 구룡이란 지명의 어원이 된 것이다.

용왕의 딸이 낳은 자식 중 여덟용은 모두 어미용의 말을 잘 따르며 효성 또한 지극하였으나 그중 막내아들이 항상 말썽을 부리며 어미용의 속을 태웠다고 한다.

어미용은 항상 막내를 타이르며 바르게 자라기를 바랐지만 한번 빗나가기 시작한 막내의 행실은 바로 잡히지 않았으며, 급기야는 용이 지켜야 할 계율마저 저버리고 말아, 어미용을 몹시 난처하게 하였다. 그래도 어미용은 계속 막내를 설득하며 바른길을 종용하였으나 끝내 듣지 않음으로, 하는 수 없이 어미용은 동해의 부왕을 찾아 이를 벌해 줄 것을 간청하였다고 한다. 이때 바다의 용왕은 어미의 고생을 어여삐 여겨 용궁으로 다시 부르고 아홉용은 더 높은 하늘에 올라가 생활하게 하였는데, 이때 승천하게 된 샘이 바로 구룡정이다. 아홉의 용이 높고 넓은 하늘에 올라가 세상에 비와 구름을 관장하며 천우를 다스렸으나, 말썽꾸러기인 막내는 이 또한 흥미를 느끼지 못하고 용왕의 영을 거역하고 본래의 살던 곳을 그리워하며 구룡산으로 치달아 상왕의 노여움을 사 병을 얻어 그만 죽게 되었는데, 막내용이 죽은 자리가 바로 반룡산이라 전해진다.

구룡산의 아홉용이 하늘로 올라간 뒤로부터 이 산 정상에 생긴 마을을 구룡리라 부르게 되었고, 그때 용이 승천하였다는 곳은 깊은 웅덩이로 변해 남아있다.

구룡마을 북서쪽 건너편에 장재란 자연부락 앞 냇가에는 용암이라는 큰 바위굴이 있다. 이 굴은 옛날 이곳에 살고 있던 용이 막 승천을 하려는데 느닷없이 나타난 한 여인의 피빨래하는 부정한 모습을 보고, 큰 바위에 머리를 박고 승천하지 못하였다는데, 그때 그 용이 들이받은 바위를 용암이라 부른다. 이 용암에는 용이 살았다는 샘이 있는데, 아무리 추운 겨울

에도 이 샘의 물은 얼지 않는다고 하며, 그 샘은 깊고 물 색깔이 짙푸르
러 아무도 이 근방에 접근하지 않으며 지금도 이 샘가를 지나면 마치 용
이 나타나 금세 입에 불을 품으며 승천하려는 듯한 으슥함마져 든다고 한
다.

(제보자:경북 경산시 용성면 매남리, 천팔복, 47세, 상업. 채록일자:2000. 2. 15.)

(3) 남매지의 유래

경산시 계양동 남매지의 위치는 경산시청과 영남대 기숙사 사이에 위치
하고 있다. 남매지라 이름이 붙게된 데는 다음과 같은 애틋한 전설이 있
다.

조선 선조 때 경산시 어느 조그마한 마을에 오누이와 눈먼 홀어머니 세
식구가 가난하나 정답게 살았다. 오빠는 남의 집 머슴살이 중에도 틈틈이
공부하여 입신출세를 꿈꾸었다.

그러던 어느 날 그때까지 비밀로 해오던 아버지의 사인을 어머니가 말
해준다. 과거에 실패한 후 화병으로 돌아가셨고 어머니는 남편을 잃고 울
다울다 눈이 멀었다고… 얘기를 듣고 난 아들은 더욱 결심이 강해졌다.
꼭 과거에 급제하여 아버지의 원을 풀어 드리리라. 책이 없어 남의 집일
을 해주고 그 대신 책을 빌려보는 어려움 속에서도 강한 의지와 근면 앞
에 드디어 문리(文理)가 환희 터졌다. "머슴주제에 공부를 하면 뭘 하노?"
마을 사람들의 놀림도 귓전으로 넘긴 채 공부한 보람은 있어 과거날은 다
가오건만 한양까지 갈 노자돈이 없었다. 걸어서 한양을 갔다 오려면 적어
도 1년 머슴살이한 새경은 있어야 했다. 돈 없는 세 식구는 서로 얼싸안
고 울었다. 누이동생은 어떻게 하든 돈을 마련, 오빠를 출세시키고 아버
지의 유한도 풀어 드려야겠다고 마을서 제일 부자인 황부자집에 식모살
이 할 것을 약속하고 돈을 구해 오빠를 한양으로 보냈다. 짚신 삼아 엉덩
이에 차고 누룽지 긁어 한 짐 진 채 오빠가 떠나자 부랑배인 황부자 아들

남매지

은 우격다짐으로 처녀를 겁탈했다. 목숨보다 귀중한 정절을 잃은 처녀는 마을 앞 커다란 못에 몸을 던졌고 눈먼 어머니는 딸을 건지려다 그마져 숨지고 말았다. 한양간 아들은 드디어 장원급제, 그리던 고향으로 금의환향했으나 그를 기다리는 것은 청천벽력 같은 슬픈 소식뿐이었다. 호강시키려던 어머니도, 기뻐해 줄 누이동생도 한꺼번에 잃어버린 아들은 살아갈 의욕을 깡그리 잃어버렸다. 그는 황부자 아들의 비행을 상소하는 글을 남긴 채, 보름달이 찢어지도록 밝은 어느 날 밤 어머니와 누이동생이 잠든 연못 속으로 걸어 들어갔다. 그 후 마을 사람들은 불쌍한 오누이를 기념하기 위해 이 못을 남매지라 불렀다.

(제보자:경북 경산시 계양동, 조성래, 50세, 무직. 채록일자:2000. 1. 29.)

(4) 꾀 많은 전우식

　전우식 이야기의 전승지는 계양동 일원인데 남매지에서 면소재지 쪽으로 2Km거리에 있다.

　옛날 경산에 전우식이라는 사람이 살았는데 아주 가난하였다. 그런데 이 사람이 서울 사람한테 돈을 빌려 쓰고 갚을 날짜가 지났다. 서울에서 돈 받을 사람이 돈을 갚아 달라고 하자, 차일피일 미루다가 담판 짓기를, 아무 때까지 갚겠다고 하였다. 갚을 날짜가 되어 돈을 빌려준 사람이 받으러 왔다. 전우식이 서울에서 처음 돈을 빌릴 때는 자기 집에 청룡, 황룡이 그려져 있고 논이 33마지기나 된다고 하였다. 그러나 그 말은 초가집에 비가 새어 천장이 빗물로 적셔지는 모양을 청룡, 황룡이 그려진다고 썼던 것이다. 돈을 받으러 온 사람이 집에 와보니 집안 살림이 형편없었다. 맥이 탁 풀려 33마지기가 있다는 논에 가보자고 했다. 거기에 가보니 못이 하나 있었는데 그 옆에 손바닥만한 논이 있었다. 33마지기는 곧 못과 논을 모두 합한 것이었다. 돈 받으러 온 사람이 기가 막혀 입을 딱 벌리고 있는데, 전우식은 이것이 내 논이고 이것이 내 못이라고 했다. 돈 받을 사람이 돈을 내 놓으라고 하면서 전우식을 다그치자 이 사람을 어떻게 꼬여서 남매지에 데리고 갔다.

　옛날에 남매지 근방에는 사람 하나 정도 다닐 수 있는 길이 있었는데 그리로 갔다. 그 곳에서 돈 받을 사람이 계속 돈을 내 놓으라고 하자 전우식이는 계속 자기 말을 안 듣고 돈 내놓으라고 하면 남매지에 빠져 자살하겠다고 했다. 그랬더니 돈 받을 사람이 "당신 빠져 죽든 말든 내가 알 바가 아니니, 돈이나 내 놓으시오?" 하였다. 그러자 전우식은 물에 풍덩 뛰어 들었고 오랫동안 나오질 않았다. 전우식은 남매지 건너편으로 헤엄쳐 나가 물풀을 얼굴에 덮고 건너편을 살짝 보니 돈 받으러 온 사람이 그때까지 그 자리에 앉아 있었다. 전우식은 얼굴을 물풀로 가리고 건너편 물 밖에 나와서 가만히 지켜보고 있었다. 한편 돈 받으러 온 사람은 해가

서산에 지는데 전우식이가 나타나지 않자 정말로 죽었는가 보다 하고는
돌아가 버렸다. 그 후에 전우식은 어떤 생각을 짜내었다. 자기의 두 눈
중에 한 눈을 가려 애꾸처럼 하고 그 돈을 빌렸던 집으로 다시 갔다. 그
리고 그 주인에게 인사를 하고, "나는 전 아무개인데 우리형이 당신 때문
에 물에 빠져 죽었으니 돈으로 배상을 해 주시오."라고 하였다. 그리하여
결국에는 그 집에서 돈을 받아 집으로 돌아왔다 한다.

(제보자:경북 경산시, 이봉진, 44세, 자영업. 채록일자:1999. 12. 20.)

(5) 고산지명의 유래

고산은 삼한시대에는 조그만 나라의 일부였다가 신라에 합쳐졌으며 신
라 경덕왕(741년) 장산군(獐山郡) 읍서면(邑西面)이었는데 고려 현종(1018
년)때는 경주군 서면에 속했고 고려 충선왕(1308년)때는 옥산부(玉山府)
서면이라고 불렀다.

조선 선조(1577년)때 경산현(慶山縣)이 대구부에 속하게 되자 대구부
부동면(府東面)이 되었다가 경산이 다시 현이 되자(1897년) 경산현 현서
면이 되었다.

고산

조선 고종 대 경산군 서면이라 고쳐 부르다가 1914년 행정구역 개편으로 경산군 고산면이라 부르게 되었다.

1981년 7월 1일 대구시가 직할시로 승격됨에 따라 고산면이 대구직할시 고산출장소로 개칭되었다가 1982년 9월 1일 고산1동으로 분리되어 현재 3개의 행정동으로 구성되어 있다.

(제보자:대구광역시 수성구 고산농협 창고내 경로당, 김교안, 75세. 채록일자:2000. 5. 13.)

(6) 고산서원

400여 년 전, 퇴계 이황이 경상도 서면 고산서원에서 후학을 가르쳤다. 퇴계가 그곳의 경치를 좋아하여 잠시 머물렀으며, 당시에는 서원 입구까지 금호강물이 흘러 들어왔다고 한다. 퇴계가 앉았다 간 자리라하여 장구지지(杖屨之地)라 부르는 사람들도 있다.

고산 서당(대구광역시 문화재자료 15호, 대구광역시 수성구 성동 172)에 대한 안내문을 그대로 옮겨 놓으면 다음과 같다.

> ≪고산 서당은 언제 세워졌는지 정확히 알 수 없으나, 퇴계 이황(1501-1570)과 우복 정경세(1563-1633)선생이 이곳에서 강(講)을 한 바 있다 함으로 1500년대에는 이미 건립되었던 것으로 추정된다. 그 뒤 두 분의 사후 서당 뒷편에 사당을 건립하여 양 선생의 위패를 모시면서 서원으로 개칭하였으나 사당은 임진왜란 때 소실되고 강당은 대원군 서원철폐령 때 훼철되었다. 고종 16년(1879) 경산 유림에서 강당만 다시 중건하여 고산서당이라 편액을 걸었으며 1904년 중수한 바 있다. 건물은 정면 4칸 측면 2칸 규모의 홑처마 팔작 지붕 집으로 간결한 민도리 형식이며 가구는 3량가이다.≫

고산서당은 성동(城洞)의 서원(書院)골 야산 중턱에 북향으로 배치되어 있으며, 그 앞쪽에 남천(南川)이 굽이 흐르고 넓은 고산들판이 펼쳐져 있

고산서원

다. 그리고 뒷편에 옛 사당터에 퇴계선생과 우복선생의 강학유허비(講學
遺墟碑)가 세워져 있다. 고산서당은 작은 규모의 소박한 교육공간으로 재
건 당시의 모습을 잘 보존하고 있다.

(제보자 : 대구광역시 수성구 고산농협 창고내 경로당, 정해구, 88세, 농업. 채록일자 : 2000.
5. 13.)

(7) 새태, 구석 삼성리의 전설

경상북도 경산시 남천면 삼성 2리에 새태와 삼성리라는 곳의 지명연기
설화와 구석이라는 바위의 연기설화이다.

지금부터 450여 년 전 조선 11대 중종 때의 일이다. 안동 권씨가 집안
사람들을 이끌고 이 마을에 처음 발을 들였을 때, 이 곳은 아직 인적이
드문 한적한 곳이었다.

"어허, 우리가 부락을 이루어 이 곳을 부흥시켜야겠구나." 이렇게 생각
한 안동 권씨 집안은 힘을 합쳐 우물을 파고 집을 짓고 밭을 일구며 마을

삼성리

어귀에 장승도 세우기를 수 년, 드디어 살 만한 마을로 만들었다.

"이제 우리의 터전을 일구었으니 이 마을에 딱 들어맞는 이름을 짓기로 합시다." 집안 어른들은 한 방에 모여 앉아 밤이 깊도록 마을 이름을 짓기 시작하였다.

나이가 지긋한 분이 말씀하시기를, "우리가 이 마을에 들어와 뼈를 묻기로 하고 개척을 하였으니 이전에 없던 것이 생긴 것이 아닌가! 그러니 새로 형성된 부락이라 하여 '새태'라고 짓는 것이 어떤가?"라고 하였다.

그러자 그 분의 말씀에 모두들 고개를 끄덕이면서 동의를 하였다.

"그리고 마을이 생기면 응당 마을을 지켜주는 수호신을 모셔야 하지 않겠습니까, 어르신." 모여 앉은 사람들 중에 약간 나이가 젊은 사람이 조심스럽게 말을 꺼냈다.

"오호, 그렇지!"

"마을의 수호신이라… 허나 신령스런 수호신들을 함부로 뫼실 수는 없잖은가?" "그렇다면 풍수지리에 능한 사람을 백방으로 찾아내어 좋은 자리를 짚어내면 되지 않을까요? 그리하면 수호신들이 편안히 마을을 지켜주실텐데요." "옳거니! 그러면 마을 장정들을 몇 명 이웃 마을로 보내어 풍수지리에 능한 자를 찾아오게나."

이렇게 하여 근방에 있는 마을뿐만 아니라, 소문난 풍수 지리사가 있다는 곳이라면 수백 리 떨어진 마을까지 다녔다. 드디어 개성 근처의 어느 곳에서 풍수에 능하다는 노인을 모시고 와 수호신을 받들고 모실 곳을 3군데 정하게 되었다. 이 세 군데의 수호신 삼신(三神)이 하루에 3번 마을을 보살펴 이 마을은 해가 갈수록 성하였다.

이러한 극진한 수호신의 보살핌을 일컬어 일일삼성이라 하고, 삼성이라 전해오고 있다고 하였다.

해가 거듭될수록 사람도 많아지고 곡식도 풍성히 일구는 새태는 교통의 요충지라 마을을 지나는 나라의 관리들이 많았다. 그러던 어느 날, 이 마을에 어느 왕의 행렬이 지나가게 되었다. 그런데 어느 지점을 가다가 갑자기 말들이 멈춰 서는 것이었다.

왕의 행차를 이끌던 사람들을 당황하고 놀라워 이 사실을 왕께 아뢰었다. 그 말에 왕은 몸소 마차에서 내려 말이 멈춰선 자리에 가 보니 어디서 굴러 온 바위가 9개 씩 이나 떡 버티고 있는 것이었다.

"어허, 거참 고얀 바위들이로구나. 하지만 꽤 용감하구나. 왕의 행렬을 가로막기까지 하다니… 내가 이 놈들의 이름이나 지어 주고 가야겠구나… 옳지, 바위가 아홉 있으니 구석(九石)이라고 하자."

왕은 너털웃음을 짓고는 그 바위를 비껴 지나갔다고 한다. 그리하여 그 바위들이 있던 마을을 구석(九石)이라 명하였다고 한다.

(제보자 : 경북 경산시 남천면 흥산리 257번지, 심의석, 82세, 농업. 채록일자 : 2000. 5. 10.)

(8) 영동당 전설

경상북도 경산시 남천면 삼성 2리에 영동당 전설이 있다. 우리의 민족의 시조이신 단군의 제를 아직도 모시는 곳이 있다면, 그 만큼은 유명하진 않더라도, 그리고 비록 지금은 분명히 전해지고 있지는 않더라도, 경

영동당

산에서는 대단한 정도로 알려져 있는, 그래서 현재 82세이신 신의석 할아 버지가 어릴 때만 하더라도 굳게 믿고 널리 전해지던 전영동(全永同)이라 는 인물이 있다고 한다.

그 당시에는 전영동을 믿으면 재수가 있고, 특히 상인들이 돈을 많이 번다는 말이 있어서, 영동의 존재를 믿는 사람이 많고, 소소하게도 제가 많이 올려졌다고 한다. 남천면 송백리 서쪽 500m에 200-300년 수령의 참나무 사이에, 영동당이 전한다 하여 버스를 타고 쉽게 찾아갈 수가 있 었다.

그 곳, 조용한 마을에 사당이 있었지만, 안타깝게도 훼손이 심해서 겨 우 알아볼 수 있을 정도였다. 세월에 묻혀 퇴색되었지만, 이곳이 바로 『전영동 전설』의 명성이 전해지던 바로 그곳이었던 것이다.

전영동은 고려 공민왕 때 사람으로 그가 태어나고는 3년 동안은 초목에 잎이 돋지 않아, 마을 이름을 무엽리(無葉里)라 불렀다고 할 만큼, 영동은 태어나면서부터 산천의 기운을 다 빼앗을 정도로 비범한 인물이었다. 그 가 재주가 많아 현리가 되었는데, 출·퇴근시에 항상 범을 타고 다닌 일화로 유명하다고 한다.

영동이 죽고, 후에 많은 사람들이 이상하게도 죽어나갈 뿐만 아니라, 사당 앞에서는 말굽이 땅에 붙어 떨어지지 않아서, 지나 갈 수가 없었다고 한다.

화가 난 동래 부사가 직책도 높지 않았던 주제에 영동의 혼귀가 부사에게 이러는 것이 무례하다고 여겨, 여기서 이러지 말라고 방을 쓴 연후에 연을 띄워 보냈는데, 남천면 송백리에 내려앉았다 하여, 그 동네에서는 가장 큰 무가 생산되는 집 대주가 제주가 되어 매년 제사를 재냈다고 한다.

그리고 제사 때 쓸 벼를 말릴 때, 참새가 그 벼를 까먹으면, 먹다가 죽었다 할 정도로 영동의 명성은 대단했다고 한다.

(제보자 : 경북 경산시 흥산리 257번지, 심의석, 82세, 농업. 채록일자 : 2000. 5. 11.)

(9) 효부 황씨 전설

경상북도 남천면 금곡리 라는 마을에 황씨라는 여인이 살았다. 이 여인은 어려서부터 총명하였고 거기에 효성까지 지극하였으며 마음씨 또한 비단결 같이 고왔다. 부모님의 말씀을 하늘과 같이 여기고 형제간의 우애도 남달랐으니 그녀에 대한 칭찬은 이웃 마을에까지 자자할 정도였다. 이렇게 착하고 효심이 지극한 황씨 여인이 혼기가 차자 너도나도 그녀를 며느리로 맞아들이고 싶어했다. 그러던 와중에 그렇게 부자도 아니고 빼어난 가문도 아니지만 맘씨 좋고 남에게 너그러운 한 총각과 결혼을 하게 되었다. 그때 그녀의 나이가 열아홉이었다. 남편과 시부모의 사랑을 한 몸에 받으며 행복하게 결혼 생활을 하고 있었으나 사랑하는 남편의 갑작스런 죽음으로 천하에 불행한 청상과부가 되고 말았다. 그러나 황씨는 슬픔에 젖어 괴로워하지 않고 시부모를 봉양하면서 꿋꿋이 살아갔다. 그녀의 어렸을 때부터의 효심은 시부모님을 모시는데도 그대로 나타났으니

효부 황씨 비

그녀는 진정 효부라 불릴 만하다. 시부모를 내 부모라 여기고 남편 없이 외롭게 청춘을 보내며 오직 시부모를 정성껏 모시기를 소홀히 하지 않으며 살아가고 있었으나 그녀에게 또 다른 슬픔이 찾아오니 시어머니가 병환으로 세상을 떠나시게 된 것이다.

나이든 시부와 둘만 남게된 황씨 여인은 본인이 청상과부임을 잊어버리고 다만 시아버지의 뜻을 받들어 순종하고, 시아버지가 조금이라도 불편하지 않게 조석으로 살피고 모시기를 게을리 하지 않았다. 그러니 시아버지 또한 홀로된 며느리를 친자식으로 대하니 서로 의지하며 외로움을 잊고 화목하게 하루 하루를 살았다. 어느덧 30여 년의 세월이 지나 시아버지는 늙어 눈도 멀고, 병들어 몸 저 눕게 되어 거동도 불가능하고 음식도 스스로 먹을 수가 없고 대소변도 받아내야 하는 지경이 되었다. 하지만 황씨는 조금도 불평 없이 병든 시아버지를 정성을 다해 모시며 병간호에 전념하였으니 그녀의 정성과 노력은 마을 사람의 입과 귀로 전해져 온 마을이 다 아는 사실이었다. 이런 와중에 하루는 시아버지께서 병환이 위독하여 기절을 하였다가 깨어나면서 '자라탕' 하고 헛소리를 하며 자라탕을 찾는 것이었다. 때는 철이 초가을이라 자라를 구한다는 것은 불가능한 일이었다. 이러한 사실을 너무나도 가슴아파하며 냇가에 나가 앉아 소리내어 슬피 울고 있었다. 그런데 갑자기 돌 밑에서 무언가가 헤엄치는 소리가 들리는 것이었다. 그 소리에 놀라 그곳을 쳐다보니 웬일인가. 거기에는 커다란 자라 한 마리가 움직이지도 않고 가만히 있는 것이 아닌가! 이것을 본 황씨 여인은 너무나 기뻐 이를 가지고가 달여서 시아버지에게 드렸다. 그 자라탕을 먹은 시아버지는 병환이 완쾌되고 다시 건강해 지셨으니 그 후 90세가 넘도록 살았다고 한다. 후대 사람들이 이 일을 말하되 황씨 여인의 효심에 하늘이 감동해 자라를 내려 주었다고 하며 그녀의 효심을 기리고자 황씨 효부각을 세웠다고 한다.

(제보자:경북 경산시 남천면 흥산리 257번지, 심의석, 82세, 농업. 채록일자:2000. 5. 11.)

제9장

창녕군 지역의 설화

창녕군 지역의 설화

1. 전설

(1) 연당리(蓮塘里)의 지명연기설화

경상남도 창녕군 성산면 연당리(蓮塘里)의 '연당'이라는 말은 연꽃이 핀 연못이 있었던 데서 유래된 이름이다. 다시 말하면 연당은 연꽃이 핀 연못으로 연내골이라 불리어지며 이곳 일대가 불교와 인연이 깊었다는 사실을 보여주는 곳이다. 한편 마을 사람들에 의하면 예로부터 이 곳에는 연화각시를 비롯하여 영험 있는 무당이 많이 살았다고 전해져 온다.

(제보자:경남 창녕군 성산면 연당리, 양이주, 58세, 농업. 채록일자:2000. 5. 11.)

(2) 연화각시 설화

창녕군 성산면 연당리에 '연화각시 설화'가 전해 오고 있다. 이는 옥황상제의 딸인 연화각시의 어머니가 중병에 걸렸는데 천상의 어떤 약도 소용이 없고 오직 지상의 약초만이 효험이 있다고 하였다. 그래서 연화각시는 약초를 구하기 위해 고려시대 지금의 창녕군 성산면 연당리에 하강하여 살고 있었다. 천신만고 끝에 약초를 구하여 천상으로 돌아왔으나 그녀의 어머니는 이미 운명하였다. 그리하여 연화각시는 약을 늦게 구해왔다는 죄목으로 하늘나라에서 지상으로 추방당하였는데 그녀가 오색무지개 구름을 타고 하강한 곳이 지금의 성산면 연당리였다. 연화각시는 그 후

연화각시 사당

연당마을에서 문전걸식하며 마을의 길흉화복을 점쳐주기도 하고 신비스런 능력으로 마을 사람들의 질병을 치유해주기도 하였는데 예의가 바르고 품행이 방정하여 외간 남자가 흑심을 품으면 그것을 먼저 알고는 남자를 엄하게 꾸짖었다 한다.

세월이 흘러 연화각시가 연당마을에서 산지 3년이 지났을 무렵 마을사람들은 연화각시가 옥황상제의 딸인 것을 알고는 서로 같이 살겠다고 다투어 청혼했다. 하늘의 옥황상제는 딸의 갸륵함을 보고 천상으로 다시 불러들이기로 했다. 그러던 어느 날 연화각시는 마을사람들에게 "이제 여러분과 제가 이별을 할 때가 되었습니다. 제가 마지막으로 부탁할 것이 있습니다. 동굴을 하나 파서 약간의 식량을 넣은 다음에 동굴을 막아 주십시오. 그리고 3일이 지난 후에 동굴에서 뜨물이 흘러나오지 않으면 제가 승천한 줄 아십시오" 하더니 그녀는 12폭 치마폭 중에 두 폭을 찢어서 동네 노인에게 주면서 "그동안 여러분에게 여러 가지로 신세를 졌으니 보답으로 이것을 드립니다. 잘 간수하면 후일에 중요하게 쓰일 것입니다." 하였다.

연화각시의 말대로 3일이 지난 후 동굴에 가보니 과연 뜨물이 나오지 않아 마을 사람들은 연화각시가 승천하였음을 알았다. 그로부터 3년 후 국왕의 명령으로 연화사를 짓게 되었는데 수백 년 묵은 칡넝쿨로 만들어진 상량이 너무 무거워서 인력으로는 운반할 수가 없었다.

그때 마을사람들은 연화각시가 주었던 치마폭으로 깃패를 만들어 좌우로 흔들었더니 상량이 가볍게 운반되어 연화사를 무사히 지을 수 있었다고 한다.

그 후 그녀의 치마폭을 보관하는 당집을 짓고 매년 제사를 지내는데 누가 와서 하는지는 알 수 없으나 음력 7월만 되면 묘의 벌초가 말끔히 되어 있다고 한다. 그 이유는 이 무덤의 벌초를 하면 장가를 가거나 아들을 낳을 수 있다는 믿음 때문이다. 어느 날 당집에 보관되었던 치마폭이 창녕읍 옥천으로 날아가 옥천 서낭에 걸리는 이상한 일이 벌어졌는데 옥천 서낭은 남자서낭으로 연화각시와 인연을 맺은 것인데 그곳엔 풍년이 들고 병충해와 재앙이 없어졌다고 전한다. 정월 18일에서 20일 사이에 한 번씩 암, 숫 서낭이 만나는데 이 깃폭들이 창녕군내의 모든 곳을 두루 휘날려서 풍년과 재앙을 소멸하게 하였다 한다.

(제보자:경상남도 창녕군 성산면 연당리, 양이주, 58세, 농업. 채록일자:2000. 5. 11.)

(3) 조천들

창녕군 성산면 연당리에 전해오고 있는 이야기이다. 연당리 마을 앞 굽마라는 들판에는 조씨들이 대문중을 이루고 살았다. 그래서 조천들이라 불렀는데 (원래는 조촌(曺寸)이라고 했다 함) 그 앞에는 온천이 하나 있었

조천들

다. 그런데 그 온천은 신기하게도 아픈 사람이 거기에 목욕하면 어떤 병이든 다 낫는다는 신기한 온천이었다. 그런 소문이 퍼지자 방방곡곡에서 아픈 사람이란 아픈 사람은 이곳으로 다 모이는 것이었다. 아픈 사람들이 점점 더 많이 이 마을로 모이자, 아픈 사람들의 병 고치는 것도 좋지만 그 마을 사람들의 생활이 안 되는 것이었다. 자꾸 늘어나는 사람들로 인해 식량은 줄어들고 각종 질병을 가진 사람들이 모여들자 마을 사람들까지 전염병에 시달리는 등 문제가 이만저만이 아니었다. 온천을 이대로 두었다가는 마을이 망하겠다 싶어 조씨 문중에서는 긴급회의를 소집했다. 회의 결과 마을 뒷산에 은거하는 도사에게 해결책을 물어보자는 결론이 났다. 그리하여 도사를 찾아가니 도사가 하는 말이 온천물이 솟아나는 물구멍에 흰색 개를 잡아넣으면 된다고 했다. 그래서 조씨 문중에선 흰색 개를 수소문해 보았지만 그 마을에는 순수한 흰색을 띤 개가 없었다. 그래서 이웃 마을에까지 흰 개를 찾아 돌아다닌 끝에 겨우 흰색 개를 구할 수 있었다.

그리하여 다시 도사에게 물었더니 '좋은 날을 잡아 흰색 개를 온천물이 솟아나는 물구멍에 집어넣어라' 라고 했다. 그 말을 들은 조씨 문중 사람들은 그렇게 했고 그러자 더 이상 온천물이 나오지 않았다. 그 후 조씨네가 온천물을 막았다는 소식을 들은 환자들이 그 마을을 떠나면서 조천들에는 조씨네에게 원망하는 소리가 끊이지 않았다고 한다. 환자들의 저주 섞인 원망 때문이었을까. 조천을 막은 뒤로 조씨 문중은 점점 쇠락하여 결국은 그 마을을 떠났다고 한다.

지금은 그 조천 자리에 웅덩이가 그냥 남아 있어 이 웅덩이를 온수 덩붕이라 하는데 최근 지명에 따라 온천 개발을 한다고 시추하였다.

(제보자 : 경상남도 창녕군 성산면 연당리, 양이주, 58세, 농업. 채록일자 : 2000. 5. 11.)

(4) 한정지

창녕군 성산면 연당리 1361번지 소재 수령이 423년 되는 나무가 있다. 이 나무는 둘레가 5.1m, 수고(樹高)는 20m로 느티나무(느릅나무과)인데 고유번호는 군나무(12-12-13)이며 지정된 일자는 95. 8. 25.로 현재 노인회장 양진태 씨가 관리하고 있다. 바로 이 나무가 옛날 창녕현감이었던 한강 정구가 심은 나무이다. 이 나무가 있어 이 곳을 한정지라고 부른다. 이 나무는 연당의 서편에 자리잡고 있는데 여기에 얽힌 내력은 다음과 같다. 연당은 무당이 모여 살던 곳이었는데, 이곳에 모습은 흉칙했지만 영험함이 매우 뛰어난 한 무당이 살고 있었다. 그 무당은 자신의 모습이 너무 창피하여 결코 자신을 남들에게 내보이지 않았다고 한다. 그래서 점을 칠 때도 발을 쳐 자신을 숨기었다. 그러던 어느 날 자신에게 점을 보러 온 한 청년이 있었는데, 이 무당이 그 청년을 사모하게 되었다. 그 청년은 기골이 아주 장대하였다. 이 청년은 무당이 자신을 사모한다는 것도 알지 못하고 한 마을에 사는 한 어여쁜 여인을 사모하게 되었다. 그리하여 이 청년은 자신의 사모함이 이루어질 것인지를 알아보기 위해 이 무당을 찾게 되었다. 이 청년은 무당에게 자신의 사모함을 말하고 그 여인과 자신이 잘 이루어 질 수 있는지를 물어보게 되었다. 그래서 이 무당은 이 청년이 다른 여인을 사모함을 알게 되고, 그에 대한 질투심이 생기게 되

한정지

었다. 시간은 흘러 한 해가 지나고 청년이 다시 무당을 찾아오게 되었다. 이 청년이 무당에게 물은 것은 자신이 혼인을 하게 되었는데, 앞으로 자신과 그 여인이 잘 살수 있는지에 대한 물음이었다. 무당은 청년에게 오늘 밤 연당 서편에 있는 나무에서 기다리고 있으면 자신이 가 굿을 해주겠다고 하였다. 밤이 되고 청년은 무당이 시킨 대로 나무 옆에서 기다리고 있었고, 무당은 한치도 보이지 않는 밤이 되어 나무로 가게 되었다. 무당은 청년에게 자신이 사모하고 있었음을 말하고 그 여인과의 혼인을 취소하도록 말을 하였다. 청년은 그에 응하지 않았고, 화가 난 무당은 그 청년을 영원히 간직하기 위해 청년을 죽이고 그 청년의 혼을 나무에 깃들게 하였다. 그 이후로 나무는 아주 크게 자라게 되었고, 사람들은 그 나무를 청년의 혼이 깃들어 그 크기가 장대하게 크고 둘레가 아주 큰 나무가 되었다고 한다.

(제보자 : 경상남도 창녕군 성산면 연당리, 양이주, 58세, 농업. 채록일자 : 2000. 5. 11.)

(5) 오인정(五人亭 : 五印亭)

창녕군 성산면 연당리 아랫당마 서남쪽에 있는 둘레 세 아름쯤 되는 괴목나무(＝회화나무. 콩과의 낙엽교목. 목재는 건축이나 가구에 쓰고 꼬투리는 약재로 쓰임)의 근처로 이 일대를 오인정이라고 한다. 이 오인정에 관한 이야기는 크게 두 가지 설이 전해 내려오고 있는데 하나는 빚 있는 다섯 사람이 놀아서 그렇게 이름 붙여졌다는 것과 다른 하나는 5개 고을 원님(印받은 사람)이 모여서 놀았다는 설이 바로 그것이다. 어느 것이 맞는지는 정확하게 알 수 없다.

(제보자 : 경상남도 창녕군 성산면 연당리 327, 윤영길, 73세, 농업. 채록일자 : 2000. 5. 11.)

오인정

(6) 범바위

  창녕군 성산면 연당리에 위치한 범바위는 마치 범이 미끄러진 듯한 형
상을 하고 있어서 그렇게 불린다. 옛날 장씨들이 이 곳에 살고 있었는데
어느 날 한 도사가 이 곳을 지나가면서 말하기를 "범바위를 깨면 이 마
을이 더 잘 살 수 있을 것이오."라고 했다. 이 말을 들은 장씨가 이 마을
을 더 평화롭고 잘 사는 마을로 만들기 위해 바위를 깨기 시작했다. 그런
데 돌은 쉽게 깨어지지가 않았다. 여러 사람이 모여 힘을 합치자 그제야
바위가 깨어지기 시작했는데 바위가 갈라지자 순간 그 속에 있던 학이 하
늘 높이 날아올랐다.

  오랫동안 이 마을을 지켜주던 수호신이었던 학이 멀리 날아가자 이후
마을은 도사의 예언과는 달리 마을에 재앙이 오고 궁핍해져 갔다고 하며
그로 인해 사람들의 원망하는 소리가 끊이지 않았다고 한다.

(제보자:경상남도 창녕군 성산면 연당리 905, 손태정, 73세, 농업. 채록일자:2000. 7. 13.)

범바위

(7) 냉천리(冷泉里)의 지명연기설화

냉천리(冷泉里)는 예로부터 마을 저수지의 물이 아주 차가웠다고 해서 붙여진 마을 이름이다. 또 이 물이 효험이 있는 약수여서 많은 사람들이 이 곳의 물을 찾았다고 한다. 왜정 때 이 마을에 저수지를 다시 내었는데 그 후로는 약수가 나오지 않고 그만 그 명맥이 끊어져 버렸다고 한다. 지금은 조그만 샘만 전한다.

(제보자:경상남도 창녕군 성산면 냉천리, 이재일, 74세, 농업. 채록일자:2000. 5. 11.)

(8) 냉천리 효자비

창녕군 성산면 냉천리에 위치한 것으로 경주 이씨 이상인(李相仁)의 효행을 기려 세운 비석이다. 그는 왜정하에 살았던 인물로 예로부터 효성이 지극해 마을 사람들로부터 칭찬이 자자했다고 한다. 6. 25전쟁이 발발했을 때 노부모가 있어 피난을 가지 못하고 노부모를 극진히 모시며 살고 있었다. 그런데 어느 날 미군이 와서 총으로 노부모를 위협하니, 이 아들이 나서서 힘없고 늙은 부모를 대신해서 나를 쏴달라고 하니 미군은 그 효성에 감복해 총구를 거두었다고 한다. 그 후 인천 상륙 작전으로 서울은 수복되고 세상이 잠잠해질 무렵, 노부모는 돌아가시고 이 아들은 3년 상을 치르며 비가 오나 눈이 오나 하루도 빠

효자비

지지 않고 극진한 마음으로 성묘를 했다고 한다. 그래서 창녕읍에서는 그에게 효행상을 내리고 그가 죽은 후 그 뜻을 기려 효자비를 세웠다고 한다.

(제보자:경상남도 창녕군 성산면 냉천리, 이재일, 74세, 농업. 채록일자:2000. 5. 11.)

(9) 못빼미

창녕군 성산면 연당리 마을 앞 굽마라는 들판이 조천들인데, 그 조천들 동편에 '못빼미'라는 곳이 있다. 지금은 논밭으로 되어 있지만 이곳에 다음과 같은 이야기가 전해오고 있다. 고려 시대에 장감찬(?)이라고 불리는 장군이 있었는데 그는 수많은 노비와 전답을 갖고 권세를 부리던 사람으로 이곳에 대궐 같은 집을 짓고 살았다고 한다. 집 앞에는 큰 연못이 있었고 못 가에는 말을 타고 달릴 수 있는 경마장이 있었다고 하는데, 지금 그 연못은 전답으로 바뀌어져 버렸고 장장군이 말을 타고 달리던 경마장은 단지 흔적만 남아 있을 뿐이다. 무수한 세월을 지나면서 그 흔적만 남

못빼미

아 있으니 상전벽해를 실감케 한다.

(제보자 : 상동)

한국구비문학 11

인쇄일 초판 1쇄   2001년 07월 15일
          2쇄   2015년 06월 05일
발행일 초판 1쇄   2001년 07월 20일
          2쇄   2015년 06월 15일

지은이 김 광 순
발행인 정 찬 용
발행처 국학자료원
등록일 1987.12.21, 제17-270호

서울시 강동구 암사동 463-25 2층
Tel : 442-4623~4 Fax : 442-4625
www. kookhak.co.kr
E- mail : kookhak2001@hanmail.net
ISBN 978-89-8206-690-0, 93810
가 격 35,000원